Lichttrinker

Nachtkönig

Veronika Weinseis

LICHT TRINKER

NACHTKÖNIG

VERONIKA WEINSEIS

Erster Roman

Nachtkönig - Lichttrinker
Band 1

1. Auflage
© 2020 Veronika Weinseis | weinseis.de
Brandenburgerstr. 13
95448 Bayreuth
veronika@weinseis.de
Instagram: @veronikaweinseis

Lektorat: Anke Höhl-Kayser | hoehl-kayser.de
Korrektorat: Jessica Weber | buchgezeiten.eu
Buchsatz: Veronika Weinseis | weltenweber-buchdesign.de
Covergestaltung: Alexander Kopainski | kopainski.com
Unter Verwendung von Stockdaten von shutterstock.com
Logogestaltung: Jenny Wullich | designhoch10.de
Druckerei: Amazon Distribution GmbH, Amazonstr. 1, 04347 Leipzig

ISBN: 978-3-9822195-0-9

Über die Autorin

Veronika Weinseis studiert Linguistik und Geschichte. Sie konnte sich von kleinauf mit Fantasywelten begeistern. Es war nur eine Frage der Zeit, bis sie selbst eine erschafft und ihre Leser dorthin entführt. Dabei faszinieren sie besonders jene Figuren, die nicht zu strahlenden Helden geboren  worden sind und doch für sich selbst und die ihrigen einstehen - und manchmal dabei scheitern. »Nachtkönig: Lichttrinker« ist ihr Debüt und der Auftakt einer mehrbändigen Fantasy-Reihe. Wenn Veronika nicht gerade über einem Buchprojekt grübelt, plant sie ihre nächste aufwändige Mottoparty, sammelt Paperblanks Notizbücher oder kuschelt mit ihren beiden Katzen.

Für Sebastian, weil du mein Buch schon mochtest,
bevor es gut war.

Liebe Sahra,

ich wünsche dir ein paar
schöne Lesestunden mit
Anders, Thalas und Nereida.

Deine

Veronika Veinser

Jahrtausende im Nichts der Zeit dahingetrieben,
im Staub des Vergessens geruht,
tief vergraben lauert es,
reitet auf den Schatten und lacht.
Sieh, o Sterblicher, sieh den wilden Glanz
in den Augen der Macht.
Versteckt, verborgen und vergessen
haben wir es alle.
Doch ich träume nachts
von dunklen Feuerstürmen,
von Flammen gekleidet in Nacht.
Ein Albtraum mit unserem Gesicht.
All die gleißende Pracht,
all das Licht
wird nicht reichen, es zu halten.
Fürchtet den Tag, an dem es erwacht!
Hungrig wird es verschlingen
all unsere Sonnen.
In unsere Realität wird es fließen
sie ins Dunkel kleiden,
das es umhüllt
wie das nächtliche Laken ein Kind.
Die Schatten sind seine Freunde
und wir kriechen zu seinen Füßen,
auf dem Weg zu den Göttern
sie herauszufordern
zum Krieg.

Um Bram Suruk
Numena

⟨VERDERBEN

———————— ༄※༄ ————————

Sophia schmeckte Blut, trotzdem kaute sie weiter auf der Unterlippe. Am anderen Ende der Leitung hörte sie gedämpfte Stimmen. Sie fuhr mit dem Daumen über die beiden Eheringe an ihrer linken Hand und starrte aus dem Küchenfenster. Statt die Reifenschaukel am Baum und die liegen gebliebenen Spielsachen vom Vortag zu sehen, starrte sie in die Leere. Sie spürte die Wärme der Herbstsonne nur wie ein fernes Echo auf der Haut. Das alles konnte nicht wahr sein. Sie durfte nicht auch noch Liam verlieren.

Der Polizist am Telefon meldete sich zurück und riss sie aus ihren Gedanken.

»Haben Sie ihn endlich gefunden?« Sophia presste die Worte heraus. Sie schloss die Hand zur Faust und hoffte.

»Frau McMillan, bitte bleiben Sie ruhig. Wir unternehmen alles in unserer Macht Stehende, um Ihren Sohn schnell zu finden. Aber ohne Anhaltspunkte … Wir tun, was wir können. Haben Sie Geduld.«

Dann ist alles *nicht genug*, dachte Sophia und lehnte die Stirn an das Fensterglas. Gestern noch hatte Liam im Garten Heuschrecken gesammelt und sie ihr geschenkt. Widerliche kleine Krabbelviecher. Sophia hatte sie am Abend angeekelt mitsamt dem Glas in den Müll geworfen. Nun wünschte sie sich, dass Liam mit einem ganzen Schuhkarton voller Insekten vor ihr stünde, solange er bloß bei ihr wäre. Liam war irgendwo da draußen. Allein oder – schlimmer noch – mit einem Fremden, der ihm nichts Gutes wollte. Sophia stand hier in ihrer Küche und tat nichts. Wartete. Hoffte. Fürchtete.

»Ich könnte doch …«, setzte sie an, doch der Polizist unterbrach sie, als wüsste er genau, was sie vorschlagen wollte.

»Bitte bleiben Sie zu Hause, für den Fall, dass er von selbst zurückkommt. Wir übernehmen den Rest.«

Sophia zog die dünne Strickjacke enger um sich. Ihre Hand zitterte. »Aber das wird er nicht! Ich habe es Ihnen schon heute Morgen gesagt. Mein Sohn ist aus seinem Bett verschwunden. Einfach so. Die Fenster waren zu, die Türen verschlossen. Es war ihm gar nicht möglich, allein aus dem Haus zu kommen. Jemand hat ihn entführt!« Als ihre Stimme immer schriller wurde, schlug sie die Zähne aufeinander und brach ab. Für einen Moment bildete sie sich ein, Liam schreien zu hören. Zu sehen, wie er sich gegen einen Unbekannten wehrte. Ihre Knie drohten unter ihr nachzugeben und sie stolperte zum Küchentisch. Mit einem Schluchzen sank sie auf den Stuhl.

»Wir prüfen alle Möglichkeiten, Frau McMillan. Ich weiß, dass Sie in einer schwierigen Lage sind. Soll ich nicht doch eine Polizistin zu Ihnen nach Hause schicken?«

»Nein«, knurrte Sophia. Der Einzige, den sie bei sich haben wollte, war Liam. Sicher und unverletzt. Mehr wollte sie doch gar nicht. »Die soll lieber nach meinem Sohn suchen, wenn ich das schon nicht darf.«

»Bitte sehen Sie von unüberlegten Handlungen ab«, hörte sie noch, dann beendete sie das Gespräch, indem sie das Telefon von sich schleuderte. Der dumpfe Knall von Plastik auf Fliesen sagte ihr, dass das Telefon auf dem Boden gelandet war. Wahrscheinlich in Einzelteilen. Egal. Sie würden Liam doch sowieso nicht finden. Warum nur konnte sie nicht mehr daran glauben? Sie vergrub das Gesicht in den Händen. Die Kälte des Fliesenbodens zog sich von den Füßen durch ihren Körper und höhlte sie von innen heraus aus.

Sophia zog ihre Füße zu sich auf den Stuhl. Sie fürchtete einen weiteren Besuch der Polizei. Zu lebendig waren die Erinnerungen an das Gespräch, als Samuel in einen Verkehrsunfall verwickelt worden und noch auf dem Weg ins Krankenhaus seinen Verletzungen erlegen war. Sie hielt das kein zweites Mal durch.

»Oh, Liam«, schluchzte sie. Die ersten Tränen benetzten ihre Handflächen. »Wo bist du nur hin?«

Etwas berührte sie am Oberschenkel.

Sie zuckte zusammen und schlug danach, bevor sie die Tränen wegblinzelte, die ihre Sicht verschwimmen ließen. Doch selbst dann traute sie ihren Augen nicht.

Da stand Liam. In seinem hellblauen Schlafanzug, die strohblonden Haare verstrubbelt – genau so, wie sie ihn gestern ins Bett gebracht hatte.

»Liam«, keuchte sie und wirbelte herum. Der Stuhl kippte zurück und knallte auf den Boden. Liam blieb ganz ruhig. Sophia kniete sich vor ihm auf die Fliesen und schloss ihn in die Arme.

Danke, danke, wer auch immer da oben aufpasst! Tränen der Erleichterung liefen über Sophias Wangen. Keine schlimme Nachricht übers Telefon. Keine Beerdigung mit Kindersarg.

Nur langsam löste sie sich von ihm und umfasste seine Schultern. Wo kam er her? Sie hatte die Haustür nicht gehört. »Geht's dir gut? Alles in Ordnung?«

Er nickte knapp.

Sie atmete zittrig aus. Die ganze Anspannung der letzten Stunden, in denen sie nicht gewusst hatte, ob und in welchem Zustand sie ihren kleinen Jungen wiedersehen würde, fiel endlich von ihr ab.

»Oh, mein Schätzchen«, murmelte sie und hielt sich eine Hand vor den Mund, um die Schluchzer zu dämpfen. »Wo bist du gewesen? Ich habe mir solche Sorgen um dich gemacht.« Sophia wollte ihn gar nicht mehr loslassen, jetzt, wo sie ihn wiederhatte. »Wie bist du überhaupt nach draußen gekommen? Hat dir jemand wehgetan?«

Ein rascher Blick offenbarte keine Verletzungen, seine Wangen waren nicht tränennass und seine Augen nicht gerötet.

Kaum wahrnehmbar schüttelte er den Kopf. Langsam ließ Sophia ihren Sohn los, kniete aber immer noch vor ihm. Sie atmete tief durch. Es kam ihr so vor, als hätte sie die letzten Stunden nicht richtig Luft holen können.

Er war wieder da, alles war gut. Sie war nicht allein.

Aber Liam schaute sie nicht an. Sie sah ihm von unten ins Gesicht. »Was ist los, Schätzchen? Du kannst mir alles sagen.«

Eine Bewegung erregte Sophias Aufmerksamkeit. Die Schatten unter dem Küchentisch wölbten sich. Dunkle Schwaden krochen vom unbeleuchteten Flur über die Türschwelle auf sie zu. Sophia packte Liam und schoss mit ihm auf dem Arm in die Höhe. Sie wich zum Fenster zurück, die Augen schreckgeweitet. *Was zur Hölle ...?*

Die goldene Mittagssonne schien durch das Glas und bildete ein Viereck auf dem Boden. Die Schatten krochen näher. Sie kamen aus jeder düsteren Ritze.

Plötzlich strampelte Liam so stark in Sophias Griff, dass sie ihn nicht länger halten konnte. »Nein, Liam, bleib hier!«

Der Junge landete auf den Füßen und rannte quer durch die belebten, schattenhaften Dunstschleier in den Flur. Sie waberten und türmten sich, bevor sie sich in die Küche ergossen.

Sophia stürmte ihm hinterher. *Nicht noch einmal.* »Liam!«

Die Schatten breiteten sich aus, während Sophia durch den Flur rannte. Bald schon nahmen sie den ganzen Raum ein und wurden dunkler, undurchdringlich. Sie taten sich wie ein schwarzes Maul vor Sophia auf, doch sie folgte Liam. Sophia machte nur noch grobe Umrisse aus und rannte der einzigen Bewegung in der Dunkelheit hinterher in der Hoffnung, dass es Liam war. Sie lief weit, viel weiter, als der Flur lang war. Bestimmt einige Hundert Meter. Ihre Schritte riefen nicht mehr das knarrende Geräusch von Holzdielen hervor. Stattdessen wandelte sich der Boden zu einem unebenen, fremdartigen Untergrund. Keuchend trieb sie sich weiter und rief immer wieder Liams Namen. Selbst die vage Bewegung in der Dunkelheit vor ihr verschwand irgendwann. Suchend drehte sie sich um. Absolute Finsternis umschloss sie von jeder Seite. Sie hatte jegliche Orientierung verloren.

Sophia legte eine Hand auf ihren Mund und schluckte die Angst hinunter, die ihre Kehle heraufkroch. Sie blinzelte. Doch nichts. Sie sah absolut nichts, nicht einmal die Hand vor ihren Augen.

»Liam!«

Keine Antwort.

Eine Sekunde, zwei. Ihr Herz hämmerte in ihrem Brustkorb. Sie spürte, wie die Luft ihre Lunge stoßartig verließ, aber sie hörte nichts. Kein Keuchen, kein Pochen hinter ihren Schläfen. Erneut schrie sie Liams Namen. Kein Ton erreichte ihre Ohren.

Sie war allein. Die aushöhlende Kälte kehrte in ihre Glieder zurück und lähmte sie. Panik kroch über ihre Haut wie ein unsichtbares Tier.

Ein Traum. Es musste ein Traum sein. Ein Albtraum. Gleich würde sie aufwachen, bestimmt. Liam läge wohlbehütet in seinem Bett.

Sie schloss die Augen und betete. Die Kälte war das Einzige, was sie wahrnahm.

Dann öffnete sie die Augen. Statt die Decke ihres Schlafzimmers zu sehen, erkannte sie einen fahlen Lichtstrahl in der Ferne.

Die Starre in ihrem Körper löste sich und sie stolperte darauf zu. Die Dunkelheit vor ihr lichtete sich. Wie schwerer Nebel löste sie sich nur zäh auf und Vierergrüppchen quadratischer Lichtpunkte drangen durch das Schwarz. Sophia rannte schneller, um aus diesem Albtraum zu entfliehen. Unter ihren Füßen befand sich harter Boden und ihre Schritte hallten von unsichtbaren Wänden wider. Sie strauchelte vor Erschöpfung. Sobald sie sich wieder gefangen hatte, lösten sich die letzten düsteren Schwaden auf. Die Schatten zogen sich in ihre natürliche, unbewegte Form zurück.

Sophia stand mitten in einem leeren Raum. Es musste ein Keller sein oder eine Fabrik, denn gedrungene, weit oben angebrachte Fenster ließen die dünnen Sonnenstrahlen schräg auf den Betonboden fallen.

Rohre und alte Leuchtstoffröhren verliefen an der Decke.

In einer Ecke, über eine Pfütze gebeugt, stand ihr Sohn.

»Liam!«, rief Sophia und stürzte auf ihn zu. Der Junge sah angestrengt auf das Wasser.

Sie sank vor ihm auf die Knie. »Da bist du ja. Du kannst doch nicht einfach in diese … diese … Dunkelheit laufen!« *Was, wenn ich dich nicht wiedergefunden hätte?*

Ihr Herzschlag pochte in ihren Ohren. »Und was war … oh Gott, ist das ein Traum?« Sie schüttelte den Kopf, um klar denken zu können. Für einen Moment schloss sie die Augen und konzentrierte sich nur auf den einfachen Prozess des Ein- und Ausatmens. Dann öffnete sie die Augen wieder. Liam. Sie musste ihn in Sicherheit bringen.

Sanft nahm sie sein Gesicht in ihre Hände, damit er sie ansah. Sie strich ihm über die Wange. Seine Haut glich Eis. »Alles wird wieder gut«, sagte sie zu ihm. »Gleich sind wir zu Hause.« Denn sie erwartete, in seinem pausbäckigen Gesicht dieselbe Panik zu sehen, die sie fühlte. Weit aufgerissene, unschuldige Augen. Ein Zittern unter ihren Fingern zu spüren. Stattdessen stand er ganz ruhig da und sah weiterhin aus den Augenwinkeln auf die Pfütze neben ihnen, als hielte Sophia ihn von irgendetwas Wichtigem ab. Vielleicht stand er unter Schock.

Sie blinzelte und schaute sich um. Je schneller sie hier rauskamen, desto eher wusste sie Liam sicher. Dann wäre alles wieder normal. Dann wäre er wieder normal.

»Wo sind wir hier überhaupt?«, fragte sie in die Leere, um die Stille zu durchbrechen, die sie nervös machte.

Weiter hinten führte eine schwere, rote Sicherheitstür aus dem Raum. Sophia atmete einmal tief durch, dann senkte sie ihre Hände von Liams Wangen auf seine Schultern. »Lass uns von hier verschwinden.«

Sie wollte aufstehen, doch Liams Stimme brachte sie ins Stocken.

»Du hilfst mir sehr damit, wenn du von hier verschwindest. Du wirst andernorts gebraucht.«

Sophia musterte ihn.

»Wie?«, fragte sie vorsichtig. So redete Liam sonst nicht.

Der Junge zeigte auf die Pfütze. An den Rändern verliefen regenbogenfarbige Schlieren wie bei einer Ölspur.

»Schau rein«, befahl er.

Sie zog ihre Augenbrauen zusammen. »Da rein? Was soll das bringen?« Sie gab ihm einen sanften Schubs an der Schulter Richtung Tür. »Lass uns gehen.«

Seine Hand lag plötzlich auf ihrer und hielt sie davon ab, ihn noch einmal zur Tür zu dirigieren. In seinen Augen lag eine Schärfe, die kein Achtjähriger besaß. »Tu es einfach.«

Zögerlich beugte Sophia sich vor, um einen Blick hineinzuwerfen. *Solange wir dann gehen können.* Sie hatte erwartet, das Grau der Betondecke, die Leuchtstoffröhren und Rohre und vielleicht ihr Gesicht darin zu erkennen. Doch ihr sahen kühl beleuchteter Sandstein und der bläuliche Schein einer Laterne entgegen. Das Bild geriet in Wallung, als sie sich fasziniert tiefer beugte. »Was ... ist das?«, murmelte sie.

Da spürte sie einen heftigen Stoß im Rücken und warf die Arme nach vorn, um sich abzufangen. Statt nach wenigen Zentimetern unter der Oberfläche auf Beton zu treffen, griff sie ins Leere. Sie verlor das Gleichgewicht und tauchte in das Wasser. Mit ihm kehrte die lähmende Kälte zurück. Sie war allein mit der Dunkelheit.

Der Junge sah gelassen dabei zu, wie sie versank. Konzentrische Kreise oder ein Überschwappen der Flüssigkeit blieben aus. Die Oberfläche lag genauso unbewegt da wie zuvor, als hätte sie die Frau nicht soeben verschluckt.

Das Gesicht des Jungen spiegelte sich darin wider. In seinen Augen fehlte jegliche Emotion.

Er seufzte und dann sanken seine Schultern in so etwas wie Erleichterung ein Stück tiefer.

»Nur noch ein paar mehr. Dann muss ich sie und ihre weiße Hölle nie wiedersehen.« Seine Stimme klang zu tief für einen Jungen. Zu alt für seine geringe Lebenserfahrung. Zu voluminös für den kleinen Körper, aus dem sie kam.

Schatten aus den Ecken des Raumes schlängelten sich in

dünnen Linien auf seine Gestalt zu und hefteten sich an seinen Schatten, türmten sich zu seinen Füßen und krochen seine Beine empor. Das Gesicht verlor die kindlichen Rundungen, wurde kantig und hager. Der Körper schoss in die Höhe, die Hautfarbe verblasste zu einem aschfahlen Ton, während die Haare sich an den Schatten satt tranken, bis sie ebenso kohlrabenschwarz waren und hinab auf die Schultern reichten. Er nahm alle Dunkelheit in sich auf. Sogar sein eigener Schatten verschwand. Nachtschwarze Augen spiegelten sich auf der Wasseroberfläche, als die Gestalt sich mit einem letzten verächtlichen Blick umdrehte und mit der Finsternis verschmolz.

KAPITEL 1

»Echte Vesra-Karten, nicht diese billigen Dinger,
mit denen die Tölpel Mehir spielen, erkennst du
daran, dass sich das Blatt ständig verändert. Es
kommen neue Karten hinzu und alte verschwinden. Sie erzählen mir ihre Geschichte, Azariah.«

Gespräche des Kartenspielers in Nimrods fliegenden Gärten

Etwas stimmte mit seiner Tochter nicht. Während die
anderen Kinder aus dem Schultor stürmten und entweder in Bussen oder den Autos ihrer Eltern verschwanden, schlurfte Madison mit gesenktem Kopf die breiten Treppen hinunter. Sie wirkte wie ein Zombie. Als sie schließlich
ihren Blick hob und sich suchend nach Anders umsah, bemerkte
er die tiefen Augenringe. Das sonst so strahlende Lächeln fiel
heute deutlich schwächer aus.

Der erste Schnee des Jahres überzuckerte die Dächer und
ließ die Welt unberührt erscheinen. Madison kam auf ihn zu. Er
trat seine Zigarette mit dem Stiefel auf dem schneebedeckten
Asphalt aus.

»Hey, Bärchen«, grüßte er und öffnete die Beifahrertür.

»Hey«, kam nur leise zurück und sie kletterte auf den Auto-
sitz.

Anders stieg ebenfalls ein. Bevor er losfuhr, musterte er seine
Tochter noch einmal.

»Was ist denn los mit dir?«, fragte er. »Nicht gut geschlafen?
Haben die ganzen Süßigkeiten dich wach gehalten?«

Sie schüttelte den Kopf. »Liam ist heute wieder nicht zur
Schule gekommen.«

Liam, ihr Klassenkamerad, und seine Mutter waren seit dem

Vortag verschwunden. Anders unterdrückte ein schweres Seufzen. Wie erklärte man einer Neunjährigen ein Verbrechen? Falls es sich überhaupt um eines handelte, denn die Umstände ihres Verschwindens blieben weiterhin unklar.

Er reihte sich in den Feierabendverkehr ein. Die Freude darüber, seine Tochter heute einmal pünktlich abgeholt zu haben, verflog langsam, als er sie so geknickt neben sich sitzen sah.

»Aber da ist doch noch was anderes.«

»Mami sagt, ich soll dich nicht fragen …«

»Aber?«, bohrte Anders nach.

»Ich träum ganz schlimme Dinge. Kannst du nicht heute Nacht bei mir schlafen?«

Anders wich den flehentlichen Augen seiner Tochter aus und blickte eisern auf die Straße. Nachdenklich strich er über seinen Bart. Er sollte *Nein* sagen. Victoria wollte ihn gerade nicht im Haus haben, am liebsten überhaupt nicht in Madisons Nähe. Es grenzte schon an ein Wunder, dass er sie von der Schule abholen durfte, aber Victorias Auto war in der Werkstatt. Seine Frau dachte tatsächlich, ein glatter Schnitt wäre das Beste für sie alle. Da hatte sie die Rechnung ohne Anders gemacht. Scheidung, pah! Das war alles nur eine Phase. Eine Pause würde genügen, dann könnte Anders zurück zu seiner Familie und Victoria würde ihren Fehler erkennen.

»Du meinst, wie eine Pyjamaparty?«, erwiderte er schmunzelnd und wuschelte durch Madisons Haare. Er hieße nicht Anders Clayton, wenn er nicht zumindest versuchen würde, für seine Tochter da zu sein. Die Sache mit Victoria würde er schon irgendwie deichseln.

Sofort hellten sich Madisons Augen auf. »Oh ja! Können wir eine Kissenburg bauen?«

Anders lachte und bog in die Straße ein, in der er selbst bis vor Kurzem gelebt hatte. Es kam ihm vor wie ein anderes Leben. Ein Leben, das er sich zurückholen würde.

»Mal sehen, was das Wohnzimmer so hergibt.« So mochte er sein Mädchen viel lieber. Strahlend und glücklich.

Er parkte vor dem Einfamilienhaus in einer der schöneren

Gegenden Seattles. Die Häuschen reihten sich ordentlich nebeneinander, weiße, schicke Zäune umspannten viele der Grundstücke. Ein warmer Lichtschein begrüßte sie durch die eingefassten Glasscheiben der roten Haustür. Madison stieg aus und rannte über den schneebedeckten Kiesweg zur Tür, während Anders ihren Schulranzen mitnahm und seinen Wagen abschloss. Wenn alles gut lief, würde er heute nicht mehr weiterfahren. Er zog den grauen Trenchcoat enger um seinen Körper. Der Stoff war für Anfang November viel zu dünn. Vielleicht sollte er die Gelegenheit nutzen und einen seiner Wintermäntel aus dem Schlafzimmer mitnehmen. Egal wie viel Liebe er seinem Trenchcoat entgegenbrachte, bei Minusgraden war Schluss mit lustig.

Madison drückte wie verrückt auf den mit bunten Stickern beklebten Klingelknopf, bis Victoria die Tür öffnete und sie hereinließ. Sie wollte Anders den Schulranzen abnehmen, doch er schob sich nonchalant an ihr vorbei ins Warme. Sofort überkam ihn ein Gefühl der Geborgenheit und er fühlte sich einige Wochen zurückversetzt, als es noch ganz normal für ihn gewesen war, in diesem Haus ein und aus zu gehen. Er spürte seinen alten Haustürschlüssel förmlich in seiner Hand.

»Was soll das?«, fragte seine Frau statt einer Begrüßung und verschränkte die Arme.

»Dir auch einen schönen Abend, Vikky«, grüßte er und zog sich beschwingt den Trenchcoat aus, unter dem ein verschlissenes, weinrotes Hemd zum Vorschein kam. »Ich bin auf Wunsch meiner Tochter hier.«

»Ach, wirklich?« Victoria musterte ihn von oben bis unten und rümpfte die Nase. So etwas wie Mitleid mischte sich in die kühle Wut, die seiner Frau zu eigen war. »Wann hast du das letzte Mal in einen Spiegel gesehen? Du siehst schlimm aus. Wenn du so weitermachst, kann ich dich bald nicht mehr von den Pennern am Straßenrand unterscheiden.« Sie deutete auf den Trenchcoat. »Und mit dem Ding bist du Madison nun wirklich kein Vorbild. Es schneit und du hast nicht einmal ordentliche Kleidung an!«

Anders überging das leichte Brennen in seiner Magengegend, das immer kam, sobald ihm jemand Mitleid entgegenbrachte, das er nicht brauchte. Wenn Victoria so schimpfte, hieß das nur, dass sie sich noch immer um ihn sorgte. Das war ein gutes Zeichen.

Im Blau ihrer Augen tanzten kleine Wutsprenkel.

Er lächelte und ließ einige Strähnen ihres blonden Haars durch seine Hand gleiten. »Aber du siehst immer noch so schön aus wie an dem Tag, an dem du mir das Jawort gegeben hast.«

Victoria schlug seine Hand weg und wollte gerade etwas – wahrscheinlich etwas Bissiges – erwidern, da mischte sich Madison ein: »Kann er mit uns zu Abend essen? Bitte, bitte.« Sie zog sich die dicke Winterjacke aus und sah ihre Mutter mit großen Augen an.

Victoria seufzte und ihre Schultern sanken ein gutes Stück hinunter. Ein eindeutiges Zeichen dafür, dass sie sich geschlagen gab. Dann schloss sie die Tür und sperrte den eisigen Wind und die Dunkelheit aus.

»Natürlich, Spätzchen. Wasch dir schon mal die Hände.« Sie rang sich für Madison, die fröhlich quiekend ins Bad lief, ein Lächeln ab. Dann bekam Anders den eisigen Blick zugeworfen, den er mittlerweile zur Genüge kannte.

»Sie hat Albträume«, rief er Victoria in Erinnerung. »Soll ich *Nein* sagen, wenn sie mich mit ihrem Hundeblick anbettelt? Nur diese eine Nacht. Außer du erkennst endlich, was du an mir hast, dann bleibe ich natürlich gern länger.«

»Ich habe dir gesagt, ich will dich erst mal nicht sehen«, zischte sie leise, sodass Madison sie nicht hörte. Die Schärfe in ihrem Blick wandelte sich in Enttäuschung. War sie enttäuscht von sich selbst oder von Anders? »Ich hätte dich nicht fragen sollen, ob du sie abholst.«

Anders knirschte mit den Zähnen und machte einen Schritt auf sie zu. Ihre Worte hatten ihm einen Stich versetzt. »Sie ist meine Tochter.«

»Gerade weil sie deine Tochter ist, solltest du Rücksicht auf sie nehmen.«

»Nicht ich nehme ihr ihren Vater«, stellte er mit gerecktem Kinn klar.

Victoria sah ihn mit geweiteten Augen an, dann schüttelte sie den Kopf. »Diese Situation ist für niemanden leicht. Wieso musst du sie noch schmerzhafter machen?«

Ohne auf seine Antwort zu warten, drehte sie sich um und verschwand durch die Tür in die Küche, aus der warmes Licht in den dämmrig beleuchteten Flur fiel.

Anders schloss für eine Sekunde die Augen. Das hatte er nicht verdient. Victoria war diejenige, die ihre Ehe aufgegeben hatte. Nicht er. Er hielt an dem Glauben fest, dass ihre Familie stark genug war, zusammenzuhalten. Nicht er riss sie auseinander. Er biss sich auf die Zunge, um ihr das nicht hinterherzurufen. Es war an ihm, seine Karten richtig einzusetzen. Nur so konnte er Victoria dazu bringen, ihn über Nacht bleiben zu lassen. Er wollte seine Chancen nicht gleich wieder verspielen.

Mit festen Schritten folgte er Victoria und lehnte sich an den Türrahmen. Der Duft von Hackbraten und Zwiebeln umwehte seine Nase und der Anblick von Victoria vor dem Ofen weckte Erinnerungen an eine bessere Zeit. *Ich bekomme euch zurück, warte nur, Vikky.*

Madison schob sich an ihm vorbei und Victoria gab ihr die Teller, um den Tisch zu decken. Das brachte wieder Bewegung in Anders und er öffnete den Besteckkasten. Madisons skeptischer, ja fast anschuldigender Blick ließ ihn stocken.

»Hast du dir denn die Hände gewaschen?«, fragte sie mit geschürzten Lippen.

Victoria schmunzelte mit gehobener Augenbraue und nickte zum Waschbecken. »Noch nicht.«

Anders hielt seine Hand in einer Geste der Bestürzung vor seinen Mund. »Oh, wie konnte ich das nur vergessen?« Dann deutete er eine übertriebene Verneigung in Madisons Richtung an. »Mit Eurer Erlaubnis werde ich meine Verfehlung sofort berichtigen, hochwohlgeborene Prinzessin Madison.«

Seine Tochter kicherte und Victorias amüsiertes Kopfschütteln bestärkte ihn in seiner Überzeugung, dass noch nicht alles verloren war.

Nach dem Abendessen überließ Victoria Anders das Feld und er half seiner Tochter bei ihren Hausaufgaben, während seine Frau den Abwasch machte.

Madison zog das nächste Aufgabenheft aus ihrem Schulranzen, da fielen einige lose Blätter heraus und verteilten sich auf dem Fußboden. Anders beachtete sie erst nicht weiter. Er war auf die Aufgabenstellung konzentriert – seine Schulzeit war einfach zu lange her. Da fiel ihm ein vollkommen schwarzes Bild mit zwei gelben Punkten aus dem Augenwinkel auf und er richtete seinen Blick doch dorthin. Madison griff danach und steckte die Blätter zurück in ihren Ranzen.

»Was ist das?«, fragte Anders und reckte den Hals.

Seine Tochter hielt inne und zuckte die Schultern. »Liams Bilder. Mrs Amberline hätte sie bestimmt weggeworfen, wenn ich sie in der Malecke liegen gelassen hätte.«

Anders winkte sie zu sich. »Zeig mal.«

Sie stand auf und brachte ihm die Zeichnungen. Die zwei ersten überblätterte Anders, aber das dritte hatte ihm eben schon nicht gefallen. Jetzt erkannte er die gelben Punkte als zwei leuchtende Augen in der Dunkelheit. Das letzte Bild zeigte ein Kinderzimmer. Die Schranktür war offen. Vom Fenster, aus dem Schrank und unter dem Bett kam etwas mit schwarzem Buntstift Gemaltes hervorgekrochen und beugte sich über das Bett zu dem darauf sitzenden Kind.

Mit gerunzelter Stirn wandte Anders sich an seine Tochter. »Wann hat er dir die gezeigt?«

Madison lümmelte sich neben ihn, die Wange auf ihre verschränkten Unterarme gedrückt, und fuhr mit dem Finger über das schwarz ausgemalte Bild mit den Augen. »Bevor er verschwunden ist.«

Anders ahnte, woher ihre Albträume kamen. »Und seit wann träumst du schlecht?«

Sie richtete ihren Blick auf ihn, denn sie verstand, was er andeutete. »Seit gestern. Er hat auch schlimme Träume gehabt, bevor er verschwunden ist.« Nun wurden ihre Augen groß. »Papa, heißt das, dass ich und Mami auch verschwinden werden?«

In einer beschützenden Geste streckte er seine Hand aus und drückte Madison enger an seine Seite. Er strich sanft über ihre Schulter. »Unsinn. Euch wird nichts passieren. Schließlich bin ich doch da.« Dabei zwinkerte er ihr zu. Madison musste durch Liams Verschwinden erschüttert sein und die Bilder gaben ihrer kindlichen Fantasie den nötigen Antrieb für ihre Albträume. Er musste sie nur ein bisschen ablenken.

»Weißt du was?« Er deutete auf das Arbeitsheft. »Wenn wir fertig sind, bauen wir gemeinsam eine Kissenburg, ja?«

Ein ansteckendes Lächeln breitete sich auf ihrem Gesicht aus. »Au ja!«

Victoria schien sich widerwillig mit ihrem freien Abend angefreundet zu haben, denn sie setzte sich mit einer Zeitschrift auf das Sofa.

Sobald die Hausaufgaben erledigt waren, räuberten Anders und Madison alle Kissen aus dem Wohnzimmer. Sehr zum Missfallen von Victoria, die ihnen mit einer skeptisch gehobenen Augenbraue dabei zusah, wie sie Kissen um Kissen in Madisons Zimmer trugen. Auch einige Wolldecken fanden ihren Weg dorthin.

»Räumst du das dann morgen auch wieder auf?«, fragte sie Madison.

»Jaha!«

Victoria schnaubte amüsiert und kämpfte erbittert um das letzte Kissen auf dem Sofa, das Madison ihr auch noch abnehmen wollte.

»Lass Mami das eine«, sagte Anders. »Wir müssen noch ganz viele Lichter zusammensuchen.«

Madison ließ sich mit der Lichtersuche ablenken. Victoria

brachte ihnen einige Nachtlichter und Lichterketten ins Zimmer und half sogar beim Aufhängen.

Als sie fertig waren, bedeckten Kissen in den verschiedensten Größen und Farben den Boden neben Madisons Bett, und mithilfe von Decken, die sie zwischen den Schranktüren und dem Schreibtisch gespannt hatten, war eine kuschelige Höhle entstanden. Selbst ohne größeres Licht erhellten die Ketten und Nachtlichter das Zimmer in einem gedimmten, angenehmen Schein.

»Das ist so schön!«, rief Madison mit strahlenden Augen und warf sich lachend in die weichen Kissen. »Ich will, dass mein Zimmer immer so aussieht.« Dann sah sie abwartend zu Anders hoch. »Papa, du musst auch mit rein.«

Anders, der mit in die Hüfte gestemmten Händen davorstand, schüttelte nur den Kopf. »Ach, weißt du, ich überlass das dir. Schließlich ist das deine Burg, Prinzessin.« So sehr er seine Tochter liebte, die Höhle war nicht groß genug, um ihn und Madison zu überleben. Sobald er sich hineinquetschte, würde alles in sich zusammenfallen und er sich in den Lichterketten verheddern. Er sah es jetzt schon.

Madison zog einen Schmollmund. »Aber hier musst du doch heute schlafen!«

Überrascht hob er beide Augenbrauen. Das hatten sie aber nicht so abgemacht. Er würde auf dem Sofa schlafen. Madisons Zimmer bot kaum genug Platz, dass er sich auf dem Boden ausstrecken konnte.

Sie bemerkte sein Zögern und machte ihre Schultern rund. Der Glanz verlor sich aus ihren Augen. »Sonst kommt es wieder«, flüsterte sie.

»Was?«

»Das Monster.« Dabei sah sie sich um, als fürchte sie, die alleinige Erwähnung würde es bereits herlocken.

Anders seufzte und fuhr sich mit beiden Händen durch die Haare, die ihm schon bis auf die Schultern fielen. Anscheinend nahm Liams Verschwinden Madison noch mehr mit, als Anders vermutet hatte. So viel dazu, Madison davon abzulenken …

»Ich bleibe heute hier bei dir«, versprach er ihr. Dann schweifte sein Blick durchs Zimmer, auf der Suche nach etwas, mit dem er sie so kurz vor der Schlafenszeit ablenken konnte, ohne sie zu sehr aufzuregen. Sonst konnte sie später gar nicht schlafen. Er blieb an einem der Bücher in ihrem Regal hängen und zog es heraus. »Was hältst du von einer Gute-Nacht-Geschichte?«

Er saß auf ihrem Schreibtischstuhl und haderte damit, später doch aufs Sofa umzuziehen. Ein kurzer Blick auf Madisons Kissenburg versprach, dass er nach einer Nacht darin seinen Rücken für Tage spüren würde. Doch wenn er später ins Wohnzimmer ging und Madison wachte nachts tatsächlich aus einem Albtraum auf und er wäre nicht hier, würde sie ihr Vertrauen in ihn verlieren. Das überstand Anders nicht. Genug Leute hatten in den vergangenen Tagen ihr Vertrauen in ihn verloren. Wenn Madison aufhörte, in ihm den perfekten Vater zu sehen, bräche ihm das sein Herz. Eine Nacht in einem Berg aus Kissen hingegen überlebte er.

Die Tür zum Flur, die einen kleinen Spaltbreit offen war, ging auf und Victoria steckte ihren Kopf herein. Sie warf einen Blick auf Madisons schlafende Gestalt, bevor sie zu Anders sah.

»Ich gehe jetzt auch schlafen. Leg dich aufs Sofa, Anders.«

»Später«, beruhigte er sie. »Ich bleibe noch etwas, falls sie aufwacht.«

Victoria nickte und zog sich zurück. Bevor sie ganz aus dem Türspalt verschwand, drehte sie sich noch einmal zu ihm um. »Und, Anders?« Er hob den Kopf. »Danke, dass du für sie da bist.«

»Ich bin ihr Vater, wofür wäre ich sonst gut?« Er lächelte und sie ging.

Zufrieden beobachtete er wieder Madison. Fast konnte er sich einreden, der letzte Monat wäre nie passiert.

Das Licht im Flur ging aus und er hörte die Schlafzimmertür, als Victoria zu Bett ging. Wie gern wäre er ihr gefolgt. Sie war immer noch seine Frau. Auch wenn sie das anscheinend dringend ändern wollte. Er dachte mit Abscheu an die Scheidungspapiere, die in einer Schublade der Kommode auf ihn warteten.

Zum Trost fuhr Anders den Adleranhänger seiner Halskette mit dem Finger nach. Sein Vater hatte sie ihm vermacht und seit er denken konnte, hatte sie immer eine beruhigende Wirkung auf ihn gehabt.

Mit jeder Stunde, die verstrich, erschien die Kissenburg verlockender. Er spürte die Müdigkeit in seinen Gliedern und sein Kopf wurde schwer. Madison zeigte keine Anzeichen eines schlechten Traums. Sie lag ruhig in ihre Decke gerollt da, angeleuchtet vom bunten Schein der Lichterkette. Der Vorhang vor dem Fenster wehte sanft im Wind und – Moment. Das Fenster war geschlossen. Woher kam dann der Wind?

Die Lichterketten und Nachtlichter wurden mit einem mal dunkler, als bekämen sie nicht mehr genug Strom. Einige von ihnen flackerten und gingen ganz aus. Madison zuckte und fiel in einen leichteren Schlaf. Dann erklang ein Geräusch, als schabten dünne Äste gegen das Fensterglas. Doch vor Madisons Fenster stand kein einziger Baum. Die Müdigkeit war wie weggefegt. Anders saß kerzengerade auf dem Schreibtischstuhl und blinzelte, um sich an die veränderten Lichtverhältnisse zu gewöhnen.

Ein pechschwarzer Schatten glitt vom Fenstersims die Wand des Zimmers hinab und erreichte den Boden. Anders' Hände wurden feucht, als der Schatten sich teilte, eine Hälfte sich am Boden wölbte und eine Gestalt daraus erwuchs. Die andere Hälfte breitete sich auf der Wand gegenüber Madisons Bett aus und das schwache Glimmen der Lämpchen ließ allerhand groteske Schatten über die Wände tanzen.

Vor Anders baute sich eine weit über zwei Meter große Gestalt auf – eine vage menschliche Form aus tiefster Finsternis, an deren Rändern eben jene Dunkelheit in kleinen Nebelschleiern leckte. Ein erschrockener Laut kroch Anders' Kehle hoch. Er drückte eine Hand auf seinen Mund, um sich nicht zu verraten. Sein Herz schlug so rasend, dass Anders befürchtete, das Monster könnte es hören. Was zur Hölle war das?

Die Schatten wurden dichter, dunkler und etwas in ihnen bewegte sich. Sie hoben sich wie pechschwarze Wellen eines unruhigen Sees. Aus den Ecken des Zimmers wuchsen Schattenfinger, die sich nach Madisons Bett ausstreckten. Die ganze Aufmerksamkeit der Kreatur lag auf dem Mädchen, sie schien Anders hinter sich gar nicht zu bemerken.

Anders' Körper war wie gelähmt und er wagte nicht, einen Laut zu machen. Hatte Madisons Angst sich auf ihn übertragen? Schlief er und hatte einen Albtraum?

Die schwarzen Finger erreichten das Bett und krochen die Bettdecke entlang. Sie berührten Madison, woraufhin sie sich wild im Bett hin und her warf.

Anders nahm seine Hand vom Mund und streckte sie nach dem Monster aus. Er stand auf, um nicht so klein zu wirken. *Traum oder nicht, dieses Ding tut Madison nichts an!* Erst griff er ins Leere, während die finsteren Nebelschwaden auseinanderstoben, als hätte ein Windzug sie aufgewirbelt. Dann traf er auf Widerstand. Er hatte anscheinend den Körper erreicht.

»Lass sie«, flüsterte er, wobei ihm seine Stimme vor Angst wegbrach. Adrenalin durchströmte jede Zelle seines Körpers. Noch im selben Moment wirbelte die Gestalt herum und gefährliche, stechend gelbe Augen suchten und fanden Anders. Er stolperte zurück. Es krachte, als er gegen Madisons Schreibtischstuhl stieß. Das Monster hatte kein erkennbares Gesicht. Da waren nur die Dunkelheit und diese leuchtenden Augen.

Aus dem Augenwinkel sah er, wie Madison sich bewegte. Sie gab gequälte Laute von sich. Doch Anders hatte zu viel Angst, eine Regung des Monsters zu verpassen, wenn er auch nur eine Sekunde wegsah.

»Wenn du ihr etwas tust«, begann er, doch weiter kam er nicht.

Die gelben Augen weiteten sich und das Monster wich rückwärts vor ihm zurück, glitt über die Schatten, als wären sie schwarzes Wasser. Wie ein Seeungeheuer sank es in sie ein und das Letzte, was Anders ausmachen konnte, war blanke Bestürzung. Jegliche unnatürliche Finsternis zog sich in Sekundenschnelle an der Stelle zusammen, wo die Kreatur eingetaucht war. Dann verflüchtigte sie sich durch das Fenster. Die Lichterketten flammten wieder auf. Das alles passierte so schnell, dass Anders dem Monster nur verwirrt hinterherschauen konnte. Er blinzelte mehrmals und schüttelte den Kopf. Was war gerade passiert?

Zwei Herzschläge später richtete er seinen Blick auf Madison, die ruhig atmend im Bett lag. Ein erleichterter Atemstoß drang über seine Lippen. Es ging ihr gut, sie war noch hier. *Nicht verschwunden.* Plötzlich sah er Liams Verschwinden und das seiner Mutter mit anderen Augen.

Es dauerte einen Moment, bis er seine Beine bewegen konnte, aber dann stürzte er zum Fenster, riss den Vorhang zurück und öffnete es. Er steckte den Kopf hinaus und suchte die von einzelnen Lichtern durchtränkte Dunkelheit der Stadt nach dem tintenschwarzen Schatten ab. Ihn tatsächlich zu sehen, hatte er trotzdem nicht erwartet. Ein Fluch drang über seine Lippen. Unter den Bäumen des Nachbargartens leuchteten gelbe Augen auf, die ihn ansahen. Sofort schob er das Fenster wieder zu, obwohl es das Monster eben nicht aufgehalten hatte, Madisons Zimmer zu betreten.

»Papa?«, fragte ein verschlafenes Stimmchen hinter ihm. In seinen Ohren rauschte das Blut und er hätte sie fast nicht gehört. Er drehte sich zu Madison um, die sich über die Augen rieb. »Ich habe schlecht geträumt, aber du warst auch da und hast das Monster vertrieben.«

Anders atmete aus und fühlte sich, als sei zusammen mit der Luft alle Energie aus seinem Körper gewichen. Er ging zum Bett und sank auf die Bettkante. Madison kroch zu ihm und legte ihren Kopf auf seinen Schoß.

»Keine Sorge, Bärchen. Ich beschütze dich.« Für den Rest der Nacht ließ er das Fenster nicht eine Sekunde aus den Augen und behielt seine Hand auf dem weichen Haarschopf seiner Tochter, deren Albträume Wirklichkeit waren.

KAPITEL 2

Mit der Post, die er von seinem ehemaligen Haus mitgenommen hatte, kam Anders zu Ronans Tabakwarenladen. In einem Apartment eine Etage darüber hauste er, seit Victoria ihn rausgeworfen hatte. Sein Freund gab ihm das Rattenloch umsonst – wahrscheinlich aus Mitleid. Anders hätte es abgelehnt, wenn er die Energie aufbringen könnte, nach einem anderen Schlafplatz zu suchen. Aktuell schaffte er es nicht einmal, sich zu rasieren, ohne dass es sich wie vergebliche Liebesmüh anfühlte, also beließ er es dabei. Es war nur vorübergehend. Anders hielt an dem Gedanken, Victoria zurückzubekommen, fest wie ein Terrier an seiner Beute. Wenn erst mal die ganze Sache mit der Suspendierung geklärt war, würde sie erkennen, dass sie einen Fehler gemacht hatte. Der Vorfall hatte sie nur im Glauben bestärkt, dass Anders labil war.

Mit der freien Hand rieb Anders sich über die müden Augen, holte dann eine Zigarette aus seiner Manteltasche und nahm sie zwischen die Lippen. Er klemmte sich die Post unter den Arm, ohne sie genauer zu betrachten, und betrat schließlich den Tabakwarenladen.

Ronan, ein hünenhafter Mann mit Bierbauch, reckte beim hellen Geräusch der Türklingel den Kopf hinter dem Tresen hervor. Das freundliche Begrüßungslächeln für Kunden wandelte sich in ein breites Grinsen, als er Anders erkannte. Dann jedoch runzelte er die Stirn.

»Du siehst aus wie zweimal gegessen und wieder ausgekotzt«, grüßte er und Anders hob eine Augenbraue.

»Dir auch einen guten Morgen.«

»Na, ein guter Morgen scheint das nicht zu sein«, stellte Ronan fest. »Du bist doch sonst nicht so früh hier. Ich habe noch nicht einmal Hunger.«

»Ich habe auch nichts dabei. Wollte nur wissen, ob du mit mir eine Zigarettenpause machen willst«, Anders zog die Briefe hervor. Aus dem weißen Einheitsbrei stach ein blassrosa Umschlag heraus, der ihm bisher gar nicht aufgefallen war. Anders fischte ihn aus dem Stapel. Er kannte nur eine Frau, die ihm so etwas sandte.

»Ich habe eben erst den Laden aufgemacht. Da kann ich nicht gleich wieder Pause machen.« Ronan schnaubte amüsiert und nahm seine Arbeit von vorhin wieder auf. Er räumte einige Zigarettenschachteln in die unteren Regale. »Aber später können wir das machen.«

Abwesend schüttelte Anders mit der Zigarette im Mundwinkel den Kopf. »Ich muss dann weiter. Habe heute was vor.« Dabei hielt er sich den Briefumschlag unter die Nase und roch daran. Zarter Lavendelduft. Die auf dem Papier in dunkelroter Schnörkelschrift verfasste Adresse versetzte ihn zurück in seine Kindheit, als sein Vater ab und zu ebensolche Briefe bekommen hatte. Ungeduldig riss er ihn auf und ignorierte dabei, dass das Briefpapier allein wohl mehr gekostet hatte als sein durchschnittliches Mittagessen.

»Ach ja? Das ist … gut. Bringt ja nichts, wenn du nur an die Suspendierung und Vikky denkst. Das ist bestimmt eh bald vom Tisch und du hast deine Marke und deine Frau wieder.«

Anders faltete das schwere Büttenpapier auseinander.

Mein lieber Anders,

ich hoffe, du hast mein Paket erhalten und den Inhalt genossen – am besten nicht allein, denn das Trinken ist seit jeher ein gesellschaftlicher Anlass. Aber genug Geschwätz über Wein. Was würde dein Vater sagen, wenn wir zu weintrinkenden Schnöseln ohne das Auge für den wahren Göttertropfen verkämen? Ich komme in Kürze in die Stadt, familiäre Bande erneuern und deinem Vater meine Ehre erweisen. Unser freundschaftliches Band benötigt dringend ebenfalls eine Auffrischung und ich kenne dich doch: Wenn ich nicht aufpasse, verkommst du mir zu einem miesepetrigen Alleintrinker. Ich kann das billige Bier in deiner Hand förmlich sehen. Deswegen möchte ich dir gern mein neuestes

Projekt zeigen. Genaueres folgt, sobald ich den Kaufvertrag in Händen halte.

Auf bald,

Gloria Laurey

Anders dachte mit Wehmut zurück an den köstlichen Tropfen, den Gloria ihm vor Kurzem geschickt hatte. Er hatte ihn mit Victoria genießen wollen, doch dann war alles anders gekommen und er hatte den Wein allein in Ronans heruntergekommener Wohnung über dem Laden getrunken.

Ein anerkennendes Pfeifen schreckte Anders auf. Ronan grinste ihn an. »Eine Verehrerin? Ich bin beeindruckt.«

Anders winkte mit dem Brief in der Hand ab. »Eine alte Freundin meines Vaters. Sie kommt mal wieder zu Besuch und will mir irgendeine Kneipe zeigen, die sie neu aufmacht.« Gloria hatte ebenso viel Klasse wie schrullige Interessen. Lokalitäten zu renovieren war noch das Normalste.

»Auch ältere Damen haben etwas für sich«, meinte Ronan und zuckte die Achseln.

Anders schüttelte den Kopf und zog die Zigarette aus seinem Mundwinkel. »Na, wenn du keine Zeit hast, muss ich wohl allein rauchen. Leihst du mir kurz ein Feuerzeug?«

Gerade als er sich umdrehen und eines der Feuerzeuge von der Auslage auf der Theke nehmen wollte, fiel ihm ein silbernes Sturmfeuerzeug ins Auge, das an der Ecke der Theke lag. Es sah nicht aus wie die, die Ronan sonst verkaufte. Nachdenklich hob er es hoch.

»Hat das einer deiner Kunden vergessen?« Währenddessen drehte er es in der Hand. Es war schwer, musste teuer gewesen sein. Auf dem mattsilbernen Zippo erkannte er eine Gravur. *Silberstreif.*

Er stockte.

»Ronan …«, fing er an, aber sein Freund ließ ihn mit einer erhobenen Hand verstummen. Er nahm das Zippo und sah weg, als hätte Anders es noch nicht finden sollen.

»Ich dachte mir … Wenn dir ein Feuerzeug was bedeutet, verlierst du es vielleicht nicht so leicht.«

Ronan griff nach Anders' rechtem Arm und schob den Ärmel seines grauen Trenchcoats bis zum Ellbogen hoch. Er legte Anders' Tattoo frei. Dort war derselbe Schriftzug in schwarzer Tinte verewigt. »Sieh es dir an.«

»Das geht doch nicht«, sagte Anders verlegen. Geschenke waren ihm unangenehm. Sie gingen meist mit der Erwartung eines Gegengeschenks einher.

»Doch, das geht«, beharrte Ronan. »Irgendwann kannst du mich nicht mehr zum zweiten Frühstück einladen, weil du dein Geld immer für neue Feuerzeuge ausgegeben hast.« Er beugte sich über den Tresen nach vorn und sah Anders ernst in die Augen. »Weißt du, woran es dich erinnern soll?«

Anders schüttelte langsam den Kopf. Er wusste, wofür sein Tattoo stand: dafür, dass er ein verdammt guter Schütze war. Oder gewesen war. Seine Dienstwaffe war weg und wenn die polizeilichen Untersuchungen negativ für ihn ausfielen, bekam er sie auch nicht wieder. Wut stieg in Anders auf. Alles nur wegen dieses verfluchten Parker! Ein dreckiger Lügner, der damit sein Geld verdiente. Die Wut bestärkte Anders in seinem Vorhaben für den Tag. Er würde diesem Kerl schon klarmachen, was es ihm brachte, Anders anzuschwärzen. Das Gewicht der alten Pistole seines Vaters drückte im Holster an seine Brust. Er würde sie nicht benutzen. Es wäre besser, wenn er sie gar nicht erst zum Treffen mitnahm, damit er nicht auf dumme Gedanken kam. Aber so wie die Halskette wirkte auch eine Waffe an seinem Körper beruhigend auf ihn. Er konnte sich nicht daran erinnern, wann er das letzte Mal ohne Pistole unterwegs gewesen war. Nachdem man ihm seine Dienstwaffe genommen hatte, hatte Anders sich nackt und angreifbar gefühlt. Mit der Pistole seines Vaters fühlte er sich stark.

Ronan deutete sein Schweigen als Ratlosigkeit. Sein Gesichtsausdruck wurde weich und verständnisvoll.

»Du hast dein Können nicht verloren, Anders. Du darfst dich selbst nicht verlieren, nur weil es gerade schwer ist. Selbst wenn

Victoria dich nicht zurücknimmt – nur mal angenommen«, schob er hinterher, um Anders' Protest im Keim zu ersticken, »bist du deswegen immer noch derselbe feine Kerl wie vorher. Und es gibt andere Frauen. Gib ihr nicht die Macht, dir wegzunehmen, was dich ausmacht. Du bist auch ohne sie klargekommen, früher, bevor du sie kanntest. Du bist ein guter Kerl und daran ändert sich nichts. Außer du lässt es zu.« Ronan nahm seine Hand und Anders spürte das kühle Gewicht des Sturmfeuerzeugs darin. Sein Freund schloss Anders' Finger darum.

»Also pass gut darauf auf.«

Und Anders wusste, dass er nicht nur vom Feuerzeug sprach.

Dann ließ Ronan ihn los und räumte einige hochwertige Zigarren fein säuberlich in ein Etui. Anders betrachtete das Sturmfeuerzeug und sein Tattoo einige Herzschläge lang, ehe er es wegsteckte und seinen Ärmel wieder herunterschob. Dann schloss er für einen langen Moment die Augen und atmete tief durch. *Nichts kann je wieder so sein wie früher. Sie hat mich verändert, mein Freund.*

»Danke, ehrlich. Wenn wir beide keine Frauen hätten, würde ich um deine Hand anhalten.«

Ronan runzelte die Stirn. »Na, dann bin ich ja froh um meinen Hausdrachen. Und wehe, du kommst nicht später mit etwas Süßem vorbei. Du weißt doch, ich leide an Unterzucker. Sonst kannst du gleich meinen Grabstein bestellen.« Er machte ein todernstes Gesicht.

Anders winkte ab und verließ den Laden.

Es ging nicht darum, sich selbst nicht zu verlieren. Anders wusste genau, wer er war und was er nicht war. Er war kein Schläger. Gewalt war ein letzter Ausweg, eine präzise angewandte Methode der Schadensreduzierung in seinem Beruf. Er hatte Joshua Parker nichts angetan. Das wusste er. Allerdings schien ihm sonst niemand zu glauben. Das alles nur, weil er nach Feierabend die Geister, die ihn bis in die Nacht verfolgten, im Alkohol ertränkte. Dabei war er nicht der einzige Polizist, der Dinge in seinem Beruf erlebte, die er nicht ohne ein paar Gläser Scotch vergessen konnte.

Eigentlich hatte er kurz in die Wohnung hochgehen und frische Kleidung anziehen wollen, doch ein Blick auf die Uhr zeigte ihm, dass er spät dran war. Deshalb schlug er eine andere Richtung ein. Anders zündete sich die Zigarette an und schob seine Hände tief in die Taschen seines Trenchcoats. Mit hochgezogenen Schultern, um dem kalten Wind zu trotzen, ging er den Gehsteig entlang.

Heute würde er ein Wörtchen mit Parker reden. Dieses Mal wirklich. Dieser verfluchte Bastard wollte Anders' Leben ruinieren. Er hatte eine Chance für sich gesehen, seinen Kopf aus der Schlinge zu ziehen. Alles nur wegen der Politik. Anders taumelte am Abgrund und Parker hatte ihm den letzten Stoß verpasst, um sich selbst über die Klippe hinaufzuziehen. Anders knirschte mit den Zähnen und nahm einen tiefen Zug von seiner Zigarette.

Er bog um die Ecke des nächsten Gebäudes und betrat den schäbigen Parkplatz, auf dem sein Wagen stand. Während er einstieg, glitten seine Gedanken kurz zu den gelben Augen in der Dunkelheit zurück. Ein Zittern durchzog seine Glieder und er nahm einen weiteren Zug an seiner Zigarette, um sich zu beruhigen. Er würde auch in dieser Nacht dafür sorgen, dass Madison sicher war. Er wusste nur noch nicht, wie.

Ein Mädchen lehnte auf der anderen Seite des Zaunes, der den Parkplatz vom nächsten Gelände abtrennte, und schaute ihm beim Ausparken zu. Anders sah sie durch den Rückspiegel. Nachdem sie sich nicht bewegte und somit auch nicht in sein Auto zu laufen drohte, war sie schon fast wieder vergessen. Nur ihre Klamotten blieben ihm im Gedächtnis. Mit den kleinen Tieren – es könnten Affen oder Teddys gewesen sein – hatten sie wie ein Pyjama ausgesehen.

Anders fuhr über winterliche Straßen, vorbei an Schaufenstern, die farbenfroh das kommende Weihnachtsfest verkündeten. Nur dass er dieses Fest der Familie allein verbringen sollte, wenn es nach Victoria ging. Eine Vorstellung, die ihm den Magen umdrehte. Er gab Gas. Die Schaufenster zogen an ihm vorbei und wurden bald schon von Fassaden gepflegter

Vorstadthäuser abgelöst. Am Anfang einer Allee hielt er den Wagen an, machte den Motor aus und kontrollierte seine Uhr. 7:45 Uhr. Gleich würden Mrs Parker und der Hund zu ihrer morgendlichen Runde um den Block aufbrechen. Mr Parker würde solange noch am Frühstückstisch sitzen und die Zeitung fertig lesen. Danach kam seine Frau zurück, verabschiedete ihn und er würde von seinem Chauffeur abgeholt werden. Ab da wäre er außerhalb von Anders' Reichweite. Anders war in den letzten Tagen so oft hier gewesen, dass er die morgendliche Routine des Ehepaars kannte.

Die Tür des Hauses auf der gegenüberliegenden Straßenseite ging auf und Mrs Parker führte den Hund hinaus. Anders beobachtete, wie sie mit ihm den Weg entlangging.

Mit einer Hand rieb er sich über die Augen. So ungern er es zugab, er gehörte nicht mehr zu den Jüngsten. Eine schlaflose Nacht hatte er mit zwanzig so viel leichter weggesteckt als heutzutage. Sein Bett rief nach ihm. *Sobald die Sache geklärt ist, leg ich mich hin.*

Durch das große Fenster, das in den Vorgarten zeigte, sah er den Mann mit seiner Zeitung. Ergraute Schläfen, ein hageres Gesicht. Er trug einen Anzug mit Krawatte. Allein der Anblick des Wirtschaftsmoguls machte Anders rasend. Man sah die Verfärbung an seinem Unterkiefer und gerade wünschte Anders sich, er wäre wirklich derjenige gewesen, der Joshua Parker verprügelt hatte. Er umgriff das Lenkrad fester, bis seine Knöchel weiß hervortraten.

»Ich will nur mit ihm reden«, erinnerte Anders sich.

Bedacht öffnete er die Tür, atmete durch und stieg aus. Aus dem Augenwinkel erhaschte er noch einen Blick auf eine kleine Gestalt mit schwarzen Haaren, doch dann richtete er seine Aufmerksamkeit auf das Haus und ging darauf zu. Die Waffe in seinem Holster wog mehr als sonst. Während er das Gewicht seiner Dienstwaffe kaum noch bemerkte, war die Pistole seines Vaters schwerer. Es fühlte sich wie eine stumme Versicherung an, dass Anders als der Sieger aus diesem Zusammentreffen herausgehen würde, auch wenn er den Beigeschmack dieses

Gedankens nicht mochte. Er wollte Parker nichts antun – er wollte nur, dass der seine Anschuldigungen zurückzog. In seinem Kopf schrillten ein Dutzend Alarmglocken und Victorias Stimme schalt ihn einen Vollidioten, weil er dachte, dass eine persönliche Konfrontation die Sache zu seinen Gunsten verschob. Sogar Prudence' Stimme mischte sich auf dem kurzen Weg zur anderen Straßenseite mit ein. Wenn niemand für Anders einstand, musste er es eben selbst in die Hand nehmen.

Ein Wagen blieb neben ihm stehen. Anders beachtete ihn erst nicht, doch als die Haustür aufging und Parker eilig herauskam, erstarrte Anders. So war das nicht geplant gewesen. Eine Frau eilte an ihm vorbei und ging Parker entgegen. Sie schien Anders gar nicht zu bemerken.

»Sir, Ihre Tochter ist in der Leitung«, sagte sie und reichte ein Smartphone an den Mann weiter.

Parker nahm es entgegen und hielt es sich ans Ohr. »Liebes, beruhige dich«, sagte er. »Wir werden sie finden.« Er wandte sich an seine Assistentin: »Du bleibst und sagst meiner Frau Bescheid. Kümmere dich um sie, sie regt sich immer so schnell auf.«

In Anders' Körper kam gerade rechtzeitig wieder Leben, sodass er zwei Schritte zurückmachte, um eine Hecke zwischen Parker und sich zu bringen. Der Mann bemerkte ihn nicht, als er in das wartende Auto einstieg. Der Wagen fuhr mit quietschenden Reifen los und Anders konnte nichts anderes tun, als ihm hinterherzusehen.

Er stand eine ganze Weile da und fragte sich, ob er es als Wink des Schicksals verstehen sollte. Bevor Mrs Parker mit dem Hund zurückkommen konnte, schob er seine Hände tief in die Manteltaschen und entschied sich gegen sein Auto. Er musste den Kopf freibekommen. Ein Spaziergang würde ihm helfen, die Dinge wieder klarer zu sehen. Es war ja nun nicht so, als hätte er etwas anderes zu tun, solange die Untersuchungen liefen …

Mit einer Zigarette zur Beruhigung stapfte er durch das verschneite Viertel und fror. Die Kälte half ihm, wieder zu sich zu finden und sich neu zu sortieren. Noch war nichts verloren. Er konnte am nächsten Morgen genau da weitermachen, wo er heute so jäh unterbrochen worden war. Hinter ihm knarzten Schritte im Schnee. Er drehte sich um und sah ein Mädchen in einigen Metern Entfernung. Sie erinnerte ihn ein wenig an Madison, wahrscheinlich hatten sie dasselbe Alter. Etwas an dem Mädchen war auffällig, aber Anders ließ das Gefühl an sich vorüberziehen und sah wieder nach vorn. Madison. Was sollte er heute Abend tun? Würde das Monster wiederkommen?

An einer Straßenlaterne blieb er stehen und drückte die Zigarette aus. Einige Autos schossen schneller als erlaubt an ihm vorbei. Er hob den Kopf und sah in den bewölkten Himmel. Wenn es so weiterging, gab es heute Abend Neuschnee. Würde Victoria überhaupt verstehen, wieso Anders erneut bei Madison sein musste? Er seufzte. Wahrscheinlich nicht. Sie würde darin den traurigen Versuch seinerseits sehen, sich wieder in ihr Haus zu schleichen – in sein eigenes Haus.

Erst als er über die Straße weiterging und hinter ihm ebenfalls wieder Schritte einsetzten, fiel ihm auf, dass es eben still gewesen war. Das Mädchen war nicht an ihm vorbeigegangen. Sie war stehen geblieben, als er an der Laterne angehalten hatte, und nun ging sie ebenfalls weiter. Verfolgte sie ihn?

Anders warf einen Blick über die Schulter. Tatsächlich. Das Mädchen folgte ihm über die Straße.

Anders versteifte sich. Sobald er den Gehsteig erreicht hatte, blieb er stehen und drehte sich ganz zu dem Kind um.

Es hielt mitten auf der Straße inne.

Nun erkannte Anders, was ihm zuvor merkwürdig an dem Mädchen vorgekommen war: Sie war barfuß. Barfuß im Winter? Was sollte das? Und sie trug einen Pyjama. Irgendwoher kannte er dieses Kind.

Das Mädchen legte den Kopf schief und sah ihm direkt in die Augen. Einige schwarze Haarsträhnen fielen ihr ins Gesicht.

»Komm besser von der Straße runter. Das ist zu gefährlich!« Er winkte dem Mädchen zu. Sie regte sich nicht. Nun wusste er, wo er das Kind schon einmal gesehen hatte: Es war dasselbe

Mädchen wie auf dem Parkplatz. Wie konnte sie so nahe bei Ronans Laden gewesen sein und jetzt vor ihm stehen? Auf der anderen Seite der Stadt?

Sie musterte Anders von oben bis unten. Der Ausdruck der Augen wirkte suchend und zu erwachsen. Dann öffnete sie den Mund und sagte: »Wie kann es sein, dass du …«

Sie unterbrach sich, als ein Auto um die Kurve raste. Der Wagen schlitterte, ein Hupen durchbrach das Geräusch der quietschenden Reifen. Anders wollte das Kind von der Straße ziehen, aber es war zu weit weg und das Auto schoss heran.

»Nein!«, rief Anders. Der Fahrer des Autos versuchte zu bremsen.

Das Mädchen drehte langsam den Kopf, dann erfasste die Breitseite des Wagens das Kind und schleuderte es durch die Luft. Der Wagen blieb abrupt stehen. Anders hörte den Aufprall in der entstandenen Stille nachhallen. Dann ging die Beifahrertür auf.

»Scheiße, Eddy, scheiße!«, schrie eine Frau und lehnte sich über das Auto, aus dem nun auch ein Mann mit Goldkettchen stieg. »Du hast sie voll erwischt.«

»Ey, sie stand da plötzlich. Ich habe sie gar nicht gesehen. Fuck, meinst du, sie ist …?«

Anders blinzelte. Das Mädchen lag merkwürdig verdreht auf dem Boden und regte sich nicht.

»Oh Himmel, nein«, stieß er hervor. Wie betäubt stolperte Anders auf das Mädchen zu. Die junge Frau stürzte ihm hinterher.

»Ist sie tot?«, wollte der Kerl wissen. »Verdammt, was steht sie auch mitten auf der Straße!« Er raufte sich die Haare. Die Frau kniete sich neben Anders.

Der rechte Arm des Mädchens zeigte verdreht in den Himmel, ihr Rücken machte eine unnatürliche Biegung. Ihr Gesicht, das größtenteils durch die Bauchlage und die schwarzen Haare verdeckt blieb, zeigte tiefe Schürfwunden. Unter dem Mädchen breitete sich eine zunehmend größer werdende, rote Pfütze aus. Anders griff ohne nachzudenken nach seinem Handy und wählte mit klammen Fingern den Notruf. Während es klingelte, lag sein Blick starr auf dem Kind. Die Blutlache breitete sich aus.

»Notrufzentrale?«, meldete sich eine warme Frauenstimme. Anders beobachtete, wie das Blut sich langsam schwarz färbte.

»Ähm … ein Unfall«, stammelte er.

Die junge Frau streckte ihre Hände vorsichtig nach dem Mädchen aus. Die Form des Kindes fiel bei der ersten Berührung in sich zusammen, als hätte man rapide Luft aus einer Luftmatratze gelassen.

Anders und die Frau zuckten zurück.

»Was ist passiert?«, fragte die Frauenstimme durchs Telefon.

»A-Autounfall. Ein Mädchen ist angef…« Der Rest blieb ihm im Halse stecken. Der eingefallene Kinderkörper färbte sich dunkler und dunkler, bis er ebenso schwarz wie das Blut war. Er schien sich zunehmend zu verflüssigen und dem Blut zu folgen, das ein Rinnsal bildete. Wie ein schwarzer Faden zog es über die Straße, durch den Schneematsch, bis zu einem Abflusskanal, der in der Straße verbaut war.

»Was zur Hölle …?«, rief der Kerl und zerrte schockiert die Frau weg, die sich die Hände vor den Mund geschlagen hatte. Anders hörte die Frau der Notrufzentrale durchs Telefon etwas sagen, aber nichts davon drang zu ihm durch. Seine Hand mit dem Handy sank schlaff zu Boden. Er starrte auf die grässliche Szene, bis nichts mehr vom Blut und dem Körper übrig war.

Ein Hupen riss ihn aus der Starre. Hinter dem quer stehenden Unfallwagen warteten zwei weitere Autos, die nicht vorbeikamen, weil der Wagen beide Fahrbahnen blockierte. Die tiefe Mulde an der Hintertür zeugte vom Geschehen, doch von dem Mädchen fehlte jede Spur.

Anders saß auf steinernen Treppen nicht weit vom Unfallort entfernt, als die Polizei kam. Er hob den Kopf aus seinen Händen und verfluchte sich innerlich, hiergeblieben zu sein, als er sah, wer aus dem Polizeiwagen stieg. Neben Prudence, seiner Partnerin, und deren aktuellem Partner Zaremba hatte es Hubert Brown mit angeschwemmt. Anders verzog das Gesicht. Noch bevor Brown beide Füße auf dem Gehsteig hatte, bekam er schon einen seiner Sprüche entgegengeschleudert.

»Habe ich mir deine Suspendierung nur eingebildet, Clayton?« Anders' Mundwinkel verzogen sich minimal, aber er ermahnte sich, seinen Unmut nicht weiter zu zeigen. Stattdessen ignorierte er seinen ehemaligen Kollegen und sah zu Prudence. Sie versuchte mit einem schnellen Blick, die Lage zu erfassen, und hielt dann überrascht inne, als sie ihn erkannte. Das Leben hatte ihr übel mitgespielt und so sah sie mit dreiundvierzig schon wie Mitte fünfzig aus, ihr Haar war fahrig zurückgebunden.

»Anders? Du hier?«, fragte sie und kam auf ihn zu. Anders sah, wie sie den einzig logischen Schluss zog, warum er hier war, und Sorge in ihr Gesicht trat. »Bist du verletzt?« Sie kniete sich neben ihn und suchte nach möglichen Blessuren. Anders starrte vor sich hin. Er wollte nicht mit ihr reden – nicht über den Unfall und erst gar nicht über das, was zwischen ihnen stand. Obwohl nun Prudence' Sorge überwog, hatte er nicht vergessen, dass selbst sie an ihm zweifelte.

»Hast du den Unfall beobachtet?«, fragte sie.

Anders entwand sich ihren Händen und schüttelte den Kopf. Er wusste nicht, was passiert war. Er war dabei gewesen, aber was er glaubte, gesehen zu haben, war unmöglich. »Muss wohl gerade weggeschaut haben, als es passiert ist«, log er.

Prudence durchschaute ihn sofort.

Die beiden jungen Leute saßen in ihrem Auto. Der Mann redete leise auf seine Freundin ein, die hysterisch den Kopf schüttelte und auf die Stelle starrte, an der das Mädchen gelegen hatte. Ein Sanitäter kam dazu und redete mit ihnen. Zaremba, ein junger Mann mit sehr kurz rasiertem Haar, schenkte Anders und Prudence einen Blick, dann ging er zu den anderen. Brown allerdings folgte seinem Fingerzeig nicht und kam stattdessen auf Prudence und Anders zu. Er schlenderte gemächlich, so als hätte er alle Zeit der Welt.

»Was ist los, Clayton?«, meinte er hämisch. »Hat es dir die Sprache verschlagen?«

»Anders«, drängte Prudence, aber er bekam kein Wort heraus. Er sah ihre besorgte Miene, die Falten auf ihrer Stirn und las die Fragen, die sie ihm nicht stellte, von ihrem Gesicht ab.

»Früher warst du nicht so ein Waschlappen«, machte Brown weiter. »Obwohl, wenn ich darüber nachdenke, eigentlich schon. Ein Säufer mit kurzem Geduldsfaden.«

Anders konnte sich nicht dazu aufraffen, ihm zu antworten. Obwohl Browns Provokationen ihn sonst immer auf die Palme brachten.

Prudence' böser Blick traf Brown. »Hubert«, knurrte sie, »bist du nicht für etwas anderes mitgekommen?«

»Oh nein, ich bin genau *dafür* mitgekommen«, schnurrte der Mistkerl und schenkte ihnen ein selbstgerechtes Grinsen.

Prudence seufzte frustriert und drehte sich zu Anders. »Lass dich von einem der Sanitäter durchchecken, nur für den Fall«, flüsterte sie. »Wir reden später, ja? Komm aufs Revier.« Einen langen Moment lag ihr Blick noch auf ihm, in der Hoffnung auf eine Reaktion. Dann gab sie auf, erhob sich und zerrte Brown mit sich zu dem Fahrer und seiner Begleiterin. »Kümmere dich um deinen Job und lass ihn in Ruhe«, warnte sie und ließ seinen Oberarm nicht mehr los, ehe sie sicher war, dass er mitkam.

Anders nutzte die erste Gelegenheit, um zu verschwinden. Er brauchte ein Bier. Oder etwas Härteres, sofort.

Mit einem Sixpack Bier und einer Flasche Scotch bewaffnet stieg Anders die Treppen zu seiner Wohnung hinauf.

»Hey, da bist du ja wieder«, rief Ronan aus der Tür seines Ladens, aber Anders blieb nicht stehen. »Wenn du willst, können wir ... hey, Anders!«

»Nicht jetzt«, war alles, was er herausbrachte. Dann schloss er auch schon die Tür hinter sich, sperrte die ganze Welt aus, als er den Schlüssel umdrehte, und setzte sich auf das Sofa, ohne das Licht einzuschalten. Das Dämmerlicht durch die Vorhänge reichte aus, um ihn die Fernbedienung finden zu lassen. Gelächter drang aus dem Fernseher. Anders griff nach der ersten Flasche Bier und exte sie in zwei Zügen. Dann holte er seine Zigarettenschachtel hervor und suchte eine Weile nach einem Feuerzeug. Er fand keines.

»Verflucht! Nichts ist mir vergönnt«, rief er und warf die Schachtel gegen den Bildschirm.

Er zwang sich, die Augen zu schließen, und massierte sich die Nasenwurzel, doch schon gaukelte ihm sein Verstand wieder den eingefallenen, pechschwarzen Kinderkörper vor und er riss panisch die Augen auf. Das war doch alles verrückt! Er wusste immer noch nicht, was da passiert war. Am naheliegendsten wären Drogen gewesen, aber er wusste, dass er clean war. Mit einem großen Schluck aus der zweiten Flasche verdrängte er das Bild aus seinem Kopf und fixierte seinen Blick geistesabwesend auf den Fernseher, auch wenn er nicht einmal wahrnahm, auf welchen Film er geschaltet hatte. Der Ton schallte tröstlich durch seine Wohnung und vertrieb diese ominöse Stille, in der ihn der Gedanke, allein zu sein, überwältigte.

Erst jetzt fiel ihm Ronans Geschenk ein und er stand auf, um aus der Tasche seines Trenchcoats das Sturmfeuerzeug zu holen und die Zigarettenpackung vor dem Fernseher aufzuheben. Er zündete sich eine Kippe an und lehnte sich beim Ausatmen zurück. Die Müdigkeit der schlaflosen Nacht holte ihn ein und spätestens nach dem dritten Bier und einer halben Flasche Scotch verlor sich der Adrenalinkick des Erlebnisses. Die Bilder verschwammen, sodass er halb sitzend, halb liegend auf dem Sofa einschlief.

Ein Quietschen, wie von Fingernägeln auf einer Tafel, holte ihn gewaltsam aus dem Schlaf. Anders' Nacken knackte und schmerzte von der unvorteilhaften Schlafposition. Etwas rutschte aus seiner Hand und kam mit einem dunklen *Klonk* auf dem Teppichboden auf. Das gluckernde Geräusch von auslaufender Flüssigkeit brachte Anders zum Fluchen.

Kühles Lichterflackern vom Fernseher erleuchtete den Raum. Ansonsten regierte Finsternis.

Anders rieb sich über die Augen. Es musste Nacht geworden sein. Wie erstarrt hielt er in seiner Bewegung inne. Madison! Er richtete sich auf, doch ein Geräusch ließ ihn erstarren.

Etwas schlug gegen das Fenster. Schlagartig kehrten die Erinnerungen an die vergangene Nacht zurück. Es war dasselbe Geräusch. Wie Äste, die vom Wind gegen das Glas gepeitscht wurden. Anders' Körper fühlte sich kalt an. Nachdem sein Herz einen Schlag ausgesetzt hatte, trommelte es in einem wilden Lied der Panik.

Die Vorhänge waren größtenteils noch vom vorherigen Tag zugezogen. Anders machte sich morgens nicht die Mühe, sie aufzuziehen. Sonst sah er nur die Unordnung und die erschreckend engen Zimmer, die ihm aufzeigten, wie tief er gesunken war. Was er verloren hatte. In diesen vier Wänden befand sich alles, was er noch besaß. Es war zu wenig.

Durch den feinen Schlitz zwischen den Vorhängen sah Anders eine Straßenlaterne, deren fahles Licht sich in einem Streifen durchs Zimmer zog.

Angespannt horchte Anders. Das Geräusch verklang, ohne dass etwas Dunkles in seinen Raum kroch. Wurde er verrückt? Ein Monster aus absoluter Finsternis, ein Kind, das zu schwarzer Suppe wurde, das gab es nicht. Was die beiden jungen Leute wohl ausgesagt hatten? Was hatte die Delle in ihrem Wagen wirklich verursacht?

Anders schüttelte den Kopf. Er verlor den Verstand. Da war sicher nichts vor seinem Fenster! Wie um es sich zu beweisen, zog er den Vorhang beiseite. Draußen war es mittlerweile stockdunkel.

Zwei leuchtend gelbe, murmelgroße Augen starrten ihn durchs Fenster an.

Entsetzt zuckte er zurück. Sie befanden sich schräg in der linken oberen Ecke, als hinge dort kopfüber eine menschengroße Fledermaus. Bis auf die Augen erkannte Anders nichts, obwohl die nächste Straßenlaterne nicht allzu weit entfernt war. Sie hätte das Ding vor seinem Fenster zumindest ein bisschen beleuchten müssen. Grobe Konturen, Schemen, Umrisse des Körpers. Nichts. Einfach nur Dunkelheit. Eine Gänsehaut breitete sich auf seinen Armen aus. Er schnappte nach Luft und konnte sich nicht rühren. Die Augen bewegten sich, als würde das Wesen, zu dem sie gehörten, den Kopf schief legen. Anders' Körper spannte sich an, ganz nach dem primitiven Motto: Kampf oder Flucht.

So etwas konnte er sich nicht einbilden.

»Was zum Teufel …?«, raunte er. Die gelben Augen wurden groß, bevor sie zur Seite huschten und verschwanden. Anders hielt die Luft an und starrte auf das Fensterglas, in dem sich der Fernseher spiegelte. Nichts. Zittrig atmete er aus. *Da ist nichts.* Es funktionierte nicht. Er konnte sich nicht selbst belügen, weil er zwar nicht wusste, was er gesehen hatte, doch dass er etwas gesehen hatte, stand außer Frage. Wunderbar, nun hatte er Angst, sein Fenster zu öffnen und nachzusehen. Als er es das letzte Mal getan hatte, waren seine Befürchtungen nur bestätigt worden.

Mit unsicheren Bewegungen zwang er seinen Arm in die Höhe und zog den Vorhang wieder zu. Was er nicht sehen konnte, konnte ihn auch nicht sehen.

Er zog seine Beine aufs Sofa. Dabei stieß er an einige leere Flaschen, die klirrend umfielen und gegeneinanderrollten. Anders igelte sich so sehr ein, wie es ihm möglich war, und starrte auf den Vorhang. Wenn das wirklich Einbildung gewesen war, dann konnte er zwischen ihr und der Wirklichkeit nicht mehr unterscheiden. Ein rascher Blick auf die Flaschen verdeutlichte, dass die Hälfte der Bierflaschen leer war. Der Scotch lag umgeworfen auf dem Teppichboden und nur ein Rest der Flüssigkeit befand sich noch in der Flasche. Wie viel davon hatte er getrunken und wie viel war im Teppich versickert? Egal. Es war zu viel gewesen. Konnte der Rausch einem solche Bilder vorgaukeln? Bisher war das nie passiert.

Plötzlich fiel ihm Madison wieder ein und sein Kopf ruckte in die Höhe. Wenn das Monster nicht mehr hier war, dann ... Er sollte längst bei ihr sein!

Anders war noch nie so schnell auf die Füße gekommen. Hastig schlüpfte er in seine Stiefel und warf sich seinen Trenchcoat über, bevor er aus der Tür hechtete. Er polterte die Treppen hinunter. Bei der ganzen Aufregung am Morgen war er ohne Auto zurückgekommen.

Ihm blieb also nichts anderes übrig, als zu laufen. In fünfzehn Minuten konnte er dort sein. Er stürzte in die Nacht. Die Kälte biss ihn in die Haut. Mit eng an den Körper gezogenem Trenchcoat rannte er die Straße entlang, an Bushaltestellen und Subway-Eingängen vorbei. Der öffentliche Nahverkehr würde ihm keine Zeitersparnis einbringen. Auch zu Fuß dauerte es nicht lange, bis er die rote Eingangstür erreicht hatte. Das hatte seine Entscheidung für Ronans Wohnung mit bedingt: Er war auch jetzt nicht weit von Victoria und Madison entfernt.

Der Kies knirschte unter seinen Schritten. Kurz bevor Anders die Tür erreichte, erinnerte er sich daran, dass er keinen Schlüssel besaß. Victoria hatte darauf bestanden, dass er ihn abgab.

Fluchend drückte er auf die Klingel und ließ nicht mehr los, bis Victorias wütendes Gesicht im Türspalt auftauchte.

»Anders?«, fragte sie. »Was willst du hier?«

Das Monster war vielleicht schon bei Madison. »Aus dem Weg.«

Er stieß die Tür auf und stürmte hinein. Victoria gab einen Schrei von sich und stürzte, doch Anders rannte weiter. *Madison.* Mit weiten Schritten flog Anders den Flur entlang. Er riss die Tür zum Kinderzimmer auf und fühlte sich in die vergangene Nacht zurückkatapultiert.

Das zwei Meter große Monster beugte sich wie in Liams Zeichnung über Madisons Bett. Schwarzer Nebel floss in den Flur hinaus und erfüllte den ganzen Boden im Kinderzimmer. Das Monster wirkte wie ein Teil der Dunkelheit. Madison warf sich im Bett hin und her, das Gesicht verzerrt.

»Verschwinde!«, rief Anders und stürzte in das Zimmer. Dort, wo er in die Dunkelheit trat, fühlten sich seine Beine kalt an. Er warf sich mit der Schulter gegen das Monster, um es von Madison wegzubekommen. Dunkle Schatten stoben auseinander und an ihm vorbei. Dann prallte er gegen die hochgewachsene Gestalt. Er blieb gerade so auf den Füßen. Die Kreatur machte nur einen Schritt zur Seite, um sich abzufangen. Dann richteten sich die gefährlichen Augen auf ihn. Überrascht, genervt und schließlich warnend.

Anders griff das Erstbeste, was er in die Finger bekam – eine Schneekugel –, und schleuderte sie mit voller Wucht auf das Wesen. Sie zerschellte. Anders spürte einen scharfen Schmerz in seinem Daumen, doch das Monster reagierte nicht.

Anders wich zurück und packte eine Taschenlampe von der Kommode. Dieses Ding bestand aus Dunkelheit. Was half gegen Dunkelheit? Helligkeit! Ein Strahl grelles Licht schoss aus der Taschenlampe hervor und traf die Kreatur. Doch nur einen Moment. Dann flackerte der Strahl und verglomm, als wäre die Batterie der Taschenlampe leer. Das Licht schaffte es in der kurzen Zeit nicht, etwas vom Körper des Wesens zu erleuchten.

»Scheiße!«, rief Anders und schleuderte das nutzlose Gerät auf die Gestalt.

Madison wimmerte. Anders warf einen Blick auf sie. Sie weinte im Schlaf. Der Anblick schnürte ihm die Kehle zu.

Ein Poltern kam aus dem Flur.

Er griff nach seiner Pistole. Das war sein letzter Strohhalm.

Das Monster wandte sich von Madison ab und bewegte sich auf Anders zu. Es glitt über die flüssige Finsternis, als reiche ihm ein reiner Gedanke, um sich fortzubewegen. Die Schatten krochen Anders' Hosenbeine hinauf. Wie kleine Tiere krallten sie sich fest und verschluckten ihn Stück für Stück. Er spürte nichts als Kälte und Panik. Er richtete seine Waffe auf die Brust des Monsters. Ein Schuss aus dieser Entfernung brachte alles um.

Plötzlich machte das Wesen halt. Der Fokus der fremdartigen

Augen verlagerte sich für eine Sekunde. Dann bildete sich Anders ein, ein Grollen zu hören. Dieses Grollen brachte das schwarze Wasser um ihn herum zum Vibrieren.

»Anders!«, brüllte Victoria.

Erschrocken drehte Anders den Kopf, den Finger schon am Abzug. Victoria stand hinter ihm, beide Hände am Türrahmen abgestützt, und sah ihn entsetzt an.

Etwas regte sich an seinen Füßen und er wandte sich wieder zur Kreatur, die auf ihn zugestürmt war. Nun löste sie sich auf, sank erneut in die Tiefen des schwarzen Wassers zurück, das zum Fenster floss und durch die Ritzen entschwand. Anders blinzelte fassungslos. Der Schatten war geflohen. Erneut. Madison lag noch in ihrem Bett.

Die Angst fiel von ihm ab und mit ihr die Anspannung. Seine bisher perfekt ruhige Hand begann zu zittern und er sicherte seine Waffe, bevor er sie wegsteckte.

»Bist du verrückt?«, zischte Victoria und humpelte an ihm vorbei zu Madisons Bett, auf dem das Mädchen gerade die ersten Schniefer von sich gab. »Kommst hier rein, als stünde es dir zu. Was wolltest du mit der Waffe? Dein eigenes Kind erschießen?«

Irritiert schüttelte Anders den Kopf. Er drehte sich zu den beiden. Dabei knirschte etwas unter seinen Stiefeln. Er sah hinunter und erkannte die Glasscherben der Schneekugel, die er Madison in ihrem letzten gemeinsamen Urlaub gekauft hatte. Die Figur der tanzenden Fee darin lag zerbrochen in der ausgelaufenen Flüssigkeit.

»Raus.« Victorias Stimme zitterte. Madisons Weinen klang nun wie eine Sirene.

»Was?«, fragte Anders tonlos.

»Raus«, wiederholte sie und legte ihre Arme um Madison, drückte sie fest an sich und schirmte sie gleichzeitig vor Anders ab. »Raus, bevor ich die Polizei rufe. Du bist gefährlich. Merkst du es denn nicht? Kein normaler Mensch klingelt mitten in der Nacht Sturm, um das Zimmer seiner Tochter zu verwüsten und eine Waffe zu ziehen! Du brauchst Hilfe.« Der Ausdruck ehrlicher Angst in Victorias Gesicht glich einem Faustschlag in die Magengrube.

»Aber … hast du es denn nicht gesehen?«, fragte er atemlos und breitete seine Hand in Richtung Fenster aus. »Dieses Ding? Es hätte ihr beinahe etwas angetan. Es ist …« Er unterbrach sich, weil ihm etwas klar wurde. Es war erneut geflohen, aber nicht seinetwegen. »Du kannst es fernhalten. Bleib nachts bei Madison. Vielleicht kann es dann nicht hereinkommen.«

Victoria schüttelte den Kopf. »Was redest du da, Anders? Das Einzige, was in diesem Zimmer nichts zu suchen hat, bist du.« Sie ließ Madison, die sich zu einer kleinen Kugel zusammenrollte und heulte, auf dem Bett zurück. Dann kam Victoria auf Anders zu und stieß ihm gegen die Brust. »Verschwinde. Ich sage es nicht noch einmal. Wenn du jetzt nicht gehst, rufe ich die Polizei und erzähle ihnen, dass du hier deine Pistole rumgeschwenkt hast. Dann sperren sie dich weg!«

Anders verstand nicht. Hatte sie es wirklich nicht gesehen? Gar nicht?

»Diesmal hast du es übertrieben.« Ein weiterer Stoß ließ Anders zwei Schritte zurückstolpern. »Hau ab!«

»Du musst bei ihr bleiben«, beschwor Anders sie verzweifelt. Er wollte ihr klarmachen, wie wichtig das war. Dass hier etwas Schreckliches geschah, das er nicht verhindern konnte. Sie glaubte ihm nicht, hörte ihm nicht zu. Wenn er nicht mehr herkommen durfte, musste Victoria Madison beschützen. Das Ding war vor ihr geflohen. *Solange sie bei Madison ist, kommt es nicht wieder.* »Versprich es mir! Bleib nachts bei Madison.«

»Oh, ich verspreche es dir«, spie sie ihm entgegen und stieß ihn noch einmal zurück. Madisons Schluchzer begleiteten Anders in den Flur. »Ich lasse sie nicht mehr aus den Augen. Wer weiß, was dir als Nächstes einfällt?«

Anders fehlten die Worte. Er schluckte den Schmerz herunter. Alles, was zählte, war, dass das Monster vielleicht wiederkam, wenn Victoria Madisons Zimmer verließ.

»In Ordnung.« Anders hob die Hände. »Ich gehe. Nur bleib bei ihr. Ich bin schon weg.« Mit einem letzten Blick über Victorias

Schulter auf das geschlossene Fenster machte er kehrt und stapfte aus dem Haus. Er schloss die Tür und lehnte sich dagegen. Vereinzelte Schneeflocken fielen vom pechschwarzen Himmel.

Er hatte keine Ahnung, ob Victorias Anwesenheit Madison für eine weitere Nacht Schutz bot. Anders hatte das Monster auch nur einmal vertrieben. Licht war nutzlos. Seine Hände zitterten, jedoch nicht wegen der beißenden Kälte. Er ballte eine zur Faust und drückte sie gegen seine Lippen.

Aktuell wusste er nur eines: Er musste diese Kreatur irgendwie aufhalten.

KAPITEL 3

Habt ihr je eine fremde Kreatur aus dem Weltenschlund kommen sehen? Nein? Ich auch nicht. Doch sollten wir uns nicht der trügerischen Hoffnung hingeben, dies hieße, es gäbe sie nicht. Sieben andere Welten … sieben Portale. Durch eines davon ist sicher schon einmal etwas hindurchgekrochen – am wachsamen Blick der Letztwache vorbei in unsere Welt. Das lässt nur einen einzigen Schluss zu: Die Monster sind unter uns. Sie können sich nur gut verkleiden.

Närrische Gedanken
Aus Njerans Tagebuch, 1279 nach der Sonnenflucht

Letzte Feste, Ranulith, Jahr 447 nach der Machtwende

Ambral saß auf einem Schemel und polierte gemeinsam mit einer Handvoll königlicher Soldaten Kupferhelme. Die Luft in der Waffenkammer war stickig und verbraucht. Sie saßen schon seit Stunden hier. Die Bewegungen der Männer wurden von einer euphorischen Energie begleitet. In den Augen des Rekruten neben sich sah Ambral ein aufgeregtes Glitzern. Sie freuten sich. *Schwachköpfe. Blinde.* Seit sie wussten, dass Königin Elrojana der Letzten Feste einen Besuch abstatten würde, versuchten Rekruten wie Soldaten, die Festung von ihrer besten Seite zu präsentieren.

Ambrals Magen hingegen schmerzte seit dieser Ankündigung. Aber er war nicht der Einzige, dem der königliche Besuch keine Freudensprünge entlockte. Bei den sauber aufgereihten Glefen und Speeren stand eine Frau, deren Lippen zu einer dünnen

Linie zusammengepresst waren. Welche scharfen Worte sie wohl zurückhielten? Ambral musterte die o-beinige Soldatin und lauschte den neckischen Unterhaltungen der Männer nur mit einem Ohr. Durchschaute diese eine Frau die Natur ihrer ach so strahlenden Königin vielleicht?

»Als ob Königin Elrojana hier zu uns reinspaziert käme«, sagte sie missmutig. »Die kommt nur wegen des Portals zu uns runter.«

Ambral hob die Augenbrauen.

»Der alte Dreck musste irgendwann sowieso mal weggemacht werden«, erwiderte Vadrall, ein wettergegerbter, sehniger Mann in der Mitte seines zweiten Jahrhunderts, mit einem langen, weißen Pferdeschwanz, der ihm beim Arbeiten auf der Schulter wippte. Vadrall war einer der Dienstältesten hier. »Natürlich gibt sich Ihre Majestät nicht mit uns ab. Aber hast du was Besseres vor, Pimali?«

Ambral hielt sich bedeckt und lauschte.

Javahir, einer der jungen Rekruten, mischte sich ein. »Ist doch egal, solange sie die Letzte Feste besucht. So haben wir den Huren in Dresteven wenigstens was Spannendes zu erzählen!« Der Junge grinste. Er war wohl kaum älter als Ambral. Wahrscheinlich gerade einmal dreißig. »Du denkst dir doch eh gern Geschichten aus, um sie zu unterhalten. Sonst würde dich keine davon wollen.«

Pimali verengte die Augen. »Du kleiner Möchtegern musst dir gar nichts einbilden. Noch bist du neu und spannend. Wenn du erst mal ein Jahr hier bist, wird sich keine von ihnen mehr für dich interessieren.«

Ambral schüttelte den Kopf. Dieses Gerede über Huren war nicht der Grund, weswegen er hier war. Er griff nach dem nächsten Helm. Seine wunden Finger fuhren die verbeulte Oberfläche nach. Dann warf er den Helm zu den übrigen, die zuerst ausgebessert werden mussten. Er sah nicht offen zu der Soldatin bei den Speeren. Aber er verfolgte ihre Bewegungen. Die zunehmende Anspannung in Pimalis Schultern zeigte deutlich, dass sie etwas störte. Das war nicht nur die Unverschämtheit des Rekruten. Sie kaute auf ihrer Unterlippe herum. Es war nur noch eine Frage der Zeit, bis sie es ausspucken würde.

Schließlich drehte sie sich ruckartig zu den Männern und ließ den Speer, den sie gerade hielt, fallen. »Vielleicht frage ich die Königin, ob sie meiner Schwester ihren Schmuck ersetzt.«

Vadrall seufzte. »Ach, komm schon, Pimali! Jeder muss Opfer bringen und das bisschen Metall vermisst deine Schwester doch wohl lieber als ihren Gatten.«

Pimalis Fäuste zitterten. »Sie haben sogar die goldene Kadrabestatue aus ihrer Stadt mitgenommen. Die Königin hat keinen Sinn für Ehre.«

Ambral hielt in seinen Bewegungen inne, die Hand nach dem nächsten Helm ausgestreckt. Seine Fingerspitzen zuckten nervös. Pimali hatte den verbotenen Namen ausgesprochen. Elrojana duldete es nicht länger, dass Kadrabes tatsächlicher Name vom Volk benutzt wurde. Sie durfte nur noch die Stumme Göttin genannt werden.

»Schhh!«, kam es von mehreren Soldaten gleichzeitig. Für einen winzigen Moment stand die Zeit still und alle warteten. Einige der Soldaten zogen ihre Köpfe ein und sahen ängstlich zur Decke. Vielleicht flehten sie stumm um Vergebung. Ambrals Mundwinkel zuckte freudlos. *Vergebung.* Das war ein Fremdwort für die Despotin. Als nichts geschah, wandelte sich die Unruhe der Männer in Wut.

»Dummkopf«, schimpfte Vadrall und stand von der Holzbank auf. Weite, kraftvolle Schritte brachten ihn vor die Unruhestifterin, die frustriert den Kopf schüttelte.

Vadrall baute sich vor Pimali auf. Man erkannte die Stärke, die in seinen Muskeln steckte, als er die Frau am Kragen packte. »Wenn du unbedingt den Zorn der Königin auf dich ziehen willst, musst du uns nicht gleich mit ins Unglück reißen!«

Sie ließ sich nicht einschüchtern. Vielmehr zeigte ihr Gesicht Ärger über die abergläubische Einfalt ihrer Kameraden. Feuer loderte in ihren Augen. Sie packte Vadralls Hand, ohne sie von ihrem Kragen zu lösen. Dabei sprach sie eindringlich und langsam, wie mit einem Kind, und Frustration lag in ihrer Stimme.

»Seid ihr denn alle dem Wahnsinn verfallen? Sie kann uns doch gar nicht hören!«

»Sie hat einen Felseinsturz in der Nähe von Utanfor verursacht«, murmelte Javahir und sah betreten zu Boden. »Ein Kind hat dort den Namen der Stummen Göttin ausgesprochen. Das ist einen Wochenritt von der Hauptstadt entfernt und sie hat es trotzdem gewusst ... Es sollen zwei Dutzend Minenarbeiter umgekommen sein.«

»Du glaubst ja auch alles, was man dir erzählt!«, spie Pimali in die Richtung des Rekruten und schlug Vadralls Hand zur Seite. »Ich sage euch, sie räubert das Volk aus! Und irgendwann reicht ihr auch das nicht mehr. Dann wird sie einen Krieg beginnen, weil sie nicht genug bekommt. In irgendeinem Land gibt es bestimmt noch mehr Kobalt und Eisen für ihre finstere Garde und Gold für sie.«

Ambral griff nach dem Helm, um seine Hände zu beschäftigen. Niemand sollte mitbekommen, dass sie immer noch zitterten. Nicht mehr aus der begründeten Angst, die Despotin könnte die Namensnennung der Stummen Göttin bestrafen. Ambral fürchtete Elrojana. Doch sein Hass überstieg seine Angst.

Aus dem Augenwinkel beobachtete er die Frau, die alle anderen in der Waffenkammer Dummköpfe geschimpft hatte.

Es gab sie also.

Selbst hier, unter Elrojanas treuesten Untergebenen außerhalb der Hauptstadt, gab es jene Zweifler, die immun gegen Elrojanas Strahlen und ihre süßen Worte waren. Nur leider würde sie ihre Tollkühnheit das Leben kosten, wenn Pimali sich weiterhin so offen gegen die Königin aussprach. Sie erinnerte Ambral an sich selbst, bevor er gerettet und zum Kronenbrecher geschmiedet worden war.

Vielleicht konnte ein Flüstern leiser Stimmen auch Pimali in die richtige Richtung weisen. Noch machte die Wut diese Soldatin blind, doch gleichzeitig erkannte Ambral durch ihren Ausbruch die Chance, sie ebenso auf die richtige Seite zu ziehen. Sie war eine Einäugige unter all diesen Blinden, die nicht erkannten, was Elrojana wirklich tat. Solange Thalar Pimalis Augen öffnen konnte, reichten auch Einäugige für ihr Vorhaben.

Thalar wird erfreut sein.

Nur blieben sie lange genug hier, um etwas zu verändern?

Kopfschüttelnd wandte Vadrall sich von der Frau ab. »Sie fängt keinen Krieg an, Pimali. Wir stehen direkt vor einem. Dabei geht es nicht um so etwas Belangloses wie Erz und Gier.«

»Galinar ist viel zu weit weg, als dass sie uns dorthin schicken würde«, warf Javahir ein, der mittlerweile wieder Helme polierte. »Vor allem nicht, während ein neues Portal offen steht. Wer weiß, was da rauskommt. Schließlich bringt sie deswegen ein weiteres Regiment aus der Hauptstadt mit.«

Mit einem Ächzen sank Vadrall wieder gegenüber von Ambral auf die schmale Holzbank und nickte ihm zu. »Weißt du mehr darüber? Du kommst doch aus der Hauptstadt.«

»Nein«, antwortete Ambral. »Ich habe es auch erst gehört, als Offizier Zacharis es angekündigt hat.« *Sonst wären wir jetzt nicht hier.* Ob Thalar sie alle vor den Augen der Königin verbergen konnte? Würde Elrojana Thalar erkennen, nach all den Jahren, die er schon aus der Hauptstadt fort war? Es machte Ambral unruhig, dass er währenddessen nicht bei den Erben sein konnte, um aufzupassen. *Was könnte ich schon gegen eine Gewirrspinnerin ausrichten?* Wenn Elrojana Thalar und die anderen fand, war alles aus.

Vadrall brummte nachdenklich und nahm einen Schluck aus seiner Feldflasche. Als er das nächste Mal sprach, stank sein Atem wie die Gosse hinter einer Schenke nach einem langen Abend. Was hatte er da nur zusammengebraut? »Na ja, wenn Ihre Majestät erst mal da ist, werden wir schon erfahren, was wichtig ist.«

»Das hoffst du«, knurrte Pimali, die sie alle mit unverhohlener Verachtung ansah. Als stünde sie vor einer Herde Ziegenböcke, die noch nichts vom Schlachter wussten, der auf dem Weg zu ihnen war.

»Ruhe jetzt und zurück an die Arbeit oder ich piss dir heute

Abend in den Sidrius.« Vadralls vergilbter Schnauzer wackelte auf seiner Oberlippe. Er unterbrach seine Arbeit nicht noch einmal, um Pimali anzusehen, aber seine Stimme hatte die stählerne Härte angenommen, die Ambral in seiner kurzen Zeit in der Letzten Feste nur einmal gehört hatte. Sie wirkte auch dieses Mal bei den Soldaten. Jeder zog den Kopf ein und schielte neugierig zu Pimali hinüber, die Vadralls Zorn auf sich zog, wenn sie so weitermachte. Sie wollten sehen, ob sie dumm genug war, Vadrall herauszufordern. Anscheinend tat der Alte Schlimmeres, als jemandem in den Krug zu pissen, wenn man ihn lange genug reizte.

»Tz.« Die Soldatin stieß sich von der Wand ab und packte eine der Rüstungen, um sie auszubeulen.

Ein Ellbogen traf Ambral in die Seite. Er grunzte und sah aus dem Augenwinkel nach rechts. Der Bursche von vorhin beugte sich neugierig zu ihm rüber. »Sind die Soldaten in Lanukher auch so mies drauf?«, flüsterte er.

Oh, Diluzes, woher soll ich das wissen? Es war über fünf Jahre her, dass er das letzte Mal einen Fuß in die Hauptstadt gesetzt hatte. Sicher nicht, um ins königliche Heer einzutreten. Oh, ganz im Gegenteil … Ambral konnte es gar nicht erwarten, diese Scharade aufzugeben und nach Iamanu zurückzukehren. Solange Thalar und die anderen hier waren, tat er sein Bestes, nicht aufzufallen, auch wenn ihm die geheuchelte Königstreue nur schwer über die Lippen kam. Als Kronenbrecher wollte er die Königin im Staub liegen sehen, nicht ihre Stiefel lecken.

Er zuckte die Schultern und sah Pimali direkt an. »Es gibt überall Skeptiker, die aus den Taten der Königin die falschen Schlüsse ziehen. Nur in der Hauptstadt krakeelen sie nicht damit herum. Sonst verlieren sie ihren Kopf.«

Sie schien die Warnung nicht zu verstehen.

»Die Leute vergessen zu schnell, was sie für uns getan hat«, mischte Vadrall sich ein. »Ohne die Königin würden wir in einer finsteren Welt leben, in der die Nachthure regiert.« Dabei bohrte sich sein Blick in Pimalis Hinterkopf, die so tat, als hörte sie das Gespräch nicht.

Vadrall holte gerade Luft, da dröhnten die großen Hörner los. Alle unterbrachen ihre Arbeit, um sich die Ohren zuzuhalten. Die Vibrationen erschütterten die Wände, an deren Außenseiten die Hörner befestigt waren. Mit tiefen, durchdringenden Lauten meldeten sie die Ankunft Ihrer Majestät.

Ambrals Kopf brummte, während die Vibrationen durch seinen Körper drangen. Dieses Signal musste man noch in Iamanu hören.

Zacharis, ein Offizier mit beginnendem Bartwuchs und bernsteinfarbenen Augen, eilte in die Waffenkammer. Er warf einen Blick auf die Soldaten und rückte seine Prachtuniform zurecht, die er wohl eben erst angezogen hatte. Sie bestand aus einem blauen, mit silbernen Rändern bestickten Rock, dessen Schöße in einen dunkleren Ton übergingen, darunter graue Hosen, die in edlen Lederstiefeln steckten.

»Vadrall, du kommst mit mir«, befahl er, wobei er schreien musste, um die Hörner zu übertönen. »Der Rest: ab auf die Treppen!« Er bekam ein lautes »Jawohl!« zurück. Dann drehte er sich auf dem Absatz um und verschwand im steinernen Korridor.

Vadrall folgte ihm, jedoch nicht, ohne noch einmal bei den Speeren anzuhalten und Pimali den Finger in die Brust zu bohren. Die Hörner verklangen.

»Du kannst so sauer auf unsere Königin sein, wie du willst. Aber wenn du so was noch mal abziehst und einer aus der Hauptstadt dich hört, wird sie dich hängen lassen.«

Pimali presste die Lippen zu einem dünnen Strich zusammen. Vadrall seufzte schwer. »Die Jugend«, murmelte er und verschwand aus der Waffenkammer.

»Na, komm schon«, sagte Javahir zu Ambral. Sie räumten rasch auf und gingen dann den schummrigen Korridor entlang, um auf dem Hof zum Rest der Soldaten zu stoßen. Javahir neben ihm war ganz hibbelig. »Ich kann's kaum erwarten. Die Königin. Ich will sie endlich mit eigenen Augen sehen. Sie soll schöner als die Sonne sein. Reinweißes Haar und strahlend. Hast du sie schon einmal gesehen?«

Nein. »Natürlich. Wer nicht, der in der Hauptstadt dient?«

»Zum Glück zeigt sie sich jetzt wieder. Ich kann mir gar nicht vorstellen, wie schrecklich es für das Volk gewesen ist, als man nicht wusste, ob sie tot oder lebendig ist ... nach der Tragödie mit ihrem Dimakes.«

Ambral sah stur geradeaus und brummte. Das alles war dreißig Jahre her. *Hätte sie sich doch nur länger nicht gezeigt. Wäre sie doch nur gestorben. Dann würde Evandil noch sein, wie sie war.*

Der Rekrut seufzte in einer Mischung aus Freude und Sorge. »Ich kann immer noch nicht glauben, dass sie ihn überlebt hat.«

Ambral stimmte brummend zu. *Wenn nicht, hätte uns das allen viel Schmerz erspart.*

Vor ihnen endete der Korridor und öffnete sich zum mintfarbenen Himmel eines strahlenden Tages. Ambral blinzelte kurz, dann sah er sich auf dem Hof der Letzten Feste um.

Sie hatte ihren Namen nicht umsonst. Sie war erster und letzter Widerstand gegen Eindringlinge aus fremden Welten und Opportunisten anderer Länder, die sich die Kontrolle der Portale aneignen wollten. Sie hatte eine doppelte Schutzfunktion und musste somit von zwei Seiten bewacht werden: Nach außen hin, mit dem Blick meerwärts zu den Klaren Wassern und der Landenge, die zum Stromland führte. Und nach innen, um aufzuhalten, was auch immer aus den Portalen kroch.

Doch seit dreißig Jahren kam sie dieser Funktion nicht mehr ordnungsgemäß nach – auf königliches Geheiß.

Die hier stationierten Soldaten strömten aus allen Gebäuden der Burg und fanden sich auf der großen Doppeltreppe am Ende des Hofes ein, die nach unten führte. Die Letzte Feste war in Latoraher, einen Berg, der in schwindelerregende Höhen reichte, gebaut. Links von Ambral war eine massive Tür in den Berg eingelassen. Rechts reihten sich Ställe, Unterkünfte und schlussendlich Schutzwälle, die einen kreisrunden Hof in sich einschlossen.

Dem Hauptgebäude der Burg gegenüber befanden sich die ausladenden Doppeltreppen, die zum gigantischen Äußeren Tor führten. Zwischen ihnen bildeten sie eine Terrasse, von der aus man in den Raum zwischen dem Äußeren Tor und dem Inneren Tor sehen konnte, das in den Weltenschlund führte.

Ambral folgte Javahir zu den Doppeltreppen. Auf den Wehrgängen drängten sich die Soldaten, um einen Blick auf das Heeresregiment zu erhaschen, das von der Königin höchstpersönlich begleitet wurde.

Der Rest der Soldaten stellte sich in Formation auf dem Hof auf. Bevor der Bursche und Ambral ihre Positionen auf den Treppen einnahmen, stieß Javahir ihm erneut einen Ellbogen in die Seite. Ambral schloss die Augen und zählte gedanklich bis zehn. Dass dem Jungen noch niemand diese fürchterliche Angewohnheit ausgetrieben hatte, wollte nicht in seinen Kopf.

»Sieh nur, da kommen sie«, raunte Javahir atemlos und deutete sonnwärts über die Mauer. Ambral hatte nur einen knappen Blick dafür übrig. An der Spitze des Regiments fuhr eine Kutsche, die von der Kobaltgarde umgeben wurde. Wegen der Entfernung konnte er keine Details ausmachen. Die einzelnen Kobaltkrieger, die über die Silberauen ritten, glichen dunklen Tintenflecken auf weißem Papier. Dahinter folgten die Fußsoldaten in sauberen Linien. Niemand tanzte aus der Reihe, wenn er der Königin so nahe war.

Ambral zog den Rekruten mit zu einer der freien Treppenstufen. Dort standen sie zu tief, um weiterhin über die Wehrmauern schauen zu können. Doch er war auch nicht neugierig. Wenn er an Elrojana dachte, kamen ganz andere Gefühle in ihm hoch.

Um sie herum verteilten sich noch weitere Soldaten, die die Treppen säumten. Dann warteten sie. Der Wind trug das Donnern von zweitausend im Gleichschritt marschierenden Füßen zu ihnen. Die schweren Ketten der Zugbrücke rasselten, dann kam die Brückenklappe dumpf am anderen Ende des Grabens auf.

Für einen Moment flutete das Sonnenlicht durch die plötzliche Öffnung den Vorhof. Dann lenkten die Kobaltkrieger ihre grauen, starken Pferde auf den Platz zwischen den beiden Toren. Es war nicht das erste Mal, dass Ambral Kobaltkrieger sah, doch bisher hatte er Abstand zu ihnen gehalten. Nun ritten sie direkt an ihm vorbei die Treppen hinauf.

Sie waren erschreckende Kreaturen der Dunkelheit, ihre düsteren Gewänder finsterer als die Nacht und ihre bronzene Haut dunkler als die Haut der Sonnenländer. Mit ihren mannslangen Schwertern aus Kobalt erschienen sie eher wie die Streiter der Nachtbringer als die Garde der Ewigen Königin.

Doch die Nähe zur Königin und ihr ritterliches Auftreten hatten die anfängliche Besorgnis des Volkes beruhigt. Dumme Schwätzer verbreiteten das Gerücht, die Königin habe aus den Kobaltkriegern fromme Lämmer gemacht. Niemand kannte ihren Ursprung oder wusste, woher sie kamen, und somit fehlten stichhaltige Anhaltspunkte, die Gegenteiliges bewiesen. Die Despotin agierte äußerst raffiniert.

Die Kutsche folgte der ersten Welle der Kobaltkrieger in die Festung.

In strammer Manier begrüßten die Soldaten die Königin mit einem einstimmigen: »Strahlen und Licht der Ewigen Königin!« Javahir schenkte Ambral einen irritierten Seitenblick, weil Ambral die Worte nicht mitsprach.

Erneut knackten schwere Ketten. Die Plattform, auf der die Kutsche stehen blieb, wurde von einer ähnlichen Konstruktion wie der der Zugbrücke hinaufgezogen. Die Pferde ließen es geschehen, ohne auch nur mit dem Schweif zu peitschen. Sie mussten aus einem hervorragenden Stall stammen.

Ambral drehte sich auf der Treppe um und sah hinauf auf die Terrasse, an der die Plattform anhielt. Die Kutsche fuhr über eine Rampe und kam zum Stehen. Der Kutscher sprang ab. Dann öffnete er die Tür, während General Galren zusammen mit Zacharis näher trat, um die Königin in Empfang zu nehmen.

Ob Thalar Galren immer noch kontrollierte? Ambral wusste nicht, wie Gewirrspinnerei im Detail funktionierte, aber es erschien ihm heikel, den General weiterhin zu führen, während er der mächtigsten Gewirrspinnerin Vallens gegenübertrat. Sie könnte etwas bemerken. Genauso wenig schien es ratsam, dem Mann gerade nun seinen freien Willen zurückzugeben. Ambral tastete nach seinem Schwert und hielt den Griff fest umklammert. Wenn nötig, würde er Thalars Geheimnis wahren, auch wenn dafür Blut fließen musste.

Der Kutscher hielt die Tür auf, die andere Hand streckte er aus, um Ihrer Majestät aus der Kutsche zu helfen. Eine blasse, zarte Hand aus dem Inneren stützte sich darauf.

Ambrals ganzer abgrundtiefer Hass reichte nicht aus, damit er von ihrem Anblick unberührt blieb. Viele Hundert Jahre alt, und doch sah sie keinen Tag älter als sechzig aus. In der Blüte ihrer Jahre eingefroren – und mit ihrem Körper war auch ihr Herz stehen geblieben. Ambral versuchte, sich an den Schmerz zu erinnern, den er ihr zu verdanken hatte. Mit einem Mal verstand er, wieso das Volk sie immer noch liebte. Wie es die offensichtliche Bosheit der Kobaltkrieger übersehen konnte. Warum die Hoffnung auf eine gute Zukunft selbst angesichts drohender Kriege, Götterurteile und Hungersnöte nicht verkümmerte.

Keine Schatten wagten sich auf die lichte Gestalt, die aus der Kutsche stieg und mit stolz erhobenem Haupt über die Soldaten sah. Königin Elrojana selbst schien sanftes Licht auszustrahlen. Nun zweifelte Ambral nicht mehr an den Legenden, die diese Frau umgaben. Plötzlich erschien es möglich, dass sie die Seele einer Göttin in sich trug. Dass sie Kadrabes Avatar auf dieser Welt war.

Sie mochte klein, zierlich sein, doch instinktiv duckten sich die Männer um sie herum, sodass sie größer wirkte.

Ein Ellbogen traf seine Rippen. Mit einem Klacken schloss Ambral seinen Mund. Der Bursche neben ihm lächelte, ohne seinen Blick von der Despotin abzuwenden. »Sieh sie dir an. Das ist unsere Königin. Ich komme mir vor, als wäre ich gestorben und in Diluzes' Reich gelandet.«

Ambral brummte und sah zurück zur Kutsche. Galren küsste ergeben Elrojanas Hand. Sie wirkte in seiner grobschlächtigen Pranke zerbrechlich. Währenddessen stiegen drei weitere Frauen aus, denen Ambral zuerst keine Beachtung schenkte. Zwei Rothaarige, eine in pompös goldene Kleidung gehüllt und mit einer goldenen Maske, die andere unscheinbar. Der Anblick der dritten Frau versetzte Ambral einen Schlag. Stechende Augen und das silberweiße Gewand der Gewirrspinner. Jener wenigen, die in der Lage waren, der Realität ihren Willen aufzuzwingen.

Er kannte diese Frau, würde weder ihr Gesicht noch ihren Titel jemals vergessen.

Therona Oligane, oberste Thronspinnerin der Ewigen Königin. Diejenige, die im Namen der Despotin Ambrals Schwester verkrüppelt hatte.

Als Ambral das nächste Mal ausatmete, fühlte er sich von seinem Körper losgelöst und in die kalte Nacht zurückversetzt, in der sie mit einer Reitergarde zum Haus seines Vaters gekommen war. Die Königin forderte den Verkauf seiner Mine an die Krone. Sie machten ihm ein gutes Angebot. Sein Vater, der die Mine – wie bereits vor ihm sein Vater und Großvater – unterhielt, wollte sie nicht aus dem Familienbesitz geben. Er schlug vor, jeden einzelnen Schlepptrog Kobalt und Bronze, der abgebaut wurde, für einen guten Preis an die Krone zu verkaufen. Doch das genügte der Königin nicht. Ambral erinnerte sich daran, wie die Soldaten seinen Vater niedergedrückt hatten. Er hatte Oligane angeschrien, sie solle aufhören. Die Thronspinnerin hatte keinen Finger an seine Schwester Evandil gelegt. Eine einzelne erhobene Hand hatte ausgereicht, um den Körper des Mädchens zu verbiegen, bis ihr Rücken brach. Die Schreie seiner Schwester suchten ihn noch heute nachts heim … und die stechenden Augen dieser Frau.

Jahre waren seither ins Land gezogen. Jahre, in denen Ambrals Zorn in Einsamkeit gereift war, bis er den Anblick seiner leidgeprüften Schwester nicht mehr ertragen hatte. Bevor er in seiner jugendlichen Dummheit sein Leben hatte wegwerfen können, war Thalar aufgetaucht. Nun war er nicht mehr allein. Ihn umgaben Männer und Frauen, die seinen Hass auf Elrojana teilten. Die einem neuen König folgten.

Und dieser Gedanke allein war es, der Ambral davon abhielt, Therona Oligane hier und jetzt auf sein Schwert zu spießen.

Er sah auch den nächsten Stoß in seine Rippen nicht kommen. Die aufgestaute Wut in ihm war so stark, dass er den Oberarm des Rekruten packte und ihn in einem Schraubstockgriff festhielt.

»Au, bei Diluzes' Namen, lass los«, raunte Javahir. »Zacharis will was von dir!«

Erst da bemerkte Ambral das zackige Herbeiwinken, das anscheinend ihm galt. Er runzelte die Stirn und ließ den Oberarm des anderen los.

Seine Beine fühlten sich steif an, als er aus dem Soldatenpulk heraustrat. Sein Körper konnte sich nicht entscheiden: Er wollte zugleich auf Oligane zu- und vor ihr weglaufen. Sie machte ihm Angst. Er hasste sie.

Während er auf die erlesene Gruppe zuging, lag sein Blick nur auf ihr. Sie hingegen sah sich gelangweilt um und bemerkte ihn gar nicht. Ob sie ihn erkannte? *Sei kein Dummkopf. Du warst nur ein Kind. Ein Untertan. Wertlos.* Wahrscheinlich erinnerte Oligane sich nicht einmal mehr an seine Schwester.

Ambrals Hand kribbelte und schrie nach seinem Schwert. Aber er wäre tot gewesen, bevor er es ganz aus der Scheide gezogen hatte.

Er blieb vor Zacharis stehen, der einige Schritte abseits stand, während Königin Elrojana mit Galren sprach.

»Na endlich«, knurrte der Offizier. »Sie haben euch in der Hauptstadt wohl zu sehr verwöhnt. Wenn du nicht aufmerksamer bist, werden dir ein paar Peitschenhiebe Beine machen!« Dann seufzte er und schüttelte den Kopf. »Weiß der Strahlende, wieso du mitkommen sollst.« Er nickte zu der schweren Tür, die vom Hof aus in den Weltenschlund führte. »Du leistest General Galren Gesellschaft, wenn er Ihre Majestät hinunterführt. Benimm dich und erlaube dir nicht, die hohen Damen anzustarren!«

Ambral riss sich von Oliganes Anblick los und musterte Galren. Der silberne Zierrat am Saum seines Umhangs glitzerte in der Sonne. Galrens Blick streifte ihn für einen Moment, bevor er seine Aufmerksamkeit wieder völlig auf die Königin richtete. Dieser Blick hatte gereicht: Thalar wollte ihn dabeihaben. Anscheinend hatte er selbst Bedenken, die Kontrolle über Galren zu verlieren. Ambral konnte nur raten. Dieser Gedanke klärte seinen Fokus. Er schloss die Augen und schluckte.

Noch nicht, warnte er sich. Sein Körper kribbelte an der rechten Seite, als spürte er Oliganes Anwesenheit wie ein körperliches Unwohlsein. *Geduld.* Noch hatte Oliganes Stündchen nicht geschlagen. Ambral lockerte seine verkrampfte Faust. Er malte sich aus, wie er es anstellte. Langsam. Qualvoll. Sie würde leiden wie Evandil.

Das Gefolge um die Despotin setzte sich in Bewegung. Ein Dutzend Kobaltkrieger folgte den Frauen, an deren Spitze Elrojana mit Galren schritt. Er blieb in gebotenem Abstand hinter der Königin. Ambral ließ sich zurückfallen, um auf alle ein Auge haben zu können.

Anscheinend hatte die Despotin es eilig, das offene Portal zu sehen.

»Will Ihre Majestät sich nicht erst einmal frisch machen nach der langen Reise?«, fragte plötzlich jemand neben ihm.

Javahir hüpfte leichtfüßig neben Ambral her. Auf seinem Gesicht prangte ein Grinsen. Erstaunt musterte Ambral den Rekruten. Wie hatte er sich an der restlichen Kobaltgarde vorbeigeschlichen? Es war ihm ein Rätsel, aber er zuckte gleichgültig mit den Schultern.

Wenn Zacharis ihn erwischte, hieß es einen Monat Nachtwache. Doch für die Gelegenheit, Königin Elrojana noch etwas länger zu folgen, schien dieser Preis dem Burschen recht zu sein. Ambral schüttelte den Kopf. Wären die Dinge anders gelaufen, so wäre Ambral vielleicht dieser Junge gewesen.

Sie stiegen die enge Wendeltreppe des Seiteneingangs hinab. Im Inneren des Berges erwartete sie eine hohe Halle, die vielleicht bis in die Spitze des Berges reichte. Obwohl Lichtschächte in den höheren Teilen der Decke und Elnuriteinlagerungen in den Wänden die Halle gut erhellten, überkam Ambral ein bedrückendes Gefühl wegen der Gesteinsmassen, die sie umgaben.

An einer Seite bewachte Kadrabes älteste und wohl größte

Statue den Weltenschlund. Jedoch sollte sich das bald ändern. Ein Steinmetz arbeitete daran, der Statue ein neues Gesicht zu geben: Elrojanas. Als er sie bemerkte, kletterte er flink das Gerüst hinunter und verneigte sich.

Die Königin hielt an und betrachtete seine bisherige Arbeit. »Beeil dich«, sagte sie, ohne den Mann anzusehen, und ging weiter. »Mein Schutz kann nicht schnell genug bis hierher reichen.«

Ambral fragte sich, ob sie durch die Statue würde sehen können, sobald sie fertiggestellt war. Der Gedanke machte ihm Angst. Er senkte den Blick auf das kreisförmige Mosaik zu Füßen der Statue. Der Anblick der beiden antiken Sonnen Tabal und Frotumbal spendete ihm Trost. Thalar würde dafür sorgen, dass ihr Land aus den Fängen dieser Wahnsinnigen befreit wurde. Das allein zählte.

»Zeigt mir, was hindurchgekommen ist«, schallte Elrojanas glockenhelle Stimme zu Ambral.

Galren machte eine Handbewegung und Zacharis eilte voraus.

Sie traten durch einen großen Torbogen zur linken Seite der Statue und kamen in den halbkreisförmigen Korridor, der sich wie ein Band um den Septagonsaal legte. An seiner Außenseite lagen die Portale in die sieben anderen Welten. Doppelflügeltüren, flankiert von zwei Soldaten, führten in den Septagonsaal, der sieben Ecken besaß. Für jede Welt eine.

Der Boden des Saals spiegelte die spitz zulaufende Decke mit ihren konzentrischen Kreismustern wider. Nevaretlampen tauchten den Raum in geisterhaftes Licht. In der Mitte lag ein Haufen Fell und Schuppen, an dem dunkelgrüne Flüssigkeit glänzte. Ein faustgroßes Auge starrte zur Decke. Um das Wesen herum standen vier Wachen mit ernsten Gesichtern. Eine davon sprach flüsternd mit Zacharis.

Die Königin näherte sich der reglosen Kreatur. Eine ihrer Begleiterinnen bat sie um Vorsicht, doch Elrojana schlug ihre Hand beiseite. Erst jetzt, da Ambral nicht mehr von Elrojanas Ausstrahlung gefesselt und von Oliganes Anwesenheit erschüttert war, stellte er fest, dass diese Frau eine Avolkeros war. Ihre graue Haut verriet sie sofort.

»Wann ist es durch das Portal geschlüpft?«, fragte Elrojana.

Galren nickte einem der Wächter zu.

»Vor fünf Tagen, Majestät«, sagte er und alle Augen lagen auf ihm. Er richtete sich in Anbetracht der plötzlichen Aufmerksamkeit noch weiter auf und schlug seine Hacken militärisch zusammen. »Es griff die Patrouille an und wurde von der Verstärkung niedergestreckt, nachdem es sich nicht fangen ließ.«

Elrojana lehnte sich zu Galren hinüber. »Sind die Prudenbitoren verständigt?«

»Wir sandten ihnen sofort eine Nachricht, nachdem Ihr Nachricht erhalten habt, Majestät«, bestätigte der mit heiserer Stimme. »Noch kam keine Antwort.«

Die Königin schnaubte und stieß die Kreatur mit einem weißen Schuh an. Es schmatzte, als Fell und Schuppen für einen Moment vom Boden hochgehoben wurden und dann zurück ins Blut sanken. »Es hätte mich auch gewundert, wenn die Bücherwürmer so schnell eine Antwort darauf fänden.«

Die Avolkeros kniete sich nieder und betrachtete das Wesen aus der Nähe. Dann wischte sie das Blut vom Schuh ihrer Herrin und trat wieder einen respektvollen Schritt zurück.

Ambral hielt sich nicht mit dem Wesen auf dem Boden auf, das die Kobaltkrieger in einem lockeren Halbkreis umstellten. Stattdessen wechselte seine Aufmerksamkeit von Therona Oligane zu dem Gespräch zwischen Galren und Elrojana hin und her.

Die Soldaten nahm er als vage Bewegung in der Peripherie wahr, ebenso wie die Kobaltkrieger. Diese düsteren Wesen schienen den ganzen Raum allein mit ihrer Anwesenheit zu verdunkeln. Ihre Kleidung verspottete das Licht der Sonne. Nicht einmal der kühle Schein der Nevaretlampen rang ihr eine einzige Farbe ab. Schlimmer als die Nacht erschien sie ihm. Dagegen leuchtete die Königin in ihrer Mitte wie ein einsames, starkes Licht. Ihr weißes Haar, zu einem dicken Zopf geflochten, lag über ihre Schultern drapiert. Schultern, die viel zu zierlich waren, um den Sieg über die Nachthure tragen zu können. Auch Thalar fehlte es an körperlicher Masse. Trotzdem besaß er angsteinflößende Fähigkeiten, die niemand in ihren Reihen erreichte. Für Gewirrspinner war ihr Körper nur ein Gefäß ihrer Macht.

Thalar Romane, der von einer der erfahrensten Gewirrspinnerinnen ihrer Zeit unterstützt wurde, um Elrojana vom Thron zu stoßen, war ein außergewöhnlicher Mann. In all den Jahren, die Ambral nun schon an seiner Seite war, hatte Thalar ihm nie direkt gesagt, wieso er seine Vorfahrin stürzen wollte. Doch das musste er nicht. Jedes Mal, wenn die Despotin erwähnt wurde, verhärtete sich Thalars Gesichtsausdruck. Obwohl man dem Gerede nicht immer Glauben schenken durfte, so vermutete Ambral in den Gerüchten um Thalars Mutter zumindest ein Quäntchen Wahrheit.

»Seitdem ist nichts mehr aus dem Portal gestiegen«, sagte Galren und Ambral hob den Kopf.

»Sobald die Prudenbitoren jemanden hergeschickt haben, soll er es sich ansehen«, befahl die Königin. »Mit etwas Glück haben die alten Chronisten über diese Kreaturen geschrieben. Ich will jetzt das Portal sehen.«

Galren beugte sich dem königlichen Wunsch und sie ließen den fremdartigen Eindringling mit seinen vier Wächtern zurück.

»Also ist Euch diese Kreatur unbekannt?« Galren strich sich über den sauberen Schnauzer und schien nachzudenken.

Elrojana lachte freudlos. »So oft verbinden sich die Welten nicht.«

»Ich dachte nur …«

»Ihr dachtet, ich hätte schon alle Welten da draußen gesehen, weil ich so alt bin.«

Galren räusperte sich peinlich berührt. »Majestät, ich wollte nichts dergleichen andeuten. Eure Weisheit und Schönheit haben mit den Jahrhunderten sicherlich nur noch zugenommen. Ich habe lediglich wegen der Verbindung zu Helrulith darauf geschlossen, dass sich die Portale doch häufiger öffnen.«

Abrupt blieb Elrojana stehen und die ganze Prozession tat es ihr gleich. Ambral richtete sich unwillkürlich auf. Die Stimmung hatte sich verändert.

Der unnahbare Blick der Königin erfasste den General. Obwohl sie einen Kopf kleiner war, sah sie auf ihn herab. »Helrulith ist eine Ausnahme. Die Verbindung zu ihr ist ein Segen in diesen angespannten Zeiten. Unsere Beziehungen mit Helrulith müssen unter allen Umständen zu denselben Konditionen eingehalten werden. Ein Durchschreiten des Portals für jemand anderen als meine Kobaltgarde und den Schatten ist weiterhin strikt untersagt. Habt Ihr mich verstanden, General?«

»Voll und ganz, Majestät.«

Nicht nur Ambral war der Stimmungswechsel aufgefallen. Auch Oligane musterte den General und ihre Herrin nun eingehend. Bei ihrem durchdringenden Blick lief Ambral ein Schauder über den Rücken. Er spürte erneut das dunkle Echo der unsichtbaren Hände auf seinem Körper, die ihn in jener Nacht niedergedrückt hatten.

Sie setzten sich wieder in Bewegung. Ambral stand reglos da und sah dabei zu, wie Oligane hinter einer düsteren Wand aus Kobaltkriegern verschwand. Dann blinzelte er und fühlte sich, als wäre ein Bann gebrochen.

»Du solltest nicht zurückbleiben.« Javahir nickte der Gruppe hinterher. »Wie oft hat man schon die Gelegenheit, Ihre Majestät von Nahem zu sehen?«

Dann schlenderte er an Ambral vorbei, die Hände hinter dem Rücken locker ineinander verschränkt. Für diesen Jungen war das wohl der schönste Tag seines Lebens. Ambral atmete tief durch und holte wieder auf.

Sie gingen den gebogenen Korridor aus Sandstein entlang, vorbei an leeren Torbögen, die ins Nichts führten. Alte Schriften waren bei jedem ins Mauerwerk eingehauen. Vielleicht handelte es sich dabei um Schutzsprüche oder Warnungen vergangener Zeitalter. Jeder Torbogen wies kleine Unterschiede zum nächsten auf. Sie gingen am Portal zu Helrulith vorbei, dem bis vor Kurzem einzigen aktiven Portal. Apfelgroße Saphire waren im Torbogen eingefasst. Ominöser Nebel waberte aus der Öffnung, der die Sicht auf das, was dahinterlag, verbarg. Ambral runzelte die Stirn. Es standen keine Soldaten davor Wache. Niemand schien sich daran zu stören. Laut Protokoll hätten aktive Portale rund um die Uhr von mindestens vier Soldaten bewacht werden müssen. Ambral erinnerte sich an das zurück, was er vor ihrem Aufbruch aus Iamanu über die Letzte Feste verinnerlicht hatte. Er täuschte sich nicht. *Helrulith ist eine Ausnahme,* klangen Elrojanas Worte in seinem Kopf nach.

Bei dem anderen aktiven Portal folgte man penibel den Vorschriften. Vier Wachen erwarteten sie. Der Nebel waberte aus dem Torbogen und kräuselte sich auf den Bodenplatten.

Elrojana und Oligane besprachen sich eine Weile, während sie das Portal so betrachteten, wie man ein Kunstwerk musterte. Sie berührten es nicht und achteten darauf, ihm nicht zu nahe zu kommen. Die beiden anderen Frauen hielten sich etwas abseits. Die Maskierte stand teilnahmslos dort, die Hände auf ihrem goldgelben Kleid verschränkt. Ihr feuerrotes Haar und ihre Lippen stachen von ihrer blassen, noblen Haut hervor. Sie glich einer schönen Puppe, die an Fäden bewegt zu Schritten fähig war und wenig mehr. Die Avolkeros wirkte ganz anders. Gefährlich, aufmerksam. Einem Schatten gleich folgte sie ihrer Herrin auf dem Fuß und ließ sie nicht aus den Augen. Unwillkürlich verglich Ambral sie mit dem verbannten Prinzen Nuallán Brenar, den Thalar bei sich hatte. Die beiden besaßen eine ähnliche Ausstrahlung. Ambral kannte zu wenige Avolkerosi, um sagen zu können, ob es an ihrer Abstammung lag, dass sie wie lauernde Raubtiere wirkten.

Ob wohl etwas Wahres daran war, dass Elrojana Rothaarige um sich scharte, weil sie einst selbst einen bürgerlichen Rotstich aufgewiesen hatte? Davon war nun jedenfalls nichts mehr in ihrem weißen Haar zu sehen.

»Das ist alles nicht klar genug!«, brüllte die Despotin plötzlich und der Kopf der Avolkeros ruckte alarmiert herum.

Im selben Moment entdeckte Zacharis Javahir, der sich bisher erfolgreich hinter Ambrals breiter Gestalt versteckt hatte.

»Was machst du hier?«, zischte er und stampfte auf ihn zu.

Der Junge bekam große Augen.

»Wir müssen wissen, ob es eine stete Verbindung hat«, sprach Elrojana weiter. »Und wenn du mir nicht mehr sagen kannst, Therona, müssen wir anders vorgehen.«

Die Despotin sah sich suchend um. Ihr Blick schweifte über die Anwesenden und blieb einen Moment an Ambral hängen. Dann sprang er weiter auf den Burschen, der sich hinter ihm duckte.

»Der.« Sie machte eine Handbewegung und einer der Kobaltkrieger löste sich aus der dunklen Masse. Er kam mit weiten Schritten und einem hämischen Grinsen auf sie zu.

Ambral verstand erst, was sie vorhatten, als der Kobaltkrieger den jungen Rekruten im Genick packte und mitzerrte. Er machte einen Schritt hinterher und streckte die Hand aus, um sie aufzuhalten. Ein strafender Blick von Galren reichte und er zog sie zurück. Auch wenn Galren nicht Thalar war, so erinnerte er ihn an seine Befehle. *Bleib unauffällig und hör zu.*

Der Kobaltkrieger schleifte Javahir vor Elrojana. Sie lächelte den Burschen kalt an. »Strammer Held Vallens, ich habe eine wichtige Aufgabe für dich. Wenn du auf der anderen Seite bist … versuch, zurückzukommen.«

Dann schleuderte der Kobaltkrieger den Rekruten durch den Torbogen. Er verschwand mit einem abrupt abgeschnittenen Schrei im Nebel.

Zacharis trat einen Schritt vor. Seine Stimme klang mühsam beherrscht. »Mit Verlaub, Majestät. Wird er zurückkommen?«

Elrojana wandte sich schwungvoll ab, sodass ihr dicker Zopf Zacharis im Gesicht traf. »Wahrscheinlich nicht. Ich vermute, das Portal führt in ein Meer. Aber falls doch, können wir mit der Erforschung beginnen und weitere Soldaten hinein-.schicken.«

Ambral stand wie vom Donner gerührt da. Wären die Dinge anders gelaufen, wäre er selbst vielleicht dieser Junge gewesen.

KAPITEL 4

A nders hatte klare Anweisungen bekommen, sich von der Polizeistation fernzuhalten, bis die Angelegenheit mit Parker geklärt war. Doch Victoria hatte das Monster nicht gesehen. War es nur zu schnell aus dem Zimmer geflohen? Er musste herausfinden, was das junge Pärchen bei dem Unfall ausgesagt hatte. Wenn sie der Polizei von dem zerflossenen Kinderleichnam erzählt hatten, wusste Anders, dass er nicht verrückt wurde.

Er parkte vor dem großen Gebäudekomplex und atmete tief durch, bevor er eintrat. Einige schräge Blicke wurden ihm zugeworfen, als er sich seinen Weg ins Herz des Reviers bahnte.

Ein wenig fürchtete Anders, Hubert Brown zu begegnen. Er hatte Glück. Prudence' Schreibtisch kam in Sicht, ohne dass Anders von jemandem zur Rede gestellt wurde. Seine Partnerin durchwühlte einen Berg Akten. Einzelne Papiere rutschten über den Schreibtischrand und flatterten zu Boden. Dann stieß Prudence einen tiefen Seufzer aus und rieb sich mit beiden Händen über das Gesicht. Sie wirkte gestresst.

Dann bemerkte sie ihn und winkte ihn zu sich.

»Gut, dass du dich heute dazu herabgelassen hast, herzukommen. Ich wäre sonst heute Abend bei dir vorbeigefahren«, sagte sie statt einer Begrüßung.

Anders sah sie fragend an.

»Das Mädchen«, sagte er. »Was hat das Pärchen ausgesagt?«

Prudence schüttelte den Kopf und deutete mit dem Zeigefinger zwischen ihnen hin und her. »Du und ich, wir wissen, wie so was abläuft. Sag mir, was du gesehen hast. Danach verrate ich dir, was sie mir erzählt haben.«

»Denkst du, sie waren auf Drogen?«

Prudence schnaubte verzweifelt. »Der Drogentest ist noch nicht zurück. Aber langsam glaube ich in dem Fall alles.«

Anders kniff die Augen zusammen. Er kannte seine Partnerin gut genug, um zu wissen, wenn sie etwas verheimlichte. »Da ist mehr. Du bist an was dran. Hier geht es nicht nur um einen Unfall. Erzähl mir davon.«

»Kann ich nicht«, sagte Prudence und schüttelte den Kopf. »Du bist suspendiert und nicht als Polizist hier. Du bist ein Zeuge und als solchen behandle ich dich.«

Anders verschränkte die Arme. »Das kannst du nicht. Du vermisst mich dafür zu sehr.«

Sie starrte ihn böse an. »Ja, verdammt! Es ist ein größerer Fall und auch wenn Zaremba sich Mühe gibt, fehlt ihm die Erfahrung. Ich hätte dich gern an meiner Seite, aber das geht nicht, oder?«

In ihrer Stimme schwangen unausgesprochene Anschuldigungen mit. Sie gab ihm die Schuld an ihrer verzwickten Lage. Sie glaubte ihm immer noch nicht, dass er Parker nicht verprügelt hatte. Dabei wäre nichts dergleichen passiert, wenn Prudence die gesamte Zeit bei der Vernehmung als zweiter Polizist dabei gewesen wäre, so wie es sich gehörte. Oder wenn zumindest die Sicherheitskameras ihre Arbeit getan hätten. Aber es gab keine Aufnahmen, die Anders' Unschuld bezeugen konnten. *Technischer Defekt,* hieß es. Anders wusste, dass Parker jemanden auf dem Revier geschmiert hatte, um die Aufnahmen loszuwerden. Er konnte es nur nicht beweisen.

»Er hat mich reingelegt, nachdem er sich verplappert hatte. Wenn er bei seiner Aussage geblieben wäre, hätte er seinen Konzern in den Ruin getrieben. Wahrscheinlich hat sein Verbrecheranwalt ihm dazu geraten, sich selbst zu schlagen.«

»Anders, ich habe gesehen, wie sehr dich die Sache mit Victoria mitnimmt. Du hast dich reingesteigert.«

»Habe ich nicht!«

Sie schaute ihn traurig an, dann schlug sie die Augen nieder und deutete auf ein Foto auf ihrem Schreibtisch. »Kennst du dieses Mädchen?«

Anders starrte sie noch einen Moment wütend an, dann betrachtete er das Foto. Es zeigte ein schwarzhaariges Kind. Dasselbe, das vor Anders' Augen in einen Kanalschacht getropft war.

»Das ist sie … war sie. Ich weiß nicht. Prudence, ich weiß nicht, was ich da gesehen habe.«

Seine Partnerin tippte nachdrücklich mit dem Finger auf das Porträt des Mädchens. »Das ist die seit gestern früh vermisste Zara Parker.«

Anders erstarrte. »Parker?« Der Name war häufig, aber das konnte doch kein Zufall sein.

»Parker«, stimmte Prudence zu. »Joshua Parkers Enkelin.«

Und plötzlich ergab Parkers überstürzter Aufbruch am Vortag Sinn. Seine Tochter hatte ihn angerufen, weil ihr Kind verschwunden war. Verschwunden. So wie Liam?

»Wir haben ihre Mutter in Schutzgewahrsam«, sagte Prudence und lehnte sich mit der Hüfte an ihren Schreibtisch.

»Du vermutest einen Fall dahinter, habe ich recht? Natürlich habe ich recht.«

Sie nickte. »Seit du weg bist, sind mehrere Kinder verschwunden. Und ihre Eltern. Zara und Vivienne passen ins Profil. Wir hoffen, dass Zara herkommt, wenn ihre Mutter hier ist.«

»Wieso sollte sie das tun? Und wie kann sie mir gestern gefolgt sein, wenn sie doch verschwunden war?«

»Manche der Kinder sind noch einmal zurückgekommen. Um dann mit ihrer Mutter oder ihrem Vater wieder zu verschwinden.«

»Sie holen ihre Eltern ab?«, fragte Anders entgeistert.

Prudence nickte grimmig.

»Was ist mit dem anderen Elternteil? Geschwistern?« Anders vergaß einen Moment lang, dass er suspendiert und dies nicht sein Fall war.

Prudence schüttelte den Kopf. »Gibt es nicht. Es sind immer Alleinerziehende mit einem Kind.«

»Und sonstige Gemeinsamkeiten?«

»Bisher keine. Wir sind dran.«

»Gibt es ein Muster?«

»Es sind weit mehr als drei.«

Eins war ein Ereignis. Zwei ein Zufall. Drei ein Muster. Automatisch straffte Anders sich. War Zara Parker auch von Albträumen heimgesucht worden?

»Ihr benutzt Vivienne als Köder.«

Prudence zog eine Grimasse. »Aktuell weiß sie noch gar nichts davon, dass Zara vielleicht in einen Autounfall verwickelt war. Jetzt sag mir, was du gesehen hast. Hat das Auto sie erwischt? Wo ist sie dann hin?«

Anders knirschte mit den Zähnen. »Du hast die Beule im Wagen gesehen. Die kam nicht von irgendwoher.«

»Aber es gab kein Blut. Keine Verletzte, keine Leiche. Nichts. Nicht einmal ein Haar vom Unfallort hat die Spurensicherung dem Mädchen zuordnen können.«

Alles deutete darauf hin, dass es nicht passiert war. Anders schluckte. Ein Kind, das zu schwarzer Flüssigkeit zerlief, ein schwarzes Monster, das des Nachts durch den Spalt unter einem geschlossenen Fenster ins Kinderzimmer seiner Tochter kam. Es klang falsch und unmöglich, und doch spürte Anders den kalten Hauch von Gefahr, der seine Eingeweide streifte wie eine reale Hand.

»Was hat die Fahrerin ausgesagt?«, fragte er, um Klarheit zu gewinnen.

Prudence lehnte sich seitlich an ihren Schreibtisch und verschränkte die Arme. »Was ich von dir wissen will, ist, was du in dieser Gegend getrieben hast. So nah an Joshua Parkers Haus.«

Anders spürte, wie seine Kehle trocken wurde. Er ahnte, welche Predigt ihn nun erwartete.

»Willst du mir irgendetwas erzählen, Anders?«

Er wollte ihr gar nichts erzählen. »Ich kann dir einiges erzählen, meine Liebe. Was willst du hören? Für dich habe ich immer eine Geschichte parat.«

Sie seufzte. »Oh, Anders. Verflucht noch mal! Bleib ernst! Und bleib weg von Parker. Du machst alles bloß noch schlimmer, wenn du ihm nachstellst. Das wird …« Plötzlich verstummte Prudence und schaute über Anders' Schulter. »Sie ist da.«

Anders drehte sich um.

Ein Officer führte Zara Parker durch das Seattle Police Department. Der gelangweilte Blick des schwarzhaarigen Mädchens erfasste ihn und ihre Augen funkelten einen Moment interessiert. Dann folgte sie dem Officer zu den Verhörräumen.

Keine Schramme. Kein verdrehter Arm. Nichts zeugte von dem tödlichen Unfall, den sie am Vortag erlitten hatte. Anders' Nackenhaare sträubten sich. Irgendetwas war hier gehörig falsch.

Prudence stieß sich vom Schreibtisch ab, schob Anders beiseite und folgte dem Officer mit zackigen Schritten. Anders hingegen blieb nachdenklich zurück. Er sank auf Prudence' Stuhl und bemerkte nur nebenbei, wie die Aufregung abflaute. Joshua Parker war vergessen. Zaras Augen hefteten sich an Anders' Gedanken. Sie hatten ausgesehen wie stumpfer Onyx.

Die nächsten zwei Stunden verbrachte Anders damit, dem Treiben aus der Perspektive eines Zuschauers in der ersten Reihe zuzusehen. Charles Hayker, ein Mann Ende fünfzig und Anders' Vorgesetzter, rauschte hinter ihm vorbei, ohne ihn zu bemerken. Die ganze Aufmerksamkeit war auf Zara und Vivienne Parker fokussiert. Ein weiterer Detective begleitete Hayker in Richtung der Verhörräume. Sie unterhielten sich angespannt. Nur langsam wurde Anders das Ausmaß dieser Welle an Vermisstenfällen klar. Und dass seine Familie vielleicht mittendrin steckte.

Wenn ihn doch mal jemand anfuhr, was er hier zu suchen habe, erklärte er, dass Prudence noch nicht mit ihrer Befragung fertig sei und er auf sie wartete. Das stimmte nur zum Teil. Anders hoffte auf eine Gelegenheit, mit Zara zu sprechen. Sie hatte etwas sagen wollen, als das Auto sie erwischt hatte. Er musste wissen, was.

Darauf, dass Prudence ihn noch länger belehrte, konnte er getrost verzichten. Wenn sie keine besseren Vorschläge hatte, wie er aus der Misere wieder herauskam, an der sie mit schuld war, weil sie ihren Posten an seiner Seite verlassen hatte, um ihre Schwester ins Krankenhaus zu fahren ... Anders rieb sich über das Gesicht. Es brachte nichts, die Schuld hin- und herzuschieben. Dadurch vergiftete er die Beziehung zu Prudence nur noch mehr. Er hätte mit der Befragung warten sollen, bis ein anderer Polizist frei gewesen wäre. Hatte er aber nicht.

Seine Partnerin marschierte um die Ecke. Nebenbei wischte sie Anders' übereinandergelegte Füße von ihrem Schreibtisch und durchwühlte die oberste Schublade nach etwas.

»Was sagt sie?«, fragte Anders und richtete sich in dem Stuhl auf.

»Kein Wort. Verflucht, wo ist dieser Zettel?« Sie riss die nächste Schublade auf, wo sie fündig wurde. »Deshalb rufe ich jetzt Marleen an.«

»Marleen?«

Egal wie verstört ein Kind war, bisher hatte Marleen auf alle so lange mit Engelszungen eingeredet, bis sie ihr erzählten, was wichtig war. Eine echte Frau vom Fach. Anders hörte dem kurzen Telefongespräch zu, bei dem Prudence' Haltung zusehends entspannter wurde. »Sie wird gleich da sein und dann finden wir endlich raus, was hinter diesem mysteriösen Verschwinden von Familien steckt.«

Anders wollte lieber wissen, was hinter Zaras *Verschwinden* steckte.

»Könnte ich ...«, setzte er an, aber Prudence schüttelte sofort den Kopf. Sie wusste genau, was er vorhatte. Natürlich. Immerhin hatten sie einander jahrelang den Rücken freigehalten.

»Tut mir leid, Anders, aber ich kann dich da nicht reinlassen. Es wäre wahrscheinlich auch besser, du gehst jetzt. Wahrscheinlich kreuzt früher oder später Viviennes Vater hier auf und auf den solltest du nun wirklich nicht treffen.«

Anders verzog das Gesicht und faltete bittend die Hände. »Nur ganz kurz? Komm schon, weil ich es bin.«

»Anders«, warnte Prudence und ihre Stimme sank eine Tonlage tiefer. Er seufzte und gab auf. Bei Prudence käme er nicht weiter. Hayker kam von den Verhörräumen und Prudence nickte ihm zu.

»Zehn Minuten«, berichtete sie ihm.

Er nahm es zur Kenntnis und dann blieb sein Blick einen langen Moment an Anders haften. Hitzige Erregung wandelte sich zu Irritation. Die abgekämpften Augen eines in die Jahre gekommenen Greifvogels verursachten Anders Unwohlsein und weckten den Wunsch, sich die Haare zu richten und seine Kleidung glatt zu streichen. Das erste Mal seit Wochen schämte er sich für sein heruntergekommenes Aussehen.

»Clayton, habe ich Ihnen nicht strikt verboten, wieder einen Fuß über meine Schwelle zu setzen, bevor die Verhandlung mit Joshua Parker stattgefunden hat?«

»Sir, Anders ist Zeuge im Fall Zara Parker«, antwortete Prudence wie aus der Pistole geschossen. »Ich war gerade dabei, seine Aussage aufzunehmen.«

Anders spürte kalte Wut im Bauch. Zumindest so viel Anstand hatte sie noch, dass sie ihn vor Hayker verteidigte, wenn er ihretwegen hier war.

»Nun, ist das so?« Haykers Blick hielt Anders noch einen Moment lang fest, dann wandte er sich ab und ging in sein Büro. Das Klacken der Tür hallte in Anders' Ohren wie ein Donnerschlag.

»Er ist nicht froh, mich hier zu sehen«, murmelte Anders und seufzte. Nun, da die Aufmerksamkeit des Mannes nicht länger auf ihm lag, sank er wieder in sich zusammen.

»Du hast ihn enttäuscht.« Anders zuckte der Direktheit wegen zusammen und erst da schien Prudence die Härte ihrer Worte zu bemerken und sah weg. Sie sog die Luft ein, dann musterte sie ihn aus dem Augenwinkel. »Tut mir leid. Das war gemein.«

Anders spürte den Anflug eines grimmigen Lächelns und kämpfte es nieder. Das Schlimmste an der ganzen Sache war, dass Anders keinen Schuldigen hatte. Niemanden außer sich selbst. War er vielleicht nicht für den Beruf eines Polizisten gemacht? War die dauernde seelische Belastung tatsächlich zu viel für ihn? Nur deshalb hatte er doch mit dem Trinken angefangen. Er senkte den Blick. Eine falsche Entscheidung und seine Zukunft lag in Scherben. Anders stand im Dunkel der Gegenwart und starrte durch ein Fenster in die Vergangenheit, in die er nicht mehr zurückkonnte.

Ein junger Polizist schlitterte um die Ecke. Er stieß fast mit einem anderen zusammen, so eilig hatte er es, zum Büro des Lieutenants zu kommen. Stolpernd blieb er direkt davor stehen und klopfte an die Tür. Auch Prudence straffte sich und sah hinüber.

»Sir!«, rief er aufgeregt, sobald die Tür aufging und Hayker sichtbar wurde, der den jungen Polizisten wohl gerade am liebsten unangespitzt in den Boden gerammt hätte. »Das Mädchen und ihre Mutter – weg!«

Hayker wurde für eine Sekunde sehr blass, sodass sein brünetter Kinnbart sich stark abhob, dann ausgesprochen rot. Er rief nur noch ein »Was sagen Sie da?« und rannte zum Verhörraum.

Prudence eilte den beiden Männern nach. Anders folgte ihnen mit einigen Herzschlägen Verspätung.

Gut möglich, dass Hayker ihn rauswerfen ließ, aber er musste wissen, wie Zara und ihre Mutter verschwunden sein konnten. Aus einem Polizeirevier, wo es von Menschen nur so wimmelte. Das war ja so verrückt wie Zaras erstes Verschwinden.

Es passiert wieder. Er schlich auf leisen Sohlen durch den Gang und spitzte die Ohren, sobald er Haykers Stimme hörte.

»Verflucht, Kamhill! Wie konnten die beiden verschwinden, wenn Sie doch vor der Tür Wache halten sollten?«

»Ich habe die ganze Zeit dort gestanden, Sir, ehrlich«, hörte Anders den jungen Polizisten kleinlaut sagen.

»Na, anscheinend nicht, sonst wären sie ja jetzt noch da. In Luft können sie sich schlecht aufgelöst haben!«

»Sir«, sagte nun Prudence und Anders spähte um die Ecke,

wo alle drei halb in der Tür zum leeren Verhörraum standen. »Ich habe die Kameras mitlaufen lassen.«

»Sie haben was?«, brüllte der Lieutenant. Auf Haykers Stirn pochte eine Zornesader. »Darüber sprechen wir noch.«

»Die Kamera könnte etwas aufgenommen haben, das uns weiterhilft«, betonte Prudence.

Hayker nickte, als er verstand, und sie alle betraten den Nebenraum. Ehe die Tür zufiel, hörte Anders noch einmal die Stimme seines Vorgesetzten: »Verdammt, kommen Sie schon her, statt wie eine streunende Katze hier herumzuschleichen, Clayton. Vielleicht bringt Ihr Hirn ja etwas Brauchbares in diesen chaotischen Scheißhaufen ein.«

Er merkte, wie sein Herz einige Schläge aussetzte, dann ging der Befehl, sich zu bewegen, in seine Beine über. Er lief zur Tür, die Hayker ihm aufhielt. Dessen Gesicht zeigte Anspannung, aber überraschenderweise keinen Ärger über Anders' Eindringen. Hinter ihm stand Prudence und zuckte nur mit den Schultern. Da hatten sie ihren Chef wohl beide unterschätzt.

Prudence ließ die Kameraaufnahme um einige Minuten zurücklaufen. Währenddessen wandte Hayker sich Anders zu. »Ich bin mir sicher, Sie bald wieder offiziell in diesen Hallen begrüßen zu dürfen.«

»Danke, Sir.« Zumindest einer in diesem Raum hatte Vertrauen in Anders.

»Da«, sagte Prudence und alle Augen richteten sich auf die Aufnahme. Zaras Mutter saß auf einem der Stühle und hatte ihre Tochter auf dem Schoß. Mit einer Hand strich sie ihr über die Haare, den anderen Arm hatte sie lose um das Mädchen geschlungen. Zara sah sich im Raum um. Bildete Anders sich das ein oder blickte sie dabei direkt in die Kamera? Dann sprang das Mädchen vom Schoß ihrer Mutter und zog an deren Hand. Mrs Parker stand langsam auf und sagte etwas, das der Kamera ohne Audioaufnahme verborgen blieb. Zara zog wieder an der Hand und ihre Mutter ging einige Schritte zum Rand des Kamerabildes, sodass man beide nicht mehr sehen konnte. Dafür mussten sie ganz nah an der Spiegelwand gestanden haben. Wieso nur war niemand im Raum dahinter stationiert gewesen? War das wieder einmal Prudence' Aufgabe gewesen? Dann wurde das Bild schwarz.

»Die Kamera ist wohl kaputtgegangen«, schnauzte Hayker. Anders verzog das Gesicht.

Keine Sekunde später fiel ein Lichtstrahl in den Verhörraum und dann ging das Licht wieder an, was Haykers Theorie zunichtemachte.

»Sie hat das Licht ausgeschaltet«, riet Prudence.

»Wie denn, wenn der Lichtschalter da ist?«, merkte Anders an und deutete am Bildschirm auf die andere Seite der Tür. Der Schalter war im Kamerawinkel sichtbar.

Kamhill wand sich neben ihnen. »Als ich das Licht wieder angeschaltet hatte, waren beide weg.«

»Das ist unmöglich.« Hayker fuhr sich frustriert über seinen Kinnbart. »Da muss die Technik einen Defekt gehabt haben.«

Doch Prudence deutete nur auf die Uhrzeit am oberen Bildschirmrand. Die Uhrzeit sprang nicht. Es fehlte nichts. Zumindest diesmal funktionierte der *technische Defekt* im denkbar ungünstigsten Zeitpunkt nicht als Ausrede.

»Niemand kann in einer Sekunde einfach so verschwinden«, knurrte Hayker.

Anders dachte zurück an den Unfall. Vielleicht nicht in einer Sekunde, aber *einfach so* war Zara trotzdem verschwunden.

Die Tür ging einen Spalt weit auf und ein Officer streckte den Kopf ins Zimmer.

»Sorry für die Störung, aber Marleen ist da.« Dann entdeckte er Anders inmitten dieser Versammlung und hob überrascht und anerkennend die Augenbrauen. Irgendwie brachte das ein Grinsen auf Anders' Gesicht.

Prudence stöhnte. »Sie war schnell, aber nicht schnell genug.« Damit entschuldigte sie sich und ging, um Marleen zu sagen, dass ihre Patientin sich gerade in Luft aufgelöst hatte.

KAPITEL 5

Obwohl der letzte Abend alles andere als friedlich verlaufen war, lehnte Anders an seinem Wagen auf der gegenüberliegenden Straßenseite und beobachtete sein Haus. Wie es so zwischen zwei unbeleuchteten Gebäuden stand, deren Bewohner offenbar ausgeflogen waren, wirkte es wie ein Zufluchtsort. Das warme Licht ergoss sich aus den großen Fenstern, hinter deren Vorhängen sich Schatten bewegten. Der Abendhimmel nahm langsam ein Tiefblau an und gab dem Licht noch mehr Leuchtkraft.

Zwischen Anders' klammen Fingern klemmte eine Zigarette, deren Rauchfaden sich im eisigen Wind verlor. Der Schneematsch der Straße schmatzte unter seinen Sohlen, wenn er sich bewegte. Noch haderte Anders mit sich, wie er in dieser Nacht vorgehen wollte. Selbst wenn er vor dem Haus Wache hielt, konnte er die mysteriöse Schwärze nicht aufhalten. Seine Anwesenheit in Madisons Zimmer interessierte das Monster auch nicht. Ob Victoria tatsächlich noch einmal ausreichen würde, um es zu vertreiben?

Er nahm einen Zug von seiner Zigarette und spürte den heißen Rauch seine Kehle hinunterfließen. Das Nikotin legte sich wie Balsam über seine angespannten Nerven.

Schlussendlich gab Anders sich einen Ruck und fischte sein Handy aus der Tasche des Trenchcoats. Eine einfache SMS würde reichen. Doch Anders konnte nicht sicher sein, dass sie die Nachricht auch las – und dann eignete sich ein Anruf einfach besser. Falls sie bei seinem Namen ranging.

Es klingelte lange. Anders seufzte. Er sah keine Schatten mehr an den Fenstern. Endlich hob jemand ab.

»Was willst du?«, drang Victorias Stimme an sein Ohr. Sie

wirkte jetzt schon müde von dem Gespräch. »Ich dachte, ich wäre deutlich gewesen.«

»Schatz, hör mir zu«, sagte Anders selbstbewusster, als er sich fühlte. »Warst du vergangene Nacht bei Madison?«

»Natürlich. Es hat ewig gedauert, bis sie sich wieder beruhigt hatte. Nachdem ihr Vater mit seiner Pistole im Zimmer herumgefuchtelt hat, wundert mich das auch nicht.«

»Hatte sie danach noch einmal Albträume?«, fragte er und überging die Anschuldigung. Er wusste, wieso er seine Waffe gezogen hatte.

»Wenn du mir nichts anderes sagen willst, lege ich jetzt auf.«

»Halt! Warte«, rief Anders und beugte sich nach vorn, als wolle er sie körperlich davon abhalten, das Telefonat zu beenden. »Ihr passt ins Schema. Wahrscheinlich.« Prudence und er hatten nicht noch einmal darüber gesprochen, doch *alleinerziehendes Elternteil mit einem Kind* traf sehr genau auf Victoria und Madison zu. So ungern Anders es auch akzeptieren wollte, gerade war er kein Teil dieser Familie. Liam hatte Albträume gehabt – und jetzt auch Madison. »Du hast bestimmt von Madisons Klassenkameraden Liam gehört und was passiert ist.«

»Ich habe gehört, dass er und seine Mutter vermisst werden. Es ist schön, dass du dir anscheinend Sorgen um uns machst, wenn du nicht gerade stockbesoffen bist. Aber du wohnst hier nicht mehr und ich kann bestens selbst auf mich und Madison aufpassen.«

»Denkst du nicht, dass die anderen Vermissten genauso gedacht haben?«, gab Anders zu bedenken.

Eine ganze Weile blieb es still. »Ich weiß nicht, was sie sich gedacht haben. Ich kann Madison sehr wohl vor wem auch immer beschützen! Dafür brauche ich dich nicht. Ob wir nun genau ins Schema passen oder nicht.«

»Es ist mein Job, euch zu beschützen.«

»Nein, eben nicht«, rief Victoria nun. »Weder als Polizist noch als mein Mann. Gerade bist du keines von beidem und du musst uns nicht ständig kontrollieren!«

Wut stieg in Anders auf. Wieso verstand sie nicht, dass er nur ihr Bestes wollte? Doch er schluckte den Zorn hinunter. Er war immer der Ruhigere von ihnen beiden gewesen.

»Ich gebe wirklich mein Bestes, um mein Leben wieder in den Griff zu bekommen«, sagte er schließlich, als er sicher sein konnte, nichts zu sagen, was er später bereuen würde.

Victorias erhitzte Stimme kühlte rapide ab und Anders sah ihre wie Eiskristalle funkelnden Augen förmlich vor sich. »Dann reicht dein Bestes vielleicht nicht aus.«

Anders musste schlucken und hatte doch das Gefühl, an seiner zugeschnürten Kehle zu ersticken. Waren sie jetzt schon so weit? Manchmal fragte Anders sich, wo all die Liebe geblieben war, die diese Frau einmal für ihn empfunden hatte. Er kam sich vor, als hätte sie ihm einen Schlag verpasst.

Auch Victoria merkte, dass sie zu weit gegangen war. Sie schloss den Mund mit einem hörbaren Klacken, dann drang ihr Seufzen durchs Telefon. »Ich sollte dir wohl sagen, dass ich die Polizei gerufen habe, weil ich genau weiß, dass du vor dem Haus stehst. Geh, Anders. Lass uns einfach in Ruhe, zumindest für eine Weile. Ich bitte dich. Ich habe das Gefühl, dass du uns die Luft zum Atmen nimmst.«

Dann legte sie auf, ohne auf seine Antwort zu warten.

Anders nahm das Handy vom Ohr und starrte darauf.

Er war nicht einmal dazu gekommen, ihr das zu sagen, was wirklich wichtig war. Nachdem er seine eisigen Finger angehaucht hatte, tippte er rasch eine SMS an sie. Noch einmal würde sie nicht ans Telefon gehen.

Schlaf im selben Zimmer wie Madison. Das ist das Einzige, was zählt. Lass sie nicht aus den Augen.

Und wie er betete, dass dies die Wahrheit war.

Dann steckte er das Handy ein. Nach einem letzten frustrierten Zug warf er seine Zigarette in den Matsch. Er hatte das unangenehme Gefühl, dass ihn jemand beobachtete. Automatisch sah er zu den Fenstern seines alten Zuhauses, doch nichts regte sich. Victoria kontrollierte nicht, ob er wegfuhr. Er schaute sich um, konnte aber in den wie Augenhöhlen wirkenden dunklen Fenstern der anderen Häuser und den Schatten an jenen Stellen, die die Straßenlaternen nicht ausleuchteten, nichts entdecken. Er zog seinen Trenchcoat enger um sich und öffnete die Fahrertür. Mit einem letzten Blick auf seinen alten Zufluchtsort fuhr er davon, bevor die Polizei tatsächlich noch auftauchte.

Mittlerweile war es dunkel und dünne Nebelbänke zogen über die Straßen. Einzelne Sterne schafften es durch die Lichtverschmutzung der Stadt und glommen fahl und schwach am Firmament. Gerade als Anders die Tür zu seinem Unterschlupf öffnen wollte, wurde sie von innen geöffnet und Ronan stand ihm verdutzt gegenüber. Sein Freund erholte sich schnell von der Überraschung und klopfte Anders etwas zu hart auf die Schulter. »Da bist du ja! Ich dachte schon, ich muss mein Feierabendbier allein trinken.«

Anders trat seinen Zigarettenstummel auf der Treppe aus. Er war absolut nicht in Stimmung für einen geselligen Abend. »Lass mal gut sein …«

»Nichts da! So wie du aussiehst, kannst du ein Bier echt gut vertragen, und was für ein Freund wäre ich, wenn ich dich allein in dem Kabuff da oben trinken ließe?«

»Ronan, heute nicht«, versuchte Anders es noch einmal schwach, aber eigentlich war es ihm egal. Es war doch alles egal, wenn er keine Lösung für sein Problem fand. Entweder konnte Victorias Anwesenheit Madison vor dem Monster retten oder nicht. Anders wusste zumindest, dass er es nicht konnte. »Ich bin heute keine gute Gesellschaft.«

»Ach, Quatsch!«, rief Ronan. »Deine Sorgen laufen dir schon nicht weg, wenn du einen Abend mal Abstand nimmst.« Er zwang Anders, sich auf dem Absatz umzudrehen.

Ergeben seufzte Anders und zog das Zippo und seine Zigaretten aus seiner Manteltasche. »Wie du meinst.«

»Genau! Ich meine! Wir sollten in die *Singende Jungfrau*

gehen. Ist nicht so weit bei der verfluchten Kälte.« Ronan zog den Reißverschluss seiner Jacke nach oben und trat zu ihm auf den Gehsteig.

Anders hatte in all der Sorge ganz vergessen, sich einen Wintermantel aus seinem ehemaligen Haus zu holen. Er blies den Rauch des ersten Zuges aus und nickte. Nebenbei spielte er mit dem Sturmfeuerzeug, eine dumme Angewohnheit, die er auf das gute Gewicht und die quadratische Form des Zippos zurückführte.

Ronan sah es und grinste zufrieden.

Ja, noch habe ich dein Geschenk nicht verloren.

Die frische Abendluft des klaren Novembertages wehte den Rauch von Anders' Zigarette direkt in Ronans Richtung, doch wer sein Geld mit Tabak verdiente, ließ sich davon nicht stören.

Anders' Blick fiel über die Straße zu den mittlerweile dunklen und mit heruntergelassenen Gittern abweisend erscheinenden Läden. Ihm war, als hätte er eine Bewegung aus dem Augenwinkel wahrgenommen, und suchte die Stelle jetzt bewusst ab. Seit er von seinem Zuhause weggefahren war, fühlte er sich verfolgt. Es war wahrscheinlich nur Einbildung, aber ihm gingen diese gelben Augen vor seinem Fenster nicht mehr aus dem Kopf. Die ehemals so vertraute Dunkelheit der Nacht war ihm nicht geheuer. Sie schien wie ein Schleier auf allem Bösen zu liegen. Wahrscheinlich würde es jedem so ergehen, der in den vergangenen Tagen dasselbe wie er erlebt hatte. Ronan trat dicht neben ihn.

»Was schaust du so angespannt?« Er lehnte sich mit seiner hünenhaften Gestalt nach vorn und spähte angestrengt in die kleinen Gassen gegenüber.

»Nichts«, sagte Anders. »Ich dachte, ich hätte was gesehen. War wohl nur 'ne Katze. Lass uns ein Bier trinken gehen.«

»So gefällst du mir schon besser!« Ronan klopfte ihm freudig auf die Schulter und machte sich auf den Weg die Straße hinunter.

Gerade als Anders sich abwenden wollte, erhaschte er erneut

eine Bewegung, aber sobald er zurücksah, war nichts Ungewöhnliches zu erkennen.

»Nun komm, sonst ist das Bier alle, bis wir dort sind!«

Anders schüttelte die Zweifel ab und folgte Ronan den Gehsteig entlang. Das instinktive Unwohlsein blieb. Vielleicht hatte sein Freund recht. Er konnte sich morgen überlegen, wie er vorgehen wollte. Bis dahin würde sich die Ungewissheit geklärt haben.

Sie wurden vom Wirt der *Singenden Jungfrau* herzlich willkommen geheißen und setzten sich wie immer an die Bar. Uralte Kamellen liefen im Hintergrund, der Boden klebte an manchen Stellen, als hätte man ihn mit abgestandenem Bier gebohnert, und genauso roch es. Anders fühlte sich hier in diesem Moment mehr zu Hause als irgendwo sonst.

Ronan war gerade mit dem Wirt in ein hitziges Gespräch vertieft, als Anders sich mit einem Deuten auf seine Zigarettenschachtel entschuldigte.

Er trat vor die Tür und steckte sich einen Glimmstängel zwischen die Lippen. Bevor er ihn anzündete, schloss er die Augen und sog die kühle Nachtluft ein, die an diesem Tag besonders klar schmeckte. Da war wieder das Gefühl, beobachtet zu werden. Als er die Lider hob, fiel sein Blick auf eine dunkle Gestalt, die an der Kreuzung im Schatten eines großen Vordachs stand und zu ihm herüberstarrte. Viel erkannte er von ihr nicht, denn sie hatte sich penibel so positioniert, dass das Licht der Straßenlaternen sie nicht erreichte. Nur das Gesicht hob sich leichenblass vom schwarzen Hintergrund ab. Der Rest war eins mit den Schatten, die mittlerweile die Nacht über die Welt gelegt hatten. Die Gestalt hob eine Hand und winkte Anders zu sich herüber. Anders legte den Kopf schief. Wer war das?

In diesem Moment verschwanden die hellen Konturen des Gesichts und stattdessen leuchteten für die Dauer eines Herzschlags gelbe Augen aus der Dunkelheit. Anders wäre fast die Zigarette aus dem Mund gefallen. Er stolperte vor Schreck einen Schritt zurück. Dann verschwand die Gestalt um die Ecke.

Für einen Augenblick kämpfte Anders mit dem Instinkt, zurück in die *Singende Jungfrau* zu fliehen und nicht wieder herauszukommen. Doch er war kein Feigling, und solange dieses Monster hier bei ihm war, wusste er Madison in Sicherheit. *Wenn es nur eine von diesen Kreaturen gibt,* steuerte sein Gehirn bei.

Er eilte über die Straße. Dabei stopfte er die unbenutzte Zigarette lieblos in die Manteltasche. Im Lauf tastete er nach seiner Pistole im Brustholster und fühlte sich ein kleines bisschen sicherer. An der Ecke sah er den schwarzen Schatten gerade noch in eine Nebenstraße huschen. Obwohl Anders sich beeilte, holte er nicht auf, und die Gestalt führte ihn langsam immer weiter fort. Bei jeder Abbiegung erkannte Anders gerade noch, wohin der Schatten eilte, kam aber niemals näher an ihn heran.

Am Eingang einer engen Sackgasse zwischen alten, hoch emporschießenden Gebäuden blieb Anders schwer atmend stehen. Er kämpfte um jeden Atemzug und verfluchte seine Nikotinsucht. In der Gasse konnte er keine Bewegung wahrnehmen, also suchte er sie mit den Augen ab, um herauszufinden, wohin die Gestalt ihn als Nächstes führen würde.

Tiefes Lachen erklang, echote zwischen den Häuserwänden und schwoll immer weiter an. Seine Nackenhärchen stellten sich auf. Anders suchte nach dem Ursprung des Lachens, fasste erneut an sein Holster und kam sich noch im selben Moment lächerlich vor, weil er sich von einem Geräusch Angst machen ließ.

Das Zuschlagen einer Tür ein Stück vor ihm beendete das Lachen abrupt. Anders bemerkte, dass er den Atem angehalten hatte, und stieß ihn hörbar aus.

Er trat an die geschlossene Tür. Deren einstige Farbe konnte er nicht mehr ausmachen. Der Lack blätterte ab und darunter schien marodes Holz hervor. Schloss und Knauf fehlten. Er stieß sie auf.

Anders atmete tief durch, um sein Herz ein wenig zu beruhigen, das ihm nicht nur wegen der Verfolgungsjagd bis zum Hals schlug.

Er zögerte.

Hinter der Tür erwartete ihn absolute Dunkelheit, als hielte irgendetwas das fahle Straßenlicht davon ab, in das Haus einzudringen. Nicht einmal Schemen waren zu erkennen. Das Wissen, direkt in eine Falle zu gehen, hielt ihn nicht davon ab, mangels einer Taschenlampe sein Zippo herauszuziehen. Nur wenn er mehr über dieses Wesen herausfand, konnte er Madison beschützen.

Anders fasste sich ein Herz und machte einen Schritt in das Gebäude hinein. Der flackernde Feuerschein des Zippos brachte etwas Licht ins Dunkel und Anders war so, als sähe er einen Schatten aus dem Licht huschen. Er umgriff das Sturmfeuerzeug fester und sah sich um.

»Hallo?«, rief er. »Jemand zu Hause?«

Das Haus war leer geräumt und die einst farbenfrohe Tapete hing in Streifen von den Wänden. Obwohl sich die Leuchtkraft des Zippos nicht verändert hatte, wurde der Radius der ihn umgebenden Helligkeit immer kleiner. An allen Rändern drängte das Nachtschwarz herein und dahinter lauerten Dinge, die ein Mensch sich nicht vorstellen konnte.

Anders hatte schon immer am liebsten nachts gearbeitet. Die Dunkelheit hatte ihm stets ein angenehmes Gefühl vermittelt. In ihr war er Hirte und Jäger zugleich. Jetzt fühlte sich die Nacht fremd an und die Finsternis gefährlich. Die feinen Härchen auf seinen Unterarmen stellten sich auf. Die Schatten waren nicht mehr auf seiner Seite. In dieser Nacht wollten sie ihn verschlingen.

Die Tür hinter ihm fiel zu.

Anders zuckte zusammen und wirbelte herum. Das Zippo fiel aus seiner Hand auf den Boden und die Flamme ging aus. Erst jetzt bemerkte er die feinen Fugen, durch die das Straßenlicht hereindrang. Es gab keinen Knauf, also konnte die Tür gar nicht verschlossen sein. Was war er nur für ein Angsthase geworden? Da ließ er sich von solchen Lappalien erschrecken. Er hatte wohl zu viele Horrorfilme geschaut.

Anders lachte nervös und schob die Finger in den Spalt. Irgendein Windstoß musste die Tür zugeschlagen haben. Anders atmete tief ein und zog daran. Sie öffnete sich nicht. Anders nahm die andere Hand zu Hilfe und ganz langsam kam er gegen den Widerstand an. Plötzlich drückte etwas die Tür wieder fest zu und Anders schrie auf. Reflexartig zog er seine Hände zurück. Die gequetschten Fingerspitzen pochten schmerzhaft.

»Was zur Hölle …? Verfluchte Scheiße.«

Er steckte zwei Finger durch das Loch, in dem sich normalerweise der Knauf befand. Dann zog Anders, so fest er konnte, aber die Tür bewegte sich keinen Zentimeter mehr, ruckelte nicht einmal. Er spähte durch das Loch, durch das entfernt das Licht der letzten Straßenlaterne zu erkennen war, aber es leuchtete nicht mehr ins Haus. Am Eingang war es wie abgeschnitten. Da schlug er mit den Fäusten gegen das morsche Holz und rief frustriert und zunehmend panischer um Hilfe. Schließlich ging er einen Schritt zurück und trat mit aller Kraft dagegen. Die Tür ging nicht einmal dann auf, als er mit voller Wucht dagegen rannte. Anders rieb sich über die schmerzende Schulter. Wie war das möglich? Dieses alte, morsche Stück Holz hätte längst unter seinen Versuchen nachgeben müssen.

Seine Hände schwitzten und ein Schauder überkam ihn, als hätte jemand ihm mit einer eiskalten Hand in den Nacken gefasst. Er drehte sich um. Langsam ging er in die Hocke und tastete den Boden nach dem Zippo ab. Er spürte Unrat und Staub, als er mit den Händen über die alten Holzdielen fuhr, aber weit und breit kein Feuerzeug.

»Na wunderbar«, sagte er mit einem Stöhnen. Ein paar Tage hatte er nur gebraucht, um es zu verlieren. Hatte er es in seiner Panik versehentlich weggetreten? Anders wurde sich der Dunkelheit erneut bewusst. Mit bebenden Händen holte er sein Handy heraus und schaltete die Taschenlampenfunktion ein. Daran hatte er vorher gar nicht gedacht. Erleichtert sog er die Luft ein, als der dünne Lichtstrahl auf den Boden fiel. Er reichte aus, um ihn erkennen zu lassen, dass weit und breit nichts Silbernes glänzte. Sonderbar.

Anders stand auf und versuchte, sich im schmalen Lichtpfad zu orientieren. Eine Treppe führte vor ihm nach oben und in einen Keller, zu beiden Seiten deuteten angelehnte Türen auf weitere Räume hin. Er fühlte sich wie in der Höhle der Bestie, wenn er die Treppe entlangsah, die sich in der Dunkelheit verlor. Die Finsternis verdichtete sich um ihn.

Anders' Körper spannte sich an, jeder Muskel bereitete sich auf einen Kampf vor, da Flucht keine Option mehr war.

»Was willst du?«, rief Anders in die Schatten. »Was willst du von meiner Tochter?«

Die schleichend zum Leben erwachende Dunkelheit fraß an dem dünnen Lichtstrahl, der durch Anders' zitternde Hand unruhig über die Wände huschte. Anders' Atmung klang plötzlich viel zu laut. Stille legte sich auf seine Ohren und verursachte einen unangenehmen Druck. Er presste seinen Rücken gegen die Tür und spürte eine Berührung an der Schulter.

Tiefes Kichern drang an Anders' Ohren. Jemand stand genau neben ihm. »Komm herab, komm zu mir«, sagte eine Stimme. Anders schlug blind in die Richtung, aus der sie kam, aber er traf nur Luft. Er hielt den Atem an und zog seine Waffe aus dem Holster. Das Licht seines Handys ging schlagartig aus. Nun war es stockfinster um ihn herum.

»Was bist du?«, rief er und erkannte seine panische Stimme kaum wieder. Seine Augen huschten angestrengt hin und her, allerdings war er nicht in der Lage, auch nur Schemen in der Finsternis zu erkennen. Hastig steckte er das Handy weg und legte beide Hände an seine Pistole, denn er traute seinem Körper nicht mehr.

Augen öffneten sich wenige Meter vor ihm; sie waren auf ihn gerichtet. Die Sklera, die bei Menschen weiß sein sollte, war schwarz wie alles darum herum, nur die Iris leuchtete in einem hellen Gelb wie die Warnfarbe von Insekten. Statt lange zu überlegen, reagierte Anders: Er schoss zwischen die Augen. Für den Bruchteil einer Sekunde erhellte der Schuss das Zimmer, in dem sich niemand außer ihm befand. Die Augen waren verschwunden.

»Himmel, was …«, keuchte Anders. Sein Puls pochte unter

seiner Haut. Er hörte es in der Stille. Er wagte nicht, die Hand vom Griff seiner Waffe zu nehmen.

»Komm in die Finsternis, dring ein und sieh.« Nun schien die Stimme aus allen Richtungen zu kommen. »Und fürchte.«

Anders schüttelte den Kopf. »Nein. Nein, das kann nicht ...«

Die Augen öffneten sich wieder, diesmal direkt vor ihm. »Komm.«

Anders versuchte zurückzuweichen und knallte an die Tür. Etwas schoss aus der Dunkelheit hervor und packte ihn. Er leerte panisch sein Magazin. Doch es zerrte ihn tiefer in die Finsternis, ein Dutzend Hände hielten ihn. Seine Waffe war völlig nutzlos. Selbst seine Schreie wurden von der Schwärze gedämpft, dann fiel er.

Wie ein Stück Stoff zerriss die Dunkelheit um ihn. Anders war übel und schwindelig, als er aufsprang, zum Kampf bereit. Obwohl sein Kopf wehtat, bemühte er sich, seine Umgebung schnell zu begreifen. Ein Heizungskeller. Die Hitze war unangenehm. Große Rohre führten die Wände entlang. Am hinteren Ende nahm eine Maschinerie die gesamte Wand ein. Hier und da blinkten bunte Lämpchen. Das Knacken und Stöhnen des Verbrennungsofens dröhnte nach der unheimlichen Stille laut in seinen Ohren. Schweiß rann Anders' Stirn hinunter. Noch immer hielt er seine Pistole in der Hand. Er zog das Magazin heraus. Leer. Seine Hand bebte. Wo war er hier? Obwohl die Schatten normal wirkten, konnte er nicht richtig atmen.

Vom Monster fehlte jede Spur.

Anders befürchtete, dass die schwere Stahltür am anderen Ende des Raumes ebenso verschlossen war wie die Tür ohne Knauf. Die nutzlose Waffe steckte er zurück ins Holster, dann setzte er vorsichtig einen Fuß vor den anderen, auf alles gefasst.

Ein leises *Pling* ertönte und Anders sah über die Schulter. Eine der Leuchtstoffröhren war ausgegangen und andere begannen zu flackern. Es erinnerte ihn an das Verglimmen der bunten Lichterketten in Madisons Zimmer. Aus einer der Zimmerecken kam die Dunkelheit rasant wie ein Schwarm Schlangen über die Decke gekrochen. Anders rannte. Sie verschlangen die Leuchtstoffröhren und Heizungsrohre hinter ihm, bis sie auch den Boden erreicht hatten und sich zusammenballten. Anders stolperte und konnte sich gerade noch an einem der Heizungsrohre abfangen, wobei er sich die Hände verbrannte. Er verbiss sich einen Schmerzenslaut und rannte weiter. Gelächter erfüllte den Raum. Es klang wie der pure Wahnsinn.

Er erreichte die Tür, rüttelte am Knauf, aber sie war verschlossen. Mit aller Kraft trat er dagegen.

»Spürst du die Angst? Wie sie sich durch dein Fleisch brennt und in deine Knochen sinkt?«

Anders erstarrte. Panik kroch über seine Haut. Erst jetzt bemerkte er die wiederkehrende vollkommene Stille im Raum. Kein Knacken, kein dumpfes Schlagen der Maschinen, kein Geräusch des Verbrennungsvorgangs. Jeder Laut wurde verschluckt. Würden sich auch seine Schreie im Nichts verlieren?

Schleppend langsam drehte er sich um, die schmerzende Hand nach wie vor auf dem Knauf.

Er sah gerade noch, wie die letzten orange leuchtenden Warnlämpchen in der Dunkelheit verschwanden. Dann war das einzig Helle im Raum das gelbe Augenpaar, das viel zu hoch für einen Menschen in der Schwärze schwebte.

»Siehst du?«, fragte die tiefe Stimme, während der Blick bedrohlich auf ihm lag. »Siehst du?«

Anders öffnete den Mund, aber nur ein Krächzen entkam seiner staubtrockenen Kehle. Seine Beine drohten nachzugeben.

»Was bist du?«, hörte er sich stammeln. Dabei erkannte er seine Stimme fast selbst nicht.

»Niemand kann mich sehen«, flüsterte die Stimme eindringlich. »*Niemand*. Aber du …«

Anders fühlte erneut etwas auf seiner Schulter. Es drückte ihn auf die Knie und er fasste hastig danach, wollte es von sich schütteln. Seine Hand griff ins Leere und er spürte nur den rauen Stoff seines Mantels. Das Augenpaar lehnte sich bedrohlich über seine kauernde Gestalt. »Du siehst mich, siehst mich wirklich, habe ich recht?«

Anders atmete flach. Seine Augen brannten, weil er nicht blinzelte.

»Du kommst mir in die Quere. Tu es nicht. Lass mich das Kind haben, sonst muss ich dich mit Haut und Haar verschlingen. Fordere mich nicht heraus.«

Anders schloss kurz erschöpft die Augen. Als er sie wieder aufschlug, war alle Finsternis aus dem Raum verschwunden. So als hätte es sie nie gegeben. Auch das Gewicht auf seiner Schulter war weg. Anders sank kraftlos gegen die Tür. Sein Atem stockte. Der Raum war völlig leer. Keine Rohre, kein Verbrennungsofen. Nur Beton war übrig geblieben, nachdem diese Kreatur der Nacht mit dem Heizungskeller fertig gewesen war. Tränen brannten in seinen Augen, aber er ignorierte sie ebenso wie das Pochen in seinen geschundenen Händen.

Panisch rüttelte er am Knauf. Die Tür war nicht länger verschlossen. Er kam auf die Füße, stolperte einige Treppenstufen hinauf, die ihn nach draußen führten. Er drehte sich kein einziges Mal um. Stattdessen rannte er, so schnell er konnte, über das unbekannte Fabrikgelände, von dem er keine Ahnung hatte, wie er dorthin gekommen war.

Er wollte nur noch nach Hause, ins Helle, zu seinem Scotch.

KAPITEL 6

»Ihr habt mein Mitleid, Herr, denn Ihr habt die Welt noch nie mit eigenen Augen gesehen.«

»Aber nicht doch, Azariah, bemitleide mich nicht. Schließlich halte ich die Welt in meinen Händen.«

Gespräche des Kartenspielers in Nimrods fliegenden Gärten

Ein Hämmern riss ihn aus dem Schlaf. Jeder Schlag verstärkte Anders' Kopfschmerzen. Eine gedämpfte Stimme drang durch die Tür.

»Anders, ich weiß, dass du da bist! Mich einfach in der Kneipe sitzen zu lassen. Das hast du noch nie gebracht. Und wofür? Damit du dich allein zuschütten kannst?«

Ronan. Anders stöhnte und drückte sich ein Sofakissen auf den dröhnenden Schädel. Er hätte seinen Freund gerade am liebsten erwürgt. Zum Glück ließ das Hämmern an seiner Tür nach, als er nicht darauf reagierte.

Erleichtert zog er sich das Kissen vom Kopf und merkte, wie ihm langsam flau im Magen wurde. Na großartig.

»Egal was passiert ist«, dröhnte es von der Wohnungstür. Ronan war noch da? »Es gibt immer noch Leute, die dir zuhören. Nicht nur deine Bierflasche.«

Frustriert kniff er die Augen zusammen. Er hatte Ronan nicht mit Absicht sitzen gelassen. Allein bei der Erinnerung an den Vorabend begann Anders, unkontrolliert zu zittern. Das Monster hatte seine Macht demonstriert. Wieso machte es sich so viel Mühe, Anders einzuschüchtern, statt ihn einfach aus dem Weg zu räumen?

Ein Rascheln und ein darauffolgender Fluch drangen durch die Tür. »Und hol deine Post rein. Victoria hat sie heute Morgen vor die Tür gelegt. Das ist ja lebensgefährlich.«

Er hörte Schritte und dann wurde es still.

Sein Magen rebellierte. Brechreiz zwang ihn auf unsicheren Beinen ins Bad. Er fühlte sich hundeelend. Die Mischung aus Erbrochenem, kaltem Zigarettenrauch, Alkohol und Schweiß brachte ihn erneut zum Würgen. Das Schlimmste war, dass er sich weiterhin lebhaft an alles erinnerte, was letzte Nacht passiert war. Gelbe Augen hatten ihn bis in den Schlaf verfolgt und ihm Albträume beschert, die ihn immer wieder schweißgebadet hatten hochschrecken lassen.

Anders blinzelte verkatert hoch zum Fenster. Draußen war es hell. Anders hatte bei seiner Rückkehr am Abend alle Lichter in der Wohnung angeschaltet. Sein einstiges Vertrauen in die Dunkelheit war einer panischen Furcht gewichen.

Nachdem er sich in die Dusche gequält hatte, ging er auf der Suche nach Zigaretten in das einzelne Zimmer zurück, aus dem die Wohnung bestand. Dabei fiel sein Blick nur mit geringem Interesse zur Tür, unter der einige Briefe durchgeschoben worden waren. Er wäre wohl einfach weitergegangen, hätte er nicht etwas Altrosafarbenes erkannt.

Anders kniete sich steif zum Türschlitz hinunter.

Tatsächlich. Glorias weite Handschrift zierte den Umschlag. Anders machte ihn hoffnungsvoll auf. Der Gedanke, Gloria bald zu sehen, jetzt, wo das Übernatürliche ihn heimsuchte, schenkte ihm Trost, auch wenn sie ihm wahrscheinlich nicht helfen konnte. Dieses Mal war der Inhalt äußerst knapp; die Zeilen informierten ihn über ihre baldige Ankunft mit Datum und dem Namen des Hotels, in dem sie unterkommen würde. Anders starrte auf das Datum. Samstag? Was war morgen? Heute? Hoffentlich hatte er sie nicht versetzt – sie würde ihn mit jahrelanger Nichtachtung strafen.

Er suchte nach seinem Handy und atmete beruhigt aus. Samstagnachmittag. Es blieben zumindest noch ein paar Stunden, bevor er sie abholen sollte. So konnte er Gloria nicht gegenübertreten. Sein Vater würde sich im Grabe umdrehen. Anders kniff die Augen zusammen. Er musste ausnüchtern.

Zuallererst brauchte er eine Tasse schwarzen Tee.

Gloria Laurey hatte in ihrem Leben viel erreicht. Allein ihr Gang zeugte von ihrer Klasse. Sie bewegte sich selbstbewusst durch die Menschenmasse, die sich für sie teilte. Ihr Haar aus dunklem Gold mit leichten Silbersträhnen wippte über ihren Schultern, als sie auf ihn zukam.

Anders stand direkt neben dem Portier an eine Marmorsäule gelehnt, die Arme verschränkt, stieß sich aber ab, um sie zu begrüßen. Aus dem dunklen Burgunder ihres Kleides stach der stilvolle Goldschmuck hervor. Anders löste seine verschränkten Arme und breitete sie in einer herzlichen Geste aus.

»Gloria, du siehst großartig aus.«

»Anders, mein Lieber, wie schön, dich zu sehen.« Sie hauchte ihm einen Kuss auf die frisch rasierte Wange, bei dem sie sich kaum reckte, er sich allerdings um ein gutes Stück nach unten beugte. »Du bist genauso ein Charmeur geworden, wie dein Vater es war. Lass uns gehen, ich will dir etwas zeigen.«

Anders bot ihr seinen Arm an und sie hakte sich unter. Der Portier hielt ihnen die Tür auf und wünschte ihnen einen angenehmen Abend. Vor dem Hotel stand ein schlichter Wagen bereit, denn Gloria hasste werbungsbeklebte Taxis.

Der Chauffeur nahm die gewünschte Adresse an, dann fuhr er stumm los. Anders betrachtete Glorias Profil im Halbdunkel. Er hatte sie fast ein Jahr nicht gesehen und hatte ihr so viel zu erzählen. Zu viel für einen einzigen Abend.

Sie richtete ihren Blick aus den Augenwinkeln auf ihn und lächelte. »Ich bin gespannt auf deine Meinung.«

»Es wird mir bestimmt gefallen«, versicherte Anders. »Du hast einen guten Geschmack.«

»Da hast du recht.«

Als sie ausstiegen, erstreckte sich vor ihnen ein großes Eckgebäude mit geschwungenen bronzenen Lettern über dem Eingang. Sie betraten den *Goldenen Hirsch* und durchschritten den schweren Vorhang hinter der Tür. Glorias Gesichtsausdruck wandelte sich bei Anders' staunendem Rundumblick zu Wohlwollen.

Für Anders war die Kneipe einen Tick zu schick mit ihrem gläsernen Tresen, den goldlegierten Einfassungen der Glasscheiben und dem dunklen Holzdekor, das den Raum dominierte.

Gloria wurde vom Personal begrüßt und sie wechselten ein paar Worte wegen der Geschäftsübernahme, dann setzten Anders und sie sich in eine der Ecken, ein wenig abgeschottet vom Rest des Lokals, in die braunen Ledersessel.

Wenige Minuten später stand vor der alten Freundin seines Vaters ein Glas edlen Rotweines, der sich in seiner satten, dunklen Farbe kaum von ihrem Kleid abhob, und vor ihm ein mindestens ebenso teurer Whiskey.

Sie sprachen über Glorias Reisen, denn sie hatte viele Orte, die sie ihr Zuhause nannte. Dabei verlor sie nie ein Wort darüber, was sie zu diesen Orten trieb. Obwohl sie die Arbeit längst nicht mehr nötig hatte, machte sie weiter. Anders wusste nicht so genau, was sie eigentlich für ihr Geld tat. Die Kneipen waren für sie nur ein Hobby. Sie hatte immer unterhaltsame Begegnungen, die sie zum Besten geben konnte. Vielleicht lag es allein an der Art, wie sie erzählte, wie sie sprach, dass er an ihren Lippen hing wie ein kleiner Junge bei den Gutenachtgeschichten seiner Mutter.

Sie trank ihr drittes Glas Rotwein, als sie sagte: »Du wirkst angespannt. Etwas ist passiert, und das hat nichts mit Victoria zu tun. Du siehst erschöpft aus … und blass.« Sie hatte ein Talent, in Menschen zu lesen. Er musste schlimm aussehen, wenn ihr Taktgefühl nicht ausreichte, um sie ihre Beobachtung für sich behalten zu lassen.

Anders sank zurück in das tiefe Polster des Sessels. Er fuhr sich mit beiden Händen über das Gesicht. »Dir kann ich nie etwas vormachen, oder?« Er lächelte, aber es fühlte sich nicht echt an.

»Du bist ein guter Lügner, Anders, das weißt du. Du kannst viel verbergen, aber nicht vor mir. Ich kenne dich nicht umsonst, seit du laufen kannst.« Sie zwinkerte ihm zu und er seufzte.

»Es ging mir schon einmal besser«, gab er zu.

»Ich bin dafür bekannt, Probleme zu lösen. Sag mir, was ist deines?«

»Du wirst mir nicht glauben. Himmel, ich glaube es ja selbst nicht.«

Seine Verzweiflung schien Gloria sofort zu fesseln, wie eine Journalistin, die eine gute Story witterte. Nichtsdestotrotz lehnte sie sich entspannt zurück. Ihr Blick bekam etwas Lauerndes. »Lass es uns versuchen.«

Anders nahm einen großen Schluck aus seinem neu aufgefüllten Tumbler, bevor er die Ellbogen auf die Knie stützte und mit leiser Stimme anfing zu erzählen.

Gloria würde ihn zumindest nicht für verrückt erklären. Anders hatte es immer als ihre einzige Schwäche angesehen, dass sie von Übernatürlichem sprach, als wäre es real. Reiche Leute hatten oft einen Hang zu exzentrischem Verhalten und Gloria war keine Ausnahme. Als Kind hatte er ihre Geschichten geliebt, später hatte er sie dafür belächelt. Jetzt war genau das der Grund, sich ihr anzuvertrauen. Er erzählte ihr von dem Fall der Vermissten und sprach von Zara, die sich nach dem Autounfall vor seinen Augen verflüssigt hatte. Er schilderte ihr die gelben Augen und die düstere Gestalt, die ihn verfolgt und schließlich in eine Falle gelockt hatte, die albtraumhaften Ereignisse in dem verlassenen Gebäude und wie nutzlos seine Waffe gewesen war, die alles verschlingende, zum Leben erwachte Dunkelheit und die Drohung. Dass diese Kreatur es auf Madison abgesehen hatte. Seine Angst musste er nicht in Worte fassen, sie schwang in jedem Satz mit.

Gloria hörte ihm zu, ohne ihn ein einziges Mal zu unterbrechen. Erst als er fertig war, griff sie wieder nach ihrem Glas.

»Was du erzählst, klingt vertraut«, hauchte sie sichtlich beunruhigt. Ihre Stirn lag in Sorgenfalten und einige Augenblicke starrte sie auf einen imaginären Punkt über seiner Schulter. »Früher habe ich von so einem Wesen gehört. Es ist jahrelang nicht hier gewesen. Man nennt es den Schwarzen Mann.«

Anders war überrascht. Obwohl er vermutet hatte, dass sie ihn nicht gleich einliefern lassen würde, erstaunte ihn das, was er früher für eine blühende Fantasie gehalten hatte. Sie glaubte ihm. Mehr noch, sie kannte das Monster. Woher wusste sie von solchen Dingen?

»Aber warum sollte er sich dir zeigen?«, murmelte sie nachdenklich, den Blick zur Seite gerichtet. »Er hasst Erwachsene.« Sie war tief in Gedanken versunken, denn als Anders ihr einige Momente später eine Hand auf den Arm legte, zuckte sie so sehr zusammen, dass ihr das Glas fast aus der Hand fiel.

»Du weißt also etwas über ihn.«

Er rechnete immer noch mit einer fantasievollen Geschichte. Die Vorstellung, sie könnte Fakten kennen, die ihm halfen, war eine verzweifelte Hoffnung, keine rationale Erwartung. Der Schwarze Mann war schließlich eine Kinderschreckfigur. Erfunden. Nicht wahr?

Ihr Zögern machte ihn nervös und plötzlich wurde Anders sich der dunklen Ecken und Schatten in seiner unmittelbaren Nähe schmerzlich bewusst. Er zwang sich, Gloria in die Augen zu sehen, statt in die Schatten zu starren in der Befürchtung, eine Bewegung darin zu erkennen oder gar seinen Blick von gelben Augen erwidert zu wissen.

»Nicht so viel, wie ich gern würde. Alles Wissen ist sehr diffus und neu. Sein Erscheinen wurde vor dreißig Jahren das erste Mal in Polen dokumentiert.« Als sie Anders' skeptischen Blick sah, führte sie das weiter aus: »Neu im Verhältnis zu älteren Legenden, anderen Wesenheiten. Er war nie das Zentrum unserer Untersuchungen, weil kaum jemand übrig bleibt, der uns von ihm erzählen konnte. Erwachsene sind nicht seine Klientel.«

»Kinder«, riet Anders finster.

Sie nickte, stellte ihr Glas behutsam auf den kleinen Tisch

zwischen ihnen und schlug die Beine übereinander. »Er soll aus der Finsternis selbst geboren worden sein, so sagt man. Deshalb der Name. Kindern begegnet er als Knarzen unter ihren Betten und in Kleiderschränken, als Kratzen an Fenstern und Schatten an ihren Wänden. Üblicherweise hört und sieht kein Erwachsener ihn. Er spukt nur in den Wachträumen der Kinder. Sie sind seine Spielwiese. Er macht ihnen Angst auf jede erdenkliche Weise, wenn es um ihre Vorstellungskraft und die Dunkelheit ihrer Zimmer geht. Darin soll er ein Virtuose sein.« Sie spie das Wort förmlich aus. »Manchmal verfolgt er ein Kind sogar einige Tage. Meistens aber nur ein oder zwei.«

»Und dann? Was tut er dann?«

»Dann holt er sie. Und sie kommen nie wieder.«

Drückende Stille legte sich über sie, nur lebhafte Gesprächsfetzen von einer Gruppe Frauen, die anscheinend etwas zu feiern hatte, drangen zu ihnen herüber.

Anders ließ die vergangenen Tage vor seinem inneren Auge Revue passieren. Waren alle verschwundenen Kinder Opfer dieser Kreatur geworden? Liam? Zara? Aber man hatte sie wiedergesehen. Das passte nicht zusammen. Außerdem hätten die Eltern doch unangetastet bleiben müssen, wenn dieser Schwarze Mann Erwachsene hasste. Wie passte Zaras pechschwarzer Körper da hinein?

»Was ist mit den Eltern?«, fragte er schließlich.

Gloria schreckte aus ihren Gedanken. »Was soll mit ihnen sein?«

»Sie würden nicht auch verschwinden?«

»Oh, das tun sie. Nicht bei den ersten verzeichneten Fällen, aber später. Uns fehlt allerdings die Information, wohin oder wieso. Denn sie können ihn nicht sehen, nicht hören – wie könnte er dann Einfluss auf sie nehmen? Er ist unschädlich für jeden, der ein bestimmtes Alter überschritten hat. Er zeigt sich ihnen nicht. Zumindest war kein solcher Fall bekannt … bisher.« Sie machte eine Pause und betrachtete Anders eingehend. »Außer vor mir sitzt der Erste, der ihm entkommen ist, um darüber zu berichten.«

Anders rann ein Schauder über den Rücken. Das Wesen hatte ihn entkommen *lassen*.

»Wer ist *wir* und woher weißt du so viel über dieses Monster?«

Sie lächelte enigmatisch. »Denkst du, ich reise zum Spaß ständig um die Welt? Es gibt Dinge, von denen die Öffentlichkeit besser nichts weiß.«

Ihre Antwort warf bloß noch mehr Fragen auf, doch ein beunruhigender Gedanke schoss Anders durch den Kopf. »Zara … war das wirklich Zara oder kann der Schwarze Mann sich in die Kinder verwandeln?«

Gloria schien die Antwort darauf nicht zu wissen und wenn ihr Blick eines aussagte, dann ihre Besorgnis deswegen. Sie trank ihr Glas mit einem großen Schluck leer, stand auf und ging Richtung Ausgang. »Komm mit.«

Als sie Anders' Zögern bemerkte, sah sie über ihre Schulter. »Du willst ihn doch aufhalten, oder nicht?«

Natürlich wollte er das. Aber konnte er? Sein Blick huschte zu einem der Schatten. Das Gefühl von kalten Fingern in seinem Nacken kehrte zurück. Wie sollte er das bewerkstelligen?

»Schließlich musst du deine Tochter beschützen.«

Er schloss die Augen, um die Dunkelheit auszusperren, doch sie lauerte hinter seinen Lidern auf ihn. Dann stand er auf.

»Was kann ich tun?«

»Du sagtest, die Dunkelheit sei seine Waffe«, sagte Gloria.

Er nickte.

»Dann nimm sie ihm«, empfahl sie lächelnd.

Obwohl es mehr als ein Jahrzehnt zurücklag, dass Anders in Glorias Haus am Rande Seattles gewesen war, erkannte er es sofort: abgelegen am Stadtrand, keine Nachbarn und hohe Mauern, als wolle sie die ganze Welt aussperren, obwohl sie doch so interessiert an weltlichen Belangen war. Erneut fragte Anders sich, wer Gloria wirklich war.

Der Chauffeur hielt vor dem Tor und Gloria bat ihn, hier auf sie zu warten. Dann öffnete sie das schwere Schloss an der Eisenkette, die das Tor sicherte. Anders betrachtete die efeuüberwucherten Mauern, die das Anwesen umgaben. Dabei war er dankbar für das Scheinwerferlicht des Autos hinter ihnen, denn sie waren umzingelt von Dunkelheit, die Anders ein flaues Gefühl im Magen bescherte.

Er sah aus dem Augenwinkel etwas Gelbes aufblitzen und wich zurück. Doch es waren nur Scheinwerfer in der Ferne. Mit der Hand auf der Brust versuchte er sein schnell schlagendes Herz zu beruhigen. Hoffentlich hatten die Schatten keine Ohren, womit das Monster ihn überall belauschen konnte. Falls Gloria recht hatte und es aus der Dunkelheit geboren worden war, schien ihm das gar nicht so abwegig. So wirklich konnte Anders diese ganze Theorie nicht glauben. Auch wenn er sich etwas Klarheit und jemanden, der mehr wusste, dringend wünschte.

Das metallene Quietschen des aufschwingenden Tors ertönte und Anders folgte Gloria. Die Rasenflächen zu beiden Seiten des Weges waren mit Herbstlaub und einer dünnen Schneeschicht bedeckt, die Bäume standen kahl und ordentlich in einer Reihe. Anders sah sich unruhig um. Im Haus waren die Möbel mit weißen Laken bedeckt – Gloria wohnte seit Jahren nicht mehr hier. Glücklicherweise funktionierten alle Lichter und da die Vorhänge zugezogen waren, wurde die Dunkelheit ausgesperrt. Anders fiel ein Stein vom Herzen.

»Komm, ich habe etwas für dich«, sagte Gloria und führte ihn eine lange Treppe hinunter in den Keller. Anders erinnerte sich daran, dass die Tür in seiner Kindheit verschlossen und ihm nie erlaubt gewesen war, dort hinunterzugehen.

Vor ihm erstreckte sich ein hoher Raum mit Holztäfelung, in dem ihn eine kleine Bibliothek willkommen hieß. Deckenhohe Regale mit Leitern säumten die Wände. Gloria gab ihm keine Zeit, die unzähligen Bücher zu bestaunen. Stattdessen führte sie ihn in den hinteren Teil der Bibliothek, in dem sich ein aufgeräumter Schreibtisch befand.

»Dann ist das hier alles Material über Fabelwesen?«, fragte er irritiert.

Sie lachte. »Bei Gott nicht. Fabelwesen sind etwas völlig anderes. Darum geht es mir gerade nicht. Über den Schwarzen Mann würdest du darin sowieso nichts finden, weil er nicht von dort stammt.«

»Dort?«

Sie beugte sich zum Schreibtisch hinunter. Mit einem leisen *Klick* öffnete sich ein Fach in der Wand daneben.

»Das ist ja wie in einem Gangsterfilm«, kommentierte Anders, um seine Nervosität zu überspielen.

Gloria holte ein Fläschchen hervor. Sie verbarg den restlichen Inhalt des Verstecks mit ihrem Körper und schloss es wieder. Mit einem zufriedenen Ausdruck drehte sie sich zu ihm um.

Das Fläschchen in ihrer Hand leuchtete. Die darin enthaltene Flüssigkeit bewegte sich in einem langsamen Rhythmus und glitzernde Elemente schimmerten in warmem, blassem Gold. Wie Honig.

»Sonnenglimmer«, sagte Gloria und reichte es Anders. »Sei vorsichtig damit, ich habe nur dieses eine Exemplar. Selbst das zu besitzen, ist schon gegen den Kodex. Aber ich dachte mir, dass es irgendwann seinen Nutzen haben würde.« Das Fläschchen strömte Wärme aus, sobald er es in den Händen hielt.

»Kodex? Sonnenglimmer?«, wiederholte Anders und hob zweifelnd eine Augenbraue. »Worin bist du hier verwickelt, Gloria? Ist das irgendein supergeheimer Orden, der unsere Welt vor Monstern beschützt?«

Glorias Mundwinkel zuckten verräterisch. Sie musste ihn für durchgeknallt halten. Dann sah sie ihn ernst an. »Stell mir diesbezüglich bitte keine Fragen, ja? Sonst bringst du mich in eine unangenehme Situation.«

»Müsstest du mich dann töten?«, witzelte Anders.

»Kommt darauf an, ob ich dir Antworten gebe.«

Anders stutzte und betrachtete sie forschend. Sie sah nicht aus, als ob sie scherzen würde. Er räusperte sich und wechselte das Thema.

»Was mache ich damit?«, fragte er und hob dabei das Fläschchen in seiner Hand höher.

»Du wirfst es«, sagte Gloria.

»Ach, wenn es nichts weiter ist«, kommentierte Anders sarkastisch.

Gloria hob eine Augenbraue. »Du wirst den Schwarzen
Mann jagen und wenn du ihn hast, wirfst du es auf ihn. Es ist
gebündeltes Licht und wird ihn schwächen. Schatten und Dunkelheit werden davon für eine Weile ferngehalten und dann
sollte er verwundbar sein.«

Ihn jagen? Anders zog die Augenbrauen zusammen. So gern
er wieder selbst der Jäger in der Nacht sein wollte: Der
Schwarze Mann hatte ihn mit Leichtigkeit in die Beuterolle gezwungen.

Da legte Gloria ihm eine Hand auf den Arm. »Du bist der
Einzige, der ihn sehen kann. Überrasche ihn und du hast eine
Chance. Ich weiß nicht, warum er sich dir zeigt, aber es kann
nichts Gutes bedeuten. Du bist in Gefahr. Nutze das hier und
wende das Blatt. Sei selbst der Jäger.«

Er musste die Beuterolle abstreifen. Nicht nur er, sondern
auch Madison und Victoria waren in Gefahr, solange dieses
Biest weiter sein Unwesen trieb.

»Danke.« Er steckte das Fläschchen ein.

»Zumindest so viel schulde ich deinem Vater. Ich habe ihm
versprochen, auf dich achtzugeben.«

KAPITEL 7

Anders harrte vor dem Haus aus. Seine Knöchel traten weiß hervor, so fest umklammerte er das Lenkrad. Er musste nur wissen, ob es ihr gut ging. *Bitte, Gott, lass sie wohlbehalten sein.* Der Sonnenglimmer in seiner Manteltasche strahlte Wärme aus, das Gewicht der Pistole lag angenehm und verheißungsvoll an seiner Seite. Mit jeder verstreichenden Minute zog sich Anders' Magen fester zusammen.

Wenn der Schwarze Mann seiner Tochter etwas angetan hatte, so würde die Jagd zu einem Rachefeldzug werden. Madison war der einzige Lichtstrahl in Anders' chaotischem Leben.

Die rote Haustür ging auf und Madison kam mit ihrem Schulranzen heraus. Anders sank in sich zusammen, Erleichterung durchspülte ihn.

Er blieb lange genug, um sicherzugehen, dass Madison wie sie selbst wirkte. Zara hatte etwas Verstörendes an sich gehabt. Madison bewegte und verhielt sich ganz normal. Sie küsste Victoria auf die Wange und lief lachend zum Bus.

Daraufhin startete Anders den Motor und fuhr davon, gerade als Victorias Blick ihn erfasste. Er salutierte leger mit zwei Fingern und kümmerte sich nicht weiter um sie – und es war ein befreiendes Gefühl, nicht auf sie Rücksicht zu nehmen.

Vor der *Singenden Jungfrau* stellte Anders den Wagen ab und machte sich auf den Weg. Rosa schimmernde Wolken trieben über den Himmel. Die Sorge, wie lange Victorias Anwesenheit noch ausreichte, um Madison vor dem Monster abzuschirmen, trieb ihn zur Eile.

Heute war der Tag, an dem einer von ihnen starb: Anders oder der Schwarze Mann.

Er musste zu dem verlassenen Gebäude zurückkehren, denn es war seine einzige Spur. Es dauerte eine halbe Stunde, bis er es wiederfand. Von der *Singenden Jungfrau* aus war er dem Weg durch die Gassen gefolgt, so gut er sich daran erinnerte. Vor ihm wartete die Tür ohne Knauf. Er stieß sie auf und das feine Tageslicht strahlte in den Eingang und durch die mit Brettern vernagelten Fenster. Nichts von der unnatürlichen Dunkelheit war zu erkennen. Es wirkte wie ein ganz normales, heruntergekommenes Haus. Anders suchte den Boden ab, bevor er eintrat. Kein Feuerzeug.

»Himmel noch mal«, schimpfte er. Doch das Sturmfeuerzeug war Nebensache. Anders wappnete sich und machte einen Schritt hinein in das erste Zimmer, von dem aus eine Treppe nach unten und eine andere nach oben führte. Er fasste in seine Tasche und spürte die beruhigende Wärme des Fläschchens. Dann wählte er den Weg in den Keller. *Komm herab,* hatte der Schwarze Mann gesagt. Oh, Anders würde zu ihm kommen.

Sein Herz schlug ihm bis zum Hals, als die Holzstufen unter seinen Schritten knarzten. Der Schwarze Mann war bisher nur mit der Dunkelheit aufgetaucht, weshalb Anders im Moment wahrscheinlich sicher war. Der Keller wurde durch Licht aus den hoch gelegenen Fenstern schwach erhellt. Der Deckel eines Kanalschachts lag zwei Meter vom Abstieg entfernt, als hätte eine Druckwelle ihn aus der Öffnung geschleudert.

Anders holte eine Taschenlampe hervor, denn dieses Mal war er vorbereitet. Er leuchtete damit in den Schacht. Dort unten war es stockdunkel. Anders stieg die in die Wand integrierten Leitersprossen hinunter und der Gestank der Kanalisation drang an seine Nase. Er trat in das zwei Zentimeter tiefe Wasser. Der Tunnel führte in beide Richtungen, doch links versperrte ein Gitter sein Vorankommen. Er bewegte sich langsam in den rechten Tunnel und hielt sich eng an der Wand. Bisher fiel ihm nichts Ungewöhnliches auf. Vor allem nichts, was auf den Schwarzen Mann hindeuten könnte.

Auf seinem Weg kam er an weiteren Aufstiegen vorbei, doch abgesehen vom enormen Gewicht der Kanaldeckel, führten sie auch an belebtere Orte, sodass Anders nicht einfach hinaufsteigen und nachsehen konnte. Die schwarze Flüssigkeit, in die

Zara sich verwandelt hatte, war in einen ebensolchen Kanalschacht geflossen. Das bestärkte Anders nur in seiner Vermutung, hier fündig zu werden.

In diesem Moment hörte er einen Ruf. Augenblicklich erstarrte er und lauschte. Die Stimme war weiblich und befand sich in einiger Entfernung. Zu verstehen war nichts. Anders schlich weiter, jetzt noch vorsichtiger, und lauschte auf weitere Geräusche, aber es blieb still. Nach ungefähr hundert Metern erkannte Anders vor sich einen leichten Lichteinfall, der Leitersprossen erhellte. Als er näher trat, schaltete er die Taschenlampe aus. Über ihm befand sich eine Öffnung ohne Deckel. Er steckte die Taschenlampe weg und stieg die Sprossen leise hinauf. Durch das Loch sah er eine hohe Fabrikdecke mit Leuchtstoffröhren und den oberen Teil von Betonwänden. Er stoppte, sobald er gerade so über den Rand sehen konnte und möglichst wenig von seiner Anwesenheit preisgab. Dann nahm er den Rest des Raumes wahr: Er war fast völlig leer. Einige Meter entfernt lag der umgedrehte Kanaldeckel und im hinteren Teil des Raumes schimmerte etwas am Boden. Eine Pfütze. Davor stand ein Junge, kaum älter als neun Jahre, und sah hinein.

Er hatte kurzes, blondes Haar. Anders gab keinen Laut von sich.

Der Junge drehte sich um. Das pausbäckige Gesicht zeigte keinerlei Kindlichkeit. Die Augen wirkten desinteressiert und kühl. Er ging schnurstracks auf den Kanalschacht zu. Anders sog erschrocken die Luft ein und machte sich leise daran, wieder hinunterzusteigen. Ehe er auch nur einen Fuß auf die nächste Sprosse stellen konnte, bewegten sich die feinen, grauen Schatten aus den Raumecken. Anders erstarrte in seinen Bewegungen.

Sie zogen sich lang, lösten sich von den Wänden und kamen auf den Jungen zu. Anders stand vor der Wahl, dem Jungen eine Warnung zuzurufen oder zu fliehen. Er war sich nicht sicher, ob er ein Kind vor sich hatte oder nicht. Bevor er sich entscheiden konnte, sog der Kinderkörper die Schatten in sich auf wie ein Schwamm. Das blonde Haar verdunkelte sich und wuchs, bis es in rabenschwarzen Strähnen ein rasant alterndes Gesicht umrahmte. Das Kinn wurde länger, die Wangen verloren die kindliche Rundlichkeit und harte Wangenknochen stachen daraus hervor. Die gesunde Hautfarbe des Jungen verblasste zu einem fahlen Weiß. Sein schmächtiger, kleiner Körper wuchs mit jedem Schritt in die Höhe, wurde länger, breiter, muskulöser, bis er einer stattlichen Männergestalt Platz gemacht hatte. Entsetzen über diese verstörende Entdeckung brach über Anders herein.

Erst bemerkte er sie gar nicht, doch neben ihm aus dem Dunkel des Kanalschachts kroch die Finsternis hervor wie ein scheuer Hund, dessen Herr ihn zum Kommen ermunterte. Schwaden, nebelartig, aber pechschwarz, drängten sich an ihm vorbei und trieben der Kreatur entgegen, kräuselten sich zu ihren Füßen und stiegen daran empor. Die Gestalt atmete auf und hob die Hände, als hieße sie die Schatten willkommen. Immer mehr waberten aus den Tiefen, gänzlich unbeeindruckt vom schwachen Morgenlicht, das durch die schmutzigen Fenster schien. Anders konnte sich nicht bewegen, während die Dunkelheit über die Beine der Gestalt kroch und sie langsam umhüllte.

Der Schwarze Mann wurde vor seinen Augen real.

Wie Kleider aus Nacht legte sich die Finsternis um ihn. Zu seinen Füßen kringelten sich dünne Schattenschleier, die mit dem Rest verbunden schienen.

Anders hatte nicht bemerkt, dass die Kreatur die Lider geschlossen hatte. Erst als sie sie aufschlug und ihn statt der gefürchteten gelben Augen pechschwarze, uralte direkt ansahen, starrte Anders wie gebannt in deren unendliche Tiefen. Kälte durchzog seinen Körper, als der Schwarze Mann lächelte. Es war ein dunkles, durchdringendes Lächeln, mehr eine Drohung, bei der man jemandem die Zähne zeigte.

»Komm herauf«, befahl die tiefe Stimme. »Fliehen ist zwecklos. In der Dunkelheit finde ich dich überall.«

Die Stimme war kühl und klar wie die Luft einer Winternacht mit frischem Schnee. Sie klang alt und so geduldig. Es lag keine Eile darin, so als hätte das Wesen alle Zeit der Welt.

Anders stieg mit steifen Gliedern hoch, bis er dem Schwarzen Mann gegenüberstand.

Es war das erste Mal, dass er ihn wirklich sah. Surreal stand der hagere Mann vor ihm. Er war sicherlich zwei Meter groß und irgendwie unscharf. Anders verspürte den Drang, ihn mit seiner Taschenlampe anzuleuchten, um die Dunkelheit zu vertreiben, die ihn umgab. Als trüge er einen Umhang aus Nacht. Nur das Gesicht, der Hals und die Hände waren besser zu erkennen. Sein Antlitz war alterslos, schmal und blass. Nichts schien sich in den schwarzen Iriden zu spiegeln, die dasselbe matte Onyx zeigten wie die von Zara. Das klärte die Frage, ob Anders die echte Zara je gesehen hatte. Das Licht des Wintermorgens schien die Gestalt des Schwarzen Mannes zu meiden, denn sie warf keinen Schatten.

»Ich habe dich gewarnt, und doch bist du mir gefolgt.« Es lag keine Verärgerung in den Worten, eher stille Neugier, die Anders überraschte. Er fand seine Stimme einige Augenblicke nicht, doch die Kreatur blieb geduldig.

»Wo sind die Kinder?«, fragte Anders. »Und ihre Eltern?«

Die Neugierde wandelte sich in gelangweilte Erkenntnis. »Habe ich etwa jemanden verzehrt, der dir wichtig war?«

Verzehrt. Ein Schauder der Endgültigkeit durchlief Anders' Körper. Die Kinder. Tot. Ihm wurde schlecht.

Der Schwarze Mann kehrte desinteressiert zu der Pfütze zurück, die Anders fast vergessen hatte. Anders konnte nur eine dunkle, silbern schimmernde Oberfläche erkennen, in der sich nichts spiegelte. Das Wesen fuhr mit der Hand durch die Luft über der Fläche. Es war eine merkwürdige Handbewegung, die jäh unterbrochen wurde, als wäre dem Wesen etwas eingefallen. Es sah zurück zu Anders.

»Die Eltern erwartet ihr eigener Albtraum. Ich war so frei, ihnen die schmerzliche Wahrheit über den Tod ihrer Kinder zu verschweigen. Sie werden nie herausfinden, was mit ihnen passiert ist.«

Anders' Hand ballte sich zur Faust. Wollte der Schwarze Mann einen Orden dafür? Wut und Verwirrung vermischten sich und Anders wusste nicht, was in ihm überwog. Er brauchte Antworten. Dann würde er dafür sorgen, dass keinem weiteren Kind etwas geschah.

»Auf der Straße, im Polizeirevier. Das warst immer du?«

Ein grässliches Lächeln legte die perlweißen Zahnreihen des Schwarzen Mannes frei. »Du warst interessant und so habe ich dich beobachtet. Durch die Augen derer, die tagsüber wenig Aufsehen erregen.«

»Was für ein Monster tut so was? Das ist ganz schön abartig.« Anders versuchte seine Furcht zu überspielen. Er schob seine Hand langsam in die Manteltasche und umschloss den Sonnenglimmer.

»Monster? Na, na. Ich bevorzuge den Namen Atlar.«

Anders stieß ungläubig die Luft aus. »Atlar?«

Der Schwarze Mann machte ein nachdenkliches Gesicht. »Es klingt merkwürdig, diesen Namen von jemand anderem als mir ausgesprochen zu hören.«

Anders sah ihn verwirrt an.

»Ich pflege wenig Kontakt zu Menschen«, sagte Atlar. »Zumindest war das bisher so. Die Bezeichnung, die ihr mir gabt, ist nur eine von vielen und bei Weitem nicht die einfallsreichste.« Er machte einen Schritt auf Anders zu, sodass sie nur noch wenige Meter trennten. In seiner Hand erschien etwas Kleines, Silbriges. Es dauerte nur einen Augenblick, dann erkannte Anders es.

»Silberstreif«, sagte Atlar in einer langsamen, desinteressierten Tonlage. »Menschen und ihr Bedürfnis, wirklich allem einen Namen zu geben.«

»Was willst du damit? Ich kann mir kaum vorstellen, dass du rauchst.« Anders regte sich nicht. Zu groß war die Angst. Was wollte der Schwarze Mann mit Ronans Feuerzeug? Er musste es Anders in dem heruntergekommenen Haus gestohlen haben.

Der Schwarze Mann schloss seine Hand um das Zippo und senkte sie. »Du willst es haben? Dann gib mir etwas dafür.«

»Ich verhandle nicht mit Ungeheuern. Und so wie es aussieht, bist du eines.«

»Ach?«, sagte der Schwarze Mann und legte den Kopf schief. »Zu schade. Dabei würde ich es dir zurückgeben, wenn du mir eine Frage beantwortest.«

Anders stutzte. Was konnte dieses Monster von ihm wissen wollen? Trotz stellte sich ein, aber Anders musste einen kühlen Kopf bewahren. Wenn der Schwarze Mann Kinder fraß, konnte er nicht zulassen, dass er diesen Raum lebend verließ.

»Wie kann es sein, dass du meine Gestalt siehst und meine Stimme hörst, obschon du dem Kindesalter längst entwachsen bist?«

Das warf Anders nun vollkommen aus der Bahn. Hatte Gloria nicht angedeutet, dass der Schwarze Mann sich ihm willentlich zeigte, um ihn zu verschleppen? Wenn das nicht der Fall war, woran lag es dann?

»Du hast mich also nicht als besonderes Opfer ausgesucht?«, gab er bissig zurück. »Beruhigend.«

Atlars Kopf ruckte ein Stück in die Höhe und er sah auf Anders herunter. Seine uralten Augen nahmen einen nachdenklichen Ausdruck an.

»Du weißt es also selbst nicht.« Er schürzte unzufrieden die Lippen und ging geräuschlos und gefährlich nah an Anders vorbei. Bildete Anders sich die Kälte nur ein, die ihn dabei erfasste? »Nun, solltest du die Antwort darauf finden, würde ich sie gern hören. Ich muss mich nun entschuldigen.« Er steuerte auf einen der letzten Schatten zu, die sich in der Halle hielten und der sich ihm freudig entgegenstreckte.

Der Schwarze Mann war im Begriff zu gehen.

»Warte!«

Doch er hielt nicht inne. Anders spürte seine Chance zerrinnen und machte zwei Schritte auf das Wesen zu. »Warte, habe ich gesagt!«

Er konnte ihn nicht gehen lassen. Anders zog das Fläschchen aus seiner Manteltasche und warf es auf den Schwarzen Mann.

Dieser betrat soeben den Schatten. Das Glas zersprang mit einem Klirren direkt neben seinen schon mit der Dunkelheit verschmelzenden Füßen.

Der Raum wurde von Lichtstrahlen geflutet, als würde eine kleine Sonne aufgehen. Zuerst vergrößerten sie die Schatten, nur um sie innerhalb eines Augenblicks vollständig auszulöschen. Schrilles Kreischen hallte in Anders' Ohren wider. Es drang bis in seine Knochen. Er selbst war vom Licht geblendet und musste seine Augen mit den Händen abschirmen, da spürte er einen heftigen Schlag an seinem Hals. Sekunden später knallte er gegen eine Wand. Die Luft blieb ihm weg und er keuchte. Die Hand an seinem Hals schnürte ihm die Kehle zu.

Dann verhallte das Kreischen, doch ein heller Pfeifton blieb in Anders' Ohren zurück. Er musste einige Male blinzeln, bis er wieder mehr als einen dunklen Umriss vor sich erkannte. Gelbe Iriden mit schwarzer Sklera blickten ihn wutentbrannt an. Es waren dieselben gefährlichen Augen, die Anders so sehr fürchtete. Atlar hielt ihn mühelos auf Augenhöhe. Ein einziger Blick reichte Anders, um festzustellen, dass der Schwarze Mann größer als zuvor war.

»Was wagst du?«, zischte er mit gebleckten Zähnen und alle Ruhe, die er zuvor ausgestrahlt hatte, war fort. Der Sonnenglimmer hielt zumindest, was Gloria versprochen hatte. Verwundbar, hatte sie gesagt, nicht schwach.

Anders röchelte und kämpfte um das bisschen Sauerstoff, das durch seine zugeschnürte Luftröhre gelangte.

»Ich kann dich ... nicht freilassen.«

»Frei? Ich bin nicht frei.« Nun grollte Atlar.

Anders tastete nach seiner Waffe und suchte mit den Beinen vergeblich an der Wand Halt. Ihm wurde schwindelig. Da schmiegte sich der Griff der Pistole endlich in seine Handfläche.

Atlar drückte fester zu und zwang ihn, seinen Kopf ein Stück weiter zu heben. »Du weißt gar nichts.«

Anders rang sich ein Lächeln ab, als er den Pistolenlauf auf die Brust des Schwarzen Mannes setzte.

Er drückte ab. Doch nicht schnell genug. Trotz der fehlenden Dunkelheit bewegte Atlar sich mit unglaublicher Geschwindigkeit. Er lenkte die Pistole zur Seite ab und die Kugel schlug in die entgegengesetzte Wand ein. Anders nutzte die Ablenkung, um mit einem Bein kräftig gegen Atlars Bauch zu treten und dessen Hand zu umgreifen, mit der er Anders gegen die Wand drückte. Zusammen mit dem Tritt brachte er den Schwarzen Mann aus dem Gleichgewicht, sodass das Wesen ihn losließ. Anders fiel nach Luft schnappend auf die Knie, gönnte sich aber keine Verschnaufpause. Er zielte erneut auf den Schwarzen Mann.

»Du hast dir dein eigenes Grab geschaufelt«, keuchte er atemlos.

Groteskes Lachen erfüllte den Raum und wurde von den Wänden zurückgeworfen. »Du willst mich also aufhalten. *Du!* Womit denn? Mit diesem billigen Abklatsch eines Sonnenglimmers? Ich bin weit Schlimmeres gewöhnt.« Atlar breitete die Arme erwartungsvoll aus. Dabei wuchs er weiter in die Höhe; wie ein Schatten wurde er immer länger und seine weiße Hautfarbe wich einem fahlen Aschgrau. Ohne zu zögern, drückte Anders erneut ab. Der Schwarze Mann bewegte sich. Er glitt auf ihn zu, als würden seine Füße den Boden nicht berühren. Die Kugel drang mit einem dumpfen Knacken in die Wand ein, obwohl Anders genau auf Atlars Kopf gezielt hatte. Seine Hand zitterte.

Dann stand der Schwarze Mann vor ihm, griff nach seinem ausgestreckten Arm und nahm ihm die Pistole mit beängstigender Leichtigkeit ab. Atlar hielt sie außer Reichweite und drehte sie hin und her. »Damit?«

Er zog Anders auf die Beine. Danach warf er die Waffe über die Schulter und sie schlitterte klackernd über den Boden, bis sie liegen blieb. Die blasse Hand wurde zur Faust, dann holte Atlar aus. Er verpasste Anders einen Kinnhaken, der seinen Kopf gegen die Betonwand hinter ihm prallen ließ. Ein hässliches Knirschen füllte Anders' Wahrnehmung. Für wenige Sekundenbruchteile wurde alles schwarz, dann brachte ein dumpfer Schmerz in der Magengrube Anders' Bewusstsein zurück, gefolgt von Atemnot. Verzweifelt nach Luft ringend krümmte Anders sich zusammen. Vielleicht lag Gloria falsch. Vielleicht brauchte der Schwarze Mann die Dunkelheit gar nicht, um tödlich zu sein. Er versetzte Anders einen Tritt in die Kniekehle, der ihn zu Boden schickte.

»Menschen sind so von sich überzeugt«, knurrte der Schwarze Mann, als er ihn umrundete wie ein Raubtier seine Beute. »So sehr, dass sie sogar vergessen haben, dass sie nicht die Einzigen sind.«

Anders' Sicht war verschwommen und sein Schädel dröhnte, als er versuchte, wieder hochzukommen. Was hatte er sich da bloß eingebrockt? Er hatte sein eigenes Todesurteil unterschrieben, als er hierhergekommen war. Er konnte niemals gegen so eine Kreatur gewinnen. Taumelnd stützte er sich mit beiden Händen am Boden ab.

Auf dem Beton schimmerte Blut. Anders fuhr sich über den Mund, aber es war nicht seines. Er sah zu Atlar hinauf, der schließlich vor ihm stehen blieb. Tatsächlich: An der linken Seite lief ein feines, dunkelrotes Rinnsal von der Brust hinunter. Man konnte es nur im Schwarz kaum erkennen.

Die Kugel hatte ihn gestreift. Also konnte der Schwarze Mann bluten. Wer bluten konnte, der konnte sterben. Nun lächelte Anders. Vielleicht hatte er doch eine klitzekleine Chance, dieses Monster zumindest mitzunehmen, wenn er schon draufging.

Atlar beugte sich zu ihm herunter, griff in sein Haar und zog ihn daran zurück auf die Füße. Anders nutzte die erneute Nähe aus. Er setzte einen Hieb auf die verwundete Brust und mit einem zweiten schlug er Atlars Hand weg. Es fühlte sich an, als würde der Schwarze Mann ihm büschelweise Haare ausreißen, aber sein neuer Kampfgeist wurde davon nur noch weiter angestachelt. Er könnte es wirklich schaffen.

Doch Anders wurde unvorsichtig. Seinen folgenden Tritt gegen Atlars Torso fing der Schwarze Mann mit dem Unterarm ab, packte Anders' Unterschenkel mit beiden Händen und schleuderte ihn quer durch den Raum. Anders spürte den Fall in seinem Magen. Der Aufprall presste die Luft aus seiner Lunge. Dann schlitterte er über den Boden. Ein weiteres Mal wurde sein Bein in die Höhe gerissen und der Schwarze Mann trat kräftig dagegen, ohne es loszulassen. Das darauffolgende Knacken zog sich durch Mark und Bein und Anders schrie. Er griff panisch nach seinem gebrochenen Oberschenkel, den Atlar achtlos fallen ließ. Sein Blut rauschte unnatürlich laut in seinen Ohren. Er biss die Zähne zusammen, um seine eigenen Schreie zu dämpfen. Er krümmte sich zusammen.

Dann trat der Schwarze Mann in sein Blickfeld, die Augen wieder von einem gesunden Weiß und undurchdringlichem Schwarz.

»Du hast dir heute einen Feind gemacht, mit dem du es nicht aufnehmen kannst. Ganz gleich, ob du mich siehst, ganz gleich, ob du mich blendest.«

Atlar bewegte sich und Anders drehte den Kopf zur Seite, um ihm zu folgen. Dabei knackste sein Halswirbel bedrohlich. Jeder Atemzug tat ihm weh, doch der pochende Schmerz in seinem Bein war viel schlimmer. Atlar zog einen Kreis um ihn. Anders' Waffe lag nur zwei Armlängen von ihm entfernt. Er könnte …

»Ich erinnere mich an ein nettes Mädchen mit aschblondem Haar«, sagte Atlar in Plauderstimmung, aber etwas Lauerndes lag in seiner Stimme. »So wie deines.« Er blieb stehen. »Ihr Name war etwas mit M. M …« Grübelnd sah er auf Anders herab.

Angst überrollte Anders. Nicht um sich selbst.

»Madison«, kam es Anders unwillkürlich über die Lippen.

»Ah«, sagte Atlar, »Madison. So ein liebes Mädchen. Und ihre Mutter … Vielleicht sollte ich ihnen endlich einen Besuch abstatten und sie noch ein letztes Mal von dir grüßen. Als Lehre für dich. Dafür lasse ich dich sogar hier und gebe dich nicht an *sie*.«

Wer war *sie*?

Atlar betrachtete Anders mit makabrer Faszination und drehte sich lachend weg.

Anders starrte ihm nach. Das durfte er nicht, nein, Madison hatte ihm nichts getan! Trotz der Schmerzen rollte er sich über den Boden bis zu seiner Pistole. Selbst wenn er hierbei draufging, Madison würde nichts passieren! Er ergriff die Waffe und

zielte auf den Schwarzen Mann, der ihm den Rücken zugewandt hatte.

Die natürlichen Schatten kehrten zurück. Der Sonnenglimmer wirkte nicht länger. Atlar ging auf sie zu und wie zuvor
kamen sie ihm entgegen. Anders musste treffen. Das war seine
letzte Chance und er musste schnell sein. Sobald Atlar die
Schatten berührte, waren Kugeln nutzlos.

Mit einem tiefen Atemzug beruhigte er das Zittern seiner
Hände und verlangsamte seinen aufgeregten Herzschlag. Atlar
befand sich keine zehn Meter vor ihm; ein menschengroßes
Ziel auf diese Entfernung war des Silberstreifs leichteste
Übung. Anders drückte ab, spürte den Rückstoß und dann erstarrte Atlar mitten in der Bewegung. Er feuerte noch ein zweites und ein drittes Mal, nur um sicherzugehen.

Langsam drehte der Schwarze Mann sich zu ihm um, in seinen Augen stand Unglaube geschrieben. Von seiner Brust lief
Blut herab und bildete einen starken Kontrast zum grauen
Beton. Der Mund des Monsters öffnete sich und ein ganzer
Schwall Blut kam heraus. Noch im Hinunterlaufen über sein
Kinn und den blassen Hals färbte es sich immer dunkler, bis es
kohlrabenschwarz auf den Boden tropfte. Er streckte die Hand
nach Anders aus, machte einen wackeligen Schritt auf ihn zu
und zeigte mit einem langen, dünnen Finger auf ihn.

»Das wirst du bereu...« Noch ehe er seinen Satz vollenden
konnte, brach er zusammen. Sein Körper verlor sich in einer
wabernden Masse, die sich tiefschwarz färbte. Irgendetwas zwischen flüssig und schattenhaft. Schleichend bewegte sie sich
über den Boden, zu den Schatten hin, die nun starr und blass im
kühlen Morgenlicht dalagen, und verschmolz damit. Etwas
Kleines, Metallenes fiel mit einem *Klink* zu Boden. Ronans Feuerzeug.

Doch das Lachen des Schwarzen Mannes klang immer noch
in Anders' Kopf.

KAPITEL 8

»Etwas Interessantes ist der Träumerin in die Hände gefallen. Es hat Zähne, mit denen es sie zermalmen könnte.«

»Wird es sie zermalmen?«

»Es könnte sie auch endlich aufwecken. Außer, sie redet sich ein, es sei alles Teil ihres Albtraums.«

Gespräche des Kartenspielers in Nimrods fliegenden Gärten

Lanukher, Ranulith, Jahr 447 nach der Machtwende

Der Gestank von Schweiß und abgestandenem, verwässertem Sidrius schwängerte die Luft in der Spelunke. Nur die wenigen runden Tische nahe der Feuerstelle wurden erleuchtet. Der Rest lag im Dämmerlicht, das durch die schmutzigen, kleinen Fenster kaum ins Innere vordrang. Der Wolkenbruch würde jeden Moment beginnen und die Nacht beenden. Selbst nun herrschte reges Treiben in den hässlichsten Vierteln der blauen Stadt. Die Hauptstadt schlief nie. Schemenhafte Gestalten bewegten sich durch den tief hängenden Pfeifenrauch an den Tischen und manchmal verschwand eine Schankmaid in den Schatten der düsteren Ecken.

Nereida saß in einer solchen Ecke, in einen unauffälligen Mantel gehüllt. Die Kapuze hatte sie abgesetzt, weil keiner der Anwesenden ihr Gesicht in den Schatten sehen konnte. Dafür, dass sie Maraikers Patzer ausbadete, schuldete er ihr etwas. Vor ihr knallte ein Krug auf die abgenutzte Tischplatte. Die Brühe schwappte über den Rand und platschte auf das grobfasrige, schmutzige Holz. Sie beachtete es nicht weiter. Ihr Blick lag auf der Tür, die in diesem Moment aufgestoßen wurde.

Ein Mann mit kantigem Gesicht, Vollbart und Schultern so breit wie die Tür polterte herein. Einige der Gäste hielten kurz in ihren Gesprächen inne. In dieser rauen Gegend im Hafenviertel kümmerte sich niemand lange um ihn. Als er zu einem der Tische stapfte, schwoll der Lautstärkepegel wieder an.

Am Tisch saß eine schmächtige Gestalt über einen Teller gebeugt. Der große Mann zog den Teller wie selbstverständlich zu sich und stopfte sich mit seinen Pranken einige Stücke Brot und Käse in den Mund. Dabei begann er zu sprechen.

Nereida blendete das Gemurmel der anderen Gäste, das Klirren von Krügen und die Rufe nach mehr Sidrius aus, um dem Gespräch folgen zu können. Was sie akustisch nicht verstand, setzte sie gedanklich durch die Bewegungen der Lippen zusammen.

»War gar nicht einfach, da ranzukommen«, sagte der Kerl mit vollem Mund und zog eine versiegelte Schriftrolle aus seinem Mantel. Er legte sie auf den Tisch, behielt seine Pranke aber an Ort und Stelle.

»Du wirst ja auch nicht fürs Schlafen und Rumhuren bezahlt«, knurrte die schmale Gestalt. Ein Beutel landete auf dem Tisch. »Außerdem warst bestimmt nicht du derjenige, der sie geholt hat. Sag deiner kleinen Freundin, sie sollte dich das nächste Mal übergehen und direkt mit mir Geschäfte machen. Dann bleibt mehr für sie übrig.«

Der Mann grunzte, ließ die Schriftrolle los und griff nach dem Beutel. Die Gestalt steckte die Schriftrolle ein. Nereida beobachtete, wo sie ihren Platz fand.

»Darauf lässt sie sich nicht ein«, donnerte der muskelbepackte Mann. »Du bist viel zu zwielichtig, als dass sie selbst auftaucht. Ich will gar nicht wissen, was es ist, das sie da aus dem Palast geklaut hat.«

Das brachte die schmächtige Gestalt zum Schmunzeln. Eine hässliche Narbe zog sich an der Kieferlinie entlang. Ein bisschen wie ein zweites Grinsen.

Der große Kerl schob sich das letzte Stück Käse in den Mund.

Er nahm den Krug, der vor der verhüllten Gestalt stand, und spülte das Essen hinunter. »Ich soll dir noch ausrichten, dass sie gesehen hat, wie ein weiterer Wagen im Palast verschwunden ist.«

»Sie soll weiterhin die Augen offen halten.«

Der Hüne stand auf und verließ die Schenke.

Nereida warf ein paar Kupferstücke auf die Holzplatte und zog im Aufstehen die Kapuze über. Sie schlenderte durch die Tischreihen zum Ausgang. Auf der Höhe des Tisches, von dem der breitschultrige Mann eben aufgestanden war, stieß Nereida mit der Schankmaid zusammen und stolperte gegen die zusammengekauerte Gestalt.

»Verzeiht«, murmelte sie und rappelte sich hastig auf.

»Verschwinde, dummes Weib!«, keifte die Gestalt.

Nereida verließ die Spelunke und trat hinaus in die regennassen und vernebelten Straßen. Der Wolkenbruch hatte eingesetzt und brachte noch einmal tiefstes Dunkel, bevor die Sonne den Himmel wieder für sich allein beanspruchen würde. Mit einem schmalen Lächeln betrachtete Nereida die Schriftrolle in ihrer Hand, bevor sie sie sicher unter ihrem Mantel verstaute. Sie hob den Kopf und suchte mit ihren Augen die Gegend ab, dann verschwand sie in den Schatten der eng aneinandergereihten Häuser.

Einige Straßen weiter stapfte der breitschultrige Mann durch die Gasse. Er warf den Beutel immer wieder hoch und summte dabei fröhlich vor sich hin.

»Du bist ganz schön schwer«, trällerte er. »Nila wird schon nicht merken, wenn ein bisschen was fehlt.«

Nereida beobachtete ihn. Bei dem Namen verengten sich ihre Augen. *Nila.* Diese kleine Diebin wurde langsam zu einem Problem für die Königin, wenn sie nun schon Gegenstände aus dem Archiv stahl.

»Du bringst mir ein Fass guten Sidrius ein. Zwar keinen Asmarald, aber was Besseres als diese Plörre. Und dann noch ein paar Frauen. Ja, das bringst du mir ein.«

Er warf den Sack wieder ein Stück hoch, als er an einem windschiefen Balkon vorbeiging. Nereida schnappte ihn aus der Luft. Der Mann blieb überrascht stehen, als der Beutel nicht zurück in seine Hand fiel. Fragend sah er nach oben, dann drehte er sich um seine eigene Achse und erschrak.

»Nein, das bringt er dir nicht ein«, sagte Nereida, die behände hinter ihm gelandet war. Ihr silberner Dolch blitzte kurz auf, ihr Schnitt war präzise und schnell. Der Kerl fiel röchelnd und gurgelnd nach hinten. Er griff fassungslos nach seiner Kehle. Ein Schwall Blut lief durch seine Finger hindurch. Nila wäre ihr zwar lieber gewesen, aber um dieses flinke Ding zu erwischen, musste Nereida deutlich mehr Arbeit hineinstecken – mehr, als es bisher wert war. Sollte die Diebin allerdings noch einmal die Königin bestehlen, würde Nereida sie aufsuchen. Gut, dass Elrojana nichts von dem Verlust der Schriftrolle wusste. So sollte es bleiben.

Einen Moment strampelte der Mann noch mit den Beinen und starrte Nereida aus weit aufgerissenen Augen an. Unverständliche Worte und erstickte Laute kamen aus seinem Mund. Der feine Regen verwässerte das Blut bereits. Nereida richtete ihren Blick auf die Gosse neben der gepflasterten Straße, durch die ununterbrochen Wasser lief, das der morgendliche Regen mit sich gebracht hatte. Bald würde auch das Blut so weit verdünnt sein, dass das Wasser es davonspülte.

Ein Strom, der alle Spuren mit sich nahm. Sie schüttelte den Kopf. Das war Vergangenheit. Es gab keine Ströme, um die sie sich Gedanken machen musste. In ihrem jetzigen Leben war sie kein Nebel mehr. Trotzdem fragte sie sich, ob Rulenia und Zervos Elrojanas Angriff auf die Frostreiche überlebt hatten. Nereida hasste sich dafür, dass sie nicht dafür gesorgt hatte, ihre Freunde ebenfalls zu retten.

Gewaltsam riss sie ihren Blick von der Gosse los und wischte ihren Dolch am Mantel der Leiche ab. Sie sollte nicht daran denken und die Erinnerungen so am Leben erhalten. Stattdessen wog sie den Beutel in ihrer Hand.

»Ein netter Bonus.« Und sie wischte Nila damit eins aus.

Sie kletterte die rutschige Fassade einer einstöckigen Kaschemme hinauf und setzte ihren Weg über die Dächer der Stadt fort. Obwohl zu dieser Zeit nicht viele Leute draußen unterwegs waren, fühlte sie sich dort oben wohler. Sie hatte einen Blick auf alles, was unter ihr lag, und konnte den vereinzelten Gestalten im Nebel entgehen. Es erinnerte sie an die hohen Gänge aus Eis in Tenedrest, über die die Bewohner des Dvahal marschierten und das einfache Volk, das in Schnee und Eis leben musste, genauso von oben herab beobachten konnten wie sie die Hafenviertelbewohner. Mit einem ärgerlichen Zucken ihrer Lippen verscheuchte sie den Gedanken. Bald war die Sonne wieder da und ihre finsteren Erinnerungen an dieses finstere Land kehrten genau dorthin zurück. Die dunkelste Stunde der Nacht war nicht gut für sie.

Sie klopfte auf die Stelle, an der sie die Schriftrolle verstaut hatte. Jetzt brauchte sie erst einmal ein trockenes Fleckchen.

Kurze Zeit später kroch sie aus dem staubigen Dachboden einer Bäckerei. Nun musste sie die Schriftrolle nur noch abgeben. Sie hatte ihren kleinen Ausflug, den Maraiker ihr ermöglicht hatte, durchaus genossen. Im Palast wimmelte es nur so von Zwielichtwesen, Kobaltkriegern, wie ihre Herrin sie nannte. Jede Sekunde außerhalb der zu interessierten Blicke dieser Wesen war eine gute Sekunde.

Je weiter sie in die Oberstadt kam, desto ausladender wurden die Gebäude. Kaschemmen wandelten sich zu zweistöckigen Gasthäusern mit sauberen, farbenfrohen Fassaden und schließlich zu großen Herrenhäusern. Zwischen den verschiedenen Ebenen der Stadt schlängelten sich Mauerringe, alte Stadtmauern, an denen man das Wachstum von Lanukher ablesen konnte. Die heruntergekommenen Hütten und Häuser des Hafenviertels waren so nahe an die Mauer gebaut, die sie vom Geschäftsviertel abgrenzte, dass Nereida einfach darüberklettern konnte. Als die Entfernung zwischen den einzelnen Häusern und den Mauerringen zunahm, musste sie schließlich ihre erhöhte Position aufgeben und zurück auf die Straßen springen.

Sie näherte sich dem letzten Mauerring, der die Nevarettribüne vom Rest der Stadt abgrenzte. Nevaretlaternen hingen an seinen Säulen, doch zu weit auseinander, um während der dunkelsten Stunde die Finsternis in Schach zu halten. Zwischen den einzelnen Säulen gab es immer wieder Abschnitte, die in tiefem Schatten lagen.

Nereida stellte sich in einen solchen Abschnitt nahe dem dritten Tor und spähte zu den Reitern und der Kutsche, die durch das Tor die Nevarettribüne betraten. Auf den Bannern prangte die Sonne mit den sieben Portalen. Im Gegensatz zum typischen Wappen der vallenischen Königsfamilie besaß die Sonne Schwerter als Strahlen und ein Schild stellte den Hintergrund dar. Das war das Wappen des königlichen Heeres.

Königin Elrojanas Enkel Khalikara Kadvan, der Kriegsherr des vallenischen Heeres, war zurückgekehrt. Er kam später als erwartet. Was ihn wohl an Galinars Grenzen aufgehalten hatte?

Nereida lockerte ihre Haltung und trat aus den Schatten heraus. Während Verstecken, Schleichen und Lauschen zu Instinkten geworden waren, musste sie sich selbst nach über vierzig Jahren fernab der Izalmaraji noch bewusst dazu entscheiden, offen durch die Straßen zu gehen. Die Legion der unsterblichen Schatten hatte sie geformt. Tenedrest lag ihr im Blut, egal wie lange sie diese Stadt schon nicht mehr gesehen hatte.

Die beiden Wachen nickten Nereida zu, während sie durch das Tor ging. Sie erduldeten den feinen Sprühregen ohne Murren, obwohl ihre Lederhelme und -rüstungen die Nässe nicht davon abhalten konnten, in jede Ritze ihrer Kleidung einzudringen. Zumindest war es nicht kalt. Nereida vermisste nichts aus ihrer Zeit in Tenedrest.

Mit raschen Schritten folgte sie den Reitern in die Nevarettribüne, das Viertel der wohlhabendsten und angesehensten Bewohner Lanukhers. Nevaret hatte der blauen Stadt ihren Titel gegeben. Die fahl leuchtenden Laternen tauchten die Straßen in blaues, kaltes Licht.

Die Reiter steuerten auf den Adalsplatz zu, an den das Haus

des Segens angrenzte. Der größte und älteste Tempel der Stummen Göttin, Kadrabe.

Nereida holte zu der Kutsche auf und sprang auf die Trittstufe. Die Reiter hinter der Kutsche waren zu erleichtert, zurück in der Heimat zu sein, um sie in der Dunkelheit zu bemerken. Ihre Achtsamkeit ließ deutlich nach, wenn sie von der Grenze zurückkehrten. Sie dachten, in Vallen gäbe es keine Gefahr. Töricht.

Nereida öffnete die Kutschtür und schlüpfte hinein. Eine Dolchspitze drückte gegen ihre Brust, noch bevor sie die Tür wieder schließen konnte. Sie sah zu Kadvan und hob eine Augenbraue, bevor sie den Dolch zur Seite schlug. Er war alt, gut in seinen Hundertfünfzigern und von Krieg und Entbehrungen gezeichnet. Vielleicht war er aber auch jünger und die vielen Kämpfe hatten ihn einige Jahre gekostet. Eines seiner Ohren fehlte zur Hälfte und Narbengeflecht verhinderte, dass sein Barthaar gleichmäßig wuchs. Er trug das königliche Blau, eine Farbe wie das Meer, die Nereida so viel lieber war als Kobaltblau. Neue Verletzungen konnte sie nicht erkennen.

»Eure Männer sind nachlässig.« Sie sank ihm gegenüber auf die Bank.

»Sie sind müde«, sagte Kadvan. Er rieb sich über das Gesicht. Den Dolch steckte er wieder weg.

»Ich hätte ein Izal sein können.«

Doch Kadvan schien nicht in der Stimmung für Gedankenspiele. »Bist du aber nicht ... nicht mehr. Selbst wenn – warum würde mich einer der Attentäter der Frostreiche schon umbringen wollen? Ich bin nur ein alter Mann.«

Sie hob ihre Augenbraue. »Wenn Ihr ruft: ›Spring!‹, dann fragen über zwölftausend Männer: ›Wie hoch?‹.« Zudem war Kadvan immer noch einer der vallenischen Prinzen.

Er zuckte nur mit den Schultern. »Ich habe dich bemerkt.« Als würde das etwas ändern.

»Ich bin eingerostet«, erklärte sie. Ein echter Izal wäre das nicht. »Wer ist sie?« Nereida deutete auf die zweite Person in der dunklen Kutsche. Ein sehr junges, mageres Mädchen starrte

sie stumm aus der Ecke an, ihre Augen groß und rund und …
kobaltblau. Sie verschwand fast in einem von Kadvans Mänteln.
Ihre weißblonden Haare hatten etwas Kaltes an sich. »Ich
dachte, Ihr wolltet keine Streuner mehr auflesen.«

»Das ist Isra. Sie hat Familie in Lanukher.«

»Und das glaubt Ihr?«, fragte Nereida skeptisch. »Sie könnte
gelogen haben, damit Ihr sie mit in die Hauptstadt nehmt und
Euch verantwortlich für sie fühlt.« Isra war nicht das erste Kind,
das Kadvan von einer der Grenzen und den Kriegsgebieten mit-
brachte. Er fand immer einen guten Ort für die Kinder und mit
manchen blieb er in Kontakt. Als wünsche er sich, sie wären
seine eigenen.

Er sah das Mädchen nicht an. Sein Blick lag auf der Scheibe
in der Tür, an der die Regentropfen abprallten und hinunterlie-
fen. »Hätte ich sie dort lassen sollen? Damit sie von Narunads
Banden eingefangen wird, wenn sie das nächste Mal die Grenzen überschreitet?«

Nereida lehnte sich zurück und verschränkte die Arme. Sie
würde diesen alten Mann nicht mehr ändern. Wenn er ein Mädchen retten wollte, war sie die Letzte, die ihm davon abriet. Sie
schenkte dem Kind einen Seitenblick. Es erwiderte ihn. Seine
Augen waren immer noch geweitet, unsicher durch die neue Situation, unsicher, ob Nereida eine Gefahr darstellte. Aber nicht
ängstlich. Nicht starr vor Schreck. Vielleicht war es kein Zufall,
dass gerade dieses Mädchen überlebt hatte. Wieso waren ihre
Augen kobaltblau? Diese Farbe war unnatürlich.

»Ist es so schlimm, wie alle sagen?«, fragte Nereida und
wandte sich wieder an den Kriegsherrn.

»Du meinst die Dörfer?«, brummte er. »Dort waren wir
nicht. Wie die Königin es befohlen hat, haben wir ihrer Kobaltgarde diese Aufgabe überlassen, um uns mit den Sieben Banden
Galinars auseinanderzusetzen, die Schritte ihres neu gekürten
Anführers Narunad auszuspähen und die Grenzen an strategisch wichtigeren Punkten zu sichern. Wir haben die Leichen-
berge und Geisterdörfer nicht gesehen.« Die Art, wie er es betonte, machte klar, dass er sehr wohl dort gewesen war.

»Und sie stammt auch aus keinem von diesen Dörfern, richtig?«, fragte Nereida mit einem Nicken zu Isra.

Kadvan nickte verschwörerisch. »Du hast es erfasst.«

Mit einem Blick nach draußen stand Nereida wieder auf. »Dann hoffe ich, dass sie ihre Familie findet.«

Sie öffnete die Tür und hüpfte hinaus, bevor sie bei dem Palast ankamen. Selbst zu dieser gottlosen Zeit würde Kadvan ein eines Prinzen würdiges Willkommen erhalten, auf das sie gern verzichten konnte. Nachdem sie wusste, dass er wohlbehalten zurückgekehrt war, konnte sie wieder ihren eigenen Aufgaben nachgehen.

Im Palast stieg sie die ausladenden Treppen in den zweiten Stock hinauf, vorbei an kuschenden Dienern. Kaelesti, die einzige noch lebende Tochter ihrer Herrin, schlenderte durch die Korridore des ersten Stocks. Anscheinend konnte sie wieder einmal nicht schlafen. Ihr Gesicht war in ewiger Jugend eingefroren. Zwei Kobaltkrieger flankierten sie. Nereida rang sich eine leichte Verbeugung ab und beeilte sich, in den zweiten Stock zu kommen. Kaelesti hatte nicht lange protestiert, als Elrojana darauf bestanden hatte, dass sie von Kobaltkriegern überallhin eskortiert wurde. Die Abscheu stand ihr zwar ins Gesicht geschrieben, aber sie wagte nicht, das Wort gegen Elrojana zu erheben. Ihr Leben hing wortwörtlich am seidenen Faden. Ein Fingerschnippen der Königin, und Kaelestis unnatürlich langes Leben würde augenblicklich enden.

Das Archiv des kleinen Mannes befand sich im Wolfsflügel. Vor der Tür stand Maraiker, den Rücken durchgedrückt, das Kinn erhoben. Er unterhielt sich mit zwei jungen Frauen von der Dienerschaft, die zu diesem Zeitpunkt wohl ihren Dienst antreten sollten. Er strich seine Locken aus der Stirn, wenn sie ihm in die Augen fielen. Daraus machte er jedes Mal eine kleine Darbietung für seine Verehrerinnen, die bei jedem Witz kokett kicherten.

Nereida bog um eine Ecke und schürzte die Lippen. Während sie im Regen die Arbeit erledigt hatte, hatte Maraiker im Trockenen mit ein paar Mädchen herumgeschäkert. Vielleicht sollte sie ihn an seine eigentliche Aufgabe erinnern? Damit ihm nicht noch einmal Dinge abhandenkamen, auf die er aufpassen sollte.

Sie untersuchte die Holzvertäfelung der Wand. Wenn Nila unbemerkt ins Archiv hatte einbrechen können, schaffte Nereida das auch. Sie bezweifelte, dass die Diebin einfach durch die Vordertür geschlichen war. Dafür hätte sie nicht nur ins Innere des Palastes eindringen, sondern auch an einer bewachten Tür vorbeikommen müssen. Da Maraiker buchstäblich in der Tür stand, gestand Nereida ihm zu, dass er das mitbekommen hätte.

Nereida fuhr mit den Fingern über die Vertäfelung, suchte nach einem raffiniert versteckten Eingang, den Nila sich geschaffen hatte. Doch sie fand keinen. Irritiert zog sie die Augenbrauen zusammen. So hätte Nereida sich Zugang ins Archiv verschafft. Diese Stelle war dafür sehr gut geeignet. Ihr nachdenklicher Blick wanderte zum Fenster, hinter dem weiterhin feiner Nieselregen die Sicht vernebelte. Hatte sie etwa …?

Nereida öffnete das Fenster. Nur die strategisch wichtigen hatten Gitter. Sie betrachtete den rutschigen Fenstersims skeptisch. Obwohl sie Nila nicht persönlich kannte, gewann sie neuen Respekt für diese Frau. Sie hatte die Schriftrolle wahrscheinlich kürzlich gestohlen. Vielleicht sogar erst in dieser Nacht. Für Valahari war die Nacht finster und voller Schrecken. Nicht für Nereida. Die Palastwachen hätten Nila sicher nicht entdeckt, wenn sie von draußen nach oben gesehen hätten. Denn es gab keine Avolkerosi unter den königlichen Wachen.

Vorsichtig setzte Nereida einen Fuß auf das Gesims, hielt sich am Fensterrahmen fest und zog sich hinaus an die Außenfassade des Palastes. Von drinnen drang ein weiterer von Maraikers schlechten Witzen an ihre Ohren. Der Nieselregen sprühte in ihr Gesicht. Links von ihr lag das Archiv. Nereida setzte den zweiten Fuß auf die schmale Fläche. Sie schob sich nach links und lehnte sich mit dem Rücken an die Wand. Die Kälte des nassen Gesteins sickerte rasch durch ihre Kleidung. Sie schauderte. Nach einem Blick in die Tiefe klopfte ihr Herz in einem raschen Stakkato.

Sie musste das hier nicht tun. Sie musste nicht in schwindelerregender Höhe über der Stadt auf einem rutschigen Gesims balancieren, um ins Archiv des kleinen Mannes einzubrechen. Aber sie wollte sich selbst beweisen, dass sie nicht gegen eine dreckige Diebin aus den dunkelsten Tiefen Trumukburs den Kürzeren zog. Sie war besser als jeder Verbrecher der Stadt unter Lanukher, der Alten Welt, wie manche sie nannten. Deshalb durfte Nereida nicht aus der Übung kommen. Nur weil Elrojana sie nicht benutzte, durfte sie nicht stumpf werden. Nicht, bevor sie frei war. Sie hatte die unerschütterliche Gewissheit, dass sie all ihr Können brauchte, um eines Tages freizukommen. Sobald sie ihre Schuld beglichen hatte.

Vorsichtig schob sie ihren Fuß weiter, prüfte seinen Halt, bevor sie ihr Gewicht verlagerte und den anderen hinterherzog. Die ganze Stadt bestand aus schemenhaften Lichtern hinter dem Nebel. Niemand verließ sein Zuhause, wenn er nicht musste, bis der Wolkenbruch vorbei war. Die dunkelste Stunde des Tages. Hier oben erreichte sie keines der blauen Lichter der Nevarettribüne. Der Wind zerzauste Nereidas Haare.

Dann kam sie am Messinggitter des ersten Fensters an. Sie lehnte sich hinunter und inspizierte die Einfassungen. Kurz befürchtete sie, falschgelegen zu haben, oder Nila war ein schlaues Ding und hatte das Gitter nach getaner Arbeit wieder verschlossen. Schließlich entdeckte sie die leichten Kratzer. Nereida zog am unteren Teil des Gitters und es löste sich aus der Einfassung. Zufrieden lächelte sie. Mit der zweiten Hand öffnete sie das Fenster, dann schlüpfte sie hindurch ins Trockene.

Das Archiv lag in satter Dunkelheit. Für Nereida war das kein Hindernis. Es würde noch eine oder zwei Stunden dauern, bis Prudenbitor Vedafran wieder am Entschlüsseln der in Schriftrollen verpackten unumstößlichen Wahrheiten arbeitete. Nereida betrachtete die deckenhohen Regale, in denen wahrscheinlich mehrere Tausend Schriftrollen aufeinandergestapelt worden waren. Wie hatte ein einzelner Mann diese in einem Leben schreiben können? Sie schloss das Fenster wieder und schlich näher zum Eingang, hinter dem sie Maraiker immer noch mit den beiden Frauen reden hörte.

Die Tür war geschlossen. *Gut.* Dann konnte ihr Spielchen beginnen. Sie schritt durch die Gänge zwischen den Regalen. Dabei hinterließ sie feuchte Fußabdrücke und vereinzelte Tropfen, die sie aus ihren Haaren schüttelte. Auf einem kleinen Tisch stand eine filigrane Teekanne aus Glas mit zwei Tassen. Daneben befand sich eine einfache Vorrichtung, mit deren Hilfe sich das Teewasser erhitzen ließ. Sie war ineffizient, da das Feuer von einer Handvoll Kerzen ausreichen musste, um genug Hitze zu erzeugen. Für einen einzelnen Mann, der keine Eile verspürte, reichte es allerdings. Dass Vedafran im Archiv jedoch mit Feuer – und mochte die Flamme noch so klein sein – arbeitete, war eine Exzentrik, die Nereida nicht verstand. Die Glaskanne war Vedafrans Schatz. Maraiker wäre in großen Schwierigkeiten, wenn sie während seiner Wacht kaputtginge. Er hätte so schon genug Ärger. Einen Moment haderte Nereida mit sich, dann hob sie die Kanne auf, bevor sie das Tischchen umstieß. Mit einem lauten Scheppern prallte die Vorrichtung auf den Steinboden und rollte einige Schritte. Sie legte die Teekanne daneben. Danach trat sie in den nächsten Gang.

Maraikers alarmierte Stimme schnitt durch das Kichern der Frauen.

»Habt ihr das gehört?«

»Was war das?«, fragte eine von ihnen.

»Woher soll ich das wissen?«, blaffte Maraiker und die Tür ging mit einem leisen Klicken auf. »Ich sehe besser nach. Geht zurück nach unten, sonst vermisst euch noch jemand.«

Ein Lichtschein begleitete die Schritte des Wächters durch die stille Dunkelheit des Archivs. Er musste eine der Nevaretlampen aus ihrer Halterung an der Wand genommen haben. Innerlich fluchte Nereida. Fackeln waren viel einfacher zu handhaben, doch in einem Archiv äußerst gefährlich. Zudem war die Königin wohlhabend und als Gewirrspinnerin fähig genug, sich

Nevaretlampen leisten zu können. Natürlich hatte Maraiker eine Nevaretlampe dabei. Für das Verdunkeln von Nevaret bedurfte es einen Flüstermund – Nereida hatte es nie so weit geschafft, diesen Titel zu erhalten. Aber ein paar Worte hatte sie gelernt.

Dann sah sie Maraikers Lockenkopf näher kommen. Er hatte tatsächlich sein Schwert gezogen. Sie musste ein Glucksen unterdrücken, um sich nicht zu verraten. Sie presste sich näher an das Regal. Ihre dunkle Kleidung machte sie in den Schatten fast unsichtbar. Manchmal fragte sie sich, wie Maraiker überhaupt zu der Anstellung im Archiv des kleinen Mannes gekommen war. Natürlich, es war langweilig, auf unzählige uralte Schriftrollen aufzupassen, an denen kaum jemand außer dem Prudenbitor Interesse zeigte. Für den Fall, dass jedoch eine gestohlen wurde, mussten die Wachen dort auf alles gefasst sein. Maraiker hingegen … Er kam Nereida wie ein Welpe vor, der gerade erst das Laufen gelernt hatte.

Mit gerunzelter Stirn ging er auf das umgestoßene Tischchen zu und fluchte leise.

Es war so leicht, ihn von hinten zu umfangen und eine Hand auf seinen Mund zu pressen. Schon mit den wenigen gilvendalischen Wörtern, die sie beherrschte, konnte sie das Licht der Laterne löschen. Es kostete sie ihre ganze Aufmerksamkeit, sie richtig auszusprechen, um den gewünschten Effekt zu erzielen und blind den feinen Linien zu folgen, die die Welt ausmachten. Die Gewirrspinnerei würde ihr immer verwehrt bleiben. Selbst das Flüstern, die einzige Möglichkeit für sie, die Wirklichkeit nach ihrem Willen zu formen, war ihr zu anstrengend. Jahrzehnte dem Studium der gilvendalischen Sprache zu opfern, um die Blinden Künste dieses Landes zu erlernen, kam für sie nicht in Frage. Sie hatte zu viele Jahrzehnte ihres Lebens damit verbracht, etwas zu lernen, das sie zu einer tödlichen Waffe machte. Trotzdem hatte sie es versucht – um Elrojanas Wohlwollen zu erwerben – und ein paar Lektionen waren ihr in Erinnerung geblieben. Um sich und Maraiker in satte Dunkelheit zu hüllen, reichte ein Flüstern.

Maraiker versteifte sich unter ihrer Berührung. Wahrscheinlich dachte er, ein Geist hätte das Licht erstickt. Jetzt konnte sie das abschätzige, belustigte Schnauben nicht mehr zurückhalten. Mit einer gekonnten Bewegung zog sie ihm das Schwert aus der Hand, spürte gerade noch, wie er im letzten Moment fester zugriff. *Viel zu langsam.* Wäre Nereida eine feindliche Diebin, wäre Maraiker längst tot. So viele leicht erreichbare Vitalpunkte, so viele offene Stellen in seiner Deckung. *Was tut dieser Junge hier?*

Reflexartig wehrte er sich gegen ihren Griff, gegen ihren Körper, der sich von hinten an ihn presste. Er versuchte, etwas zu sagen. Nereidas Hand dämpfte seine Stimme. Blindlings schlug er hinter sich und griff nach einem Dolch an seinem Gürtel. Bevor er ihn aus der Scheide ziehen konnte, lag Nereidas Hand auf seiner und drückte den Dolch zurück. Das Schwert hatte sie rasch an das Regal hinter sich gelehnt.

»So ungestüm«, murmelte sie ihm ins Ohr. Er gab seinen Widerstand auf. Wurde auch Zeit, dass er sie erkannte.

Nereida lachte leise und nahm ihre beiden Hände von Mund und Hand des Wächters. Er schnalzte mit der Zunge und drehte sich erwartungsvoll zu ihr um. »Lass die Spielchen, Nereida. Hast du es? Du hast den Mistkerl hoffentlich mundtot gemacht.«

Sie zog die Schriftrolle aus ihrem Mantel und hielt sie ihm hin. Es dauerte einen Moment, ehe er das im Dunkel bemerkte – allerdings war er schlau genug, keine neue Lichtquelle zu entzünden. Die Tür war immer noch offen und obwohl dieser Flügel weniger belebt war als die restlichen, hätte jederzeit jemand vorbeikommen können. Da das Betreten des Archivs den meisten verboten war, konnte das zu unangenehmen Fragen führen, die Maraiker wohl nicht beantworten wollte. Schließlich müsste er dann zugeben, dass unter seiner Aufsicht etwas abhandengekommen war.

Als er nach der Schriftrolle griff, zog Nereida sie warnend zurück. »Beim nächsten Mal suchst du dir jemand anderes für deine Drecksarbeit, Maraiker.« Dann gab sie ihm die Schriftrolle.

»Dabei bist du so gut darin«, erwiderte er schmunzelnd. Die nutzlose Laterne stellte er beiseite.

»Es ist lächerlich, dass jemand ins Archiv eindringen konnte, während du davorstehst. Hast du geschlafen?«

»Bist du von den Göttern verlassen?«, rief er. »So was kann man sich bei Prudenbitor Vedafran nicht erlauben, sonst nimmt man seine nächste Mahlzeit im Verlies zu sich.«

Gerade als er die Schriftrolle einstecken wollte, fiel ihm etwas an ihr auf. Sein Gesicht verdunkelte sich. »Das Siegel ist gebrochen … du hast zu lange gewartet.« Seine Stimme klang anklagend, vielleicht sogar ein bisschen ängstlich.

»Wenn du so von mir denkst, war das das letzte Mal, dass ich dir geholfen habe.«

»Aber …«

Da wurde ihm etwas klar und dafür hätte Nereida sein Gesicht gar nicht genau erkennen müssen. »Du warst das. Du hast es gebrochen.«

Sie zuckte mit den Schultern. »Ich bin eben neugierig.«

»Du kennst die Legenden doch bestimmt auch!«, zischte er. »Was, wenn es jetzt Asche und Blut regnet? In der Schriftrolle könnte es um alles Mögliche gehen!« Dabei deutete er auf die geschwungenen Lettern, die das Wort *Skah* bildeten. Wahrscheinlich konnte er es wegen der Dunkelheit nicht lesen. Wie hilflos man sich als normaler Valahar doch fühlen musste.

»Mach dir nicht ins Hemd, die Welt wird schon nicht untergehen.«

Maraiker stieß die Luft zwischen den Zähnen aus. »Und wie soll ich das dem Prudenbitor erklären? Er wird mir einen Finger abschneiden lassen, wenn er erfährt, dass etwas aus dem Archiv gestohlen wurde – und wenn er sieht, dass das Siegel gebrochen ist, wird er mich vor Ihre Majestät schleppen.« Verzweifelt fuhr er sich durch die Haare. Die Sorge, was der Prudenbitor, der aktuell auf das Archiv des kleinen Mannes achtete, mit Maraiker tun würde, war zu Recht die dringlichere von beiden. Legenden waren nicht ohne Grund nur Legenden. Wer glaubte schon, dass das Öffnen von einer der Schriftrollen des kleinen Mannes tatsächlich den Inhalt Einfluss auf die Welt nehmen ließ? Es beeinflusste die Wirklichkeit nur so weit, wie die Leser diese angeblich unumstößliche Wahrheit benutzten. Es waren höchstens selbsterfüllende Prophezeiungen.

»Denk dir was aus. Du bist doch sonst so ein schlauer Bursche. Der Prudenbitor muss es ja nicht erfahren.«

Nereida gab ihm sein Schwert zurück.

»Die Schriftrolle, die du dir hast stehlen lassen, handelt übrigens vom Skah.« Sie tippte auf das zusammengerollte Pergament in seiner Hand. Ihm entwich alle Luft aus der Lunge. »Wusstest du eigentlich, dass der Skah angeblich von den Göttern erschaffen wurde? Als Wächter über unsere Welt, da er in der Dunkelheit sehen kann?« Dabei kam sie ihm gefährlich nahe und sah ihm direkt in seine bernsteinfarbenen, zweifelnden Augen. »So wie alle seine Nachkommen?« Dann lachte sie und winkte ab. »Aber wer glaubt diesen Unsinn schon, den irgend so ein kleiner Mann vor einer Ewigkeit aufgeschrieben hat?«

Sie hob die Hand zum Abschied und verschwand lautlos, noch bevor er seine Fassung zurückerlangt hatte.

Die Avolkerosi, die Verbannten und Verpönten, das verfluchte Blut. Sie sollten von den Göttern geschaffen worden sein? Die Kinder eines verfluchten, gehörnten Monsters ohne Augen? Wenn sie vorher an der Wahrheit hinter der Legende des kleinen Mannes gezweifelt hatte, wusste sie nun mit Sicherheit, dass die Schriftrollen nichts als Wahnvorstellungen beinhalteten. Die Avolkerosi waren nur dazu fähig, Furcht und Abscheu in den Herzen der Valahari zu säen.

KAPITEL 9

Der Schnee knarzte unter seinen Schuhen, als Anders das erste Mal seit zwei Monaten ohne Krücken vor die Tür ging. Er sah in den bewölkten, hellgrauen Himmel, von dem dicke Flocken auf die Schneelandschaft fielen, die Seattle war. Irgendwie wirkte alles friedlicher, wenn ein weißes Kleid die Stadt einhüllte.

Hinter ihm klickte das Türschloss und er drehte sich um. Ronan stand im Rahmen. Er hielt sich die offene Weste mit verschränkten Armen vor der Brust zu. Anscheinend war er gerade aus seinem Laden gekommen.

»Kaum ist der Knochen wieder heil, läufst du gleich in die nächste Gefahr, was?«, grüßte er mit einem wohlwollenden Blick auf Anders' Bein.

Anders schnaubte abschätzig und zog seine Zigarettenpackung aus der Manteltasche. »Unsinn. Gefahr kann mir erst mal getrost gestohlen bleiben. Ich mag mich in einem Stück.«

»Ich mag dich auch in einem Stück lieber«, sagte Ronan und zwinkerte ihm schelmisch zu. »Also rutsch nicht gleich auf der ersten glatten Stelle aus, ja? Wohin geht's überhaupt?«

»Zu meiner Kleinen.«

Ronans Ausdruck wurde ernster. »Hat sich Victoria wieder eingekriegt?«

Anders zuckte die Schultern und sah auf seine Armbanduhr. »Wahrscheinlich nicht, aber sie sollte eh noch nicht zu Hause sein.«

»Ah, eine geheime Mission.«

»So könnte man es sagen. Deshalb muss ich jetzt auch los, sonst erwischt mich Victoria doch noch.« Er salutierte leger mit zwei Fingern an der Stirn und machte sich auf den Weg zur

Bushaltestelle. Bevor er Madison besuchte, wollte er noch etwas Nettes für sie kaufen.

Er hatte sich nicht bei seiner Familie gemeldet, nachdem er den Schwarzen Mann besiegt hatte. Er mied das Wort *getötet* sogar gedanklich, denn die Erinnerung an die merkwürdige Art von Atlars Verschwinden weckte stets wieder eine leise Stimme in seinem Kopf, die ihn fragte, ob der Schwarze Mann denn wirklich tot sei. Zwar deutete alles darauf hin, aber er ging Anders trotzdem nicht aus dem Kopf. Er hatte Gloria schon diesbezüglich geschrieben, denn sie war längst nicht mehr in der Stadt, doch sie wusste auch nicht weiter. Egal was für allwissende Kontakte sie haben mochte, der Schwarze Mann blieb selbst ihr ein Rätsel. Anders dachte schon länger darüber nach, wie er sichergehen konnte, dass Atlar fort war. Selbst jetzt noch schmerzte sein Bein bei der Erinnerung an ihren Kampf.

Dreißig Minuten später stand Anders mit einer schimmernden Papiertüte randvoll gefüllt mit Schokolade in Form von kleinen Tieren vor der Tür seines Zuhauses und drückte den stickerbeklebten Klingelknopf. Die Tüte verbarg er hinter seinem Rücken und fuhr sich durch die schneenassen Haare. Victoria wollte immer noch die Scheidung. Parker zögerte die Verhandlung hinaus. Anders wusste nicht, was er und sein Anwalt damit bezweckten, doch bis die Angelegenheit geklärt war, blieb er vom Dienst suspendiert.

Madison lugte durch das bodenlange Fenster neben der Tür. Er zwinkerte ihr zu und ihr Gesicht hellte sich auf, sobald sie ihn erkannte. Sie riss die Tür auf und quietschte fröhlich.

»Papa, Papa, du bist hier!«, rief sie und sprang einige Male in die Höhe, ehe sie ihre Arme um seine Hüfte schlang. »Ich hab dich so vermisst.«

Anders lachte und trat ins Haus.

»Ist deine Mutter schon von der Arbeit zurück?« Er sah sich im Flur um. Wahrscheinlich nicht, sonst hätte Madison niemals die Tür aufgemacht.

Seine Tochter schüttelte den Kopf.

»Dann ist es ja gut, dass ich hier bin, damit du nicht allein bist. Ich habe dir sogar etwas mitgebracht.«

Da bemerkte sie, dass er etwas hinter seinem Rücken versteckte, und ihre Augen leuchteten vor Neugierde.

»Was ist es? Was ist es?« Sie lief einmal um ihren Vater herum und Anders drehte sich mit, allerdings ohne seinen Arm hinter dem Rücken zu behalten. Dann ging er vor ihr in die Hocke und hielt ihr die Tüte vor die Nase.

Madisons Augen wurden groß und sie griff danach.

»Oh, toll!« Freudig zog sie eines der Schokotiere heraus und grinste von einem Ohr zum anderen. »Die sind ja voll süß.« Dann rannte sie damit aufgeregt in die Richtung ihres Zimmers.

»Aber nicht alle auf einmal essen!«, rief Anders ihr noch hinterher.

»Jaha!«

Anders sah ihr amüsiert nach, ehe er sich den Trenchcoat auszog. Aus einer Tasche holte er eine getrocknete rote Rose. Die Ärmel seines dunkelgrünen Hemdes krempelte er auf dem Weg durch den Flur hoch und an der Kommode blieb er stehen. Kurz betrachtete er den Trockenblumenstrauß darauf. Als ihn die Geborgenheit durchwogte, die er seit seinem Rauswurf nirgends mehr spürte, steckte er die Rose in die Mitte. Alles sah noch genauso aus wie vor drei Monaten. Nichts hatte sich geändert. Kein Bild war abgehängt, kein Möbelstück ersetzt. Selbst der Geruch war derselbe geblieben und lullte Anders in eine trügerische Sicherheit, in die er sich nur zu gern fallen lassen würde.

Dann folgte er seiner Tochter. Sie saß auf ihrem Bett, den Inhalt der Tüte quer darauf verteilt, und sie biss einer Schokokatze gerade den Kopf ab. Als sie ihn im Türrahmen sah, grinste sie, wobei ihre Zähne braun von der Schokolade waren. Der Anblick ließ in Anders ein merkwürdiges Gefühl zurück. Er liebte sie. Sie verdiente das Beste, doch Anders hatte sie zwei Monate lang nicht gesehen, aus Angst davor, dass sie ihn mit großen, runden Augen anschauen und erkennen würde, dass er auch nur ein Mensch war. Ein Schwächling, der verletzt und besiegt werden konnte. Für sie wollte er unverwüstlich sein. Niemals sollte sie sich fragen müssen, ob er sie beschützen konnte. Obwohl er ihr keine Erklärung gegeben hatte, saß sie doch da und strahlte wie die Mittagssonne, nur weil er hier war. Er fühlte sich miserabel.

Zwei Stunden später verließ er sie. Gerade rechtzeitig, denn kurz darauf sah er Victorias Auto um die Ecke biegen. Draußen wurde es mittlerweile dunkel. Anders steckte seine Hände tief in die Manteltaschen, nachdem er sich eine Zigarette angezündet hatte, und spielte nervös mit dem Sturmfeuerzeug. Misstrauisch beäugte er die Schatten, die langsam aus ihren Löchern krochen und das kalte Weiß des Schnees umschmeichelten. Seine Einstellung zur Dunkelheit hatte sich grundlegend geändert, seit er wusste, was sich darin verbarg. Anders stellte sich unter die nächste Laterne, während er auf den Bus nach Hause wartete.

Mit dem frisch verheilten Bein wollte er noch nicht Auto fahren. Dumpfer Schmerz zog durch den Oberschenkel und Anders rieb darüber. Diese Erinnerung an den Schwarzen Mann würde noch eine Weile bleiben.

Tiefes Lachen schallte über die Straße und Anders erschrak. Seine Hand glitt schon in den Trenchcoat zu seinem Holster, als er die beiden Männer entdeckte, die sich auf der gegenüberliegenden Straßenseite amüsierten. Er atmete tief durch. Alles nur Einbildung. Der Schwarze Mann war weg. Er hatte ihn eigenhändig erschossen. Wieder war da seine Intuition, die daran zweifelte. Hatte Atlar sich aus den Überresten, die in den Schatten verschwunden waren, wiederherstellen können? Anders wurde diese Kreatur nicht mehr los. Sie war wie ein unliebsamer Schatten geworden, der ihn seit jenem Tag verfolgte, und sei es nur in seinem Kopf.

Anders drehte sich auf dem Absatz um. Es musste ein Ende haben! Diese ständige Unsicherheit, das Bangen. Er wollte ein für alle Mal sichergehen, dass das Monster fort war. Er musste mit dieser ganzen Sache abschließen. Sein Leben drehte sich nur noch um Angst. Angst um Madison, Angst vor Atlar, Angst, die er im Alkohol ertränkte und die ihn immer weiter von seiner Familie entfernte.

Die Albträume hatten nie aufgehört.

Die einzige Möglichkeit, wieder ein geordnetes Leben zu führen, war, sicherzugehen, dass Atlar nicht wiederkam. Wie genau er das anstellen würde, wusste er noch nicht, aber er wusste, wo er anfing: Da, wo alles aufgehört hatte.

Der Weg bis zu dem verlassenen Fabrikgelände strengte sein frisch geheiltes Bein an. Der Schmerz spornte Anders nur noch mehr an. Er stieß die Tür auf, durch die er das letzte Mal von Sanitätern getragen worden war, und holte eine Taschenlampe hervor. Ein paar Ratten rannten aufgeregt umher, als er die Stufen zu der leeren Halle hinunterstieg.

Er kam heil dort an. Allein das grenzte für ihn schon an ein Wunder. Er hatte befürchtet, Atlar würde ihn aus den finsteren Ecken anspringen und ihn mit sich in die Dunkelheit zerren. Doch nichts. Sein Herz schlug ihm trotzdem bis zum Hals, als er die Fabrikhalle betrat. Blutspuren waren die stummen Zeugen ihres Kampfes. Anders erkannte genau, wo Atlar ihm das Bein gebrochen hatte. Wie zur Bestätigung schmerzte sein Bein stärker. Er leuchtete über den Boden zu der Stelle, an der der Schwarze Mann sich verflüssigt hatte. Nichts. Kein Tropfen Blut, weder rot noch schwarz. Es war, als hätte Anders mit sich selbst gekämpft. Als wäre Atlar nur ein Schreckgespenst in seinem Kopf gewesen.

Dann leuchtete Anders zu dem einzigen Platz, mit dem Atlar tatsächlich interagiert hatte: der Pfütze.

Irgendetwas musste es damit auf sich haben. Atlar hatte davorgestanden, als Anders ihn gefunden hatte. Vielleicht fand er etwas darin, was ihn weiterbrachte – und wenn es nur ein Hinweis auf die vermissten Eltern war.

Er ging auf die Wasserfläche zu und sah in das matte, silbrige Nass, das den Schein der Taschenlampe merkwürdig zurückwarf. In der anderen Hand hielt er Ronans Zippo und drehte es nervös zwischen den Fingern. Das Gefühl, dass die aufkommende Dunkelheit ihn umschloss, bohrte sich in seinen

Verstand. *Atlar ist nicht hier,* ermahnte er sich. Sonst würde er längst diese gelben Augen aufblitzen sehen.

»Sei kein Angsthase«, sagte er zu sich selbst und ging vor der Pfütze in die Hocke. Die Taschenlampe legte er neben sich und stützte seine Unterarme auf die Oberschenkel. Die Wasseroberfläche lenkte den Strahl der Taschenlampe ab. Anders beugte sich interessiert näher. Ihm war so, als wollte sie nicht angeschienen werden. Dann sah er sich im Raum um. Wie kam die Lache eigentlich hierher? Es gab nirgends ein Rinnsal, ein tropfendes Rohr oder sonst eine Quelle, von der das Wasser hätte stammen können. Er drehte gedankenverloren das Sturmfeuerzeug. War das überhaupt Wasser? Vielleicht war es Öl oder etwas anderes.

Vorsichtig steckte er zwei Finger hinein. Als er sie zurückzog, um sie aneinander zu reiben, fühlten sie sich nicht nass an. Anders betrachtete sie mit gerunzelter Stirn. Er war sich sicher, dass er damit die Oberfläche der Flüssigkeit durchbrochen hatte, doch sie waren trocken. Er sann noch darüber nach, da rutschte ihm das Zippo aus der Hand und verschwand mit einem leisen *Platsch* in der Pfütze. Sich über sich selbst ärgernd, griff er hinterher.

Er hatte erwartet, nach ein paar Zentimetern den Betonboden zu erreichen. Doch seine Hand tauchte tiefer und tiefer ein, bis zum Handgelenk, bis zum Ellbogen und er hatte den Grund noch immer nicht erreicht – oder das Zippo. Da stieß er mit einem Mal an etwas Kleines, Quadratisches und schloss die Faust darum. Gerade als er die Hand zurückziehen wollte, spürte er einen kräftigen Ruck daran. Die Oberfläche kam rasant näher. Er verlor das Gleichgewicht und tauchte ein.

Anders hielt instinktiv die Luft an, um die Flüssigkeit nicht einzuatmen. Um ihn herum war eine merkwürdig schillernde, dunkle Materie, durch die er versuchte, wieder nach oben zu gelangen. Jeder Schwimmzug schien ihn immer tiefer statt höher zu bringen. Er konnte es nicht genau deuten, oben und unten verwischten zu einem undurchsichtigen Wirrwarr. Die Angst zu ertrinken nahm immer mehr zu, bis die Materie den wasserähnlichen Widerstand verlor und ihn das Gefühl eines freien Falls ergriff.

Anders schrie. Über ihm spannte sich ein dunkler Himmel und Ansammlungen schillernder Partikel wie Wolken. Aus einer davon musste er gefallen sein. Unter ihm bedeckte undurchdringlicher Nebel den Grund. Er kniff die Augen zusammen und erwartete den Aufprall mit steigendem Grauen.

Doch der Aufprall kam nie. Stattdessen spürte er festen Boden unter den Füßen, als hätte die Entfernung vom Betonboden der Fabrik zu seinem jetzigen Standort nur die Dauer eines einzelnen Schrittes gekostet. Er stolperte durch den Nebel in einen Gang.

Verwirrt sah er an sich hinunter. Mit einer Hand hielt er das Sturmfeuerzeug umklammert und weder sein Arm noch seine Kleidung waren nass, obwohl er eben noch in dieses vermeintliche Wasser gestürzt war. Ein starkes Gefühl von Unwirklichkeit überkam ihn. Sicher träumte er. Er presste seine freie Hand auf sein heftig schlagendes Herz und sah sich um. Licht von blauen Lampen, die wie Laternen in verschnörkelten, gusseisernen Gestellen hingen, erhellte den Korridor. Anders erkannte weder eine Flamme noch einen elektrischen Draht darin – vielmehr schien es eine Flüssigkeit zu sein, die für die Lumineszenz sorgte.

An einer Seite der Wände hingen lange Stoffbahnen, in die in feinster Handarbeit Bilder eingewebt worden waren. Anders schüttelte den Kopf, um aufzuwachen. Doch die Stoffbahnen verschwanden nicht. Sie zeigten eine Frau mit geflochtenen, weißen Haaren in unterschiedlichen Situationen. Auf einem der Bilder schritt sie mit einem Heiligenschein um den Kopf an der Spitze einer Armee. Sie ging an elenden, kümmerlichen Gestalten vorbei, die sich im Hintergrund langsam ihrem Heer anzuschließen schienen. Je näher sie ihr dabei kamen, desto kräftiger wurden die Menschen, stärker und aufrechter, bis zu den beiden Männern, die direkt hinter ihr gingen. Sie wirkten wie Ritter.

Das Bild daneben zeigte dieselbe Frau mit erhobenen Händen,

die Finger nach vorn gespreizt und auf einen Mann gerichtet, der ihr in einer ähnlichen Haltung gegenüberstand. Während der Hintergrund auf ihrer Seite hell und von Licht durchwoben schien, verdunkelte sich die Stoffbahn auf der Seite des Mannes. Chaotische Wirbel umgaben sie.

Das Bild daneben war ein Porträt jener Frau, auf dem sie mit geschlossenen Augen je eine große Kugel in den Händen hielt. Dabei wirkte es, als schwebten sie über ihren Handflächen. Die eine perlmuttfarben und die andere golden. Hinter der Frau befand sich eine geisterhafte weibliche Gestalt, die ihr eine Krone aufs Haupt setzte. Die Stoffbahnen schienen eine Geschichte zu erzählen.

Anders presste die Handballen an seine Augen, dann drehte er sich einmal um die eigene Achse. Hinter ihm befand sich ein Torbogen, durch den geisterhafter Nebel kroch. Er verdichtete sich, sodass man keinen Blick auf das erhaschen konnte, was sich dahinter verbarg. Aus diesem Tor musste Anders gekommen sein. Um den Durchgang rankten sich ihm unbekannte Zeichen, die miteinander verbunden waren wie eine Schrift. Sie wurden einzig durch blaue Steine unterbrochen. Anders trat näher heran und berührte einen von ihnen. Saphire? Er wollte sich nicht einmal vorstellen, wie viel sie in der Größe einer Faust wert sein mussten. Das ergab alles keinen Sinn. Er schloss die Augen und schüttelte mehrmals den Kopf, um diese Fantasiebilder endlich loszuwerden. Als er sie wieder öffnete, hatte sich an seiner Umgebung immer noch nichts geändert. Wo war er hier?

Der Korridor erstreckte sich mit leichter Biegung in beide Richtungen. Gegenüber dem saphirbesetzten Bogen war ein hölzerner Schemel, auf dem eine Flasche stand und einige fremdartige Spielkarten lagen. Anders hob sie auf. Sie waren kunstvoll und zeigten anstelle von Zahlen aufwendig gemalte Bilder und am unteren Rand dieselben fremdartigen Zeichen wie am Torbogen. Auf der ersten Karte war ein fünfbeiniges Ungetüm mit Hörnern und krallenbewehrten Pranken abgebildet. Das Maul bestand aus speicheltriefenden Zähnen und Augen waren nicht zu erkennen.

Etwas krachte fürchterlich. Die Flasche auf dem Schemel kippte und zerbrach auf dem Boden. Anders zuckte zusammen und ließ die Karten fallen.

Er hörte ein Kreischen. Es vermischte sich mit Rufen, deren Sinn Anders nicht verstand. Er sah den Korridor entlang und lauschte. Trampeln. Dann schoss etwas Unmenschliches um die Ecke.

Auf Anders walzte eine Kreatur zu, die fast die gesamte Breite des Korridors einnahm. Sie reichte ihm sicher bis zu den Schultern. Schuppen und Federn wechselten sich ab und der Kopf eines Krokodils schwang wild hin und her.

Anders war wie gelähmt. Männer mit Speeren folgten der Kreatur und stachen auf sie ein, doch das Wesen wurde nicht langsamer.

Wenn er stehen blieb, würde es ihn überrollen. Endlich kam Bewegung in Anders' Beine. Er rannte.

Das Wesen kreischte, die Männer schrien sich etwas in einer fremden Sprache zu. Die platschenden Schritte der Kreatur verloren ihren Rhythmus. Es schniefte warm und feucht in Anders' Rücken und schließlich traf ihn die Schnauze. Das mutierte Krokodil schob ihn beiseite, ohne ihn weiter zu beachten. Es walzte an Anders vorbei und drückte ihn dabei eng an die Wand. Anders wurde die Luft aus der Lunge gepresst. Die Schuppen scheuerten seinen Rücken auf.

Dann war es an ihm vorbei und er taumelte rücklings in den Korridor, stolperte und landete hart auf dem Hintern. Männer und Frauen in Uniformen sprangen an ihm vorbei. Einer von ihnen warf Anders einen irritierten Blick zu, dann konzentrierte auch er sich wieder auf das Monster.

Sie stachen darauf ein, immer wieder tauchten ihre blutigen Speerspitzen durch das Federkleid. Alle waren groß, größer als Anders. Selbst die Frauen. Unter den Lederkappen spitzten unterschiedlich helle Nuancen von blondem Haar hervor.

Sie entfernten sich von ihm, während sie das Ungetüm weiter verfolgten.

Anders saß ratlos da und sah ihnen nach. Das Brennen in

seinem Rücken fühlte sich für einen Traum viel zu real an. Er kam auf die Füße und folgte den Fremden in sicherem Abstand.

Ein weiterer Torbogen, der in einer Sackgasse endete, lag zu seiner Linken. Kurz darauf öffnete sich der Korridor zu einer großen, hohen Halle. Die Kreatur hatte sich umgedreht und schnappte nun nach den Soldaten.

Blutlachen hatten sich unter dem Krokodil ausgebreitet. Es hinkte bereits. Die Soldaten stachen schnell zu und zogen sich dann noch rascher zurück. Nach einigen Momenten brach das Untier zusammen.

Anders lehnte sich mit einer Hand an die Mauer. Die Soldaten näherten sich dem Wesen vorsichtig und einer von ihnen stieß ihm mit dem Speer gegen die Schnauze, anscheinend um sicherzugehen, dass es tot war.

Eine der Frauen schaute zu Anders herüber. Sie sagte etwas und auf eine Geste hin wandten sich ihm zwei weitere Gesichter zu. Dann eilten sie ihm mit blutigen Speeren entgegen.

Anders erschrak. Wollten sie mit ihm weitermachen, jetzt, wo das Wesen tot war? Er sprang von der Wand weg und rannte wieder in den Korridor. Irgendetwas riefen sie ihm nach, aber er verstand sie nicht.

Der Saphirbogen! Vielleicht würde er ihn zurückbringen. Anders rannte schneller. Aber sie waren schon hinter ihm.

Eine Hand packte ihn an der Schulter und riss ihn nieder. Dann spürte er ein Gewicht auf den Oberschenkeln und jemand zog seine Arme nach hinten.

»Hey!«, rief Anders ohne große Hoffnung, dass sie ihn verstanden. »Aufhören! Ich habe nichts getan. Ich will nur zurück!«

Füße traten in sein Blickfeld und er schielte hinauf zu einem Mann mit langem, weißem Pferdeschwanz. Er beugte sich zu Anders hinunter und raunte ihm etwas entgegen. Dabei traf ihn ein säuerlicher Hauch und brachte ihn zum Würgen.

Sie verschnürten Anders' Hände. Das Seil drückte sich in seine Handgelenke. Dann zwangen sie ihn wieder auf die Füße. Sie stießen ihn den gebogenen Korridor entlang zurück in die hohe, lichtdurchschienene Halle. Die übrigen Soldaten standen um das tote Ungetüm herum und musterten Anders. Die Pracht der Halle ließ ihn trotz des Schreckens staunen.

Rechts von ihm ragte eine gigantische Statue aus weißem Marmor empor. Sie musste mindestens zehn Meter hoch sein. Um sie herum war ein Gerüst aufgestellt. Der Statue wurde ein Gesicht eingemeißelt. Der Steinmetz krallte sich am Gerüst fest, als würde sein Leben davon abhängen. Anscheinend hatte ihm das Ungetüm einen Heidenschrecken eingejagt.

In jeder Hand hielt die Frauenstatue eine Kugel in der Größe eines Gymnastikballs. Eine von ihnen war goldgelb wie ein Citrin und die andere schimmerte in perlmuttfarbenem Weiß. Anders fielen sofort die Stoffbahnen im Korridor ein, doch im Gegensatz zu denen der dort abgebildeten Frau waren die Haare der Statue nicht zu einem Zopf geflochten.

Ein heftiger Stoß in seinen Rücken brachte wieder Bewegung in Anders. Er drehte sich halb zu den Soldaten um, die mit einem knappen Kopfnicken nach vorn deuteten. Er sollte weitergehen.

»Ich gehe ja schon, Himmel noch mal«, grummelte Anders und gehorchte. Die Situation war so befremdlich, dass er sie nicht ganz ernst nehmen konnte. Für einen Traum fühlte sich alles zu real an: der Schmerz, die straffen Seile um seine Handgelenke. Aber es gab weder gefiederte Krokodile noch Leute, die heutzutage noch mit Speeren herumliefen. Soldaten hatten Maschinengewehre und Pistolen.

Man führte ihn über ein Bodenmosaik auf eine robuste Tür zu. Dahinter schlängelte sich eine enge Wendeltreppe spiralförmig hinauf. Anders sah ein eingelassenes Fallgitter im Türrahmen. Er hatte das Gefühl, dass diese Tür im Ernstfall so einigem standhalten konnte.

Die Soldaten drängten ihn die Treppe hinauf. Oben schien grelles Sonnenlicht durch die Öffnung. Er stockte und kniff die Augen zusammen, doch die Fremden schoben ihn schonungslos weiter, bis er auf einem Hof stand. Die Sonne brannte auf ihn herunter und er hatte das Gefühl, blind zu werden.

Das störte die beiden Männer hinter ihm wenig. Kräftige

Hände packten Anders und zerrten ihn über den Hof. Er hörte Trubel, Stimmen, Gelächter, das metallische Schlagen eines Hammers auf Stahl. Er wehrte sich nicht länger gegen die Hände, sondern stolperte hilflos mit und brauchte lange, bis seine Augen sich ein bisschen an das grelle Licht gewöhnt hatten.

Das ist real, stellte er fest. Sonst hieße das, er wurde verrückt, und dieser Gedanke machte ihm noch mehr Angst. Ein Schauder des Schreckens überkam ihn. Weder wusste er, wo er war, noch konnte er sich mit den Soldaten verständigen. Er kam nicht einmal an seine Waffe.

Steif ließ er sich mitziehen. Das Sonnenlicht wurde ausgesperrt, als sie ein Gebäude betraten, und endlich konnte Anders wieder sehen. Ihr Weg führte nach unten und durch kahle Gänge, sodass er bald die Orientierung verlor. Zu viel mehr als dazu, einen Fuß vor den anderen zu setzen, fühlte er sich nicht in der Lage. Eine bleierne Schwere ergriff Besitz von ihm. Wo zum Teufel war er hier gelandet – und in welcher Zeit?

Einer der Soldaten hielt eine blau leuchtende Laterne in der Hand, obwohl es dafür gar nicht dunkel genug war.

»Wohin gehen wir?«, fragte Anders ihn, erhielt aber keine Antwort.

Die Wände waren mit Kalkablagerungen überzogen und die Schritte hallten gespenstisch im leeren Korridor wider. Zellen mit Gitterstäben reihten sich aneinander. Sie waren alle leer.

Anders schluckte hart und sein Mund wurde trocken, als sie schließlich vor einer Zelle stehen blieben. Einer der Soldaten schloss sie auf. Sie stießen Anders hinein, sobald seine Fesseln durchtrennt waren. Die Tür fiel mit einem lauten Knacken ins Schloss. Anders wirbelte herum, doch die Soldaten entfernten sich.

»Hey!«, rief er und umfasste die Gitterstäbe, um den Männern hinterhersehen zu können. »Was soll das? Lasst mich sofort raus! Wo bin ich hier?«

Sie drehten sich nicht um. Bald schon konnte Anders sie nicht mehr sehen, obwohl er den Kopf gegen die Gitterstäbe presste. Sie hatten die Laterne mitgenommen und ihn in dem fensterlosen Verlies zurückgelassen. Trotzdem war es hell genug für Anders. Er sah alles in grauen, gedämpften Farben, als hätte man einen Schleier über seine Augen gelegt.

Die Gitterstäbe waren schmutzig und verkrustet. Er löste eine Hand davon. Seine Handfläche war rostrot. War es Rost? Blut? Er trat vom Gitter zurück und wischte sich die Hände an der Hose ab. Ein verbeulter Eimer stand in einer der Zellenecken, eine andere war mit Stroh ausgelegt. Feuchtes, schimmeliges Stroh.

Einen langen Moment stand er einfach nur dort. Es gab keine logische Erklärung für das, was geschehen war. Langsam kam er zur Ruhe und stellte fest, wie aussichtslos und surreal seine aktuelle Lage war. Kraftlos sackte er unter dem Gewicht der Erkenntnis ein, dass er hier festsaß.

Der dreckige Steinboden unter ihm, die kühle Luft, die durch den Korridor wehte und nach vermodertem Holz und Urin stank. Alles real. Die Blut- oder Rostkruste an den Gittern erzählte von unzähligen armen Seelen, die vor Anders in dieser Zelle festgehalten worden waren.

War er überhaupt noch auf der Erde? Vielleicht war er in einer anderen Welt, einer ganz anderen Zeitrechnung. An einem Ort, an dem Speere und Monster alltäglich waren. An dem man Fremde erst einmal einsperrte. Wann sie wohl wiederkamen?

Anders fühlte sich wie betäubt.

Er atmete tief aus, ließ sich gegen die Wand sinken und dachte an Madisons Lächeln. Es war ein schwacher Trost, denn er war so weit von ihr entfernt.

KAPITEL 10

»Oh, wer bist du? Der Fremde. Ich lege dich besser zum Morgen, damit er mir verrät, was du vorhast, bevor du von der weißen Dame zur Spielfigur ihres ganz eigenen Spiels gemacht wirst. Oder bin ich schon zu spät? Hat sie längst Pläne mit dir? Ich lege dich lieber zu ihnen, bevor mir etwas entgeht.«

Gespräche des Kartenspielers in Nimrods fliegenden Gärten

Schritte schreckten ihn auf. Kamen die Soldaten zurück? Anders trat den Stummel der mittlerweile vierten Zigarette aus und spähte durch die Gitterstäbe. Dabei versuchte er, sie nicht zu berühren. Tatsächlich kam ihm ein Soldat mit einer Laterne entgegen, aber es war ein unbekannter. Er trug eine schicke blaue Uniform und graue Wildlederstiefel. Sein Gang war beschwingt, fast katzenhaft, und seine Schritte deutlich leiser als die der beiden zuvor.

Als er Anders entdeckte, zog er seine Augenbrauen für einen Moment höher, bis ein zufriedener Ausdruck in die – Anders konnte es nicht fassen – bernsteinfarbenen Augen trat. Der Soldat stellte die Laterne ab und verschränkte die Hände hinter dem Rücken. Er blieb zwei Schritte vor der Zelle stehen, sodass Anders ihn selbst dann nicht erreichen konnte, wenn er seine Arme durch die Gitter streckte. Dann musterte er Anders stumm.

Für ein paar Augenblicke sahen sie sich nur gegenseitig an, dann verlor Anders die Geduld. »Was gaffst du so?« Der Kerl konnte ihn wahrscheinlich sowieso nicht verstehen.

Erneut weiteten sich die Augen des Soldaten, bevor seine

Mundwinkel sich zu einem unheimlichen Lächeln kräuselten. Dann begann er zu sprechen: »Wahrlich beeindruckend. Gerade jetzt, wo die Kobaltkrieger nach Helrulith gegangen sind, um den Dunklen Diener zurückzuschleifen, hätte wohl niemand mit einem Helrunen im Weltenschlund gerechnet.« Die Stimme war präzise, schneidend und von einem starken Akzent eingefärbt.

Anders blieb die Spucke weg. »Sie … Sie verstehen mich?« Wider besseres Wissen griff er nach den Gitterstäben und drängte sich näher zu dem Mann. Wenn er ihn verstand, hatte Anders vielleicht eine Chance, freizukommen.

Der Soldat nickte sanft.

»Dann lassen Sie mich sofort hier raus!«, forderte Anders. »Das ist Freiheitsberaubung und so was ist strafbar.«

Ein kurzes, belustigtes Kichern war die Antwort. Der Soldat wippte von den Fersen auf seine Fußballen. »Ich befürchte, wenn die Letztwache einen Helrunen gefangen nimmt, ist das die strikte Erfüllung des königlichen Willens, mein Lieber.« Dabei hatte die Anrede einen mütterlich tadelnden Unterton, der Anders irritierte. »Doch keine Sorge, ich biete dir einen Ausweg aus deiner Misere.«

Anders trat wachsam von den Gitterstäben zurück. »Einen Ausweg?« Wieso hörte sich das so an, als würde Anders gleich einen Pakt mit dem Teufel schließen?

»Siehst du … ich brauche Informationen, die nur du mir geben kannst. Wir warten nun schon seit einigen Wochen auf das Erscheinen neuer Helrunen, die uns die Kobaltkrieger nicht sofort wegschnappen. Bisher wurde unsere Geduld stark auf die Probe gestellt. Nun bist du hier. Du kannst dich glücklich schätzen, denn als Erster von wahrscheinlich vielen, die folgen werden, hast du das Privileg eines Handels mit uns.«

»Helrunen? Was soll das sein?«

»Du«, war die schlichte Antwort. »Du bist kein Valahar, und wenn ich nicht gänzlich falsch informiert bin, bist du vor einer Stunde aus dem sechsten Portal gestolpert, was dich mit größter Sicherheit zu einem Helrunen macht – zumal du auch einen Dialekt ihrer Sprache nutzt.«

Portal ... der saphirbesetzte Torbogen! Den musste der Soldat meinen. Anders kniff die Augen zusammen und legte den Kopf schief. Neugier und Sorge kämpften in ihm um den Vorrang. Zumindest gab ihm endlich mal jemand Antworten. »Wie sieht dieser Handel genau aus?«

Der Soldat lächelte siegessicher. »Du erzählst mir alles, was ich wissen will ... und im Gegenzug lasse ich dich unbehelligt in deine Welt zurückkehren.«

Deine Welt. Anders schüttelte verwirrt und ungläubig den Kopf. Er war wirklich nicht mehr auf der Erde. Es klang unmöglich. Der Mann vor ihm wirkte unmöglich – die bernsteinfarbenen Augen, die blasse Haut, die hellen Haare. Ein Akzent, den Anders noch nie irgendwo gehört hatte. Wo war er hier?

Der Soldat schien seine Reaktion falsch zu deuten und machte zwei Schritte von der Zelle weg. »Oder du kannst hier drinnen ausharren, bis die Kobaltkrieger zurück sind und dich auf Nimmerwiedersehen mit in die Hauptstadt nehmen wie all die Helrunen vor dir.«

Das brachte Bewegung in Anders. Einerseits wollte er unbedingt hier raus – andererseits verstand er eine Sache endlich: Mit den anderen Helrunen musste der Mann die vermissten Eltern meinen. Der Schwarze Mann hatte gesagt, sie erlebten ihren ganz eigenen Albtraum, und selbst die kurze Zeit an diesem seltsamen Ort hatte bei Anders durchaus den Eindruck eines Albtraums erweckt. Hatte der Schwarze Mann die Eltern hierhergeschickt und diese Kobaltkrieger hatten sie mit in die Hauptstadt genommen? Würde er sie dort finden?

»Nein!«, rief Anders hastig. »Nein, das hört sich nach einem guten Handel an. Hier rauskommen und zurück nach Hause gehen. Deal.«

Das triumphierende Lächeln kehrte auf die Lippen des Soldaten zurück. »Ausgezeichnet, ich habe nichts anderes erwartet.« Dann trat er näher an die Zelle und schenkte Anders einen warnenden Blick, ohne jedoch das Lächeln aufzugeben. Dieser widersprüchliche Anblick hatte etwas Verstörendes an sich, das Anders' Nackenhaare zu Berge stehen ließ. Er spürte eiskaltes

Kalkül, wenn er in die Augen dieses Mannes sah. »Ich rate dir, keine Dummheiten zu begehen, sobald ich dich herausgeholt habe. Wenn du nicht kooperierst, habe ich keine Skrupel, dich wieder in die Zelle zu stecken. Ich habe wochenlang auf einen Helrunen gewartet, da kann ich auch auf den nächsten warten.«

»Verstanden.«

Nun nickte der Soldat zufrieden. Eine sanfte Bewegung aus dem Handgelenk ließ das Schloss klicken und die Tür schwang knarzend auf. Anders blinzelte einige Male. Er war sicher, dass der Mann das Schloss nicht einmal berührt hatte. Was war das für ein merkwürdiger Verschlussmechanismus?

»Dann folge mir. Es gibt angenehmere Orte als diesen hier für ein ausführliches Gespräch.«

Der Soldat führte Anders durch die leeren, uralten Korridore, die Treppen hinauf und durch eine schwere Tür. Anders würde vorerst mitspielen, denn mit jedem Schritt kam er dem saphirbesetzten Torbogen näher. Vielleicht konnte er in einem passenden Moment fliehen. Seine Waffe gab ihm ein Gefühl von Zuversicht und Sicherheit. Damit konnte er jedenfalls schneller angreifen als jemand mit einem Speer.

Bevor sie um eine Ecke bogen, griff der Mann plötzlich nach Anders' Schulter und zischte ihm ein »Psst« zu.

Ihnen kamen die beiden Soldaten entgegen, die Anders eingefangen hatten. Erneut fiel Anders das fremdartige Aussehen auf. Sie waren einfach zu hell – ihre Augen, ihre Haut. Sofort versteifte er sich und spielte mit dem Gedanken, seine Waffe zu ziehen. Die beiden Männer stockten und richteten ihre irritierten Blicke von Anders auf den Soldaten neben ihm, sagten aber nichts. Jedoch waren sie stehen geblieben.

Der Soldat, der ihn festhielt, verfiel in diese fremde Sprache. Die Körpersprache der drei Männer konnte Anders allerdings gut lesen. Sein Begleiter stand aufrecht da, den Rücken durchgedrückt, das Kinn in die Höhe gereckt, sein Blick erhaben, so als könnte er jede Situation unter Kontrolle halten. Er hatte eine Autorität inne, die Anders an Hayker erinnerte, wenngleich dieser Mann weniger Wut und Eile ausstrahlte als sein Vorgesetzter bei der Polizei. Die anderen beiden hingegen hatten ihre Blicke gesenkt, obwohl ihre Haltung mindestens ebenso aufrecht war: Untergebene.

Sie schenkten Anders noch einen letzten Blick, dann gaben sie einstimmig eine knappe Antwort, von der er vermutete, sie könnte ein Äquivalent zu »Jawohl, Sir!« sein. Danach drehten sie sich auf dem Absatz um und gingen zügigen Schrittes davon.

»Das war …«, setzte Anders an, doch der Soldat zerrte ihn weiter und flüsterte kaum hörbar: »Ruhig.«

Anders missfiel es, den Mund verboten zu bekommen, doch er saß gerade eindeutig am kürzeren Hebel.

Sie stiegen eine weitere Treppe hinauf. Anders versuchte, seine Position zu bestimmen, um den Torbogen wiederzufinden. Obwohl er seine Chancen gering einschätzte.

Vor einer Holztür blieben sie schließlich stehen und der Soldat klopfte an. Eine bellende Antwort später öffnete er die Tür, sodass Anders eintreten konnte.

Dahinter befand sich ein Arbeitszimmer. Anders musste die Augen zusammenkneifen, um das Sonnenlicht ertragen zu können, das direkt durch das kleine Fenster schien. Wieso war die Sonne hier so hell?

An einem großen Schreibtisch saß ein Mann. Er war bullig, hatte ein quadratisches Kinn und einen kahl rasierten Kopf. Auch er trug eine Uniform, doch darüber lag ein grauer, schwerer Umhang mit silbernem Zierrat am Saum. Als er aufsah und die Eintretenden musterte, erkannte Anders das stechende Grau seiner Augen, das für einen Menschen viel zu hell war.

Sein Begleiter folgte ihm hinein und schloss die Tür hinter ihnen.

Statt dem Mann zu erklären, was sie in seinem Büro taten, wandte er sich von ihm ab und bedeutete Anders, ihm zu folgen. Mit wachsendem Misstrauen gehorchte Anders ihm.

»Ich lade dich zu uns ein«, sagte der Soldat und berührte die groben Steine der Wand. Ein Zittern durchlief sie, dann schrumpften sie in Sekundenschnelle mit einem leisen, zischenden Geräusch und fielen zu Boden. Dahinter offenbarte sich ein Abstieg von wenigen Treppenstufen hin zu einer weiteren Tür.

»Nach dir«, sagte der Soldat und streckte den Arm einladend aus.

Anders zögerte. Er musterte die kleinen Steinchen am Boden, die jetzt wie Kiesel aussahen.

Der Soldat räusperte sich. Anders sah zu ihm hoch. Der Mann nickte auffordernd, und schließlich stieg Anders die Stufen hinunter und drückte die Tür auf. Hinter sich hörte er erneut das zischende Geräusch und als er über die Schulter sah, konnte er beobachten, wie hinter dem Soldaten die Steine wuchsen und die Wand sich wieder aufbaute. *Eine andere Art von Zelle, aber nichtsdestotrotz eine Zelle,* dachte er, als er sich mit einem mulmigen Gefühl umdrehte.

Hinter der Tür erwartete ihn ein gemütliches Zimmer mit drei Ohrensesseln vor einem Kamin. Der Geruch von exotischen Gewürzen umwehte ihn und das Prasseln des Feuers löste die Anspannung in seinen Muskeln ein wenig.

»Sie müssen mir den Trick mit der Wand unbedingt mal …«, sagte er und drehte sich zu dem Soldaten um, als ihm der Rest seines Satzes im Halse stecken blieb.

Was zuvor die straffe, aufrechte Statur eines Mannes gewesen war, wandelte sich in eine leicht gekrümmte, schmale Gestalt, bis eine alte Frau vor ihm stand. Sie hatte eine halbmondförmige Narbe an der linken Seite ihrer Oberlippe. Ihr Atem ging schnell, als hätte sie sich überanstrengt, doch sie lächelte schelmisch. »Verzeih die Scharade, doch es wäre unklug, wenn ich mich auf den Fluren zeigen würde.« Ihre Stimme war sanft, die Härte von zuvor war verschwunden. Statt der bernsteinfarbenen Augen sahen ihm nun wachsame, blassgrüne Iriden aus einem faltenzerfurchten Gesicht entgegen. Die Uniform wich zunehmend einem weichen Stoff, dessen Farbe an einen grünen Teich erinnerte.

»Sie … Sie …«, stammelte Anders.

»Setz dich doch und mach es dir bequem«, bat die alte Frau, die eben noch ein Soldat gewesen war, und sank mit einem

Ächzen in einen der Sessel. Schweißperlen glänzten auf ihrer Stirn. »Wir haben nicht viel Zeit, bis wir Gesellschaft bekommen werden, also lass uns rasch beginnen. Erzähl mir, wie er dich hierhergebracht hat.«

Immer noch fassungslos von der Verwandlung sank Anders auf einen der anderen Ohrensessel.

»Wie haben Sie …?«

Die Frau machte eine wegwerfende Handbewegung. »Das ist nun irrelevant.«

Das klärte Anders' Kopf wieder ein wenig. »Irrelevant für Sie vielleicht. Ich erzähle erst einmal gar nichts, solange ich nicht weiß, *wo* ich hier bin, was hier los ist und wer *Sie* sind.« Dabei zählte er jede Forderung an den Fingern mit, dann verschränkte er die Arme vor der Brust. Wenn sie dachte, er würde keine Fragen stellen, obwohl sie so verrückte Dinge vor seinen Augen abzog, hatte sie sich gewaltig geschnitten. Für einen Moment gewann Anders sein Selbstbewusstsein zurück – sie brauchte Informationen von ihm, also würde sie ihm auch ein paar Antworten geben.

Die alte Dame lehnte sich zurück und schmunzelte. »Nun gut, so viel kann ich dir sagen: Mein Name ist Meristate und du befindest dich in Ranulith, der Weißen Welt, mein Junge.«

»Ranulith?«, wiederholte Anders.

Meristate nickte langsam. »Das Zentrum des Septagons des Kosmos.«

Als sie sein ratloses Gesicht sah, lächelte sie. »Lass es mich dir erklären …« Dabei sah sie ihn fragend an.

»Anders«, antwortete er. »Anders Clayton.«

»Anders. Du wurdest unten im Weltenschlund von Latoraher gefunden. Vermute ich richtig, wenn ich sage, du bist durch ein Portal dorthin gelangt? Wir wissen leider wenig über deine Welt und noch viel weniger über die anderen, aber zumindest sind uns die Helrunen aus früheren Begegnungen schon bekannt. Wir haben Aufzeichnungen und einst muss der Weg sogar so lange offen gestanden haben, dass wir regen Austausch hatten. Sonst gäbe es hier kein Wissen über die Sprachen deiner Heimat.«

Anders dachte an die Pfütze in Atlars Versteck, das Gefühl zu ertrinken und schließlich zu fallen. »Sie wollen mir also weismachen, dass ich durch diese Pfütze in eine andere Welt gekommen bin?«, riet er und obwohl es so viel erklären würde, konnte er ihr nicht ganz glauben. Andere Welten. Zauberei. Würde gleich Gandalf vor einer Tür stehen und rufen: *Du kommst nicht vorbei?*

»Nicht nur irgendeine andere Welt. Du bist in der Portalwelt angelangt, dem Knotenpunkt zwischen allen anderen Welten, mein Lieber.«

»Wie viele gibt es denn?«, fragte Anders, immer noch gefangen zwischen Unglauben und Neugier. Vielleicht sollte er einfach mitspielen. Darüber wundern konnte er sich noch früh genug, wenn er zurück in Ronans kleiner Wohnung war. Dass er sich jemals auf dieses Rattenloch freuen würde, hätte er nie für möglich gehalten!

»Sieben und uns.« Meristate stützte ihren Ellbogen auf der Armlehne des Sessels ab. In ihren Augen bildete sich ein Funkeln. »Ist denn auf eurer Seite nichts über uns bekannt?«

Anders schüttelte den Kopf. Es gab nicht einmal Informationen von einem Portal, geschweige denn von einer anderen Welt – oder mehreren! Obwohl … Gloria. Ob sie darüber mehr wusste?

Die Frau seufzte und sank in sich zusammen. »Wahrscheinlich sollte mich das nicht so treffen. Schließlich war das Portal fest verschlossen, zumindest bis vor ungefähr dreißig Jahren. Die Gefangenen kehren nie zurück, sodass sie davon berichten könnten.«

Anders horchte auf. »Die Vermissten.«

Meristates Blick bohrte sich in seinen. »Was weißt du darüber?«

»Warum interessiert Sie das? Wofür brauchen Sie diese Frauen und Männer?«

»Die Rückkehr der Helrunen nach Ranulith ist von der Despotin gewollt. Ihre unheilvollen Krieger bringen sie in die Hauptstadt, in der sie nie wieder gesehen werden. Wenn ich die

Vorgänge im Palast und die Pläne der Despotin verstehen will, darf es mir nicht an Informationen mangeln. Sie weiß etwas. Etwas, das ich nicht weiß. Das könnte tödlich enden.« Meristate lehnte sich im Sessel zurück und sagte, ohne Anders aus den Augen zu lassen: »Nur wenn ich mit deinen Antworten zufrieden bin, erhältst du deine Freiheit zurück, bedenke das.«

Die Drohung dahinter war deutlich. Anders verkniff sich weitere Fragen. Er musste Antworten geben, von denen er selbst nicht wusste, ob sie ausreichen würden. Er wollte nichts sehnlicher als nach Hause. Zu Victoria, zu Madison und seinen eigenen Problemen. Er knirschte mit den Zähnen.

Dann erzählte er Meristate vom mysteriösen Verschwinden der Familien. Er schilderte ihr, dass niemand davon je wieder gesehen worden war, und kam schlussendlich auf den Schwarzen Mann zu sprechen. Während sie bis dahin seine Worte mit ungeduldigen Gesten weggewischt und ihn zur Eile angetrieben hatte, hielt sie hier inne. Diese Stelle schien sie zu interessieren.

»Dieser … Schwarze Mann bringt sie also hierher?«, fragte sie. »Dich ebenso?«

Anders schüttelte den Kopf. »Ich bin bei meinen Nachforschungen selbst hier gelandet. Er scheint einen Durchgang hierher zu haben. Vielleicht eines dieser Portale, die Sie erwähnten. Wusste ich nur nicht, als ich reingefallen bin. Um den Schwarzen Mann muss sich niemand mehr Sorgen machen. Er ist tot.« Dabei kam er nicht umhin, zu spüren, wie ein wenig Stolz in seiner Brust anschwoll. Gleichzeitig war da aber auch diese Stimme, die seit Atlars Tod immer flüsterte: *Bist du dir sicher?*

»Tot?«, sagte Meristate tonlos. »Verzeih mir, wenn ich das nicht glauben kann. Wir haben ihn schon zweimal niedergestreckt und er kehrte doch zurück wie ein immerwährender Albtraum. Die Despotin hält ihn an einer kurzen Kette. Es wird nicht lange dauern, bis ihre düsteren Krieger ihn gefunden haben.«

Der kalte Schauder in Anders' Nacken kehrte zurück. Seine Intuition an jenem schicksalhaften Tag hatte ihn also doch nicht getäuscht. War Atlar wirklich am Leben? Aber wie?

Das leise Klacken einer sich öffnenden Tür ließ ihn aufschrecken. Zwei Männer traten in das Zimmer, ihre ganze Aufmerksamkeit auf Anders fixiert, als hätten sie einen Räuber auf frischer Tat entdeckt und wollten ihn lynchen.

Einer von ihnen verbarg sein Gesicht von den Wangen bis zum Hals hinter einer Ledermaske. Er stand leicht gebeugt da und irrsinnigerweise stellte sich Anders vor, dass es sich so anfühlen musste, vor einem Löwen in freier Wildbahn zu stehen. Die Hand des Mannes legte sich an das Heft seines Schwertes.

Doch dieser Mann machte Anders nicht so viel Angst wie der andere. Während der Maskierte in eine defensive Haltung verfiel, bewegte sich sein Gefährte nicht. Seine perlweiße Robe, sein langes Haar, die feingliedrigen Finger und der schlanke Körperbau sprachen davon, dass er wohl in seinem ganzen Leben noch nie hart gearbeitet hatte. Doch der durchdringende Blick bereitete Anders ein abnormes Gefühl von Unbehagen.

Meristates Stimme durchbrach die Spannung, die sich im Raum gebildet hatte. Sie sprach in ihrer Sprache, sodass Anders kein Wort verstand. Der Maskierte antwortete ihr mit einem tiefen Grollen und sie faltete gelassen die Hände in ihrem Schoß. Ein kurzes Streitgespräch entbrannte zwischen ihnen, in das der Dritte nicht einschritt. Reglos sah er Anders an. Der Blick aus Augen, die einem zugefrorenen See an einem kühlen Wintermorgen glichen, ließ Anders nicht los. Es war mehr als nur ein Unbehagen. Es fühlte sich an, als würde sich die Luft selbst um Anders verdichten. Sie einzuatmen war fast schmerzhaft.

Meristate stand auf und verließ den Raum. Der Maskierte folgte ihr in einer geschmeidigen Bewegung. Sie begaben sich in einen Gang neben dem Kamin, soweit Anders das aus den Augenwinkeln mitbekam. Sein Blick war von dem immer noch reglos dastehenden Mann gefangen.

»Ich will keinen Ärger machen«, presste Anders nach einer Ewigkeit heraus, um die Intensität des Augenblicks zu schwächen. Das brachte den Mann dazu, seinen Kopf schief zu legen und zu blinzeln. Und damit brach die Anspannung im Raum.

Dann klirrte etwas aus einem der Hinterzimmer und endlich wandte der Mann seinen stechenden Blick ab. Er folgte schnellen Schrittes den anderen beiden und Anders fühlte sich das erste Mal, seit sie eingetreten waren, in der Lage, tief einzuatmen.

KAPITEL 11

Diese Sprache … Thalar hatte sie so lange nicht mehr gehört. Hohl klangen Erinnerungen in seinem Kopf wider, an eine Lektion, die er vor schier endloser Zeit erhalten hatte. Irritiert legte er den Kopf schief.

Der Fremde wirkte völlig fehl am Platz, wie er in einem der Sessel saß. Er beobachtete Thalar unsicher und mit mindestens ebenso viel Faszination wie Thalar ihn.

Ein Blick genügte, um ihn zu entlarven: Nichts an ihm glich dem Licht, das das Aussehen eines Valahars begleitete, das ihm helle Haut, Haare und Augen schenkte. Stattdessen wirkte er wie ein Zerrbild der Avolkerosi: düsteres Erscheinungsbild, aber noch kleiner, schmächtiger, und der Haut fehlte der Graustich. Ein Helrune.

Thalar ärgerte sich über Meristate, denn sie hatte den Helrunen ohne seine Erlaubnis und ganz allein aus der Zelle geholt. Helrunen bildeten zwar einen Kernpunkt ihres Auftrags, doch nach Elrojanas Besuch und wegen der zurückgebliebenen Kobaltkrieger war alles komplizierter geworden. Nicht auszudenken, was geschehen wäre, wenn die Despotin etwas von ihrer Anwesenheit in der Letzen Feste bemerkt hätte. Obwohl Meristate es gewohnt war, auf eigene Faust zu handeln, missfiel Thalar ihr Wagemut. Sie vergaß, dass sie nicht mehr so mächtig war wie einst.

In Krisenzeiten mussten sie vorsichtig sein, vor allem, da ihr Gegner niemand Geringerer als die mächtigste Gewirrspinnerin der Welt, Königin Vallens und Seelenträgerin Kadrabes war. Ein Gedanke reichte aus und sie konnte die Wirklichkeit verändern. Sie waren nun schon im Nachteil, kräfte- wie zahlenmäßig, also mussten sie mit Scharfsinn und Taktik vorgehen, wenn sie eine realistische Chance haben wollten, sie zu stürzen.

Thalar fragte sich für einen Augenblick, wie lange Meristate die Ankunft des Helrunen noch geheim gehalten hätte, wäre sie nicht erwischt worden. Obschon der Fremde wahrscheinlich keine Gefahr darstellte, hatte Thalar ein merkwürdiges Gefühl, wenn er ihn ansah. Es war wie ein sanftes Ziehen an seinem Geist. Etwas zog Thalar zu ihm und stieß ihn gleichzeitig weg. Ob der blinde Seher Keilorn ihn etwas über diesen Mann wissen lassen würde?

Doch ehe Thalar sich die richtigen Worte in Helrunisch zurechtlegen konnte, zerrte ein Scheppern ihn zurück in die Realität und er riss den Kopf herum. Der Helrune würde ihm schon nicht weglaufen, da ihn spätestens die Wand am Ende der Treppen aufhielt. Nuallán hingegen sollte Thalar so aufgebracht wohl besser nicht unbeaufsichtigt lassen. Er könnte unbedachte Worte ausspucken. Das Letzte, was Thalar gerade brauchen konnte, war eine übellaunige Meristate.

Thalar ging lautlos durch das Kaminzimmer, betrat den dahinterliegenden Flur und öffnete die Tür zu Meristates Studierzimmer.

»Das hier ist nicht der Zeitpunkt, um unvorsichtig zu werden«, knurrte Nuallán. »Jeder Fremde bedeutet eine Gefahr und du solltest nicht allein in einem Raum mit ihm sein! Gerade jetzt, wo eine Kobaltgarde durch das Portal gestiegen ist! Was hast du dir dabei gedacht, ihn ohne unser Wissen hierherzubringen?« Nuallán hatte sich vor Meristate aufgebaut. Mit einer Hand gestikulierte er, die andere lag auf dem Kaminsims und Thalar wusste, dass sie ihm als Anker diente. Mit den Jahren hatte er gelernt, Nualláns Körperhaltung und Augen genau zu lesen. Seine Mimik war hinter der ledernen Maske versteckt, die ihm von den Wangenknochen bis zum Hals reichte.

Meristate lehnte mit verschränkten Armen an ihrem Schreibtisch und sah zu Thalar. Sie hatte sein Kommen sofort bemerkt.

»Ihn *nicht* herzubringen, wäre ein Fehler gewesen«, sagte sie, ihren Blick weiter auf Thalar gerichtet. »Hätte ich ihn etwa in der Zelle lassen sollen, bis die Kobaltkrieger zurückkehren und ihn mitnehmen? Ich wusste schließlich, dass ihr bald kommt.«

Thalar setzte sich auf einen Sessel. Nun bemerkte auch Nuallán seine Anwesenheit, trotzdem führte er sein Gespräch weiter, als wäre sein Gefährte nicht da. »Was, wenn er kein Helrune ist? Soweit wir wissen, bringt ausschließlich der Dunkle Diener sie nach Ranulith, und seit Wochen ist er dem nicht nachgekommen.«

»Weil er getötet wurde«, warf Meristate ein.

Das ließ Nuallán in seiner Schimpftirade innehalten. »Von wem?«

Meristate zuckte die Schultern. »Dem Helrunen im Kaminzimmer augenscheinlich.«

»Wieso sollte er das tun, wenn er für die Despotin arbeitet?«, erwiderte Thalar.

»Ich weiß es nicht«, sagte Nuallán mit düsterem Gesicht. »Vielleicht hat der Dunkle Diener sich ihr widersetzt und sie musste ihm die Erinnerung daran nehmen. Das wäre durch seinen Tod am leichtesten zu bewerkstelligen. Dann hat sie die Kobaltkrieger gesandt, um ihn zu holen, sodass Ihre Majestät ihn an seine Pflichten erinnern kann. Gerade dann wäre der Mörder des Dunklen Dieners ein Untergebener der Despotin. Es muss ja kein Helrune sein. Vielleicht ein Valahar, der sich nur als einer ausgibt. Jedenfalls könnte es eine Falle sein.«

»Das weiß ich«, erwiderte Meristate. »Aber mach dir keine Sorg…«

»Wirklich?« Eine ungewöhnliche Kälte zeichnete sich in Nualláns Stimme ab. »Dein Interesse an der Vergessenen Welt ist wohlbekannt. Wie weit würdest du gehen, um an Wissen zu gelangen, das dem Lauf der Zeit zum Opfer fiel? Beim Auge des Indus hast du uns schon einmal bewiesen, dass du über Leichen gehst.« Als Meristate darauf etwas erwidern wollte, hob Nuallán die Hand. »Egal wie gut er spielt, er könnte ein Gewirrspinner in den Diensten von Kadrabes Schatten sein, geschickt aus Lanukher oder vom Dunklen Diener direkt aus Helrulith. Wir dürfen ihn nicht ziehen lassen und noch weniger dürfen wir ihm vertrauen!« Nuallán redete sich in Rage. Elrojana als den Schatten von Kadrabe zu bezeichnen, konnte ihm bei den falschen Zuhörern ein Götterurteil einbringen. Andererseits würde das nur bedeuten, dass Nuallán ebenfalls verloren wäre, falls man sie entdeckte. Auf Gewirrspinnerei ohne königlichen Erlass stand die Todesstrafe.

»Ich vertraue ihm nicht«, betonte Meristate. Ihre Augen verengten sich nur minimal. »Nur weil ich denke, dass er Wissen besitzt, liefere ich uns ihm nicht gleich aus. *Das hier*«, sie presste ihren Zeigefinger auf die Tischplatte, »kannst du nicht mit damals vergleichen. Hier geht es um unser Land, unsere Welt, eure Zukunft.« Sie unterstrich ihre Worte mit einer allumfassenden Geste. »Dieser Mann ist unsere einzige Verbindung mit Helrulith. Wissen ist Macht, Nuallán, ob es dir gefällt oder nicht. Selbst wenn er nicht durch den Dunklen Diener hierherkam ...«

»Der Dunkle Diener hat ihn nicht einmal hergebracht und trotzdem schrillen bei dir noch nicht alle Alarmglocken?«

»Wieso sollte er das offen zugeben, wenn die Despotin ihn geschickt hätte? Ein Täuscher würde eine Geschichte stricken, die keine Ecken und Kanten hat, die unauffällig bleibt. Er ist echt.«

Nuallán setzte zu einer Antwort an, doch Thalar hob die Hand, als er das leichte Zittern in Meristates Stimme vernahm. Gleich würde die Situation eskalieren. Nuallán machte ein finsteres Gesicht, aber er verstummte.

»Weiß er etwas über den Dunklen Diener?«, fragte Thalar.

Meristate seufzte und massierte ihre Nasenwurzel. »Nicht viel. Anders meint, er hätte ihn endgültig getötet. Falls er tatsächlich geschickt wurde, um uns zu täuschen, wüsste er sicher von der Unsterblichkeit des Dunklen Dieners. Er müsste also ein guter Lügner sein. Ein sehr guter, um mich zu täuschen. Wir sollten ihm jede Information entlocken, die wir bekommen können. Vielleicht kann er uns zumindest eine Richtung weisen.«

Nuallán verschränkte seine Arme. »Solange wir nicht mit Sicherheit sagen können, dass er kein Späher ist, sollten wir seine Worte mit allergrößter Vorsicht behandeln.«

»Ich kenne alle Thronspinner. Die Königin hätte ihn innerhalb der letzten vierzig Jahre in ihre Dienste nehmen müssen, damit er mir fremd sein könnte, Nuallán.«

»Und das soll mich beruhigen? Du kannst dein Aussehen wechseln, so werden das auch andere Gewirrspinner können.«

Nuallán sah Meristate herausfordernd an. Ein Teil von Thalar wollte schwer seufzen und zulassen, dass die beiden Streithähne sich die Köpfe einschlugen. Aber im Großen und Ganzen erkannte er das Dilemma durchaus.

»Hast du dir seine Gewirre angesehen?«, mischte er sich ein und wandte Meristate das Gesicht zu.

Sie zuckte die Schultern. »Natürlich. Sie sind merkwürdig. Fremd. Kein Valahar, aber verwandt. Ich bräuchte eine Weile, um sie zu studieren.«

Nuallán schickte böse Blicke in Meristates Richtung, dann wandte er sich an Thalar. »Gut, dann ist er kein Valahar. Auch ein Helrune könnte ein Spion der Despotin sein. Nur ihre Kobaltgarde betritt Helrulith. Wer weiß, was sie dort für widerwärtige Abkommen geschlossen haben. Ich sage nur, wir sollten vorsichtig sein.«

»Sollte er tatsächlich von ihr ausgesandt worden sein, rate ich insbesondere dazu, ihn auszufragen. Allerdings«, Meristate hob die Hand, um Nualláns Unterbrechung zu unterbinden, »sage ich nicht, wir sollten seinen Worten blind vertrauen. Doch wenn wir unseren Zweifel allzu offensichtlich machen, weiß die Königin zweifellos sehr bald von ihrem missglückten Unternehmen.«

»Kadrabes Schatten schickt niemanden aus, von dessen Fähigkeiten sie nicht überzeugt ist«, grollte Nuallán.

»Vielleicht ist seine Aufgabe nicht, uns zu täuschen«, wandte Thalar ein. »Falls der Helrune ihr dient, hat sie ihn hergeschickt, weil sie den Verdacht hat, wir wären hier zu finden. Er könnte unseren Aufenthaltsort in diesem Augenblick an sie weitergeben.«

Meristate runzelte die Stirn, ihr Mund war nur noch eine schmale Linie. Nuallán fuhr sich durch die Haare und sank einen Moment lang in sich zusammen, bevor er entschlossen das Kinn hob. In seinen Augen blitzte felsenfeste Überzeugung. »Dann senden wir den Helrunen wieder in seine Welt, sobald die Kobaltkrieger zurück sind. So kann er der Despotin nichts verraten und wir gewinnen zumindest ein wenig Zeit, um die Letzte Feste aufzugeben.«

»Aufgeben?«, wiederholte Meristate fassungslos. »Wir sind aus einem Grund hier. Willst du denn nicht erken…«

»Genug!«, herrschte Nuallán sie in einem Ton an, der absoluten Gehorsam verlangte. Meristate verstummte.

Thalar schloss die Augen für einen Moment und ließ die drängende Kraft in sich ein, die ihn schon umgab, seit er das Versteck betreten hatte. Es war selten, dass Keilorn so präsent war. In seinem Inneren breitete sich eine unaussprechliche Ruhe aus, als er die führende Hand des Gottes nicht länger abwehrte. Wärme erfüllte ihn, sein Herzschlag verlangsamte sich, bis er nur noch sporadisch in seinen Ohren pochte, und seine Gefährten sprachen verlangsamt, sodass er den Sinn ihrer Worte nicht ausmachen konnte. Er weitete seinen Geist auf seine Umgebung aus. Erst streckte er ihn nach Nuallán aus, ohne dass sich etwas an dem Zustand der Ruhe veränderte. Danach zu Meristate. Die Ruhe wehte davon und Thalars Geist schnellte unangenehm in seinen Körper zurück. Die Eindrücke kehrten wieder und er stand auf. Keilorn hatte ihm den Weg gewiesen.

»So soll es sein. Der Helrune kehrt baldmöglichst in seine Welt zurück.«

Beide sahen ihn überrascht an. Nualláns Augen strahlten seiner Zustimmung wegen und Meristate legte das Kinn nachdenklich auf die abgestützte Hand. Sie wirkte klein, als sie die Entscheidung hinnahm und ein wenig in sich zusammensank.

»Ich werde ihn fortbringen«, hauchte sie.

»Ist Meristate dafür wirklich die Richtige?«, fragte Nuallán skeptisch.

Thalar hob die Brauen und sah aus den Augenwinkeln zu Nuallán hinüber, dessen Besorgnis darüber, was Meristate in der kurzen Zeit noch anrichten könnte, offen in seinem Blick zu lesen war. »Ist mir etwas entgangen und du beherrschst Helrunisch?«

Nuallán schnalzte mit der Zunge. »Nein.«

»Dein Misstrauen ist berechtigt, doch es gibt Gründe, warum Meristate selbst nach so langer Zeit noch lebt – und ihre Macht ist nicht der einzige. Schenke ihr ein wenig mehr Vertrauen. Wenn wir uns nicht aufeinander verlassen können, zerbröckeln wir im Angesicht der geballten Macht der Königin Vallens.«

Einen winzigen Moment lang hielt Meristate ihr wahres Ich nicht länger verborgen. Thalar erhaschte einen Blick auf die weise, argwöhnische Wächterin, die das Unheil, das die Königin über ihr Volk brachte, vor allen anderen erkannt hatte. Dann lockerte Meristate ihre verschränkten Arme und die Härte in ihren Augen wich einem sanften Ausdruck, das eiskalte Kalkül verflog. Unwillkürlich stellten sich seine Nackenhaare auf. Er mochte mächtig sein, doch sie war so viel mehr. Sie hatte Jahrhunderte an Erfahrung, auf die sie zurückgreifen konnte. Er dagegen war nichts weiter als ein Kind mit einem Zweig, das im Tümpel stocherte.

Nuallán schnaubte. »So sei es.«

Es dauerte nicht lange, da kam Meristate wieder. Von den beiden Männern fehlte jede Spur.

»Ich bringe dich zurück. Lass uns aufbrechen.« Sie lächelte, aber es erreichte ihre Augen nicht. Meristate blieb vor der Tür zur Treppe stehen und strich sich ihr Kleid glatt. Von ihrer Hand ausgehend wandelte sich die Farbe in ein helles Blau und der feine Stoff wurde steifer. Aus dem Kleid wurde eine Uniform. Als Anders staunend seinen Blick hob, sah er erneut in die kühlen, bernsteinfarbenen Augen des Soldaten.

»Wa… was? Zurück?« Zur Zelle oder in Anders' Welt? Er konnte seine Überforderung angesichts des erneuten Gestaltwandels nicht überspielen.

Meristate zwinkerte ihm zu. »Wir wollen doch nicht auffallen, oder?« Ihre nun männliche Stimme klang wieder schneidend.

Sie schob ihn durch die Tür. Anders fühlte sich überrumpelt und hatte mit mehr Fragen gerechnet. Waren sie unzufrieden mit seinen Antworten gewesen? War sein Wissen nicht ausreichend? Aber dann würde Meristate ihn zurück in die Zelle bringen. Abrupt blieb er stehen und drehte sich halb zu ihr um. »I-ich weiß mehr! Ich kann Ihnen mehr erzählen! Bitte, ich will nicht wieder in diese Zelle.«

Der Soldat, in den Meristate sich verwandelt hatte, schüttelte belustigt den Kopf. »Oh, mein Lieber. Du hast deine Sache gut genug gemacht. Ich bin kein Monster. Ich stehe zu meinem Wort.«

»Also bringen Sie mich zu dem saphirbesetzten Torbogen?«, fragte Anders hoffnungsvoll.

»So ist es.«

Erleichtert stieg Anders die Treppen hinauf, musste Meristate dann allerdings den Vortritt lassen, damit sie die Steinwand erneut für sie öffnen konnte. Im Arbeitszimmer saß der Kahlköpfige immer noch hinter seinem Schreibtisch. Er nickte ihnen zu, als sie vorbeigingen.

»Rasch«, sagte Meristate und griff nach Anders' Oberarm, ehe sie in den Gang traten.

»Wieso plötzlich die Eile?«, fragte Anders irritiert. Was die drei wohl besprochen hatten? Zumindest musste Anders dem Mann mit dem bannenden Blick nicht noch einmal begegnen.

»Schhh«, zwang Meristate ihn zur Ruhe, als einige Soldaten sich näherten und ihn neugierig beäugten. Sie riefen Meristate etwas zu. Sie antwortete in dieser fremden Sprache und klang so autoritär wie zuvor. Erst als die Soldaten außer Hörweite waren, wandte sie sich an Anders: »Es bleibt uns keine Zeit für lange Erklärungen. Glaub mir einfach, wenn ich sage, es ist so für dich das Beste.«

Anders schnaubte. »Ihnen glauben? Alles, was Sie getan haben, ist, noch mehr Fragen aufzuwerfen. Und ich kann nichts sehen, wenn ich im Freien bin. Die Sonne ist zu hell.« Natürlich wollte er nach Hause, aber etwas stimmte nicht. Er misstraute der Aussicht, ohne Kampf oder Gegenleistung gehen zu dürfen, nachdem man ihn so rabiat in Empfang genommen hatte. Die paar Informationen konnten Meristate wohl kaum so viel weitergeholfen haben. Zumal sie offensichtlich mehr über Atlar wusste als er.

Meristate bedachte ihn mit einem nachdenklichen Blick, ohne das flotte Tempo zu verringern. »Noch bist du am Leben und ohne Fesseln. Ich nenne das durchaus einen Grund, mir zu vertrauen.« Dann zuckte sie mit den Schultern. »Schließ die Augen, ich führe dich. Wüsstest du auch nur ein wenig über diese Welt, wäre dir klar, dass ich dich vor einem schrecklichen Schicksal bewahrt habe.«

»Dann erklären Sie es mir. Was will diese Königin von den Vermissten? Wofür braucht sie sie?«

»Schhh!« Dieses Mal ließ Meristate nicht mit sich reden. Als sie schließlich draußen ankamen, blieb Anders aufgrund der Helligkeit nichts anderes übrig, als reflexartig die Augen zu schließen. Er musste sich auf diese merkwürdige alte Frau verlassen. Außer kurzen Eindrücken vom Innenhof nahm er nichts wahr, bis sie die Wendeltreppe erreicht hatten.

»Warum laufen Sie hier als Soldat rum?«, fragte Anders. »Warum darf niemand Sie sehen?«

Sie ignorierte ihn.

Sie schlichen die Treppe hinunter. Anders dachte an Zaras Mutter und all die anderen, die Atlar hierhergebracht haben musste. Er wünschte sich, Meristate würde ihm mehr über diese Königin und ihre Pläne mit den Entführten verraten. Vielleicht könnte er sich einen Plan ausdenken und dann wiederkommen. Obschon er nicht wiederkommen wollte. Man hatte ihn gejagt, eingesperrt und hätte wohl noch viel Schlimmeres mit ihm getan. Er konnte nur hoffen, dass Meristate ihm wirklich half.

Sie überquerten das große Mosaik einer Doppelsonnendarstellung vor der gigantischen Statue, als plötzlich Fußgetrampel und Geräusche eines Handgemenges laut wurden. Meristate zog ihn rasch zur Statue hinüber und drängte ihn hinter deren Beine. Der Steinmetz schien von dem Aufruhr so abgelenkt, dass er sie nicht bemerkte.

Meristate legte einen Finger an ihre Lippen und spähte an der Statue vorbei. Anders konzentrierte sich auf die näher kommenden Geräusche. Es musste eine ganze Gruppe von Leuten sein. Einer schrie in der fremden Sprache, und auch ohne die Worte zu verstehen, wusste Anders, dass es Flüche und Verwünschungen waren. Meristate, immer noch im Körper des Soldaten, wich zurück und drängte sich ebenfalls an die Statue. Sie stand angespannt da. Dann kam die Gruppe in Sicht und Anders stockte der Atem.

Merkwürdige Männer mit bronzener und dunkelblauer Haut führten eine wohlbekannte düstere Gestalt, die um sich schlug und trat. Die Gruppe schien von ihren Versuchen unbeeindruckt, ja sogar amüsiert. Als die Gestalt einen der Männer im Rücken traf, drehte dieser sich um und lächelte. Ein kaltes, zähnebleckendes Lächeln, das Anders bisher nur einmal gesehen hatte. Bei Atlar. Sie gingen auf die Wendeltreppe zu, sodass sie Anders nicht sehen konnten.

Meristate drückte ihn trotzdem weiter zurück, als würde sie darauf nicht vertrauen.

»Atlar«, hauchte Anders ungläubig. Der Schwarze Mann hatte tatsächlich irgendwie überlebt.

»Sie haben ihn also gefunden.«

Anders starrte seine Begleiterin fassungslos an. Jemand hatte nach ihm gesucht?

Sie erwiderte seinen Blick. »Manchmal holen sie den Dunklen Diener der Despotin, damit sie ihn wieder an seine Dienste erinnern kann.«

Anders verengte die Augen. Es war sehr passend, dass sie gerade jetzt in der Halle waren, da Atlar an ihnen vorbeigeführt wurde. Meristates plötzliche Hektik und das Aufeinandertreffen wirkten fingiert. Hatte sie das geplant?

Sie blieben für einige lange, unangenehm stille Minuten hinter der Statue versteckt, lauschten den Schreien des Schwarzen Mannes und dem höhnischen Gelächter seiner Fänger. Erst als diese Geräusche verklungen waren und der Steinmetz wieder in seine Arbeit vertieft war, gab Meristate Anders ein Zeichen und sie setzten ihren Weg zum Portal fort. Ihre Schritte hallten hohl in der hohen Halle wider. Anders sah zum Steinmetz hinauf. Dieser ließ sich von ihnen nicht stören. Es war anscheinend ein einziges Kommen und Gehen. Vom Blut und dem Leichnam des Ungetüms war ebenfalls nichts mehr zu erkennen.

»Warum holt sie ihn? Was tut er hier? Klären Sie mich auf.«

Meristate schürzte die Lippen, als wäre sie sich nicht sicher, was sie ihm erzählen durfte. »Soweit wir wissen, *vergisst* der Dunkle Diener, wenn er stirbt. Also sucht sie ihn, wenn er sich zu lange nicht bemerkbar macht. Dafür schickt sie diese düsteren Kreaturen, die ihn anscheinend überall finden.«

Sie erreichten den saphirbesetzten Torbogen und blieben stehen. Nebel umtanzte Anders' Füße.

»Er verändert unsere Welt. Er bringt das Dunkel. Er und die Despotin zusammen. Wir wissen nicht, wie wir ihn ein für alle Mal loswerden. Unsterblichkeit ist ein Fluch für jene, die sie besitzen, ebenso wie für die, die es nicht tun.«

Die Augen des Soldaten strahlten mit einem Mal eine Weisheit aus, wie man sie wohl nur selten fand. Bereits im nächsten Augenblick war sie verschwunden und Entschlossenheit nahm ihren Platz ein.

»Aber das sind unsere Probleme – nicht deine. Danke den Göttern, dass dir ein schreckliches Schicksal erspart blieb, und genieße deine wiedererlangte Freiheit. Zumindest solange die Despotin nicht beschließt, Helrulith zu überrennen, sobald ihr erst einmal die ganze Weiße Welt gehört. Sei vorsichtig.«

Dann spürte Anders einen Stoß und fiel. Der Nebel umfing ihn und sein Magen fühlte sich an, als würde er mit einem Lift abwärtsfahren. Der Nachthimmel kehrte zurück. Unter ihm warteten die schimmernden, düsteren Wolken. Anders' Herz trommelte wild gegen seinen Brustkorb. Er hielt die Arme schützend vor sein Gesicht. Obwohl beim letzten Mal kein schmerzhafter Aufprall geschehen war, erfasste ihn Panik. Bevor er auf die Partikelansammlung traf, riss ihn eine Welle mit und ihm blieb die Luft weg. Er war unter Wasser. Reflexartig begann er zu schwimmen. Prustend und nach Luft schnappend durchbrach er die Oberfläche und sah sich von grauem Beton umgeben. Er streckte die Arme nach dem Rand aus und zog sich schwerfällig aus dem Wasser. Schnaufend landete er auf dem Boden und drehte sich zu der Pfütze. Seine Kleidung fühlte sich vollkommen trocken an.

Er musste ein hysterisches Lachen unterdrücken.

Sanfter Nebel kräuselte sich auf der Wasseroberfläche und löste sich langsam auf, wie ein Abschiedsgruß dieser fremden Welt. Seine Taschenlampe lag noch immer eingeschaltet da. Anders stieß die Luft aus, als die Erleichterung ihn mit voller Wucht traf.

Er war zurück.

Eines war sicher: Er träumte nicht und wurde nicht verrückt. Es gab eine Welt hinter der dünnen Wasserschicht zu seinen Füßen. Eine Welt, deren Schrecken sich nach ihm ausstreckten. Atlar war am Leben.

Thalar erwachte schweißgebadet aus einem Traum, der kein Traum gewesen war. Er schnellte kerzengerade hoch.

»Keilorn«, keuchte er. Sein Mund war staubtrocken und sein Kopf voll mit Bildern, die er verzweifelt im Gedächtnis zu behalten versuchte. Sein Körper sackte kraftlos zusammen und er fuhr sich mit einer Hand über das Gesicht. Er fühlte sich, als wäre er stundenlang gerannt. Seine Muskeln brannten, sein Kopf schmerzte.

Nächtliche Stille umfing ihn. Kaum hatte er verschnauft, riss er die Laken von sich und stand auf. Seine Beine zitterten und er stützte sich an der Wand ab. An der Tür angekommen, öffnete er sie und lehnte sich kurz in den Türrahmen.

Er holte tief Luft und murmelte: »Meristate«, bevor er dem

Flur nach rechts folgte. Die leichte Stoffhose klebte an seiner schweißnassen Haut. Das gedimmte Licht der unbewegten Nevaretlampen erhellte den Flur gerade so weit, um ihn im Dunkeln nicht stolpern zu lassen.

Wie er sie kannte, war sie noch wach. Vor der angelehnten Tür blieb er stehen und drückte sie auf. Warmes Licht flutete den Korridor und legte die Sicht auf das gemütliche Studierzimmer frei. Im Kamin leckten die letzten Flammen am verkohlten Holz und ihr Flackern rief ein Spiel aus Licht und Schatten auf den Bücherregalen hervor. Auf dem Schreibtisch stand eine Nevaretlampe, die stetes Leselicht spendete. Es sah tatsächlich fast aus wie zu Hause. Er wollte sich nicht vorstellen, wie viel Kraft die Erschaffung ihres Verstecks Meristate gekostet hatte. Ein Wunder, dass sie noch genug übrig hatte, um ihre Gestalt mehrfach zu wechseln. Glücklicherweise stand Ardens Mora ihnen bald bevor.

Meristate hielt mit der Schreibfeder inne und sah von der Schriftrolle auf. Die tiefen Furchen des Alters wurden auf ihrem Gesicht durch den Lichteinfall noch deutlicher und sie hatte die längst ergrauten Haare für die Nacht zu einem Zopf zusammengebunden.

»Thalar«, sagte sie mit milder Überraschung und legte die Schreibfeder neben dem Tintenfass nieder. »Was führt dich zu so später Stunde noch zu mir?«

»Ich wusste, ich finde dich hier.« Er taumelte hinüber zu der Sitzecke vor dem Kamin und sank auf einen Sessel.

Meristate schnaubte. »In meinem Alter ist der Schlaf nicht mehr erholsam. Er weckt jedes Mal den Gedanken an den ewigen Schlaf, der mir bevorsteht.«

Thalar fuhr sich durch die wirren Haare und schob sie aus seinem Gesicht. Währenddessen brachte Meristate ihm einen Kelch Wasser. Sie musterte ihn eindringlich. »Eine Vision?«

Er nickte. »Der Helrune. Er kehrt zurück.«

Meristate sah ihn lange an, ehe sie sich auf den zweiten Sessel setzte und die Hände ineinander verschränkte.

»In welcher Absicht?«

Thalar schüttelte kraftlos den Kopf und trank etwas Wasser. Selbst diese leichte Bewegung verursachte schon Schwindel. »Die Bilder sind zu unklar und entgleiten mir bereits. Es bräuchte einen Horizontblicker, um Keilorns Worte zu vernehmen. Der Helrune ist nicht allein.« Stechender Schmerz befiel Thalars Kopf und er biss die Zähne zusammen. Keilorns Macht war für ihn immer noch zu groß. »Er bringt etwas Kriegsentscheidendes mit sich.« Sein Blick verschwamm. Seine Hände zitterten und er spürte, wie ihm der Kelch sanft abgenommen wurde. Meristate allerdings saß immer noch einige Schritte entfernt und grübelte über seine Worte.

»Dann lasst uns hoffen, dass dieses Kriegsentscheidende nicht unseren Untergang besiegelt«, raunte ein wohlbekannter Bariton direkt über ihm. Thalar war unaufmerksam gewesen. Er lächelte matt und schloss die Augen. Nuallán lehnte sich hinter ihm über den Sessel. Thalar spürte seine Nähe, die mehr Wärme ausstrahlte als das Kaminfeuer. Sie beruhigte seinen geschundenen Geist ein wenig.

»Die Kobaltkrieger sind nicht alle mit dem Dunklen Diener zurück in die Hauptstadt gereist«, gab Meristate zu bedenken. »Die Gefahr ist groß, dass sie den Helrunen vor uns entdecken, wenn er zurückkehrt.«

Thalar zwang seine Augen wieder auf.

Sie tippte nachdenklich mit ihren Fingern auf ihr Knie. »Wir sollten Galren weiterhin von ihnen fernhalten. Unser Wissen über diese düsteren Wesen ist zu gering, um die Ausmaße ihrer Fähigkeiten zu kennen. Sie zu unterschätzen, könnte unsere Niederlage bedeuten.«

»Wir sollten hoffen, dass sie bald zu ihrer Herrin zurückkehren«, sagte Nuallán. Er verschränkte die Arme auf der Rückenlehne. Ein einfaches Stofftuch verbarg die Sicht auf seine untere Gesichtshälfte.

»Wenn wir ihn nicht holen, wird die Despotin es tun.« Thalar lehnte seinen Kopf erschöpft gegen die Rückenlehne und spürte Nualláns Hand auf seiner Stirn.

»Du hast zu viel Zuversicht in diesen Gott«, raunte Nuallán.

Thalar seufzte. »Die Götter stehen in diesem Krieg auf unserer Seite, Nuall.«

»Hast du jemals einen Gott direkt in ein weltliches Geschehen eingreifen sehen, Thalar? Kadrabes Schatten hingegen, unsere geliebte und gepriesene Königin, wandelt auf der Erde unter uns.«

»Dafür hat sie nur eine Göttin auf ihrer Seite. Selbst Kadrabe war einst gut und mächtig, sie könnte es wieder sein. Ich bin sicher, sobald die Stumme Göttin das nächste Mal ihre Stimme erhebt, wird die Welt erzittern.«

»Davon bin ich überzeugt«, sagte Nuallán mit einem düsteren Unterton.

»Wir sind nicht hier, um die Wege der Götter infrage zu stellen«, wandte Meristate ein. »Ich werde ein Auge auf die Vorgänge in der Feste haben, um die Ankunft des Angekündigten sofort zu bemerken. Nuallán, du hilfst mir dabei. Thalar, du kümmerst dich nur weiter um Galrens Verstand. Wenn du die Kontrolle verlierst, ist unser ganzer Plan zunichte.«

Thalar nickte. Ihr Aufbruch von der Letzten Feste würde sich verzögern. Er fühlte sich unendlich müde, sein Kopf schien ein Vielfaches seines Gewichts zu wiegen und zwang ihn tiefer in den Sessel. Seine Augen drohten ein weiteres Mal zuzufallen. Vielleicht hätte er sich damals im Stromland ganz auf Keilorn einlassen sollen. Als Horizontblicker könnte er seine Stimme und seine Weisungen verstehen, ohne davon an den Rand der völligen Erschöpfung getrieben zu werden. Doch der Preis dafür war ihm damals zu hoch erschienen.

»Unser Umgang mit diesem Mann muss mit äußerster Vorsicht geschehen«, mahnte Nuallán. »Das hier ist nicht sein Krieg. Er hat keinen Grund, uns zu helfen, aber jeden, uns zu verraten und sein eigenes Leben zu retten.«

Dann spürte Thalar warme Hände, die ihm aufhalfen. Er lehnte seinen Kopf an Nualláns Schulter.

»Genau da liegst du falsch«, wandte er ein. »Es ist sein Krieg.«

»Ruh dich aus«, hörte er Meristates Stimme noch, als Nuallán ihn aus dem Zimmer führte.

KAPITEL 12

———— ⤜❋⤛ ————

Der kurze Ausflug in die Weiße Welt wirkte mittlerweile nur noch wie ein Traum. Die Warnung der alten Frau verblasste nach und nach, als Anders wieder in die Routine seines Alltags eintrat und sich erneut im Kreis bewegte – oder war es eine Abwärtsspirale? Die Untersuchungen wurden von Parker immer noch mehr behindert als unterstützt, natürlich, er wollte nicht, dass seine Lüge aufgedeckt wurde. Und Victoria hatte die Nase gestrichen voll von Anders.

Doch dann klingelte sein Handy. Anders starrte einen Moment überrascht auf das Display, bevor er den Anruf entgegennahm.

»Vikky, du rufst mich an? Brennt das Haus?«

»Ach, halt die Klappe, Anders«, fuhr sie ihn an. Dieses Gespräch begann großartig. Er hörte ihr an, dass sich alles in ihr dagegen sträubte, mit ihm zu reden.

»Es geht um Madison. Sie hatte letzte Nacht wieder einen Albtraum. Als ich in ihr Zimmer gekommen bin, hat sie neben dem Bett gelegen.«

Es fühlte sich wie ein Weckruf an. Als Anders aufwachte, erkannte er, dass nicht jene fremde, kaum vorstellbare Welt der Traum gewesen war, sondern sein ruhiges Leben in den letzten Tagen. Ohne dass es ihm aufgefallen war, hatte sich ein Sturm zusammengebraut. Ein Sturm, den Anders erst bemerkte, als es schon fast zu spät war. Er hatte seine Augen vor den unwahrscheinlichen, aber nicht weniger realen Tatsachen verschlossen: Atlar war noch am Leben und er war auf Rache aus.

Anders sah aus dem Wohnungsfenster in den Abendhimmel.

»Ich bin sofort da.« Wieso nur hatte sie so lange gewartet, bis sie mit ihm darüber geredet hatte? Es blieb keine Zeit einen Plan zu schmieden. Hastig zog er seine Stiefel an und schnappte sich den Autoschlüssel. Die Bewegungen waren steif und routinemäßig. Seine Gedanken rotierten. Auf dem Weg zu Madison und Victoria malträtierte er seine Unterlippe. Er hatte seine Pistole dabei, obwohl sie ihm nichts nützen würde, solange er keinen Sonnenglimmer hatte.

Victoria öffnete die Tür, wirkte aber unsicher darüber, ob sie die richtige Entscheidung getroffen hatte.

»Das letzte Mal hat es geholfen, wenn ich sie mit in mein Schlafzimmer genommen habe«, sagte sie und zuckte ratlos die Schultern. »Aber dieses Mal war es extrem.« Anscheinend wollte sie Anders' Input, traute ihm aber doch nicht so weit über den Weg, um ihn tatsächlich hereinzubitten. Anders nahm es wortlos hin. Er lehnte nur die Haustür hinter sich an, um den eisigen Wind draußen zu halten, der seit der letzten Stunde dicke Schneeflocken gegen Fenster und Wände schleuderte und den armen Schluckern auf der Straße unter die Winterjacken schlüpfte.

Alles in ihm zog sich zusammen. *Atlar ist wieder hier.* Er mahlte mit den Zähnen. Hatte Meristate nicht gesagt, Atlar würde vergessen? Wieso suchte er dann wieder Madison heim? Er sah durch die deckenhohen Fenster neben der Tür hinaus in die Finsternis, durch die die weißen Schneeflocken tanzten und wirbelten. Bald wäre Atlar hier, die Nacht kam mit großen Schritten näher. Wenn es ihm darum ging, sich zu rächen, musste Anders mit dem Schlimmsten rechnen.

»Leg dich heute Nacht mit zu ihr.« Victoria runzelte die Stirn und wollte etwas einwenden, doch Anders redete einfach weiter. »Nur diese eine Nacht noch. Ich kümmere mich um den Rest.«

»Was willst du denn dagegen tun? Es sind Albträume!«

»Überlass das mir. Ich weiß, woher sie kommen. Ab morgen schläft Madison wieder wie ein Engel. Versprochen. Ich mach das.« Anders konnte der Skepsis in Victorias Miene beim Wachsen zusehen. »Vertrau mir, bitte.« Doch er bemerkte sofort, dass das die falsche Herangehensweise war.

»Du stehst auf der Liste von Leuten, denen ich vertraue, gerade nicht sonderlich weit oben, Anders.«

»Was hast du zu verlieren? Sollte sich herausstellen, dass es nicht funktioniert hat, kannst du immer noch selbst nach einer Lösung suchen. Nur diese eine Nacht, Vikky, bitte.«

Sie musterte ihn, dann schlug sie ihre Augen nieder und seufzte. »Na gut.«

Anders nickte knapp. *Ich werde es beenden. Heute Nacht.* Dann drückte er sich an Victoria vorbei und ging den Flur entlang. Vor der Tür des Kinderzimmers hielt er inne. Vorsichtig fuhr er am Türrahmen entlang, an dem einzelne Scharten zu spüren waren. Victoria und er maßen dort Madisons Wachstum.

Er klopfte an, ehe er den Kopf durch den Türspalt steckte.

Madison saß auf dem Boden und spielte mit einem ihrer Kuscheltiere, einem weißen Hasen mit schiefem Hut und bunt karierten Fußsohlen. Anders setzte sich neben sie.

»Hey, Bärchen.«

»Hi«, kam ein leises Stimmchen zurück, ohne dass seine Tochter aufsah. Sie band eine Schleife um den Hals des Hasen.

»Mami hat mir gesagt, dass die Monster wieder da sind.«

Sie schüttelte den Kopf. »Es ist nur eines. Immer nur eines.«

»Es kam letzte Nacht wieder zu dir?«

»Es macht mir Angst, Papa. Es will mich mitnehmen.«

Etwas schwoll in seiner Brust an und plötzlich wirkte sein Brustkorb zu eng. Das war der letzte Beweis dafür, dass Atlar tatsächlich zurückgekehrt war. Anders streckte seine Hand nach Madison aus, drückte seine Kleine an sich und legte sein Kinn auf ihren Kopf. Er seufzte und behielt das Fenster im Blick.

»Ich werde dich beschützen, mein Schatz. Ich tue alles für dich, das weißt du doch, nicht wahr? Ich habe dich lieb.«

Kleine Händchen krallten sich in seinen Trenchcoat, der von den schmelzenden Schneeflocken langsam nass wurde. »Ich hab dich auch lieb, Papa.«

Anders schniefte, dann riss er sich zusammen. Er nahm Madisons Gesicht in beide Hände. In ihren großen Augen las er so viel. Madison durfte nichts passieren. Ihr stand die ganze Welt offen. Sie hatte ihr Leben noch vor sich und nichts verbrochen.

Anders stand auf. »Verlass dich auf mich. Das Monster wird nie wiederkommen.«

Mit einem letzten tiefen Atemzug nahm er allen Mut zusammen und verließ das Zimmer. Er nickte Victoria zu, die im Türrahmen stand. »Bleib bei ihr.«

Sie griff nach seinem Arm. »Was wirst du jetzt tun?«

»Ich halte das Monster von ihr fern.«

Erst wollte sie ihn auslachen. Das sah er im Zucken ihres Mundwinkels. Doch etwas an seinem Gesichtsausdruck, an seiner entschlossenen Haltung schien sie davon abzuhalten. Stattdessen nickte sie. »Tu dein Bestes.«

Er schmunzelte freudlos. Diesen letzten Stich würde er ihr verzeihen. *Dann reicht dein Bestes vielleicht nicht aus,* hatte sie gesagt. Er würde ihr beweisen, dass er ihres Respekts wert war. Dass sie sich damals nicht in ihm getäuscht hatte, als sie den Ring angenommen und zu einem Leben mit Anders Ja gesagt hatte. Auch wenn es dann vielleicht zu spät war.

Seine Schritte wurden vom Teppich gedämpft, trotzdem bildete Anders sich ein, jeden einzelnen von ihnen zu hören. Sie klangen wie sein Todesmarsch. Er riss die Tür auf, trat hinaus in den schwächer werdenden Schneefall und ließ die Wärme seiner Familie hinter sich zurück.

Dann bog er um das Haus, ging den schmalen Weg zum Garten entlang. Sein Herz hämmerte. Die Kälte erreichte ihn kaum, so hart pumpte es das Blut durch seinen Körper. Anders schossen Hunderte Gedanken durch den Kopf. Kein Plan, keine Vorbereitung, keine Möglichkeit, den Schwarzen Mann aufzuhalten. Anders grinste. Er war schon immer am besten gewesen, wenn er improvisierte.

Er schob seine Hände tief in die Manteltaschen, dann kam er am Zaun des Gartens an, über dem Madisons Zimmerfenster lag.

Eine nebelhafte, pechschwarze Kreatur hing an der Wand und schaute durch das Fenster.

Anders stockte der Atem. Er blieb stehen. Da hob die Gestalt den Kopf. Gelbe Augen erwiderten seinen Blick.

In dieser einen Sekunde legte sich eine seltsame Ruhe über seine angespannten Nerven. Sein Puls verlangsamte sich.

»Hallo, Atlar.«

Die Augen weiteten sich und in der Dauer eines Herzschlags war die Gestalt verschwunden. Dünne Schatten, die sich an der Hausmauer wie Rauch kräuselten, waren die einzigen Beweise, dass er hier gewesen war.

Anders sah den Schatten dabei zu, wie sie sich auflösten. Der Wind nahm ab und die dicken Schneeflocken sanken friedlich zu Boden.

Atlar war geflohen, wie auch bei ihrer allerersten Begegnung. Hatte er Anders tatsächlich vergessen? Aber wieso war er dann hier?

Der Drang nach einer Zigarette wurde mit jedem Atemzug größer. Das letzte Mal hatte Atlar ihn aus der sicheren Entfernung des Nachbargartens beobachtet. Anders sah sich um.

Das fahle Licht stammte vom Mond, doch selbst dieser verschwand immer wieder hinter einer Wolkenschicht, als wolle er die Augen vor den nächtlichen Ereignissen verschließen. Fern glühten die Straßenlaternen durch die Zwischenräume der Häuser im Nebel wie Irrlichter, die einen geisterhaften Pfad markierten. Die schneebedeckten Bäume der Nachbargärten ragten empor und der Wald bildete sich als schwarze Linie am Horizont ab, die das Ende der Welt markierte.

»Lass sie gehen«, beschwor Anders den Schwarzen Mann, in der Hoffnung, dass er ihn hören konnte. »Du willst mich.«

Sein Atem bildete Wölkchen in der kalten Nachtluft. Er ging den Holzzaun entlang, dem mittlerweile einige Sprossen fehlten. »Lass uns das regeln, heute Nacht, nur wir beide, Atlar.«

Die Aufregung schwand und der Moment lag in präziser Klarheit vor ihm, sein Geist so frei wie nie. Dieses Gefühl war berauschend.

Ein Zweig knackte hinter Anders und er wirbelte herum. Er griff reflexartig nach seiner Waffe. Auf dem Weg stand ein Mädchen in der Schneeschicht. Ihre Füße waren nackt, sie trug viel zu dünne Kleidung für dieses Wetter und ihre Augen glühten gefährlich gelb.

»Wieso kannst du mich sehen?«, fragte sie. Dabei legte das Kind den Kopf schief und die dunkelbraunen Locken fielen in sein Gesicht. Der Gedanke, dass das Madison hätte sein können, drehte Anders den Magen um.

Wieder dieselbe Frage.

Anders pokerte darauf, dass Atlar ihn vergessen hatte.

»Ich weiß es nicht. Aber ich will, dass du sie«, er deutete hoch zu Madisons Zimmer, »in Ruhe lässt. Ich will einen Handel.«

Welchen Handel, du Holzkopf?

Das Mädchen blinzelte, als verstünde sie den Sinn seiner Worte nicht. »Aber ich will sie, nicht dich.«

Anders biss die Zähne zusammen.

»Du *musst* sie gehen lassen.«

Ein verstörendes Lächeln legte sich auf das Gesicht des Mädchens. Der Schneefall hatte aufgehört.

»Muss ich das? Hast du denn etwas anzubieten, das mir einen guten Grund dafür gäbe?« Sie ging auf Anders zu, in ihren Bewegungen lag eine bestialische Geschmeidigkeit, die keinem Kind zu eigen war. Es kam Anders so vor, als stünde er einem Raubtier gegenüber. Schrecklicherweise wusste er, dass sein Gefühl richtig war. »Etwas anderes als die Waffe in deiner Hand?«

Überrascht sah Anders an sich hinab. Er hatte die Pistole unbewusst gezogen und hielt sie neben seinem Körper. Sie schien keine schlechten Erinnerungen in Atlar zu wecken, soweit Anders das in dem unbewegten Kindergesicht erkennen konnte. Da die Pistole ihm nicht weiterhelfen würde, steckte er sie wieder weg. Das schien dem Schwarzen Mann zu gefallen und er glitt an ihm vorbei. Schnee knirschte unter seinen Füßen.

»Ist die Nacht nicht wundervoll?«, wisperte er. »So pechschwarz und kalt. Solche Momente sollte man genießen.«

Als Anders dem Wesen zögerlich folgte, fielen ihm die schwarzen Nebelschleier auf, die von seinem Körper ausgingen.

Anders' schweißnasse Haut bot eine direkte Angriffsfläche für die beißende Kälte.

»Verwandle dich zurück«, knurrte er. Der Anblick dieses Mädchens, das Atlar zum Opfer gefallen sein musste, machte ihn krank.

»Das werde ich nicht.« Dabei schenkte das Mädchen ihm ein keckes Grinsen. Der Schwarze Mann ärgerte ihn ganz bewusst. Anders ballte die Hände zu Fäusten.

Sie steuerten auf den tiefschwarzen Wald in der Ferne zu. Anders war körperlich nicht in der Lage, den Schwarzen Mann zu besiegen. Also blieb ihm wohl nur eines: verhandeln. Nur was konnte er so einem Wesen schon anbieten? Er hatte nichts, was Atlar tatsächlich wollen könnte.

Ihm fiel seine Reise in die Weiße Welt wieder ein.

»Wieso dienst du dieser Despotin?«, fragte er in die sich ausbreitende Stille.

Das Mädchen stockte. Sie betrachtete Anders überrascht von unten herauf, die Augen zu Schlitzen verengt.

»Weil ich keine Wahl habe.«

»Jeder hat eine Wahl«, konterte Anders.

»Das Opfer, das ich dafür bringen müsste, ist zu groß. Also tue ich, was die weiße Hexe verlangt.«

Anders achtete ganz genau auf die Tonlage der hellen Kinderstimme. Doch seine Erfahrung brachte ihn bei jemandem, der alles, nur kein Mensch war, nicht weiter.

»Was hat sie gegen dich in der Hand?«

»Wieso kannst du mich sehen?«, wiederholte das Mädchen.

Anders schüttelte irritiert den Kopf. »Das habe ich auch in den letzten fünf Minuten nicht herausgefunden.«

»Schade.« Das Mädchen sah mit ihren gelben Augen zu ihm hoch. »Ich warte immer noch auf ein Angebot. Sonst …« Sie deutete mit dem Kopf zurück zu den Häusern.

»Was willst du? Was könnte jemand wie du wollen? Ich …« Anders hielt inne, bevor er zu viel versprach. Er würde alles tun, um Madison zu beschützen, aber wenn möglich wollte er mit einem weniger schlechten Blatt in diese Verhandlungen treten. »Sag mir, was du willst.«

Ein sehnsuchtsvoller Ausdruck legte sich auf das Kindergesicht. »Ich will frei sein.« Dann richtete Atlar seinen Blick wieder auf Anders und lächelte selbstgefällig, als wäre ihm die perfekte Gegenleistung eingefallen. »Bring mir meine Essenz, meine Seele, zurück.«

Anders konnte seine Überraschung nicht verbergen. »So etwas wie du hat eine Seele?«

Das Mädchen zuckte die Schultern, unbewegt von dieser Beleidigung. Dann blieb sie stehen und wartete.

Das war es also, was diese Despotin besaß: Atlars Seele. Obwohl Anders sich damit nicht auskannte, musste eine Seele ein verdammt gutes Druckmittel abgeben – anscheinend selbst für jemanden, der nicht sterben konnte. Er wusste nicht, wie er sich Seelenraub vorzustellen hatte, doch sie zurückzubekommen, würde sicher nicht einfach.

Der Schwarze Mann wirkte nicht so, als gäbe es Alternativen. Entweder Anders brachte ihm seine Seele zurück oder Madison würde gefressen werden. Anders' Magen drehte sich um.

»Wenn du sie wiederhast …«, begann er zögerlich.

»Bin ich frei.«

»Und dann dienst du ihr nicht länger? Keine weiteren Entführungen? Keine weiteren Kinder, die du frisst?«

»Du hast mein Wort.«

Anders schnaubte. Was war das Wort eines Ungeheuers wert?

»Ich habe da eine Idee …«, sagte er und tippte mit dem Zeigefinger an sein Kinn. Vielleicht konnte er den Schwarzen Mann in eine Falle locken, wenn er schon unsterblich war. »Es ist eher eine Gemeinschaftsarbeit. Für deine Seele bist du sicher bereit, einiges zu tun, habe ich recht?«

In die gelben Augen trat ein interessierter Ausdruck, als das Mädchen den Kopf etwas zur Seite neigte. Anders bildete sich ein, ehrliche Überraschung über das junge Gesicht huschen zu sehen. So als hätte das Wesen nicht erwartet, dass Anders den Köder schluckte.

»Ich sterbe vor Neugier«, erwiderte sie.

Schön wär's.

»Dafür müssen wir noch mal nach Ranulith.«

Jegliches Amüsement fiel von dem Gesicht des Mädchens ab, während Anders spürte, wie seine Mundwinkel sich unwillkürlich hoben. Eine Welt, die in Licht badete, weit weg von Madison, war genau das, was er jetzt brauchte.

Das war verrückt. Das war vollkommen verrückt. Anders zweifelte nicht das erste Mal an seinem Verstand, während er sich den Riemen der schweren Tasche über die Schulter legte, die Sonnenbrille aufsetzte und über seine Stirn schob. Allein der Plan, zusammen mit dem Schwarzen Mann in die andere Welt zu reisen, war absoluter Wahnsinn.

Es war Nachmittag und von draußen kam nur spärlich das letzte Tageslicht durch die Fenster herein.

»Atlar!«, rief er in die Stille seiner vorübergehenden Wohnung, die mit jedem Licht, das er besaß, erhellt wurde, obwohl er mittlerweile wusste, dass seine Lampen ihn nicht retten würden. Atlar hatte kurzen Prozess mit den unzähligen Lichterketten in Madisons Zimmer gemacht.

Dass Anders einmal aus freien Stücken die Anwesenheit dieser Kreatur herbeiwünschen würde, reihte sich in den Wahnsinn mit ein.

Die Lichter verloren an Energie und wurden schwächer und schwächer, ehe sie ganz ausfielen. In einer Zimmerecke verdunkelten sich die Schatten und begannen, sich drohend zu bewegen. Kurz darauf trat der Schwarze Mann aus ihnen heraus. Immerhin durchbohrten Anders dieses Mal nicht die gefürchteten gelben Augen. Stattdessen sahen ihm pechschwarze Iriden aus dem blassen Gesicht entgegen. Das war wohl Atlars angenehmste Erscheinungsform.

Der Schwarze Mann hob abwartend eine Augenbraue.

»Ich bin so weit«, sagte Anders, obwohl er sich nicht bereit fühlte. Wahrscheinlich würde er das nie sein. Aber er musste Atlar weglocken. Mit Meristates Hilfe konnte er ihn vielleicht einsperren.

»Soll ich dich zum Portal bringen?«, fragte die dunkle Stimme in die Stille.

Anders war verwirrt. »Kommst du nicht mit?«

»Nein, aber ich komme bald nach. Du wirst in der Zwischenzeit etwas Vorarbeit leisten, ich finde dich dann.«

Anders wollte protestieren, schließlich würde er Madison so schutzlos zurücklassen. »Wer garantiert mir, dass du meiner Tochter nichts antust?«

»Niemand. Du wirst mir vertrauen müssen.«

Alles in Anders sträubte sich dagegen, aber er fand sich hilflos. Er trat nahe an den Schwarzen Mann heran, der sein Kinn abwartend, vielleicht sogar arrogant, hob und auf Anders herabsah. »Besser, du hintergehst mich nicht«, knurrte Anders. »Sonst finde ich einen Weg, dich ein für alle Mal zu töten.« Er ging an Atlar vorbei zur Tür der Wohnung. Atlar verschmolz langsam mit den Schatten hinter sich.

»Dasselbe gilt für dich«, hallte die düstere Stimme noch im Zimmer nach, als die Schatten längst wieder reglos dalagen.

Anders atmete tief durch und löste den verkrampften Griff um die Türklinke. Er kam sich vor, als hätte er seine Seele verkauft.

Seine Füße waren schwer, als er die Treppe zu Ronans Laden hinunterging. Sein alter Freund sah auf. Sobald er die Tasche an Anders' Seite entdeckte, legte sich ein besorgter Ausdruck auf sein Gesicht.

»Gibt es Grund zum Feiern?«, fragte er mit einem Halblächeln. »Oder eher nicht?«

Anders seufzte, schüttelte dann aber den Kopf. »Ich werde für eine Weile weg sein. Passt du auf meinen Kram auf, bis ich wiederkomme?«

Tiefe Falten erschienen auf Ronans Stirn und er lehnte sich über den Tresen. »Alles in Ordnung? Hast du Probleme?«

»Ich muss ein paar Dinge klären, aber das regle ich allein«, sagte Anders ausweichend. Er hätte es niemals mit seinem Gewissen vereinbaren können, jemand anderen in dieselbe gottverdammte Situation zu bringen.

»Sicher?«

»Ja. Vielleicht könntest du ein Auge auf Madison haben.«

Ronan sah ihn einen Moment lang an, dann trat er um den Tresen herum und klopfte ihm auf die Schulter. »Das ist Ehrensache, mein Freund. Sieh zu, dass du heil zurückkommst, ja? Ich will deiner Kleinen keine Lügen auftischen müssen.«

»Danke. Du könntest mir noch etwas für den Weg mitgeben.« Er grinste schief, und Ronan griff mit einem Lachen in das Regal und schob ihm drei Packungen Zigaretten zu. »Manche Sachen ändern sich nie.«

Als Anders den Tabakwarenladen verließ, fühlte er sich ein bisschen besser. Je näher er dem Fabrikgelände kam, desto schwerer wurden seine Schritte. Er betrat die leere Halle, von der er sich fragte, ob Atlar hier dasselbe getan hatte wie im Heizungskeller.

Vor ihm lag die Pfütze. Nichts wies darauf hin, wie tief sie war.

Anders setzte seine Sonnenbrille auf und atmete ein letztes Mal durch.

»Auf, auf ins Verderben.« Er hob sein Bein und sank hinab in das dunkle Schillern.

KAPITEL 13

Taumeln sollt ihr vor Ehrfurcht!
Kommet in mein Reich, meine Welt,
sehet die Schönheit, die Pracht, mein Antlitz.
Dies ist mein Land
und mir gehören die Welten – jede Tür zu ihnen.
Fort von Schnee und Eis und ewiger Nacht,
weit weg von den brennenden Aschefeldern,
hier ist das Paradies – und es gehört mir.
Tretet ein und betet.
Betet für meinen Segen
und meine Gnade.

Göttliche Königin
Ein todgeweihter Steinmetz

Ein leises Gespräch hallte durch den leeren Korridor, als Anders aus dem Nebel taumelte. Er versuchte, seinen hastigen Atem zu beruhigen. Der Schein der Lampen verstärkte die Farben der Wandteppiche. Die weißhaarige Frau darauf schien ihn direkt anzusehen. Anders ließ das Bewusstsein, zurück in der Weißen Welt zu sein, einen Moment sacken, dann drehte er sich nach links und schlich in die Richtung der großen Halle, um die Soldaten nicht zu alarmieren.

Er musste schleunigst zu Meristate. Dass der Schwarze Mann ihm etwas Vorlaufzeit ließ, kam ihm ganz gelegen. Wenn die alte Frau und ihre furchteinflößenden Gefährten es schon zweimal geschafft hatten, Atlar zu töten, standen die Chancen gut, dass sie ihn hier, fernab der Dunkelheit, einsperren konnten. Falls nicht, würde Anders sich etwas anderes einfallen lassen – und wenn alle Stricke rissen, konnte er immer noch auf die selbstmörderische Mission gehen, Atlars Seele zurückzuholen.

Aber erst einmal musste er ungesehen aus dem Weltenschlund raus. Er setzte vorsichtig einen Fuß vor den anderen, damit seine Schritte nicht widerhallten. Dabei achtete er darauf, ob die Stimmen näher kamen. Dieses Mal hatte er keine in einen Soldaten verwandelte Meristate bei sich, die Valahari mit ein paar Worten abwimmeln konnte. Besser, er wurde nicht erwischt. Er wollte nicht auf die Probe stellen, ob sie ihn noch einmal aus der Bredouille retten würde.

Kurz darauf erreichte Anders die Halle und blieb am Eingang stehen. Der Steinmetz war nirgends zu sehen und die Lichtverhältnisse waren anders als zuvor. Die beiden großen Kugeln in den Händen der Statue strahlten in warmem Perlmutt und Gold und an den Wänden verliefen blaue Mineraleinlagerungen wie ein feines Spinnennetz durch das Gestein und leuchteten. Zuvor war Sonnenlicht durch Schlitze hoch oben in der Decke gefallen, jetzt kam die Beleuchtung von innen. Anders bestaunte die Kunstfertigkeit der Halle.

Das leise Gespräch wurde langsam lauter und Schritte mischten sich dazu. Eine Patrouille? Er sollte sich besser wieder hinter der Statue verstecken, so wie mit Meristate zuvor. *Gleich.* Er nahm die Sonnenbrille ab und steckte sie sich an den Hemdkragen. Es schien so, als würden die Mineralienadern langsam fließen, denn ihr Blau schimmerte in unterschiedlichen, sich wandelnden Nuancen. Anders trat an eine der Wände und streckte seine Hand aus. Die Ader war eiskalt und hart.

Da nahm er eine Bewegung wahr. Noch ehe Anders sich vollends umgedreht hatte, lag eine Hand auf seinem Mund und er wurde gegen die Wand gedrängt. Sein Griff ging zu seinem Holster und er entsicherte die Waffe, während der Mann aufmerksam zu beiden Seiten sah statt auf Anders.

Vor ihm stand einer von Meristates Begleitern. Sein Gesicht war von den Wangen abwärts mit einer Ledermaske bedeckt. Er legte seinen Zeigefinger dorthin, wo seine Lippen sein mussten.

Über seine Schulter ragte die Spitze eines weißen Bogens. Anders entspannte sich und nickte. Er würde still sein.

Die Soldaten näherten sich. Sie lachten. Der Maskierte zog Anders mit sich hinter die Statue. Dort stand der zweite Valahar, der sich mit Meristate unterhalten hatte. Er trug ein merkwürdiges Bündel auf dem Rücken und hatte eine Kapuze übergeworfen. Anders hätte diese stechenden Augen überall erkannt. Er sicherte seine Waffe wieder. Anscheinend blieb es ihm erspart, allein durch eine Burg voller Soldaten zu schleichen. Da wollte er sich nicht beschweren.

Die Männer drängten sich und ihn gegen die Statue. Die Schritte wurden lauter und Anders spürte die Anspannung in den beiden Körpern. Der eine Mann hatte die Augen geschlossen, der Blick des Maskierten huschte unruhig hin und her. Dann erreichten die Schritte der Soldaten die große Halle und wurden von den Wänden zurückgeworfen. Die Patrouille durchquerte die Halle und tauchte dann in einen Korridor auf der anderen Seite ein. Sobald die Schritte sich in der Ferne verloren, kam wieder Bewegung in die beiden.

»Komm, schnell«, flüsterte der eine und lief zur Wendeltreppe. Anders folgte ihm und sein maskierter Kamerad bildete das Schlusslicht. Bereits nach den ersten Schritten fiel Anders auf, dass die Valahari sich absolut lautlos bewegten, während jeder seiner Schritte ein widerhallendes Geräusch verursachte. Auch sie bemerkten es und der Mann vor ihm drehte sich ärgerlich um und verzog das Gesicht.

Er zischte dem Maskierten etwas zu und keine Sekunde später verlor Anders den Boden unter den Füßen. Die Schulter des Maskierten bohrte sich mit jedem Schritt in seinen Bauch, aber statt zu protestieren, hielt Anders Ausschau nach der Patrouille. Er hoffte, dass seine Schritte sie nicht angelockt hatten. Bevor die Soldaten wieder auftauchten, erreichten sie die Wendeltreppe und waren außer Sicht. Er zog seinen Kopf ein, damit er nicht versehentlich gegen die Wand oder Decke stieß, denn die beiden Männer hechteten die Treppe nach oben. Anders griff hastig nach seiner Sonnenbrille, um nicht geblendet zu werden, doch sie waren draußen, noch bevor er sie aufsetzen konnte.

Zu seiner Überraschung brauchte er die Brille gar nicht. Dichte, dunkle Wolken bedeckten den Himmel und alles war in düstere Farben getaucht, als käme ein Sturm auf. Zum ersten Mal konnte Anders wirklich sehen, was sich über dem Weltenschlund befand: eine in den Berg eingelassene Festung. Anders musste den Kopf weit in den Nacken legen, um die Bergspitze zu sehen. Sie rannten über den Vorhof des gigantischen Bauwerks, der von Stallungen und länglichen Gebäuden eingefasst war.

Der Maskierte ließ Anders immer noch nicht zurück auf den Boden. Das zusätzliche Gewicht schien ihm nichts auszumachen. Anders stützte sich auf dem Nacken seines Trägers ab und sah nach vorn. Sie huschten von Wand zu Wand, immer bemüht, in Deckung zu bleiben. Die beiden Valahari liefen mittlerweile nebeneinander und der Maskierte schien die Richtung anzugeben. Sie blieben im Schutz der Gebäude, solange sie konnten, doch dann folgte ein freies Rasenfeld, das von einer Burgmauer begrenzt wurde. Über einen Wehrgang weiter vorn patrouillierten düstere Gestalten.

Die beiden Männer liefen geradewegs auf die halbhohe Mauer zu und Anders krallte sich in die Schulter seines Trägers, als die beiden fast gleichzeitig zum Sprung ansetzten. Erst dachte er, sie wollten auf der Mauer landen. Doch sie sprangen darüber hinaus, ließen die Burgmauer hinter sich.

Zehn Meter unter ihnen wartete blanker Stein. Anders wollte schreien, aber der Schreck schnürte ihm die Kehle zu. Am Höhepunkt ihres Sprunges zog der andere Valahar einen zusammengerollten Teppich aus dem Bündel über seiner Schulter und breitete ihn mit einer flinken Bewegung aus. Wie ein Brett blieb der Teppich in der Luft vor ihnen stehen.

»Na, na. Wohin des Weges?«

Etwas packte Anders' Handgelenk und mit einem Ruck wurde er von der Schulter des Maskierten gerissen. Er drehte den Kopf zurück und starrte in indigoblaue Augen. Es war einer der Männer, die Atlar durch den Weltenschlund geschleift hatten. Er schenkte Anders dasselbe zähnebleckende Grinsen wie damals Atlar. Er hatte den Mann nicht kommen gehört. Wo kam der her?

Der Fremde machte einen Schritt von der Mauer zurück und zog Anders mit sich, seine Hand lag wie ein Schraubstock um Anders' Handgelenk. Er fing Anders auf, als dieser stolpernd vor ihm aufkam.

Es war schwer, sich von den Augen loszureißen. Kälte erfüllte Anders und seine Sicht schränkte sich auf den Mann ein. Doch er schüttelte sie ab und schaute sich nach den anderen um. Der Maskierte war nirgends zu sehen. Sein Begleiter kniete auf dem Teppich, der frei in der Luft schwebte. Seine Hand zuckte nach oben, doch er tat nichts, so als hätte er es sich im letzten Moment anders überlegt.

Anders versuchte sich loszureißen.

»Schön hiergeblieben, kleines Vögelchen«, raunte der Angreifer.

Der Griff um Anders' Handgelenk und seine Schulter wurde schmerzhaft. Der Mann schüttelte den Kopf, als belustigten Anders' lächerliche Versuche ihn. Er zerrte Anders weiter von der Mauer weg. Dann stieß er einen Pfiff aus. Männer kamen gemächlich auf sie zu, exakte Spiegelbilder seines Angreifers: bronzene Haut mit einer blauen Staubschicht hier und da, pechschwarze Kleidung, große Schwerter. Selbst ihre Gesichter, die harten Kanten ihrer Kiefer, die geraden Nasen, die Größe und Statur – sie sahen sich zum Verwechseln ähnlich.

Das waren die Kobaltkrieger, von denen Meristate gesprochen hatte. Jene, die die Helrunen in die Hauptstadt brachten, bevor man nie wieder etwas von ihnen hörte. Anders war auch ein Helrune. Sie wollten ihn.

Anders' Blut rauschte in seinen Ohren.

Etwas pfiff direkt an Anders' Ohr vorbei. Der Kobaltkrieger, der ihn festhielt, zuckte zusammen, den Kopf weit nach hinten überdehnt. Dann senkte er ihn ruckartig. Ein Pfeilschaft ragte aus seiner linken Augenhöhle und er taumelte zurück. Sein

Griff lockerte sich, dann stürzte er. Die anderen zogen ihre Schwerter und rannten auf Anders zu.

Er riss sich von dem zu Boden fallenden Mann los und fuhr herum. Auf der Mauer stand der Maskierte, den Bogen in den Händen. Er hatte die Sehne erneut gespannt und ein weiterer Pfeil deutete auf die heranstürmenden Kobaltkrieger.

»Schnell!«, rief der andere, der auf dem Teppich stand. Anders nahm Anlauf, sprang auf die Mauer neben den Maskierten und nutzte den Schwung, um auf dem Teppich zu landen. Noch bevor er sich aufrappeln konnte, war auch der Maskierte bei ihnen und der Teppich sauste davon.

Die Kobaltkrieger blieben an der Mauer stehen und sahen ihnen hinterher. Auch auf dem Wehrgang der äußeren Mauer standen Kobaltkrieger und hoben ihre Köpfe. Sie wirkten nicht wütend oder alarmiert. Eher amüsiert, obwohl soeben einer von ihnen umgebracht worden war. Der Maskierte neben Anders schoss weitere Pfeile ab. Einer bohrte sich in einen Oberschenkel, ein anderer traf eine Schulter. Die meisten davon trafen ihr Ziel. Einige der Männer sanken zu Boden. Trotzdem wirkte keiner der Kobaltkrieger wütend. Einer winkte ihnen sogar hinterher. Niemand löste einen Alarm aus.

Der Maskierte steckte den Bogen weg.

Hinter ihnen wurden Festung und Berg immer kleiner. Fahrtwind wehte um Anders' Gesicht. Das Tor der Burg wirkte wie ein von Stoßzähnen flankiertes Maul. Die dünne Bergspitze ragte hinter ihr empor wie der Finger eines Gottes. Anders legte eine Hand auf das Gelenk der anderen, das der Kobaltkrieger gepackt hatte. Es tat weh.

Er konnte die Eindrücke und Gefahren, mit denen er in der Weißen Welt konfrontiert wurde, gar nicht alle aufnehmen und verarbeiten. Stattdessen schob er sie tief ins Unterbewusstsein, um sich später damit zu befassen, und drehte sich zu seinen Rettern um.

»Danke«, sagte er mit einem Nicken.

»So war das nicht gedacht«, sagte der Valahar mit den Augen wie Eis. Seine Haare hatten ihren Weg unter der Kapuze hervor gefunden und wehten im Wind. »Lass uns dich nach Iamanu bringen, dort wirst du bereits erwartet.« Selbst als er sprach, lag sein Blick in der Ferne, dort, wo die Festung nur noch als kleiner Punkt auszumachen war.

Der Maskierte behielt Anders stumm im Auge, als übernähme er die Aufgabe, die sein Gefährte vernachlässigte.

Der andere sprach weiter. »Wir sind Thalar Romane und Nuallán Brenar, die Erben von Vallen.« Dabei deutete er erst auf sich und dann auf seinen Begleiter.

»Anders Clayton«, stellte auch Anders sich vor. »Erben von was?«

Thalar, der seine Kapuze abnahm und sich die Haare mit einer Lederschnur zusammenband, schmunzelte und die zuvor unerträglich kalten Augen wurden warm. Anders erinnerte sich noch gut daran, wie er in der Gegenwart dieses Mannes nicht richtig hatte atmen können. Selbst jetzt war dieses Gefühl noch wahrnehmbar.

»Vom Thron dieses Landes natürlich.«

»Also seid ihr Prinzen«, stellte Anders mit hochgezogenen Augenbrauen fest. »Muss ich eine bestimmte Etikette befolgen?«

»Nein.«

Sie zogen einen weiten Bogen, sobald sie außer Sichtweite der Festung waren. Anders konnte sich keinen Reim darauf machen, wie dieser Teppich gelenkt wurde. Es gab keine Vorrichtung und niemand hielt ihn an den Ecken fest wie die Zügel eines Pferdes. Sie flogen schnell und sicher fünfzehn Meter über dem Boden. Anders hatte Angst zu fallen, wenn er sich bewegte.

Ich muss in einem Märchenbuch gelandet sein, dachte er kopfschüttelnd.

»Fliegende Teppiche, hm?«

»In unserer Welt wird es vieles geben, was dir fremd erscheint, Anders Clayton.«

»Das kannst du laut sagen«, murmelte Anders und richtete seinen Blick auf Nuallán, der bisher kein Wort gesagt hatte.

»Verzeih ihm, er ist der Sprache der Helrunen nicht mächtig«, erklärte Thalar und legte seine Hand auf die Schulter des anderen. Er flüsterte einige schnelle Worte in ihrer Sprache und Nuallán entspannte sich, ließ Anders aber nicht aus den Augen.

»Die Reise nach Iamanu dauert bis Wolkenbruch«, teilte Thalar ihm mit. »Falls du willst, kannst du dich solange gern ausruhen.«

Anders betrachtete den Himmel. Schwer und grau lagen die Wolken über dem Firmament und verschluckten das Sonnenlicht. Er wusste beim besten Willen nicht, wie lange es wohl dauerte, bis der Regen einsetzte.

»Müssen wir uns Sorgen wegen dieser Kobaltkrieger machen?«

Thalar runzelte die Stirn, als wäre er überrascht, dass Anders sie so nannte. »Das lass unsere Sorge sein. Es ging glimpflich aus.«

Anders zuckte mit den Schultern. Er brauchte ganz sicher nicht noch mehr Probleme. Wenn die beiden also nicht mit ihm darüber reden wollten, würde er sie nicht zwingen.

»Ich muss zu Meristate, es geht um den Schw… den Dunklen Diener«, verbesserte er sich.

Thalar nickte. »Meristate wartet schon in Iamanu auf dich.«

»Warum nicht in der Burg?«

»Weil es dort seit einigen Tagen von Kobaltkriegern wimmelt, wie du selbst erleben durftest. Die Despotin sandte noch mehr von ihnen meerwärts, um die Letzte Feste zu sichern. Sie scheint dem General der Letztwache nicht mehr zu vertrauen… aus gutem Grund. Es war Zeit für uns, zu verschwinden.«

»Ihr seid kein Teil dieser Wache. Was wolltet ihr dort?«

Thalar lächelte kühl. »Informationen.«

Anders war sich nicht sicher, ob er hier bei den Guten gelandet war, aber eigentlich ging ihn die ganze Weltenpolitik nichts an. Solange sie ihm halfen, Atlar unschädlich zu machen, sah er keinen Grund, warum er sich in ihre Angelegenheiten einmischen sollte.

»Ich muss dringend mit Meristate sprechen«, betonte er.

»Sobald wir in Iamanu sind«, stimmte Thalar zu.

Anders nickte und richtete seinen Blick auf die atemberaubende Landschaft. Sie flogen über endlose Auen, in denen dünne, silbrige Flussarme sich wie ein Netz ausbreiteten. Der Berg gehörte zu einer Gebirgskette, die erst abnahm, um einige Hundert Meter später wieder in die Höhe zu schießen. Das Gras war viel heller als bei Anders zu Hause, das Grün fast pastellig. Sie folgten der Bergkette. Haine wurden mit der Zeit zu tiefen Wäldern, die sich am Gebirgsfuß sammelten. Thalar und Nuallán sprachen hin und wieder leise und vertraut miteinander und Anders spürte während der ganzen Reise den Blick aus dunkelgrünen Augen auf sich.

Manchmal tauchte ein einsames, kleines Dorf auf, dessen Häuser sich eng zusammenkauerten. Licht, das hier und da aus Fenstern schien, ließ ihn darauf aufmerksam werden. Niemand befand sich außer Haus, die kleinen Hütten wirkten trostlos und heruntergekommen. Der Wind nahm zu und Anders zog seinen Trenchcoat enger um sich, als auch die Temperatur fiel.

Der Teppich hatte sie nach einigen Stunden näher zum Gebirge gebracht und sie flogen gut zwanzig Meter über den steinigen Hängen. Nach einer Weile erreichten sie eine Senke hoch oben im Gebirge, die so gut zwischen den einzelnen Klippen und Steilhängen verborgen war, dass man sie von unten nicht erkennen konnte.

Die Klippen ragten wie steinerne Speere in den Himmel, wodurch das bebaute Tal wie eine natürliche Festung wirkte. Einfache Häuser umgaben darin einen sechseckigen Turm. Aussichtsposten waren in den Klippen verborgen. Anders entdeckte einen davon nur deshalb, weil jemand aus dem Versteck eine blaue Lampe zum Inneren der Senke gewandt hinaushängte.

An zwei Seiten öffnete sich das Tal zu einer schmalen Schlucht, die den einzigen Durchgang von außen darstellte.

Der Teppich sank zur Mitte der Senke hinab.

»Willkommen in Iamanu«, sagte Thalar. Noch während sie landeten, öffnete sich das Tor des Turms und neben zwei unbekannten Frauen trat Meristate heraus.

Sie breitete die Arme aus. »Anders. Komm, komm herein.

Wir haben viel zu besprechen.« Sie wirkte für einen Moment, als würde sie nach jemandem suchen, doch ebenso rasch richtete sich ihr Blick wieder auf Anders. Anscheinend war sie jemand, der gern schnell auf den Punkt kam. Sie hatte ihn also schon erwartet. Wie konnte das sein?

Er stieg etwas ungelenk vom Teppich, der jetzt knapp über dem Boden schwebte, und ließ sich von Meristate ins Innere des Turms dirigieren. Hinter ihm erklang ein leises Platschen. Ein Blick über die Schulter bestätigte seinen Verdacht: Dicke, dunkle Flecke zeugten von den ersten Regentropfen. Wolkenbruch. Thalar und Nuallán waren ebenfalls abgestiegen. Thalar machte eine Geste und streckte die Hand unter den Teppich, der sich von selbst zusammenrollte. Anders blieb stehen und starrte den Mann irritiert an. War er ein Zauberer?

»Da seid ihr gerade noch rechtzeitig zurückgekehrt«, sagte Meristate und schob Anders weiter. Er blinzelte und wandte sich ihr zu. Sie trug ein schlichtes Kleid, darüber einen Pelzüberwurf. Ihr Haar sah ein wenig wirr aus und Anders hatte das Gefühl, dass sie bis eben geschlafen hatte, wobei es viel zu hell für die Nacht war. Ältere Leute schliefen bekanntlich zu anderen Zeiten.

Gleich neben der Eingangshalle, die in schlichtem Weiß und Blau gehalten war und von blauen Lampen erhellt wurde, befand sich ein Besprechungssaal. Ein sechseckiger, am Rand mit silbernen Ranken verzierter Tisch nahm den Großteil des Raumes ein und Banner hingen an den Wänden, in Blau und Grün, mit Lilien und fremdartigen vierflügligen Vögeln als Wappen. Thalar und Nuallán waren ihnen gefolgt. Meristate bedeutete Anders, sich ihnen gegenüberzusetzen.

Die beiden Männer schälten sich aus ihren Umhängen. Die darunterliegende Kleidung unterschied sich ebenso wie bei ihrem ersten Aufeinandertreffen: Während Thalar in eine weiße und silberne Robe aus feinem Stoff gekleidet war, trug Nuallán dunklere Farben und Leder. Er erschien mehr wie ein Krieger, Thalar hingegen wie ein Gelehrter. Ihre Haut war ebenso unterschiedlich: warmes Grau und Alabaster.

Meristate setzte sich auf einen der Stühle und legte die Hände ineinander verschränkt auf den Tisch. »Du bist also zurückgekehrt. Was hat das zu bedeuten?«

Anders hatte erwartet, dass ihnen der Grund seines Kommens schon bekannt war. »Ihr wusstet, dass ich wiederkomme, aber nicht warum?«

»Die Götter verraten uns nur so viel.«

»Die Götter?« Anders hob die Augenbrauen. Schwerter, Götter, fliegende Teppiche. Er schob alles gedanklich von sich, nahm es hin und machte weiter.

»Ihr habt gesagt, dass ihr den Dunklen Diener, wie ihr ihn nennt, schon zweimal getötet habt.«

Meristate nickte und lehnte sich gespannt vor. Thalar flüsterte Nuallán in regelmäßigen Abständen etwas ins Ohr. Anders vermutete, dass er für ihn übersetzte. Sonst konnte er nichts aus der Haltung der beiden Männer lesen. Nuallán saß mit verschränkten Armen da, während Thalar eine solche Ruhe ausstrahlte, als wüsste er längst, in welche Richtung dieses Gespräch ginge.

Anders hatte keine Ahnung, wann Atlar ihm in die Weiße Welt folgen würde. Er fiel also mit der Tür ins Haus. »Nicht nur ihr wollt ihn lieber tot wissen. Anscheinend ist das nicht so einfach anzustellen. Wie wäre es also, wenn wir ihn einsperren?«

»Einsperren? Hier?« Meristate verzog den Mund.

»Ich will ihn nicht mehr in der Nähe meiner Tochter haben und hier gibt es diese Kobaltkrieger, die ihn in Schach halten können.«

Nun lachte Meristate, aber es war kein erfreutes Lachen. »Die Kobaltkrieger werden dir nicht helfen. Sie dienen der Despotin und sie will ihren Dunklen Diener in Helrulith wissen, um mehr Helrunen zu ihr zu bringen. Außerdem würde sie uns alle töten, wüsste sie, wo wir uns aufhalten. Und dich … dich würde man nie wiedersehen.«

Ja, das Gefühl hatte er auch gehabt, als der Kobaltkrieger ihn mit Leichtigkeit von Nualláns Schulter gezogen hatte. Die würden ihm wohl nicht helfen.

»Aber es muss doch einen Weg geben, ihn einzusperren. Die Dunkelheit macht ihn stark und als ich das letzte Mal hier war, war es so unglaublich hell. Das … muss ihn doch schwächen.«

Nun ergriff Thalar zum ersten Mal das Wort: »In Ranulith gibt es keine Dunkelheit, so wie in deiner Welt. Das ist wahr. Womöglich ist der Dunkle Diener in Helrulith noch stärker, doch ihn einzusperren kann ich keinem meiner Männer antun. Entweder er kann vernichtet werden oder wir müssen ihn fortschicken, sodass er nicht wiederkehrt. Ihn hierzubehalten ist keine Option.«

Anders zog die Augenbrauen zusammen und versuchte in Thalars Miene zu lesen. Wieso sträubten sie sich so sehr gegen diese Idee? Sie war doch ein Anfang.

In Thalars Gesicht stand trotz Müdigkeit Entschlossenheit geschrieben. Er hatte sich entschieden, das konnte Anders deutlich sehen. Da blitzte etwas auf. Anders lehnte sich vor und studierte den stoischen Mann. War da ein Funken Nervosität in Thalars Augen? Hatten sie solche Angst vor Atlar? Noch im selben Moment schalt Anders sich einen Dummkopf. Natürlich hatten sie das. *Er bringt das Dunkel,* hatte Meristate gesagt. Jeder hatte Angst vor der Dunkelheit, die Atlar verkörperte, Anders eingeschlossen. Sicher fürchtete man ihn noch mehr, wenn man die Dunkelheit vorher nicht gekannt hatte.

»Dann bekommt dieser Mistkerl wohl tatsächlich seine Seele zurück«, murmelte Anders eher zu sich selbst und schüttelte frustriert den Kopf. Er hatte gedacht, er könnte mit diesen Leuten ein Komplott schmieden, anstatt auf eine Selbstmordmission aufzubrechen. Wenn die Despotin tatsächlich im Besitz von Atlars Seele war und diese Kobaltkrieger ihr dienten, würde das nicht einfach werden, denn sonst hätte der Schwarze Mann sie sicher schon selbst geholt.

»Seine Seele? Wie meinst du das?« Meristate sah ihn an, dann weiteten sich ihre Augen. »Nein … wahrlich. So also band sie ihn an sich.«

Stille legte sich über den Raum, nur unterbrochen von Thalars leisem Übersetzen für Nuallán. Anders senkte den Blick. War das wirklich der einzige Weg?

»Wer hat dich geschickt?«, fragte Thalar.

Anders hob den Kopf und sah ihn irritiert an. »Was? Niemand.«

»Warst du schon einmal zuvor in Ranulith?«

»Ja, als wir uns getroffen haben.«

»Deine Erfahrungen mit dem Dunklen Diener beruhen worauf?«

Anders stutzte. »Er will mein Kind auffressen. Er interagiert mit mir, weil ich anscheinend der einzige Erwachsene bin, der ihn sehen kann. Was wird das hier? Ein Verhör?«

Thalar beobachtete ihn, nein, er sah ihn nicht einfach nur an. Er durchbohrte ihn mit seinen Blicken, als könnte er Anders' Intentionen allein dadurch offenlegen und studieren. Anders wand sich unter dieser Musterung.

Dann nahm die Intensität in Thalars Blick ab. »Gut. Ich musste nur sichergehen.« Und ohne eine weitere Erklärung wandte er sich erneut Nuallán zu.

Anders wusste nicht, wie er reagieren sollte. Unterstellten sie ihm irgendetwas? Das Misstrauen war nicht überraschend, wenn er so darüber nachdachte.

Er fuhr sich mit beiden Händen durch die Haare und stützte die Ellbogen auf die Tischplatte. Wie kam er überhaupt wieder nach Hause? Jetzt, wo diese Kobaltkrieger ihn gesehen hatten und es in der Letzten Feste nur so von ihnen wimmelte?

Die anderen drei unterhielten sich leise. Sie sprachen eine Weile miteinander, ohne dass er sie verstand. Da Nuallán offensichtlich genauso wenig Kenntnis von Anders' Sprache hatte wie Anders von ihrer, nahm er es ihnen nicht übel. Er war dankbar, dass zumindest Meristate und Thalar seine Sprache beherrschten.

Schließlich wandte Meristate sich wieder an ihn. Sie wirkte angespannt. »Was garantiert uns, dass der Dunkle Diener diese Welt verlässt, sobald er seine Seele zurückhat?«

Anders seufzte. Eine Garantie hätte er auch gern gehabt. »Er hasst das Licht. Ich vermute, er wird nicht länger als nötig in einer Welt ohne Dunkelheit bleiben. Aber wie genau stellen wir das an? Ich vermute mal, dass es schwierig sein wird, sonst hätte er es allein geschafft. Wahrscheinlich schwieriger, als ihn einzusperren.« Er versuchte noch ein letztes Mal, ihnen den Gedanken daran schmackhaft zu machen. »Sicher, dass es keinen anderen Weg gibt?«

Meristate wechselte einen Blick mit Thalar. »Die Aussicht, den Dunklen Diener auf ewig loszuwerden, ist zu verlockend, um abzulehnen«, sagte sie schließlich. »Wir können das Erbengefolge nicht dafür riskieren, doch wenn du so viel über ihn weißt, hast du sicherlich einen Plan, mit dem du zurückgekommen bist.«

Anders blinzelte einige Male und sah Meristate ungläubig an. Sein Plan war ein Komplott gegen Atlar gewesen. Nicht, ihm seine Seele zurückzuholen! Er hatte keine Ahnung, wo sie war, wie er sie in seinen Besitz bringen sollte oder ob er sie Atlar überhaupt zurückgeben wollte.

»Das ist Selbstmord«, presste er hervor.

Meristate bedachte ihn mit einem langen, nachdenklichen Blick. Sie würde Anders opfern, ohne mit der Wimper zu zucken. Diese Erkenntnis traf ihn hart. Ihre Miene zeigte einen faszinierten Ausdruck, als sähe sie auf ein Puzzle, nachdem sie endlich das letzte Stück eingesetzt hatte. »Es ist perfekt.«

Anders wurde mulmig zumute. *Bin ich hier wirklich sicher?*

Dann fuhr Meristate über ihre Oberlippe und tauschte einen weiteren Blick mit Thalar aus. »Die Königin wird sie nahe bei sich haben, wenn dies das Mittel zur Bändigung des Dunklen Dieners ist. Wir werden herausfinden, wo sie sie versteckt. Am besten, du befindest dich zu dieser Zeit schon in der Hauptstadt. Zuvor …«

Draußen brach plötzlich ein Höllenlärm los: aufgeregte Stimmen, hastige, schwere Schritte und metallisches Klirren. Die Tür wurde keine Sekunde später aufgestoßen und ein muskulöser Bursche mit einer langen Narbe über der linken Wange rief etwas in den Raum. Seine militärische Haltung und das ernste Gesicht wirkten einschüchternd, und erst recht das Schwert in seiner Hand. Er konnte kaum älter als sechzehn sein, trotzdem empfand Anders Ehrfurcht.

Meristate und die Prinzen stürzten zur Tür hinaus, ohne Anders eine Erklärung zu geben oder ihn mitzunehmen. Mussten sie fliehen? Bestand Gefahr? Wofür das Schwert? Anders sprang auf.

Eine Frau hechtete den dreien aus den Schatten einer Ecke nach. Anders erstarrte. Wo war die denn hergekommen? Verwirrt starrte er auf die Stelle an der Wand, von der sie aufgetaucht war. Keine Tür, kein Möbelstück. Nur die glatte Wand mit den Bannern. Es dauerte zwei Herzschläge, bis Anders sich wieder gefangen hatte und den anderen nachstürmte.

ⱺKAPITELⱺ 14

In der Eingangshalle eilten weitere bewaffnete Soldaten die Treppe hinauf. Anders erhaschte noch einen Blick auf Thalars weiße Robe, ehe sie um die Ecke eines Türrahmens im ersten Stock verschwand.

Er rannte ihnen nach, um den Grund der Panik zu erfahren.

Hinter der Tür lag ein gemütliches Kaminzimmer mit vielen Lagen Teppichen, großen Kissen und offener Feuerstelle, die zu dieser Zeit kalt war. Der Pulk, der mit erhobenen Waffen einen Kreis um eine düstere Gestalt bildete, zerstörte allerdings jedes Gefühl von Behaglichkeit.

Mindestens ein Dutzend Speer- und Schwertspitzen zielten auf Atlar, während einer der Männer aufgeregt mit Meristate sprach, ohne seine Waffe zu senken. Erstaunlicherweise wandten sie alle ihren Blick ab und Anders nahm ein Zittern ihrer Hände wahr. Niemand konnte Atlar lange ansehen. Selbst Thalar, der langsam vortrat, während die anderen ihm automatisch Platz machten, schien knapp an ihm vorbeizuschauen.

Jeder andere wäre im Angesicht von einem Dutzend scharfer Klingen nervös geworden, doch der Schwarze Mann stand dort im Kreis, als warte er auf den Bus. Das Gesicht regungslos, vielleicht sogar gelangweilt, richtete er die Augen auf Anders, sobald er eintrat. Es war erst einige Stunden her, dass Anders das Wesen gesehen hatte, aber trotzdem kamen ihm die Schatten um dessen Gestalt, die Finsternis seiner pechschwarzen Augen und seiner rabenschwarzen Haare surreal in dieser hellen Welt vor.

Nur nebenbei bemerkte er, wie die Valahari auf Thalars Befehl hin zögerlich die Waffen senkten. Erst als alle Schwerter zurück in ihren Scheiden steckten und die Speere aufrecht neben ihren Trägern standen, bewegte sich der Schwarze

Mann. Er drehte den Kopf langsam und musterte dabei jeden Einzelnen um sich herum. Bei Nuallán hielt er länger inne und Anders fiel auf, dass Nuallán dem Blick des Schwarzen Mannes als Einziger standhalten konnte. Dann entließ Atlar ihn aus seinem Blick und erhob seine Stimme: »Ein wahrhaft herzliches Willkommen. Hier bin ich gern Gast.«

»Wie bist du hierhergekommen?«, fragte Anders verblüfft. Sie befanden sich viele Wegstunden vom Weltenschlund entfernt.

»Geheime Wege«, antwortete Atlar und ein schmales Lächeln erschien auf seinem blassen Gesicht. Es war auf andere Weise blass als die der Valahari. Kälter und lebloser.

»Nun«, sagte Meristate, »über diese geheimen Wege würde ich gern mehr erfahren.« Sie trat vor und die restlichen Valahari zogen sich gerade weit genug zurück, um ihren Anführern Platz zu machen, sie aber trotzdem noch, falls nötig, beschützen zu können.

Obwohl Meristate lächelte, lag ein feines Zittern in ihrer Stimme, und auch sie sah Atlar nicht direkt an, sondern an ihm vorbei. »Wieso kommt Ihr nicht mit? Anders und ich haben uns soeben über Euch unterhalten.«

Atlars Lächeln wurde breiter, seine weißen Zähne kamen zum Vorschein und seine Lippen formten sich zu einem Haifischgrinsen. Ein kalter Schauder überspülte Anders und auch die Valahari im Raum versteiften sich.

Ohne ein weiteres Wort gab Meristate der Valahar von vorhin ein Zeichen, ihr zu folgen, und verließ den Raum. Atlar glitt über den Boden, dicht gefolgt von Thalar. Anders ging hinterher, doch ihm entgingen die misstrauischen Blicke der Valahari nicht. Noch während sie die Treppen hinunterstiegen, hörte er Nuallán zu den Soldaten sprechen.

Zurück im Besprechungsraum nahm Meristate ihren Platz wieder ein, Anders setzte sich zu ihr an den Tisch und Thalar blieb neben der Tür stehen, während der Schwarze Mann stehen blieb und sanft über die Lehne eines Stuhls strich. Dieses Mal bemerkte Anders die geheimnisvolle Frau. Anscheinend hatte sie zuvor genauso im Raum gestanden, ohne dass sie ihm aufgefallen war. Eigentlich war das unmöglich. Er mochte von den ganzen verrückten Ereignissen abgelenkt sein, aber er war nie unaufmerksam.

Sie lehnte sich gegen die helle Steinwand, ihr Blick wanderte wachsam zwischen Atlar und Anders hin und her.

Die geschäftige Stimmung, die vor einigen Minuten im Saal geherrscht hatte, war wie weggefegt. Stattdessen lag offenes Misstrauen und Anspannung zwischen den Anwesenden, und Anders fühlte sich wie das Korn zwischen zwei Mühlsteinen, als die Stille anhielt. Meristate wandte sich an den Schwarzen Mann.

»Ihr wollt also Eure Seele aus dem Herz der Welt stehlen«, sagte sie unvermittelt.

»Zurückholen«, verbesserte Atlar sie. »Gestohlen wurde sie *mir*.«

»Wisst Ihr, wo sie sich befindet?«

Atlar blieb eine Weile stumm und sein Blick schweifte durch den Raum. Dann fixierte er wieder Meristate. »Ja und nein. Als ich sie vor Kurzem vorgeführt bekam, befand sie sich im Thronsaal im Palast von Lanukher und die weiße Hexe verdeutlichte mir, dass ich von ihrer Gunst abhängig sei. Außer ihr befand sich nur ein weiterer Valahar im Saal, Edelmänner oder Wachen wohnten dem Gespräch nicht bei. Sicherlich wimmelt es dort sonst von Leuten. Ich bezweifle, dass sie meine Essenz an so einem belebten Ort aufbewahrt und sie anderen zeigt. Sie war nur für mich dort und wurde danach wieder weggeschafft.«

»Wenn sie ihr so viel bedeutet, wird sie sie nahe bei sich behalten. Wir können also davon ausgehen, dass sie sich vermutlich im Palast, zumindest aber in der Hauptstadt befindet. Ich bezweifle ebenso, dass viele davon wissen. Die Dunkelheit Eurer *Essenz* muss abnorme Maße haben.«

Atlar nickte. »Sie wird ihre Kobaltkrieger ein Auge darauf haben lassen.«

Die Tür öffnete sich einen Spaltbreit und Nuallán glitt neben Thalar. Flüstern setzte ein, als Thalar sich nahe zu ihm beugte und ihn auf den neuesten Stand brachte. Der Schwarze Mann und Meristate, die ganz in ihr Gespräch vertieft waren, schienen seine Ankunft nicht zu bemerken oder zumindest nicht darauf einzugehen.

»Wenn wir dafür sorgen, dass Eure Essenz wieder in Euren Besitz übergeht …«

Atlar hatte die Unterarme lässig über der Lehne des Stuhls abgelegt und beugte sich vor. Sein arroganter Blick glitt über die drei Valahari, als wäre er ein Gönner und sie Bittsteller, denen er seine Aufmerksamkeit schenkte. »Keine Sorge. Dann ist eure kleine, helle Welt um einen Schatten ärmer.«

»Ihr werdet nicht wiederkehren?«, fragte Meristate nach. Vorsicht lag in ihrer Stimme, vielleicht sogar Unglaube.

»Keine zehn Pferde würden mich jemals hierher zurücklocken.« Dabei sah er mit Abscheu zum Fenster, durch das langsam helleres Licht schien. Nur noch vereinzelte Regentropfen schlugen gegen die Scheiben. Erst jetzt bemerkte Anders, dass der Schwarze Mann sich penibel von den Fenstern fernhielt.

»Das Licht?«, fragte Meristate stirnrunzelnd, so als könne sie nicht nachvollziehen, dass jemand etwas so Herrlichem entfliehen wollte.

»Ranulith ist eine Hölle«, sagte Atlar schneidend und für einen Moment zuckte die alte Dame zurück, als hätten seine Worte sie körperlich getroffen. »Meine Essenz ist das Einzige, das mich an diese Welt bindet, die einzige Kette, die mich hierherzwingt. Je schneller ich sie zurückhabe, desto besser.«

Anders wunderte sich über diese inbrünstige Abneigung. Er hatte den Schwarzen Mann als eiskaltes, skrupelloses und altes Wesen kennengelernt. Dass ihn überhaupt noch etwas zu einer Gefühlsregung bringen konnte, erschien ihm beinahe … menschlich. Er schüttelte den Kopf. Wenn Atlar eines nicht war, dann menschlich. Er war ein Monster, das unschädlich gemacht werden musste.

»Ich werde die Sorgen der Valahari zerstreuen«, sagte Atlar und streckte die Hand gönnerhaft aus, obwohl seine Stimme nun wieder gelangweilt klang. »Für einen kleinen Gefallen.« Dabei krümmte er die Finger in einer geschmeidigen Geste.

Obwohl Anders nicht mitredete, kam es ihm so vor, als wäre er Teil des Gesprächs, da er diese Zusammenkunft ohne sofortige Gewalt ermöglicht hatte. Nicht nur das. Selbst nun noch diente er als Puffer zwischen den Fronten. Mit verstohlenen Blicken versicherten sie sich immer wieder seiner Aufmerksamkeit. Als könnte er einen von beiden aufhalten, falls jemand sich entschied, das Gespräch mit Gewalt zu beenden!

»Er hilft Euch dabei?« Meristate deutete mit dem Kinn in Anders' Richtung und Anders schnaubte. War es zu viel verlangt, direkt angesprochen zu werden? Wieso über Atlar gehen, um das herauszufinden? Anscheinend zweifelten sie daran, dass Anders war, wer er behauptete zu sein.

»Er und ich haben eine Abmachung«, erklärte Atlar, ohne zu ihm zu sehen. »Wir beide könnten auch eine haben.«

Meristate legte den Daumen nachdenklich an ihre Unterlippe und betrachtete die Prinzen. »Dies erfordert sorgsame Überlegung. Solange seid ihr unsere Gäste. Ein Zimmer wird für euch vorbereitet werden und jemand wird euch dorthin führen.«

Mit diesen Worten stand Meristate auf und verließ den Raum.

»Moment mal, *ein* Zimmer?«, rief Anders ihr nach, doch sie drehte sich nicht um. Thalar und Nuallán folgten ihr wortlos, jedoch nicht, ohne einen letzten scharfen Blick in Richtung des Schwarzen Mannes zu werfen. Dann saß Anders allein mit Atlar im Besprechungssaal. Er fröstelte. Bildete er sich das ein oder war die Luft merklich abgekühlt?

Der Schwarze Mann zog sich einen der Stühle in eine schattige Ecke, setzte sich und überkreuzte lässig die Beine. Das war die wohl menschlichste Handlung, die er Anders bisher gezeigt hatte.

Einige lange Minuten war es vollkommen still im Raum. Anders fühlte sich in Atlars Anwesenheit unwohl. Die Erinnerung an ihren Kampf stand ihm lebhaft vor Augen. Er sah zu Atlar, dessen Blick aus nachtschwarzen Augen auf ihm lag.

»Wie gut kennst du dich in der Weißen Welt aus?«, fragte

Anders beklommen. Die Vorstellung, tatsächlich mit dem Schwarzen Mann zusammenarbeiten zu müssen, brachte seinen Magen zum Rebellieren. Er schmeckte Galle auf seiner Zunge. War das hier real? Er half der Kreatur, die seine Tochter bedrohte, unzählige Kinder gefressen und ihre Eltern verschleppt hatte.

Atlar zuckte mit den Schultern. »Ich weiß das eine oder andere darüber. Den Weg zur Hauptstadt werde ich schon finden und mit etwas Hilfe des Erbengefolges wird auch Lanukher bezwingbar sein, doch lange wirst du mich hier nicht halten können.«

»Ich habe dir eine Audienz bei den *Erben* verschafft, ohne dass sie dich bei Sichtkontakt töten. Das ist doch kein schlechter Anfang für unseren Handel, oder?« Anders hob fragend eine Augenbraue.

Der Schwarze Mann hingegen wirkte wenig überzeugt. »Ich hoffe für dich, dass sie sich bald entscheiden.«

Anders stand auf und ging an den verschiedenen Bannern vorbei. Er spürte das Verlangen, sich zu bewegen. Vielleicht war es auch der Drang, vor dem Schwarzen Mann zu fliehen.

»Die Sprache könnte ein Problem werden«, sagte er. »Ich weiß nicht, wie weit wir kommen, ohne mit irgendjemandem reden zu *müssen*. Außer Meristate und Thalar habe ich noch niemanden getroffen, der unsere Sprache spricht.« Anders brauchte einen Plan. Der Schwarze Mann würde sein Reisebegleiter sein und Meristates Unterstützung war noch nicht sicher.

»Mindestens eine andere Valahar gibt es, die uns versteht«, erwiderte Atlar.

Anders drehte sich fragend zu ihm um, da blieb ihm das Wort im Halse stecken. Die Schattenschwaden am Saum von Atlars Kleidung kräuselten sich sanft und die Ecke, in der er saß, wirkte finsterer als der Rest des Raumes. Es war, als zöge er jeden noch so kleinen Schatten an wie ein Leichnam die Maden.

Aber er sah nicht Anders an, als er sprach. Stattdessen lag sein Blick auf der Wand gegenüber. »Habe ich nicht recht?«

Anders folgte dem Blick. Alles, was er sah, war kahler Stein und ein blassgrünes Banner mit einigen Ornamenten. Dann plötzlich regte sich etwas und aus dem Bild trat die Valahar, die bereits vorher aus einer scheinbar leeren Ecke gestürmt war. Anders blinzelte verwirrt; sie hatte er ganz vergessen.

»Ich führe euch in euer Gemach«, sagte sie mit noch stärkerem Akzent als Thalar und Meristate und wandte sich zur Tür.

Anders stand der Mund offen. In was für eine verrückte Welt war er hier geraten? War sie ein Chamäleon? Konnte sie sich teleportieren? Durch Wände gehen vielleicht?

Der Schwarze Mann glitt unbeeindruckt vom Stuhl und folgte der Valahar. Anders hingegen wollte eine Erklärung, und zwar sofort, aber aus seinem Mund kam nur Gestotter.

»Hä? Wie hast ... was war denn ... hey, warte!« Er beeilte sich, zu ihnen aufzuholen, bevor sie um eine Ecke bogen.

Die Valahar trug zweckmäßige Kleidung, in der sich viele Taschen befanden. Ihr Haar war straff geflochten. An ihrer Hüfte hing ein Schwert mit blassgrünem und silberfarbenem Griff, um den sich eine Schlange wand. Die Schwertscheide war mit Ornamenten in denselben Farben verziert. Sie wirkte respekteinflößend.

Vor einer Tür im zweiten Obergeschoss blieb sie stehen und machte eine einladende Geste. »Hier. Meristate wird euch in alles Weitere einweihen, sobald sie Zeit findet.«

Dann machte sie kehrt und ging, bevor Anders nach einem einzelnen Zimmer fragen konnte. Entsetzen über seinen Zimmerpartner brach über ihn herein. Nicht mehr als zwei Betten, ein Tisch und zwei Stühle passten in den Raum. Es war zu wenig Platz, um dem Schwarzen Mann aus dem Weg gehen zu können.

»Muss das sein?«, murmelte Anders.

Atlar sah ihn unbeeindruckt an und betrat das Zimmer mit wenig Interesse. Das Fenster war mit einem dicken Laken verhängt. Zumindest hatten sie nicht vergessen, wie Anders auf ihre Sonne reagierte – und Atlar scheute ihr Licht wohl noch mehr.

Unwillig folgte Anders dem Schwarzen Mann und stellte seine Umhängetasche neben dem Bett nahe der Tür ab. Er wollte gleich klarstellen, dass er nicht zulassen würde, von Atlar in die Enge getrieben zu werden. Aus der Tasche zog er seinen Flachmann. Den konnte er nun wirklich gebrauchen.

Der Schwarze Mann stand ungerührt mitten im Raum, als hätte er keine Absichten, das Bett zu benutzen.

»Wenn dein Plan fehlschlägt«, begann er in bedrohlich ruhigem Tonfall, »und ich unfrei bleibe, werde ich erst deine Frau zu Elrojana führen und danach vor deinen Augen deine Tochter fressen.« Sein Blick war auch ohne das gelbe Aufflackern angsteinflößend genug.

Mit zittrigen Händen öffnete Anders den Schraubverschluss und gönnte sich einen kräftigen Schluck.

Ganz gleich, in welchem von Atlars Leben sie aneinandergerieten, Atlar erkannte Anders' Schwachstelle jedes Mal und nutzte sie als Druckmittel. Vielleicht würde Anders ihn erneut töten müssen, falls etwas schiefging.

 KAPITEL 15

Und so blieb sie stehen.
Unbewegt, wie tot hängt sie im Himmel,
das Firmament ihr Grab.
Sie schaut auf uns herab,
mit ihrem gold'nen Antlitz
und ihrer barmherzigen Wärme.
Haben wir sie getötet?
Wird sie aus Himmel und Erinnerung schwinden,
so wie ihre Schwestern davor?

Tabals letzte Ruhe
Prudenbitor Katasar Ptalinor

Anders stand mit seiner Sonnenbrille auf dem höchsten Balkon des Turms und betrachtete die Sonne. Wie eine goldene Scheibe war sie hinter den letzten Wolken und dem morgendlichen Nebel verborgen, die rot leuchteten. Sie stand eine Handbreit über dem Horizont und wirkte wie in einem ewigen Sonnenuntergang gefangen. Den ganzen letzten Tag über hatte sie sich nicht bewegt. Der Himmel strahlte hinter den Nebelschwaden in einem blassen Mint, wie karibisches Meer.

Unter ihm bewegten sich Leute durch das Dorf und sahen manchmal zu ihm hinauf. Hier oben war es ruhig. Anders genoss diesen Moment der Stille, in dem er seinen Gedanken nachhängen konnte, während er auf die Entscheidung der Prinzen und Meristates wartete. Er hatte den vergangenen Tag genutzt, um ein paar Antworten über diese Welt zu bekommen. Was er bei seiner Ankunft für Sturm gehalten hatte, war die ranulische Nacht gewesen. Statt einer sich bewegenden Sonne sorgten hier Wolken und Nebel für den Tages- und Nacht-rhythmus. Abends zogen sie über den Himmel, bis sie ihn mit einer dichten Masse bedeckten, die schwerer und dunkler wurde, je später es war, und die Sonne schien wie ein fahler Vollmond hindurch. Den Beginn des Tages läutete der Wolken-bruch ein. Nach dem Regen zogen die Wolken fort und es wurde unerträglich hell. Anders war fasziniert von der Fremd-artigkeit dieser Natur. Er rieb sich über die müden Augen.

Dann endlich, nach einer Ewigkeit, ließ Meristate nach ihm rufen.

Im Besprechungssaal warteten die Erben, Meristate und ihre Begleiterin sowie Atlar schon auf ihn.

»Ihr werdet nach Lanukher, in die Hauptstadt Vallens, reiten und dort Unterstützung von der Erbengefolgschaft erhalten«, klärte die alte Dame Atlar und Anders auf.

»Oh, Sie kommen gleich zum Punkt«, sagte Anders.

Meristate hob eine Augenbraue. »Tut mir leid, hättest du gern eine einleitende Frage zu deiner Befindlichkeit gehabt?«

Überrumpelt blinzelte Anders. »Ist das euer letztes Wort? Wir tun das jetzt wirklich?« Vor Atlar wollte er nicht direkt aus-sprechen, dass er ihn hatte hintergehen wollen. Meristate ver-stand ihn auch so.

»So soll es sein und nicht anders.«

Die Erben standen hinter ihr, Thalar übersetzte leise für Nuallán, doch ins Gespräch mischten sie sich nicht ein. Anders konnte seine Enttäuschung über diese Entscheidung nicht ver-bergen.

Meristate jedoch verzog keine Miene. »Einer unserer Ver-bündeten hat großen Einfluss am Hofe der Königin, doch er darf seine Tarnung nicht aufgeben, deshalb kann er nur bera-tend tätig sein. Was die Beschaffung der Seele angeht, so seid ihr auf euch gestellt. Allerdings«, sie deutete mit einer Hand hinter sich und die Valahar mit dem silbergrünen Schwert trat vor, »stelle ich euch meinen Lehrling als Führerin und Gefährtin zur Seite. Sie wird euch sicher hinter die Stadtmauern Lanukhers geleiten und ein Treffen mit unserem Verbündeten arrangieren.

Wie viel Hilfe ihr darüber hinaus von ihr erwarten dürft, liegt in ihrem eigenen Ermessen. Ihr tut gut daran, ihrem Rat jederzeit zu folgen. Es gibt nur wenige, die Vallen so gut kennen wie sie.«

Mit diesen Worten verließen Meristate und die Prinzen den Raum. Die Valahar trat vor und ließ ihren Blick einen Moment über Anders und Atlar schweifen. Sie machte ein Gesicht, als hätte sie in eine Zitrone gebissen.

»Ich bin Nalare«, sagte sie. »Tut, was ich sage, und wir werden so wenig Zeit wie möglich miteinander verbringen müssen. Es gibt noch einige Vorbereitungen zu treffen, ehe wir unsere Reise antreten können. Eine davon ist, ein Reittier zu finden.«

»Reittier?«, entfuhr es Anders. Er und ein Pferd? Er hatte keine Ahnung von Tieren. Autos, Busse, die fürchterlich volle U-Bahn, ja. Aber ein Reittier?

Nalare musterte ihn abschätzig. »Reittier«, wiederholte sie mit Nachdruck. »Falls du keinen fliegenden Teppich unter deinem Mantel versteckst, ist das die Art, wie wir uns fortbewegen werden. Auf dem Rücken von ranulischen Pferden.«

»Thalar hat doch einen fliegenden Teppich«, wandte Anders ein.

Nalare schmunzelte. »Aus seinem Blut gewoben, auf ihn geprägt. Er wäre dir zu nichts nutze.«

Anders verzog das Gesicht. Das klang schmerzhaft. Er wollte gern mehr darüber erfahren, wie all die unerklärlichen Dinge funktionierten. Fliegende Teppiche, Nalare, die sich vor seinen Augen unsichtbar machen konnte. Es kam ihm vor wie Magie. Der Schwarze Mann hatte zur Eile gedrängt und so fragte er nicht nach.

Er würde wohl wirklich reiten lernen müssen.

Aus Rücksicht auf ihn und Atlar warteten sie bis zum Einbruch der Nacht, ehe sie zur Pferdekoppel gingen. Nalare trug eine Nevaretlaterne mit sich, um den Weg zu beleuchten. Man hatte ihm erklärt, dass es sich dabei um lumineszierende Flüssigkeit in einem Glaskolben handelte. Weder Anders noch Atlar benötigten die Laterne, denn für sie war es immer noch taghell.

»Wieso heißen die Leute hier eigentlich Erbengefolge?«,

fragte Anders, als sie durch das Dorf gingen. Misstrauische Blicke folgten ihnen.

»Weil sie den Erben folgen«, antwortete Nalare knapp. Anders hatte das Gefühl, dass sie ihn nicht mochte.

»Und du nicht?«

»Ich folge Meristate. Das reicht. Ich habe dieselben Ziele wie die Erben … fürs Erste.«

»Und die wären?«, bohrte Anders. Er würde eine Weile in dieser Welt bleiben. Besser er wusste, worauf er sich einließ – und mit welchen Leuten.

Nalare sah ihn genervt an. »Du bist verdammt neugierig.«

»Schuldig im Sinne der Anklage«, sagte er salopp, doch sie schien es nicht zu verstehen. »Also? Was ist euer Ziel? Diese Despotin zu stürzen?«

»Wenn es nach Meristate geht.«

»Und wenn es nach dir ginge?«

»Dann hören wir da nicht auf«, sagte sie und dabei sank ihre Stimme eine Tonlage tiefer, »dann vernichten wir sie, bis nichts mehr von ihr übrig ist. Nicht einmal eine gute Erinnerung.«

»Oh, wow, du kannst sie wirklich nicht leiden, was?«

Nalare sah ihn ausdruckslos an, dann deutete sie auf Atlar, der einige Schritte vor ihnen ging, als gehöre er nicht zu ihnen. Runde Schultern, eingezogener Kopf wie ein gescholtener Schuljunge. Das Licht schien ihm zu schaffen zu machen. »Sie bringt etwas wie ihn hierher und du fragst, ob ich sie nicht leiden kann? Du hast die Kobaltkrieger gesehen, oder? Sie dienen ihr. Die Königin tut dieser Welt nicht gut. Sie verdirbt die Lichtwelt mit Finsternis, Schatten und«, nun musterte sie ihn mit kaum verhohlener Abscheu, »Zwielichtwesen. Ich habe einen Eid geschworen, auf Tabal und ihre Leben spendenden Lichtstrahlen. Alles, was versucht, dieses Licht zu schwächen, ist mein Feind. Allen voran die Despotin.«

Anders war erstaunt von ihrem inbrünstigen Hass. »Tut mir leid, dass du uns auf dieser Reise begleiten musst.«

Sie seufzte. »Es ist eine bedeutsame Aufgabe, die mir zuteilwird. Euch sicher in die prächtige Stadt zu führen, sodass er«, sie deutete mit dem Kinn auf Atlar, »danach für immer Ranulith verlässt, ist ein großer Dienst an den Sonnenrittern und schwächt die Ewige Königin.«

»Dass ihr den Schwarzen Mann loswerden wollt, kann ich zumindest verstehen«, murmelte Anders.

»Schwarz? Was soll das sein?«

Anders blieb stehen. Sie hatten eine der beiden Schluchten erreicht, die die Klippen teilten. Weißer, glatter Stein ragte zu beiden Seiten empor. Kieselsteine lagen auf dem Weg. An den Spitzen der Klippen floss das Grün in Büscheln und Ranken herunter.

»Schwarz, so wie das, was Atlar trägt – oder was ihn ausmacht. Ich weiß das nicht so genau. Sind das überhaupt Klamotten?«

Sie musterte Atlar, der unbeeindruckt weiterging. »Nennt man diese Farbe so?«

»Ihr kennt schwarz nicht? Gar nicht?«

Sie zuckte mit den Schultern und ging weiter.

Nach einer Weile stiegen sie die Hügel über der Schlucht hinauf. Während die Landschaft zuvor aus kahlem Stein und wenig Vegetation bestanden hatte, blühte die Natur auf, je höher sie kamen. Inmitten des blassgrünen Grases blieben sie stehen. Anders beugte sich hinunter und stellte mit Überraschung fest, dass der Boden unter dem Gras hell war. Er griff danach, aber statt auf den erwarteten Sand trafen seine Finger auf feuchte, lehmige Erde. Weiße Erde.

»Du kannst später nach Würmern suchen«, holte Nalare ihn aus seiner Betrachtung und er hob den Kopf. »Wir sind an der Grenze zur Koppel.«

Anders richtete sich auf und hob eine Augenbraue. Weit und breit gab es kein Gatter. Die Tiere grasten verstreut auf der Weide. Ihre Fellfarben waren allesamt im hellen Farbspektrum – weiß, beige, grau. Sie unterschieden sich kaum von den Pferden aus seiner Welt. Ihr Körperbau war nur etwas geschmeidiger.

»Zuerst«, sagte Nalare, »wählen die Pferde ihren Reiter.«

»Sie wählen ihren Reiter?«

»Natürlich. Schließlich verlangt der Reiter von ihnen, ihn über viele Tagesmärsche hinweg zu tragen.« Sie klang dabei so überzeugt, dass Anders nur die Schultern zuckte. Was wusste er schon von Pferden?

»Und wie machen wir das?«

Doch bevor Nalare antworten konnte, ging Atlar an ihnen vorbei. Alle Pferde hoben augenblicklich ihre Köpfe, als hätte er einen stummen Alarm ausgelöst.

»Halt!«, rief Nalare. Sie streckte ihren Arm nach ihm aus, zuckte aber im letzten Moment zurück. Der Schwarze Mann ließ sich nicht beirren, breitete seine Arme seitwärts aus und ging gelassen auf die Herde zu. Mehr Köpfe erschienen über den Rändern der Hügel und alle sahen sie in Atlars Richtung.

»Komm zurück!«, versuchte Nalare es noch einmal. Dieses Mal drehte der Schwarze Mann tatsächlich den Kopf zu ihr um und Anders glaubte etwas wie Ungeduld in seiner Miene zu erkennen. Dann pfiff er. Es klang unwirklich, wie von weither, ein wenig wie der Wind. Keine menschliche Kehle hätte so etwas hervorbringen können. Anders' Trommelfell vibrierte unangenehm. Er schüttelte sich.

Nalares Mund stand offen. »Woher ...?«

Doch Atlar hatte sich schon wieder umgedreht und stand nun regungslos auf der Weide. Die Minuten verstrichen. Anders wartete gespannt darauf, dass etwas passierte. Plötzlich ertönte ein geisterhaftes Wiehern. Der Klang schallte über die ganze Weide und einige der anderen Pferde zogen ihre Köpfe ein. Dann kam ein großes, graues Tier über die Hügel galoppiert, die Mähne flog im Wind. Es warf den Kopf nach hinten und wieherte erneut. Mit vollem Tempo stürmte es auf sie zu. Während Anders langsam einige Schritte zurückmachte, blieb Atlar ungerührt an Ort und Stelle stehen. Das Pferd kam näher, ohne abzubremsen.

Es war noch fünfzehn Meter von Atlar entfernt.

Zehn.

Sechs.

Atlar bewegte sich immer noch nicht. Er schien sogar das Kinn herausfordernd zu heben.

Drei Meter.

Erst im allerletzten Moment änderte das Tier minimal seinen Kurs und zog einen scharfen Bogen um Atlar, dessen Haar im Luftzug zerzaust wurde. Dabei zogen die Hufe tiefe Furchen in die Wiese, die einen Kreis bildeten. Dann bremste es endgültig ab und blieb vor Atlar stehen. Die Nüstern dicht vor Atlars Gesicht bebten. Das Pferd war größer als jedes, das Anders je gesehen hatte. Sein Widerrist reichte selbst dem Schwarzen Mann bis zum Kinn.

»Das ist keines von unseren«, hauchte Nalare.

Atlar, der dem Pferd eine Hand auf den Hals gelegt hatte, drehte den Kopf zu ihr und grinste sein Haifischgrinsen. »Ich weiß.«

»Es kam vom Sonn und hat auf deinen Ruf reagiert. Es sieht aus wie einer von Illomos' Nachkommen. Dass ein solch prachtvolles Pferd ausgerechnet dich wählt ...«

Anders sah misstrauisch zwischen den beiden hin und her. »Moment mal. Klärt den Dummen in der Runde bitte auf. Sonn? Illomos?«

Nalare wirkte von seiner Unterbrechung genervt, dann nickte sie wie zu sich selbst. »Natürlich, du bist nicht von hier und das könnte auf unserer Reise noch wichtig werden. Unsere Himmelsrichtungen: Sonn, Meer, Frost, Wolf.« Dabei zeigte sie erst zur Sonne, dann links davon, der Sonne gegenüber und schließlich nach rechts. Dass die Richtung zur Sonne Sonn hieß, verstand er ja noch. Wieso hießen die anderen Himmelsrichtungen so merkwürdig? »Wieso Frost? Und Wolf?«

»Das ist jetzt nicht wichtig. Es sieht so aus, als brauchtest nur noch du ein Pferd. Zeig keine Angst. Die Tiere spüren das. Auch wenn sie selbst Pflanzenfresser sind, stammt ihre Züchtung stark von den Sonnblütern ab. Ihre Vorfahren waren Fleischfresser. Wenn du rennst, weckt das ihren Jagdtrieb. Na los.«

Anders starrte sie an. »Das ist nicht dein Ernst, oder? So wählen sie ihren Reiter?« Er deutete auf die Furchen, die Atlars

Pferd in die Wiese gezogen hatte. Er hatte keine Lust, von einem dieser Mörderpferde überrannt zu werden. *Oder gefressen.*

»Renn einfach nicht weg und dir wird nichts passieren.« Einige Tiere trabten neugierig in ihre Richtung und sie drängte Anders mit einer Handbewegung weiter nach vorn. »Präsentiere dich.«

Anders blinzelte perplex. Er hatte keine Ahnung, wie er sich einer dieser Kreaturen schmackhaft machen könnte, die er nun nicht mehr ganz so stark mit den Pferden seiner Welt verglich. Schließlich schüttelte er den Kopf und tat es Atlar nach: Er breitete seine Arme aus und ging mit festen Schritten und aufrechter Haltung über die Weide.

»Halt«, sagte Nalare irgendwann und er blieb stehen. Die Pferde sahen alle zu ihm. Kein einziges graste mehr. Anders senkte die Arme und rief: »Charmanter, humorvoller Mann Ende dreißig sucht gutmütiges Pferd für eine Reise in die Hauptstadt.«

Hinter sich hörte er unterdrücktes Lachen.

Lange Zeit passierte nichts. Die Pferde schlugen nur mit den Schweifen. Anscheinend war keines daran interessiert, Anders' Hintern auf sich zu wissen. Dann endlich löste sich ein beiges, stämmiges Tier aus der Herde und trabte die Weide entlang. Weder wurde es schneller noch kam es direkt auf ihn zu. Es lief einen weiten Bogen um ihn und kurz bevor es aus Anders' Blickwinkel verschwand, verfiel es in einen scharfen Galopp. Anders schloss die Augen. Nur keine Furcht zeigen. Er hörte das dumpfe Trampeln der Hufe auf der Erde und eine feine Brise strich über sein Gesicht. Das Geräusch hinter ihm nahm zu. Anders bildete sich ein, dass die Erde unter seinen Füßen bebte. Alles in ihm schrie, er solle sich umdrehen, solle aus dem Weg springen oder sich zu Boden werfen. Seine Muskeln waren so angespannt, dass es wehtat. Aber er blieb stehen.

Das Donnern der Hufe war schon ganz nah. Es wurde lauter und lauter und ein Windzug kündigte etwas sehr Schnelles hinter ihm an.

Dann plötzlich wurde es still. Heißer Atem blies ihm in den

Nacken und er erschauderte. Er hörte leises Schmatzen und kurz darauf spürte er eine Pferdeschnauze an seinen Haaren knabbern.

Nalare prustete und ein Pferd wieherte, als würde es ihn auslachen. Die Anspannung fiel von ihm ab. Er drehte sich um und sah dem Tier in die freundlich blickenden Augen.

»Er scheint dich zu mögen«, sagte Nalare.

»Sieht ganz so aus.« Anders stieß die Luft aus seiner Lunge und klopfte dem Wesen den Hals. »Fast wäre ich zur Seite gesprungen.«

»Gut, dass du es nicht getan hast. Sonst hätte es dich zu Tode getrampelt.«

Anders tauschte einen Blick mit dem Pferd aus, das seinem Abenteuer beinahe ein schnelles Ende beschert hätte, und schluckte. »Nett.«

»Dann sitzt mal auf, ihr beiden.« Nalare stemmte die Hände in die Hüfte und schaute erwartungsvoll in die Runde.

Atlar legte eine Hand auf den Rücken seines Reittiers und sprang mit einer Leichtigkeit auf den ungesattelten Pferderücken, dass Anders grün vor Neid wurde.

»Ohne Sattel und Zaumzeug?« Wie sollte er das Tier denn dann führen? Er kannte sich ja nicht gut mit dem Reiten aus, aber sie waren hier doch nicht in der Prärie, wo man sich in der Mähne seines Wildpferds festkrallte.

»Ich weiß zwar nicht, was das ist, aber ich kann dir versichern, dass du nichts als dein Pferd brauchst, um zu reiten.«

Anders sah verständnislos in das Gesicht des Wesens, das ihn ruhig anschnaubte, dann richtete er seine Aufmerksamkeit auf den Rücken des Pferdes. Wie sollte er da hochkommen ohne einen Steigbügel?

»Ich habe nicht die ganze Nacht Zeit«, merkte Nalare an und stellte die Laterne neben sich auf den Boden, als würde sie sich trotzdem darauf einstellen, den restlichen Abend hier zuzubringen.

Anders fuhr sich durch die Haare und griff in den unteren

Teil der Mähne. »Dann versuchen wir's mal. Wehe, du lachst mich aus!«

Nalare hob mit einer Unschuldsmiene die Hände. Anders nahm Anlauf und sprang, das eine Bein nach oben gestreckt, um sich irgendwie auf den Rücken des Pferdes zu schwingen. Hätte er es beim ersten Versuch geschafft, wäre er äußerst überrascht gewesen. Stattdessen konnte er sich nicht mehr festhalten und landete rücklings auf dem Boden.

Schallendes Lachen ertönte und Wiehern stimmte mit ein, als Anders frustriert auf die Beine kam. Nalare hielt sich schon den Bauch und selbst Atlar schmunzelte hoch zu Ross. Anders verdrehte die Augen. Das konnte ja noch lustig werden.

Atlar ritt zu ihm und sah ihn mit hochgezogener Augenbraue hochmütig an. »Brauchst du Hilfe?«

»Nein. Das war gerade nur die Aufwärmphase.« Die Prahlerei ging ihm auf die Nerven. Anders klopfte sich die Erde von der Hose.

»Na, wenn du meinst.« Atlar zuckte die Schultern und begann, mit dem Apfelschimmel Runden um Anders und dessen Pferd zu ziehen. Anders schnalzte mit der Zunge. So ein Angeber.

»Noch mal«, presste Nalare hervor, als sie ihr Lachen wieder einigermaßen unter Kontrolle hatte.

An diesem Abend schaffte er es nicht mehr, allein auf sein Pferd zu steigen. Als Nalare anfing, vor Müdigkeit zu gähnen, half sie ihm hoch und gab ihm noch ein paar Tipps, damit er nicht gleich wieder herunterrutschte.

Am Ende der Reitstunde war Anders erschöpft und seine Kleidung voller Grasflecken. Er kroch förmlich in sein Zimmer. Der Schwarze Mann war zurückgeblieben, sobald sie wieder ins Dorf gekommen waren. Sofort hatten ihn zwei Männer in Empfang genommen. Anscheinend traute sich niemand, Atlar unbeaufsichtigt zu lassen. Anders hatte dem Schwarzen Mann dabei nicht angemerkt, ob er die Anwesenheit der Valahari überhaupt zur Kenntnis genommen hatte.

Egal in welche dunkle Ecke sich der Kinderschreck verzogen hatte, Anders war es recht, wenn er nicht in der Nähe war. Wenn es nach Anders gegangen wäre, hätte der Schwarze Mann bis zum Jüngsten Tag in seiner dunklen Ecke bleiben können. So würde er ihm einen Haufen Probleme abnehmen – das wäre doch was.

Zumindest war ihm nun eine erholsame Nacht vergönnt. Noch eine in Atlars Gegenwart hätte er nicht verkraftet, wenn Nalare wollte, dass er morgen wieder aufs Pferd sprang. Er sank auf sein Bett, atmete tief durch und griff zum Flachmann. Mit Sorge betrachtete er den letzten Rest der goldenen Flüssigkeit. Am besten, er fand schnell heraus, wo es hier Alkohol gab, sonst würde das alles schrecklich enden. Er leerte den Scotch und schlief in seiner fleckigen Kleidung ein.

KAPITEL 16

Am nächsten Morgen wachte Anders mit Kopfschmerzen auf. Seine Gedanken kreisten um Bier und Scotch. Am besten gleichzeitig. Sein Mund war merkwürdig trocken und er haderte mit sich, ehe er doch aus dem Bett kroch.

Frische Kleidung, die er am Vorabend gar nicht bemerkt hatte, lag auf einem der Stühle. Er zog sich das beige Leinenhemd und die kratzige Wollhose an. Daran musste er sich erst noch gewöhnen. Auch der Schnitt war weiter als erwartet. Seinen Trenchcoat zurückzulassen fiel Anders wirklich schwer. Damit würde er auf ihrer Reise nur noch mehr auffallen. Vielleicht konnte er ihn am Schluss wieder mitnehmen.

Anders griff nach seiner Sonnenbrille und verließ das Zimmer. Im Erdgeschoss des Turms gab es einen großen Speisesaal mit drei langen Tischen. Da der Wolkenbruch bereits geschehen war, saß kaum noch jemand dort, nur vereinzelt frühstückten einige Valahari. Anders setzte sich weit weg von den anderen, denn auch wenn sie einander nicht mit Worten verstanden, sagten ihre Blicke alles aus, was Anders wissen musste. Er war hier ein Fremder, ein Zwielichtwesen – was auch immer das heißen mochte – und er war nicht willkommen. Die Anführer dieser illustren Truppe mochten ihn akzeptieren, weil er ihrer Sache dienlich war, doch der Rest duldete seine Anwesenheit lediglich aus Respekt ihnen gegenüber.

Er griff nach einer Scheibe Brot und etwas Käse, ließ dafür die Finger von den merkwürdigen Backwaren, die wie siebenfingrige Blätter aussahen und einen würzigen, rauchigen Geruch verströmten, der seinen Magen rebellieren ließ. Nalare hatte ihm zu verstehen gegeben, dass vielleicht nicht jedes ihrer Nahrungsmittel für ihn bekömmlich wäre. Obwohl Anders seit vielen Stunden nichts gegessen hatte, brauchte er lange, um sein karges Frühstück tatsächlich hinunterzubekommen. Sein Magen fühlte sich flau an. Ganz allgemein kam er sich vor wie dreimal überfahren, schon einmal gegessen und wieder ausgekotzt. Zu seinem Leidwesen kannte er diese Symptome zur Genüge. Erinnerungen an verzweifelte Versuche, auszunüchtern und trocken zu werden, und an Victorias enttäuschte Miene, wenn er es nicht geschafft hatte, kamen ihm in den Sinn. Wie lange es wohl dauern würde, bis er sie wiedersah? Ob sie sich Sorgen um ihn machte?

Er stand als Letzter vom Tisch auf und verließ den Speisesaal. Bevor sie sich auf das selbstmörderische Abenteuer begaben, um Atlars Seele oder Essenz – oder wie auch immer er es nennen wollte – zurückzubekommen, musste er eindeutig noch einmal die genauen Bedingungen seiner Mithilfe klären. Mit Atlar hatte er einen Deal, da kam er nicht raus. Eigentlich war der auch gar nicht so übel. Wenn er Atlar half, fraß der seine Tochter nicht. Vielleicht konnte er seitens der Valahari noch ein bisschen mehr für sich herausschlagen.

Im Gegensatz zu Atlar durfte er sich größtenteils frei bewegen. An einigen Türen standen Wachen, die am ersten Tag noch nicht dort positioniert gewesen waren. Es brauchte nicht viel Verstand, um darauf zu kommen, dass die Erhöhung der Sicherheit mit seiner und Atlars Anwesenheit zu tun hatte.

Vor einer der Türen im ersten Geschoss, an der zwei Wachen standen, hielt er an. Eine streckte den Kopf in das Zimmer, um Anders anzukündigen. Danach durfte er passieren.

Der dahinterliegende Raum war lichtdurchflutet und Anders war froh über seine Sonnenbrille, die ihn davor schützte, blind zu werden. Meristate stand auf dem angrenzenden Balkon und er trat neben sie und schaute über das kleine Tal und die Klippen.

»Ich habe gehört, die Reiterwahl ist erfreulich verlaufen«, sagte Meristate, ohne ihn anzusehen.

»Immerhin hat sich das Vieh entschlossen, mich nicht gleich zu zertrampeln. Ich nenne das einen Sieg.« Anders rieb sich über die Augen. Ihm graute bei dem Gedanken, wieder aufsteigen zu müssen.

»Du wirst dich daran gewöhnen.«

»Dann ist das wirklich der Plan? Ich soll Atlars Seele zurückholen. Von einer Herrscherin, vor der alle das Schlottern bekommen und über die ich absolut nichts weiß. Ich, ein Fremder. Wenn nicht einmal ihr es schafft, wie soll ich das dann hinkriegen?« Er wollte seinen Unmut unterdrücken. Es gelang ihm nicht. »Und dann schiebt ihr Atlar ab. Euer Problem ist er dann nicht mehr – aber meines. In meiner Welt bedroht er meine Tochter.«

Sie drehte sich zur Seite und sah ihn erwartungsvoll an. »Was willst du von mir hören?«

»Ich will eine Absicherung. Ich will, dass nicht nur ihr, sondern auch meine Tochter und andere Menschen vor ihm sicher sind. Diese Entführungen, was er den Kindern antut, das alles muss aufhören.«

»Hast du diesbezüglich nicht eine Abmachung mit dem Dunklen Diener?«

»Würden Sie einem Monster wie ihm wirklich trauen?«

Sie hob neugierig die Augenbrauen. »Er sammelt die Helrunen im Auftrag der Despotin. Sollte er damit nicht aufhören, sobald er von ihr befreit ist?«

»Angenommen, Nalare, Atlar und ich sollten es tatsächlich schaffen, seine Seele zurückzubekommen – was an sich ja schon ein Ding der Unmöglichkeit sein wird –, wer sagt, dass diese Kobaltkrieger uns nicht folgen und Atlar zurückzerren? Wenn die Despotin ihm seine Seele einmal stehlen konnte, wird sie es vielleicht wieder tun, und dann fängt das Ganze von vorn an … nur dass sie dann genau weiß, was wir versuchen könnten, und vorbereitet ist.« Er zog eine Zigarette aus seiner Hosentasche. Eine laue Bö ließ einige graue Strähnen, die aus Meristates Zopf entkommen waren, tanzen. »Selbst wenn nicht, könnte ihr ein weiterer Grund einfallen, wofür sie Menschen braucht oder etwas anderes aus meiner Welt. Solange sie herrscht, ist meine Welt nicht sicher. Der Schwarze Mann ist eine mindestens ebenso unsichere Variable. Das sind zu viele *Vielleichts* und *Hoffentlichs* für meinen Geschmack.«

»Keine Welt ist vor den anderen sicher, solange das Portal zwischen ihnen offen steht«, stimmte Meristate zu und ihr Blick schweifte in die Ferne.

»Wieso steht es offen?«

»Weil unsere Königin es so will«, erwiderte sie sarkastisch. »Ich fürchte, es wird nicht mehr lange dauern, dann sind Helrunen nicht die einzige Ressource, die sie aus Helrulith zieht. Ihre endlose Suche nach Metall nimmt bereits jetzt wahnhafte Züge an. Sie räubert ihr eigenes Land bis auf das letzte Bergwerk aus, die letzte Halskette, den letzten Ehering. Sie braucht viel Metall. Silber, Gold, Eisen … und Kobalt, so viel Kobalt. Wenn das so weitergeht, wird sie bald nicht nur die Landesgrenzen Vallens überschreiten.«

Meristate sank ein wenig in sich zusammen. Sie war eine kleine, schmächtige Frau, doch bisher hatte sie trotz ihres Alters immer eine resolute Haltung bewahrt, eine respekteinflößende Anmut ausgestrahlt. »Ich will dieses Volk nicht noch tiefer fallen sehen. Die Despotin saugt es aus, bis nicht einmal mehr eine hübsche Hülle übrig ist. Ich kannte Vallen, als es unter der gerechten Herrschaft seiner Königin nach der Machtwende, nach all dem Chaos und Leid, aufgeblüht ist. Nun zuzusehen, wie dieselbe Frau es in den Ruin treibt, tut mir in der Seele weh. Das kann ich nicht länger zulassen. Sie um ihren Dunklen Diener zu bringen, ist nur der erste Schritt. Ich habe einen Plan.«

»Kann man das Portal denn nicht schließen?«

Tatendrang blitzte in Meristates Augen. Sie drehte sich zu Anders um.

»Sollten wir die Despotin besiegen, so könnten wir versuchen, die alten Beziehungen zu Helrulith wiederaufzubauen, die es einst gegeben haben muss. Ich gebe dir recht. Helrulith schwebt bis dahin in großer Gefahr. Es ist für uns sehr wichtig, dass der Dunkle Diener aus seiner Knechtschaft entlassen wird und sich weit aus dem Einflussgebiet der Despotin zurückzieht. Falls dir das gelingt, kenne ich einen Weg, das Portal für hundert Jahre zu verschließen. Das ist, was ich dir als Absicherung anbieten kann.«

»Hundert Jahre?« Das war eine ganz schön lange Zeit.

»Nehmen wir an, ich gebe dir diese Macht. Sollten wir dann im Krieg gegen die Despotin fallen, wird es hundert Jahre dauern, bis sie wieder Zugriff auf Helrulith erlangen kann. Sollten wir aber siegreich sein, müssen wir erst Vallen neu strukturieren und uns danach auf die Erneuerung der Handelsbeziehungen mit der Vergessenen Welt einlassen. Hundert Jahre sind für uns nicht so lang, wie es für dich klingen mag. Die Königin kennt nicht jedes Geheimnis, das Halakai verlassen hat.« Dabei trat ein trotziger Ausdruck in Meristates Augen, als hätte die Königin sie mit irgendeiner Tat persönlich herausgefordert.

Hundert Jahre würden Anders völlig ausreichen. Er musste nicht die ganze Welt retten. Es reichte, wenn er eine oder zwei Generationen von dieser Despotin fernhalten konnte.

»Was ist Halakai?«

Meristates Ausdruck wurde melancholisch. »Eine Ruine.«

Dann rief sie eine der Wachen herein und gab der Frau einige Befehle, bevor die Soldatin geschwinden Schrittes im Flur verschwand.

»Ich gebe dir einen wertvollen Gegenstand mit«, sagte Meristate. »Sobald du in deine Welt zurückkehrst, wirst du damit den Durchgang versiegeln können. Natürlich wird dir jemand erklären, wie genau das geht, wenn die Zeit gekommen ist.«

Anders rieb sich über die Stirn, der pochende Schmerz des Entzuges war immer noch präsent. Er folgte Meristate in den Raum, in dem sich verschnörkelte Stühle und kleine, runde Tische befanden. Sie drehte sich wieder zu ihm um und lächelte. Ihre Hände waren ineinander verschränkt und unter den langen Ärmeln ihrer silberweißen Robe verborgen.

»Eure Reise wird nicht einfach. Mit dem Dunklen Diener und dir kann Nalare nicht über den Großen Marsch reisen. Das wäre zu auffällig. Ein Blick genügt und ihr wärt enttarnt, lange bevor ihr die Hauptstadt erreicht habt. Ihr werdet euch sonnwärts davon halten müssen und fernab der Dörfer und Städte reisen. Ich hege keinen Zweifel daran, dass eure Führerin euch sicher wolfswärts nach Lanukher bringen wird.«

»Sie meinten, Nalare wäre Ihr Lehrling«, fing Anders an und rieb sich den Nacken mit der flachen Hand. Seine Hände zitterten. »Was genau bringen Sie ihr bei?«

Das Lächeln wurde schmal. »Alles.«

Anders fragte sich, wen er hier vor sich hatte. Diese alte Frau, die von so vielen Männern und Frauen beschützt wurde und mit Thalar auf Augenhöhe zu stehen schien. Jemand, dessen Lehrling in einem leeren Zimmer unbemerkt blieb. Was musste sie selbst für Fähigkeiten besitzen, um diese Stellung einzunehmen?

»Sie ist mein erster blinder Lehrling«, holte Meristate aus. Das unheimliche Lächeln verschwand und mit ihm die Gänsehaut, die sich auf Anders' Armen ausgebreitet hatte. »Doch ihr Fleiß macht sie zu einem meiner besten. Du solltest sie nicht unterschätzen.«

»Blind?« Auf Anders hatte Nalare nicht den Eindruck gemacht, nicht sehen zu können.

»Unfähig, Gewirre zu sehen, sie aufzubrechen und zu manipulieren. Sie gehört nicht zu dem engen Kreis der Gewirrspinner wie Thalar und ich, nicht einmal zu den Gewirr- oder Bluthandwerkern. Sie ist unbegabt und deshalb hat sie sich den Blinden Künsten verschrieben. Etwas, das in anderen Ländern die einzige Möglichkeit für Gewirrmanipulation ist.«

Anders merkte wieder einmal, wie anders diese Welt doch war. Was konnte man mit Gewirrmanipulation wohl alles tun und was waren Bluthandwerker? Vielleicht erschufen sie Dinge wie Thalars fliegenden Teppich, der aus dessen Blut gewoben worden war.

Er lächelte schief und deutete auf sich. »Als Laie in Sachen Ranulith sagen mir all diese Begriffe nichts. Was sind Gewirre und sind Gewirrspinner so etwas wie Zauberer?«

»Zauberer?« Meristate runzelte die Stirn. »Ich weiß leider nichts mit diesem Wort anzufangen. Aber Gewirre … du kennst sie nicht? Auch Helrulith wird aus ihnen bestehen, so wie alles, ich bin mir sicher. Wir sollten uns zu einem anderen Zeitpunkt unbedingt länger darüber unterhalten. Lass mich dir jetzt zumindest so viel sagen: Gewirrspinner verändern die Grundfesten der Realität. Flüstermünder, wie Nalare einer ist, können das auch, jedoch in kleinerem Maße und mit mehr Vorbereitung. Beides basiert auf intensiven Studien unterschiedlicher Gegenstände. Während Gewirrspinner zwar das Potenzial in sich tragen, müssen sie die Gewirre der Welt einzeln studieren, um sie manipulieren zu können. Flüstermünder hingegen müssen Gilvendalisch studieren, um den Gewirren blind Befehle zu geben und so auf sie einzuwirken.«

Anders schwirrte der Kopf von all diesen Erklärungen. »Und Thalar ist so ein Gewirrspinner?«

»Einer der mächtigsten.«

»Und Sie? Sind Sie auch mächtig?«

Ein vielsagendes Lächeln war alles, was sie ihm als Antwort schenkte.

»Nun«, sagte sie schließlich. Auf ihrem Gesicht lag ein geheimnisvoller Ausdruck, der Anders stutzen ließ. »Ich habe noch eine Bitte an dich.«

Sie bedachte ihn mit einem durchdringenden Blick, bis er nickte. »Schießen Sie los.«

»Deine Reise wird gefährlich, doch die wahre Gefahr lauert in Lanukher, dort, wo der Einfluss der Königin am stärksten ist. Du sagtest, dass der Dunkle Diener in der Finsternis mächtig ist.«

Stechende, gelbe Augen und ein Raum voller Dunkelheit durchzogen Anders' Gedanken. »Ja, anscheinend unbesiegbar mächtig, wenn man ihn nicht töten kann«, wisperte er.

Meristate löste ihre Hände voneinander und streckte ihm eine entgegen. Der lange Ärmel rutschte zurück und offenbarte ihre Handfläche, in der eine zapfenförmige Glasphiole lag, um die ein geschwungener, silberfarbener Draht gewickelt war. Der Inhalt war rabenschwarz und bewegte sich träge, als hätte er ein Eigenleben.

»Nimm dies an dich.«

»Ich dachte, ihr kennt nichts, das schwarz ist?« Anders starrte es an. Dann sah er in Meristates Gesicht. Ihr Blick lag fest auf ihm, um dem Anblick des schwarzen Inhalts zu entgehen.

»Das soll schwarz sein?« Sie sah es nicht an. »Das ist Tiefwasser aus den Nachtflüssen von Moragul. Ursprünglich stammt es aus einer der anderen Welten, die kein Valahar je betreten würde und deren Portal die Letztwache mit schlotternden Knien bewacht, in der Sorge, es könnte sich eines Tages doch auftun. Obwohl Moralith die einzige Welt ist, deren Zugang nach Ranulith dauerhaft verschlossen wurde. Wenn man nach den Chroniken geht, war das nicht einfach.«

»Und was soll ich damit?«

Meristate griff nach seiner Hand und drückte ihm die Phiole in die Handfläche. »Du sollst es mitnehmen. Falls ihr zu scheitern droht, setze die Finsternis frei und gib dem Dunklen Diener die Macht, die er braucht, um seine Seele zurückzuerlangen. Euer Unterfangen hat größte Wichtigkeit für uns. Jetzt, da wir hoffen können, den Dunklen Diener nicht an der Seite der Despotin zu wissen, wenn wir unseren Angriff starten, sind wir unserem Ziel ein großes Stück näher gekommen. Euer Erfolg bildet nun den ersten Schritt in einem vielteiligen Plan. Scheitert ihr, wird unser Krieg um ein Vielfaches schwerer.«

Sie schloss Anders' Hand um die Phiole und sah ihn nachdrücklich an. »Zeige es niemandem. Absolut niemandem, hast du verstanden? Nalare fürchtet die Dunkelheit und hasst sie mehr als jeder andere Valahar. Ihr kann ich diese Bürde nicht auferlegen. Sie trägt schon schwer genug an der Aufgabe, die ich ihr gab. Sie wird sie an ihre Grenzen bringen. Dem Dunklen Diener kann ich es ebenso wenig überlassen. Er würde es freisetzen, sobald er es in die Finger bekäme. Dir, der du aus einer Zwielichtwelt stammst und Licht wie Dunkelheit kennst, dir muss ich es anvertrauen. Benutze es nur im äußersten Notfall. Selbst ich kann nicht alle Konsequenzen vorhersehen, die es mit sich bringt, wenn Tiefwasser in einer Welt des Lichts freigesetzt wird. Wir müssen die Königin aufhalten, sonst ist der Untergang dieser Welt besiegelt. Schwöre mir, dass du es verbirgst und es nur benutzt, wenn es absolut notwendig ist! Verrate keinem davon.«

Ihre Hand auf seiner drückte fester zu und ihre Knöchel traten langsam hervor. Selbst als es schmerzhaft wurde, zog Anders seine Hand nicht weg. Die kleine Phiole wog unerwartet schwer.

»Ich schwöre.«

Es klopfte an der Tür. Meristate ließ ihn los, trat einen Schritt zurück und die Anspannung fiel von ihr ab. Sie nickte und wirkte, als wäre eine schwere Last von ihren Schultern genommen worden. Zumindest die Dunkelheit in dieser schattenlosen Welt hatte ihren Besitzer gewechselt. Sie bat den Klopfenden herein und die Wache von zuvor kam mit einem merkwürdigen Gegenstand zurück. Er sah aus wie ein orangengroßer Ball aus Metall. Dünne Kupfer- und Eisenringe ummantelten daumennagelgroße Rubine.

Meristate nahm den Gegenstand an und schickte die Wache zurück auf ihren Platz. Währenddessen steckte Anders die Phiole tief in seine Hosentasche.

»Das hier wird das Portal verschließen. Nalare wird dir zur rechten Zeit erklären, wie du es benutzen musst. Pass solange gut darauf auf.«

Sie reichte ihm die Kugel. Dann verschränkte sie erneut ihre Hände unter den langen Ärmeln ihrer Robe. Anders nickte und wandte sich schon zum Gehen, aber dann stoppte er doch. Er musste einfach fragen.

»Sagen Sie ...«, fing er an und rieb sich verlegen den Nacken. »Wenn ihr euch abends betrinken wollt, was trinkt ihr da?«

Vielleicht kannten die Valahari Alkohol genauso wenig wie Sättel und Zaumzeug. Andererseits gab es bestimmt überall das Bedürfnis, die Sorgen zu vergessen.

»Sidrius natürlich«, antwortete Meristate mit einem neugierigen Ausdruck in ihren Augen und absoluter Selbstverständlichkeit. »Fühle dich frei, im Keller eine Flasche für dich zu beanspruchen. Geh in die erste Tür rechts. Im Regal liegen sie. Ich möchte nun nicht mit hinuntergehen, aber du findest es bestimmt.«

Ein Stein fiel ihm vom Herzen. Es gab Alkohol.

»Danke«, rief er noch, dann war er aus der Tür und eilte durch den Turm. Was würde er jetzt für eine Flasche Whiskey geben. Er war gespannt, wie dieser Sidrius schmeckte.

Hinter der ersten Tür rechts war ein Vorratsraum. Neben Säcken und Kisten, in denen sich Vorräte befanden, gab es einige vallenisch beschriftete Fässer und ein Regal, in dem mindestens dreißig identische Flaschen wie Wein gelagert waren. Wein war nicht sein Favorit, aber er musste genügen. Anders legte die metallene Kugel beiseite und nahm eine der Flaschen heraus. Er öffnete sie sehnsüchtig. Sein Mund war schon ganz trocken und diese Kopfschmerzen mussten aufhören. Er setzte die Flasche an die Lippen und nahm sofort einige gierige Schlucke. Er hatte den zweiten noch nicht hinuntergeschluckt, als er stockte. Sein Mund zog sich zusammen. Dann spuckte er angewidert aus. Es schüttelte ihn, als die saure Flüssigkeit ihre Wirkung entfaltete.

Zitronensaft!

Anders starrte die Flasche fassungslos an und stellte sie dann hastig weg. Mit einem prüfenden, ungeduldigen Blick verglich er die restlichen Flaschen im Regal, aber sie alle sahen genauso aus wie die erste. Wieso lagerte man Zitronensaft?

Verzweifelt suchte Anders den Raum nach anderen Flaschen ab. Er öffnete sogar eines der Fässer, nur um herauszufinden, dass darin noch mehr Zitronensaft gelagert war. Das konnte doch nicht wahr sein! Er musste mit Nalare reden. Sofort.

Er fand sie draußen bei einer Gruppe Valahari, die einige Wagen abluden. »Nalare!«

Sie drehte sich um und schenkte Anders einen genervten Blick. Dann gab sie einer der anderen Frauen die Kiste, die sie gerade noch getragen hatte.

»Ah, Anders, mein Tag war bisher noch nicht schlimm genug, was?«

»Was ist Sidrius?« Er ignorierte ihre Provokationen.

Sie runzelte die Stirn. »Das ist der fermentierte Saft des Sideenbaumes.«

Anders machte eine wegwerfende Handbewegung. »Warum trinkt ihr ihn?«

Sie lachte, aber die gerunzelte Stirn blieb. »Weil er einem das Leben für einen kurzen Moment leichter macht. Ich könnte jetzt einen vertragen.« Sie sagte das so, als wäre es das Normalste auf der Welt.

»Also werdet ihr davon betrunken?«

»Selbstverständlich.«

Anders wusste nicht, ob er lachen oder weinen sollte. Die Valahari wurden von Zitronensaft betrunken. Diese gottverdammte Welt kannte keinen Alkohol, wie sollte er das überleben?

Nalare musterte ihn. »War das alles, wieso du mich von meiner Arbeit abhältst?«

Anders streckte frustriert die Hände in die Luft. »Verfluchte Valahari!« Er stürzte zurück in den Turm. Es wollte nicht in seinen Kopf, dass Zitronensaft der Alkohol der Valahari sein sollte. Sie mussten ihn verarschen. Das war es! Eindeutig, sie wollten ihn hinters Licht führen und darüber lachen. Bestimmt hatten sie den Alkohol irgendwo versteckt.

Sein Kopf hämmerte, als er schnurstracks zurück in den Keller eilte. Seine Knie drohten auf dem Weg zu versagen. Unten fing er an, die anderen Räume zu durchsuchen. Irgendwo mussten sie das Zeug versteckt haben! Er riss die erste Tür auf, hinter der sich ein Zimmer voller Gerümpel verbarg. Mit zitternden Händen zerrte er die weißen Laken beiseite und legte nach und nach alte Möbel und merkwürdige Apparaturen frei. Voller Verzweiflung schob er sie beiseite, um ein Fass, eine Flasche, auch nur ein einziges Bier zu finden. Er wühlte mit einem Tunnelblick durch das Gerümpel, bis starke Hände seine Handgelenke umfassten und ihn zwangen, sich umzudrehen.

Nalares Gesicht war verschwommen und Anders wehrte sich trotzig gegen ihren Griff, doch sie hielt ihn fest.

»Hör auf!«, drang ihre Stimme dumpf in seinen Kopf. »Reiß dich zusammen.« Sein Mund war staubtrocken und er hatte das Gefühl, seine Zunge würde zerbröseln.

»Wo ist er?«, japste er und sein Magen verkrampfte sich. »Wo habt ihr ihn versteckt? Bitte, nur eine Flasche, nur einen Schluck.« Er schaffte es gerade noch, sich rechtzeitig zur Seite zu drehen, als sein Frühstück sich seinen Weg zurück nach oben bahnte. Der Zitronensaft hatte seinem Magen den Rest gegeben.

Kraftlos wischte er sich den Mund mit dem Ärmel ab. »Bitte, nur einen Schluck. Ich habe so Durst …«

Schwarzer Stoff blitzte vor seinen Augen auf und er merkte, wie er hochgehoben wurde. Ein merkwürdiges Gefühl durchzog ihn, denn obwohl jemand ihn an seine Brust drückte, spürte Anders keine Wärme. Stattdessen nahm er die sanften Vibrationen wahr, als eine tiefe Stimme unverständliche Worte von sich gab. Wer konnte einen ausgewachsenen Mann mit solcher Leichtigkeit auf die Arme nehmen? Anders fand die Kraft nicht, seinen Kopf zu heben. Unregelmäßiges Zittern schüttelte seinen Körper durch, als die Übelkeit wieder anschwoll. Er wollte nach Hause, er wollte Whiskey, oh, was er für ein Glas Whiskey alles getan hätte …

Es dauerte zwei Tage, bis sein Körper den kalten Entzug so weit überstanden hatte, dass die ihm verordnete Bettruhe aufgehoben werden konnte. Währenddessen befand sich Atlar unerwünscht oft in seiner Nähe, manchmal sogar im selben Zimmer, ehe Anders ihn fortschickte. Der Schwarze Mann sorgte dafür, dass die Reise nicht ohne Anders begonnen wurde. Sie hatten eine Abmachung und die war ihm anscheinend verdammt wichtig. Auch Atlar drängte zum Aufbruch. Anders sah es bei jedem Aufeinandertreffen in seinen Augen, die wie schwarze Löcher wirkten. Die Drohung, dass er nicht mehr lange warten würde. Anders wollte nicht erfahren, was der Schwarze Mann tat, wenn seine Geduld am Ende war. Somit biss Anders die Zähne zusammen und ignorierte das Zittern seiner Hände und das Gefühl, als wäre sein Magen umgestülpt. Er konnte zwar immer noch nicht reiten, aber das fand plötzlich niemand mehr problematisch.

Anders fühlte sich elend. Selbst als die körperliche Abhängigkeit nachließ, kreisten seine Gedanken doch immer wieder um das Thema Alkohol.

Das Erbengefolge saß auf glühenden Kohlen, denn kaum konnte Anders wieder länger als zehn Minuten auf den Beinen bleiben, ohne sich zu übergeben oder zusammenzubrechen, setzte es ihren Reiseantritt auf den darauffolgenden Morgen fest.

Thalar stattete ihm am Abend noch einen Besuch ab. Er glitt, in Silber und Weiß gekleidet, auf lautlosen Sohlen in Anders' Zimmer und betrachtete ihn für einen Moment stumm. Die Haare waren aufwendig geflochten. Seine Hände blieben unter dem Umhang verborgen.

Anders wartete geduldig, bis der Mann den Grund seines Besuchs ansprach. Vor Thalar hatte Anders gehörigen Respekt. Obwohl die Wärme aus den eisblauen Augen geschwunden war, blieb das Gefühl zu ersticken aus. Anders wollte, dass das so blieb, und deshalb wartete er.

»Morgen wirst du Iamanu verlassen«, sagte Thalar, als er sich dem Bett näherte.

Anders schnalzte mit der Zunge. »Ich kann nicht sagen, dass ich mich darauf freue, mit dem Schwarzen Mann campen zu gehen.«

»Alles andere würde dich auch suspekt erscheinen lassen.« Ein dünnes Lächeln legte sich auf Thalars Lippen und er richtete den Blick auf das Fenster, dessen Vorhänge das fahle Licht der Nacht abschwächten.

»Nalare wird euch vor vielen Schwierigkeiten bewahren, doch womöglich passiert es trotzdem, dass ihr einmal getrennt werdet.« Er hielt Anders eine Phiole entgegen.

Nicht noch eine Phiole ...

»Das hier ist ein Opetum, ein Trank der vielen Zungen. Er ist ein Relikt aus Halakai, der ehemaligen Hochburg der Gewirrspinnerei, die vor Jahrhunderten im größten Krieg dieses Kontinents zerstört wurde. Also verwende ihn mit Bedacht und nur, wenn es absolut notwendig ist. Er wird dir erlauben, Vallenisch zu verstehen und selbst zu sprechen. Er ist sehr ergiebig.«

Anders nahm die Phiole entgegen und nickte Thalar zu. »Dann hoffen wir, dass ich es nicht brauchen werde.«

»Mögen die Götter auf euch herablächeln.«

Dann ließ Thalar ihn allein. Anders atmete erleichtert aus. Kaum war die Tür ins Schloss gefallen, zog er die Phiole von Meristate heraus. Das tiefe Schwarz regte sich schläfrig im Fläschchen und zog Kreise.

»Tiefwasser, hm?« Er strich mit einer Hand über das Glas. Bisher hatte er nicht viel von dieser Welt gesehen und er wusste noch weniger als Meristate, welche Veränderungen die Dunkelheit anrichten könnte. Wieso gab Meristate ihm so etwas? Wie verzweifelt musste sie sein, wenn sie einem Außenseiter so eine Bürde auflastete?

Er wusste es nicht, doch er schwor sich, das Tiefwasser wirklich nur im äußersten Notfall einzusetzen. Diese Welt war so hell, dass Anders tatsächlich befürchtete, seine eigene Anwesenheit könnte sie korrumpieren. Er schloss seine Hand fest um die Phiole und dachte an Madison. Sie war der Grund, warum er hier war, und für sie würde er zurückkehren, aber erst musste er seinen Teil der Abmachungen erfüllen.

Gekleidet in graue Mäntel aus rauem, steifem Stoff standen Nalare, Anders und Atlar mitsamt ihren Pferden am nächsten Morgen kurz nach Wolkenbruch im Zentrum des Dorfes. Das Training, wie Anders aufsteigen und reiten musste, war nur rudimentär gewesen, und er war ein wenig besorgt.

Meristate, Thalar und Nuallán verabschiedeten sie. Einige Valahari standen in einem lockeren Kreis um sie herum. Anscheinend wollten sie sich vergewissern, dass der Dunkle Diener der Despotin ihr Zuhause auch wirklich verließ und die Dunkelheit mit sich nahm.

Nalare sprach ein letztes Mal mit den Erben und ihrer

Meisterin. Die Verabschiedung fand vollständig auf Vallenisch statt. Anders bemühte sich währenddessen, auf den Pferderücken zu kommen. Er hatte es bisher nur einmal geschafft, selbstständig aufzusteigen.

»Das kann man ja nicht mit ansehen«, sagte Atlar plötzlich hinter ihm. Anders spürte einen kräftigen Schub und lag bäuchlings auf dem Pferderücken. Während er sich aufsetzte und ein Bein auf die andere Seite schwang, schnaubte das Tier und bewegte sich unter ihm. Anders fühlte sich augenblicklich unwohl, weil sein Fortbewegungsmittel ein Eigenleben besaß. Es kam ihm schlimmer vor als ein Schiff bei Wellengang.

Als er ordentlich saß, schaute er zu Atlar, der ihm schon wieder den Rücken zugewandt hatte und zu seinem eigenen Pferd ging, auf das er mit gewohnter Leichtigkeit sprang. Atlar wirkte verändert, doch Anders konnte den Finger nicht darauflegen, warum. Er schien immer noch arrogant, sogar selbstgefällig. Gleichzeitig verhielt er sich in Anders' Nähe wie ein wilder Wolf, der einmal gefüttert worden war. Als wäre er zutraulich geworden. Anders hatte ständig Angst, gebissen zu werden.

Die letzten Regentropfen fielen auf die weiße Erde und die Wolken lichteten sich. Anders hatte seine Sonnenbrille trotzdem schon aufgesetzt, denn lange würde es nicht mehr dauern, ehe das gleißende Sonnenlicht seinen Weg durch die Wolkendecke fand. Atlar hatte seine Kapuze tief ins Gesicht gezogen. Seine Gestalt wirkte kleiner als sonst, so als wäre er im Licht zusammengesunken wie ein verlorener Schatten, der am Morgen nicht rechtzeitig mit dem Rest der nächtlichen Dunkelheit geflohen war.

Nalare verneigte sich vor Meristate und schwang sich auf ihr weißes Reittier.

»Kadrabes Segen«, sagte Meristate zur ganzen Gruppe. »Mögen die Götter auf euch herablächeln und das Licht euch gütig sein.« Nuallán nickte ihnen nur stumm zu und auf Thalars Gesicht lag ein schmales Lächeln, das von Zuversicht sprach.

Dann stieß Nalare einen Ruf aus und ihr Schimmel setzte sich in Bewegung. Er verfiel in einen flotten Trab. Seine Hufe ließen Wasser aus den tiefen Pfützen hochspritzen, die sich beim Wolkenbruch gebildet hatten. Atlar folgte ihr. Anders hatte Mühe, sein Pferd zu motivieren, doch schließlich lief es, wohl wegen des Herdentriebs, den anderen beiden hinterher. Anders schaute ein letztes Mal zurück auf die Prinzen und Meristate. Die alte Dame sah ihnen nach, während Nuallán eine Hand vertraut auf Thalars Schulter gelegt hatte und ihm etwas ins Ohr flüsterte. Die drei ebenso wie der sechseckige Turm wurden mit zunehmender Entfernung immer kleiner und verwandelten sich schließlich in dunkle Punkte in der Ferne, als sie durch eine der beiden Schluchten Iamanu verließen.

Anders' Herz schlug ihm bis zum Hals und er klammerte sich in die hellbraune Mähne, die ihm den einzigen Halt auf dem Tier versprach. Jetzt gab es kein Zurück mehr.

>»Die weiße Dame hat ihren Zug gemacht. Tollkühn würde ich ihn nennen. Das Morgen wird sich mit den Konsequenzen auseinandersetzen müssen. Zuvor werden einige ihr Interesse bekunden – auch die Kobaltkrone.«

>*Gespräche des Kartenspielers in Nimrods fliegenden Gärten*

»Was liegt dir auf dem Herzen?«, fragte Thalar. Er schaute nicht von seinem Buch auf, als Nuallán zwischen den deckenhohen Bücherregalen hervortrat und stumm vor ihm stehen blieb. Aus dem Augenwinkel sah er, wie Nuallán die Arme vor der Brust verschränkte, und klappte mit einem Seufzen das Buch zu. Dann hob er den Kopf, da Nuallán immer noch nichts sagte.

»Bist du dir sicher?«, presste sein Freund zwischen den Zähnen hervor. Erst jetzt bemerkte Thalar die Anspannung in Nualláns Haltung.

»Sicher?«, wiederholte er und schüttelte den Kopf. »Kein weiser Mann würde den Visionen eines Gottes so viel Wahrheit beimessen.«

Nuallán schoss vor. Seine Hände stützten sich auf den Armlehnen ab, als er sich über Thalar beugte. Er befand sich nur wenige Zentimeter von seinem Gesicht entfernt. »Dann sollten wir unser Handeln überdenken. Bist du dir sicher, dass der Helrune die Wahrheit spricht?«

»So sicher, wie ich mir sein kann. Ich bezweifle, dass er für die Despotin arbeitet.«

»Trotzdem. Wir sind dem Dunklen Diener noch nie so nah gewesen, während sein Misstrauen auf dem Tiefpunkt war. Es wäre ein Leichtes gewesen, ihn zu fangen und einzusperren. Hier unten, tief unter dem Turm, würde ihn niemand finden. Wir müssten nicht einmal alle einweihen. Sie denken doch, dass er auf dem Weg in die Hauptstadt ist.«

Thalar legte den Kopf schief. Er suchte in Nualláns Augen etwas anderes als das entschlossene Funkeln, das er immer fand, wenn der Avolkeros von einem Plan überzeugt war. Er hasste diese blinde Entschlossenheit. Sie war töricht und Nuallán war es nicht.

»Darüber haben wir doch gesprochen.« Er schnalzte mit der Zunge und lehnte sich im Sessel zurück, die Beine weiterhin gelassen übereinandergeschlagen. Nualláns Gesicht direkt vor seinem brachte ihn nicht aus dem Konzept – solange er die Maske trug, gab es nichts, was Thalar ablenken konnte. »Deine Furchtlosigkeit in allen Ehren, Nuall. Du magst der Einzige an diesem Ort sein, der nicht bei dem Anblick des Dunklen Dieners erzittert.« Thalar zögerte, denn er musste beschämt zugeben, dass selbst er seine Augen von ihm abgewandt hatte. Gleichzeitig fragte er sich, ob es an Nualláns Charakterstärke oder seinem Blut lag, dass er widerstehen konnte.

»Er gleicht einer aus meinen finstersten Albträumen entstiegenen Monstrosität und ich sah dieselbe Angst in den Augen unserer Gefolgsleute. Als er heute abreiste, durchzog eine Welle der Erleichterung ihre Reihen. Ihnen aufzubürden, ewige Wacht über ihn zu halten, würde sie alle zermalmen und wir würden schlussendlich von innen heraus verfaulen. Selbst wenn wir nur die Loyalsten unter ihnen einweihen würden, nur meine Kronenbrecher – es würde uns zu viel Kraft kosten.«

Ein abschätziger Laut drang hinter der Maske hervor. Nuallán richtete sich auf, seine Augen verengten sich und schließlich drehte er Thalar den Rücken zu.

Natürlich gefiel Nuallán diese Antwort nicht. Er wollte, dass das Volk ebenso furchtlos war wie er, damit alles Böse ein für alle Mal ausgerottet werden konnte.

Thalar spürte, wie sich ein feines Lächeln auf seine Züge schlich. Er wurde schnell wieder ernst. »Das ist unsere Chance, die Despotin um ihren wertvollsten Trumpf zu bringen«, sagte er. »Er ist unsterblich, genau wie sie. Ein wiederkehrendes Unheil.«

»Doch was, wenn das nicht ausreicht?« Nuallán drehte sich halb zu Thalar um, sah ihn aber nicht an. »Wenn die Finsternis unsere Welt verschlingt und sie auf ewig zu etwas anderem macht?«

Warum waren Nualláns Gedanken stets so düster?

»Dann war es nie unser Schicksal, siegreich zu sein.«

Stille durchzog die unterirdische Bibliothek. Die Bürde lag schwer auf ihnen beiden, denn unter all ihrer Begabung, ihrem politischen Geschick, ihrem königlichen Blut und ihrer kriegerischen Ausbildung waren sie immer noch einfache Männer. Sie spielten eine kleine Rolle in der Geschichte und irgendwann würden sie zu einer bloßen Erinnerung verblassen, ihre Namen würden nichts anderes sein als Worte ohne Sinn. Ihr Sieg über Elrojana war nicht garantiert. Sie konnten nur versuchen, ihn zu erringen. Wenn der Boden unter ihren Füßen bröckelte, bevor sie ihr Ziel erreicht hatten, war niemand da, der ihren Fall abbremsen konnte.

»Lass sie es versuchen«, begann Thalar. »Hab Vertrauen in Nalare. Sollten sie es schaffen, können wir unsere neuen Pläne in die Tat umsetzen und die geplanten Bündnisse noch einmal überdenken.«

»Du tust gerade so, als hätten wir schon mit jemand anderem als dem Munor ein Gespräch deswegen geführt.« Der Munor von Kirill, Gebieter über die Silberzungen und Goldfinger, war ein mächtiger Mann, den man lieber auf seiner Seite wissen wollte. Dank Nualláns Verbindungen stand er im bevorstehenden Konflikt hinter ihnen.

»Wir müssen langsam vorgehen. Treten wir zu früh an mögliche Verbündete heran, würde die Königin davon erfahren, bevor wir bereit sind, sie zu stürzen.« Thalar legte das Buch auf den runden Beistelltisch neben sich. Er wusste auch ohne Lesezeichen, wo er stehen geblieben war.

Nuallán seufzte und rieb sich mit Daumen und Zeigefinger

über die Nasenwurzel. Dann sah er Thalar an. »Ich will, dass es endlich so weit ist. Wie lange noch, bis du die Despotin sterblich machen kannst? Sie ruiniert Vallen.«

»Geduld. Wir warten seit vierzig Jahren, was kümmern uns ein, zwei Jahre mehr? Wir müssen gut vorbereitet sein. Die Hauptstadt ist mit ihren Thronspinnern, der Kobaltgarde, der Stadtwache und dem königlichen Heer schwer einzunehmen. Selbst wenn wir es schaffen würden: All das ist nicht das wahre Problem.« Thalar stand auf und beugte sich zu ihm. »Die wahre Herausforderung ist Elrojana«, flüsterte er.

Ihr Name war kaum mehr als eine stumme Lippenbewegung. Namen hatten Macht und bei Göttern dienten sie der Anbetung. Sie lenkten deren Aufmerksamkeit auf den Sprechenden. Thalar wollte das Risiko nicht eingehen, dass Elrojana ihn hören konnte.

Nuallán sah ihn ungeduldig an. »Wie lange noch?«

Thalar zuckte die Schultern. »Ohne die Aufzeichnungen von Krabad Janabar stockt die Vorbereitung.« Vielleicht würde sich dies allerdings sehr bald ändern. Meristate wirkte unruhig, so als warte sie. Er wusste nur nicht, worauf. Selbst nach all den Jahren war sie Thalar noch immer ein Rätsel, aber manchmal las er einen Bruchteil ihrer Absichten aus ihrem Verhalten.

Krabad Janabar, der Schattenwirker, einer der mächtigsten Gewirrspinner der vallenisch-galinarischen Geschichte und Auslöser der Machtwende vor über vier Jahrhunderten, hatte eine Vielzahl versteckter Studierzimmer angelegt: die Himmelskammern. In ihnen ruhten unzählige seiner Aufzeichnungen. Der Schattenwirker hatte einen ungesunden Wissensdurst, der schon wie Obsession anmutete, besessen, die Grenzen der *grenzenlosen Realitätsalteration* zu erforschen.

Dabei hatte er die Prämisse aufgestellt, dass Gewirrspinner mit Leichtigkeit zu allem in der Lage sein müssten, was die Blinden Künste zu leisten vermochten. Sei es die bemerkenswerte Kontrolle des eigenen Körpers in Kampfsituationen des Sarahadim, die elementare Beherrschung bis zur Erschaffung zuvor nicht da gewesener Materie der Naturformer oder gar die

Verstandeskontrolle der Silberzungen durch nichts als Schallschwingungen. Noch dazu hatte Janabar – dem in Vallen die wenig schmeichelhafte Bezeichnung *Nachthure* gegeben worden war, weil er sich mit den Nachtbringern eingelassen hatte – einen nicht zu unterschätzenden Größenwahn bewiesen, als er versucht hatte, die Macht der Götter selbst zu erforschen. Seine Aufzeichnungen, obschon nicht alle Inhalte bekannt waren, stellten eines der größten Rätsel ihrer heutigen Zeit dar. Sie waren hoch begehrt von jedem Gelehrten, Prudenbitor, Gewirrspinner und allen, die sich trotz Unfähigkeit, die Gewirre zu sehen, mit ihnen beschäftigten. Mindestens teilweise mussten sie moralisch verwerflich sein, aber gleichzeitig waren sie unersetzliche Pionierarbeit in der Erforschung der Grenzen, zu was Gewirrspinnerei in der Lage war. Janabar musste eine einzigartige Begabung besessen haben, zu ergründen, was ihre Welt ausmachte.

»Was hoffen Meristate und du, darin zu finden?«, fragte Nuallán und hob skeptisch die Augenbrauen. »Ich verstehe nicht, warum Meristate Jahrzehnte damit vergeudet hat, nach den Himmelskammern in Galinar zu suchen. Die Despotin hat es länger versucht und fand doch nur eine einzige.«

»Er befasste sich mit dem Gewirr der valaharischen Seele«, erklärte Thalar. »Ein Gebiet, von dem die meisten Gewirrspinner die Finger lassen – bevor sie sich verbrennen.«

Das Gewirr der Seele unterschied sich von anderen. Selbst nun, wenn Thalar sich auf die kleinen Knäuel farbiger Energie um sich herum konzentrierte, die jedem Aspekt der Welt innewohnten und seinem Auge im Gegensatz zu den meisten nicht verborgen blieben, erkannte er die Andersartigkeit.

Sein Blick wanderte über Nuallán. Wenn er es sehen wollte, erkannte er das bleiche Gewirr der Knochenstruktur, wie die feinen weißen, grauen und fahl leuchtenden Fäden zu einem wilden Durcheinander zusammengeballt und in ständiger Bewegung in der Luft schwebten. Ein einzelner gedanklicher Zug am Rand würde ausreichen, um es zu entfalten, zu entwirren, aufzuspannen zu einer Karte – eine Karte der Knochen. Thalar hatte dieses Gewirr gemeistert, wie so viele in den vergangenen sechzig Jahren.

Daneben zog ein blutrotes Knäuel seine Kreise um die eigene Achse. Je weiter Thalar seine Augen nach oben richtete, desto heftiger drängten sie auf sein Blickfeld ein. Violett, Karmesinrot, matt leuchtender Purpur und breiiges Gelb. Er wusste von fast allen ihre Funktion, könnte sie lesen wie einen antiken Stadtplan. Hinter Nualláns Stirn glomm in verlockendem Blau mit silbernem Schimmer sein Verstand. Ein Gewirr, das er sich noch mehr zu öffnen sträubte als die Seele.

Nicht nur war es moralisch zweifelhaft, einen Blick auf die Seele einer Person zu werfen, und der Gedanke, Alterationen daran vorzunehmen, grotesk und nicht minder größenwahnsinnig. Zusätzlich unterschieden sich die Schwierigkeitsgrade der Gewirre in zweierlei Weise: Einerseits hatte jeder Gewirrspinner persönliche Begabungen. Einige empfanden die Alteration von Naturgewirren als Leichtigkeit, während sie mit dem valaharischen Körper ihre liebe Not hatten. Andere hingegen konnten Knochen brechen und Lungen kollabieren lassen, ohne einen Finger zu rühren, doch ein einziges Feuer zu ersticken, erforderte all ihre Konzentration.

Andererseits stellten gewisse Gewirre völlig unabhängig von Neigungen und Talent eine Herausforderung dar. Das Seelengewirr gehörte zur Königsliga. Geschichten von zu Asche zerfallenen wagemutigen Gewirrspinnern hielten viele davon ab, zu versuchen, dieses Gewirr zu meistern. Die meisten Gewirre hatten einen festen Platz, an dem sie in Erscheinung traten. Nicht so das der Seele. Es schimmerte silbern, durchscheinender noch als alle anderen, mit einem perlmuttfarbenen Glanz. Das Gefühl von Macht drängte sich Thalar davon ausgehend entgegen. Selbst wenn er nur seine geistige Hand danach ausstreckte, spürte er die Energie wie feine Flammen an seinem Verstand lecken. Das Gewirr überspannte gerade Kopf und Brust, als könne es sich nicht entscheiden, wohin es gehörte. Die anderen waren kleine Knäuel aus durchscheinenden, wirren Fäden, fest zusammengeballt und lückenlos. Das Seelengewirr war komplexer, größer und wie ein breiter Ring verworrener Fäden, durch den andere Gewirre frei hindurchschwirrten.

Thalar erkannte nicht einmal einen Anfangspunkt, um mit dem Studium zu beginnen. Er blinzelte und die Gewirre verblassten.

»Janabar muss etwas herausgefunden haben, das mir helfen kann«, erklärte Thalar. »Sonst hätte Meristate Galinar wohl nicht so lange nach den Himmelskammern umgegraben. Es muss sie geben, schon weil die Despotin danach gesucht hat. Immerhin kannte sie Krabad Janabar noch persönlich und war ihm eine Vertraute. Ich bin davon überzeugt, dass der Schattenwirker das Seelengewirr nicht nur aufgebrochen, sondern auch alteriert hat. Ohne seine Erkenntnisse wird es mich Jahrzehnte kosten, mir das Wissen anzueignen.« Ganz abgesehen von den Leben, die auf dem Spiel standen.

Gewirrmanipulation war eine seltsame Sache. Niemand konnte einem einfach erklären, wie ein Gewirr funktionierte, wenn der andere es nicht selbst studiert und aufgefächert hatte. Lehrer gaben ihren Schülern Hilfestellungen. Während man bei manchen Gewirren nur ein geringes Risiko hatte, selbst dabei zu Schaden zu kommen, sprach alles am Seelengewirr von Gefahr. Janabars Informationen zur Struktur dieses mächtigen Gewirrs, egal wie gering, konnten Thalar davor schützen, bei dem Versuch, es zu öffnen, umzukommen. Ebenso wie Thalars Opfer.

Unkundige Gewirrmanipulation an einem solch sensiblen Gewirr könnte unvorhersehbare Komplikationen nach sich ziehen. Was mochte mit einem Valahar passieren, dessen Seele mit einem missglückten Zug zerrissen wurde?

»Jahrzehnte der Suche nach etwas oder Jahrzehnte der eigenen Forschung, hm«, sagte Nuallán und hob seine Hände wie Waagschalen. Er verstand es nicht. Wie auch? Schließlich war er genauso blind wie alle anderen.

»Wir müssen Meristate vertrauen, dass sie sich für das Richtige entschieden hat«, sagte Thalar deshalb. Meristate war eine Gewirrspinnerin wie er, nur mit Jahrhunderten an Erfahrung.

Sie wusste, was sie tat. Was getan werden musste. »Eldoras Werdegang ist für sie persönlicher als für uns ...« Nachdem Eldora Romane zu Elrojana geworden war, um Janabar aufzuhalten, war Meristate immer an ihrer Seite gewesen.

Daraufhin legte Nuallán den Kopf schief und hob das Kinn. Es sollte aufmerksam und verblüfft wirken, aber Thalar spürte die Herausforderung dahinter. Nuallán hatte eine starke Ausstrahlung durch seine Haltung und die geballte Kraft, die in seinen breiten Schultern und den Muskelsträngen seiner Arme pulsierte. Wenn er nun noch lernte, die Beherrschung nie unbeabsichtigt zu verlieren, würde er eine Bedrohung ausstrahlen, mit der sich kein Raubtier messen konnte. Thalar hatte vor, es ihm beizubringen. Bei dem Gedanken lief ihm ein wohliger Schauder über die Arme.

»Meristate mag deine Ururgroßmutter gekannt haben, bevor wir überhaupt geboren wurden und bevor diese sich in der Machtwende verändert hat, aber Kadrabes Schatten überspannt Vallen lange genug, um dir auch die persönliche Grundlage für einen Kampf gegen sie zu liefern, Thalar.«

Die Erinnerung schmerzte Thalar. Statt an das ihm unbekannte, zweifellos grässliche Schicksal seiner Mutter zu denken, blieb er stoisch. Er sah in Nualláns Augen, dass sein Gefährte eine Reaktion erwartete. Doch dazu war Thalar nicht imstande. Für einen Moment wich er Nualláns Blick aus, bevor er ihm mit gestähltem Willen begegnete. »Ich tue das nicht aus Rachegelüsten.«

»Rede es dir nur ein.« Nuallán wandte sich ab. »Ich verschwinde. Du solltest auch ein wenig rausgehen. Hier erstickt man ja an Langeweile und staubtrockenem Papier.«

Mit zwei Fingern strich Thalar über den Einband des Buches, in dem er eben noch gelesen hatte. *Die niedrige und hohe Kunst der Kontrolle von Kirill.* Dann sah er Nualláns kräftiger Gestalt hinterher, als sein Gefährte zwischen den Buchregalen verschwand. Eine kleine Pause konnte nicht schaden. Mit langen Schritten holte er seinen Freund ein, noch ehe der den umständlichen Weg aus den unterirdischen Gewölben antreten konnte. Thalar legte eine Hand auf Nualláns Schulter und lenkte ihn zu der schmalen Wendeltreppe ein Stück weiter die Wand entlang.

»Du hast recht.«

Die Bibliothek war nur ein Teil der unterirdischen Gewölbe, die sich unter dem Turm erstreckten. Für Unbegabte war es ein umständlicher Weg hinauf und hinunter, der leicht zu einer tödlichen Falle werden konnte. Gewirrspinner und Flüster-münder, die in die Geheimnisse Iamanus eingeweiht waren, kamen rascher und leichter hinein.

Thalar betrat die schmalen Steinstufen. Nuallán folgte ihm, da die Treppe zu schmal für zwei Personen war. Die Stufen en-deten nach einer Drehung in einer Sackgasse, so wie viele Auf-gänge dieses Labyrinths. So weit mussten sie gar nicht gehen. Thalar streifte das grell grün-rot schimmernde Gewirr in der Wand mit den Fingerspitzen und es dehnte sich explosionsartig aus. Funken sprühten, Thalar wurde von einer Welle der Macht getroffen und mitgerissen. Innerhalb eines Augenaufschlags standen sie in einer Nische in der Wand der Eingangshalle. Tha-lar trat vor und Nuallán folgte mit einem tiefen Atemzug. Reges Treiben herrschte in der Halle, doch niemand beachtete sie, als sie aus der Wand traten.

Der süße Duft von Ginorenküchlein schwebte in der Luft. Einige vorbeischlendernde Valahari hielten das Gebäck in den Händen, die gelben Ginoren glänzten unter einer weißen Pu-derzuckerschicht.

»Hunger?«, fragte Thalar seinen Gefährten.

Auch der reckte schnuppernd die verhüllte Nase. »Immer. Teltiras Küche würde meinen Magen selbst nach einem Fest-mahl knurren lassen.«

Sie bogen nach rechts ab, um durch den Korridor zur Küche zu gelangen.

Eine Frau, sieben Jahre über der Volljährigkeit, mit hellblon-dem Haar, das ihr in einem schweren Fischgrätenzopf über den Rücken fiel, lief suchend herum. Als sie Thalar und Nuallán ent-deckte, steuerte sie direkt auf sie zu. Helane Epir war die Tochter ihres Heerführers, Uleas Viadar. Sie trug eine helle Hose und eine fliederfarbene Tunika mit grauen Bordüren, gepflegte und aufwendig bestickte Kleidung. Thalar kannte Helane nun schon seit vielen Jahren, seit er zusammen mit Nuallán aus dem Reich der Sanan im Stromland zurückgekehrt war.

Er blieb stehen, schloss ergeben die Augen und seufzte.

»So viel zu Ginorenküchlein«, murmelte er. Nuallán neben ihm gluckste.

»Thalar«, rief Helane und blieb vor ihnen stehen. Ihre blassblauen Augen leuchteten. Thalar sah nicht nur die Reinblütigkeit des Adels in ihrem Aussehen, sondern auch ihre Schönheit. Viadar war ein fähiger Mann mit guter Abstammung und gesunden Ansichten. Er erzog seine Tochter auch ohne die Unterstützung ihrer Mutter zu einer fürsorglichen Frau mit wachem Geist. Eines Tages würde sie alles sein, was ein Mann sich wünschen konnte. *Nein,* verbesserte er sich gedanklich. *Sie ist es schon.* Tiefe Zuneigung sprach aus ihrem Gesicht. Er könnte sie haben. Sie würde ihn nehmen. Es wäre schlau, sich für sie zu entscheiden und die Verbindung zu Viadar, der ihm schon durch Loyalität folgte, durch eine Heirat in seine Familie zu festigen.

Thalar lächelte Helane an. Sie erwiderte es mit einem schelmischen Funkeln in ihren Augen. Für Thalar war sie immer noch das Mädchen, das ihn vor siebzehn Jahren bei seiner Rückkehr erwartet hatte. Sein Verstand versicherte ihm, dass sie eine gute Partie war. Sein Instinkt sagte, bald würde ein anderer kommen, wenn er sich nicht entschied. Sein Herz flüsterte, dass er sie niemals lieben konnte.

»Ich lasse euch beide mal allein, bevor nur noch Krümel übrig sind«, sagte Nuallán und glitt an ihnen vorbei wie ein Raubtier auf der Pirsch. Seine Beute: Teltiras Ginorenküchlein.

Helane zuckte kaum merklich zusammen, als sie an Nualláns Anwesenheit erinnert wurde. Einem weniger aufmerksamen Beobachter wäre es entgangen. Thalars Lächeln verschwand und das altbekannte Brennen tief in seiner Magengrube setzte ein. Sie konnte nichts dafür, trotzdem stieg heiße Wut in Thalar auf, weil sie nicht die Einzige war, die Angst vor Nuallán hatte.

Wenn auch nur ein kleines bisschen. Er hatte niemandem jemals etwas getan, und doch wichen sie instinktiv vor ihm zurück. Als fürchteten sie, seine Beute zu werden. Helane griff nach Thalars Hand und er schluckte den Zorn hinunter.

»Alles in Ordnung?«, fragte sie leise.

Seine Fingernägel bohrten sich in seine Haut. Wenn er die Muskeln noch etwas mehr anspannte, würde er bluten. Er sah in ihre besorgten Augen unter den hellen Brauen. Langsam entspannte er sich. Sie war neben Nuallán die Einzige, die wagte, ihn zu berühren. Alle anderen hielten ihn für ein Wesen höherer Abstammung, dem man nicht zu nahe kommen durfte.

»Alles bestens. Was kann ich für dich tun?«

»Mein Vater ist wieder da und ich wollte wissen, ob du …«

»Er ist zurück?«, unterbrach er sie.

»Soeben eingetroffen.«

»Besser, ich erfahre gleich, was er zu berichten hat.« Helane wirkte etwas gedrückt, doch sie nickte und ließ ihn gehen. Er sah noch, wie sie in Richtung Küche lief. Kein Ginorenküchlein für ihn. Lieber wollte er die Neuigkeiten sofort hören, statt darauf zu warten, bis Viadar damit zu ihm kam. Thalar verließ den Turm.

Aus dem Pulk, der auf dem Turmplatz entstanden war, kam ein Mann mit ergrauten Schläfen und einem Hut, dessen Krempe er höher schob, schnurstracks auf Thalar zu. Sein blonder Bart war von Silbersträhnen durchzogen und sehr gepflegt. Viadar achtete immer auf sein Äußeres. So merkte man ihm auch jetzt die Strapazen seiner soeben beendeten Reise nicht an.

»Romane«, grüßte er, bemüht um die gebührende Anrede.

»Thalar«, betonte Thalar. Er wollte diese förmliche Anrede nicht aus Viadars Mund hören, zumal sie unter sich waren. Viadar mochte sein Heerführer sein, doch sie kannten einander schon seit Thalars Kindheit, als Meristate ihn aufgenommen hatte. Viadar war mehr Ziehvater als Untergebener für ihn.

Viadar nickte schließlich und sie entfernten sich vom Eingang zum Turm.

»Was gibt es von den Grenzen zu berichten?«

»Die Banditen scheinen sich zu sammeln. Sie hören alle auf einen gewissen Narunad. Ein übler Geselle. Wie er es geschafft hat, die Sieben Banden Galinars an einen Tisch zu bringen und sich selbst als ihr Anführer zu etablieren, konnte ich bisher nicht herausfinden. Die Angriffe auf Dörfer an den Grenzen wirken wahllos, so als hätte er eine Wilde Jagd auf sie losgelassen. Ich war in Belondir in den Wüstenhainen. Es war schrecklich.«

Viadar senkte den Blick. Seine Augen huschten hin und her, als würde ihn das Gesehene immer noch verfolgen.

»Tote. Tote überall. Männer, Alte, Kinder. Sie lagen verteilt im Dorf, abgestochen und erschlagen. Nie zuvor habe ich so etwas gesehen. Das war eine Schlachtung. Nichts Lebendes hat mich dort empfangen. Nur Frauen konnte ich unter den Toten keine ausmachen. Zumindest keine, die im gebärfähigen Alter waren … Die Banditen müssen in großer Anzahl gekommen sein, womöglich haben sie das Dorf umzingelt. Kein einziges Haus wurde abgebrannt. Sie kamen, töteten, was sich bewegte, und nahmen aus den Häusern, was ihnen gefiel. Dann sind sie wieder verschwunden. Es wirkt wie eine Strafe der Götter …«

Thalar sah den Schrecken in Viadars Blick.

»Ich habe die Nacht in einem der Häuser verbracht, bevor ich am nächsten Morgen wieder aufgebrochen bin. Ich könnte schwören, ich hätte das Klagen und Weinen unzähliger Witwen gehört.«

Das Erlebte hatte selbst einem erfahrenen Soldaten wie Viadar zugesetzt. Viadar hatte in seinem Leben schon so viel Leid gesehen, dass Thalar nicht angenommen hatte, etwas an den Grenzen zwischen Vallen und Galinar könnte ihn noch das Fürchten lehren. Anscheinend hatte er sich geirrt.

Thalar fuhr sich nachdenklich über das Kinn. »Es gibt nur wenige Götter, die sich daran erfreuen würden. Mir kommt da eine Nachtbringerin in den Sinn, die eine Schwäche für Frauen hat. Sie würde sie vielleicht verschonen.«

Viadar sah ihn an. »Ihr meint … die Herrin des Blutes?«

Thalar nickte.

»Aber wieso?«

»Das kann ich noch nicht sagen. Falls sie es ist, scheint sie Pläne mit Narunad zu haben. Es beunruhigt mich, dass er die Banden des Verpönten Landes eint und damit solche Überfälle in Vallen ausführt. Sie hätten das Dorf übernehmen können. Stattdessen metzeln sie alles nieder und stehlen Frauen? Will er sein eigenes Reich aufbauen? Wofür braucht er sie? Bei einem normalen Überfall hätten seine Männer sie an Ort und Stelle vergewaltigt und ihnen danach die Kehlen durchgeschnitten. Die Herrin des Blutes tötet keine Frauen. Zumindest nicht grundlos.«

Das Klappern von Hufen und das Verstummen der Gespräche auf dem Platz vor dem Turm kündigte einen Fremden an. Er ritt aus der Schlucht heran, die nach Frost führte. Zwei Wächter versuchten ihn aufzuhalten, doch er ignorierte sie. Einer der Wächter griff in die Pferdemähne. Das Tier schnappte nach seiner Hand. Ein gellender Schrei hallte durch die Senke.

Das Surren gezogener Schwerter erklang um Thalar herum. Aus dem Augenwinkel sah er, dass die Bögen der Wächter in den Aussichtstürmen auf den Fremden gerichtet waren. Sie warteten nur auf Thalars Befehl.

Der Ankömmling war allein, trug hohe Stiefel und einen braunen Umhang mit Kapuze, sodass man das Gesicht nicht erkennen konnte. Er bewegte sich gemächlich auf seinem golden strahlenden Reittier durch die Straße.

»Das ist ein Pferd sonnenländischer Abstammung«, flüsterte Viadar und legte seine Hand auf das Schwertheft.

Als der Fremde näher kam, erkannte Thalar die grauen Streifen im Fell des Pferdes, die wie Peitschenstriemen seine Flanken, seinen Hals und die Mähne durchzogen. Es war ein dürres Tier, groß wie die Pferde der Sonnenländer, aber nicht so kräftig. Es leckte sich das blutige Maul. Dieses Wesen entsprang einer Legende.

Thalar verengte die Augen. »Nicht ganz.«

Dann hob er seine Hand zu einer kreisenden Bewegung. Die Wachen sollten die Umgebung im Auge behalten. Es mochten

Komplizen auf den Klippen warten, die ihnen entgangen waren. Dann trat er einen Schritt vor. Die Männer auf dem Turmplatz standen mit gezogenen Schwertern bereit. Niemand kam unangemeldet nach Iamanu. Wer war dieser Reiter? Und wieso kam er vom Frost, wenn sein Pferd auf die Sonnenlande hinwies?

»Das ist weit genug«, befahl Thalar.

Der Reiter hielt an. Federleicht glitt er vom Pferderücken und schlug die Kapuze zurück. Die Brosche des Umhangs löste sich und der Umhang klaffte auf.

Die hagere Gestalt war kein Mann. Sie hatte weibliche Kurven. Aschfahle Haut, harte Kanten und rotgraue Lippen zeichneten ihr ausgezehrtes Gesicht. Die langen Haare, eine Mischung aus Weiß und dunklem Grau, standen wirr von ihrem Kopf ab, als hätte sie wochenlang in Laub und Dreck geschlafen. Sie breitete die Hände mit den Handflächen nach oben vor sich aus, um zu zeigen, dass sie unbewaffnet war. Stechende Kopfschmerzen setzten bei Thalar ein.

»Ich werde erwartet.« Die Stimme klang wie aneinandergeriebener Stein. Tief, rau, heiser. Es war nicht die Stimme einer Frau, aber die Kreatur vor ihnen konnte man sowieso nur schwerlich so bezeichnen. »Thalar Romane, Erbe des neuen Thrones, haltet mich nicht auf.«

»Wer sollte Euch erwarten?«

»Ich«, sagte eine Stimme hinter ihm laut und deutlich. Er drehte sich um und musste den Kopf in den Nacken legen. Auf dem Balkon stand Meristate, beide Hände auf die Brüstung gelegt, ihre Haare vom aufkommenden Wind zerzaust. »Lasst die Findende ein.«

Die Männer gingen zur Seite, als die Gestalt mit ihrem Ross vorbeischritt. Sie hielten ihre Schwerter noch in den Händen, aber sie gehorchten den Befehlen. Thalar musterte die Findende.

Sie deutete auf einen der jungen Männer, der erschrocken vor dem bissigen Tier zurückwich, als es in seine Richtung ging. »Versorge es.« Die Haare des Mannes, zu dem sie sprach, wehten zurück, als hätte eine Windbö ihn getroffen. Thalar nickte ihm zu, daraufhin führte der Mann das Pferd weg.

Die Reiterin kam auf Thalar und Viadar zu. Ihre Blicke durchbohrten Thalar mit arroganter Intensität. Sie strahlte Intelligenz und Selbstgefälligkeit aus, fühlte sich offenbar umgeben von minderen Kreaturen, die ihrer Anwesenheit unwürdig waren.

Da sie einfach weiterging, machte Viadar schließlich einen Schritt zurück, um sie zwischen ihnen hindurchzulassen. Thalars Kopf drohte dabei zu explodieren. Sobald sie auf gleicher Höhe mit ihm war, verzog sich ihr Mund zu einem grotesken Lächeln. Dann war sie vorbei, betrat den Turm und nahm den Wind mit sich. Als würde eine Nadel herausgezogen, ließ der Schmerz in Thalars Kopf nach.

Er nickte Ambral, der soeben den Platz betrat, zu. Er gehörte zu denjenigen, denen Thalar am meisten vertraute. Sogar unter seinen Kronenbrechern. Das war das Zeichen, dass Ambral sie begleiten und aufpassen sollte, dass sie nichts Unerlaubtes tat. Nur weil Meristate sie eingeladen hatte, musste Thalar ihr längst nicht vertrauen. Ambral eilte ihr nach.

»Was war denn das?«, fragte Viadar, nachdem er ein paarmal geblinzelt hatte.

»Wenn ich das wüsste.«

Die Männer steckten ihre Schwerter weg.

»Sollen wir ihr eine ordentliche Mahlzeit geben, damit sie was auf die Rippen kriegt? Noch so ein Windstoß und sie fliegt uns davon.«

Thalar schnaubte belustigt. »Irgendwie bezweifle ich, dass es funktionieren würde.«

Dann nickte Viadar nach oben. »Ich glaube, man verlangt nach Euch.«

Thalar folgte Viadars Blick. Meristate stand noch immer auf dem Balkon und winkte ihn zu sich. Was hatte das zu bedeuten?

»Dann finde ich besser heraus, was die Findende zu sagen hat.«

Er betrat den Turm und stieg die Treppe hinauf. Ambral stand vor der Tür zu Meristates Gemächern.

»Sie wollten mich nicht einlassen«, flüsterte er und kratzte die tiefe Narbe auf seiner linken Wange.

»Schon in Ordnung. Halte dich bereit, falls ich dich brauche.« Dann ging Thalar hinein.

Die beiden Frauen standen einander gegenüber. Auf einem der Tische im Zimmer lag neben einer Vase mit Lilien eine offene Ledertasche. Viereckige, handbreite Holzkästchen waren teilweise daraus hervorgerutscht, als hätte man die Tasche sehr unachtsam hingeworfen.

Thalars Kopfschmerzen kehrten zurück.

»Wer ist sie?« Obwohl er sie ansah, sprach er mit Meristate.

»Er weiß es nicht?«, fragte ihr unbekannter Gast und musterte ihn. »*Findende* ist mein Name. Was immer jemand sucht: Für die richtige Bezahlung bringe ich es ihm.«

Er hob eine Braue. »Solltet Ihr dann nicht eher die *Suchende* heißen?«

Ihre dunklen Lippen kräuselten sich amüsiert. Der Windhauch, der während des Sprechens durch den Raum wehte, berührte die Lilien und ließ die weißrosa Blütenblätter abfallen. Sie tanzten durch die Luft, solange die Findende sprach. Dann fielen sie zu Boden. »*Suchen* würde die Möglichkeit des Scheiterns beinhalten. *Finden* ist unumstößlich.«

»Was habt Ihr für Meristate gesucht?«

Nun sahen die beiden Frauen einander an. Dann wandte sich Meristate an ihn.

»Ich habe sie beauftragt, Krabad Janabars Himmelskammer und seine Schriften über die Alteration des Seelengewirrs zu finden.«

Natürlich. Das hätte er sich denken können. Darauf hatte sie gewartet. »Was ist die Bezahlung?«

»Alles andere, was in der Himmelskammer ruht.«

Thalar musste sich beherrschen, nicht mit den Zähnen zu knirschen. Die ebenso mächtigen wie moralisch fragwürdigen Aufzeichnungen des Schattenwirkers in falsche Hände zu geben, war bestenfalls töricht, schlimmstenfalls tödlich. Er atmete aus.

»Wenn Ihr an den Aufzeichnungen interessiert seid, wieso habt Ihr sie nicht längst für Euch selbst gesucht?«

Die Findende zuckte die Schultern. »Ich muss eine Richtung gewiesen bekommen, um etwas zu finden. Sie wies mir diese Richtung.« Mit dem Kopf deutete sie auf Meristate.

»Was habt Ihr mit ihnen vor?«

»Das hat Euch nicht zu interessieren.«

Thalar verengte die Augen. »Wenn Euch jemand ein gutes Angebot macht, würdet Ihr denjenigen dann auch zu uns führen?«

»Ich habe Prinzipien. Ich finde Gegenstände, keine Personen.«

»Haben die Okuri Euch diese Regel auferlegt?«

Ihre Augen verengten sich. Ein Muskel zuckte im Gesicht der Findenden. Eine leichte Veränderung in ihrer Fußstellung war zu bemerken – von locker zu angriffsbereit. Volltreffer.

»Die Okuri haben mir nichts zu befehlen. Ich bin keine Sklavin.«

»Wir alle unterstehen höheren Mächten. Ihr könnt nicht ewig davonlaufen.«

Sie lächelte. »Ich bin verdammt schnell.«

Daraufhin lockerte sie ihre Haltung, ging zum Tisch und schüttelte die Holzkästchen aus der Ledertasche. Sie warf sich die Tasche um und ging zur Tür.

»Ich empfehle mich nun. Erbe, Mächtige.« Mit einem letzten Nicken verschwand die Findende.

Sie nahm Thalars Kopfschmerz mit.

»Was ist sie?«, fragte er, kaum dass ihre Schritte im Flur verhallt waren.

»Was denkst du?«

»Keilorn lässt mich ihre Verbindung zu Subret spüren. Gibt es sie wirklich?«

»Sie ist kein Sturmtreiber«, entgegnete Meristate.

Sturmtreiber waren Gesandte des Nachtbringers Subret, die keine Ähnlichkeiten mehr mit Valahari besaßen – vielleicht waren sie einst welche gewesen, doch glaubte man den Erzählungen, glichen sie Gevatter Tod. Thalar hatte noch nie einen gesehen, denn angeblich hielten sie sich tief in den Sonnenlanden auf und waren wenige. Selbst wenn die Findende kein Sturmtreiber war, verband sie etwas sehr viel Stärkeres als Glauben mit Subret.

»Wieso wolltest du mich dabeihaben?«, fragte Thalar. »Du wusstest, was ich von diesem Geschäft halte, und hast es trotzdem getan. Sie könnte die Aufzeichnungen an die Königin verkaufen.«

Meristate schüttelte den Kopf, als hätte Thalar eine wichtige Lektion nicht verstanden. »Ich habe abgewogen und mich für das entschieden, was uns bei einem bestehenden Problem hilft, statt mich um die Entstehung einer zukünftigen Unannehmlichkeit zu sorgen.«

Thalar schloss die Augen. Sie war seine Lehrmeisterin, doch das war selbst nach ihren Maßstäben leichtsinnig.

»Du musst lernen, Prioritäten zu setzen. Ihr alles andere in der Himmelskammer zuzusagen, ist gefährlich. Doch dafür gab sie uns die Mittel, die Despotin zu stürzen. Ohne sie hätten wir die Aufzeichnungen niemals gefunden.« Sie nickte zu den Holzkästchen.

»Ich hätte es selbst …«, protestierte er.

»Nein, hättest du nicht«, unterbrach sie ihn wirsch. »Du hast immer noch Skrupel. Ohne Anleitung das Seelengewirr aufbrechen und blind darin herumstochern? Du hättest mindestens ein Dutzend Seelen dabei zerstört. Vielleicht sogar dich selbst.«

»Wieso hast du eigenmächtig gehandelt? Du hast die ganze Korrespondenz mit der Findenden bis jetzt geheim gehalten. Dass wir den Aufzeichnungen so nahe sind.«

Sie lächelte. »Weil du Nein gesagt hättest.«

Sie klang wie ein Kind. Um Verzeihung zu bitten war leichter, als um Erlaubnis zu fragen.

»Wenn du erst König bist, kannst du mir befehlen, was du willst«, sagte sie. »Doch noch kann ich für mich allein entscheiden.«

»Wir müssen eine Einheit sein. Du, Nuallán und ich. Sonst können wir sie nicht aufhalten.«

»Was hast du mit dem verbannten Prinzen vor? Er ist ein

Rivale und du holst ihn aus seinem Exil in den Fernen Reichen und lässt ihn an deiner Seite stehen.« Nun wurde ihr Blick forschend.

Stolz und Genugtuung durchflossen Thalar. Meristate durchschaute mit diesen wachsamen Augen und ihrem scharfsinnigen Geist so viele Lügen, Intrigen und Pläne. Sie hielt wichtige Informationen vor ihm geheim. Sie wusste, dass Nualláns Anwesenheit einen tieferen Sinn hatte, doch sie erkannte nicht, welche Aufgabe Thalar für ihn vorsah. Er genoss es, einmal ihre Rolle einzunehmen.

»Er sichert mir die Unterstützung des Munors.«

»Wirklich? Nur das?«

Er antwortete nicht.

Sie seufzte und schritt zum Tisch. Dort strich sie über die geschnitzte Oberfläche der Holzkästchen. »Sie müssen ein Siegel getragen haben, bevor die Findende sie hergebracht hat.«

»Hat sie die Aufzeichnungen gelesen?«

Meristate zuckte die Schultern. »Ich bezweifle, dass sie lesen konnte, was Krabad Janabar niedergeschrieben hat. Er war paranoid und glich in vieler Hinsicht anderen Gewirrspinnern, die sich der Erkundung unbekannter Gewirre widmen. Was sein ist, soll sein bleiben, und wenn das nicht geht, will er zumindest selbst nach seinem Tod noch sicherstellen, dass kein *Unwürdiger* Zugriff auf sein Lebenswerk erhält. Einer Blinden einen Blick auf seine Aufzeichnungen zu gewähren, wäre nicht nur sinnlos, sondern auch töricht. Wir haben nun andere, wichtigere Dinge zu tun, als uns über die Feinde und Gefahren von morgen zu sorgen. Wappne dich.«

Thalar atmete tief durch, fand seine innere Ruhe, den stillen See seiner Macht, dann nickte er.

In diesen Holzkästchen verborgen steckte das Wissen, das sie benötigten, um Elrojanas Schreckensherrschaft zu beenden. Nur damit würde Thalar es schaffen, sie zu besiegen. Hoffnung keimte in seiner Brust. Vielleicht waren sie dem Ende dieses Konflikts näher, als sie ahnten.

Meristate öffnete das erste Kästchen. Ein Strudel aus violetter und blauer Energie brach aus dem Machtgefäß hervor, Tausende verworrene Zeichen breiteten sich im Raum aus, dessen Wände sich wölbten, als wäre nicht genug Platz für all das Wissen. Die Zeichen hatten keinen Sinn, sie verzerrten sich wie eine Spiegelung im Wasser, sobald Thalar sich auf eines von ihnen konzentrierte. Seine Augen huschten von einem zum nächsten, unfähig, sie alle in sich aufzunehmen. Die Zeichen zermalmten ihn mental. Sie drängten auf ihn ein, zerrten an seinen Nerven und bohrten sich tief unter seine Haut, um bis zu seinem See der Macht zu gelangen. Sie wollten ihn zerwühlen, die stille Oberfläche in Bewegung setzen, damit Thalar die Kontrolle darüber verlor. Sie wollten seinen wachen Verstand verwirren und ihm den Zugang zu Janabars Aufzeichnungen unmöglich machen.

Sein Herz raste. Das Flattern Tausender Flügel dröhnte in seinen Ohren. Die Macht des Schattenwirkers war unvergleichlich. Sie erdrückte Thalar selbst Jahrhunderte nach seinem Tod noch. Sie schlug ihre Klauen in sein Innerstes und der stille See seiner Macht schlug Wellen.

»Entwirre es!« Meristates Stimme schnitt durch den Lärm und die Panik.

Der Strudel machte es ihm unmöglich, sich auf ein einzelnes Zeichen zu konzentrieren. Er musste sie verlangsamen, einfrieren, festhalten … Das Gewirr des Siegels flackerte in derselben Farbe wie der Strudel selbst, und so war es unmöglich, es klar zu sehen. Thalar wollte es unbedingt aufbrechen und anhalten. Er spürte seinen Herzschlag im Hals, Schweiß perlte von seiner Stirn. Langsam, Faden für Faden zeichnete er das Gewirr in seinem Geist nach, ignorierte die rasch vorbeifliegenden Symbole, kämpfte gegen den Schmerz und die drohende Verwirrung.

Seine Macht war ins Wanken geraten, doch nicht gestürzt. Als er die Linie endlich mit dem Anfang verbinden konnte, zog er gedanklich daran und das Gewirr spannte sich auf, erfüllte den ganzen Raum. Er folgte den Linien und Knotenpunkten, bis er die richtige Stelle erreichte. Ein leichtes Ziehen und die

Zeichen hielten an. Ihre kontinuierliche Wandlung brach ab und gilvendalische Schriftzeichen leuchteten ihm entgegen. Nur für eine Sekunde, dann zog sich der violette und blaue Strudel zurück, wurde in das Kästchen eingesogen und der Deckel klappte zu.

Thalar sank auf die Knie. Er schaffte es nicht mehr bis zum nächsten Stuhl. Sein ganzer Körper zitterte unkontrolliert. Nach einigen hastigen Atemzügen konnte er seinen Blick wieder fokussieren. Meristate saß neben dem Tisch auf einem der Stühle. Sie hatte einen wilden Ausdruck in den Augen. Einen Moment sahen sie einander nur an, kamen zu Atem und beruhigten ihren Verstand, sodass die Emotionen ihnen nicht die Sicht raubten. Der wilde Glanz verlor sich und Meristate griff nach dem Kästchen. Als sie es nun öffnete, lag eine einzige, dicke Karte darin.

Thalar kam stolpernd auf die Beine und schaute ihr über die Schulter. Gilvendalische Zeichen waren in die kleine Steintafel eingeritzt. Meristate strich darüber und sie wandelten sich.

»Er hat alles in der Ursprache der Gewirrspinner geschrieben«, hauchte sie.

Thalar hingegen sah zu den übrigen vier Kästchen. Das würde ein harter Tag werden.

Ein dumpfes Poltern auf dem Flur ließ sie beide aufsehen. Ambrals Oberkörper lag in der offenen Tür, seine weit aufgerissenen Augen starrten ins Nichts. Thalar eilte zu ihm.

Der junge Krieger hechelte, Speichel troff aus seinem Mundwinkel, und als Thalar eine Hand auf seine Brust legte, fühlte er darunter Ambrals Herz so schnell schlagen, dass es einem Summen glich.

»Wir sollten unsere Arbeit nach unten verlegen«, sagte Meristate nüchtern. Thalar hob den Kopf. Sie stand halb auf dem Balkon und schaute hinab. Er ging zu ihr und sah auf dem Platz um den Turm weitere Valahari auf dem Boden liegen.

Die Effekte, die alle um sie herum betroffen hatten, dauerten nicht lange an. Ambral erholte sich, noch während Thalar ihn aufsetzte. Meristate und Thalar nahmen die Holzkästchen und schritten durch die Mauer des Alkovens in der Halle, um in das wahre, unterirdische Iamanu zu gelangen. Die manipulierten Mauern würden Janabars Macht davon abhalten, das Erbengefolge noch einmal außer Gefecht zu setzen.

KAPITEL 18

Anders hatte den schlimmsten Muskelkater mittlerweile überstanden und konnte sich auf dem Pferd halten, ohne sich völlig zu verkrampfen. Laut Nalare ritten sie parallel zum Großen Marsch, einer breit angelegten Straße, die von der Letzten Feste auf direktem Wege bis nach Lanukher reichte. Ihr Weg würde länger dauern, da sie sich ein Stück sonnwärts in der Wildnis hielten, um möglichst wenigen Leuten zu begegnen. Nalare führte sie manchmal querfeldein, aber vor allem durch den Wald konnten sie zumindest für eine Weile einem schmalen Trampelpfad oder Weg folgen. Nalare wirkte sehr sicher bei dem, was sie tat. Anders wusste nicht, ob es geheime Wegweiser gab, die ihm entgingen. Meristate hatte deutlich gemacht, dass Nalare sich sehr gut in Vallen auskannte.

Zu ihrer Linken breitete sich ein großer Wald aus, über dem sich bedrohlich eine vierzackige, massive Bergkette emporhob.

»Anujazi«, sagte Nalare, die seinen Blick bemerkte. »Die vier Schwestern. Eine tückische Gegend, von der wir uns fernhalten werden.«

»Voller unversöhnlicher Wesen«, stimmte Atlar zu.

»Woher weißt du so viel über eine Welt, in der du so ungern bist?«, fragte Anders skeptisch. Atlar war bisher anscheinend nie freiwillig hier gewesen. Er kam nur, wenn die Schergen der Despotin ihn zu ihr zerrten. Da gab es wohl kaum die Gelegenheit für eine Sightseeing-Tour der zehn gefährlichsten Orte oder einen spannenden Plausch am Lagerfeuer. Atlar blieb ihm eine Antwort schuldig.

Nalare gab sich alle Mühe, fernab von den ärmlichen Dörfern zu reiten, und Städte hatte Anders noch gar keine gesehen. Sie wollten nirgends auffallen und so riskieren, dass Atlar und Anders in Erinnerung blieben.

Während des Rittes sprachen sie kaum miteinander. Nalare schien wenig bestrebt, mit dem Schwarzen Mann zu reden, ebenso wie Anders. Atlar wirkte völlig zufrieden mit der Stille. Anders hatte genug damit zu tun, sich auf dem ungesattelten Pferderücken zu halten.

Nalares Körper hingegen verschmolz mit dem der weißen Stute zu einer Einheit, ihre Bewegungen waren perfekt aufeinander abgestimmt. Sie bekam nicht ein einziges Mal Schwierigkeiten, die eng an das Tier geschmiegte Körperhaltung aufrechtzuerhalten. Nun verlangsamte sie ihr Pferd und sah sich um. Kurz darauf hielten sie an.

Anders seufzte erleichtert, als Nalare endlich die erlösenden Worte sprach: »Hier rasten wir diese Nacht. Macht euch nützlich und holt Feuerholz.« Sie nahm die Taschen von den Reittieren und warf sie in einer Kuhle zwischen mehreren kleinen Grashügeln auf einen Haufen. Anders fand die Muße, sich umzusehen.

Die Wolken zogen den Himmel zu und der Nebel stieg höher über die Wiesen und in den Wäldern empor, wuchs zu dichten Nebelbänken zusammen. Das Sonnenlicht wurde ausgesperrt. Bevor der eigentliche Wald anfing, verteilten sich kleinere Haine auf der Hügellandschaft. Anders ließ die Schultern kreisen und ging zu einer der Baumgruppen.

Atlar folgte ihm wie ein Schatten auf Schritt und Tritt. Dabei kam er Anders so nahe, dass er ihm fast in die Hacken trat.

»Sag mal, was ist dein Problem?«, knurrte Anders. War ein wenig Abstand zu viel verlangt? Er wich zur Seite aus. Atlar kam hinterher.

»Du bist ein Zwielichtwesen«, sagte Atlar, als würde das alles erklären. Er ging so dicht neben Anders, dass sich ihre Ellbogen beinahe berührten.

Anders wich erneut aus. »Das habe ich schon einmal gehört.«

»Inmitten dieser blendenden Lebewesen bist du eine willkommene Abwechslung.«

Anders blieb stehen. In Atlars Nähe brach ihm der Angstschweiß aus. »Ich würde es sehr begrüßen, wenn du mir nicht auf die Pelle rückst. War das klar genug?«

Der Schwarze Mann runzelte die Stirn. »Seit dem Tag, nachdem das Erbengefolge uns seine Unterstützung zusicherte, ist etwas anders. Ich weiß nicht genau, was es ist, aber ... etwas zieht mich zu dir.«

Anders war sprachlos. *Etwas zieht ihn an?* Wenn es eines gab, was Anders verhindern wollte, dann, dass Monster von ihm angezogen wurden. Ganz besonders eines wie der Schwarze Mann. Er hätte gern etwas Schlagfertiges erwidert. Er wusste nur nicht, was.

»Weißt du was? Ich hole das Feuerholz allein.« Damit hastete er davon.

Der Hain streckte seine nebelgetränkten Arme nach ihm aus. Anders sammelte Äste und Zweige vom Boden auf, die von der unerbittlichen Sonne tagsüber getrocknet worden waren. Die Rinde der ranulischen Bäume war weiß. Als er zum Lager zurücksah, fehlte jede Spur von Atlar. Anders' Nacken kribbelte. Er sah sich im Halbschatten des Hains um. Nicht zu wissen, wo Atlar war, war sogar noch schlimmer, als ihn direkt neben sich zu haben.

Eilig kehrte er zu Nalare zurück, die zu Anujazi sah. Das Gebirge ragte wie ein blauer Schatten aus den Nebelbänken.

»Wo ist Atlar?«

»Er ist gegangen«, antwortete Nalare mit solchem Desinteresse in der Stimme, dass Anders den Mund wieder schloss. Atlar hatte schon in den vorherigen Nächten Reißaus genommen. Trotzdem fühlte Anders sich merkwürdig, wenn er nicht wusste, wo der Schwarze Mann hingegangen war. Mit seinem Blick suchte Anders den Waldrand ab. Er fürchtete, jeden Moment die gelben Augen aufleuchten zu sehen. Doch nichts. Als wäre Atlar eins mit der aufkommenden, dünnen Dunkelheit geworden, die Ranulith zu bieten hatte.

Nalare begann, ein Lagerfeuer zu bauen. Anders sank ins Gras und stöhnte. Ihm tat der Hintern weh. Er massierte sich seine schmerzenden Beine, dann bereitete er ihr Nachtlager so vor, wie Nalare es ihm gezeigt hatte. Sein Blick ging zu dem mittlerweile vollkommen wolkenverhangenen Himmel. »Ihr habt überhaupt keine Sterne«, murmelte er.

»Sterne?«

»Kleine Lichtpunkte am Nachthimmel, die ihn nicht ganz so dunkel wirken lassen.«

»So etwas brauchen wir nicht. Wir haben schließlich Tabal, die sich sogar nachts ihren Weg durch die Wolken bahnt.«

Die Sonne spähte immer mal wieder durch dünnere Wolkenschichten hindurch und sah dabei wie eine goldene Ausgabe eines Vollmonds aus. Es war friedlich. Der gleichmäßige Rhythmus, mit dem Nalare Gemüse für den Eintopf klein schnitt, und das Prasseln des Feuers überdeckten die leisen Geräusche der Natur.

»Erzähl mir etwas über diese Welt«, bat Anders.

Sie warf ihm einen Blick zu. Anscheinend war sie seiner Fragen jetzt schon überdrüssig. Im Gegensatz zu Meristate, die ihn rücksichtslos über seine Welt gelöchert hatte, als Anders mit seinem Entzug zu kämpfen gehabt hatte, schien Nalare weder zu interessieren, woher er kam, noch wollte sie seine Wissbegier stillen. Einzig und allein der Zeitpunkt seiner und Atlars Abreise schien ihr wichtig.

»Komm schon.«

»Was willst du wissen?«, fragte sie mit einem Stöhnen.

»Erzähl mir etwas von Halakai und dem Krieg, der es zerstört hat.«

»Das würde eine verdammt lange Geschichte, dir alles zu erzählen, damit du die Ausmaße der Veränderungen verstehen würdest, die die Machtwende im Gleichgewicht dieses Kontinents hervorgerufen hat. Die Kurzform? Vorher waren Galinar – also das Land, in dem sich Halakai befindet und das nun als das Verpönte Land bekannt ist – und Vallen eng verbundene Schwesterlande. Vallen war so stolz auf sein starkes Band mit den Gewirrspinnern, dass eine hundert Wegstunden überspannende, gepflasterte Straße gebaut und *Prachtstraße* genannt wurde.« Nalare warf die Zutaten in den kleinen Topf über dem Feuer. »In Halakai herrschten die Gewirrspinner und formten ihre Realität, wie es ihnen gefiel. Es muss ein Ort voller Wunder gewesen sein, wenn man Meristate Glauben schenkt.«

»Woher weiß sie denn, wie es dort ausgesehen hat?«

»Weil sie dort gewesen ist«, sagte Nalare ausdruckslos.

Anders sank auf die Decke, die sein Bett darstellte. »Das kann nicht sein. Thalar meinte, der Krieg sei Jahrhunderte her.«

»Das ist für einen erfahrenen Gewirrspinner keine Unmöglichkeit.«

»Sie sind unsterblich?«

Sie zuckte die Schultern. »Nicht unsterblich, aber sie leben sehr lange, wenn sie es klug anstellen.«

Anders stieß die Luft anerkennend aus. Jahrhunderte zu leben ... Er konnte es sich nicht vorstellen.

»Jedenfalls«, fuhr Nalare fort und rührte um, »befahl der König Vallens den Gewirrspinnern. Wieso Vallen Galinar überlegen war, ist mir unklar. Einige Bücher sagen, es läge an Lanukher, dem Lieblingsort der Götter, wodurch sie den Vallenen besonders zugetan waren. Das alles wurde hinfällig, als Krabad Janabar, die Nachthure, beschloss, sich nicht länger zu unterwerfen. Janabar schwor, dass Faelán Devaraja der letzte blinde König sein sollte, und tötete ihn. Er setzte sich selbst die Krone auf und damit begann der wahre Krieg: die Schlacht zwischen ihm und Elrojana, die seine Tyrannei bekämpfte. Aber er hat recht behalten: Seit Devaraja hat es keinen blinden König mehr gegeben. Eine Tyrannin haben wir auch heute wieder. Die Geschichte dreht sich in immer gleichen Bahnen.« Sie lächelte freudlos. Dann reichte sie Anders eine Schale Eintopf. Den Rest des Abends starrte Nalare melancholisch in die Flammen.

»Du übernimmst die erste Wache«, bestimmte sie irgendwann. »Sei aufmerksam.« Sie und sah zum Waldrand, bevor sie sich in ihre Decken einrollte. »Wehe, du schläfst dabei ein.«

Anders nickte und stand auf.

Die Pferde grasten ein Stück entfernt. Anders ging auf einen der Hügel hinauf, die das Lager umgaben, um seiner Müdigkeit entgegenzuwirken. Er hielt Ausschau nach Bewegungen, aber die dichten Nebelbänke machten es schwer, weit zu sehen. Ein kühler Windzug ließ ihn den Umhang enger um seinen Körper ziehen. Beiläufig spielte er mit dem Adleranhänger seiner Kette. Nach einigen Runden um das Lager entschied Anders, noch ein wenig Holz nachzulegen. Gemächlich schlenderte er zurück zum Feuer und warf einige Äste hinein. Die Flammen leckten am Holz und Anders betrachtete sein Werk. Da sollte Nalare noch einmal sagen, er hätte kein Gefühl dafür. Zufrieden hob er den Kopf und sah in ein bärtiges Männergesicht.

Er war wie erstarrt. Der Mann und seine Kumpane verfügten über die schnelleren Reflexe, und noch bevor Anders einen Ton herausbekam, drückte ihn jemand von hinten nieder. Die Glut kam auf ihn zu, dann spürte er den Schmerz in seinem Gesicht und schrie. Er stemmte sich mit den Händen am Boden ab und die Qual verlieh ihm genug Kraft, um seinen Angreifer wegzustoßen. Taumelnd presste Anders die Hände vors Gesicht. Er hörte Pferdewiehern. Der Mann packte ihn erneut und drängte ihn auf den Boden. Nalares Stimme erklang und ein Mann schrie auf.

»Nalare!«, rief Anders erstickt und versuchte den Kerl über sich abzuschütteln. Er trat nach hinten und traf ihn am Knie. Der Mann grunzte. Anders trat noch einmal. Als sich der Griff lockerte, stieß er seinen Kopf gegen die Stirn des Angreifers und drehte sich zur Seite. Stoff zerriss. Neben ihm war Gerangel. Sein Schädel dröhnte von der Kollision. Er rammte einen Ellbogen in den Bauch des Mannes. Der wankte. Anders rollte sich unter ihm hervor und sprang auf.

Sein Gesicht pochte.

Nalare kämpfte mit bloßen Händen gegen zwei Männer, die sie ins Gras drückten. Mit einer Hand versuchte sie verzweifelt, an ihr Schwert zu kommen. Anders hechtete nach vorn und kickte das Schwert in ihre Nähe. Die Männer mussten es davongeschleudert haben, denn Nalare hatte direkt daneben geschlafen.

Eine Hand packte Anders' Knöchel. Er verlor das Gleichgewicht. Ächzend landete er im Gras, fing sich mit seinen Händen ab und schrie: »Atlar!«

Dieser verfluchte Schatten amüsierte sich wahrscheinlich, während sie hier um ihr Überleben kämpften.

Anders warf sich auf den Rücken. Gerade rechtzeitig – der Gegner hatte ihn fast erreicht und zog einen Dolch. Anders hatte endlich die Hände frei, um nach seiner Pistole greifen zu können. Hinter sich hörte er Nalare stöhnen, dann erstarben die Kampfgeräusche. Hatte sie es bis zu ihrem Schwert geschafft? Der Mann drückte ihm die Klinge an den Hals und spie ein paar speichelnasse Wörter aus. Anders entsicherte seine Waffe. Er richtete den Lauf auf die Stirn des Mannes und drückte ab. Seine Ohren klingelten von dem Schuss, seine Hand zitterte vom Rückstoß. Ein Regen aus Blut, Knochenstückchen und Gehirn prasselte auf ihn nieder. Der Angreifer sackte zusammen.

Für einen Herzschlag erstarrte die ganze Szenerie.

Dann stürzten sich zwei weitere Männer auf Anders. Ihm blieb nicht genug Zeit, auf einen von ihnen zu zielen. Einer entriss ihm die Waffe und warf sie zur Seite. Der andere schlug ihm ins Gesicht. Anders versuchte, sich mit seinen Armen zu schützen. Der Angreifer zischte ihm etwas entgegen, das Anders nicht verstand. Sie hielten seine Hände fest und die Faust traf ihn am Kopf.

Einige Momente später fand er sich mit schmerzendem Schädel auf dem Bauch liegend wieder, die Arme fest hinter seinem Rücken verzurrt. »Atlar!«, rief er noch einmal, als er sah, wie sie auch Nalares schlaffen Körper auf den Bauch drehten und sie fesselten. Einer der Männer wurde auf ihn aufmerksam. Ein Schuh kam auf ihn zu, dann wurde alles schwarz.

Eiskaltes Wasser schreckte Anders auf. Er prustete und schüttelte den Kopf. Von der Bewegung wurde ihm schwindelig und übel. Die Schmerzen seines verbrannten Gesichts überwältigten ihn. Hinter seiner Stirn pochte es. Sein Kopf hing kraftlos nach unten und die Hände konnte er nicht bewegen. Er war irgendwo festgebunden. Muffiger Gestank drang in seine Nase.

Jemand packte grob sein Kinn und hob seinen Kopf an. Anders sah die gelblichen Zähne eines verwilderten Mannes nur Zentimeter von seinem Gesicht entfernt. Der Mann sagte etwas und sein fauliger Atem wehte ihm ins Gesicht. Zusammen mit einem Anheben seines Kinns reichte es, dass sein Abendessen wieder hochkam. Der Kerl fluchte und sprang zurück.

Anders war froh, an einem Pfahl festgebunden zu sein, sonst hätte er in der stinkenden Pfütze gelegen, die sich zu seinen Füßen ausbreitete. Er hing wie eine Puppe in den Seilen.

Der Kerl riss seinen Kopf an den Haaren nach oben. Das Gesicht des Mannes war finster, seine bereits zuvor dreckige Kleidung war jetzt an Brust und Bauch zusätzlich mit Anders' Erbrochenem besudelt. Er schimpfte, dann drehte er sich zur Seite und Anders erkannte drei weitere Männer.

Sie unterhielten sich. Anders verstand kein Wort. Er stöhnte und versuchte, sich zu orientieren. Sie hatten ihm sein Hemd ausgezogen. Eines seiner Augen war geschwollen und er konnte es nicht richtig öffnen. Es war dunkel. Kleine Feuer erleuchteten mickrige Zelte und Hütten. Anders verdrehte die Augen, um nach oben sehen zu können. Fels. Sie waren in einer Höhle. Wo war Nalare?

Jemand machte sich an seiner Hose zu schaffen. Verzweifelt wand Anders sich, doch das Zerren an seinen Haaren nahm zu und der Mann vor ihm sah ihn wieder an. Hände schoben sich in Anders' Hosentaschen.

Der Kerl packte erneut sein Kinn und drehte es erst nach rechts, dann nach links. Danach strich er über Anders' nackte Brust und gab ihm einige kräftige Klapse. Er grinste einen seiner Kumpane an. Sie begutachteten Anders wie Vieh.

Erneut unverständliche Worte. Offensichtlich versuchten sie, mit ihm zu sprechen. Anders zuckte mit den Schultern. »Ich verstehe euch nicht. Ich spreche kein Vallenisch. Lasst mich einfach gehen, verdammt noch mal.« Er spuckte, um den grässlichen Geschmack aus seinem Mund zu bekommen. Es half nichts.

Weiter hinten klapperte etwas. Anders schielte am Gesicht des Mannes vorbei. Eine Gruppe dreckiger Männer stand in einem Halbkreis um Nalares Schwert. Einer von ihnen griff danach, doch er zuckte sofort zurück. Er schüttelte seine Hand aus, als hätte er sich verbrannt. Anders suchte die Höhle mit Blicken nach Nalare ab. Er konnte sie nirgends ausmachen. *Oh nein, das ist nicht gut.*

Jemand legte dem Mann vor Anders etwas in die offene Hand. Anders blinzelte. Dann erstarrte er. Das waren seine Sonnenbrille, seine Munition und … die Phiolen! Anders zerrte an seinen Fesseln.

Sein Gegenüber ließ ihn los und betrachtete erst die Sonnenbrille interessiert, dann zog er das Tiefwasser zwischen zwei Fingern hervor. Seine Augen weiteten sich, er zuckte zusammen und schrie etwas. Fast hätte er es fallen gelassen. Geraune durchzog die kleine Gruppe.

»Passt gefälligst auf«, brachte Anders heraus. »Nicht kaputt machen.« Verdammt, er musste die Sachen zurückbekommen. Hoffentlich zerbrachen diese Räuber die Phiolen nicht.

Der Mann, völlig auf das Tiefwasser fixiert, sagte noch etwas, dann drehte er sich um und ging mit Anders' Sachen davon. Daraufhin trat ein anderer vor, ein dürrer, glatzköpfiger Typ mit braunen Zähnen, der Anders angrinste. Anders wollte seiner Faust ausweichen, doch die Fesseln hielten ihn. Erneut verlor er das Bewusstsein.

Das nächste Mal erwachte Anders langsamer. Kein kaltes Wasser. Er lag ausgestreckt, die Hände waren hinter seinem Rücken gefesselt. Er ächzte und öffnete vorsichtig die Augen. Etwas Warmes lief über seine Schläfe und aus seiner Nase. Durch Gitterstäbe sah er eine schwach beleuchtete Steinwand. Die Lichtquelle musste irgendwo links, hinter der Ecke des Käfigs, sein.

Sie war schwach, flackerte stark und malte düstere Schatten auf die Wand.

Etwas bewegte sich neben Anders. Er versteifte sich. Angestrengtes Atmen und frustriertes Stöhnen drangen an sein Ohr. Vorsichtig hob er den Kopf.

»Wenn du wach bist, dann lieg da nicht so faul rum«, grollte eine übellaunige weibliche Stimme. *Nalare.* Anders entspannte sich und war froh, dass sie noch lebte. Sein Schädel brummte heftiger als beim schlimmsten Kater seines Lebens und sein Gesicht erst ... doch darüber konnte er sich später Sorgen machen. Anders kämpfte sich in eine sitzende Position. Alles tat ihm weh.

Nalares Kleidung war an einigen Stellen zerrissen, ihre Lippe aufgeplatzt und ihr Oberarm hatte blutige Schrammen. Sie bewegte ihre Schultern merkwürdig. Sie saß einen halben Meter neben ihm, mehr Platz ließ ihnen der Käfig nicht. Er war vielleicht einen Meter hoch, sodass ein Aufstehen unmöglich sein würde. Die Gitter bestanden jedoch nicht aus Metall. Dafür waren sie zu unförmig und von der falschen Farbe. Ein schmutziges Weiß, das von dicken Hanfseilen zusammengehalten wurde.

»Was sind das für Typen, die uns hier festhalten?«, fragte Anders, der noch immer gegen den Schwindel kämpfte.

»Dämmerdiebe«, spie Nalare aus. »Sie haben den Nebel ausgenutzt. Diese dreckigen Bastarde sehen im Dunkeln besser als sonst jemand, und im Gegensatz zu anderen Avolkerosi lieben sie es, in Höhlen fernab der Sonne zu hausen.«

Anders schluckte. Ein pelziges Gefühl bildete sich auf seiner Zunge und er schmeckte immer noch sein eigenes Erbrochenes.

»Wie lange war ich ...?«

»Eine ganze Weile«, antwortete Nalare und sah kurz in seine Richtung. Anders kam erst jetzt in den Sinn, dass Nalare in dieser Dunkelheit wahrscheinlich gar nichts sah, außer dem letzten Flackern der sterbenden Fackel um die Ecke.

»Ich vermute, wir haben wieder Nacht. Allerdings war ich auch eine Zeit lang bewusstlos. Vor Kurzem gab es einen Höllenlärm und Schreie waren zu hören. Ich dachte schon, du seist tot, weil du davon nicht aufgewacht bist. Jetzt ist alles still. Zu still. Wollen wir hoffen, dass das zu unserem Vorteil ist. Ah, endlich.« Nalare bewegte ihre Arme und dann brachte sie sie nach vorn. Es war ihr gelungen, die Fesseln zu lösen. Sie tastete den Boden nach etwas ab.

»Sie haben uns alles abgenommen. Ich brauche etwas Scharfes, womit ich die Seile zerschneiden kann. Besser, wir versuchen unser Glück, als uns kampflos zu ergeben.«

»Was haben sie mit uns vor?«, fragte Anders tonlos.

Nalare zuckte die Schultern. »Ich will es nicht herausfinden.«

Da stimmte Anders ihr zu.

Er suchte den Boden mit den Augen ab. Sie saßen auf kahlem Fels, also waren sie wohl noch immer in der Höhle. Einzelne Kiesel und lockeres Erdmaterial bedeckten den Stein, aber nichts davon versprach scharf genug zu sein. Anders stöhnte. Diese Mistkerle hatten das Tiefwasser. Ein stechendes Schuldgefühl traf ihn. Er war an der ganzen Misere schuld, weil er nicht gut genug aufgepasst hatte.

»Wo ist Atlar?«

Nalare schnaubte. »Der wird sich wohl verkrochen haben.«

Mit einem Schmerzenslaut streckte Anders die Beine aus und lehnte sich mit dem Rücken gegen die kalte Steinwand. Dabei drückte etwas innen in der Hose gegen seinen Oberschenkel. Er ging auf die Knie und schüttelte das Ding aus seinem Hosenbein. Mit einem dumpfen *Kling klong* landete es zwischen ihm und Nalare.

Als er das silberne Glänzen erkannte, lachte Anders erleichtert auf. Er hörte selbst, dass es ein bisschen hysterisch klang, aber das kümmerte ihn nicht. Nalare starrte ihn zweifelnd an. Wahrscheinlich überlegte sie, ob er die Nerven verloren hatte.

Dass Ronans Geschenk ihm mal das Leben retten würde, hätte sein alter Freund sicher nicht gedacht. Wenn Anders nach Hause zurückkam, würde er Ronan ein Jahr lang umsonst Backwaren vorbeibringen. Falls er nach Hause zurückkam.

»Nimm das Zippo«, sagte Anders, als er sich beruhigt hatte.

Sie sah suchend auf den Boden. *Oh, wahrscheinlich kennt sie so etwas nicht einmal.* »Das viereckige Ding ungefähr eine Handbreit vor dir.«

Vorsichtig tastete Nalare nach dem Feuerzeug, bis sie es fand.

»Damit kommen wir hier raus. Die Gitter sind mit Seil verschnürt, richtig? Wir können sie durchbrennen.«

Nalare blieb skeptisch. »Wir haben nichts, womit wir Feuer machen können. Oder es füttern könnten. Stein brennt nicht, Anders.« Dabei klang sie, als frage sie sich, ob in Anders' Welt Stein brannte.

»Muss er auch nicht. Das macht das Feuerzeug in deinen Händen. Klapp den Deckel auf.« Nalare fummelte daran herum, bis sie den Deckel des Sturmfeuerzeugs geöffnet hatte und unter Anders' mehr oder minder geduldiger Anleitung die Flamme hochschießen ließ.

»Huh, interessantes kleines Ding«, sagte Nalare und beobachtete das Feuer.

Anders drehte sich mit dem Rücken zu ihr, sodass sie seine Fesseln durchbrennen konnte. Die Flamme leckte dabei mehr als einmal an seiner Haut und er sog scharf die Luft ein.

Wachen waren keine zu entdecken. An ihrem Käfig führte ein schmaler Weg entlang, sodass Anders nur kahle Wände sah. Es blieb weiterhin völlig still. Waren sie so weit vom Lager der Banditen entfernt?

»Du meintest, es hätte einen Höllenlärm gegeben. Weißt du, was die Stille bedeuten könnte?«

»Dass wir schleunigst von hier wegsollten.«

Nach dem Durchbrennen von Anders' Fesseln begann Nalare, die Seile des Käfigs anzusengen. Anders rieb sich die wunden Handgelenke und wischte sich Blut und Dreck aus den Augen. Jede Berührung an seinem Gesicht brachte eine neue Welle Schmerz.

Nachdem genug Seile durchtrennt waren, genügte ein kräftiger Stoß gegen die Stangen und sie konnten sich hindurchzwängen.

»Kannst du laufen?«, flüsterte sie.

Anders folgte ihr und kam taumelnd auf die Beine. Der Schwindel hatte abgenommen. Mit einem Nicken griff er nach ihrer Hand. Sie zog sie reflexartig zurück, doch Anders hielt sie fest. »Du siehst nichts, richtig?«

»Du schon?« Sie klang skeptisch.

»Klar. Ist nicht so finster für mich.«

»Dann raus hier.«

Anders steckte seine andere Hand in die rechte Hosentasche und befühlte das Innere. Tatsächlich. Ein Loch. Ronans Feuerzeug war durch ein abgetrenntes Innenfutter gerutscht. Deswegen hatten sie es ihm nicht abgenommen – weil sie es nicht gefunden hatten.

Anders schlich den Höhlengang entlang. Er kaute auf seiner Unterlippe herum, bevor er sprach. »Ich muss aber meine Sachen wiederfinden, bevor wir fliehen können.« Ohne seine Waffe und die Sonnenbrille wäre er aufgeschmissen. Und erst die Phiolen …

Entgegen seiner Befürchtung nickte Nalare. »Dann sind wir schon zwei. Ohne Silberzahn gehe ich nicht.«

»Silberzahn?«

»Mein Schwert.«

»Ah, es hat einen Namen.«

Sie kamen an der fast erloschenen Fackel vorbei. Anders musterte sie einen Moment.

»Wie lange ist dieser Tumult her?«, fragte er.

»Vielleicht eine Stunde? Oder weniger. Nicht lange jedenfalls.«

Vor ihnen öffnete sich der Tunnel zu einer großen Höhle. Hier war Anders das erste Mal aufgewacht. Zelte und Bretterwände standen um mehrere Feuerstellen, ein nicht zu beschreibender Gestank schwebte über dem Boden, eine dünne Wolke aus Ausscheidungen, Luftfeuchtigkeit und dem süßen Geruch des Todes. Anders würgte.

Sie drängten sich an die Wand und Anders spähte zu dem Lager hinüber. Er erkannte den Pfahl, an den er gefesselt gewesen war. Ein dunkler Fleck davor bestätigte seine Erinnerung.

Auch nach längerer Beobachtung konnte er keine Bewegung im Lager ausmachen.

»Sieht ganz so aus, als wären alle ausgeflogen«, murmelte er.

Nalare legte den Kopf schief und lauschte. Ihre Hand ging zu ihrer linken Seite, wo normalerweise ihr Schwert hing, doch sie griff ins Leere. Anders konnte außer dem Knacken von brennendem Holz nichts hören. Nalare anscheinend auch nicht.

»Wir müssen trotzdem vorsichtig sein. Das gefällt mir nicht.«

»Wo würde ich meine Beute aufbewahren, wenn ich ein Räuber wäre?«, flüsterte Anders mehr zu sich selbst.

»Sie werden im größten Zelt sein«, vermutete Nalare. »Bei den Sachen ihres Anführers.«

Er suchte das Lager nach einem großen Zelt ab. Tatsächlich fand er eines. Doch nicht nur das. Links von ihnen am Ende der Höhle befand sich ein Tunnel, der möglicherweise ins Freie führte. Das Lager des Anführers stand etwas abseits auf der ihnen gegenüberliegenden Seite. Sie mussten entweder einmal außen herum oder mitten durch. Anders teilte dies Nalare mit, die trotz der schwach brennenden Feuer immer noch Schwierigkeiten beim Sehen hatte.

»Wir schleichen außenrum«, sagte sie. »Ich trau der Sache nicht.«

Anders nahm sie bei der Hand und führte sie.

Das Lager lag geisterhaft zu ihrer Linken. Manchmal bildete Anders sich ein, Bewegungen in den Schatten zu sehen. Meistens stellten sie sich nur als Feuerschein oder als Ratten heraus. Diese Biester krochen irgendwann zuhauf um Anders' Füße, als gehöre ihnen diese Höhle. Anders versuchte, auf keine zu treten.

Das letzte Stück mussten sie durch das Lager gehen, um zum Zelt zu gelangen. Sie drängten sich dicht in die tieferen Schatten, wobei Anders nicht abschätzen konnte, wie viel ihnen das helfen würde. Nalare hatte gesagt, diese Dämmerdiebe konnten im Dunkeln sehen. So wie er? Oder noch besser?

Das Holz in einer nahe gelegenen Feuerstelle knackte laut

und brach in der Hitze auseinander. Anders zuckte zusammen. Alles lag unbewegt vor ihnen. Es gab keine Leichen, obwohl der Geruch von Blut die Luft schwängerte. Das alles war Anders überhaupt nicht geheuer.

Um die Feuerstelle lagen halb leer gegessene Holzschüsseln verstreut. Ein Topf hing mit blubberndem Inhalt über der Glut.

Nalare fand ein Messer und bewaffnete sich damit.

Dann standen sie vor dem großen Zelt. Die Wände bestanden aus gegerbtem Leder und rußgeschwärzte Stangen hielten ein kleines Vordach. Ein Streifen am Eingang war zurückgeschlagen und das Zelt stand offen.

Anders linste in die Öffnung. Ein dicker Fellberg diente wohl als Bett. Daneben standen einige Kisten, zwei Schemel und allerhand Werkzeug lag verteilt auf dem Boden. Neben einer der Kisten lag ein Sack und dahinter erkannte Anders seine Tasche wieder. Er huschte ins Zelt, packte sie und durchwühlte die Säcke und Kisten nach den Dingen, die ihm aus seiner Hosentasche gestohlen worden waren. Da waren die Phiolen, von seiner Sonnenbrille gab es jedoch keine Spur. Erst nachdem er die Phiolen in Sicherheit wusste, bemerkte er, dass Nalare ihm nicht gefolgt war.

Er sah zur Zeltöffnung. Nalare stand dort vornübergebeugt, das Messer in ihrer Hand blitzte und sie sah nach rechts, als beobachte sie etwas.

Nalares Schwert, seine Pistole und die Pferdetaschen konnte Anders nicht finden. Er fluchte leise und stand auf. »Der Rest muss woanders sein.«

Ohne seine Pistole war er wehrlos. Ihm wurde noch mulmiger zumute, als Nalare ihm nicht antwortete. Leise ging er zu ihr und spähte in die Halbschatten.

»Da sitzt jemand«, flüsterte sie und zeigte mit dem Messer in Richtung des Ausgangs. Anders kniff die Augen zusammen. Tatsächlich lehnte dort seitlich eine Gestalt an der Wand. Sie rührte sich nicht. Wenn Anders es recht erkannte, saß sie mit dem Rücken zu ihnen, aber das Hemd, das sie trug, hatte eine merkwürdige Maserung.

»Kommst du mit einer Person klar?«, fragte Anders leise. Obwohl er einige Kniffe draufhatte, fühlte er sich gerade nicht fit genug, um eine Rangelei zu gewinnen.

Nalare warf ihm einen beleidigten Blick zu. »Ich habe ein Messer.« Und anscheinend war das alles an Erklärung, was er bekam. Dann konnte er nur hoffen, dass Nalare mit einem Messer besser umgehen konnte als er.

Leise verließen sie das Zelt und schlichen zum Ausgang. Je näher sie der Gestalt kamen, desto mehr Einzelheiten machte Anders aus. Sie saß zusammengekauert dort, hatte keine Haare. Der Kopf wies merkwürdige dunkle Schlieren auf. Eine Krankheit? Anders wurde langsamer. Nalare drückte seine Hand warnend und er nahm sein Tempo wieder auf. Die Gestalt gab Laute von sich. Ein Jammern, ein grässliches, leises Heulen.

Anders fühlte, wie sich jeder seiner Muskeln anspannte. Es tat weh, seinen geschundenen Körper weiterzutreiben. Alles in ihm schrie, nicht dorthin zu gehen.

Sie drängten sich zu der gegenüberliegenden Seite des Ausgangs, um so weit wie möglich von der Gestalt wegzubleiben. Der Tunnel war nicht breit genug, um unbemerkt hindurchzukommen. Während Anders noch überlegte, wie sie am besten vorgehen konnten, hörte das Jammern und Wimmern auf.

Anders erstarrte. Nalare hingegen nahm das als Ansporn, loszulaufen. Sie zerrte Anders mit, als die Gestalt den Kopf zu ihnen drehte. Anders stockte der Atem, denn nun erkannte er, dass die Person nicht von einer Krankheit befallen war. Im Halbdunkel und mit dem veränderten Farbspektrum hatte er es vorher nicht glauben wollen. Der Gedanke allein war zu abstrus. Die Haut der Gestalt *fehlte*. Sie war einfach nicht mehr da. Rote Linien, Muskelstränge, getrocknetes Blut in harten Krusten starrten Anders entgegen. Die Augenlider und Lippen waren fort, eingetrocknete Augen und das gelbliche Gebiss lagen frei.

Anders stolperte. Nalare fluchte. Dann griff der Gehäutete suchend nach Anders und erwischte seinen Arm. Es fühlte sich glitschig an und Anders überkam ein neuerlicher Würgereflex.

Der Gehäutete raunte etwas.

Da bewegte sich Nalare. Sie glitt zwischen Anders und den Gehäuteten und stach mehrmals ziellos zu. Gurgeln, hektisches Atmen, dann ließ die Hand Anders los.

Er stolperte davon, hustend und bis ins Mark erschüttert. Nalare hörte er hinter sich. Der Tunnel war heller und Anders drehte sich nicht noch einmal um. Er wollte diesen Schrecken in der Höhle hinter sich lassen, doch er hatte ihn gepackt und ritt auf seinem Rücken mit.

Der Tunnel öffnete sich zu einem weiteren, kleineren Hohlraum. Anscheinend gab es eine zentrale Höhle, von der ein Tunnelsystem abging. Dieser Abschnitt war menschenleer, aber gut ausgeleuchtet. In der hinteren Ecke gab es eine Erhöhung, auf der eine hölzerne Arbeitsbank stand. Vier rostige Ketten waren daran befestigt, zwei oben und zwei unten. Die Messer und Zangen sagten mehr über den Zweck dieser Bank aus, als Anders wissen wollte. Er rannte weiter.

»Warte!«, zischte Nalare. Es kostete Anders Überwindung, ihrem Befehl zu gehorchen. Sie holte zu ihm auf und sah den Weg entlang, der durch einen Tunnel weiterführte. Dann fiel ihr Blick auf die Folterstelle und sie rannte dorthin. Fackeln erhellten diesen Teil des Höhlenraumes mit unruhigen Flammen. Zeichnungen aus roter Farbe prangten an den Wänden.

Anders zitterte vor Anspannung. Immer wieder sah er zum Tunnel zurück, aus dem sie gekommen waren, während er auf Nalare wartete. Seine Beine weigerten sich, einen Schritt auf die Folterbank zuzumachen.

Dann endlich kam Nalare zurück. In ihren Händen hielt sie ihre grauen Umhänge. Sie drückte Anders seinen in die Hand. »Reiß dich zusammen. Noch sind wir nicht draußen.«

Anders zwang sich zu einem Nicken und zu einem langsameren Tempo, als er weiterging.

»Sie haben ein Ritual vorbereitet«, murmelte Nalare, nachdem sie die Folterkammer hinter sich gelassen hatten. Anscheinend war dieser Höhlenkomplex größer als gedacht.

»Ein Ritual wofür? Haben sie diesen Kerl gehäutet? Für das Ritual?«

Nalare sagte nichts. Aber sie sah Anders so an, dass er verstand. Nicht dieser Kerl war das Ziel des Rituals gewesen. Anders hätte das Opfer werden sollen. Plötzlich ergab es Sinn, wie die Männer Anders begutachtet hatten. Ein Schauder rann über seine Arme und er rieb sich das Handgelenk. Beinahe hätte er seine Haut verloren.

»Wieso haben sie dann jemand anders gehäutet?«

»Ich weiß es nicht.«

Der Tunnel wand sich, es gab keine Fackeln mehr an den Wänden. Der Wind brachte eine Welle von Gestank zu ihnen. Blut. Zumindest hoffte Anders, dass dies auf den Ausgang hinwies. Ohne seine Waffe fühlte er sich hilflos und die Angst steckte nach wie vor tief in seinen Knochen. Er wollte nur noch weg hier.

»Wo sind die ganzen Leute?«, flüsterte er.

»Da, wo das Blut ist.« Nalare deutete nach vorn. Ein Lichtschimmer fiel in den Tunnel und Pfützen glänzten am Boden. Etwas lag darin. Es sah aus wie ein Lumpenhaufen. Sie schlichen weiter. Als sie näher kamen, erkannte Anders, was es tatsächlich war: eine Leiche. Weiter im Tunnel lagen noch mehr. Ihre Gliedmaßen standen verdreht und gebrochen in alle Richtungen ab, ihre Gesichter waren zu schrecklichen Grimassen verzerrt und Blut tränkte den Boden. Der Geruch brachte Anders erneut zum Würgen.

»Es ist frisch«, flüsterte Nalare, die ihren Finger in eine der Lachen tunkte. »Nicht älter als eine Stunde.« Für einen Moment erstarrte sie und lauschte angestrengt.

»Was für ein Wesen richtet so etwas an?«, raunte Anders. Die wunde Haut spannte über seinem Gesicht.

»Schhh.« Nalare horchte noch einen Moment, dann richtete sie sich wieder auf. War das Ding, das die ganzen Leute umgebracht hatte, noch hier?

Anders hörte nur das Prasseln von Feuer. Sie stiegen vorsichtig über die Körper. Plötzlich sog Nalare die Luft ein und beugte sich zu einer der Leichen. Sie zog etwas unter dem Körper hervor: ihr Schwert. Es war voller Blut, doch das schien sie nicht zu stören. Sie wirkte sofort selbstbewusster, als fühle sie sich damit sicherer. Anders ließ seinen Blick über die Leichen wandern – nein, er würde nicht jeden einzelnen Toten nach seiner Waffe absuchen.

Der Tunnel mündete in eine weitere Höhle, die endlich nach draußen führte. Zwischen ihnen und dem Ausgang türmte sich etwas, das alle Erlebnisse dieser Nacht übertraf. Anders keuchte voller Grauen auf. Ein riesiger, stinkender Leichenberg. Flammen säumten ihn, als habe jemand die Dramatik des Anblicks auch im Dunkeln unterstreichen wollen. Glut bedeckte den Boden unter den Flammen wie ein Kreis, doch kein Holz oder anderes brennbares Material nährte das Feuer. Die Flammen schwebten eine Handbreit darüber. Unzählige Tote und einzelne Gliedmaßen, von denen Teile gehäutet waren, lagen auf dem Haufen gestapelt. Von manchen war nur noch ein blutiger Klumpen Fleisch übrig.

Anders nahm plötzlich eine Bewegung wahr. Eine schwarze Gestalt erhob sich am anderen Ende des Leichenbergs. Blutspritzer besudelten das leichenblasse Gesicht. Anders keuchte und stolperte zurück.

Atlar sah ihn ausdruckslos an.

»Warst du … hast du das getan?«

Von seinen weißen Händen tropfte Blut. Blieb da noch eine Frage offen? *Also nicht nur Kinder, sondern alles, was sich bewegt.* Der Schwarze Mann hatte sie abgeschlachtet. Alles mit diesem stoischen Gesichtsausdruck. Anders wollte weglaufen. Doch Atlar stand zwischen ihm und dem Ausgang. *Er wird auch dich töten, wenn du deinen Zweck erfüllt hast,* flüsterten dunkle Gedanken in seinem Kopf, die aus derselben Stelle tief in Anders kamen, an der alle Urängste verankert waren. Die Angst vor Feuer, Dunkelheit und Raubtieren. Sobald Anders den Schwarzen Mann anschaute, sah er zwei dieser Urängste materialisiert. Was, wenn Atlar sich doch erinnerte? Anders hatte ihn getötet, er hatte ihm Schmerz zugefügt. Falls der Schwarze Mann das alles noch wusste, würde er ihn umbringen, nachdem er seine Seele zurückhatte. Er würde sich rächen.

Nalare kam hinter ihm an. Das löste Anders' Starre. Sein Blick huschte noch einmal hinüber zum Leichenberg. Es war wie ein Autounfall, den man eigentlich nicht direkt ansehen konnte, sich aber dabei ertappte, wie man aus den Augenwinkeln doch hinüberschaute.

Hoch über ihnen hing ein Kopf, auf einen Stab schräg aufgespießt, wie eine Fackel. Blut lief dahinter die Kalkwand hinunter, wo eigentlich ein Körper hätte sein sollen. In Blut geschrieben standen um den Kopf herum allerhand merkwürdige Symbole und mittig darüber prangte ein Zeichen aus drei verbundenen Kreisbögen – eine blutrote Triqueta.

Melodisches Summen setzte ein, das sein Echo bis in die Tiefen der Höhle trug. Es kroch in Anders' Ohren und hüllte ihn wie in Watte, machte seine Beine träge. Anfangs wusste er nicht, woher es kam. Er sah zu dem abgetrennten Kopf, der den grässlichen Haufen Toter krönte. Die blutunterlaufenen Augen waren leblos zur Decke gerichtet. Dann bewegten sie sich und richteten sich direkt auf Anders.

KAPITEL 19

―――◆‑◦✳◦‑◆―――

Der abgetrennte Kopf öffnete den Mund und Gesang ersetzte das Summen. Erst ein melodischer Singsang, dessen Worte Anders nicht verstand. Ein Umstand, an den er sich in Ranulith langsam gewöhnte. Umso erstaunter war er, als die Töne in verständliche Worte wechselten:

>»Rote Herrin des Blutes, gehüllt in ein Kleid,
aus den Leibern der Feinde geschneidert,
jeder Untertan bringt noch mehr Leid,
in die Gärten der ewigen Neider.«*

Nebel kroch über den Boden und ihm schien mehr Blut zu folgen. Der weiße Felsboden verfärbte sich überall, wo die Nebelschleier vorüberzogen, und die Lache um den Leichenhaufen breitete sich rasant aus. Im nächtlichen Feuerschein schimmerte die rote Farbe bronzen. Sie erreichte schon Anders' Schuhe.

Jemand zerrte an seinem Arm und riss ihn aus seiner Starre. Nalare zog ihn zum Ausgang. Ihr Griff tat weh. Mit weit aufgerissenen Augen rief sie: »Hör nicht hin!« Sie zog heftiger, als er nur langsam mitging. Ihre Stimme drang zu ihm wie durch Watte. »Halt dir die Ohren zu! Das ist Geflüster der Nachtbringer.«

Anders fühlte sich wie in Trance. Die Stimme des Schädels fing ihn ein, und obwohl sie ein quälendes Gefühl in seinem Körper hervorrief, wollte er doch weiter dem Gesang zuhören. Die einzelnen Worte sickerten in seinen Verstand und brannten sich dort ein. Sie nahmen ihm den Willen wegzulaufen, die Kraft, Angst zu verspüren, und der Gestank des Todes roch auf einmal angenehm. Nalare presste ihre Hände an seine Ohren.

Die Säuselstimme wurde leiser und leiser, bis nur noch ein groteskes Flüstern übrig blieb und in Anders Entsetzen gebar.

Plötzlich war er wieder bei Sinnen. Der Schrecken breitete sich in ihm aus wie ein Lauffeuer. Die Valahar sah ihn eindringlich an und formte mit ihren Lippen das Wort »*Lauf*«, dann nahm sie ihre Hände weg und Anders ersetzte sie durch seine eigenen. Er rannte los. Durch eine Felsspalte kam er nach draußen. Ein schmaler Pfad führte von der Höhle und den Toten weg.

Atlar befand sich plötzlich neben ihm, auf seinem Pferd.

Der steile Weg schlängelte sich den Bergausläufer hinunter, der Boden war nass und glitschig vom Regen und Anders rutschte mehrmals aus, wurde aber nicht langsamer. Über ihnen lag die dünner werdende Wolkenschicht, die den Morgen ankündigte. Es war das erste Mal, dass Anders sich auf einen Tag voller grellem Licht freute, in der Hoffnung, es könnte die Schatten vertreiben, die immer noch an ihm klebten.

Erst einige Hundert Meter weiter drehte Anders den Kopf, um sich zu vergewissern, dass Nalare bei ihnen war. Die Berge, die Anders nun als Anujazi erkannte, hingen drohend über ihnen. Das merkwürdige Gefühl, ein Schatten würde ihm folgen, blieb allerdings auch dann, als er hinter sich nur Nalare mit zugehaltenen Ohren laufen sah. Kalte Angst ergriff ihn und er trieb seinen Körper bis ans Äußerste, um so schnell wie möglich Abstand zwischen sich und diese Höhle zu bringen. Nalare holte zu ihm auf und eine Weile sprinteten sie den Pass entlang; die Sorge, von Dämmerdieben entdeckt zu werden, erschien im Angesicht des singenden Schädels und all der Toten unsinnig. Atlar war sicherlich gründlich gewesen.

Lange aber hielt Anders dieses scharfe Tempo nicht durch. Als seine Lunge brannte und er zu keuchen begann, wurde er unweigerlich langsamer. Etwas berührte seine Schulter. Er sprang vor Schreck ein Stück zur Seite und starrte Nalare an, die immer noch mit erhobener Hand neben ihm lief. Sie deutete auf seine Ohren und er nahm zögerlich die Hände weg. Die Stimme kam nicht wieder. Dann verfielen sie in ein gemächlicheres Tempo, blieben aber nie ganz stehen. Die Wolken verflüchtigten sich zunehmend und der Tagesanbruch rückte näher. Während sie weitereilten, sprach keiner ein Wort. Leises Wiehern riss sie aus dem Schweigen.

Atlar deutete sonnwärts. »Eure Pferde sind dort auf einer Koppel. Sie wollten nicht mit mir mit, als ich mit Eakil zur Höhle geritten bin.«

Anders reckte den Kopf. Zwischen zwei Felsen eingeklemmt stand eine kleine, offene Scheune, in der einige Pferde unruhig herumtraten. Die Unruhe kam anscheinend von einer weißen Stute und einem beigefarbenen Hengst, die in der angrenzenden, offen stehenden Koppel die Köpfe hochwarfen und nicht zum Rest gehörten.

Nalare stieß einen Freudenschrei aus. Dann pfiff sie scharf und rief: »Fizzelis!« Die Stute wieherte und verfiel in einen flotten Trab. Der Hengst folgte ihr.

Der Schmerz seiner Verletzung drang das erste Mal seit dem entsetzlichen Erlebnis in der Höhle wieder bis zu ihm durch. Anders' Zunge fühlte sich schwer wie Blei an und er war immer noch dabei, das Gesehene zu verdrängen, doch dafür saß der Schrecken zu tief. Während sie ihren Pferden entgegenliefen und das düstere vierzackige Gebirge weiter hinter sich ließen, beruhigte Anders sich weit genug, um sprechen zu können, ohne hysterisch zu werden.

»Du hast unsere Pferde befreit? Verrätst du uns, was passiert ist?«

Atlar sah zu ihm hinunter. Nun umhüllte der graue Umhang seine schwarze Gestalt wieder, aber das Blut in seinem Gesicht leuchtete Anders auch unter der Kapuze entgegen.

»Als ich am Morgen zurückkam, wart ihr beiden und die Reittiere fort. Mehr als das hier und eine Leiche habt ihr nicht zurückgelassen.« Dabei streckte er Anders seine Hand entgegen, in der er die Pistole hielt.

Sofort griff Anders danach. Der harte Kunststoffgriff schmiegte sich in seine Handfläche. Er untersuchte die Waffe auf mögliche Beschädigungen. Schien noch alles dran zu sein.

Erleichtert steckte er sie in sein Brustholster zurück. Er dachte an die erschrockenen Gesichter der Dämmerdiebe zurück, als er einen von ihnen erschossen hatte. Wahrscheinlich war ihnen die Pistole nicht geheuer gewesen und sie hatten sie deshalb zurückgelassen. An Anders' Handfläche klebte etwas getrocknetes Blut, das wohl von Atlars Händen stammte.

»Und das?«, fragte Anders und deutete mit dem Kopf zurück. »Dieses Blutbad?«

Atlar sah stur geradeaus. »Das war ich nicht.«

Anders schnaubte. Sein Körper zitterte immer noch vom Schock. »Wisch dir das nächste Mal das Blut aus dem Gesicht, wenn du lügst.«

Atlar strich über seine Wange und machte das Ganze damit noch schlimmer. Dann betrachtete er seine blutverschmierte Hand.

Ein heruntergebranntes Lagerfeuer neben der Koppel zog Anders' Blick auf sich. Körper waren um die Feuerstelle verteilt. Drei Gestalten lagen ausgestreckt im Gras, ihre Hälse in einem wilden Durcheinander aus Blut, Knorpel und Haut. Anders blieb stehen. Während Nalare ihr Pferd begrüßte, warf Anders Atlar einen vielsagenden Blick zu. Der Schwarze Mann erwiderte ihn ohne Scheu.

»Das warst du«, stellte Anders fest.

»Das war ich.« Atlar löste ihren Blickkontakt und sah hinauf zu Anujazi. »Das dort war ich nicht.«

Der stämmige Hengst stupste Anders gegen die Schulter, und auf einmal kam ihm ein Name in den Sinn, als wäre er schon immer dort gewesen. Atormur, so sollte sein Pferd heißen. Wieso kam er gerade jetzt darauf?

Abwesend klopfte er Atormurs Hals und löste den Strick, mit dem man ihn zuvor wohl festgebunden hatte. Sein Blick glitt zurück zu den Männern, die Atlar getötet hatte, um an ihre Pferde zu kommen. Einer hielt auch im Tod noch einen Hammer umklammert, neben einem weiteren lag ein langes Messer im Gras. Sie waren bewaffnet gewesen und mindestens zwei hatten Atlars Angriff kommen sehen. Trotzdem hatte Atlar anscheinend keine Verletzung im Kampf davongetragen, während er drei Männer ermordet hatte. So wie deren Hälse und Atlars Hände aussahen, hatte der Schwarze Mann ihnen mit bloßen Händen die Kehlen herausgerissen. Anders erschauderte.

Auch Nalare warf einen längeren Blick auf die Toten, bevor sie über die Schwertscheide an ihrer Hüfte strich und wie zu sich selbst nickte.

Sie stiegen auf und Nalare orientierte sich neu. Sie warf einen kurzen Blick zurück, doch ihr Gesichtsausdruck machte deutlich, dass sie von dieser Höhle weit wegwollte. »Wir haben keine Vorräte mehr. Wir haben nichts außer dem, was wir am Leibe tragen. Und die Zeit drängt. Ich fürchte, wir müssen nach Utanfor.«

»Was ist da?«, fragte Anders. Die Sonne kam hinter den Wolken hervor und blendete ihn. Atlar sank neben ihm in sich zusammen.

»Freunde«, sagte Nalare.

Dann trabten sie frostwärts und ließen die Albträume der letzten Nacht zurück, doch der Schrecken des singenden Schädels hielt Anders fest im Griff.

Eine Weile konnten sie durch Wälder reiten, die das Tageslicht dämpften, aber schließlich ließen sie die Bäume hinter sich. Anders zog die Kapuze tiefer ins Gesicht und kniff die Augen aufgrund der zunehmenden Helligkeit immer mehr zusammen. Je weiter sie von den Vier Schwestern, diesem verfluchten Ort, wegritten, desto öfter drehte Anders sich um und suchte die Umgebung hinter ihnen ab. Nalares besorgte Blicke entgingen ihm nicht. Aber sie schwieg auch.

Wenn er die Augen schloss, suchte ihn der Anblick der Toten heim. Anders hatte das Gefühl, sein Blut in den Adern rauschen zu hören. Es war ein steter Strom des Grauens, in den sich das brennende Pochen seines zerschundenen Gesichts einreihte.

Stumm trieben sie ihre Pferde durch Täler und feuchte Auen. Sie ritten ohne Rast bis in den frühen Abend. Anders' Augen tränten und er orientierte sich an Atlars Pferd direkt vor ihm, um die anderen nicht zu verlieren. Die sonst schon blassen Farben der Weißen Welt wurden durch das helle Licht fast nicht mehr erkennbar, alles erschien grell und weiß.

Dann endlich kam Utanfor in Sicht. Eine kleine Stadt, die, auf einem Hügel gelegen, die breiten Terrassen überschaute, die sich zu jeder Seite in die Senken und Täler erstreckten.

Ein Fluss umrundete das Städtchen und eine einzelne breite Brücke bildete den Übergang ins Innere und zu den Feldern. Sie ritten darüber und gelangten über einen einfachen Weg die Terrassen hinauf, bis sie das Tor der alten Stadtmauern erreichten.

Ein Mann in blassroter Uniform trat hervor, einen Speer in der Hand, ein Kurzschwert an der Hüfte, und sie blieben stehen.

Nalare stieg ab und schlug ihre Kapuze zurück. Der gelangweilte Gesichtsausdruck des Wachmanns veränderte sich schlagartig. Er grinste und klopfte Nalare freundschaftlich auf die Schulter. Sie unterhielten sich kurz. Einmal warf er einen prüfenden Blick zu Anders und Atlar, woraufhin Atlar seine Kapuze tiefer in sein Gesicht zog. Nalare kannte den Mann anscheinend gut genug, sodass dieser ihr vertraute und sie passieren ließ.

Das Gackern von Hühnern, Kinderlachen und das Geräusch schwerer Karrenräder auf Kopfsteinpflaster begrüßte sie in Utanfor. Die Normalität und Ruhe waren nach ihren Erlebnissen in der Höhle befremdlich. Anders war erschöpft.

»Hier brauchen wir uns nicht vor Banditen zu fürchten«, sagte Nalare. »Utanfor ist eine gut bewachte Stadt. Ich kenne einige Leute, also ist für eine Unterkunft gesorgt.«

Das erleichterte Anders. Von hartem Boden, Käfigen und drohenden Gefahren hatte er erst einmal genug und gegen ein Bett, egal wie schmal es sein mochte, gab es nichts einzuwenden. Vielleicht gab es sogar ein Äquivalent zu Zigaretten, denn seine gingen zur Neige.

Nalare hielt sich mit ihnen immer in der Nähe der Stadtmauer, mied große Plätze und den Markt, sodass sie nicht in den Fokus zu vieler neugieriger Augen gerieten. Sie zogen auch so noch genug Aufmerksamkeit auf sich. Die Leute beobachteten sie von Hauseingängen aus oder blieben am Rand der schmalen Gassen stehen, um sie mit den Pferden durchzulassen. Während Nalare im ersten Moment freudige Blicke, lächelnde Grüße und der eine oder andere Handschlag zuteilwurden, erstarrten die offenen Mienen der Stadtbewohner rasch zu Masken der Beklommenheit, wenn ihre Augen zu Nalares Begleitern schweiften. Trotz des Umhangs trieb manchmal ein dünner schwarzer Nebelfaden unter Atlars tief ins Gesicht gezogener Kapuze hervor, der von einem Unheil kündete, das die Valahari fürchteten. Anders wäre es lieber gewesen, wenn sie Atlar nicht so sehr beachtet hätten. Selbst er wurde misstrauisch beäugt, obwohl er sich kaum von den Valahari unterschied. Sie mussten einfach auf Nalares Urteil vertrauen, dass hier Freunde auf sie warteten und sie in Sicherheit waren.

Die Sonne brannte vom Himmel herunter und verschlimmerte seine Kopfschmerzen. Die unerträglich hellen Strahlen stachen in seine Augen, aber Nalare versicherte, dass sie gleich da seien.

Der würzige Geruch von gebratenem Fisch wehte Anders um die Nase und er merkte erst jetzt, wie hungrig er war. Mit hängendem Magen und schweren Beinen hielt er sich mühevoll auf Atormur und folgte seinen Gefährten.

Ihr Weg brachte sie auf die andere Seite der Stadt. Gerade als Anders fürchtete, von seinem Hengst zu rutschen, sprach Nalare: »Wir sind da. Kommt, runter von den Pferden.«

Sie ließ Fizzelis vor einem der letzten Häuser anhalten. Dahinter ragte eine hohe Mauer auf, die wohl einen großen Garten vor neugierigen Blicken schützte.

Das Haus sah älter als die umliegenden aus. Nalare klopfte an die massive Tür, die mit edlen Holzschnitzereien verziert war. Mit beiden Händen fuhr sie sich erst durch die Haare, dann strich sie ihre kaputte Kleidung glatt. Ein hoffnungsloser Versuch, weniger mitgenommen auszusehen. Allein die tiefen Augenringe sprachen Bände.

Sie warteten. Eine Minute verging, dann noch eine.

Es dauerte eine ganze Weile, bis die Tür geöffnet wurde. Ein

Mann Ende dreißig trat aus dem Haus und seine hellen Augen leuchteten sofort auf, als er Nalare sah. Sie sprang ihm förmlich in die Arme. Er stieß einen Freudenschrei aus, drückte sie fest an sich und drehte sich ausgelassen mit ihr um die eigene Achse. Der Schmutz und das Blut auf ihrer Kleidung schienen ihn nicht zu stören.

Anders und Atlar hielten sich im Hintergrund. Der Mann hatte zusammengebundenes, kupferblondes Haar. Seine schmale Gestalt steckte in bunten Kleidern aus edlem Stoff, der in der Sonne schimmerte. Der Schnitt war gewöhnungsbedürftig: Die Ärmel waren lang und weit, ebenso der Teil um die Brust, doch ab der Hüfte wurde es enger, sodass der obere Teil aufgeplustert darüberhing.

Nachdem der Mann Nalare wieder abgesetzt hatte, küsste er sie auf beide Wangen und sagte etwas zu ihr in einer sanften Tonlage. Seine Stimme war trotz der Aufregung ruhig. Sorge überschattete sein Gesicht. Er betrachtete die Schnitte und Kratzer und ihren blutbespritzten Umhang.

Sie antwortete und er drehte sich zu Anders und Atlar um. In seinen aufgeweckten Augen blitzte Neugier statt Skepsis, als er sie einen Moment musterte. Dann legte sich ein herzliches Lächeln auf seine Lippen.

»Seltene Gäste finden heute den Weg zu meiner Tür«, sagte er für Anders verständlich, wenngleich mit schwerem Akzent. Anders hob überrascht die Augenbrauen. Noch jemand, der seine Sprache beherrschte. Konnte man sie mit Latein vergleichen? Eine Sprache der Gelehrten vielleicht? Der Mann wirkte sehr kultiviert. »Vor euch steht der bescheidene Prudenbitor Katasar Ptalinor, tretet ein und seid willkommen.«

Er trat zur Seite und ließ sie in sein Haus. Es war kühl. Sobald Anders über die Türschwelle trat, erreichte ihn die Wärme der Sonne nicht mehr. Von außen hatte das Gebäude hell und imposant gewirkt. Innen erschien es alt und mit den Erinnerungen unzähliger Generationen belastet. Die Farben waren verblasst und eine gedrückte Stimmung legte sich auf Anders. Sie befanden sich in einem langen, L-förmigen Flur, in dem viele Porträts von allerhand edel gekleideten Männern und Frauen hingen. Er bemerkte Staub auf den wenigen dekorativen Möbeln. Zumindest seine Augen waren für das dämmrige Licht im Flur dankbar.

Er holte zu Nalare auf und flüsterte:»Wer ist dieser Kerl? Er hat nicht mit der Wimper gezuckt, als er Atlar gesehen hat.«

Sie ignorierte ihn.

»Meine Diener sind gerade im Garten«, sagte ihr Gastgeber und führte sie einmal durch den langen Gang bis zur Tür ganz am Ende. Dort sah Anders auch ein Gemälde von Katasar an der Wand hängen. »Doch sie werden bald wieder im Haus sein. Dann werden sie etwas zu essen kochen und eure Zimmer vorbereiten. Solange ruht euch bitte im Wintergarten aus.«

Er öffnete die Tür. Die Sonnenstrahlen warfen einen hellen Kegel auf den Boden. Anders musste einige Male blinzeln, bis er ansatzweise nach draußen sehen konnte. Glücklicherweise zogen die ersten Wolken den Himmel zu.

Sie befanden sich in einem großen Wintergarten, der aus Holz und Glas gebaut war. Die Sonne schien direkt hinein. Dahinter lag, wie Anders vermutet hatte, ein weitläufiger Garten, in dem mehrere Kieswege verliefen.

In der Mitte des Wintergartens hingen runde Vogelkäfige von der verglasten Decke, in denen exotische Vögel feine Gesänge vor sich hin trällerten. Vielerlei Töpfe mit blassgrünen und violetten Pflanzen, die in allen Farben blühten, und Statuen aus marmoriertem rotem Stein standen verteilt im Raum. Sie stellten Gelehrte mit Büchern und Federkiel dar sowie Könige in Fellgewändern. Eine Statue ähnelte der großen Statue in Latoraher, an deren Gesicht der Steinmetz gearbeitet hatte.

»Wen stellt diese Statue dar?«, fragte er.

Katasar schenkte ihm einen verwirrten Blick, dann lächelte er.»Das ist die Stumme Göttin. Einst war sie die Hauptgottheit in Vallen. Nun hat diesen Platz Diluzes, ihr Sohn, eingenommen.«

Eine dicke Frau in blassrotem Gewand kam aus dem Garten herein und Katasar wandte sich ihr zu. Während die beiden sich unterhielten, deutete Nalare auf einige gepolsterte Liegen und kleine Tische. Anders folgte ihr und sie setzten sich.

»Jetzt sag schon, Nalare, wieso werden wir hier so freundlich aufgenommen? Die anderen in der Stadt hätten Atlar am liebsten gelyncht.«

»Katasar vertraut mir und weiß von meinen Pflichten. Zudem hatte er immer schon einen ungesunden Hang zur Neugier. Er ist resistent gegen die Angst des einfachen Volkes.« Nalare beobachtete den Mann. Wehmut lag in ihren Augen. »Ein Mann, der nie die Erfahrung von Schmerz, Tod und Krieg gemacht hat, ist ein seliger Mann. Er lebt in seinem selbst gemachten Paradies. Da drin.« Sie tippte sich an die Stirn.

Katasar kam zu ihnen.

»Nevim wird sich gleich um eure Pferde kümmern. Danach wird sie Bäder für euch einlassen, versorgt eure Verletzungen und holt euch frische Kleidung.« Er knetete seine feingliedrigen Hände. »Wenn ihr mich nun entschuldigt, ich muss meine Rede für Ardens Mora noch vollenden und werde erst später wieder zu euch stoßen. Eure Ankunft, so erfreulich sie auch ist, kommt unangekündigt.«

Nalare sah ihn entgeistert an. »Ardens Mora? Ist es denn schon so weit?«

»Aber natürlich, meine Liebe. Morgen ist die letzte Nacht.«

»Ardens was?«, fragte Anders.

Katasar schenkte ihm ein ruhiges Lächeln. »Das Hochfest der Valahari, werter Helrune.«

»Das ändert vieles«, murmelte Nalare. Die beiden verfielen wieder in ihre eigene Sprache.

Anders konnte ihnen nicht folgen, die Erschöpfung holte ihn rasend schnell ein. Sie waren fürs Erste sicher. Das reichte aus, um kurz durchzuatmen. Was dieses Hochfest genau an ihrer Reise veränderte, konnte Anders auch später noch in Erfahrung bringen. Er schloss die Augen und nickte auf der bequemen Liege weg.

»Wo ist der Dunkle Diener?«, fragte Nalare plötzlich.

Anders schlug die Augen auf und wurde von der Sonne

geblendet. Katasar und die Dienerin waren fort, Nalare hatte sich auf einer Liege ausgestreckt. Gähnend drehte er sich auf den Rücken. Er wollte sich gerade nicht auch noch um Atlar Sorgen machen. »Wahrscheinlich irgendwo, wo es dunkel ist. Ich kann es ihm nicht verübeln.«

»Deine Schattengläser sind weg, nicht wahr?«

»Sonnenbrille«, verbesserte Anders, nickte aber. »Ich bin praktisch blind.«

»Ich spreche demnächst mit Katasar darüber, vielleicht hat er eine Lösung dafür. Wir werden sowieso eine Weile hierbleiben müssen.«

Trotz der bleiernen Müdigkeit riss Anders bei dieser Erwähnung den Kopf hoch, um sie anzusehen. »Eine Weile? Warum? Wir müssen schnell weiter.« Er wollte keinen Tag länger in dieser Welt bleiben, als er musste. Schon jetzt hatte er mehr Wunden davongetragen als in den Jahren bei der Polizei. Er wollte sich nicht vorstellen, was ihn erwartete, wenn er noch länger hier war.

»Weil Ardens Mora bevorsteht. Wir haben vielleicht noch bis morgen Zeit, dann werden die Nächte dem Tage gleichen. Wenn unser normaler Tag dich schon beeinträchtigt, wäre es unmöglich, zu Ardens Mora unterwegs zu sein.« Dabei musterte sie ihn, als verachte sie ihn für seine Lichtempfindlichkeit.

Anders runzelte die Stirn. »Wie lange dauert das?«

»Unterschiedlich, aber meistens pendelt es sich bei zwei Wochen ein.«

Das konnte nicht ihr Ernst sein. »Ich muss zwei Wochen hier rumsitzen, bevor wir weiterkönnen?«

Nalare sah ihn unbeeindruckt an. »Es ist verboten, während Ardens Mora zu reisen. Das wäre Frevel, nein, Blasphemie. Es ist die Zeit der Feste und des Dankes. Und nicht zuletzt die Zeit, in der die Götter uns mit neuer Kraft für das kommende Jahr beschenken. Sie zu beleidigen, könnte schreckliche Folgen haben. Gerade jetzt möchte ich Tabal, unserer gnädigen Sonne, so nahe sein wie möglich. Ich hatte gehofft, zu dieser Zeit längst in der Hauptstadt zu sein, aber aufgrund der Verzögerungen unserer Abreise und des Vorfalls mit den Dämmerdieben hat sich alles verschoben.«

Anders schloss die Augen und atmete mehrere Male tief ein und aus, bevor er Nalare wieder ansah. Sie bemerkte seinen Ärger, zuckte aber nur mit den Schultern.

»Jetzt lässt es sich nicht mehr ändern. So wie ich es sehe, kannst du diese Rast gut vertragen.«

Anders wollte protestieren, doch dann fiel ihm etwas ein.

»Nalare. Was hat der Gehäutete gesagt?«

Die Erinnerung verfinsterte ihr Gesicht. Dann schlug sie die Augen nieder. »Er sagte: ›Die rote Frau. Sie will ihn. Sie bekommt ihn.‹«

»Was hat er damit gemeint?«

»Ich weiß nicht. Nach dem, was wir dort gesehen haben, hege ich einen schrecklichen Verdacht. Vielleicht hat sich jemand sehr Mächtiges eingemischt und dafür gesorgt, dass nicht du dem Wahn der Dämmerdiebe zum Opfer gefallen bist, sondern dieser Mann.«

Anders war nicht mehr imstande, Angst deswegen zu spüren. Er war wie leergesaugt. Da war einfach kein Gefühl mehr übrig. »Wer?«

»Ich muss darüber erst mit Katasar sprechen.«

Anders stieß die Luft aus. »Denkst du, Atlar hat die Wahrheit gesagt? War es dieser Mächtige, der die ganzen Leute umgebracht und ein solches Massaker angerichtet hat?«

»Ich bezweifle, dass der Dunkle Diener die Dämmerdiebe getötet hat«, sagte Nalare nach einem Moment. »Ich halte ihn zwar für ein Monster, aber keines, das solche Freude am Töten verspürt.«

»Aber wer war es dann?«

Darauf zuckte Nalare erneut die Schultern. »Das gilt es herauszufinden.«

Sauber, versorgt und ausgeruht saß Anders auf der Bettkante in seinem Zimmer. Er hatte im Nachtkästchen ein samtenes Säckchen gefunden, in dem er die beiden Phiolen verborgen hatte. Nicht auszudenken, was geschehen würde, wenn sie in einer weiteren Gefahrensituation verloren gingen. So konnte er sie immer direkt am Körper behalten. Außerdem hatte er sich die Zeit genommen, seine Pistole zu reinigen. Er zögerte das Aufeinandertreffen mit den anderen hinaus.

Die Diener hatten ihm Hoffnung gemacht, dass die Brandwunden in seinem Gesicht gut verheilen würden. Anders bezweifelte das. Die glühende Kohle hatte sich in seiner Haut verewigt wie ein Brandzeichen. *Gebrannt, das bin ich,* dachte er, und selbst jetzt noch fühlte er sich leer. Wo früher Angst, Wut, all diese menschlichen Emotionen gewesen waren, fühlte Anders sich taub. *Du stehst noch unter Schock, das ist ganz normal nach dem, was du erlebt hast.* Anders konnte diesen rationalen Gedanken nicht folgen. Er strich über die Pistole auf seinem Schoß. Alles, woran er denken konnte, war die Aufgabe, die ihnen noch bevorstand. In die Hauptstadt zu gelangen, sollte der einfache Teil sein. Bereits dabei hatte Anders beinahe sein Leben verloren und sie waren noch nicht einmal dort. Die Zwangspause bis zur Weiterreise fühlte sich wie eine Galgenfrist an. In dieser Welt gab es viel mehr Bedrohungen als nur Atlar. Anders war vom Regen in die Traufe gekommen.

Er stand auf und schritt an das Fenster seines Zimmers. Draußen schien die Sonne wie eine gigantische, in Flammen stehende, glühend helle Scheibe im mintfarbenen Himmel. Der Nebel des Morgens blieb an diesem Tag aus. Die Sonne wirkte größer, näher. Anders schwitzte, ohne sich überhaupt zu bewegen.

Durch die offenen Fenster schallten fröhliche Stimmen und Lachen von den nahen Straßen herauf, die dünnen Vorhänge regten sich im warmen Wind und kleine Staubpartikel tanzten im Sonnenschein. Er befand sich in einer Idylle. Wie in einer Oase in der Wüste wartete außerhalb dieser Stadtmauern alles darauf, ihn zu Fall zu bringen. Nur waren die Skorpione, die

Durststrecken und die Orientierungslosigkeit der Weißen Welt ihm unbekannt.

Anders beobachtete gerade zwei Diener, die Schüsseln und Teller in den Garten brachten, als es klopfte. Er machte sich nicht die Mühe zu antworten. Nalare trat trotzdem ein. Sie sah gut ausgeruht und schon deutlich besser aus. Zudem trug sie ungewöhnlich weibliche Kleidung. Die zweckmäßige Montur mit den hohen Stiefeln hatte sie gegen ein schillerndes Kleid getauscht. Ihr Haar war hochgebunden und ihre Füße steckten in dünnen Stoffschuhen.

»Das Frühstück ist bereit«, sagte sie. »Du hast sicher Hunger.«

Anders musterte sie. Ihr Gesicht verriet nichts von nächtlichen Albträumen, von Grauen, das sie bis in den Schlaf verfolgte. Bis auf die aufgeplatzte Lippe sah man ihr nichts vom Überfall an. Wie viel musste diese Frau schon erlebt haben, um die Geschehnisse einfach so wegzustecken?

»Außerdem wünscht Katasar deine Anwesenheit an seinem Tisch«, fügte sie hinzu, als er nicht reagierte. »Da er auf die Gesellschaft des Dunklen Dieners nicht zählen kann, sei so gut und komme seinem Wunsch nach. Wir haben ein schattiges Plätzchen für dich vorbereitet.«

Mechanisch nickte Anders. Seine Knochen ächzten und protestierten, als er ihr folgte, aber die Aussicht auf Essen trieb ihn an. Das Abendessen hatte er halb bewusstlos in sich hineingestopft, doch nun war er zumindest wieder bei klarem Verstand und die Schmerzmittel würden das Kauen erträglich machen.

Nalare führte ihn die Treppen hinunter. Er hörte Stimmen in einem der angrenzenden Räume, die sich auf Vallenisch unterhielten. Da sie daran vorbeigingen, warf er einen Blick hinein. Eine weitläufige Bibliothek empfing ihn, wo sich in einer gemütlichen Sitzecke Atlar und Katasar niedergelassen hatten. Katasar hörte eifrig zu, was Atlar ihm in fließendem Vallenisch erzählte, als würde er es gedanklich schon katalogisieren und niederschreiben. Anders beobachtete ihn. Im Gegensatz zu allen anderen Valahari zeigte Katasar keinerlei Abneigung gegenüber dem Schwarzen Mann. Er betrachtete ihn zwar nur flüchtig, doch Anders konnte weder Angst noch Abscheu in seinem Gesicht erkennen. Vielleicht machte er sich im Gegensatz zu den anderen die Mühe, sie zu verbergen.

Nalare blieb neben ihm stehen und verzog das Gesicht.

Die beiden Männer sahen auf, als sie sie bemerkten. Atlar wirkte belustigt. Dieser Mistkerl.

Anders ärgerte sich und das erleichterte ihn, denn es zeigte, dass der Schock nachließ. Da konnte dieser verfluchte Fetzen Nacht die ganze Zeit vallenisch und sagte kein Wort darüber. Anders fiel wieder ein, dass Atlar auch damals, als die Kobaltkrieger ihn zurückgeholt hatten, vallenische Flüche ausgespuckt hatte. Nun verstand er, wieso Thalar ihm das Opetum, den Trank der vielen Zungen, gegeben hatte. Er war wirklich der einzige Dumme hier.

»Ah, Anders«, sagte Katasar und breitete seine Hände aus. »Du leistest uns hoffentlich Gesellschaft beim Frühstück? Zumindest einer meiner einzigartigen Gäste sollte das tun.« Dabei schielte er kurz mit einem Anflug von neckendem Tadel zu Atlar hinüber.

Anders' Blick lag noch einen Moment auf dem Schwarzen Mann, ehe er zu Katasar schaute und die Schultern zuckte. »Gehört sich so.«

»Dann lasst uns nicht länger warten. Es steht sicher schon alles für uns bereit.« Damit erhob Katasar sich. Nalare und Anders schlossen sich ihm an. Er trug ebenso schimmernde, prächtige Gewänder wie am Vortag.

Sie gingen durch den Wintergarten in den Garten hinaus. Ein einstöckiges Gebäude aus Sandstein mit einem begehbaren Flachdach, auf dem ein Tisch und Stühle standen, nahm einen großen Teil des Gartens ein. Über einem der Stühle hing ein Sonnensegel. Die Sonnenstrahlen brannten auf Anders' Schädel und er fühlte sich wie ein Brathähnchen, doch etwas trieb ihn aus dem Haus. Nicht nur der Wunsch, seinen Gastgeber nicht zu verärgern. Womöglich war es das Wissen, die kommenden zwei Wochen darin festzusitzen.

Mit einer Hand schirmte er seine Augen vor dem Licht ab und folgte Nalare, deren übliche Anspannung in der Sonne dahinschmolz.

»Himmel, ist das heiß«, murmelte er.

Nalare drehte sich zu ihm um und ihr dünnes Kleid schimmerte im Licht wie Katasars Robe.

»Findest du?« Sie lachte und drehte sich mit geschlossenen Augen um ihre eigene Achse, die Arme ausgestreckt und das Gesicht dem Himmel zugewandt. »Ich finde es herrlich.«

Anders hatte sie nie so ausgelassen gesehen. War es dieser Ort? Die Sonne, die sie anbetete? Das Bild, das sich ihm bot, ähnelte einem Gemälde, bei dem endlich der letzte Strich gesetzt wurde. Die harten Linien in ihrem Gesicht, die nur von einem Leben voller Entbehrung stammen konnten, schwanden und Nalares Haut schien das Sonnenlicht regelrecht aufzusaugen. Sie wirkte frischer – jünger. Ihr Kleid schimmerte in den schönsten Farben, rot, blau, fliederfarben und bronzen, und die Sonnenstrahlen ließen es leuchten. Pflanzen, die Zypressen ähnelten, schossen vor der sandfarbenen Mauer gegenüber bis zum verschnörkelten Geländer der Terrasse hinauf, von der etwas wie Erdbeerbäume ihre mit roten Beeren behangenen Äste zu ihnen herabsenkten. Myrte streckte ihre Zweige durch das Geländer und weiße, lange Blätter waren weiter hinten auf der Terrasse zu erahnen. Alles wirkte friedlich und Anders fühlte sich wie in eine fremdartige Toskana versetzt. Doch er wusste es besser. Er war weit weg von Italien, weit weg von seiner eigenen Welt.

Bevor er dem unangenehmen Ziehen in seiner Brust weitere Beachtung schenken konnte, winkte Nalare ihn zu sich und ging flott den weißen Kiesweg entlang, der zur Treppe führte. Katasar folgte ihr beschwingt.

Die fremde Schönheit des Gartens trieb Anders mindestens so sehr an wie die Hoffnung auf Antworten. Zumindest konnte die Sonne seine dunklen Gedanken vertreiben. Die Oase nahm ihn mit voller Wucht für sich ein. Wie konnte eine Welt gleichzeitig so voller Wunder und voller Schrecken sein?

Dankbar sank Anders auf den Stuhl unter dem Schatten spendenden Sonnensegel, während die beiden Valahari in der prallen Sonne saßen.

Die Diener brachten Leckereien an den Tisch. Unbekanntes Gebäck, Brote und Käse füllten große Teller. Rotes, gelbes, violettes und grünes Obst quoll aus Schalen.

Nalare lehnte sich zurück und hob das Gesicht der Sonne entgegen. Katasar betrachtete sie mit einem liebevollen Ausdruck. Anders fragte sich, wie die beiden wohl zueinander standen. Nalare brachte Katasar eine Zuneigung entgegen, die Anders bei ihr noch nie gesehen hatte.

»Ich freue mich, dich dieses Jahr an Ardens Mora bei mir zu haben«, sagte Katasar, und sie lächelte ihn an.

Einer der Diener goss ihnen ein viskoses, orangefarbenes Getränk ein, das die Luft mit dem feinen Geruch von Kräutern füllte.

»Ich habe ein interessantes Gespräch mit Atlar geführt.« Katasar schaute aus den Augenwinkeln zu Nalare. »Ist er derjenige, von dem ich vermute, dass er es ist?«

Nalare nickte stumm.

»Du bringst mir wahrlich ungewöhnliche Gäste.« Dann wandte er sich an Anders, während er gelbe, perlenförmige Beeren auf seinen Teller legte. Auch Anders griff nun nach einer Scheibe Brot und sichtete die fremden Speisen.

»Ich glaube, trotz des Alters dieses Hauses hat noch nie ein Helrune in diesem bescheidenen Garten gegessen.« Katasar lächelte sanft. »Ich fühle mich geehrt.«

Sie genossen die Speisen und die gute Gesellschaft. Anders' Anspannung schwand mit jedem Lachen, mit jeder Anekdote des Valahars und jedem Bissen der köstlich zubereiteten Gerichte. Katasar war ein äußerst zuvorkommender Gastgeber, der es mit seinen Geschichten schaffte, Anders erneut die Wunder dieser Welt jenseits ihrer Schrecken aufzuzeigen. Selbst Nalare stützte irgendwann ihren Kopf auf die Hand und hörte ihm entspannt zu. Katasars Stimme war ruhig und angenehm, als er Anders über die Stadt und den Hügel, auf dem sie gebaut war, erzählte. Ein wenig erinnerte sein Gastgeber ihn an Gloria, an deren Lippen er mit ebensolcher Faszination zu hängen pflegte.

»Ich nehme an, ihr bleibt nicht bis Jalalverun, meine Liebe?«

Nalare nickte. »Sobald Ardens Mora vorbei ist, werden wir weiterziehen.«

»Werdet ihr verfolgt?«, fragte Katasar beiläufig. Er wirkte dabei regelrecht sorglos.

»Nein. Zumindest nicht von etwas, das wir abschütteln könnten. Die Zeit ist ein mindestens ebenso ernst zu nehmender Verfolger. Je schneller wir weiterziehen können, desto besser.«

Nachdenklich nickte Katasar und blieb eine Weile stumm. Dann wandte er sich an Anders. »Wenn du erlaubst, würde ich gern euren Aufenthalt in meinem bescheidenen Haus nutzen, um ein paar Gespräche mit dir zu führen. Ich kann unmöglich einen Besucher aus Helrulith ziehen lassen, ohne meinem inneren Drang nachzugeben, unser Wissen über jene Welt zu mehren. Ich hoffe, du verstehst.«

»Sie haben ein großes Interesse an fremden Völkern«, stellte Anders fest.

Katasar sah ihn nachsichtig an. »Es wäre schrecklich, wenn nicht.«

Anders griff ebenfalls nach der Schale mit den gelben Beeren, doch Katasar hob warnend die Hand. »Besser, du isst keine Ginoren. Kadrabes Segen, wie sie auch genannt werden, wirken sich laut Aufzeichnungen nicht gut auf die Gesundheit von Helrunen aus.«

Eilig zog Anders seine Hand zurück. »Woher wissen Sie so viel über Leute wie mich?«

Katasar schob ihm eine Schale mit länglichen Früchten in verschiedenen purpurfarbenen Nuancen hin. »Probiere die. Iljemen, Taufrüchte. Sehr zu empfehlen.« Dann nahm er einen Schluck von der viskosen Flüssigkeit. »Ich bin ein Prudenbitor, ein Bewahrer des Wissens. Es ist meine Aufgabe, so viel zu wissen. Einst gehörten die Sprachen der Vergessenen Welt zur

Grundausbildung der Prudenbitoren im Tintenwald. Heutzutage lernt sie kaum noch jemand. Viel ist von den Aufzeichnungen über die Verbindung unserer beiden Welten nicht geblieben.«

»Aber es gab eine Verbindung?«, fragte Anders.

»Wir hatten im Laufe der Zeit sicher mit vielen anderen Welten eine Verbindung. Zu eurer wohl als Letztes, deshalb gibt es noch Überreste davon in unseren Aufzeichnungen. Du musst wissen, unsere Welt und ihre verschiedenen Kulturen sind sehr alt.«

Als sie ihr Mahl beendet hatten und die Diener bis auf die Getränke alles abräumten, lehnten sie sich bequem in ihren Stühlen zurück.

Anders wollte die gute Laune und leichte Stimmung, die sich ausgebreitet hatte, nicht verscheuchen, doch er brauchte Antworten. Obwohl Katasar erfolgreich Faszination in ihm geweckt hatte, hatte er das Grauen des Vortages nicht vergessen.

»Was hatte das in dem Lager der Dämmerdiebe zu bedeuten? Hast du mittlerweile mehr Antworten für mich, Nalare?«

Ihr Gesicht verfinsterte sich. Die Leichtigkeit in ihren Zügen verlor sich und harte Linien übernahmen, ließen sie fünf Jahre älter aussehen, als sie war. Augenblicklich tat es Anders leid, dass er gefragt hatte.

»Etwas Böses«, sagte sie. »Ich habe so etwas noch nie gesehen, aber es könnte das Werk eines Nachtbringers sein.«

Nachtbringer? Anders wusste viel zu wenig über diese Welt.

»Was habt ihr gesehen?«, schaltete sich Katasar ein und lehnte sich nach vorn, die Ellbogen auf die Armlehnen gestützt und die Hände gespannt vor dem Mund verschränkt. Seine Augen glänzten vor Wissensdurst.

Und so erzählten sie ihm, was sie im Unterschlupf der Dämmerdiebe erlebt hatten. Bei der Erwähnung der in Blut geschriebenen Triqueta horchte der Prudenbitor auf. Sein Gesichtsausdruck verdunkelte sich. »Während meiner Ausbildung in der Grünen Stadt hat Hellandar Evenkvest versucht, mich für das

Studium der Götter zu begeistern. Er ist ein sehr angesehener Mann dort, einer der besten Prudenbitoren des Tintenwaldes, und so habe ich mich geehrt gefühlt, von ihm Beachtung geschenkt zu bekommen. Er gab mir viele Bücher über Nachtbringer und Tagbringer zu lesen. Die Triqueta ist das Zeichen einer Göttin. Ich habe also eine Vermutung, wessen Diener dort am Werk waren.«

Gespannt sahen Nalare und Anders zu ihm.

»Die Lakaien der Herrin des Blutes.«

Nalare wirkte erschüttert. »Deshalb das Blut, das sich von selbst bewegt. Die gehäuteten Leichen. Was hat sie zu dieser Tat bewegt? Es waren doch ihre Anhänger. Sie hatten ein Ritual für sie vorbereitet!«

Anders nahm eine Bewegung im Augenwinkel wahr. Er sah über das Geländer in den Garten, in dem ein junges Mädchen mit tiefrotem Mantel auf die Terrasse zuschlenderte. Die Farbe schien ihm ungewöhnlich dunkel für die Weiße Welt. Dunkle Farben wurden offensichtlich gemieden und kamen selbst in der Natur kaum vor, weshalb sein Blick interessiert auf dem Mädchen lag. Sie musste fürchterlich schwitzen unter dem dicken Stoff. War sie Katasars Tochter?

»Die Entscheidungen, die Götter treffen, düstere Götter im Besonderen, sind für uns Sterbliche oft nicht verständlich«, antwortete Katasar. »Vielleicht war die Herrin des Blutes mit dem Ritual unzufrieden? Oder sie zieht Kraft aus dem Tod ihrer Anhänger. Ich müsste mich erkundigen, was über die Beweggründe der Herrin des Blutes bekannt ist.«

Anders schüttelte den Kopf. »Eine Göttin? Bei euch ist es also normal, dass Götter existieren und in die Welt eingreifen?« Dabei ließ er das Mädchen nicht aus den Augen, das ihn anlächelte.

»Letzteres nicht«, erwiderte Katasar. »Nicht direkt zumindest.«

Das Mädchen strich sanft über manche Blüten und Sträucher und bewegte sich lautlos über den Kies. Dann stieg sie die Treppen hoch und kam zu ihrem Tisch. Die Haare umrahmten in kastanienbraunen Wellen das junge Gesicht. Die gebräunte Haut unterschied sich vom blassen Teint der anderen. Ihr dunkler Blick ließ Anders nicht los.

Etwas drückte auf seine Brust wie ein schweres Gewicht, das ihn vom Tisch wegschieben wollte. Nur eine Sekunde, bis sie an ihm vorbeigegangen war, aber Anders kam es viel länger vor. Um ihn herum verschwammen die Personen und Stimmen zu einem unauflösbaren Gewirr an Geräuschen und Farben. Nur das Mädchen blieb gestochen scharf. Sie zog eine blutrote Spur auf dem sandigen Boden hinter sich her. Er schreckte zurück, sprang auf und stolperte rückwärts über den Stuhl.

Mit einem schmerzerfüllten Stöhnen rieb er sich den Hinterkopf. Nalare stand über ihm und das verschwommene Bild wurde wieder klar, die Geräusche kehrten zurück. Sie sah ihn fragend an, so, als warte sie auf eine Antwort, deren Frage er nicht mitbekommen hatte.

»Alles in Ordnung mit dir?«

Er brauchte einen Moment, um sich zu fassen. »Äh ... dieses ... dieses Mädchen«, stotterte er und rappelte sich auf. Als er wieder stand, waren das Kind und die Blutspur verschwunden.

»Welches Mädchen?«, fragte Nalare erstaunt.

Auch Katasar warf ihm einen fragenden Blick zu. Hatten sie es nicht gesehen?

»Dieses Mädchen gerade«, betonte Anders und stöhnte. Die Stelle an seinem Hinterkopf schmerzte. Da hatte er sich den Kopf kräftig angeschlagen. Beide sahen ihn an, als spräche er von einem Geist.

»Ach, egal.« Er fuhr sich mit der Hand über den Mund, atmete ein paarmal durch und schüttelte den Kopf. »Muss an der Hitze liegen.« War das ein Tagtraum gewesen? Eine Fata Morgana? Heiß genug dafür wäre es mittlerweile. Unter seinem Sonnensegel staute sich die warme Luft.

»Vielleicht ist es besser, wenn du zurück ins Haus gehst«, schlug Nalare vor. Erneut traf ihn ein abschätziger Blick. Sie musste ihn wirklich für seine Herkunft verachten.

Anders nickte kraftlos.

»Ich werde gleich morgen einen Brief an meine Kollegen im Tintenwald schreiben«, knüpfte Katasar an ihr vorheriges Gespräch an. »Womöglich haben sie dort Einträge über die Herrin des Blutes. Doch ich weiß nicht, ob die Antwort rechtzeitig vor eurer Abreise eintreffen wird.«

Nalares Blick streifte Anders. »Wir können nicht darauf warten. Unser Zeitplan hat schon genug unter Verzögerungen gelitten.«

Anders ließ die beiden in der Sonne zurück und betrat das Haus. Augenblicklich legte sich eine angenehme Kühle auf seine Haut.

Atlar stand mit verschränkten Armen im dunklen Flur. Anders wich zurück, als er ihn sah. Der Schwarze Mann trug seinen Umhang offen. Durch den Schlitz an der Vorderseite konnte man die Dunkelheit schimmern sehen.

»Das war dumm von dir«, sagte Atlar.

Obwohl Anders eben noch gegessen und getrunken hatte, fühlte sich seine Kehle an wie die verdammte Sahara. Er hatte Kopfschmerzen. Er fragte sich, ob Atlar wirklich nur von Anders' Leichtsinn sprach, nach draußen zu gehen.

»Ardens Mora ist für jeden, der kein Valahar ist, eine Qual. Wir werden in der nächsten Zeit auf eine harte Probe gestellt. Du hättest uns nicht zu dieser Jahreszeit nach Ranulith bringen sollen.«

»Es gab keinen Reiseführer«, gab Anders zurück.

»Die Sonne wird von uns allen einen Tribut verlangen«, sagte Atlar bedeutungsvoll und sah zur geschlossenen Tür, als würde dahinter der Feind warten. In seinen schwarzen Augen stand Beunruhigung. Worum sorgte er sich? Solange sie im Haus blieben, würden sie die zwei Wochen schon überstehen. Anders musterte ihn genauer. Bildete er sich das ein oder wirkte Atlars weiße Haut grauer als zuvor?

»Heute wird die erste Weiße Nacht sein und es werden viele folgen«, grollte Atlar. »Die Welt wird im Licht der Sonne brennen.«

ᏫKAPITELᏉ 20

Zwei Männer, geboren zu dienen dem Volke
mit ihrer Macht.
Zwei Kinder, gezeichnet durch die Sünden
ihres Blutes.
Zwei Krieger, geschaffen für eine Schlacht
der Götter.
Zwei Könige, angedacht für denselben Thron.
Zwei Brüder, vereint im Herzen.
Zwei Liebende, verdammt zur Divergenz.
Bis zum letzten Gefecht.
Bis zum Erwachen der Bestie.
Bis zum Ende des Chaos.

Das Ende der List
Der kleine Mann

Die Vorbereitungen für Ardens Mora waren in vollem
Gange, jeder packte mit an. Jeder, außer Meristate und
Thalar. Sie saßen auf Meristates Balkon und hießen die
Sonnenstrahlen auf ihren Körpern willkommen, während sie
auf die fünf Steintafeln vor sich starrten.

In den vergangenen Tagen hatten sie jeden einzelnen Test
des Schattenwirkers bestanden und das Wissen aus der Himmelskammer war ihnen endlich zugänglich. Nachdem sie seine
Aufzeichnungen durchsucht hatten, war die einsetzende Erkenntnis ernüchternd gewesen.

»Ich hatte mir erhofft, dass in Janabars Aufzeichnungen
Anleitungen zu finden wären«, sagte Meristate und senkte die
dünne Tafel. Ihr Blick schweifte über die arbeitenden Männer,
die unter ihnen schwere, lange Holztische nach draußen trugen.

»Schließlich war Janabar ein Idol. Wenn einer es geschafft hätte, Worte für das zu finden, was wir tun, dann er. Doch er erwähnt nirgends, wie man ein Seelengewirr öffnet. Wie man sich vor seiner brennenden Energie schützt. Es muss für ihn zu trivial gewesen sein, um darauf einzugehen. Oder er wollte es einfach nicht preisgeben.«

Sie klang erschöpft. Ihre Mundwinkel sanken tiefer, die Narbe über ihrer Oberlippe schimmerte weißlich. Die Falten ihres Gesichts ließen sie trotz des stärkenden Sonnenlichts alt wirken und Thalar bemerkte seit Langem zum ersten Mal, wie gebrechlich sie war. Meristates Zeit war vorüber. Sie hatte ihr Leben einem Zweck verschrieben, dessen Endpunkt sie vielleicht niemals miterleben würde. Zu lange war Elrojanas Herrschaft ein Segen für Vallen gewesen. Zu lange hatte Meristate an Elrojanas Seite für die Zukunft dieses Landes gearbeitet und ihre Macht für deren Ziele eingesetzt. Meristate mochte die Erste gewesen sein, die die Veränderung in ihrer Königin bemerkt hatte, doch selbst sie hatte es zu spät gesehen.

Nun war nur eine alte Frau mit großen Plänen übrig geblieben – und ein junger Mann, der zu viel Macht besaß. Thalar hielt sich aufrechter. Es lag an ihm, zu vollbringen, was Meristate erdachte. Damit kam er klar. Bisher hatte er in diesen Belangen immer vertrauensvoll zu ihr aufblicken können und sie hatte ihm eine Richtung gewiesen. Nun fürchtete er zum ersten Mal, wohin ihr Fingerzeig ihn lenken würde.

Eine unangenehme Gewissheit stieg weiter in Thalar auf. Das Vertrauen in Meristates Voraussicht hatte ihm die Sorge genommen, was er zu tun bereit sein müsste, um Elrojana aufzuhalten.

Behutsam legte er die Steintafel beiseite und sah auf den großen Platz hinunter, der den Turm umgab. Die einzelnen Straßen waren mit Blumengirlanden behängt, bunte Tücher führten, zu einem langen Band zusammengeknotet, von Haus zu Haus. Einige Männer rollten Sidriusfässer zu den Tischen, andere bauten neben dem Eingang des Turms eine provisorische Bühne auf. Lachen und Trubel erfüllten die warme Luft.

Von der Anspannung der letzten Wochen, während die Valahari Ardens Mora herbeigesehnt hatten, war nichts mehr zu spüren. Thalar fühlte sich merkwürdig abgekapselt von ihnen. Erst jetzt wurde er des Gewichts der Verantwortung wieder gewahr, die seit seiner Kindheit auf ihm lastete.

Er hatte darauf vertraut, auf alles vorbereitet zu sein. Nicht umsonst war er seit seiner Kindheit Meristates Schützling. Doch nun fürchtete er sich vor dem, was er tun würde. Janabar erklärte seine Forschungen zum Seelengewirr ausführlich und ging auf eine Vielzahl von Alterationen und deren Auswirkungen ein. Wie man es öffnete, um überhaupt mit der Manipulation beginnen zu können, verschwieg er seinem Leser jedoch.

Die Sorge um sich selbst hielt sich in Grenzen. Thalar war begabt. Aber wie stand es um die Seele, an der er reißen musste, um das Gewirr zu studieren?

»Was bedeutet das für uns?«, fragte er tonlos.

»Du musst ein Seelengewirr erfolgreich aufbrechen, bevor wir mit der Manipulation beginnen können, Thalar. Wir brauchen einen Freiwilligen.« Ihre Stimme glich einem Hammerschlag, der ihre endgültige Entscheidung signalisierte.

Wie betäubt schritt Thalar durch die fröhliche Menge. Er gab den schweren Blumenkübeln, in denen der alte Valuras Lupinen gezüchtet hatte, Beine, sodass sie wie Spinnen von selbst zu ihren vorgesehenen Plätzen an den Enden der Tische liefen. Einige Kinder quietschten überrascht auf und rannten den staksenden Lupinentöpfen kichernd hinterher.

»Danke, Romane«, krächzte der alte Mann und verschränkte seine knorrigen Hände hinter sich. »Mein Rücken ist nicht mehr der beste.«

»Heute ist der letzte Tag des Jahres. Wann, wenn nicht jetzt, kann ich meine verbliebene Macht sinnvoll nutzen, bevor die Sonne sie erneuert?«

»Ah, der Strahlende wird meine Rückenschmerzen lindern«, sagte Valuras mit einem seligen Lächeln und sah in den Himmel. Thalar folgte seinem Blick, doch selbst das brennende

Tageslicht schaffte es nicht, seine düsteren Gedanken völlig zu vertreiben. Er folgte den Blumentöpfen zurück zum Turmplatz, wo Nuallán gemeinsam mit anderen an dem Podest für die Musiker hämmerte. Er arbeitete oberkörperfrei und Schweiß rann seine taupefarbene Haut hinunter. Einen Moment verlor Thalar sich in dem Anblick. Einer der anderen Männer schlug Nuallán freundschaftlich auf die Schulter und sie lachten. Thalar wandte den Blick ab.

Von welchem dieser Leute konnte er verlangen, seine Seele zu opfern? *Von niemandem,* war die Antwort, die er sich selbst geben wollte. Die Wirklichkeit sah anders aus. Männer und Frauen würden ihr Leben in der Revolution geben, die bevorstand. Was war dann eine einzige weitere Seele, die im Kampf gegen Elrojana unterging?

Der Sieg war einen Versuch wert. Es war nötig.

Thalar schloss kurz die Augen. Sie hatten noch Zeit. Zumindest während der brennenden Tage sollte auch er sich eine Pause gönnen. Sein Blick schweifte über die ausgelassenen Valahari.

An einem der Tische flochten Mädchen und Frauen Kränze. Unzählige Blumen und Gräser lagen vor ihnen ausgebreitet: Zypresse, Buchsbaum, Schleierkraut, Steinkraut, Lavendel, Strandflieder, Rosen. Am Tisch daneben saßen die Ersten, die ihre Körper in die Zeichen der Götter hüllten. Die wenigen Gewirrwerker und Flüstermünder unter ihnen malten mit strahlendem Rot, intensivem Blau und leuchtendem Ocker geschwungene Muster und gilvendalische Buchstaben auf nackte Haut.

Die Arbeiten dauerten bis zum Abend an, doch keine einzige Wolke zeigte sich am Himmel. Es war immer noch so heiß und trocken wie mittags, als sich alle in den Kleidern Ardens Moras am Platz zusammenfanden und das wohlige Brennen auf ihrer Haut genossen. Thalar, Meristate und Nuallán saßen ganz vorn an einem Tisch, den restlichen Männern und Frauen zugewandt. Ein weiterer Platz, der stellvertretend für Nalare stand, blieb neben Meristate leer.

Sie alle trugen knappe Kleidung und dünne Stoffe, die nur das Nötigste bedeckten. Der Rest ihrer Haut war zu großen Teilen von Bemalungen verziert und ihre Haare waren hochgesteckt oder zu engen Zöpfen geflochten, sodass nichts unnötigerweise ihre Haut bedeckte und so der heißen, liebenden Berührung des Sonnenlichts entzog.

Speis und Trank standen reichlich auf den Tischen. Alle nahmen Platz. Sie mochten unter Elrojanas Herrschaft verarmt sein und ihr Bestreben bestand darin, sich für einen Krieg zu wappnen, doch für Ardens Mora hatte jeder das Beste aus der Ernte des Jahres gemacht. Köstliche, dampfende Gerichte reihten sich an frisches Obst, süße Getränke und spritzigen, perlenden Sidrius. Dabei war das Essen nicht für sie: Sie aßen es im Namen der Götter.

Meristate erhob eine Hand und die liebliche Musik der Glasharfen verstummte.

»Meine lieben Freunde«, begann sie und stand auf. »Ein weiteres Jahr geht dem Ende zu und es war ein hartes Jahr, ein Jahr der Vorbereitungen und Entbehrungen, ein Jahr des Schmerzes und der Verluste. Viele unserer Verbündeten befinden sich im fernen Lanukher, wolfswärts, frostwärts, meerwärts und sonnwärts, um uns jede Neuigkeit zukommen zu lassen. Damit wir in der Zeit der Sorgen nicht überrumpelt werden können, sind sie fern von uns. Ganz gleich, wo wir uns heute alle befinden, das Erbengefolge wird vereint durch die Gunst der Götter. Das neue Jahr ist das letzte schwere Jahr – das Jahr, das zählt. Wir werden für all unsere Entbehrungen unseren gerechten Lohn erhalten und dieser ist nichts Geringeres als die Freiheit Vallens!« Sie erhob ihren Kelch zur Menge. »Drum esst und trinkt und feiert! Ehrt unsere Götter an diesem endlos langen Tage und erbittet ihren Beistand für unseren Kampf. Kadrabes Schatten wird vom Licht der Welt getilgt und die Stumme Göttin wird den Platz neben ihrem Sohn ein weiteres Mal einnehmen! Kaiteake!«

»Kaiteake!«, erschallte der Ruf durch die Menge, die ebenfalls aufgesprungen war und ihre Kelche in die Höhe reckte. Es war ein bedeutungsschwangerer Begriff. Hatten ihn früher die Feinde Janabars in der Machtwende auf Elrojanas Seite gerufen, so traf er nun selbst die Despotin. Er zeugte von Einigkeit und Stärke, die nur in Zeiten der Not so mächtig waren und gleichzeitig so schnell zerbrochen werden konnten. Die Götter waren einer alten Legende nach auf der Seite jener, die in Not nach ihnen riefen. Er galt nun schon seit zwanzig Jahren als Neujahrsruf in Iamanu.

Dann setzte die Musik wieder ein und Meristate nahm einen kräftigen Schluck Sidrius, ehe sie Thalar zulächelte und zurück auf den Stuhl sank.

»Auf das Jahr, das zählt«, sagte Nuallán und hob seinen Kelch, ohne jedoch davon zu trinken. Sein Gesicht war wie immer verdeckt.

Das Festessen dauerte einige Stunden an, in denen Unmengen Delikatessen verspeist wurden und Gelächter die Luft erfüllte. Dann half Thalar dabei, die Opfergabe an Diluzes in die freie Mitte des Platzes zu transportieren. Es war eine in Stein gemeißelte Statue des jungen Gottes, wie er in einer Hand Tabal, die goldene Sonne, hielt und mit der anderen eine dunkle Echse zerquetschte. Diluzes hatte Kadrabes Platz als höchster Tagbringer in Vallen eingenommen. Meristate hatte Kadrabe eine Statue bauen wollen, doch selbst unter dem Erbengefolge gab es Zweifel an der Macht der Stummen Göttin, weshalb sie Diluzes eine Opfergabe bereiteten. Er war wohl der einzige Tagbringer, den Kadrabe an ihrer statt bei ihren Anhängern tolerierte. Die Musik schwoll an und tiefe Trommelschläge setzten ein, die den Boden vibrieren ließen, bis nur noch Trommeln erklangen und alle anderen Instrumente verstummten. Männer und Frauen kamen in die Mitte und ein wilder, wunderschöner Tanz entstand um die Statue.

Thalar spürte eine Gänsehaut auf seinen Unterarmen, als der Rhythmus seinen Körper in Bewegung brachte. Er tauschte einen Blick mit Nuallán, der sich anscheinend ebenfalls kaum noch auf dem Stuhl halten konnte.

»Nun geht schon«, rief Meristate. »Geht und tanzt, ihr Hoffnungsträger des Landes!« Sie sprangen von ihren Stühlen auf und Thalar hörte Meristates Lachen, als er und Nuallán sich in die tanzende Menge um die Statue einreihten. Sie wurden willkommen geheißen und bildeten zusammen mit dem Rest eine spontane Einheit, geführt von der Musik und geleitet von den Händen der Götter.

Ganz gleich, wie lange sie tanzten, keine Müdigkeit erreichte ihre Knochen und kein Atemzug wurde ihnen zu schwer. Da die Sonne sich nicht regte und die Wolken fernblieben, vergaßen sie die Zeit und niemand wusste, wie lange es dauerte, bis Thalar lachend und voller Energie aus der Einheit sprang, um einen Krug Sidrius in einem Zug zu leeren.

»Das war wunderschön«, sagte eine helle Stimme neben ihm und Thalar drehte sich zur Seite. Dort stand Helane. Auf ihrem Kopf saß ein Blumenkranz aus Pistazienzweigen, rosafarbenen und gelben Nelken und Kamille. Sie reichte ihm einen weiteren Krug, den er dankend annahm. Dann legte sie eine Hand auf Thalars Unterarm. Eine Geste, die Thalar nur selten zuteilwurde. Die meisten hielten respektvollen Abstand von ihm. »Das wird ein gutes Jahr, ich kann es spüren.«

Sie sah ihn zuversichtlich an. Vom Temperament Ardens Moras überwältigt, griff er stürmisch in ihr Haar und zog sie zu einem Kuss heran. Sie nahm ihm den Krug ab, stellte ihn weg und legte ihre Hände auf seine Schultern. Dabei sank sie geschmeidig gegen seinen Körper, als würden sie wie Wachs in der Sonne schmelzen. Als sie sich schwer atmend voneinander lösten, lachte sie fröhlich und auch Thalar merkte, wie sich ein Lächeln auf seinem Gesicht ausbreitete.

Sein Blick glitt für einen Moment über ihren Kopf hinweg. Seinen Platz im Tanz hatte eine andere übernommen und die Menge bewegte sich wie eine einzige, perfekt abgestimmte Einheit. Er fing Nualláns Blick ein, der ebenfalls aus dem Tanz zurücktrat. Nuallán prostete ihm von fern mit einem Kelch zu, der ihm soeben gereicht worden war.

»Dieses Jahr wird über unseren Sieg oder Tod entscheiden«, sagte Thalar zu Helane, die ihn immer noch glücklich ansah.

Zumindest plante Meristate, dass sie am Ende des Jahres so weit sein würden. Er bezweifelte es. »Deshalb müssen wir die Götter besonders lobpreisen, damit sie uns ihre Kraft leihen.« Dann nahm er seinen Krug und trank einen kräftigen Schluck Sidrius. Die säuerliche, spritzige Flüssigkeit berauschte seinen Geist. Er zwinkerte Helane noch einmal zu, ehe er auf Nuallán zusteuerte, der gerade den unberührten Kelch weiterreichte.

Doch bevor er ihn erreichte, stellte sich Ambral in seinen Weg. Thalar hielt an und musterte seinen Kronenbrecher. Wie immer ergriff ihn ein Schuldgefühl, wenn er die lange Narbe auf Ambrals Wange sah. Mit fünfundzwanzig Jahren war Ambral kein Kind mehr. Doch Thalar kam nicht umhin, ein Gefühl der Abscheu zu empfinden, wenn er daran dachte, dass er Valahari zu loyalen Mördern machte, die noch nicht einmal alt genug waren, um sich einen Namen zu geben. Sogar Nuallán und er selbst kamen ihm manchmal zu jung vor, und sie waren mehr als doppelt so alt wie Ambral. Der Krieg wartete nicht, bis man sich bereit fühlte.

Ambral sah ihm fest in die Augen. »Lass mich dein Freiwilliger sein.« Thalar musste die Irritation ins Gesicht geschrieben stehen, denn Ambral setzte eine noch entschlossenere Miene auf und stellte sich aufrechter hin. »Meristate sagt, ihr braucht Freiwillige, sodass du lernen kannst, die Seele aufzubrechen … damit du die Königin aufhalten kannst. Ich melde mich.«

»Ambral, ist dir bewusst, wozu du dich hier bereit erklärst?«

Das Gesicht des Kronenbrechers verfinsterte sich. Er dachte wohl, Thalar würde ihn nicht ernst nehmen. »Ich tue alles, solange die Despotin und ihre Schergen gestürzt werden. Ich will meinen Teil dazu beitragen.«

Thalar legte dem jungen Krieger eine Hand auf die Schulter. Allein bei dem Gedanken, Ambral dafür zu benutzen, wurde ihm übel. »Und das wirst du. Indem du Seite an Seite mit deinen Waffenbrüdern und -schwestern kämpfst. Wir müssen viele Reihen durchbrechen, bevor wir zu der Despotin vordringen können.«

»Es gibt viele wie mich.« Nun sah Ambral ihn nicht mehr an.

»Ein Krieger mehr oder weniger ändert nichts. Doch wenn du durch mich lernen kannst, sie aufzuhalten, erfülle ich einen Zweck. Einen besseren Zweck.«

Thalar knirschte mit den Zähnen. »Du erfüllst den besten Zweck, wenn du als Kronenbrecher meinen Willen ausführst. Ich kann dir vertrauen und du mir. Gerade deshalb musst du mir auch jetzt zuhören, wenn ich sage, dass dein Potenzial für so eine gefährliche Aufgabe verschwendet wäre. Es findet sich jemand anderes.« Thalar wusste, dass er mit jedem Zögern und jeder Ablehnung weiter in eine Spirale der Verleugnung rutschte. Irgendjemandes Angebot musste er annehmen. Es würden sich nicht viele Freiwillige finden.

Sein Herz war viel zu weich und Thalar wollte es zu Stein machen, sodass es ihm nicht länger in die Quere kam. Doch bei Ambral stimmte sein Verstand zu. Der Junge war zu geschickt im Kampf, als dass er mit zerbrochener Seele zurückbleiben konnte. »Ich will während Ardens Mora nichts mehr davon hören, verstanden?«

Ambral nickte mit niedergeschlagenem Blick und seine Schultern sackten ein Stück tiefer. Thalar klopfte ihm noch einmal auf den Oberarm. »Und jetzt feiere, so wie es sich gehört. Feiere, dass wir heute leben.« Er konnte Ambral das nicht antun. Jede Enttäuschung, die der Junge nun fühlte, war besser, als ihn eigenhändig zu zerstören.

Nuallán folgte dem jungen Mann mit seinem Blick, als dieser sich mit betont geradem Rücken und erhobenem Kopf entfernte, um keine Schwäche zu zeigen. Dann wandte er sich an Thalar, aber er wollte nicht darüber sprechen. Er wollte nicht darüber nachdenken, was er einem ihrer Leute antun könnte.

»Lass uns gehen«, sagte er. Dabei legte er seinen Arm um Nualláns Schultern und zog ihn mit sich. Der solide Körper und die Wärme seines Gefährten beruhigten Thalars aufgewühlten Geist.

Dreißig Meter von den Tischen und dem Ort entfernt, an dem alle tanzten, war eine Art Zelt aufgebaut: Große Tücher hingen zwischen Pfeilern gespannt und Blumen aller Art verzierten die Konstruktion. Thalar schob eines der Tücher beiseite und legte den Blick auf einen gemütlichen Raum mit Liegen und Tischen voller duftender Gerichte und Sidrius frei. Es gab kein Dach, durch das die Sonne abgeschirmt würde. Thalar ließ Nuallán den Vortritt und folgte ihm, ehe das Tuch wieder in seine Ausgangsposition fiel und alles und jeden aussperrte. Kaum war dies geschehen, nahm Nuallán seine Maske ab und trank gierig einen Kelch leer. Hier gab es nur sie beide.

»Ah, tut das gut. Ich dachte schon, du willst mich verdursten lassen.« Er warf sich auf eine der Liegen und griff nach gebratenem Fleisch und Brot. »Auch wenn das während Ardens Mora schwer wäre …«, sagte er mit vollem Mund.

Thalar spürte eine Gänsehaut über seinen Körper jagen. In stummer Faszination lag sein Blick auf dem Avolkeros-Gebiss seines Gefährten. Während Nualláns Mundpartie samt Lippen der eines jeden anderen glich, zog sich ab den Mundwinkeln ein aus bestialisch gekrümmten Reißzähnen bestehendes Gebiss die Wangen hinauf. Die Haut dort schmiegte sich wie blasses Zahnfleisch an die Zahnwurzeln an. Das zweite Gebiss, das aus den größten Reißzähnen stromländischer Tiger hätte bestehen können, bewegte sich im Gleichklang zu Nualláns Mundbewegungen. Sie gaben Nuallán das Erscheinungsbild eines Raubtieres in Menschengestalt.

Thalar erkannte die Angst vieler Völker davor durchaus an, er selbst brachte jedoch den doppelreihigen Reißzähnen trotz der Bedrohung, die sie ausstrahlten, Gänsehaut verursachende Faszination entgegen. Ließe Nuallán ihn doch nur einmal die Wucht hinter diesem außergewöhnlichen, womöglich einzigartigen Gebiss miterleben oder erlaubte ihm, es zu studieren. Seine Hände zuckten in Antizipation. Es gab kaum etwas außerhalb der Ebene der Gewirre, das seine Aufmerksamkeit derart gefangen nehmen konnte. Aber wunderte ihn das? Schließlich ging es dabei um Nuallán, und Nuallán schaffte es stets, Thalar zu faszinieren. Er lächelte sanft.

Das Gebiss der Avolkerosi galt als ausgestorben, und doch lag vor ihm der Beweis, der all diese vermeintlichen Gelehrten

Lügen strafte. Thalar hätte fast alles getan, um das Studium dieser außergewöhnlichen Knochenformation aufnehmen zu können, doch Nuallán erfüllte ihm diesen Herzenswunsch nicht. Es hatte Jahre gedauert, bis er überhaupt bereit gewesen war, sich so freizügig vor ihm zu zeigen, obwohl Thalar ihn in kürzester Zeit nach ihrem Kennenlernen damit konfrontiert hatte. Selbst nun zählte Thalar einen Tag wie diesen zu den glücklichen, an denen ihm zumindest ein Blick auf Nualláns Gebiss gestattet war. Ardens Mora sei Dank und dem damit eintretenden Bedürfnis nach stetiger Gesellschaft, die die Valahari einander zu dieser Zeit schenkten.

»Thalar.«

Er zuckte bei dem warnenden Ton zusammen und spannte sich bei Nualláns düsterem Gesicht unwillkürlich an. Wie dieser so finster dreinschauen konnte an einem Tag der Sonnmesse, war ihm schleierhaft. Dabei haftete sein Blick weiter auf dem Mienenspiel seines Freundes, als Nuallán in seinem Unmut die Zähne fletschte und sich auf einen Ellbogen stützte.

Endlich riss er sich von der Betrachtung los und schaute in Nualláns Augen: diese dunklen, stürmischen Iriden, die Thalar aus der Fassung oder zur Ruhe bringen konnten. Er löste die Anspannung in seinen Schultern und schlenderte gemächlich zur Liege, wo er sich auf dem Fußende niederließ. Nuallán richtete sich weiter auf und säuberte sich die Finger an einem Stofftuch. Dabei gab er Thalars Blick nicht frei, bis Thalar seine Augen niederschlug und sich ein Lächeln nicht verkneifen konnte.

»Hör auf damit«, knurrte Nuallán. »Hör auf.«

»Weshalb sollte ich?«, fragte Thalar und sah ihm wieder direkt in die nadelwaldgrünen Augen, die sich zu einem Gemütssturm verdunkelten. Nuallán wählte einen etwas ungewöhnlichen Ausweg und nahm ihm die Sicht mithilfe seiner Hand, die er über Thalars Augen legte.

Davon ließ Thalar sich nicht beeindrucken. Er ersetzte sein Augenlicht durch seine restlichen Sinne. Die Vibrationen der Trommelschläge reichten bis hierher. Er hob die Hand und tastete langsam nach Nualláns Gesicht. Sein Gefährte hätte ihn aufhalten können. Als dies nicht geschah, strich er mit seinen Fingerspitzen über die Kieferpartie, bis er die Reißzähne unter seiner Berührung spürte. Das Lächeln kroch unwillkürlich breiter über sein Gesicht.

»Du hast abartige Vorlieben«, sagte Nuallán. Thalar erschauderte vor wissenschaftlicher Faszination, als er eine feine Bewegung in den Zähnen unter seinen Fingern spürte. Er wusste auch so um die tiefen Falten auf Nualláns Stirn, die immer dann auftauchten, wenn sich die Brauen seines Freundes vor Unverständnis oder Wut zusammenzogen. Ehrfürchtig fuhr er mit den Fingern die Zahnreihen entlang und vergaß in seiner Konzentration beinahe das Atmen. So nahe war er dem Gebiss noch nie gekommen. Die Zähne wirkten rasiermesserscharf. Thalar war versucht, die Spitzen zu berühren, um seine Vermutung zu testen. Ein wenig Schmerz im Namen der Forschung konnte er erdulden. Ganz besonders, wenn es um dieses Mysterium ging. In der Luft entstand eine spürbare Spannung, die Nuallán schließlich durchbrach. Er nahm seine Hand von Thalars Augen.

»Das reicht«, sagte er ruhig, aber streng. Ein Schauder jagte den anderen, während Thalar das Gebiss aus der Nähe betrachten konnte. Nuallán würde gar nicht bemerken, wenn er nun das Gewirr dazu studierte – doch dafür war er zu eingenommen von dem Anblick auf dieser Ebene der Realität.

Seine Finger strichen sanft über die zahnfleischartige Wangenhaut. Dann hielt er zögerlich inne. Sein Blick löste sich von Nualláns Gesicht und wanderte in unverhohlener Bewunderung über den muskulösen Körper, der, abgesehen von einer knielangen Hose, von nichts als Bemalungen verhüllt wurde. Ardens Moras berauschende Wirkung ließ ihn all seine Zurückhaltung und Vorsicht vergessen.

Nuallán wand sich unter der Intensität von Thalars Aufmerksamkeit. Er war nur einen Schritt von einer Flucht entfernt, die Schultern angespannt, die Augen wachsam.

Thalar beendete seine Musterung.

Schlagartig entspannte sich Nuallán und warf seiner Maske neben sich einen sehnsüchtigen Blick zu.

»Verzeih«, hauchte Thalar und zog seine Hand zurück, doch inmitten der Bewegung hielt Nuallán sie fest. Fragend sah Thalar ihn an. Nuallán seufzte und richtete sich schließlich ganz auf, bis er aufrecht auf der Liege saß, ein Bein angewinkelt, das andere hinter Thalar ausgestreckt. Thalars Hand hielt er weiterhin fest.

»Mein Vater nannte es einen Fluch. Einen Fluch, dem meine Mutter entgangen war. Jeder, der es zu Gesicht bekommt, fürchtet sich davor. Erzittert bei der Vorstellung, was ich damit machen könnte.«

Thalar erzitterte auch bei dieser Vorstellung, nur nicht vor Angst. Er wollte diesen Mann, der vor ihm saß. Mit allem, was er mit sich brachte.

»Meristate sah darüber hinweg und ich dachte damals, das wäre das Beste, was ich erhoffen könnte. Es war befreiend, sich nicht vor ihr verstecken zu müssen, verstehst du? Aber dann kamst du.« Er schnaubte und schüttelte ungläubig den Kopf. »Du *liebst* es. Das, was ich am meisten an mir verachte, zieht dich an wie eine Blume die Insekten.«

Thalars Stimmung verdüsterte sich. »Man sollte ein Gottesgeschenk erkennen, wenn es vor einem steht«, grollte er. »Lass dir nichts anderes einreden.«

Nuallán lächelte traurig. »Ich habe gelernt, es zu hassen wie mein Vater. Es ist mir das größte Hindernis in meinem Leben. Was du daran findest, werde ich nie verstehen können, und es fühlt sich falsch an … Es fühlt sich falsch an, wie gut es sich anfühlt, dafür nicht verachtet oder gefürchtet zu werden.« Nuallán schüttelte den Kopf, als könne er es selbst nicht einsehen.

Stille kehrte zwischen ihnen ein, die Musik wurde ein reines Hintergrundgeräusch. Dann hob Thalar seine Hand und umschloss Nualláns Wange, sodass sein Gefährte ihn ansah.

»Oh, Nuall, vergiss diese Narren, die Angst vor dir haben, weil sie es nicht verstehen. Es bricht mir das Herz, dich so zu sehen.«

Nuallán stieß die Luft in einem traurigen Versuch eines Lachens aus.

»Nur noch eine kleine Weile, dann musst du keine Ablehnung deswegen mehr erdulden. Ich werde dafür sorgen. Ich verspreche es.«

Seine Ehrlichkeit und die unverhohlenen Worte brachten Nuallán offensichtlich in Verlegenheit. Er wandte sich ab und ließ Thalars Hand los. Aber Thalar hatte das Zucken seiner Mundwinkel deutlich gesehen.

»Du wirst ein fabelhafter König«, sagte Nuallán. »Jemanden wie dich kann sich ein jeder nur wünschen.«

Thalar verbarg seine Gedanken hinter einem schmalen Lächeln. Sie hatten noch Zeit. Er konnte Nuallán eines Besseren belehren und die Dinge wieder in die richtigen Bahnen leiten. *Wie du wohl reagierst, wenn du von meinen Plänen erfährst?*

KAPITEL 21

A tlar sollte recht behalten. Die Hitze stieg weiter und statt eines natürlichen Tag-Nacht-Rhythmus gab es nur noch einen nie enden wollenden Tag. Die unerträglichen Temperaturen und die immer scheinende Sonne trieben Anders und Atlar permanent in den Keller. Trotzdem kämpfte Anders dagegen an.

»Lass es«, sagte Atlar, doch Anders ignorierte ihn, als er ein weiteres Mal aus dem Kellerraum ging, den sie sich teilten. Das Zimmer war ihnen eilig mit nichts weiter als dem Lebensnotwendigen eingerichtet worden. Die Valahari wirkten wie Wahnsinnige, also hatte Anders nicht nach mehr gefragt. Der lange Tag schien sie zu beeinflussen. Ihr Verhalten erinnerte Anders an die Geschichten über Werwölfe, die dem Mondzyklus ausgeliefert waren. Die Valahari richteten sich offensichtlich völlig nach der Sonne. Anders stapfte die Treppen hinauf ins Erdgeschoss. Das Hemd klebte ihm am Körper. Er konnte nicht glauben, dass ihm die Sonne schadete. Schließlich gab es in ihrer Welt auch verdammt heiße und trockene Orte!

Er öffnete die Haustür. Eine Wand aus Hitze prallte gegen ihn, sodass ihm die Luft wegblieb. Die Straßen wimmelten von ausgelassenen Valahari, die zu lauter Musik feierten, leichtfüßig durch die Sonnenstrahlen tanzten und lachten. Alle waren in intensiven Farben bemalt. Durch die Bewegungen wirkten die Valahari wie eine wogende Masse aus bunten Farbklecksen. Keiner schien von Anders überhaupt Notiz zu nehmen. Er machte einen Schritt hinaus in die Sonne. Die Luft flirrte vor Hitze und der Schweiß brach ihm aus. Er fürchtete, sein Herz würde gleich stehen bleiben. Seine Haut brannte im Sonnenlicht und wurde schon nach wenigen Augenblicken rot. Umso erstaunter war er über die Sorglosigkeit der Valahari. Wenn überhaupt, wirkte ihre Haut noch heller. Keiner von ihnen hatte Sonnenbrand, obwohl sie schon tagelang ununterbrochen draußen waren.

Anders floh zurück ins Haus. Kopfschmerzen setzten ein und sein Mund war wie ausgetrocknet. Nicht auszudenken, wie es ihm jetzt ergehen würde, wenn sie nicht rechtzeitig nach Utanfor gelangt wären und Ardens Mora sie mitten auf ihrem Weg zur Hauptstadt überrascht hätte. Er stolperte zur Küche, doch selbst im Erdgeschoss stand die Hitze in jedem Raum. Die dünnen Vorhänge hielten die Sonnenstrahlen nicht draußen. Der Wintergarten musste jetzt ein Backofen sein. Gierig trank Anders Wasser aus einem Krug und wischte sich den Mund am Ärmel ab.

»Ich habe dir gesagt, du sollst es lassen.«

Anders wirbelte herum. Ihm wurde schwindelig. Atlar stand in den Türrahmen gelehnt und starrte ihn aus diesen schwarzen Augen an. Seine Mundwinkel waren seit dem Beginn Ardens Moras permanent nach unten verzogen. Irgendetwas brodelte in ihm.

»Ach, sei still«, murrte Anders und stellte den Krug ab. Es gab nur eines, das schlimmer war, als hier eingesperrt zu sein: mit dem Schwarzen Mann hier eingesperrt zu sein. »Wieso bleibst du nicht unten in deinem Loch und lässt mich in Ruhe? Sieh doch, wie du den Sonnenstrahlen ausweichst! Was willst du hier oben überhaupt?«

Atlar kam auf ihn zu und Anders machte unwillkürlich einen Schritt zurück. Selbst jetzt, wo von überall Licht hereindrang, strahlte Atlar eine Bedrohung aus. Er baute sich vor Anders auf. Ohne seinen grauen Mantel schien das Schwarz seines Körpers Anders zu verschlucken, sobald er hinsah.

»Du bist nutzlos für mich, wenn du jetzt wegen einer dummen Aktion wieder bettlägerig wirst.« Atlars Stimme war so hart wie seine Worte. »Wir haben eine Abmachung. Nur wenn du in der Lage bist, deine ganze Kraft auf das Erreichen unseres Ziels zu konzentrieren, sehe ich eine Chance, meine Essenz zurückzuerlangen. Das ist alles, was zählt. Also ordne deine banalen Wünsche und Triebe diesem Ziel unter und bleib im Keller.«

In Anders' Kopf brannte eine Sicherung durch. »Banal?«, schrie er und machte einen Schritt auf den Schwarzen Mann zu. »Du denkst wohl, du bist der König der Welt! Nicht alles dreht sich um dich. Ich habe nur deshalb zugesagt, deine Essenz zurückzuholen, weil du meine Tochter töten wolltest! Wenn du hier elendig verrecken würdest, wäre es mir völlig egal.«

Sobald die Worte herausgesprudelt waren, verfluchte Anders sich, den Zorn nicht hinuntergeschluckt zu haben. Im selben Moment fühlte er sich befreit, es endlich ausgesprochen zu haben. Atlar hatte kein Recht, ihn herumzukommandieren.

»Wenn du wüsstest, wie unrecht du hast. In deinem kleingeistigen menschlichen Kopf ist nicht genug Platz, um die Wahrheit zu verstehen.«

Atlars Stimme klang kalt und ruhig, wie die Ruhe vor dem Sturm.

»Ach ja? Versuch's doch.« Wie gern wäre Anders geflohen, doch er wollte sich vor Atlar keine Blöße geben. Wenn er dem Schwarzen Mann zeigte, wie viel Angst er immer noch vor ihm hatte, gäbe Atlar das eine Genugtuung, die Anders ihm nicht gönnte.

»Dafür ist mir mein Atem zu schade«, erwiderte Atlar. Er musterte Anders ausdruckslos. Auch wenn es unglaublich dumm war, Anders hasste die stoische Fassade, die der Schwarze Mann aufrechterhalten konnte. Vielleicht waren es der Frust und der aufgestaute Druck, die ihn dazu brachten, weiterzustichelen.

»Tja, dann bist du wohl doch nur ein unbedeutender Schatten von vielen«, sagte Anders und zog die Pfeife aus der Hosentasche, die Katasar ihm als Ersatz für seine Zigaretten besorgt hatte. Er wollte Atlar wehtun. Er wollte, dass Atlar so litt wie er. Nur wegen dieses Bastards war er überhaupt hier. Ohne Atlar hätte er nichts davon erleben müssen. Ohne Atlar wäre sein Gesicht kein Trümmerfeld. Die Diener kamen viel zu selten, um seine Wunden zu versorgen. Fürchterliche Narben würden zurückbleiben. Nur wegen Atlar. Anders hasste niemanden so sehr wie diese Kreatur.

Er sah mit Genugtuung, wie sich Atlars Augen noch weiter verdunkelten.

»Wäre sicher nicht schade um dich. Vielleicht schafft Ardens Moras Licht es ja, dich ein für alle Mal zu vertreiben.« *Wie der Morgen einen Albtraum.*

Anders zündete den kratzenden Tabak in der Pfeife an.

Plötzlich packte eine schlanke Hand seinen Hals. Obwohl Anders eine Reaktion des Schwarzen Mannes erwartet hatte, traf sie ihn unvorbereitet. Er keuchte und ließ seine Pfeife fallen. Da wurde er auch schon hochgehoben. Er bekam keine Luft mehr. Die Kraft dieses Wesens war selbst ohne die es sonst begleitende Dunkelheit noch angsteinflößend. Anders starrte in Atlars aschfahles Gesicht. Die Mundwinkel, vor kaltem Zorn nach unten verzogen, teilten sich und er bleckte die Zähne. Seine Nasenflügel bebten.

»Nur deinetwegen sitze ich hier fest«, grollte er.

Anders zappelte mit den Beinen. Wovon redete der Schwarze Mann? Er war hier, weil er seine Seele zurückwollte! Nur Anders hatte keinen guten Grund, in dieser weißen Hölle zu schmoren, würde Atlar Madison nicht bedrohen.

»Du hast mich zu Ardens Mora hierhergeschleift!«, zischte Atlar. »Weißt du überhaupt, was passieren würde, wenn ich nicht mehr existiere? Weißt du nicht! Weil du von nichts eine Ahnung hast und dir doch eine Meinung bildest.«

Anders klopfte ihm auf den Arm, doch der Schwarze Mann hegte anscheinend keine Absicht, ihn wieder loszulassen. Anders fühlte sich unangenehm an ihren Kampf erinnert. Er zappelte, trat mit den Beinen und traf Atlar. Das machte den Schwarzen Mann nur noch wütender. Er zog Anders ein Stück heran und schlug ihn mit Wucht zurück gegen die Steinwand. Ein atemloses Keuchen entfuhr Anders. Die Ränder seines Sichtfelds wurden schwarz.

»Atlar«, presste er mühevoll heraus. Er hatte es zu weit getrieben. Selbst jetzt bereute er es nicht, Atlar wehgetan zu haben.

Dieser Mistkerl verdiente alles Schlechte auf der Welt. Hoffentlich verbrannte Ardens Mora ihn zu einem Häufchen Asche.

Atlar blinzelte, das stumpfe Onyx seiner Augen wirkte leer. Schwarze Nebelstreifen lösten sich von Atlars Gestalt und flüchteten.

Abrupt ließ der Schwarze Mann Anders los und trat zurück. Taumelte er?

Anders rutschte die raue Mauer hinunter, bis er hart auf dem Boden landete. Gierig saugte er die Luft in seine Lunge. Atlars Haut wirkte grauer. Er starrte auf seine Hand.

»Jetzt fängt es also an«, murmelte er, drehte sich um und ging.

Anders griff nach seinem Hals und versuchte, zu Atem zu kommen. Was war das gewesen?

Die kommenden Stunden verbrachte Anders im Erdgeschoss, um dem Schwarzen Mann und ihrer Zelle zu entgehen. Und um Atlar zu trotzen. Anders ließ sich von niemandem befehlen, wo er zu sein hatte. Atlar kam nicht noch einmal zu ihm. Anders saß mit einem großen Krug Wasser im langen Flur und starrte unentwegt auf dasselbe Gemälde. Das Wasser benutzte er, um seine Kleidung feucht zu halten. Es war unerträglich warm. Die Luft wirkte von der Hitze dick und schwer und brannte ein bisschen in Anders' Atemwegen. In seinem Kopf liefen die vergangenen Monate wie ein Film ab. Wo war er falsch abgebogen, um hier zu landen? Da war Atlars grässliches Lachen, wie er Anders damit verhöhnte, wie es an den Wänden abgeprallt und an jenem Abend zu einer Kakophonie des Wahnsinns angeschwollen war. Anders hatte ihn seit seiner Rückkehr aus Ranulith nicht mehr so lachen gehört.

Niemand kann mich sehen, niemand außer dir. Wenn das stimmte, wieso sahen die Valahari Atlar dann überhaupt? Anders drehte den Kopf zur Eingangstür. Die Trommeln brachten den Boden unter ihm zum Vibrieren. Valahari waren keine Menschen. Ihre Lichtsucht machte das nur noch deutlicher. Anders' Haut brannte vom Kuss der Sonne, ihre glühte.

Wenn niemand in seiner Welt Atlar wahrnahm, was hatte den

Schwarzen Mann dann geprägt? Jeder wurde durch seine Umgebung beeinflusst. Wenn es sonst niemanden gab, der Atlar hörte oder sah, musste er dann nicht die wenigen Verhaltensweisen aufschnappen und sich zu eigen machen, die ihm entgegengebracht worden waren?

Außer Atlar erinnerte sich daran, wie er in seinem alten Leben gewesen war, bevor Anders ihn getötet hatte. Oder es gab noch andere wie ihn. War Madison womöglich weiterhin in Gefahr? *Falls Atlar sie nicht schon gefressen hat, nachdem er mich vorgeschickt hatte.*

Anders rappelte sich auf. Er taumelte und musste sich an der Wand abstützen. Dieses Wetter würde ihn noch umbringen. Die Treppe vor seinen Augen verschwamm. Wenn er nicht schleunigst zurück in den Keller kam, würde er es vielleicht gar nicht mehr hinunterschaffen. Mit beiden Händen am Geländer setzte er einen Fuß vor den anderen. Im Keller würde Atlar auf ihn warten, doch Anders konnte ihm nicht ewig aus dem Weg gehen. Sie waren im selben Boot, nur schien Atlar es besser wegzustecken. Seine gefasste Haltung zu sehen, machte Anders rasend. Er schwor sich, den Schwarzen Mann nicht weiter zu provozieren. Sein Hals schmerzte immer noch. Er hatte seine Lektion gelernt. Auch in der brennenden Hitze von Ranulith war er Atlar nicht gewachsen.

Er öffnete die Tür zum Zimmer. Langsam fürchtete er, dass seinem Körper die Flüssigkeit für den ganzen Schweiß ausging, der an ihm hinunterlief. Atlar saß auf seinem Bett und hob den Blick, als Anders eintrat. Bildete Anders sich das ein oder war Atlars satte schwarze Farbe dumpfer? Nachdem Anders keine Anstalten machte zu sprechen, verlor sich Atlars Aufmerksamkeit wieder.

Anders sank in den einzelnen Stuhl, der ihnen hingestellt worden war. Eine Weile saß er nur da und kam zu Atem.

»Geht es Madison gut?«

Atlar sah auf und zog ein Gesicht, als hätte Anders eine gänzlich abstruse Frage gestellt. Es war doch völlig logisch, dass er sich Sorgen um seine Tochter machte!

»Ich bin nicht ihr Kindermädchen.«

»Schon klar. Aber ich bin vor dir in die Weiße Welt gekommen. Du hättest ...«

»Ich hätte die Möglichkeit gehabt, mein Wort zu brechen«, vollendete Atlar mit stoischer Miene.

Anders nickte grimmig. Ein Knoten bildete sich in seinem Magen.

»Wieso hängst du so an diesem kleinen Menschen?«

Die Frage verwirrte Anders. Atlar schien sie wirklich ernst zu meinen. »Sie ist meine Tochter. Ich liebe sie.«

»Tochter«, murmelte Atlar und wurde nachdenklich. »Das Konzept der Familie ... ich weiß darüber Bescheid. Aber wieso kümmert dich ihr Wohlbefinden?«

Eine Erkenntnis vertrieb Anders' Fassungslosigkeit. »Du hast niemanden, der dir nahesteht. Du bist ganz allein.«

»Bräuchte ich denn jemanden?«

»Das erklärt einiges ...«

»Es gab nie die Notwendigkeit, zumindest davor ... Da sind nur die weiße Hexe und ihre Kobaltgarde. Und du. Soweit ich mich erinnern kann.« Nun zog Atlar eine Grimasse.

Anders musste sich ein hartes Auflachen verkneifen. Das seelenlose Wesen wirkte für einen Augenblick so verloren, dass es Anders unpassend erschien, ihn mit demselben Monster zu vergleichen, das seine Familie bedrohte und Anders' Albträume in die Wirklichkeit gezerrt hatte. Damit stand wohl fest, dass Atlars Verhalten nicht von anderen wie ihm geprägt worden war. Kam er Anders deshalb manchmal so erschreckend menschlich vor? Weil Atlars Interaktionen mit Anders ihn beeinflusst hatten? Das waren nur selten nette Auseinandersetzungen gewesen.

»Wieso lachst du nicht mehr so wahnhaft? Ist dir das Lachen in der Weißen Welt vergangen?« Anders wurde den Verdacht nicht los, dass Atlar etwas geheim hielt.

Atlar verschränkte die Arme vor der Brust. »Ich habe nie ... wahnhaft gelacht.«

»Doch. Du hattest Freude daran, mir damit Angst einzujagen.«

»Du weißt mehr über mich als ich selbst, so scheint es. Als ich dich das erste Mal gesehen habe, sagtest du: ›Hallo, Atlar‹. Du wusstest meinen Namen, ohne dass ich mich auch nur an dein Gesicht erinnert hätte. Wie lange kennen wir uns schon?«

Anders versteifte sich. Sie betraten unsicheres Gelände. »Wahrscheinlich mittlerweile drei Monate. Du hast alles von damals vergessen?«

Während Atlar zögerte, spannte Anders sich weiter an. Was sollte er tun, wenn Atlar sich doch an ihr Duell erinnerte?

»Ich weiß viel«, begann Atlar. »Über diese Welt, unsere Welt, andere Welten. Kenntnisse, die längst in Vergessenheit geraten sind. Begrifflichkeiten, Gebräuche, Sprachen. Meine Aufgabe. Jedes Mal, wenn ich wieder erschaffen werde, drängt all dieses Wissen auf mich ein und überwältigt mich.« Jetzt sah er Anders an. »Aber tatsächliche Erinnerungen habe ich weniger als ein Kind.«

Anders wusste nicht, was er darauf sagen sollte. Es war so verrückt. Doch Atlar erinnerte ihn auch daran, warum Anders den Schwarzen Mann so verachtete.

»In jedem deiner Leben tötest du Kinder.«

Atlar verneinte die Anschuldigung nicht. Zorn brodelte wieder in Anders hoch und sein Vorsatz, Atlar nicht erneut zu provozieren, kam ins Wanken.

»Du widerst mich an«, grollte er.

Atlars Blick wurde kalt. »Ich tue, was nötig ist.«

Es hielt Anders nicht länger auf dem Stuhl. »Was bringt es dir, Kinder zu fressen? Nichts kann Grund genug sein, um so etwas Grausames zu rechtfertigen! Und jetzt komm mir nicht mit *Überlebenswille!*«

Atlar ließ sich nicht auf sein Geschrei ein. Er lehnte sich zurück und musterte Anders. »Sag mir, was wärst du bereit zu tun, um deine Tochter zu beschützen?«

»Alles«, rief Anders sofort. Unter Atlars wissendem Blick zuckte er zurück. »Nein, niemals Kinder töten. Was soll diese Andeutung?«

»Nehmen wir einmal an, auf der einen Seite steht ein fremdes

Kind. Auf der anderen Madison. Eines davon müsste sterben. Welches würdest du wählen, Anders? Es gibt im Leben keine einfachen Entscheidungen. Man muss sie trotzdem treffen. Das habe ich getan.«

Anders konnte sich nicht vorstellen, dass Atlar eine selbstlose Wahl getroffen hatte. »Wofür hast du dich entschieden?«

»Für den Kampf.«

Es gab ein kleines Fenster, durch das Anders manchmal nach draußen spähte und die Festlichkeiten verfolgte. Der freudigen Menge zuzusehen, weckte Sehnsucht in ihm. Obwohl die gute Laune, die die Valahari ausströmten wie ein vergammelter Fisch Gestank, ihn bloß noch mehr frustrierte, schob er den Vorhang doch immer wieder ein Stück zur Seite und sah hinaus. Es erinnerte ihn auf unangenehme Weise an sein Leben vor der Weißen Welt und Atlar. Dort hatte er auch durch ein Fenster in die makellose Vergangenheit gestarrt, in die er nicht mehr zurückfand. Obwohl es ihn davon abhielt, nach vorn zu gehen, loszulassen, schaute er immer wieder hindurch, nur um in Erinnerungen an bessere Zeiten zu schwelgen. Sein verschorftes Gesicht spiegelte sich im Glas und er ließ den Vorhang zurückfallen. Die heilenden Wunden juckten fürchterlich.

Sie saßen jetzt schon viel zu lange hier fest. Anders hatte keine Möglichkeit, die genaue Zeit zu bestimmen. Es gab keine Nacht, an der er sich orientieren konnte. Nicht einmal regelmäßige Mahlzeiten. Nur manchmal, wenn ein Diener zu ihnen kam, um Anders' Wunden notdürftig zu versorgen, brachte man ihm etwas zu essen. Die Abstände dazwischen nahmen zu.

Etwas hatte sich verändert. Anders sah es in den Augen des Schwarzen Mannes. Sie strahlten nicht mehr diese selbstgefällige Arroganz aus, sondern wirkten unnatürlich hart, älter noch als zuvor. Manchmal ertappte Anders sich, wie er Atlar musterte. Es gab sowieso nicht viel zu tun, während sie Ardens Mora aussaßen. Gespräche waren eine Seltenheit zwischen ihnen.

Während Anders seine Zeit damit verbrachte, Liegestütze zu

machen, saß der Schwarze Mann auf seinem Bett in der Ecke, die Beine angezogen und die Stirn gegen den kühlen Stein gelehnt. Als würde er jeden Funken seiner Kraft zusammenhalten wollen. Anders sprudelte über vor ungenutzter Energie und fühlte sich unausgelastet. Doch in den Stunden, in denen er es Atlar gleichtat und auf seinem Bett saß, kam er nicht umhin, feine Unterschiede zu bemerken.

Anfangs hatte Atlar seinem Zorn Luft gemacht. Im Laufe der Tage war sein Widerstand geringer geworden, seine Drohungen leiser und seine tödlichen Blicke seltener. Mittlerweile stand Atlar gar nicht mehr auf.

Atlars Bewegung war immer dieselbe: Er drehte seinen Kopf hin und wieder näher zur Wand, als wolle er den Raum nicht mehr sehen müssen. Seine Gestalt war in sich zusammengefallen und seine leichenblasse Haut wirkte noch fahler. Unter seinen Augen bildeten sich zunehmend dunklere Augenringe. Manchmal sah er Anders an, vor allem wenn er anscheinend dachte, dass Anders es nicht bemerkte. Dann hatte sein Blick etwas Wildes, Ruheloses, fast … Hungriges. Es passte nicht zu Anders' Bild vom Schwarzen Mann. Bis auf diesen einen Zwischenfall vor einigen Tagen hatte Atlar nie die Fassung verloren, hatte sich immer seine Ruhe und arrogante Gelassenheit bewahrt. Nur damals, als Anders den Sonnenglimmer freigesetzt und Atlar geblendet hatte, war der Schwarze Mann wütend und wild geworden. Wahrscheinlich waren Ardens Mora und die ununterbrochen scheinende Sonne daran schuld. Der Wunsch, Atlar wehzutun und ihm dieselben Qualen zuzufügen, die er selbst empfand – dieses Gefühl blieb nun aus. Atlar machte einen kümmerlichen Eindruck.

Anders vergaß nicht, wen er vor sich hatte. Ihn überlief ein kalter Schauder, wann immer Atlars gequälter Blick auf ihm ruhte. Er fing an, sich unwohl zu fühlen, wenn er sich schlafen legte. Obwohl Atlar sich nie regte, kroch unerklärliche Angst über Anders' Haut, sobald er die Augen schloss.

KAPITEL 22

Sieht denn niemand
die Fratze hinter der Maske,
die sie auf ihrem toten Gesicht trägt?
Sieht denn niemand
die Schatten, die dem Licht folgen
wie geschlagene, aber hungrige Hunde?
Wie lange noch,
bis ihre Kiefer sich um den Hals
des Volkes schließen?
Wer wird uns retten,
wenn die Königin der Schatten
ihre Hunde zum Festmahl führt?

Unerhörte Warnung
Aus der Sammlung des Zweiflers

Wer in aller Nachtbringer Namen kam an Ardens Mora mit der Bitte um eine Audienz bei der Königin? Nereida verkniff sich ein Stöhnen. Sie wollte zurück nach draußen, zu den Festlichkeiten. Zu der lachenden, feiernden und fressenden Meute, die an Freude und Sidrius betrunken war und ein merkwürdig schönes Chaos auf den Straßen verbreitete.

Sie saß quer auf einem der Sessel, die zu jeder Seite auf einer Empore den Thronsaal säumten, hatte die Beine über die Armlehne geworfen und starrte in den Himmel. Der dreistöckige Raum wurde von perlmuttfarbenen Säulen gestützt, die in einer durchscheinenden Decke endeten. Nur ein irisierender Glanz zog sich über den freigelegten Himmel. Dieses Spektakel, die

Sonne selbst in den Palast scheinen zu lassen, veranstaltete die Königin nur zu Ardens Moras Ehren.

Von draußen schallte festliche Musik herein und der Wind trug den Duft von gebratenem Rind in Pfefferkruste und würzigem Brot bis zu ihr. Nereida lief das Wasser im Mund zusammen, doch natürlich hatte sie ihre Herrin begleitet.

Sie spielte gelangweilt mit einem Dolch, was den armen Mann in der Mitte des Thronsaals ganz nervös machte. Nur eine Handvoll Adeliger hatte sich aufraffen können, dem Geschehen beizuwohnen, doch alle sahen so aus, als interessiere sie der Gedanke an ihren nächsten Becher Sidrius mehr als das Schicksal des Bittstellers.

»Sie kamen im Schutze der Nacht«, erzählte der Mann mit brüchiger Stimme. »Meine Frau und ich haben schon geschlafen. Sie stürmten die Häuser, rissen Männern ihre Frauen aus den Armen und schlachteten die Kinder ab. Meine Söhne. Sie haben sie aus ihren Betten gezerrt und … und meine Frau …« Der Bauer schniefte und zitterte am ganzen Leib. »Ich glaube, ich bin der Einzige, der entkommen ist.«

Kurz zuckten Königin Elrojanas Lippen. Dann neigte sie den Kopf und sprach mit sanfter Stimme. »Es ist wohl Ardens Mora zuzuschreiben, dass du es von den Grenzgebieten des Rotsees bis nach Lanukher geschafft hast, ohne Pferd und Nahrung, nur mit den Kleidern an deinem Leib.«

Sie saß in all ihrer Pracht auf dem gigantischen Thron aus weißem Marmor. Nereida erkannte in diesem Moment wieder, warum sie hier an der Seite ihrer Königin war. Diese Frau verdiente Respekt. Sie verkörperte Anmut und Macht. Nereida fühlte sich trunken von der Ausstrahlung dieser einzigartigen Frau.

»Nicht auszudenken, wie es dir ergangen wäre, hätte nicht die Kraft der Götter dich den Weg hierher ohne Hunger und Erschöpfung zurücklegen lassen.«

Der Mann hob den Kopf und konnte den Blick nicht von Elrojana nehmen. Gut möglich, dass er bis zu diesem Moment weder die sanfte Stimme der Königin gehört noch ihr jemals von Angesicht zu Angesicht gegenübergestanden hatte. Sie war eine beeindruckende Erscheinung: die gläserne, edelsteinbesetzte Krone auf dem Haupt, der Körper gekleidet in feine, weiße Gewänder, die das Sonnenlicht auf ihre Haut ließen. Silberne Stickereien zierten die durchsichtigen Ärmel und goldener Schmuck vollendete die farbliche Aussage: Weiß und Silber als Zeichen der Gewirrspinner, vereint mit der goldenen Göttlichkeit.

Er musste sich fühlen, als lächle die Sonne auf ihn herab. Zumindest fühlte Nereida sich so, wann immer ihre Herrin zufrieden mit ihr war.

»Ja, den Göttern sei Dank«, sagte der Mann und umklammerte mit seinen schwieligen Händen eine kleine Statue von Diluzes, die er an einer Kette um den Hals trug. »Wir hörten von einem Dorf in den Wüstenhainen, das vor einigen Wochen überfallen wurde. Dorthin habt Ihr Hilfe in Form Eurer werten Kobaltkrieger gesandt. Bitte, schützt auch die Dörfer am Rotsee.« Der Mann kniete vor Elrojana. Er verneigte sich, bis sein Kopf den Boden berührte, in dem er sich spiegelte. »Ich will nicht, dass es anderen so ergeht wie uns.«

Kurz verengten sich Elrojanas Augen. »Immer diese Sieben Banden Galinars. Ihre frechen Grenzüberschreitungen werden langsam zu einem echten Problem.«

In den Augen der Königin zu lesen, schien fast unmöglich. Selbst heute noch musste Nereida sich anstrengen, um mehr als die für alle erkennbare Emotion zu sehen. Die Maske der Königin saß perfekt. Zumindest, wenn Elrojana so gefasst war wie jetzt. Seit dem Tod ihres Ehemannes trug sie dieses Ich zusehends seltener.

»Sei unbesorgt, guter Mann«, sagte Elrojana. Ihre Finger trommelten unruhig auf der Armlehne. Auch sie sehnte sich offensichtlich nach dem Licht und der Gesellschaft in den Straßen. »Was deinem Dorf passiert ist, wird nicht vergessen. Schon bald werde ich den Abschaum zurück über Galinars zerfurchte Ebenen und blutige Flüsse schicken, weit hinter die Stumme Schlucht, sodass die guten Vallenen wieder in Ruhe schlafen können.« Trotz des ernsten Tons bedachte die Königin den Bauern mit einem sanften Blick. »Bis dahin entsende ich ein Regiment meiner Kobaltgarde, um nach Überlebenden zu suchen und diese sicher unterzubringen.«

Das Schaben steinerner Wuchten hallte an den hohen Wänden wider. Nereida sah zur anderen Seite des Thronsaals. Die großen Tore öffneten sich schwerfällig. Ein junger Mann eilte an den beiden Kobaltkriegern, die zu jeder Seite des Eingangs standen, vorbei ins Innere. Sein Blick überflog die Reihen der Anwesenden aufmerksam.

Nereida setzte sich auf und der Dolch wanderte zurück in ihren Stiefelschaft. Mit einer eiligen Bewegung glitt sie vom Sessel und trat dahinter, bevor der umherschweifende Blick sie erfassen konnte. Es kostete sie nur einen konzentrierten Moment, dann erkannte sie den Mann als Prinz Aberas Amrada, einen der thalarischen Zwillinge. Er war eine königliche Schlange. Sie hob eine Augenbraue. Was wollte dieses Scheusal denn hier?

Jetzt konnte es spannend werden. Wann immer Amrada seine Gelassenheit einbüßte, passierte etwas Aufregendes. Er hatte seinen Platz an der Sonne verlassen, umringt von hübschen Frauen und gepolstert von weichen Kissen, und stürmte in den Thronsaal, statt in Sidrius und Lust zu ertrinken. Nereida schüttelte fassungslos den Kopf. So viel Pflichtbewusstsein hatte sie diesem Mistkerl gar nicht zugetraut.

Vor den halbmondförmigen Stufen des Thronpodests blieb er stehen, den Blick auf Elrojana gerichtet. Seine Kleidung war durch die Eile ein wenig unordentlich. Der Bauer am Boden sah auf und schaute ihn unsicher an, dann machte er mit einer demütigen Verbeugung Platz.

Einzelne Strähnen fielen aus Amradas Frisur und der übliche Spott in seinem verspielten Blick fehlte. Nereida kam hinter dem Sessel hervor und lehnte sich lässig über die Balustrade der Empore. War es Angst oder freudige Anspannung, die Amradas Blick scharf und ernst wirken ließ? Nereida schalt sich gedanklich selbst. Noch nie hatte sie Angst in Amradas Augen gesehen. Was er nicht zeigen wollte, sah man auch nicht. Nicht einmal sie.

Elrojana und der Prinz wechselten vielsagende Blicke, ehe die Königin sich wieder an den Bittsteller wandte. »Bleib in der Hauptstadt, kehre nicht zurück an Galinars Grenzen, solange die Gefahr der einfallenden Banden nicht behoben ist. Deine Königin wird sich um alles sorgen.«

»Habt Dank, die Götter mögen Euch segnen.« Der Mann in seinen braunen Lumpen verneigte sich erneut und umklammerte die Holzfigur fester. Elrojana machte eine knappe Handbewegung und der Bauer wurde von den Kobaltkriegern hinausgeführt. Kaum waren die Tore geschlossen, wandte Elrojana sich wieder an Amrada.

»Sprich«, sagte sie und er gehorchte.

»Die Dasherani schickt eine ihrer Aljannen.«

Nereida legte den Kopf schief. Warum schickte die Herrscherin von Tjerreku eine ihrer Elitekriegerinnen hierher? Sonst blieben ihnen diese hochnäsigen Frauen doch auch erspart. Sie schüttelte den Kopf. Da war mächtig was los. Plötzlich freute sie sich, hier statt draußen zu sein.

Die Augen der Ewigen Königin leuchteten kurz auf, dann hob sie betont ahnungslos die weißen Brauen. Nereida entging das feine Zucken in ihrem Gesicht nicht. »Oh, tut sie das? Weshalb nur? Und das während Ardens Mora, wo doch Reisen untersagt sind. Selbst die Tjerrekan müssen sich an vallenisches Recht halten, wenn sie das Königreich betreten. Es sollte besser wichtig sein.«

Aberas Amrada betrachtete Orora mit einem abschätzigen Blick. »Hat Euer Orakel es Euch nicht bereits gesagt?«

Elrojana sah zur Seite, wo Orora, die Marionette, stumm hinter dem Thron stand. Sie hatte die Hände locker ineinandergelegt und leistete Ihrer Majestät geduldig Gesellschaft. Ardens Mora war die einzige Zeit, in der sie ihr lockiges, feuerrotes Haar nicht offen trug. Der Rest ihres Körpers war für die Götter bemalt, doch sie behielt selbst jetzt die goldene, protzige Maske auf, die die obere Hälfte ihres Gesichts verdeckte. Ob Elrojana ihr diese Maske gegeben hatte? Jedenfalls reagierte sie nicht auf den Seitenblick ihrer Königin.

Elrojana wandte sich wieder an Amrada, hob die Hand und winkte. »Bringt sie herein und wir finden es gemeinsam heraus.«

Die Kobaltkrieger öffneten die Tore erneut. Prinz Aberas Amrada trat zur Seite, bis er nur zwei Schritte von der Wand der Empore entfernt stand. Nereida glitt lautlos über die Balustrade und landete direkt hinter ihm.

»Was für ein erheiterndes Schauspiel«, raunte sie ihm zu. »Darf man auf einen baldigen zweiten Akt hoffen?«

Amrada drehte sich nicht zu ihr um. Aber sie sah das winzige Zusammenzucken. Sie hatte ihn erschreckt.

Er machte eine desinteressierte Geste. »Der Adel will unterhalten werden.«

»Die meisten davon sind die königliche Familie.«

»Deshalb sind sie nicht vertrauenswürdiger als andere. Blut bedeutet manchen weniger als Wasser. Wenn sie sich langweilen, kämen sie vielleicht auf die Idee, ihre kleinen Gehirne anzustrengen und eigenständig zu denken.«

»So wie Ihr?«

Ein spöttisches Lächeln umspielte seine Mundwinkel, als er sich zu ihr wandte. »Eines Tages treibe ich dir deine Respektlosigkeit schon noch aus.«

Nereida lehnte sich an die Wand und verschränkte die Arme. Sie versuchte, in Amradas Haltung zu lesen. Seine Haare wirkten eine Spur zu systematisch durcheinander. Die linke Hand trommelte unruhig auf seinem Oberschenkel, sein Blick wanderte über die Adeligen, von denen manche in ihren Sitzen nach vorn rutschten, um die eintretende Aljanne besser zu sehen. Wofür die Scharade?

Die Elitekriegerin der Tjerrekan schritt mit erhobenem Haupt und nach vorn geschobenem Kinn durch den Thronsaal. Sie strahlte Selbstbewusstsein, Stolz und Weiblichkeit aus. Als Repräsentantin des Inselstaats trug die Aljanne dessen Schätze an den Scheiden ihrer Schwerter: Peridot und Labradorit. Tjerreku war das Juwel der Itolischen See.

Auf der Brust der Lederrüstung war eine Blindprägung mit dem Wappen der Dasherani: eine über die Wellen wandelnde Jungfrau.

Die Aljanne blieb vor den Stufen des Thronpodests stehen und neigte ihren Kopf. Sie tat es nicht, weil sie vor der Königin Vallens stand, sondern vor einer Frau. »Majestät.«

Elrojana gab ihr mit einer Geste die Erlaubnis zu sprechen.

»Ich habe Blutrache für den Mord am Wolkenprinzen geschworen«, sagte sie in akzentgefärbtem Vallenisch. Eine Aljanne in Vallen kam schon selten genug vor. Eine, die Blutrache androhte, noch viel seltener. Die Tjerrekan kümmerten sich nicht um das Festland, solange man ihre Insel und ihre Schiffe in Ruhe ließ. Was war so besonders am Tod des neuesten Wolkenprinzen? Sie starben doch sowieso wie die Fliegen. Deshalb hießen sie so. Sie erhoben sich und zerstoben so schnell wie die Wolken.

Elrojana wirkte entsetzt. Sie war es nicht wirklich, das las Nereida in ihrem Blick, doch sie spielte es gut. »Der Wolkenprinz ist tot? Wie bedauerlich, wurde er doch erst vor wenigen Wochen in dieses Amt erhoben. Doch was führt dich zu mir?«

Die Aljanne warf etwas Glänzendes und Blutverschmiertes auf die Stufen vor Elrojanas Füße. Ihre Bewegung war so schnell, dass Nereida ihr kaum folgen konnte. Sie löste ihre verschränkten Arme und trat zwei Schritte vor. Sollte die Aljanne versuchen, ihrer Herrin etwas anzutun, musste Nereida schneller sein.

»Wir wissen, dass sein Mörder aus Vallen stammt. Aus königlicher Nähe.«

Empörtes Raunen kam von den Adeligen. Jeder von ihnen war nun auf seinem Sessel aufgewacht und schaute gespannt auf das Spektakel. Nereida ließ die Kriegerin einen Moment unbeachtet und sah, was sie geworfen hatte. Einen fein verzierten Dolch mit goldenem Griff. Keine Waffe, die ein Attentäter nutzen würde. Ein Zierdolch. Auch ohne ihn länger zu betrachten, erkannte Nereida ihn. Einen solchen hatte Elrojana ihr am ersten Tag ihrer Freiheit geschenkt. Sie waren mit der Sonne und den sieben Portalen des Weltenschlunds verziert – dem Zeichen der vallenischen Königsfamilie.

Elrojana sog scharf die Luft ein. »Nein, wie schrecklich. Jemand muss sich Zugang zu ihm durch einen meiner Vertrauten verschafft und ihn ohne dessen Kenntnis gestohlen haben.«

In den harten, grauen Augen der Aljanne stand offener Argwohn. Natürlich wusste derjenige, dem der Dolch fehlte, von seiner neuesten Verwendung. Nereida musterte Amrada verstohlen. Er stand stramm und vorbildlich da, die Hände hinter dem Rücken verschränkt, das Gesicht eine perfekte Maske. *Was für ein Spiel spielst du?*

»Liefert mir den Schuldigen lebend aus, sonst sehe ich mich gezwungen, selbst Nachforschungen anzustellen. Behindert Ihr mich, wird die Dasherani es als persönliche Beleidigung ihrer Königsschwester ansehen.«

Nur die Tjerrekan konnten so respektlos zu einer Königin sprechen, ohne Konsequenzen erwarten zu müssen. Nereida verstand nicht, wieso die Herrscher es zuließen, dass die Inselbewohner sich allen überlegen fühlten und danach handeln durften. Es musste mit dem tjerrekanischen Monopol auf einen Großteil der Edelsteine und auf die Seemacht in der Itolischen See zusammenhängen. Reichtum war Macht.

Elrojana nickte. Im Vergleich zu den effizienten und schnellen Bewegungen der Aljanne erweckten ihre den Anschein von königlicher Anmut und Milde. »Natürlich. Ich veranlasse die Suche nach dem Übeltäter gleich nach Ardens Mora. Bitte, sei solange Vallens Gast und bete zu deinen Göttern. Ich möchte nicht verschulden, dass du das Hochfest nur mit Arbeit verbringst. Die Dasherani würde mir das übel nehmen. Jaradegal ebenso. Du betest doch zu Jaradegal, oder?«

»Ja, Majestät. Wie jede gute Tjerrekan.« Die Aljanne verneigte sich noch einmal, machte auf dem Absatz kehrt und verließ den Thronsaal genauso stolz, wie sie ihn betreten hatte.

Daraufhin löste die Königin die Audienz auf. Die Adeligen stiegen von der Empore herunter und gingen mit neuem Gesprächsstoff zurück auf die Straßen. Nun war ihnen die

Aufmerksamkeit der anderen sicher, wenn sie wieder auf ihren fetten Ärschen in der Sonne brieten.

Elrojana bedeutete Amrada, den blutigen Dolch aufzuheben. Orora folgte der Königin die Stufen vom Thron hinunter und Nereida ging ihr entgegen. Amrada schloss sich ihnen mit der Mordwaffe an. Nun waren sie bis auf die beiden Kobaltkrieger am Tor allein.

»Sei so gut und schicke nach Therona, Aberas«, sagte die Königin. »Dann kannst du zurück nach draußen. Nimm Orora mit.«

»Wie Ihr wünscht.«

»Und mach den Dolch sauber. Das ist ja widerlich.«

Amrada steckte den Zierdolch ein und griff nach Ororas Unterarm. »Komm.« Die Marionette folgte ihm ohne Widerstand.

Elrojana ging an den Kobaltwachen vorbei, Nereida immer einen Schritt hinter ihr.

»Wollen wir nicht nach draußen, Majestät?«, fragte Nereida.

»Zuvor haben wir noch etwas zu erledigen.«

»Bleibt der Sonne nicht zu lange fern, Herrin.«

»Eine Königin trägt ihre Krone jederzeit.«

Nereida legte die Stirn in Falten. Welche weitere Pflicht bedurfte an Ardens Mora Elrojanas Aufmerksamkeit?

Sie durchquerten schweigend die leer gefegten Korridore, die ohne Diener viel größer wirkten. Unwohlsein erfasste Nereida, als das Gebäude das Sonnenlicht schluckte und sie es nicht mehr auf ihrer Haut spüren konnte. Hier waren die Decken solide.

Nereida nutzte die Stille und sortierte ihre Gedanken. Es lag auf der Hand, dass Elrojana von der Ermordung des Wolkenprinzen gewusst hatte – sogar Aberas war eingeweiht, hatte das Ganze wohl sogar inszeniert. Nereida hatte mit den Jahren ein Gespür dafür entwickelt. Bisher hatte Elrojana trotz ihres schweren Verlusts nie ihr strategisches Geschick verloren. Doch das? Wieso der Wolkenprinz? Er hatte keinerlei politische Bedeutung. Das Leben eines Mannes in Tjerreku brachte weder Ruhm noch Ehre und das einzige Amt, das beides und eine

Menge Sex mit den angesehensten Frauen Tjerrekus versprach, wurde von einer kurzen Lebensspanne begleitet.

Noch war es nur eine Formalität. Wolkenprinzen wurden ständig in Duellen um diesen Titel getötet. Doch die Tjerrekan konnten nicht zulassen, dass Außenstehende dafür verantwortlich waren und ungestraft davonkamen. Solange sie ihnen irgendeinen Schuldigen gaben, wäre die Sache erledigt. Es gäbe neue Kämpfe und der Sieger würde zum Wolkenprinzen gekrönt. Sie verstand nicht, warum Elrojana sich die Mühe machte, den Mord an einem Wolkenprinzen zu beauftragen. Wollte sie die Dasherani ärgern?

Therona Oligane schloss sich ihnen am Fuß der Treppe an. Sie war oberste Gewirrspinnerin der Thronspinner, Elrojanas persönlicher Gewirrspinnergarde. Ihre grünen Augen musterten Nereida abschätzig. Nereida nickte ihr zu. Sie hasste diese Frau. Ihre Art und der stechende Blick erinnerten sie an Aras und damit an ihr altes Leben bei der Izalmaraji, in der er ebenfalls gedient hatte.

»Was plant Ihr mit der Aljanne zu tun, Majestät?«, fragte Oligane und Nereida konnte nur vermuten, dass Amrada ihr die Kurzversion erzählt hatte.

Elrojana wandte sich zu ihr. Ein grässliches Grinsen entstellte ihr edles Gesicht und sie fing an zu lachen. Erst war es nur ein Kichern, doch innerhalb kürzester Zeit schwoll es schallend an. Nereida musterte sie besorgt. Da war es wieder. Elrojanas Maske, ihr sorgfältig gewobenes altes Ich, fiel in sich zusammen und etwas Neues, geboren im Schmerz über den Tod ihres Dimakes, kam zum Vorschein.

»Die Dasherani ist eine Frau, deren Stolz schnell verletzt wird«, sagte sie, als nur noch das Echo ihres Lachens durch das Treppenhaus hallte wie ein entferntes Flüstern. »Sie passt perfekt in meine Pläne. Diese Aljanne ist nur der Anfang.«

Sie stiegen in das erste Untergeschoss hinab. Hier befanden sich nett eingerichtete Räume, die in ihrer Ausstattung an ein edles Gästezimmer heranreichten. Doch sie verwandelten sich im Handumdrehen in Zellen und Folterkammern. Meist blieben sie Feinden der Krone, Spionen, deren Anwesenheit ein Geheimnis war, und potenziellen Verbündeten vorbehalten. Manchmal brachte ihre Herrin solche potenziellen Verbündeten auch gegen deren Willen her, so wie dieses Mal.

Die Frau, die in einem der Zimmer auf sie wartete, schien vor ihrem Eintreffen auf und ab gegangen zu sein. Nun stand sie mit verschränkten Armen und zusammengezogenen Augenbrauen in der Mitte des Raumes. Sie sah anders aus als alles, was Nereida je erblickt hatte. Ihr ausgezehrter Körper, ihre aschfahle Haut, die so ganz anders als das strahlende, glitzernde Weiß der Elutjen und das tote, fahle Grau der Duriten in den Wassergärten war, ihre rotgrauen Lippen. Nereida wusste Valahari nach Nationen einzuordnen, doch diese Frau mit ihren harten Linien und kalten Augen passte nirgends hinein.

»Verzeih die Verzögerung«, sagte Elrojana und hob gönnerhaft die Arme. »Ein kleiner Zwischenfall hielt mich länger als geplant auf. Nun bin ich hier und wir können über ein Geschäft sprechen.«

»Welches Geschäft?«, sagte die Gefangene heiser. Diese Stimme gehörte keiner Frau. Ihren Worten folgte ein Windstoß, der Nereidas Haare zurückwehte.

Nereida verengte die Augen. *Interessant.*

»Oh, nichts, was du mir nicht geben oder besorgen könntest. Keine Sorge, ich entlohne dich königlich dafür.« Elrojana lächelte dünn. »Alles, was ich will, sind Krabad Janabars Aufzeichnungen.«

In das Gesicht des Wesens trat Erkenntnis und es verdüsterte sich wie eine Sturmfront. »Nein.«

»Du gabst sie Serena Meristate, nicht wahr? Meine Krieger sind dir gefolgt, sobald du Vallen wieder betreten hattest. Bei deiner ersten Reise durch mein Land nahmen sie deine Spur auf und dann brauchten sie nur zu warten. Es hat so lange gedauert, bis eine von euch sich in mein Land verirrt hat.«

Die Frau wurde unruhig. Sie wandte den Blick von der Königin ab und musterte Nereida und Oligane. Sie suchte nach Schwachstellen, plante ihren Fluchtweg. Nereida fuhr mit ihren

Fingern über die verborgenen Messer an ihrem Gürtel, strich sanft über ihre Griffe und wurde jedes einzelnen gewahr, das sie möglicherweise gleich benutzen müsste.

Elrojana trat vor, um die Aufmerksamkeit der Gefangenen wieder auf sich zu lenken. Nereidas Finger zuckten. Sie wollte Elrojana warnen, nicht zu nah an jemanden heranzugehen, der ihr schaden könnte. Dann fragte sie sich, ob ihre Herrin den Schmerz vielleicht sogar genoss. Ob er sie fühlen ließ.

»Du hast für Serena nach den Himmelskammern gesucht, Findende. Nun suchst du eben für mich. Ich bin mir sicher, dir deinen sehnlichsten Wunsch erfüllen zu können. Frag mich und ich mache es möglich.«

»Das könnt Ihr nicht.« Die Findende schüttelte vehement den Kopf. »Ich habe nur einen Wunsch und der kann niemals Wirklichkeit werden.«

Elrojana lachte freudlos. »Eine Gewirrspinnerin kann die Realität verändern. Was denkst du, kann dann eine Göttin?«

»Ich weiß, wozu ein Gott in der Lage ist. Ihr seid keiner.«

Das Gesicht der Königin wurde hart und hasserfüllt. Dieser erschreckende Ausdruck auf den sonst so sanften Zügen verschwand jedoch ebenso schnell, wie er gekommen war. Sie seufzte theatralisch. »Bist du dir sicher, dass wir nicht ins Geschäft kommen? Ich gebe mir alle Mühe, dir den Handel schmackhaft zu machen. Was kümmert es dich schon, ob Krabads Aufzeichnungen in Serenas oder meinen Händen sind?«

Keine Antwort.

Elrojana wandte sich mit einem letzten Blick zur Tür und ging an Nereida und Oligane vorbei. Dabei legte sie Oligane eine Hand auf die Schulter. »Liebes, wärst du so gut und würdest unserem Gast dabei helfen, seine Entscheidung noch einmal zu überdenken? Nur ein klein wenig, dann darfst du zurück nach oben, an die Sonne.«

Elrojana und Nereida traten aus dem Türrahmen. Daraus sauste einen Moment später ein Gitter herab und sperrte die Findende mit Oligane ein.

»Ein paar gebrochene Finger wären doch ein wunderbar

Anfang«, sagte Elrojana und drehte sich um, sodass sie noch einmal in den Raum schauen konnte, der soeben zur Folterkammer geworden war.

Nereida sah misstrauisch von der Findenden zu Oligane. Dafür hatte Elrojana die Thronspinnerin also gebraucht. Sie lächelte. Oligane liebte eine gute Folter.

Die Findende starrte die Gewirrspinnerin an, dann wandte sie sich an die Königin. »Lasst mich gehen.«

Oligane hob ihre Hände. Das war nur für jene ein angsteinflößender Anblick, die wussten, wozu Gewirrspinner in der Lage waren.

Panik floss in den Blick der Findenden. »Wenn Ihr mir etwas antut, macht Ihr Euch einen mächtigen Feind! Ich mag nicht damit einverstanden sein, dass ich zu ihnen gehöre, doch Subret lässt nicht zu, dass einer seiner Töchter etwas geschieht. Er hat ein Heer, das Euch mit Freuden zerquetschen würde, wenn er es nur ließe. Ein Wort von ihm und Euer Reich wird überrannt und verschlungen!« Wind zerrte an den Kleidern der Frauen, riss an ihren Haaren und rüttelte so lange an den schweren Bildern an den Wänden, bis sie zu Boden krachten und die Rahmen zersprangen.

Elrojanas Stimme schnitt durch das Rauschen und Peitschen des Sturms. »Du kannst so viel Wind machen, wie du willst, er wird dich hier nicht herausholen. Du bist nicht seine Tochter. Allenfalls der Beweis, dass auch seine Diener bei einer schönen Frau schwach werden.«

Oligane bewegte ihre Finger. Sie strich nur mit dem Daumen über Mittel- und Zeigefinger, doch der Effekt war Übelkeit erregend. Der rechte kleine Finger der Findenden zerbrach an mehreren Stellen gleichzeitig und stand in einem merkwürdigen Winkel ab. Sie schrie. Die Luft vibrierte, hämmerte einem Donnern gleich in Nereidas Ohren. Der Wind schnitt so scharf, dass Nereida ein Brennen an ihrer Wange spürte. Sie hob die Hand und strich darüber. Blut benetzte ihre Finger.

Elrojana sah von ihr zurück zur Findenden, die sich zitternd ihre Hand hielt. »Da du keine Valahar bist, wird es dich nicht gleich wahnsinnig machen, während Ardens Mora fernab der Sonne zu sein, aber du wirst trotzdem leiden.«

»Wahnsinnig wie Ihr?«, presste die Findende mit einem verkniffenen Grinsen hervor.

Ein böses, kaltes Lächeln umspielte Elrojanas Mundwinkel. »Weißt du, um mir zu Diensten zu sein, brauchst du keine Zunge. Also sei vorsichtig, wofür du sie benutzt. Sonst könnte es sein, dass ich sie behalte.«

Dann drehte Elrojana sich um und ging. Nereida folgte ihr, ließ die Schreie und den Sturm im Keller zurück, so wie sie alle Schrecken, die ihr begegneten, zurückließ.

KAPITEL 23

Anders wachte von einem Gewicht auf seiner Brust auf. Schlaftrunken öffnete er die Augen, nur um in einen Schlund mit mehreren Zahnreihen zu starren. Schlagartig war er hellwach. Er riss seinen Arm hoch und hielt die Kreatur nur Zentimeter von seinem Gesicht entfernt auf. Mit der anderen Hand griff er nach dem Unterkiefer und drückte die Gestalt nach oben weg. Was zur Hölle war das? Er schleuderte das Wesen mit überraschender Leichtigkeit von sich, als wöge es nichts. Glühend gelbe Augen starrten ihm entgegen.

Anders hielt inne.

»Atlar?«

Atlars Haare hingen ihm wirr ins Gesicht, ihre satte schwarze Farbe war zu einem dunklen Grau verblasst. Die leuchtenden Augen sprachen von Gefahr. Früher hatten sie Anders' tiefste Urängste geweckt. Jetzt brannten sie wild und fixierten ihn, doch ihre Farbe war matt, die kühle Überlegenheit darin fehlte, die Anders sonst erstarren ließ wie ein Reh im Scheinwerferlicht.

Atlar kroch auf allen vieren rückwärts, sein Maul immer noch mit zu vielen Zähnen gefüllt. Er fauchte. Anders verstand die Welt nicht mehr. Atlar stellte einen gefährlichen Gegner dar, er war viel zu stark für ihn. Wenn Atlar ihn angreifen, ihn auf dem Bett halten wollte, dann könnte er es. Anders konnte so viel strampeln wie er wollte, aber es würde ihm nichts nützen.

Seine Hand ging wie von selbst an seinen Hals, der zweifelsohne das Ziel des Schwarzen Mannes gewesen war. Wieder einmal. Nervös rieb er darüber. Er dachte an seine Pistole neben dem Bett, aber er griff nicht nach ihr. Atlar war viel zu leicht gewesen. Anders hatte ihn ohne Mühe von sich stoßen können. Irgendetwas stimmte nicht. Ganz und gar nicht.

»Atlar?«, versuchte er es noch einmal.

Mittlerweile war der Schwarze Mann an der Kante seines Bettes angekommen und starrte ihn nur mit halb offenem Mund und weit aufgerissenen Augen an.

Hatte Ardens Mora ihn um den Verstand gebracht? Anders erinnerte sich an die Schattenschwaden, die sich verflüchtigt hatten. Hatte Atlar gewusst, worauf er sich einließ? Hatte er gehofft, es zu überstehen, ohne dem Wahnsinn zu verfallen? Eine leichtfertige Hoffnung, wenn Anders ihn jetzt ansah. Er wusste doch nichts über Atlar! Konnte der Schwarze Mann im Licht wahnsinnig werden?

Atlar sprang ohne Vorwarnung vom Boden auf. Seine Hände zu Klauen geformt und das Maul weit aufgerissen, griff er Anders an. Dabei musste Anders an die zerfetzten Kehlen der Dämmerdiebe denken. Reflexartig hob er die Arme in einer schützenden Geste, um die Zähne von seinem Hals fernzuhalten. Die Klauen bohrten sich tief in seine Schultern, in der Absicht, zu sichern und festzuhalten, nicht um zu zerreißen. Sein Glück.

Anders drückte Atlar wieder mühelos mit dem Unterarm zurück. Ein Laut löste sich aus Atlars Kehle, nicht ganz ein Schrei, aber auch kein Wimmern. Es klang so jämmerlich und frustriert, dass Anders erschrak.

Er packte Atlar mit beiden Händen an den Schultern und rüttelte ihn. Heftiges Zittern schüttelte den ehemals so imposanten Körper, der nun schlaff und kraftlos an ihm hing. Die Augenfarbe wandelte sich zurück zum matten Schwarz und Atlar kniff die Lider verzweifelt zusammen.

Anders wusste nicht, was er tun sollte. Überfordert ließ er ihn los. Der Schwarze Mann sank widerstandslos auf den Boden. Etwas stimmte mit Atlar nicht. Er war viel zu schwach.

An Schlaf war jetzt nicht mehr zu denken. Das Häufchen Elend zu Anders' Füßen irritierte ihn über alle Maßen. Er konnte es nicht mit dem willensstarken, gefühlskalten Monster in Menschengestalt in Verbindung bringen, das ihm damals in der Fabrikhalle gegenübergestanden hatte. Nicht einmal mit dem hochmütigen Widerling, in den sich Atlar nach seinem Tod verwandelt hatte. Obwohl das hier viel mehr nach einem Monster aussah, spürte Anders nur Mitleid.

Atlar zog sich ein weiteres Mal zur Kante seines Bettes zurück. Dabei kroch er, als wäre es zu anstrengend, auf die Beine zu kommen. Er hob seinen Kopf und gab ein weiteres Geräusch von sich, das weder Jaulen noch Knurren war, aber ganz offensichtlich nicht menschlich und voller Qual.

Es dauerte Stunden, bis sich sein mit gezackten Zahnreihen gefülltes Maul zurückbildete und er wieder zu Verstand kam. Anders saß nur da und beobachtete ihn.

Bald würde jemand Essen bringen. Zumindest hoffte Anders, dass sie ihn nicht ganz vergaßen. Er saß auf dem Stuhl und stopfte sich seine Pfeife, doch er wandte seinen Blick nie vom Schwarzen Mann ab. Atlar hatte sich vor einer Weile aufs Bett zurückgezogen und saß nun wieder in seiner Ecke, die Beine angewinkelt, den Kopf an die Wand gelehnt. Er starrte ins Leere. Seit dem Angriff hatte er kein Wort gesagt.

Anders' Finger tippelten unruhig auf der Tischplatte. Er drückte sich davor, das Gespräch zu suchen, weil er sich vor der Antwort scheute. Falls Atlar tatsächlich wahnsinnig geworden war, blieb Anders nur, ihn zu töten. Erneut. Doch dann würde Anders weiterhin hier feststecken, während Atlar ohne Erinnerungen seiner Tochter auflauern konnte.

Er durfte den Schwarzen Mann also nicht töten. Kurz dachte er darüber nach, ob er Nalare einweihen sollte. Nalare war unerreichbar irgendwo im feiernden Pulk. Sie kümmerte sich nicht um den Dunklen Diener. Niemand hatte gesagt, dass Atlar bei klarem Verstand sein musste, damit ihre Mission als erfüllt galt.

Anders zündete den Tabak mit dem Sturmfeuerzeug an. Seine Gedanken kehrten zu Victoria, Madison und Ronan zurück, dann zwang er sie wieder ins Hier und Jetzt. Solange er nicht herausfand, wie es um Atlars geistige – und wohl auch körperliche – Gesundheit stand, kam er nicht wieder nach Hause.

Er nahm einen tiefen Zug von der Pfeife und hustete, als der kratzende Rauch in seine Lunge drang.

»Atlar?«, fragte er leise. Die gedämpften Trommeln und der Gesang von draußen übertönten seine Stimme fast. Die dunklen Augen fanden ihren Weg zu seinen. Der kühle Hochmut fehlte in Atlars Blick, jenes schwarze Feuer, das bisher darin gebrannt hatte, war von irgendetwas gelöscht worden. Er wirkte leer. *Jemand zu Hause?* Zumindest fokussierte Atlar ihn. Anders zählte das als Sieg. Kein weiterer wirrer, wilder Ausdruck in den tief in den Höhlen liegenden Augen. Auch wenn er Atlar nicht leiden konnte, schätzte er dessen geistig fitte Gesellschaft doch mehr als das Monster von vergangener Nacht. Oder das, was Anders für sich selbst als Nacht bezeichnete, schließlich wurde es nicht mehr dunkel.

»Was ist los mit dir?« Sein Tonfall klang angespannt.

Atlars Blick schweifte ab und Anders befürchtete, seine Aufmerksamkeit schon wieder verloren zu haben. Da öffnete der Schwarze Mann den Mund. »Hunger.«

Es war so leise, so schwach, dass Anders es beinahe nicht hörte. Anders zog an seiner Pfeife und stand auf. Die Gefahr, dass Atlar ihm die Zähne in den Hals schlug, bevor er reagieren konnte, war immer da. Sein Herz hämmerte kräftig, als er vor dem Schwarzen Mann stehen blieb.

Atlars Schultern versteiften sich, doch die Bewegung schien ihn zu viel Kraft zu kosten und er entspannte sie einen Moment später wieder. Sein Blick war argwöhnisch.

»Bisher hat es nicht den Anschein gehabt, als bräuchtest du Essen.«

Ein Blinzeln.

Frustriert zog Anders die Augenbrauen zusammen. Würde Atlars ganze Teilnahme an diesem Gespräch aus Ein-Wort-Antworten und minimalem Mienenspiel bestehen? Dann musste er anfangen, bessere Fragen zu stellen.

»Du hast also Hunger«, stellte er fest und sah auf die anthrazitfarbenen Schatten, die die sonst nachtschwarze Kleidung seines Gegenübers ausmachten. »Bist du am Verhungern?«

Atlar gab keine Antwort. Ob er zu erschöpft dafür war oder sein Stolz ihn davon abhielt, blieb ungeklärt.

Doch alles sprach dafür. Die Schwäche, das geringe Gewicht, das abgespannte Gesicht. Wieso war Anders nicht früher darauf gekommen? Dadurch, dass er Atlar nie etwas essen gesehen hatte, war er dem Irrglauben anheimgefallen, der Schwarze Mann käme ohne Nahrung aus. Vielleicht hatte Anders es auch nur verdrängen wollen. Jedes Lebewesen brauchte eine Energiequelle zum Fortbestehen und Atlar hatte eine ganz spezielle Nahrungsvorliebe. Anders spürte die altbekannte Wut in seinem Bauch.

»Du brauchst Kinder, nicht wahr?« Seine schneidende Stimme brachte ihm einen weiteren leeren Blick ein. »Das ist dein Essen.« Bittere Galle stieg Anders hoch. Dass sich etwas tatsächlich von Kindern ernähren musste, drehte ihm den Magen um. Er wollte Atlar gar nicht helfen. Bevor er zuließ, dass Atlar ein weiteres Kind verschlang, würde er ihn fesseln und persönlich dabei zusehen, wie er verhungerte. Er tat es sogar schon.

Atlar hob eine langfingrige, blasse Hand. Sie zielte auf Anders' Brust. Anders versteifte sich und packte sie, bevor sie ihn erreichte.

»Was soll das? Willst du jetzt mich fressen?«

Atlar schüttelte den Kopf und versuchte, seine Hand weiterzubewegen.

»Lass das«, befahl Anders und schlug sie weg.

Atlar sah ihn eindringlich an. Dann hob er sie erneut. Anders spielte mit dem Gedanken, einen Schritt zurückzumachen. Stattdessen ließ er Atlar gewähren. Die Hand legte sich auf seine Brust, knapp unter das Schlüsselbein, und blieb dort liegen. Weder krallte sich der Schwarze Mann fest noch zog er Anders zu sich. Es war nur eine Berührung. Dann öffnete Atlar den Mund. Kein zähnebewehrtes Maul.

»Nicht immer«, hauchte Atlar.

Anders knirschte mit den Zähnen. So kamen sie nicht weiter. »Klär mich verdammt noch mal auf, was hier los ist.«

»Keine Nahrung ... früher.« Atlar atmete schwer, seine Brust hob und senkte sich gut erkennbar. Weitere Schatten rannen seine Schläfe hinunter und verblassten.

»Und jetzt schon. Weil hier keine Dunkelheit ist? Das hat dir aber vorher noch nichts ausgemacht. Vor Ardens Mora.«

Atlars Arm zitterte vor Anstrengung, aber er nahm seine Hand nicht weg. »Je länger ich hier bin, desto schwächer werde ich.«

»Ardens Mora trägt nicht gerade einen kleinen Teil dazu bei, hm?«

Atlar schloss frustriert die Augen. »Hunger«, flüsterte er und brachte sie somit zum Ausgangspunkt zurück. Wollte Atlar ihm damit sagen, dass ihr Gespräch in die falsche Richtung ging?

»Was soll ich dir denn geben? Ich werde sicher nicht rausgehen und das nächstbeste Kind schnappen, damit du einen Snack hast!«

»Geht nicht.« Auf seinen Lippen entstand ein dünnes Lächeln. »Zu hell.«

Anders erinnerte sich an ihr Gespräch kurz vor dem Angriff der Dämmerdiebe. *Blendende Lebewesen,* hatte Atlar gesagt, und dass Anders ein Zwielichtwesen sei. Außerdem hatte Atlar berichtet, dass ihn etwas zu Anders hinzog, seit sie die Abmachung mit dem Erbengefolge geschlossen hatten. Anders sah hinunter auf die fahle Hand, die verzweifelt den Kontakt zu ihm aufrechterhielt. Spürte er etwa ...?

»Was wird das?«, fragte er, ohne den Blick zu heben.

»Zwielichtwesen«, hauchte der Schwarze Mann. »Kraft.«

Atlar fraß Kinder in seiner Welt. Hier waren sie ihm zu hell, zu blendend, was wohl an der Beschaffenheit der Valahari lag. Anders war kein Valahar. Hatte Atlar deshalb versucht, ihn zu fressen? Oder spürte er die Existenz des Tiefwassers, das in einem Samtsäckchen um Anders' Hals hing?

Er packte Atlars Hand und lehnte sich näher, sodass die Haltung weniger an Atlars Kräften zehrte. »Wenn du deine Hand hier hast, wirst du kräftiger?«

Der Schwarze Mann nickte leicht.

»Wolltest du mich deshalb fressen?« Es auszusprechen, machte es realer, als er wollte.

Atlar schaffte es, ein verkniffenes Gesicht zu machen. Anders nahm das als ein Ja. Sein Verstand konnte den Gedanken nicht richtig erfassen, was in der letzten Nacht beinahe geschehen wäre – sein Körper hatte allerdings eine genaue Vorstellung, wie er sich dabei fühlen sollte, und pumpte Adrenalin durch Anders' Adern.

Atlar öffnete mehrmals den Mund, als wolle er etwas sagen.

Sie schwiegen eine Weile, ohne dass Atlar seine Hand wegnahm. Zumindest wurde er jetzt nicht mehr apathisch. Anders ließ den Kontakt weiterhin zu und hoffte inständig, dass der Schwarze Mann tatsächlich dachte, die Energie käme von ihm, und nichts von der Phiole um seinen Hals wusste. Meristates Warnung hallte in seinem Kopf wider. *Zeige es niemandem, verrate keinem davon.* Wüsste Atlar von der Phiole, würde er das Tiefwasser sofort freilassen.

»Menschenseelen füllen die Leere, die sie zurückließ, als sie mir meine nahm«, sagte der Schwarze Mann nach einiger Zeit. Seine Stimme war kaum mehr als ein Flüstern, aber da Anders ihm so nahe war, verstand er ihn. »Ich brauche meine Essenz wieder. Ohne sie bin ich … verletzlich.«

Atlar sah ihn beim Sprechen nicht an. Zum Schluss zog er seine Brauen zusammen, als begleite ein übler Beigeschmack das Wort. Anders musste nicht fragen, wer *sie* war. Die Despotin.

»Wieso verletzlich? Du bist auch ohne Seele unsterblich.« Wenn Atlar davon sprach, verletzlich zu sein, meinte er eine Bedrohung. Hier ging es um mehr als nur seinen Tod. Hier ging es um etwas Endgültigeres.

Dann traf Anders die Erkenntnis. Ein hoffnungsvolles Kribbeln breitete sich auf seinem Körper aus. Das war sein Ausweg. Atlar hatte sich gerade selbst um Kopf und Kragen geredet.

»Du könntest tatsächlich sterben, wenn du verhungerst«, schlussfolgerte er. »Für immer.«

Dann gäbe es Atlar nicht mehr. Wenn er die Leere seiner

eigenen Seele nicht mehr füllen konnte, würde er im Licht von Ardens Mora verblassen und Anders könnte zurückkehren.

Aufmerksam suchte er in Atlars Blick Angst, Scham oder den Ausdruck, ertappt worden zu sein. Nichts davon fand er in den glasigen, müden Augen. Da wurde ihm klar, dass Atlar ihm genau das hatte sagen wollen.

»Du gibst mir ein Allheilmittel für jedes meiner Probleme«, sagte Anders und sank neben Atlar aufs Bett, als die vornübergebeugte Position zu anstrengend wurde. »Wenn ich dich sterben lasse, dann verschwindest du. Ein für alle Mal. Kein Wiederauferstehen, kein Flüchten in die Schatten. Ich wäre dich los. Wieso erzählst du mir das?«

Was ist der Haken? Sag es mir.

Ein tonnenschweres Seufzen strich über Atlars Lippen. Der Schwarze Mann hatte seine Augen niedergeschlagen und schüttelte sachte den Kopf. »Du Narr, siehst du es denn nicht?«

»Erleuchte mich.«

»Endet meine Existenz, so zerfällt unsere Welt.«

Unsere Welt. Anders verzog das Gesicht. »Wie das? Denkst du, es würde uns Menschen so viel ausmachen, wenn es dich nicht mehr gäbe? Wenn keine Kinder mehr verschwänden?«

Zorn flackerte in Atlars Augen. »Ich erhalte die Welt, indem ich Seelen in mich aufnehme. Es ist ein kleines Opfer.«

Wut drohte Anders zu übermannen und ihm die Klarheit zu rauben, die er für dieses Gespräch so dringend brauchte. Er atmete tief durch.

»Was meintest du damit, als du gesagt hast, du hättest dich für den Kampf entschieden?«

Atlars Augen leuchteten auf, als hätte Anders zum ersten Mal die richtige Frage gestellt. »Ich bin Dunkelheit. Jeder Schatten in meiner Welt gehorcht mir, weil er ich ist. Wir führen einen Krieg, den kein Mensch bemerkt. Eine Schlacht, die in jeder Welt gefochten wird. Wenn ich vergehe, gewinnt sie und wird Helrulith neu erbauen.«

»Wer?«

Atlar grinste manisch. »Die Sonne. In ihrer Welt ist kein Platz für Menschen.«

Die Offenbarung eines für Menschen unsichtbaren Krieges war so abstrus, dass Anders einen Moment brauchte, um zu erkennen, was Atlar ihm noch gesagt hatte: Die Königin hatte Atlar in Zugzwang gebracht.

»Was will die Despotin mit dir, mit deiner Essenz?«

»Ich weiß es nicht.« Atlar klang niedergeschlagen. »Vielleicht habe ich es in der Vergangenheit herausgefunden. Aber nicht in diesem Leben. Sie stellt nur klar, dass ich von ihrer Gunst abhängig bin, sonst zerstört sie meine Seele. Also darf sie unter keinen Umständen herausfinden, dass ich auf dem Weg zu ihr bin.«

»Und wenn du deine Seele zurückhast, brauchst du keine Kinder mehr?«

»Nein. Dann kann ich mich wieder aus mir selbst heraus erhalten.«

»Nichts kann ohne irgendwelche Energiezufuhr existieren, Atlar.«

»Die zwei Grundprinzipien der Welt, Licht und Dunkelheit, schon. Sie bedingen einander. Sie erhalten einander. Und wollen sich zerstören. Jahrtausendelang existierte ich unerkannt und ungestört. Wäre diese Stimme damals nicht gewesen, hätte ich niemals einen Fuß in die Weiße Welt gesetzt. Dann hätte ich meine Essenz nie verloren ...« Atlar wirkte, als ärgere er sich über sich selbst. »Die Gefahr zu schwinden zwang mich dazu, meine Beschaffenheit anzupassen, sodass jemand mich wahrnehmen konnte. Nur so konnte ich deren Energie in mich aufnehmen und verhindern, dass meine Welt verbrennt.«

»Das passt nicht mit der Wissenschaft von Planeten zusammen«, sagte Anders. »Die Erde dreht sich. Licht kommt von der Sonne. Auf der anderen Seite ist es immer dunkel. Dunkelheit ist überall. Nicht Licht.« Inwiefern konnte Atlar die Dunkelheit mitnehmen, wenn er starb?

»Ihr Menschen wisst so wenig von unserer Welt«, grollte

Atlar. »Ihr wusstet nicht einmal, dass es mehr als eine gibt. Denkst du wirklich, du solltest deinesgleichen mehr vertrauen als mir?«

Anders runzelte die Stirn. »Zumindest haben Wissenschaftler nichts davon, mich anzulügen.«

Atlar seufzte tonlos. »Du glaubst mir nicht.«

»Natürlich glaube ich dir das nicht!« Anders stand auf und begann, im Raum auf und ab zu gehen. »Das alles hier ist wie Alice' Wunderland! Verrückt und verdreht. Leute, die keine Dunkelheit kennen, Wolken, die die Nacht darstellen, dunkle Götter und Magie. Jetzt erzählst du mir – du, der die Dunkelheit sein soll –, dass die Sonne gegen dich kämpft? Dass Kinderfressen unsere Welt am Leben erhält? Das ist Wahnsinn!«

»Ich wusste, dass es zu viel für dein simples Verständnis ist.«

Abrupt hielt Anders inne. Sein ganzer Körper zitterte vor Wut und sein Kopf schwirrte. »Sag mir nicht, dass ich dumm bin. Ich bin vieles und ganz sicher von der Situation überfordert, aber nicht dumm.«

»Nein, das bist du nicht«, sagte Atlar. »Aber du hilfst mir nicht, wenn du unter der Belastung einbrichst. Reiß dich zusammen.« Atlars Stimme verlor sich fast im Dröhnen der fernen Musik. Es nahm dem Befehl die Schärfe. Anscheinend brachte der Kontakt zum Tiefwasser nur einen kurzen Energieschub. Aber dieses Gespräch war noch nicht vorbei.

Anders setzte sich wieder hin und drückte Atlars Hand aufs Tiefwasser. »Du brauchst meine Hilfe? Dann erklär es mir.«

Bei der Berührung des Tiefwassers seufzte Atlar und schloss ergeben die Augen. »Unsere Sonne, die Sonne hier, das alles sind nur Verkörperungen, Konstrukte in der Wirklichkeit, die auf ein Minimum zusammengeschrumpft sind. Was denkst du, hält die Sonne davon ab, mehr als eine Scheibe am Himmel, ein brennender Ball im Universum zu sein? Und was denkst du, würde passieren, wenn dieses Etwas verschwände?«

Anders versuchte, sich die Erde ohne Dunkelheit und Schatten vorzustellen. So schlimm hörte es sich nicht an, bis er daran dachte, wie es ohne Nacht war. Dafür musste er nur aus dem

Fenster hinter dem provisorischen Vorhang schauen. Ardens Mora brachte seinen Kreislauf zum Kollabieren, zwang ihn in den Keller und warf seinen Tag-Nacht-Rhythmus völlig durcheinander. Ganz zu schweigen davon, was es mit der Natur einer Welt machen würde, die nicht daran angepasst war. Müssten Menschen dann wie Maulwürfe unterirdisch leben?

»Aber die Sonne hier ist auch eine Scheibe. Obwohl hier keine Dunkelheit ist, die sie zusammenhält.«

»Es hat schon angefangen. So etwas geschieht nicht von heute auf morgen. Es dauert Jahrtausende, bis alle Auswirkungen spür- und sichtbar sind.« Atlar sah zum verhangenen Fenster. »Einst gab es mehr als eine Sonne hier.«

Anders sank mit einem tiefen Atemzug gegen die Wand. Es fühlte sich an, als würde die Luft beim Ausatmen all seine Energie mitnehmen. Atlar musste also überleben. Wenn Anders ihn sich so ansah, konnte das schwierig werden. Meristate hatte ihm das Tiefwasser gegeben, um sicherzugehen, dass sie ihre Aufgabe erfolgreich abschlossen. Wenn sie von der Alternative gewusst hätte, Atlar durch Verhungern endgültig loszuwerden, hätte ihre Meinung dazu wohl ganz anders ausgesehen.

»Du hast doch sicher einen Plan. Sonst hättest du mir nicht davon erzählt. Sag mir, dieser Plan beinhaltet nicht, dass du mich frisst.«

Ein amüsiertes Schnauben war Atlars Antwort. *Schön,* dachte Anders, *einem Sterbenden noch ein letztes Lachen entlocken zu können.*

»Ich brauche dich, um mir Pleonims Schatten zu bringen.«

Anders hob beide Augenbrauen. »Könntest du das näher ausführen?«

»Pleonims Schatten oder auch der Kalte Gruß ist die Frucht eines Strauches, der überall wächst, wohin Pleonim seine eisigen Finger ausgestreckt hat. Die Vallenen verabscheuen ihn.«

»Ich kann nicht einfach mal raus und Früchte vom Baum pflücken, ist dir das klar?«

»Dann bring jemanden dazu.«

Die Einzige, die er dazu vielleicht überreden konnte, war

Nalare. Wenn die Vallenen diese Frucht so hassten, würde es schwer werden, sie von der Notwendigkeit zu überzeugen.

»Du könntest Nalare bitten«, sagte Anders. Wieso musste er den Mittelsmann spielen?

»Nein, du verlierst viel, wenn ich sterbe. Deine Welt zerfällt. Ihre nicht. Sie verabscheut mich und hat keinen Grund zu zögern, meine Existenz zu vernichten. So ungern ich es sage, aber ich muss mich auf dich verlassen.«

Jemand anderes als Nalare blieb auch Anders nicht. Er musste es also schlau anstellen.

»Gibt es denn welche in der Nähe? Sicher haben die Vallenen die Sträucher gerodet, wenn sie diesen Kalten Gruß so verachten.«

Jemand klopfte, dann ging die Tür auf. Anders ließ Atlars Hand los und erhob sich. Einer der Diener kam herein, stellte ein Tablett mit Essen auf den Tisch und bat Anders mit einer Geste, sich zu setzen, sodass er seine Wunden versorgen konnte.

Bevor er wieder ins Sonnenlicht fliehen konnte, sagte Anders: »Nalare.« Atlar war zu schwach, um zu sprechen, ohne Misstrauen zu erregen, und bis auf Katasar und Nalare gab es hier niemanden, der Anders verstand, also versuchte Anders es so.

Er wiederholte ihren Namen noch einmal mit Nachdruck, um die Dringlichkeit zu betonen. Der Diener nickte und verließ sie. Wie alle anderen mied er den Anblick des Schwarzen Mannes. Das war vielleicht ihr Glück, weil so niemand sah, wie schlecht es ihm tatsächlich ging. Aber sie sollten sich nicht darauf verlassen. Atlar schien dasselbe zu denken.

»Gib mir meinen Mantel«, flüsterte er.

Nalare kam einige Stunden später. Ob der Diener es ihr erst jetzt gesagt, sie den Besuch im Keller hinausgezögert oder die Zeit vergessen hatte, war nun nicht mehr wichtig. Die dunklen Ringe unter Atlars Augen hatten ein tiefes Lila angenommen.

Was Anders vor Kurzem noch erfreut hätte, machte ihn jetzt nervös.

Sobald Nalare die Tür öffnete, trat Anders ihr entgegen. Sie sah ihn fragend an, als er sie auf den Gang schob. Anders wollte verhindern, dass sie Atlar sah. Und so würde seine Geschichte glaubhafter klingen.

Nalare hatte sich verändert. Sie wirkte jünger, stärker, fröhlicher. Ihre Haut war heller, ihr goldblondes Haar strahlte. Es brachte Anders aus dem Konzept. Sie stand im dämmrigen Raum, der allein durch ihre Präsenz heller wurde. Trotz nackter Füße auf dem kühlen Stein schien sie die Kälte des Kellers nicht zu bemerken. Die Bemalungen auf ihrer Haut glühten.

»Du ... du siehst gut aus.« Anders blinzelte.

Sofort erschien der bekannte grimmige Ausdruck auf ihrem Gesicht. »Tabal und die Götter schenken uns neue Kraft für das kommende Jahr. Was willst du? Jedes Fernbleiben aus dem Licht bedeutet eine geringere Aufnahme von Macht. Gerade jetzt brauchen wir alle Kraft, die wir bekommen können.«

»Du willst mir sagen, dass du während unserer bisherigen Reise auf dem persönlichen Tiefpunkt deiner Kraft standest?«

Nalare nickte.

Anders schüttelte den Kopf und lachte ungläubig.

»Was ist so wichtig, dass du mich sehen willst?«

Nun wurde er ernst. »Es geht um Atlar.«

»Wenn du dich bei mir über deinen Zimmernachbarn beschweren willst ...«

»Darum geht es nicht«, unterbrach er sie. »Er hat versucht, mich aufzufressen.«

Die Überraschung stand ihr ins Gesicht geschrieben. Anders hatte die Zeit, bis sie gekommen war, genutzt, um sich genau zu überlegen, was er sagen würde.

»Er hat Hunger.«

»Ich vermute, er ist nicht mit Brot und Fleisch zu sättigen?«, sagte sie schneidend.

»Ich befürchte nicht. Sein Geschmack ist da sehr speziell.«

Sie bedeutete ihm mit einer ungeduldigen Geste, zum Punkt zu kommen. Oh ja, Sonnenlicht und so.

»Es gibt etwas in dieser Welt, das ihm zusagt. Pleonims Schatten.«

Jetzt wurde ihr Gesicht hart. »Nein.«

»Ist das ein ›Nein, ich kann keinen besorgen‹ oder ein ›Nein, ich will keinen besorgen‹?«

»Nein, ich werde keinen besorgen.«

»Wieso nicht?«

Nalare wirkte außer sich. »Es ist Ausdruck einer Eroberung, es ist etwas aus den Frostreichen, es ist kalt und dunkel und böse.« *Genauso wie Atlar.* »Es übersteht selbst Rodungen. Es wächst auf gesalzenem Boden, es wächst selbst dann, wenn wir es abhacken und die Wurzeln ausgraben. Die Macht des Dunklen Frosts steckt in jeder Wurzel, jedem Ast und jeder götterverdammten Frucht dieses Machwerks der Nachtbringer.«

Atlar hatte zwar gesagt, dass Vallenen den Kalten Gruß verabscheuten, aber Nalares Ausbruch war überraschend. Bevor sie ihre Schimpftirade fortsetzen konnte, hob Anders beide Hände. »Okay, ich habe schon verstanden, du magst diese Pflanze nicht.«

Es schien, als würde Nalare ihm nur zu gern zeigen wollen, *wie* wenig sie sie mochte.

Anders bemühte sich um eine bewusst flapsige Formulierung, damit der Schlag am Ende umso wirkungsvoller war. »Siehst du, das verursacht jetzt ein ziemliches Problem. Wenn du nicht dafür sorgst, dass Atlar auf diesem grässlichen Zeug rumkauen kann, wird er weiterhin *mich* als köstlichen Snack ansehen. Während es mir grundsätzlich schmeichelt, dass mich jemand zum Anbeißen findet, könnte ich gern darauf verzichten. Falls du deine Abneigung gegen Grünzeug also nicht abschütteln kannst, werde ich selbst für meinen Schutz sorgen müssen.«

Sie kniff ihre Augen zusammen, als wüsste sie, was kam. »Und das heißt?«

Anders lächelte schmal. »Wenn er mich das nächste Mal angreift, weil ihn der Heißhunger auf etwas Saftiges plagt, könnte es sein, dass ich ihn versehentlich erschieße. Weißt du, was das für euch bedeutet? Die Despotin wird bemerken, dass ihr kleiner Schoßhund nicht mehr liefert, und ihn suchen. Weißt du, wo sie ihn finden wird? Irgendwo in meiner Welt, wie jedes Mal. Falls sie schon jetzt nach ihm sucht, ist unser einziges Glück, dass sie ihn wohl kaum in Ranulith erwarten würde.« Nun holte Anders zum vernichtenden Schlag aus. »Dann fängt das ganze lustige Spiel von vorn an und Atlar erinnert sich nicht mehr an den kleinen, netten Deal mit Meristate und den Jungs, dass er ihnen nichts tut und verschwindet. Was werden dann diese Sonnenritter von dir denken? Du willst doch nicht dafür verantwortlich sein.«

Aus Nalares zusammengekniffenen Augen spie ihm grauer Hass entgegen. Diese Mission gab ihr die Chance, sich vor ihrer Meisterin zu beweisen. Sie wollte sie nicht vermasseln und netterweise hatte sie Anders genau das gesagt.

»Ich könnte ihn in ein anderes Zimmer sperren. Ihn in Ketten legen lassen.«

Ja, das könnte sie. In der schlechten Verfassung, in der Atlar war, hätte er nicht einmal gegen einen Schmetterling eine Chance. Das Insekt würde sich auf seine Schulter setzen und der mächtige, starke, unsterbliche Schwarze Mann würde umkippen wie ein Sack Kartoffeln.

»Erinnerst du dich an die Dämmerdiebe?«

Wenn ihr Gesicht noch wütender aussähe, müsste Anders bleibende Schäden fürchten.

»Selbst wenn wir ihm glauben und er nichts mit dem Massaker zu tun hatte, gibt es drei bewaffnete Männer, die jetzt mit zerfetzten Kehlen irgendwo in den Bergen verrotten. Willst du, dass es den guten Leuten von Utanfor genauso ergeht? Willst du so enden?«

»Ich bin besser als alle dreckigen Dämmerdiebe zusammen und wir wären vorbereitet.«

»Selbst wenn ihr ihn überwältigen könnt, vielleicht erwischt er einen oder zwei. Wie willst du das deren Angehörigen erklären? Dass sie tot sind, weil du dir fürs Obstpflücken zu schade warst?«

Nalare und er waren keine Freunde. Der hasserfüllte Blick, den sie ihm nun zuwarf, sagte ihm, dass sie ihm das nicht verzeihen würde.

»Na schön. Er soll sein Schattenessen bekommen.« Sie drehte sich auf dem Absatz um und stampfte die Treppe hinauf. Anders atmete tief durch und ging zurück in ihr Zimmer.

»Sie hasst mich jetzt«, stellte Anders klar. »Bist du glücklich?«

Ein winziger Funken verirrte sich in Atlars schwarze Augen und Anders wusste nicht, ob Atlar sich über Anders' Worte amüsierte oder es nur die Aussicht darauf war, nicht zu sterben.

»Sehr.«

KAPITEL 24

Ihrem wachsam' Auge nah
sind wenige.
Doch jene, die ihren Blick aufgefangen,
können Glück und Gnade erfahren
oder gebrochen und neu geformt werden.
Bleibt fern von mir, ihr Unersättlichen!
Sehet über mich hinweg,
vergesset meinen Anblick
und lasset mich mein Leben leben,
unbehelligt und unbemerkt
von euch, ihr mächtigen Kreaturen des Lichts,
die ihr so grausam wie eure
dunklen Geschwister sein könnt.

Der Götter Auserwählte
Aus der Sammlung des Zweiflers

Die Tage und Weißen Nächte zogen an ihnen vorbei, ohne dass sie die Zeit wahrnahmen. Weder Schlaf noch Erschöpfung suchten sie währenddessen heim, und wenn sie nicht tanzten, aßen oder tranken, so beteten sie zu den Göttern, dankten für alles Gute und erbaten ihren Schutz für das kommende Jahr. Niemals wichen sie aus dem gesegneten Sonnenlicht.

Thalar wusste nicht, der wievielte Tag von Ardens Mora es war, niemand tat das so genau, doch Ardens Mora ging langsam dem Ende zu. Während der Großteil des Erbengefolges im Tal weiterfeierte, stieg Thalar allein auf die Hohen Ebenen. Das trockene Gras unter seinen Füßen knirschte und brach und die Blätter der kleinen, vereinzelten Bäume in der Umgebung rollten sich zusammen. Das blasse Grün wandelte sich zunehmend in eine Mischung aus sattem Gelb, feurigem Orange und leuchtendem Rot.

Thalar kletterte ohne Zuhilfenahme der Gewirre einen der Hügel hinauf, der auf der anderen Seite in eine der steilen, spitz zulaufenden Klippen mündete, die über die Senke wachten. Stürmischer Wind blies durch sein Haar und zog einige Strähnen aus dem festen Zopf. Er setzte sich mit gekreuzten Beinen in das stachelige Gras und sah über das Tal, während das Heulen des Windes alles war, was er hörte. Die Valahari wirkten winzig von hier aus, wie sie an den Tischen verteilt saßen, weiteres Essen zubereiteten oder ein neues Fass Sidrius öffneten. Die Aufregung und Euphorie des Hochfestes, die ihn unvorsichtig und maßlos werden ließen, wurden vom Wind hinfortgeweht und Ruhe kehrte in Thalars Geist und Körper ein. Das berauschende Gefühl der Trunkenheit, das Ardens Mora und dem Sidrius gleichermaßen zuzuschreiben war, verlor sich. Er atmete tief ein und aus und schloss die Augen, während sein Herzschlag langsamer und langsamer wurde und er das Gefühl hatte, jeden einzelnen Sonnenstrahl auf seinem Körper wahrnehmen zu können. Wie er die Haut traf und einer wohltuenden Tinktur gleich einzog.

Der kühlende Wind wehte über ihn hinweg und säuselte ihm geheime Worte ins Ohr. Die Zeit dehnte sich und er verlor sich in der Meditation. Als er seine Augen das nächste Mal öffnete, zog die Umgebung rasend schnell an ihm vorbei und er ließ die Klippen und Iamanu weit hinter sich, flog über die vereinzelten Dörfer und kleinen Städte. Er sah zu seiner Linken bald schon Anujazi emporragen und in der Ferne erkannte er die dunkelblauen Silhouetten der Kronberge, die sie von den Sonnenlanden trennten. Hoch im Gebirge blitzte ein Licht auf, doch Thalar sah es nur kurz, da sein Blick bereits auf die rasch näher kommende Hauptstadt fokussiert war. Schließlich lag Lanukher in all seiner strahlenden, jahrtausendealten Pracht unter ihm. Die blaue Stadt. Das Herz der Welt.

Das Haus des Segens war ein perlweißer Monolith. Es war

vom Fuß bis zur Spitze mit atemberaubenden Steinmetzarbeiten von den begabtesten Künstlern der Welt verziert worden. Eine Plattform mit einem gigantischen goldenen Torbogen, der im Nichts endete, schloss das Haus des Segens ab. Es ragte als das mit Abstand höchste Gebilde der ganzen Stadt empor. Der prächtige Palast mit all seinen hohen Türmen und Fahnen und all die Gelehrtentürme, selbst die Kerzenburg verblassten neben der Kunstfertigkeit und Majestät des ältesten Tempels der Stummen Göttin. Dort, im Tor der Gunst, in dem die Sonne auf ewig gefangen war, stand sie.

Elrojana.

Ihr Haar wehte sachte im Wind, der mit ihrer silber- und goldfarbenen Robe spielte. Ihre zierliche Gestalt strahlte kühle Imposanz aus. Sie hatte die Arme sonnwärts gestreckt und die Augen geschlossen, badete im Sonnenlicht. Hingebungsvoll stand sie auf dem Haus des Segens und tiefe, lange Schatten gingen von ihrem Körper aus. Sie verbreiteten sich über die festlich geschmückte Stadt, nahmen die kleinen Gassen und großen Plätze voller Valahari ein und verdunkelten die Blumenalleen. Thalar rückte weiter von dem Bild weg, die Schatten zogen, düsteren Sonnenstrahlen gleich, über Lanukher hinaus, flossen in jede Himmelsrichtung. Sein Sichtfeld drehte sich meerwärts, Richtung Iamanu. Die Schatten erreichten die Gebirgskette, in der Ferne glänzte ein Licht.

Thalar schloss die Augen und war mit einem Mal zurück in seinem Körper, die Vision war vorbei. Seine Lunge brannte, als wäre er meilenweit gelaufen, und Schweiß tropfte seine Stirn hinunter. Er fühlte den Wind wie eine warme Hand an seinem Kinn. Als er der Führung nachgab und seinen Kopf hob, sah er am fernen Horizont einen goldenen Schimmer, dann verschwand der Wind völlig und ließ ihn in der Stille zurück.

Thalar wischte sich den Schweiß vom Gesicht und kam zu Atem. Erinnerungen an eine Kindheit im Palast, an die Ehrfurcht, die er vor Elrojana empfunden hatte, und an den Rest der königlichen Familie kamen ihm in den Sinn. Erinnerungen an seine Mutter. *Was hat Elrojana mit dir gemacht?*

Dann sah er zum Horizont. Was hatte Keilorn ihm zeigen wollen? Elrojana, die die Schatten gebar. Das wussten sie längst, nicht umsonst fürchtete das Erbengefolge die Kobaltkrieger. Jene düsteren Schattenwesen. Wollte Keilorn Thalar sagen, dass es Zeit war zu handeln? Aber sie waren nicht bereit! Die Schatten hatten Iamanu fast erreicht.

Wäre er doch nur ein Horizontblicker, dann gewännen die Visionen an Klarheit. So blieb ihm die Stimme des blinden Sehers unverständlich und er hörte lediglich das Rascheln der trockenen Blätter im Wind, wenn er zu ihm sprach.

Langsam trat Thalar den Rückweg an. Er war erschöpft von der Vision, ausgelaugt, als hätte er die Reise bis in die Hauptstadt nicht nur mit seinem Geist zurückgelegt und sein Körper spürte nun die Nachwehen. Während des Rückwegs versuchte er, die Vision zu deuten.

Als er die Senke betrat, entdeckte er an den ersten Häusern Helanes schöne Gestalt neben der von Ambral. Sie standen sehr nahe beieinander und er flüsterte ihr etwas ins Ohr. Sie kicherte, dann trafen ihr und Thalars Blick sich und ihre Augen weiteten sich für einen Herzschlag. Sie wich von Ambral zurück und senkte verlegen den Kopf. Der Kronenbrecher sah einen Moment verwirrt zwischen Helane und Thalar hin und her, bevor er verstand. Er verneigte sich tief vor Thalar, ehe er schleunigst davonging.

»Thalar«, hörte er Helanes glockenhelle Stimme sagen. Er hielt nicht an. In ihm regte sich eine Emotion, die er nicht deuten konnte, und damit wollte er sich nicht auseinandersetzen.

»Thalar! So warte doch!« Helane eilte ihm hinterher. »Ich habe auf dich gewartet und er hat mir nur Gesellschaft geleistet.« Sie holte zu ihm auf und hielt seinem scharfen Tempo stand. »Sei ihm nicht böse ... sei mir nicht böse.«

Sie griff nach seinem Unterarm. Er blieb stehen und wirbelte zu ihr herum. »Warum sollte ich euch böse sein? Ihr habt doch nichts getan, das ich euch übel nehmen könnte, oder?«

Seine Stimme schnitt durch jegliches Selbstbewusstsein der jungen Valahar und sie stutzte. »Ne... nein, natürlich nicht.«

Thalar zwang sich dazu, die Gefühle wegzuschieben. Logik und Rationalität beherrschten ihn. Emotionen hatten keinen Platz in seinem Leben, das nur einem einzigen Zweck verschrieben war. Er atmete einmal tief durch und legte seine Hand an ihre Wange. »Du bist nicht mein Besitz, Helane. Wenn Ambral dich glücklich macht, dann geh zu ihm und vergiss mich.«

Womöglich würde Thalar aus dem Krieg mit Elrojana nicht zurückkehren. Er wollte ihr nicht antun, ewig auf jemanden zu warten, der sie niemals lieben konnte.

Statt der erhofften Erleichterung trat kaum verhohlene Trauer in Helanes Gesicht. Thalar wich zurück, drehte sich wortlos um und nahm sein scharfes Tempo wieder auf. Dieses Mal folgte sie ihm nicht. Sein Instinkt hatte recht behalten. Er sollte sich von Gefühlen fernhalten, denn sie waren ihm fremd.

Auf dem Platz vor dem Turm brieten einige Valahari eine Ziege über dem offenen Feuer und Stücke davon fehlten bereits. Außerdem sah er Meristate in einer Gruppe junger Frauen und Kinder, denen sie mithilfe kleiner Zaubertricks eine lebhafte Geschichte erzählte. Ihre Blicke trafen sich und sie nickte ihm zu. Ihre Gestalt erstrahlte im Sonnenschein. Thalar bildete sich ein, dass ihre Falten sich langsam füllten und ihre gebrechliche Gestalt kraftvoller wurde. Hätte sie früher damit begonnen, ihr Leben selbst zu erhalten, statt sich auf Elrojanas Macht zu verlassen, stünde sie nicht auf ewig an der Schwelle zum Tod.

Dann wischte er den Stoffvorhang am Zelt beiseite und sah in Nualláns grinsendes Gesicht. Wie immer, wenn sein Gefährte die Maske nicht trug, lief Thalar ein Schauder über den Rücken, doch dieses Mal gab er sich nicht seinen *abartigen Vorlieben* hin. Trotzdem fühlte er sich in Nualláns Anwesenheit wie zu Hause. Sein Freund hielt ein Stück dampfendes Fleisch am Knochen in der Hand. Thalar warf sich auf die zweite Liege.

»Du warst lange weg«, sagte Nuallán und biss beherzt ins Ziegenfleisch.

»Ach ja?« Thalar legte seinen Unterarm über die Augen. Trotz der Kraft des langen Tages spürte er die Erschöpfung, die die Vision gebracht hatte, in jedem Knochen.

»Haben deine Gebete den blinden Seher erfreut? Hat er dir ein Geheimnis verraten?«

Thalar brauchte Nuallán nicht anzusehen. Er hörte den Hohn in seiner Stimme. Langsam nahm er seinen Arm vom Gesicht und drehte den Kopf zu seinem Gefährten.

»Irgendwann wirst auch du den Glauben finden. Dann bleibt dir dein Spott im Halse stecken. Götter sind mächtige Verbündete.«

Nuallán schnaubte. »Die Aufmerksamkeit eines Gottes auf sich zu ziehen, kann genauso schreckliche Folgen haben wie Vorteile. Ich bevorzuge, unerkannt zu bleiben.«

Ein Apfel flog auf Thalar zu, den er kurz vor seinem Gesicht auffing.

»Iss etwas, du siehst hungrig aus.«

Jetzt war es Thalar, der schnaubte. »Sicher.« Niemand verspürte während Ardens Mora Hunger. Sie aßen nur für die Götter. Er biss in die saftige Frucht und dankte den Göttern stumm für ihre reiche Ernte.

»Ich sah die Hauptstadt …«

Der Vorhang flog auf und beendete das Gespräch über die Vision, bevor es begonnen hatte. Teltira, eine von Meristates Vertrauten und einer der wenigen Flüstermünder in Iamanu, stürmte herein. Unruhe lag in ihren Augen. Sie stutzte und hielt für einen Moment in der Bewegung inne, als sie Nuallán ohne seine Maske sah. Hastig drehte er sein Gesicht zur Seite und verdeckte sein Gebiss mit einer Hand. Teltira fasste sich schnell wieder und sagte: »Das … das müsst ihr euch ansehen. Kommt, schnell!« Und schon rannte sie zurück nach draußen.

Sie wechselten einen kurzen Blick, bevor Nuallán sich seine Maske ums Gesicht band, dann eilten sie Teltira hinterher. Sie führte sie in die Mitte des Platzes, wo die steinerne Statue von Diluzes stand. Meristate und viele andere Valahari hatten sich dort ebenfalls versammelt. Thalar und Nuallán blieben neben Meristate stehen und folgten deren Blick nach oben.

Der wolkenlose Himmel wurde durchzogen von Blitzen aus Grün und Gelb. Sie sammelten sich an einem Punkt, an dem hier und da ein einzelner Blitz ausriss, ehe er sich in das Gewirr zurückzog.

»Was ist das?«, raunte Nuallán und fasste unbewusst an die leere Stelle, wo sonst sein Schwert hing.

Er sieht es also auch.

Thalar bemühte sich, das Gewirr dieses merkwürdigen Phänomens zu öffnen, um sein Wesen zu erkennen. Egal wie sehr er sich anstrengte, die Komplexität machte es ihm unmöglich, es aufzubrechen, geschweige denn es zu manipulieren. Allein ein Blick darauf drohte Thalars Verstand zu verwirren. Dagegen wirkten Janabars Siegel wie die Zeichnungen eines Kleinkinds. Thalar spürte keine drückende Energie, aber dadurch, dass der Strudel in keinen Raum gepresst war und noch dazu so weit oben im Himmel wütete, sagte das nichts über die Macht dahinter aus. Die undurchsichtigen Verästelungen an den einzelnen Fäden des Gewirrs wiesen auf etwas Uraltes hin. Alle Blitze ballten sich in einem Zentrum, dann erstrahlte es und Thalar bemerkte eine plötzliche Veränderung.

»Runter!«, rief Meristate, als auch schon eine Säule aus reiner Energie vom Himmel herniederging und die Statue traf. Schreie mischten sich in den donnernden Aufprall, der die Statue unter sich zerschmetterte. Einzelne Trümmer und Steine schossen durch die Luft. Die Valahari flohen, krümmten sich zusammen und schützten sich mit ihren Armen vor herunterrieselnden Steinchen.

Als der Staub sich gelegt hatte, war der Himmel wieder genauso idyllisch wie zuvor, doch die Statue, die einst Diluzes dargestellt hatte, war zerbrochen. Zackige Scherben, durch die Berührung der Blitze geschmolzener Stein, verteilten sich wie die Spitzen von Eisbergen im Meer auf dem Platz, während der Hauptteil der fein gemeißelten Statue nun als Abbild der Stummen Göttin vor ihnen stand. Ihr Arm zeigte mit ausgestrecktem Finger auf den Turm.

Ehrfürchtige Stille lag über dem Erbengefolge, das sich nur langsam von dem Schrecken erholte. Thalar suchte die Menge mit Blicken nach Verletzten ab, doch außer einigen kleinen

Schrammen schien niemand zu Schaden gekommen zu sein. Er wandte sich zu Nuallán, der blass war und mit weit aufgerissenen Augen auf die Statue der Stummen Göttin starrte.

»Seht! Sie kehrt zurück!«, rief Meristate und breitete die Arme zum Himmel aus. »Sie kommt und steht uns zur Seite, wenn wir in den Krieg ziehen. Dies ist das Jahr, in dem Kadrabe den verwaisten Thron neu besteigt!«

Aus den Reihen der schockstarren Valahari kamen die ersten zögerlichen Jubelrufe. Sie rappelten sich vom Boden auf und blickten auf das Wunder vor ihnen. Ihre Stimmen wurden lauter und lauter, bis der Jubel sich über das gesamte Tal erhob.

Thalar hingegen griff nach Nualláns Oberarmen und schüttelte ihn. »Bist du verletzt? Nuallán, alles in Ordnung?«

»Sie … sie …«, fing Nuallán an, ohne seine Augen von der Statue abzuwenden.

»Nuall, was ist?«

»Sie hat sich bewegt.«

Thalar sah über seine Schulter zu der steinernen Gestalt der Stummen Göttin, die reglos auf den Turm zeigte. Ihre sanften Gesichtszüge waren selbst im scharfkantigen, harten Stein zu erkennen, aber es war nur eine Statue.

»Sie hat zu mir gesprochen«, keuchte Nuallán.

Thalar musterte seinen Gefährten skeptisch. Niemand hatte Kadrabes Stimme gehört, seit Eldora ihre Hilfe gegen die Nachthure erbeten hatte.

Nuallán wirkte weit weg und starrte an Thalar vorbei. Dann, nach einem langen Moment, fand er Thalars Blick.

»Was bedeutet das?«

Doch Thalar konnte nur den Kopf schütteln. Er wusste es nicht.

Sie saßen im Kaminzimmer im zweiten Stock und während von draußen Freudengesänge hereinwehten, war die Stimmung im Inneren zwiespältig.

Das Wunder lag noch keine halbe Stunde zurück.

Thalar und Nuallán saßen auf einem breiten Sofa mit allerlei Kissen, während Meristate, Lobpreisungen vor sich hin murmelnd, vor ihnen auf und ab ging. Sie mussten zumindest für eine kleine Weile weg vom feiernden Pulk sein, um ihre nächsten Schritte abzuklären.

»Was, wenn die Königin durch sie sehen kann?«, unterbrach Nuallán Meristates Euphorie.

Thalar hörte die Zweifel in seiner Stimme, und obwohl der Gedanke nicht ganz zu Unrecht aufkam, musste er sich bemühen, ein ausdrucksloses Gesicht zu wahren. Meristate schaffte das nicht so gut.

»Unsinn!«, rief sie. »Kadrabe ist viel zu mächtig, als dass irgendjemand sie kontrollieren könnte. Selbst die Kräfte ihres Schattens reichen dafür nicht aus. Verbindung hin oder her.«

Nuallán sah zu Boden und seine Bedenken verstummten, obwohl sie wohl in seinem Inneren weiter wüteten. Nach der Vision konnte Thalar Elrojanas Schandnamen *Kadrabes Schatten* immer mehr nachvollziehen. Sie mochte der Göttin des Lichts ähneln, doch Elrojana stellte den Schatten hinter ihr dar – und brachte Dunkelheit und Verderben.

»Ich bezweifle es ebenfalls«, flüsterte Thalar und Nuallán nickte.

Für Meristate waren die Bedenken bereits im nächsten Moment vergessen, als hätte Nuallán nie etwas gesagt. Sie neigte zu blinder Zuversicht, wenn es um Kadrabe ging. Zu ihrer Zeit hatte jeder einzelne im Königreich zu Kadrabe gebetet. Die Stumme Göttin würde immer Meristates Gebete empfangen, egal wie tief sie im Ansehen des Landes sank.

»Das ist wundervoll«, nahm sie ihre Lobpreisung wieder auf, die sie seit dem Wunder nicht unterbrochen hatte. Auch das wilde Lächeln auf ihrem Gesicht kehrte zurück. »Verstehst du nicht? Du hast nicht nur eine Göttin, sondern *die* Göttin auf deiner Seite! Das ist …« Sie suchte nach einem neuen preisenden Wort, das sie noch nicht benutzt hatte.

Nuallán schien immer tiefer im Polster des Sofas zu versinken.

Wenn Thalar nicht direkt neben ihm gesessen und seinen Arm um ihn geschlungen hätte, wäre Nuallán wohl längst aus dem Raum gestürmt. Nicht, dass das etwas helfen würde. Die unterschwellige Angst, die auf dem schönen, viel zu blassen Gesicht seines Freundes lag, beunruhigte Thalar. Meristate schien es in ihrer Euphorie gar nicht zu bemerken, doch Thalar spürte das Zittern unter seiner Berührung.

»… ein schlechtes Omen«, beendete Nuallán Meristates Satz und brachte sie damit aus ihrem Konzept.

Sie hielt in ihrem Auf-und-ab-Schreiten inne und sah ihn mit strafendem Blick an. »Sag so etwas nicht. Die Stumme Göttin erhebt ihre Stimme! Was könnte daran schlecht sein?«

»Fragst du das wirklich?«, grollte Nuallán. »Die Letzte, zu der sie gesprochen hat, wurde von ihr mit einem Teil ihrer Seele gesegnet, nur um jetzt die Tyrannin zu sein, gegen die wir Krieg führen. Die Despotin ist ihre Schuld. Jede Tat ihres Wahnsinns.«

Thalar sah aufmerksam auf Nualláns Gesicht, das wieder hinter der verhassten Maske versteckt lag. Ihm blieb nur die Augenpartie, um Nuallán zu lesen.

Meristate schien sich von ihrem Hochgefühl zu erholen und zurück auf den Boden der Tatsachen zu kommen. »So kannst du das nicht sagen. Die Fürsten der Frostreiche töteten Adalvinor Tallahar, um Rache an ihr zu üben.«

Nuallán schüttelte den Kopf. »Irgendwann wäre er auch so gestorben und sie hätte ihn überlebt. Selbst mit ihren Kräften kann sie ein Leben nur eine gewisse Zeitspanne lang erhalten, während sie selbst dieser Limitation wohl nicht unterliegt. Die Fürsten der Nachtbringer haben das Unvermeidliche nur beschleunigt.«

Unsterblichkeit hieß normalerweise, dass man nicht durch hohes Alter sterben konnte. Kaum ein Gewirrspinner war in der Lage, dieses Stadium zu erreichen. Sie konnten sehr alt werden und auch anderen dieses Geschenk geben, doch Unsterblichkeit lag weit davon entfernt. Elrojana hingegen konnte nicht einmal getötet werden.

»Vielleicht hättet ihr euer ganzes Leben unter der gerechten Herrschaft der Königin verbringen können, wenn sie nicht so hinterhältig um ihren Verstand und ihre Rechtschaffenheit gebracht worden wäre«, wandte Meristate melancholisch ein und setzte sich ihnen gegenüber. Nun wirkte sie wieder klein und alt. Doch Nuallán schüttelte erneut den Kopf. »Dann müssten andere diesen Krieg in der Zukunft gegen sie führen. Ohne dich als lenkende Kraft.« Er bedachte Meristate mit einem eindringlichen Blick. »Ich hätte mein ganzes Leben im Exil verlebt, ohne auch nur die Hoffnung auf den Thron, der meiner Familie zusteht.«

Bei diesen Worten musterte Thalar Nuallán von der Seite. Bemerkte er, was er da sagte? Denn das klang so, als ob er Thalar den vallenischen Thron streitig machen wolle. Meristates Augen verengten sich bei diesen Worten und sie wechselte einen kurzen Blick mit Thalar. Er schenkte ihr nur ein dünnes Lächeln.

Dann senkte Nuallán den Blick. »Und Thalar hätte ich womöglich niemals kennengelernt.«

Das zwang das Lächeln förmlich, breiter zu werden. Thalar zog Nuallán näher an sich und wuschelte ihm durchs Haar, was diesen überrascht und vielleicht sogar ein wenig verärgert aufsehen ließ. Mit den wirren Haaren sah das so ulkig aus, dass Thalar losprustete. Das ließ Nuallán nur noch grimmiger schauen.

»Ganz gleich, was gewesen wäre«, sagte Meristate und hob eine Hand, um die Kindereien zu unterbinden. »Sie sprach zu dir. Damit hege ich große Zuversicht und, was noch wichtiger ist, die Männer und Frauen, die den Erben folgen, können wieder Hoffnung schöpfen. Ihnen gibt Kadrabes Erscheinen neues Vertrauen und wenn sie erfahren, dass sie dich als ihren neuen Streiter auserwählt hat …«

»Nein«, unterbrach Nuallán sie. »Niemand, *niemand* wird davon erfahren, verstanden?«

Irritiert von seinem scharfen Tonfall legte Meristate den Kopf schief und blinzelte einige Male. »Wieso nicht?«

»Weil ich nicht wieder ein schlechtes Omen sein will. Weder jetzt noch in Zukunft.«

»Du wärst kein schlechtes Omen.«

»Für euch nicht. Vielleicht auch nicht für das Erbengefolge. Aber es gibt viele, sehr viele in Vallen, die ihr Vertrauen in die Stumme Göttin verloren haben und sich anderen Tagbringern zuwandten. Kadrabe ist nichts weiter als eine vom Thron gestürzte, schwache Gottheit, die einst, vor langer Zeit, mächtig war und jetzt nicht mehr beim Namen genannt werden darf. Ich will nicht ihr Streiter sein. Ich werde es nicht sein.«

Meristate presste ihre Lippen zu einem schmalen Strich zusammen, war allerdings weise genug, um keine Diskussion mit ihm anzufangen, die sie sowieso verlieren würde. Zumindest in seinem jetzigen Gemütszustand. »Überleg es dir noch einmal in Ruhe. Ich werde nichts sagen, aber vielleicht änderst du deine Meinung ja noch.« Dann rang sie sich ein Lächeln ab und verließ das Haus, um die Ausläufer von Ardens Mora noch einmal zu genießen.

Kaum fiel die Tür ins Schloss, sank Nuallán in sich zusammen und seufzte tief. »Sie hat mich gewählt, um diesen Krieg zu beenden. Sie schickt mich ihrer einstigen Auserwählten und ihrem größten Fehler hinterher. Ich will ihren Segen nicht. Ich will nicht für sie aufräumen müssen. Wer sagt denn, dass sie mich in Zukunft nicht auch als Fehler betrachtet?« Dabei wirkte er so hilflos, wie Thalar ihn noch nie gesehen hatte.

Ob der lächerliche Versuch, sein altes Feuer neu zu entfachen, oder nur die bekannte Tollkühnheit, die Ardens Mora in vielen Valahari auslöste, schuld daran war, dass er seine Beherrschung verlor, konnte Thalar nicht sagen. Er riss seinem Freund die Maske mit einem beherzten Griff vom Gesicht. Noch ehe Nuallán sich von der Überraschung erholen konnte, presste Thalar seine Lippen auf Nualláns. Die Maske landete im hohen Bogen hinter ihm. Thalar legte seine Hand, die Nuallán nicht fest an sich gedrückt hielt, an seine Wange. Das Gefühl der tödlichen Reißzähne direkt unter seinen Fingern bescherte ihm eine Gänsehaut.

Es dauerte einen Augenblick, dann drückte Nuallán ihn von sich. Er blockte ihn mit einem Arm an Thalars Brust ab und schnappte nach Luft.

»Bist du verrückt geworden?«, fragte er atemlos. Thalar lächelte nur und streckte sich, um mit seinen Lippen die Kieferlinie entlangfahren zu können. Er spürte, wie durch Nualláns Körper ein Schauder ging. Dieses Mal dauerte es länger, ehe Nuallán sich aus Thalars Griff wand und hastig aufstand. Er fuhr sich in einer überforderten Geste über den Mund.

»Ich kann das nicht«, sagte er schließlich, ohne Thalar anzusehen. »Ich bin des Munors Tochter versprochen.«

Thalar erhob sich und schritt auf Nuallán zu. Er wollte wissen, ob Nuallán immer noch nach dem Thron griff. Ob dieses Verlangen weiterhin ihn ihm wuchs. »Meinst du denn, er will sie dir noch geben, wenn er erst erfährt, wer der König Vallens wird?«

Dunkelgrüne Augen huschten zu ihm und Thalar wusste, dass er zu weit ging. Er sah den Widerwillen in Nualláns Blick.

»Ich habe auch Anspruch. Einen ebenso gültigen wie du.«

»Mag sein«, stimmte Thalar zu. »Aber was willst du tun, wenn ich die Krone beanspruche?«

»Die Ehre meiner Familie ...«

» ... ging an dem Tag zugrunde, als Krabad Janabar deinen Urgroßvater tötete, den Thron für sich beanspruchte und dein Großvater ins Exil floh.«

Thalar blieb vor seinem Gefährten stehen, legte eine Hand auf Nualláns Wange und strich sanft darüber.

»Du bist deiner Familie nichts schuldig. Du bist dein eigener Herr und kannst tun und lassen, was du willst. Du könntest im Palast neben mir sitzen.« Dann beugte er sich vor, um Nuallán ein weiteres Mal zu küssen.

Doch sein Freund wandte sich ab und schüttelte den Kopf.

»Willst du, dass der Munor dich und dein Königreich langsam und qualvoll auseinandernimmt? Denn das wird er tun, wenn du dafür sorgst, dass seine Tochter nicht Königin Vallens wird. So war die Abmachung.«

Thalar lächelte schmal. »Ich könnte sie ehelichen.« Dann raunte er Nuallán ins Ohr: »Aber ich will sie nicht.«

»Du bist so schlau, aber blind wie dein Gott«, erwiderte Nuallán frustriert. Das ließ Thalar stutzen und er sah ihn fragend an. Nuallán lachte freudlos. »Jetzt habe ich deine Aufmerksamkeit also.«

»Wie meinst du das?«, drängte Thalar und packte ihn am Oberarm. Nuallán baute sich vor ihm auf. Sie standen sich Brust an Brust gegenüber und sahen einander herausfordernd in die Augen.

»Ich schulde meiner Familie *alles*.«

»Tust du das?«, fragte Thalar provokant. Nuallán hielt seinen Blick wie so oft mit seinem eigenen fest. Ein weiteres Mal kam Thalar ihm näher, langsamer diesmal.

Nuallán wollte es sich nur selbst nicht eingestehen.

»Was wäre, wenn ich sagte, ich will dich nicht?«, fragte Nuallán.

Thalar runzelte die Stirn und merkte, wie sein Griff fester, vielleicht sogar schmerzhaft wurde. Besitzergreifend. Nuallán wich nicht zurück und verzog keine Miene, als er auf eine Antwort wartete.

»Das würdest du nicht«, hauchte Thalar und merkte, wie die Situation seiner Kontrolle entglitt.

Nuallán beugte sich vor. »Ich kann nicht« raunte er Thalar ins Ohr. Dann befreite er sich mit Leichtigkeit aus Thalars Griff, hob seine Maske auf, die er sich wieder umschnallte, und verließ den Raum, ohne zurückzublicken.

KAPITEL 25

»Sieh dir die Gequälte an. Siehst du den Schatten, der hinter ihr erwächst? Jemand kommt und sie hat ihn auserwählt. Sieh nur, ihr Gesicht. So glücklich habe ich sie seit ihrer Entstehung nicht mehr gesehen.«

»Aber wird er ihr Glück bescheren, Herr?«

»Wer weiß? Jeder irrt sich mal. Sie ist ja noch so jung.«

Gespräche des Kartenspielers in Nimrods fliegenden Gärten

Der Tag wollte nicht enden. Anders konnte nur vermuten, wie lange sein Gespräch mit Nalare her war. Atlar wurde immer blasser, das einst satte Schwarz glich mittlerweile einem Mausgrau. Er regte sich nicht, versank in seinem Umhang. Anders saß stundenlang neben ihm und ließ *ihn* seine Hand auf das gut unter seinem Hemd verborgene Tiefwasser legen. Es schien ihm etwas Kraft zurückzugeben, die Wandlung seines Körpers aber nicht aufzuhalten. Anders wollte nicht wissen, was geschehen würde, wenn das Grau zu Weiß verblasste.

Anders saß auf dem Stuhl, die Beine angezogen, und kaute auf seinem Daumennagel. Atlar hockte in derselben Ecke seines Bettes wie immer. Ein Seil fesselte sein linkes Handgelenk an den Bettpfosten. Eine Vorsichtsmaßnahme, damit Anders ohne die Angst, gefressen zu werden, schlafen konnte. Normalerweise hätte der Schwarze Mann über das mickrige Seil gelacht und es zerrissen, doch es reichte aus, um den geschwächten Atlar sicher von Anders' Bett fernzuhalten.

Mit jeder Stunde, die verstrich, spielte Anders mehr mit dem

Gedanken, Atlar das Tiefwasser zu geben. Er schaute in regelmäßigen Abständen zur Tür, in der Hoffnung, ein Klopfen zu hören und Nalares übellauniges Gesicht zu sehen. Doch sie kam nicht.

Hielt sie ihr Wort?

Anders' Magen grummelte. Das letzte Essen war eine Weile her und bisher war niemand mit neuem gekommen, obwohl es längst Zeit dafür gewesen wäre. Das hier war wie eine Gefängniszelle. Er wäre gern nach oben gegangen, doch die Hitze machte selbst das Erdgeschoss mittlerweile unbetretbar. Sogar im Keller schwitzte Anders unablässig.

»Verdammt, verdammt, verdammt«, fluchte er und stieß mit seinem Hinterkopf wiederholt an die Wand. Er presste die Augen zusammen und blieb zurückgelehnt sitzen. Wie lange konnten zwei Wochen sein? Die Sekunden dehnten sich zu Minuten und aus Stunden wurden Tage. Mittlerweile wusste er nichts mehr mit sich anzufangen. Aus einer unangenehmen Gnadenfrist vor ihrer Weiterreise war ein Wettlauf gegen die Zeit geworden. Nur dass Anders nicht der Läufer war. Er musste warten. Hoffen. Fürchten.

Manchmal machte er sich Sorgen, dass Atlar, der so stumm und unbewegt wie ein Haufen Lumpen dasaß, längst tot war. Nur wenn er sich neben ihn setzte, um Atlars Hand auf das Tiefwasser zu legen, und sein Gegenüber seine letzte Kraft für einen verzweifelten Überraschungsangriff nutzte, wusste er, dass der Schwarze Mann noch lebte. Atlar sprach nicht einmal mehr. Kein Wort. Auch nicht, wenn er das Tiefwasser berührte. Es war eine verzweifelte Hoffnung, ihm damit neue Kraft geben zu wollen.

Anders stand auf und stellte sich vor das Bett. Atlar blinzelte nicht einmal. Er setzte sich neben den Schwarzen Mann, nahm die blasse Hand und presste sie auf seine Brust. Es dauerte zwölf Herzschläge, bis Atlar sich bewegte. Zwei länger als das letzte Mal. Anders packte Atlars Hals, bevor der Schwarze Mann sich auf ihn stürzen konnte. Er drückte Atlar gegen das Kopfteil des Bettes und sah in die gelben Augen. Selbst die schwarze Sklera war blass und stumpf. Atlar wollte ihn mit aller Kraft beißen. Seine Hand auf Anders' Brust krallte sich fest.

»Schhh«, versuchte Anders ihn zu beruhigen, »gleich wird es ein bisschen besser. Nicht mehr lange.«

Mit dem Maul voller Reißzähne, den gelben Augen und dem Wahnsinn in seinem Gesicht sah Atlar mehr wie ein Monster aus als je zuvor. Trotzdem war er Anders noch nie so menschlich vorgekommen. Er litt wortlos und klammerte sich am Leben fest. In den vergangenen Tagen war Anders klar geworden, dass Atlar auch für ihn kämpfte. Er wollte seine Welt retten.

Es klopfte. *Endlich.*

Anders sprang auf und warf Atlar einen Blick zu. Doch Atlar war noch nicht wieder bei Sinnen, schien das Klopfen gar nicht zu registrieren. Hastig lief Anders zur Tür und riss sie auf. Nalare durfte ihn nicht so sehen. Dann erstarrte er und Enttäuschung sank wie ein Stein in seinen Magen. Es war nur ein Diener, der ihm etwas zu essen brachte. *Wo bleibt sie? Er stirbt.*

Anders nahm dem Mann das Essen ab. Als er wieder fort war, atmete Anders tief aus. Er beobachtete Atlars Versuche, zu ihm zu gelangen. Das Seil hielt. Es war jämmerlich. Dass ein so stolzes Wesen so kläglich aussehen konnte.

Lange würde er nicht mehr durchhalten.

Anders sank auf den Stuhl.

»Sie kommt«, sagte er mehr zu sich selbst als zu Atlar. »Sie will ihre Meisterin nicht enttäuschen.«

Er lehnte sich an die Wand und holte das Sturmfeuerzeug aus seiner Hosentasche, ließ es durch seine Finger gleiten, spielte damit. Er strich über die filigrane Gravur und dachte an Ronan. Was er wohl gerade tat? Vielleicht sperrte er den Laden auf und musste sich selbst ein zweites Frühstück beim Bäcker holen. Er dachte an ihr letztes Treffen, bei dem er Ronan nicht hatte sagen können, wie lange er weg sein würde. Der bekannte Geruch von Tabak und Holz stieg ihm in die Nase. Er dachte an die gemeinsamen Abende in der *Singenden Jungfrau*. Die Erinnerungen weckten etwas in ihm, klamm und erdrückend, das er noch nie gespürt hatte. Erst nach einer Weile konnte er es benennen: Heimweh.

Die Vorstellung, all das nicht mehr so vorzufinden, wenn er zurückkam, wenn Atlar und somit die Dunkelheit in ihrer Welt starben, schnürte seinen Hals enger. Anders griff nach dem Samtsäckchen. Solange er etwas tun konnte, würde er das nicht zulassen.

Die Tür schlug mit einem lauten Knall gegen die Wand. Anders sprang aufgeschreckt vom Stuhl und nahm die Hand vom Tiefwasser.

Nalare stand im Türrahmen. Sie warf ihre Kapuze zurück und funkelte Anders mit einem Ausdruck absoluter Zerstörungswut an. Hinter ihr stand Katasar, rieb sich die Hände vor der Brust und versuchte, neugierig in die große, volle Tasche über ihrer Schulter zu schielen.

»Weißt du eigentlich, wie demütigend das ist?« Nalare zeigte auf Anders. »Ich musste mich an Ardens Mora verhüllen, damit niemand sieht, wie ich den Kalten Gruß aufsammle wie einer dieser verabscheuungswürdigen Schattenanbeter!«

Ihre Hände schimmerten an manchen Stellen blaurot und warfen Blasen, als hätte sie sich Verbrennungen – oder Erfrierungen – zugezogen. Ein behelfsmäßiger Verband bedeckte die Partien, die am schlimmsten betroffen sein mussten.

Sie nahm die Tasche von ihrer Schulter und warf sie auf den Boden. Zwei indigofarbene, apfelgroße Früchte rollten heraus. Sie waren mit Raureif überzogen. Die Tasche war ausgebeult, so viele hatte Nalare gesammelt.

»Ich hoffe, er hat dich zumindest angeknabbert«, zischte sie. Dann drehte sie sich um und schob sich an Katasar vorbei, dessen Blick auf den blauen Früchten lag statt auf der davonstürmenden Nalare.

»Und er kann sie tatsächlich essen?«, fragte Katasar, ohne aufzusehen. »Faszinierend.«

Dann sah er zu Anders, versuchte an ihm vorbei einen Blick auf Atlar zu erhaschen. Er wirkte so, als warte er darauf, Zeuge eines beachtlichen Kunststücks zu werden. Anders blieb so stehen, dass dem Prudenbitor die Aussicht auf Atlar größtenteils verwehrt blieb.

»Was ist mit ihm?«, fragte Katasar stirnrunzelnd.

»Er ist schlecht drauf. Soll Verhungern so mit sich bringen. Aber er hat gute Manieren, also wird er nicht eher anfangen, die Dinger in sich reinzuschaufeln, bevor er keine Zuschauer mehr hat.«

Die kindliche Begeisterung verlor sich aus Katasars Blick.

»Ach so, verstehe.« Er rang sich ein kurzes Lächeln ab. »Dann lasse ich euch besser allein. Vielleicht ein andermal?« Hoffnung schwang in seinem Tonfall mit.

»Ich werde ihn fragen.«

Katasar nickte bekräftigend und trat auf den Gang hinaus. Er schloss die Tür, die Nalare so grob aufgeschlagen hatte, vorsichtig und leise.

Ein Geräusch ließ Anders herumfahren. Atlar kroch über das Bett, als wären seine Füße gelähmt. Seine Arme zitterten vor Anstrengung. In seinen Augen erkannte Anders Entschlossenheit, reinen Überlebenswillen. Sein Blick lag auf der Tasche, während er sich Stück für Stück zu ihr vorarbeitete. Schließlich spannte sich das Seil um sein Handgelenk und er kroch mit der anderen Hand weiter, ließ die linke zurücksinken, um mehr Spielraum zu haben.

Anders war schockiert. Obwohl der Schwarze Mann öfter, als Anders zählen konnte, genau so auf ihn zugekrochen war, sah es jetzt falsch aus. Mittlerweile spürte Anders keine Furcht mehr. Man gewöhnte sich an alles. Anders bückte sich und griff nach einer Frucht. Er wollte, dass Atlar nicht länger Mitleid in ihm weckte.

Sobald seine Finger sich darum schlossen, bissen kleine Eisnadeln in seine Haut und es zischte. Reflexartig ließ er die Frucht wieder los, die kleben zu bleiben drohte wie ein zu kaltes Stieleis. Anders betrachtete seine brennenden Fingerspitzen.

»Verdammt, das ist ja schlimmer als eine Kühlkammer.«

Er nahm ein Stück Stoff und versuchte es noch einmal. Die beißende Kälte strahlte immer noch durch, aber er konnte

Pleonims Schatten zumindest aufs Bett werfen, sodass er in Atlars Reichweite geriet.

Sofort packte der Schwarze Mann die Frucht und biss hinein. Er verschlang sie. Es knackte, als bisse er in einen saftigen Apfel, sobald seine Zähne die gefrorene Schicht durchbrachen. Darunter glich es eher einem Pfirsich. Tiefblauer Saft rann über Atlars Gesicht und Hände. Die Frucht war unerwartet dunkel für die Weiße Welt, in der sogar die Natur selbst dunkle Farben mied.

»Du kannst das Zeug echt essen?« Anders sah ihm erstaunt dabei zu. Atlar schien keine Erfrierungen zu bekommen. »Kein Wunder, dass Katasar so fasziniert von dem Gedanken war.«

Anders nahm die Tasche. Raureif hatte sich auf dem Boden ausgebreitet. Dort, wo er die Frucht aufgehoben hatte, wuchsen weiße Eisblumen und nadelförmige Eiskristalle. Sie überzogen sogar die Außenseite der Tasche.

Anders legte den Beutel zu Atlar aufs Bett und sah ihm dabei zu, wie er noch zwei weitere Früchte hinunterschlang. Obwohl ihre Temperatur weit unter dem Gefrierpunkt lag, blieb ihr Saft flüssig und troff von Atlars Kinn.

Nur langsam verlor sich die Leere im Blick seines unfreiwilligen Gefährten. Anders ertappte sich dabei, nach der überheblichen Arroganz in Atlars Augen zu suchen, mit der er auf alles Lebende herabsah, mit der er Anders so oft angesehen hatte, als betrachte eine uralte, übernatürliche Macht etwas mit Gleichgültigkeit und Langeweile, was sie schon Tausende Male zuvor gesehen hatte. Die Zeit hier drinnen musste Anders' Verstand geschadet haben.

»Wieso tun sie dir nicht weh?«, fragte er, doch Atlar antwortete nicht. Er war völlig damit beschäftigt, zu essen. Anders sank auf seinen Beobachterposten auf dem Stuhl zurück und aß seinerseits, was der Diener ihm zuvor gebracht hatte.

Atlar entspannte sich nach der dritten Frucht und legte den Kopf aufs Bett.

»Deine Tochter«, flüsterte er, ohne aufzusehen, »ist sicher vor mir.«

Das war nicht genug. »Ich will, dass alle Kinder sicher vor dir sind.«

Später, nachdem Anders noch eine Pfeife geraucht hatte, glitt sein Blick wieder zu Atlars ruhender Gestalt. Der Raureif hatte sich kreisförmig um die Tasche auf dem Bett ausgebreitet. An den Stellen des Lakens, auf denen Tropfen vom indigofarbenen Saft gelandet waren, blühten kleine Eisblumen. Anders spürte die Kälte in der Luft, die Pleonims Schatten ausstrahlte. Man hätte meinen können, Atlar schliefe. Doch seine Augen waren offen.

»Wie kommt es, dass sie dir Kraft geben? Ist es, weil sie dunkel sind?«

Atlar fixierte ihn. Das hatte er schon lange nicht mehr getan. »Der Kalte Gruß trägt Pleonims Macht in sich. Er beinhaltet keine Dunkelheit, denn Pleonim ist kein Nachtbringer – nicht im eigentlichen Sinne. Die Valahari machen ihn zu einem, doch ursprünglich ist er nur die Kälte. Die Vallenen wagen nicht, seine göttliche Macht zu nutzen, obwohl sie so potent und ihnen so nahe ist wie kaum eine andere.«

So viel hatte Atlar seit Tagen nicht am Stück geredet. Es überraschte Anders. Der Kalte Gruß musste wirklich vor Macht strotzen. Göttliche Macht. Das war es also, was Atlar am Leben halten konnte. »Aber wieso macht dir die Kälte nichts aus?«

Atlar hob eine Augenbraue, als wolle er sagen: *Wirklich?* »Ich bin kein Mensch, Anders. Ich mag gerade ein wenig so aussehen, aber ich könnte nicht weiter davon entfernt sein. Hitze und Kälte tangieren mich nicht, weil die Dunkelheit davon nicht verändert wird.«

Während er sprach, griff er nach einer weiteren Frucht. Schon jetzt färbte sich das Mausgrau seiner Haare zu einem dunklen Anthrazit. Anders sah auf die Tasche.

»Werden sie reichen?«

»Das müssen sie. Wir kommen auf unserem Weg in die Hauptstadt an keinem weiteren von Pleonims Schatten vorbei.«

»Weil dieser Pleonim dort nicht war?«, fragte Anders. Atlar

hatte gesagt, dass sie nur dort wuchsen, wohin sich Pleonims Finger erstreckt hatten.

Atlar nickte und biss in die Frucht. »Kadrabe trieb ihn zurück, bevor er Lanukher erreichen konnte.«

»Du weißt echt viel.«

»Nicht das, was ich wirklich wissen will.«

In den kommenden Tagen erholte sich Atlar zusehends, doch er verbrauchte dafür auch fast die Hälfte der Früchte. Anders konnte nur hoffen, dass sein Konsum nach Ardens Mora sank, sonst würde der Vorrat nicht reichen. Nalare besuchte sie den ganzen Rest ihres Aufenthalts nicht mehr. Entweder wollte sie nicht noch mehr vom Sonnenlicht verpassen oder sie war immer noch sauer. Vielleicht auch ein bisschen von beidem.

Anders rauchte Pfeife, als Atlar zurück ins Zimmer kam. Er konnte nicht viel mehr als ein paar Schritte im Keller gegangen sein. Nachdem es Anders schon fast wahnsinnig machte, in einem Raum festzusitzen, wollte er gar nicht wissen, wie es für Atlar war. Nach den Tagen, die er ein und dieselbe Wand angestarrt hatte, musste der Korridor sich wie ein Ausflug angefühlt haben.

Atlar hasste den beißenden Geruch des Krautes, das Anders rauchte. Deshalb überraschte es ihn nicht, als ihn ein missbilligender Blick traf. Zusammen mit seiner schwarzen Farbe hatte Atlar auch seine Arroganz zurückerlangt. Es nervte Anders im selben Maße, wie es ihn erleichterte. Die Angst vor Atlar blieb jedoch aus. Nachdem Anders sich immer wieder den rasiermesserscharfen Zähnen gegenübergesehen und doch tagelang die Oberhand gehabt hatte, war irgendetwas in ihm zerbrochen. Vielleicht ein gesundes Furchtempfinden. Er sah sich mit Atlar nun auf derselben Stufe. Jeder hatte den anderen in einem Moment der Schwäche erlebt. Sie halfen einander, ob sie nun wollten oder nicht.

Atlar trat neben ihn an den Tisch und pflückte ihm die Pfeife direkt aus dem Mund. Anders fluchte und hustete. Er griff danach. Doch Atlar war größer und hielt sie unbeeindruckt außerhalb seiner Reichweite.

»Was soll der Scheiß?«, schimpfte Anders und streckte sich nach der Pfeife. »Gib sie wieder her, Mann, ich nehm dir dein Obst doch auch nicht weg.«

Atlar hingegen trat zum abgedeckten Fenster und schob den dicken Stoff davor zur Seite.

»Hör auf, deinen Verstand zu benebeln, wir ziehen weiter«, sagte er mit einem Blick in den Himmel.

Anders hielt inne und blinzelte ein paarmal. Hatte er sich verhört? »Wie? Jetzt?«

»Ardens Mora ist vorüber und in der kommenden Nacht wird es wieder dunkel. Wahrscheinlich bereitet Nalare schon alles für unseren Aufbruch vor. Sobald die Wolken die Sonne verdecken, reiten wir los. Also mach, dass du nach oben kommst. Ich will keine Sekunde länger in dieser Welt bleiben als nötig.«

Diese Meinung teilten sie. Anders war für einen Moment wie erstarrt. Dann schlich sich ein breites Grinsen auf sein Gesicht.

»Na, das musst du mir nicht zweimal sagen!«

Er schnappte sich seinen Umhang und warf ihn sich über, dann stürmte er die Treppen hinauf, nahm je zwei Stufen auf einmal und hatte seine Pfeife ganz vergessen. Die aufgestaute Energie trieb ihn an und er rannte an einem überraschten Diener vorbei, schnurstracks zum Wintergarten. Selbst als die Hitze ihn traf, ignorierte er sie und lief halb blind im gleißenden Sonnenlicht in die Gärten hinaus. Er musste einfach raus, auch wenn er von den plötzlichen Temperaturunterschieden ins Straucheln geriet und seine Augen brannten und tränten. Tatsächlich erkannte er die ersten feinen Schäfchenwolken am mintfarbenen Himmel.

Er stromerte über die weißen Kieswege durch das kleine Paradies. So gut den Valahari Ardens Mora bekam, die Natur schien darunter zu leiden. Der einst pastellgrüne Rasen war einem kupferfarbenen Meer aus stacheligen, vertrockneten

Halmen gewichen, die farbenfrohen Blumen lagen verwelkt auf der sandfarbenen Erde. Die Blätter der weißen Bäume hatten sich eingerollt und verfärbt und viele davon waren abgefallen, sodass das Wurzelwerk von Seen aus zitronengelbem, scharlachrotem und orangefarbenem Laub umgeben war.

Die sonst so weiße Welt war so bunt, als hätte ein ungeschickter Maler alle Farben seiner Palette auf eine weiße Leinwand geschüttet. Anders blieb lange dort und sog den Anblick des Gartens in sich ein.

Er ging an der Terrasse vorbei, auf der er gemeinsam mit Katasar und Nalare gegessen hatte. Niemand war zu sehen und Anders bemerkte erst jetzt, dass die Trommeln und Gesänge, die in den letzten zwei Wochen zu einem steten Hintergrundgeräusch geworden waren, verstummt waren. Er strich über die weiße Rinde eines Baumes und beobachtete, wie der Wind die bunten Blätter von seinen Zweigen wehte.

Hinter der Terrasse stand ein kleiner Rundbau mit Säulen, eingebettet in den überwucherten, idyllischen Garten. Anders ging darauf zu.

Als Dach spannte sich ein grün-silberner Baldachin über die Säulen. Der Brokatstoff machte die Wichtigkeit dieses Ortes deutlich. Einige Stufen führten zum kleinen Tempel und Kletterpflanzen mit ovalen, sattgelben Blättern rankten sich die Säulen hinauf. In der Mitte des Tempels befand sich ein länglicher, weißer Steinblock.

Anders stieg die Stufen zum Tempel hinauf und erkannte, was der Steinblock war.

Ein Sarkophag.

In den Stein gehauene Szenen stellten einen Krieger mit breitem Schwert und Banner dar, der gegen ausgezehrte Kreaturen kämpfte. Auf dem Sargdeckel ruhte ein steinerner Mann. Auf der Brust lag seine rechte Hand am Heft eines edlen Schwertes, das ihm bis über die Knie reichte. Das Schwert war echt. Vier silberblaue, sich aufbäumende Kobras umgaben das Heft und bildeten die Parierstange. Sie alle starrten mit aufgerissenen, spitzzahnigen Mäulern nach außen. Die Scheide, die mit blauen und silbernen Ornamenten versehen war, erinnerte Anders an Nalares Schwert, obwohl dieses hier größer und breiter war. Es glich dem auf den Steinreliefs.

An den Ecken des Sarkophags standen silberne Blumen. Es sah so aus, als wüchsen sie direkt aus dem Stein, der jedoch keine Risse aufwies. Anders fasste eines der Blätter vorsichtig an, nur um zu spüren, dass es tatsächlich echte Blumen waren.

»Man nennt sie Trauerfresser.«

Anders wirbelte herum. Vor ihm stand Nalare. Sie strahlte ein inneres Licht aus und ihr langes Haar leuchtete golden, als hätte es die Sonnenstrahlen direkt in sich aufgenommen. Ihre weiße Haut erinnerte an Papier, die Erfrierungen an ihren Händen waren zu einer leichten Rötung verblasst. Der Wind wehte ihr die Haare ins Gesicht. So, wie sie dastand, sah sie fast zerbrechlich aus. In ihren Augen lag tiefe Trauer, die das warme Grau verdunkelte.

»Sie wachsen auf jedem Grab, das eine trauernde Seele beherbergt. Erst wenn der tote Geist mit dem Leben abgeschlossen hat, verwelken sie. Solange ihn noch etwas an diese Welt kettet, zehren sie an seiner Seele, bis nichts mehr davon übrig ist.« Sie stellte sich neben Anders und strich liebevoll über die steinerne Hand des Mannes. »So heißt es zumindest.«

»Wer liegt hier?«, fragte Anders mit belegter Stimme.

Nalare schaute dem Toten lange ins steinerne Gesicht. »Mein Ehemann.«

Anders atmete tief ein und legte den Kopf in den Nacken. Dabei sah er, dass der von außen grünsilberne Baldachin auf der Innenseite mit einer goldenen Sonne auf mintfarbenem Himmel bestickt war. Als hätte man gewollt, dass der Tote selbst jetzt noch die Sonne sehen konnte.

»Das tut mir leid. Wie … ist er gestorben?«

»Ein Götterurteil.«

Der sanfte Luftzug, der durch den kleinen Tempel blies, brachte die Blätter der Trauerfresser zum Wogen. Anders konnte den Schmerz spüren, den Nalare fühlte. Egal wie lange ihr Mann hier schon lag, ihr Herz blutete noch wie am ersten Tag. Sie drückte die Hand aus Stein.

»Eure Götter haben ihm das angetan?«, fragte er zweifelnd.

Nalare festigte ihren Griff und schüttelte mit grimmigem Gesicht den Kopf. »Nein, die Götter töten niemanden. Das hier passiert, wenn die Despotin sich jemandes entledigen will, der ihr im Weg steht. Jemand, der ihr loyal zur Seite stand. Sie beschmutzt damit nicht nur die Namen der Götter, sondern auch das Haus des Segens.« Sie spie die Worte aus, Hass verzerrte ihr Gesicht und als sie Anders ansah, zog ein Sturm in ihren grauen Augen auf. Sie hatten einen wilden Ausdruck. Anders erkannte, dass Nalare ein Ziel verfolgte, von dem sie niemand abbringen konnte. Hier ging es um mehr als nur um die Erfüllung einer Pflicht. Ihre Augen schrien nach Rache. Nalare hatte ihre ganz eigene Rechnung mit der Königin zu begleichen.

Aber nach einem Moment waren ihre Gesichtszüge wieder unbewegt und nichts durchbrach den ruhigen Schein. Es war beängstigend, wie einfach sie ihren Zorn zurückschieben und wegschließen konnte. Wie oft hatte sie das schon tun müssen?

»Lass uns zu Katasar gehen. Wir sollten keine Zeit verlieren.«

Sie machte sich auf den Weg und Anders sah ihr nachdenklich hinterher.

»Na, komm schon«, rief sie über ihre Schulter und Anders eilte ihr nach.

»Sag mal«, sagte er, als er sie eingeholt hatte, »wenn das dein Mann war, wer ist dann Katasar?«

Abrupt blieb sie stehen und musterte ihn forschend. Dann zuckten ihre Mundwinkel.

»Du dachtest, Katasar wäre mein Mann? Er ist mein Bruder.«

Nalare zurrte prall gefüllte Taschen an ihren Pferden fest. Jetzt trug sie wieder helles Wildleder und praktische Hosen statt luftiger Kleider. Ihr Haar war zu einem Zopf zusammengebunden. Atlar war noch drinnen, er wollte der Sonne wohl so lange wie möglich entgehen.

Vor dem Haus nahm Katasar Anders beiseite und sagte: »Ich habe mich über eine Möglichkeit informiert, deine Sicht an die eines Valahars anzupassen. Es gibt tatsächlich ein Ritual, das deine Lichtempfindlichkeit lindern würde.«

Anders zog die Augenbrauen zusammen. Das hörte sich zwar gut an, doch wenn er so darüber nachdachte, wollte er nicht gern nachtblind sein, sobald er wieder zu Hause war. Zudem hörte er ein unausgesprochenes ›Aber‹ in Katasars Stimme. »Und was ist damit?«

Der Valahar zuckte die Schultern und verzog das Gesicht. »Es ist ein Ritual«, betonte Katasar. »Aber es gibt schon lange keine freien Gewirrspinner mehr, nicht einmal Bluthandwerker lässt die Herrscherin außerhalb der Hauptstadt leben. Wenn sie einen davon entdeckt, der keine schriftliche Erlaubnis zum Fernbleiben aus der Hauptstadt hat, wird er schwer bestraft. So ist auch in Utanfor niemand, der in der Lage wäre, es durchzuführen.«

Anders dachte an Thalar und Meristate, die ganz offensichtlich Gewirrspinner waren. Kein Wunder, dass sie sich vor der Königin versteckten.

»Allerdings«, wandte Katasar mit erhobenem Finger ein, »habe ich das hier.« Er zog eine Maske unter seiner Robe hervor. Sie war dem Kopf eines Vogels nachempfunden und aus einem dunklen, leicht rötlichen Metall gefertigt. Der Schnabel reichte über die Nase. Eingesetzte dunkle Steine dienten als Augen. »Sie wird nicht mehr gebraucht und obwohl sie ein Relikt ist, denke ich, sie wird deiner Aufgabe nützlicher sein, als wenn sie hier noch ein paar Jahrzehnte herumliegt. Gib sie einfach zurück, wenn eure Mission erfüllt ist.«

Anders nahm die gruselige Maske skeptisch entgegen. Vorsichtig hielt er sie sich vor den Kopf. Er befürchtete, sie würde sich an sein Gesicht saugen und sich nicht mehr lösen lassen, doch bisher passierte nichts dergleichen. Das sanfte Dämmerlicht, das sie erzeugte, war Balsam für seine Augen. Seine Sicht durch die Steine verschwamm auch nicht. Er konnte ganz normal sehen. Er nahm sie ab.

»Und das ist auch sicher kein verfluchter Gegenstand?« Seit dem singenden Schädel misstraute er allem, das einen düsteren Eindruck auf ihn machte.

Katasar lachte. »Nein, sie ist alt, aber nicht gefährlich.«

»Dann nehme ich sie dankend an.« Anders setzte die Maske auf und band sie am Hinterkopf fest.

»Damit siehst du zwar furchteinflößend aus, aber ihr reist ja fernab der Dörfer. Euch werden wohl kaum unschuldige Bürger entgegenkommen, die du erschrecken könntest.«

»Was ist eigentlich mit dieser Herrin des Blutes?«, fragte Anders mit gesenkter Stimme. »Haben Sie etwas über sie herausgefunden?«

Der Schalk wich aus Katasars Gesicht und er sah sich um, ob ihnen jemand zuhörte. »Meine Schwester wird dir während eurer Reise alles erzählen, was sie weiß, denn ihr solltet nicht noch mehr Zeit verlieren. Leider kam kein Brief aus dem Tintenwald zu uns.« Er sah Anders zerknirscht an. »Ich selbst weiß zu wenig über die Nachtbringer.«

Er legte seine Hände auf Anders' Schultern. »Ist dir seitdem etwas Unerklärliches passiert?«

Anders dachte an die Todesangst und die Sorge um Atlar, von der niemand erfahren durfte.

»Nein, ich habe mich nur zu Tode gelangweilt.«

»Gut.« Katasar nickte wie zu sich selbst. »Sie ist wie dein Freund … verkörpert dasselbe. Wir fürchten sie, aber wahrscheinlich ist sie für dich als Zwielichtwesen harmlos. Trotzdem. Sei auf der Hut, jetzt, wo das Licht nicht mehr allgegenwärtig ist.«

Katasar sah ihn eindringlich an, die sanften, bernsteinfarbenen Augen wirkten in der Sonne wie flüssiges Gold. Das Licht schimmerte in seinen Haaren und brachte seine blasse Haut zum Leuchten. Er nahm seine Hände von Anders' Schultern und deutete mit dem Kopf auf Nalare.

»Pass für mich auf Nuade auf, ja?« Er lächelte schief, als Anders zustimmend nickte.

»Ich gebe mein Bestes.«

Hier zweifelte niemand sein Bestes an. Es war nett, einmal wieder ohne Vorurteile behandelt zu werden, von Leuten, die nichts von seinen Verfehlungen in der Vergangenheit wussten.

»Jetzt komm«, rief Nalare und Anders drehte sich flink um. Dabei stellte er fest, dass sie schon auf Fizzelis saß. Sie hatte aber nicht ihn gemeint, sondern sah Richtung Haus, aus dem kurz darauf Atlar in seinen Umhang gehüllt herauskam. Seine Form schrumpfte im Sonnenlicht und die Kapuze war tief in sein Gesicht gezogen, als er trotzig in eine Frucht des Kalten Grußes biss.

Katasar schüttelte überwältigt den Kopf. »Unglaublich.«

Noch während Atlar sich die Finger ableckte, sprang er in gewohnter Leichtigkeit auf sein Pferd. Es beruhigte Anders, ihn wieder im Vollbesitz seiner Kräfte zu sehen.

»Ich wünsche euch Mikulins Wind für eure Reise, geschwind und sicher«, sagte Katasar und trat zurück. Dann stieg auch Anders auf Atormur. Mittlerweile hatte er den Dreh raus und stellte sich nicht mehr wie der erste Mensch an. An die Grazie der anderen beiden würde er nie heranreichen.

»Ich kehre zurück, wenn wir frei sind«, sagte Nalare und trieb Fizzelis an. Atlar und Anders folgten. Katasar stand vor seinem Haus und schaute ihnen nach, bis Anders ihn nicht mehr sehen konnte.

In den zwei Wochen waren Anders' Verletzungen größtenteils verheilt und sie alle waren ausgeruht, sodass sie problemlos die ganze Nacht durchreiten konnten, die trotz der Wolken heller blieb als normalerweise. Es gab wie zu Anfang von Ardens Mora eine Übergangsnacht. Die aufgestaute Hitze klang nur zäh ab und Schweiß tränkte Anders' Kleidung.

Ihr Weg kreuzte einen Bach, dem sie von da an folgten. Nun

befanden sie sich auf den Springwasserwegen, nach dem schmalen, aber durchsetzungsfähigen Bach benannt, der sich – wie Nalare ihm berichtete – viele Meilen hinter ihnen seinen Weg aus dem Stein bahnte, über unzählige Plattformen hinuntersprang und dabei lautstark plätscherte. Je länger sie an seinen Ufern ritten, desto höher stieg die Böschung rechts und links von ihnen an. Am späten Vormittag nahm sie mittlerweile menschenhohe Maße an und verbarg nicht nur die Umgebung vor ihren Blicken, sondern auch sie vor neugierigen Augen. In der Ferne zeichnete sich Anujazis blauer Schatten wie eine dunkle Drohung ab.

Anders musterte Atlar, der direkt vor ihm ritt. Ab jetzt lief eine unsichtbare Stoppuhr mit. Pleonims Schatten würde nicht ewig reichen, und bevor Atlar die letzte Frucht gegessen hatte und wieder schwächer wurde, mussten sie seine Seele zurückbekommen. Wer wusste schon, ob Anders Nalare ein weiteres Mal anlügen konnte, ohne dass sie von Atlars Zustand erfuhr.

In der größten Hitze des Tages machten sie Rast und badeten im kühlenden Wasser der Springwasser, tranken und ruhten sich für eine Stunde aus. Die trockene Hitze war einer drückenden Schwüle gewichen, die Anders Kopfschmerzen bereitete.

»Katasar hat dich *Nuade* genannt«, sagte er, während seine Beine im Wasser baumelten, »nicht Nalare.«

Nalare, die neben ihm saß, stieß die Luft amüsiert aus. »Das ist ja auch mein Name. Mein gegebener Name.« Ihr Zorn auf ihn schien vergessen und Anders plante nicht, sie daran zu erinnern.

Auf seinen fragenden Blick hin lehnte sie sich zurück und sah in den Himmel, bevor sie zu einer Erklärung ausholte: »Jedem wird bei der Geburt ein Name gegeben, meist von den Eltern. Wenn ein Valahar volljährig wird, wählt er einen weiteren Namen. Es ist eine Frage des Respekts und des Bekanntheitsgrades, mit welchem Namen man jemanden anspricht. So ist es doch bei dir auch, oder? Anders Clayton?«

»Nein, meinen Vornamen habe ich von meiner Mutter, die stolz auf ihre skandinavischen Wurzeln ist, und den Nachnamen vererbt eine Familie an alle ihre Mitglieder.«

»Hm«, sagte Nalare. »Also dürft ihr keinen eigenen Namen wählen?«

»Nein.«

»Wie streng. Das ist genauso wie bei den Sonnenländern.«

Dann stand sie auf und ging zu den Pferden hinüber, um sie zu füttern. Anders kletterte die Böschung hinauf und legte sich in das verdorrte Gras, das immerhin eine bequemere Unterlage als Kies bot. Atlar saß an die Böschung gelehnt in dem bisschen Schatten, das zu dieser Tageszeit auffindbar war.

Anders legte sich auf den Rücken, verschränkte die Arme unter seinem Kopf und hielt die Augen hinter der Maske geschlossen. Er träumte vor sich hin. Langsam wurde er müde, denn obwohl er wochenlang zum Nichtstun verdammt gewesen war, waren sie die ganze Nacht und einen halben Tag durchgeritten. Die Luft stand, keine Brise wehte über die Wiesen. Der Schweiß klebte ihm auf der Haut. Die Sonne schien unerbittlich auf ihn hernieder, als wolle sie ihn in seiner Kleidung braten.

Ein Lachen klang von weither. Anders öffnete die Augen, denn es hörte sich weder nach Atlar noch nach Nalare an. Eher wie ein Kind. Er stützte sich auf die Ellbogen und drehte den Kopf zur Seite, um sich umzusehen. Nachdem er nichts auf den Wiesen erkannte, das Lachen aber weiterhin hörte, schaute er in die Vertiefung hinunter zu den anderen. Nalare saß wieder am Ufer, die nackten Beine ins kühle Nass gestreckt, und starrte gedankenverloren vor sich hin. Atlar hatte sich nicht aus dem schützenden Schatten gewagt. Keiner sonst schien etwas zu hören.

Mit einem Mal spürte Anders eine sanfte Berührung an der Schulter. Er zuckte zusammen und schaute eilig hinter sich. Ein Mädchen in rotem Umhang lächelte ihn an.

»Komm mit«, sagte sie und ging einige Schritte über die Wiese. Sie war barfuß. Absurderweise erinnerte sie ihn an Zara, doch ihr Gesicht zeigte im Gegensatz zu denen der Kinder, in die Atlar sich verwandelt hatte, Emotionen. Anders konnte ihr nur perplex nachschauen. Irgendwoher kannte er sie, aber sein

Verstand schien wie eine Maschine, in die man Sand geschüttet hatte, ins Stocken zu kommen. Das scharfe Kupfer des Grases und das helle, blasse Mint des Himmels vermischten sich zu einer weichen Brühe bunter, aber bedeutungsloser Farben. Das Plätschern der Springwasser erstarb. Er rappelte sich erschöpft auf. Das Mädchen sah zu ihm zurück und lief wieder etwas weiter, bevor sie abwartend stehen blieb. Sie streckte die Hand erwartungsvoll nach ihm aus.

»Nun komm schon!«, rief das Kind. »Beeil dich ein wenig.«

Irgendwo in den Tiefen seines Verstandes regte sich etwas, eine Erinnerung und der Drang, sich umzudrehen, aber er wusste nicht wieso und ließ es bleiben. Das Mädchen wirkte so freundlich und ihre Hand einladend. Deshalb ging er los. Als das Mädchen weiterlief, rief er: »Warte doch, ich kann nicht so schnell.«

Seine ganze Welt schrumpfte auf das Mädchen zusammen. Da war dieser Wunsch, mit ihr zu gehen. Schließlich gab es hier nichts, was ihn hielt. Er stolperte über Wurzeln, die er nicht bemerkt hatte, und fing sich nach einigen hastigen Schritten. Als er wieder aufsah, stand das Mädchen direkt vor ihm und ergriff seine Hand. »Komm, ich führe dich. Hier ist es zu hell. Lass uns woanders hingehen.«

Anders war dankbar, dass sie zurückgekommen war und ihn nicht allein gelassen hatte. »Wohin gehen wir?«, fragte er. Das Mädchen hielt eisern seine Hand und zog ihn über die Wiese.

»Du musst leise sein«, flüsterte sie, »sonst hören sie dich.«

Ein beklemmendes Gefühl breitete sich in ihm aus. Wer waren sie? Wollten sie ihm und dem Mädchen etwas antun? Er sah mit Unwohlsein über seine Schulter zurück. Etwas Merkwürdiges glänzte im Sonnenschein auf dem Boden. Verwirrt blieb er stehen und schaute auf die Stelle, aber er verstand nicht, was an dem Bild nicht passte. Das Mädchen zog und zerrte an seiner Hand und bat ihn flehend, sich zu beeilen, aber er konnte nicht weiter, bevor er den Fehler nicht gefunden hatte. Er sah zum Mädchen und auf einmal wusste er, woher er sie kannte. Er hatte sie damals in Katasars Garten gesehen.

Zurück auf den Boden starrend, löste sich endlich der Knoten in seinem Hirn und er sah, was nicht stimmte: Zwischen den hellen, kupferfarbenen Grasbüscheln leuchtete die Erde nicht weiß oder sandfarben, sondern blutrot. Er sog erschrocken die Luft ein und entriss sich dem Griff. Als er das nächste Mal blinzelte, hörte er aufgeregte Stimmen um sich herum. Die des Mädchens war verstummt.

KAPITEL 26

⟶ ᗌ✳ᑕ ⟵

Auf einmal stürmten alle Eindrücke gleichzeitig auf ihn ein. Das Gurgeln des Wassers, Nalares energische Stimme, das Piksen von verdorrtem Gras unter seinen nackten Füßen. Die Farben verschärften sich wieder zu einzelnen Bildern, zu Himmel und Horizont, zu Bäumen in der Ferne und zu Personen.

»Anders! Verflucht, komm zu dir!« Jemand hielt ihn fest im Griff, er spürte Hände auf seinen Schultern. Nalare stand vor ihm und sah aus, als würde sie ihm gleich eine Ohrfeige verpassen. Sie sah ihm fragend in die Augen.

»Was ... tust du da?«, fragte er atemlos. Sein Arm war immer noch nach vorn ausgestreckt, doch das Mädchen war nicht mehr da. Er ließ ihn sinken. »Was ist los?«

Er schaute von Nalare über seine Schulter zu Atlar. Doch Atlar sah ihn nicht an, obwohl er ihn festhielt. Sein Blick lag auf einer fernen Stelle. Anders folgte ihm, konnte aber nichts erkennen.

»Und wo zur Hölle sind meine Schuhe abgeblieben?« Suchend sah Anders sich um und entdeckte sie am Rand der Böschung, fast fünfzig Meter von ihnen entfernt. Jetzt ließ Atlar seine Schultern los.

»Wieder Herr deiner Sinne?« Er klang kühl, fast wie ein übellauniger Türsteher, der eine Meute betrunkener Halbstarker nicht reinlassen wollte.

»Ich ... denke schon?«

Atlar hielt ihn noch einen sehr langen Moment mit dem Blick fest und Anders wagte nicht, sich zu bewegen. Dann nickte der Schwarze Mann und wandte sich an Nalare. Anders kamen ihre Blicke wie ein stummes Gespräch vor, von dem er nichts wissen sollte. Statt sich damit zu befassen, ging Anders zu seinen Schuhen. Er griff nach einem und hob seinen Fuß, um ihn anzuziehen. Seine Fußsohlen waren rot. Erschrocken stolperte er zurück und landete auf dem Hintern.

»Himmel noch mal!« Er griff nach seinem Fuß, aber er fand kein Blut. Unsicher schaute er zu seinen Gefährten, die auf ihn zukamen.

Nalare stemmte die Hände in die Hüfte »Was hast du gesehen?«

Anders machte den Mund auf, doch in dem Moment, als er es aussprechen wollte, rann ihm die Erinnerung wie Sand durch die Finger. Vergleichbar mit einem Traum kurz nach dem Aufwachen verblasste sie immer mehr. Er runzelte die Stirn und schloss seinen Mund wieder.

Da spürte er eine Hand auf seiner Schulter und zuckte heftig zusammen, als wäre dasselbe erst kurz davor schon einmal geschehen. Doch es war nur Atlar.

»Wir sollten schleunigst weiter.« Atlar betrachtete den Himmel. »Sonst werden wir nass.«

Anders folgte seinem Blick und entdeckte die ersten feinen Schäfchenwolken. Die hätten sich eigentlich nicht vor dem Abend bilden sollen.

»Was ist heute mit dem Wetter los?« Obwohl für seinen Geschmack das Wetter schon seit drei Wochen verrücktspielte.

Nalare sprang die Böschung hinunter. »Jalalverun naht. Wir sollten zusehen, bis heute Abend aus dieser Senke zu steigen, sonst gehen wir baden.« An Anders gewandt sagte sie: »Wir reden später.« Dann gab sie ihrer Stute ein Zeichen, sodass sie eilig zu ihr getrabt kam. Nalare packte die Taschen und zurrte sie fest, ehe sie auf Fizzelis sprang. »Wir haben lange genug Rast gemacht, schwingt eure Hintern auf die Pferde.«

Anders zog seine Schuhe an, schlitterte ebenfalls zurück in die Senke und stieg schwerfällig auf Atormur.

Die kiesige Fläche neben der Springwasser bot zeitweise nur Platz für einen Reiter, sodass sie hintereinander ritten. Normalerweise hatten sie für solche Gegebenheiten eine stillschweigende Reihenfolge: Nalare an der Spitze, dann Atlar, und

Anders bildete die Nachhut. Jetzt allerdings blieb Atlar so lange zurück, bis Anders nicht drum herumkam, als Zweiter zu reiten, und irgendwie gefiel ihm das gar nicht. Irgendetwas stimmte nicht und niemand sprach es aus.

Bereits zwei Stunden später lag der Himmel wolkenverhangen über ihnen und das Sonnenlicht verschwand hinter grauen Nebelschleiern. Mithilfe der Maske konnte Anders zu der matten, gelben Scheibe schauen, zu der die Sonne hinter der Nebelschicht wurde. Nalare trieb Fizzelis an und mit etwas Mühe gelang es auch Anders, seinen Hengst zu einem schnelleren Tempo zu bewegen. Es wurde zunehmend dunkler und Pferd und Reiterin vor ihm wurden zu hellen Flecken im Halbdunkel.

Anders nahm seine Maske ab, die Dämmerung lichtete sich. Er hatte nur eine grobe Vorstellung davon, wie stark Nalares Sicht wohl mittlerweile beeinträchtigt wurde. Sie ritt weiter an ihrer Spitze und führte sie durch die Senke. Dann stiegen sie ab und führten die Pferde an einer weniger steilen Stelle wieder auf die Wiesen hinauf.

War die vorherige Nacht noch heller als normal gewesen, drängte nun die Dunkelheit in ungewohnter Stärke auf die Welt ein.

»Wieso verlassen wir die Springwasser?«, fragte Anders.

»Ich will nicht da unten sein, wenn der Regen einsetzt und der Bach zum reißenden Fluss wird«, antwortete Nalare.

Wie zur Verdeutlichung ihrer Worte spürte Anders die ersten feinen Regentropfen. Die Wolkenschicht ließ nicht einmal Platz für die Sonne, die sonst zu dieser Zeit wie ein Vollmond an manchen Stellen hindurchschien. Die Schatten wuchsen und wurden lang und dunkel. Während Anders seine Kapuze aufsetzte, suchte Nalare etwas in ihren Taschen. Kurz darauf holte sie eine altertümliche gusseiserne Laterne mit runder Blende hervor. Nalare rieb mit dem Daumen sanfte Kreise über die Laterne und murmelte in einer schweren, melodischen Sprache, ehe helles Licht aus der Blende herausdrang. Atlar zuckte zusammen, wandte ihr den Rücken zu und sprang auf sein Pferd. Es war das erste Mal, dass Anders ihr dabei zusah, wie sie die

Laterne zum Leuchten brachte, doch wie sie funktionierte, verstand er nicht. Es musste Magie sein. Sollte Nalare nicht unbegabt sein?

»Du kannst zaubern?«

Sie sah ihn irritiert an. »Was soll das sein?« Sie bestieg ihr Pferd mit der Laterne in einer Hand. »Ich bin ein Flüstermund.«

Anders erinnerte sich. Meristate hatte gesagt, Flüstermünder könnten Magie lernen, aber nie so mächtig sein wie Gewirrspinner.

»Eine Weile kann ich euch noch führen«, sagte Nalare.

Anders kämpfte sich auf Atormurs Rücken.

Nalare trieb Fizzelis an. Das Pferd fiel in einen zügigen Trab. Der kraftvolle Lichtstrahl wackelte durch Fizzelis' Bewegungen unentwegt in der Dämmerung und Anders folgte ihm. Anfangs ritt Atlar noch hinter ihm. Da die Auen genügend Platz für alle drei nebeneinander boten und Anders sowie Atlar gut genug sahen, flankierten sie Nalare, blieben allerdings ein klein wenig hinter ihr, sodass sie eine Pfeilspitze bildeten. Der Nieselregen verstärkte sich allmählich und das Rauschen von der entfernten Springwasser wurde durch das Platschen der Regentropfen ersetzt. Mit der Zeit sog sich die Wiese unter den Pferdehufen mit Wasser voll und schmatzte bei jedem Tritt. Die Dunkelheit nahm noch zu und während selbst Anders nun langsam Schwierigkeiten beim Sehen bekam, schien Atlar zu wachsen, als würden die Schatten ihn nähren.

Plötzlich erschien ein anderes Pferd direkt neben Anders. Er hatte es nicht gehört, anscheinend war das Hufgetrappel im Rauschen des Regens untergegangen. Erschrocken riss er den Kopf zur Seite. Nalare an der Spitze hatte es anscheinend noch nicht bemerkt.

Auf einem starken Rappen ritt eine Frau. Die Kapuze ihres roten Mantels flatterte hinter ihrem Kopf im Wind und sie sah ihn grinsend an.

»Da bist du ja. Ich habe nach dir gesucht. So lange war es verborgen.« Ihre Stimme klang melodisch und hallte alles einnehmend in seinen Ohren. Ihre Lippen waren dunkelrot und ihre lockigen, ebenholzfarbenen Haare klebten ihr nass im gebräunten Gesicht. »Nun, alle warten auf uns, wir sollten langsam los. Sie sind schon ganz gespannt auf dich.« Sie winkte ihn zu sich. Anders lenkte sein Pferd wie selbstverständlich nach links, hinter der Frau her, die den Kopf in den Nacken warf und voller Freude lachte. Ihre Stimme erfüllte die Stille. Wie ein rotes Leuchtfeuer in der Dunkelheit hob sie sich vom Rest der farblosen Welt ab. Anders trieb das Pferd an, um sie ja nicht aus den Augen zu verlieren.

Ein harter Stoß. Dumpfer Schmerz erfasste ihn. Die Luft wurde aus seiner Lunge gepresst, als er vom Pferd fiel, und sein Schädel dröhnte. Er sah doppelt. Trotzdem hob er sofort den Kopf und suchte nach der Frau, die alles andere nichtig erscheinen ließ. Doch sie war verschwunden.

Stattdessen ergoss sich der Himmel in Strömen auf die matschige Erde, auf der er lag. Kontinuierliches Rauschen schwoll an und drückte auf seine Ohren, die bis eben nur das volltönende Lachen der Frau vernommen hatten. Atlars Pferd preschte reiterlos an ihm vorbei. Atormur tänzelte vor ihm. Anders hatte Schwierigkeiten zu atmen und hustete. Verwirrt setzte er sich langsam auf. Schwindel überkam ihn.

Neben ihm lag Atlar gekrümmt auf dem Boden. Noch während Anders zu verstehen versuchte, was eben passiert war, eilte Nalare zu ihnen. Der bläuliche Schein der Laterne streifte Atlar, der deswegen zischte und seinen Arm schützend vor sein Gesicht hielt, als verbrenne ihn das Licht. Dabei blitzte etwas Weißes an seinem anderen Arm auf. Nalare sah unsicher zwischen ihnen hin und her. In der Sekunde, in der sie sich hätte entscheiden müssen, nahm Atlar ihr diese Wahl ab, indem er sich aufrappelte. Sie kniete sich neben Anders.

»Alles noch dran?«, fragte sie.

Anders schlug ihre Hände verwirrt weg. »Ja, aber …«

Atlars Unterarm bog sich an einer Stelle, an der er das nicht hätte tun sollen. Anders verzog das Gesicht. »Das sieht nicht gut aus.«

Nalares Blick folgte seinem.

Er kassierte einen grimmigen Seitenblick von Atlar. Sein Arm baumelte neben dem Körper. Dabei mied Atlar den Lichtkegel. »Das war jetzt das zweite Mal«, knurrte er. Er packte Anders am Kragen und zog ihn mühelos auf die Beine. »Du hast jetzt eine einzige Chance, mir zu erklären, was das soll.«

»Äh … was genau? Hast du mich nicht vom Pferd gestoßen?« Anders' Verstand fühlte sich benebelt an und etwas drängte ihn, weiterzureiten. Er spürte, dass jemand auf ihn wartete, doch er wusste nicht mehr, wer. Atlars neu gewonnene Stärke tat ihr Übriges. Anscheinend hatte Pleonims Schatten gute Arbeit geleistet. Die Tasche hing noch über Atlars Schulter, da er sie wegen der von ihr ausgehenden Kälte nicht über sein Pferd hängen konnte, doch einige Früchte lagen verteilt auf der Wiese.

»Lass ihn los«, forderte Nalare.

Atlar hörte nicht auf sie, er sah Anders weiter eindringlich an. »Du folgst diesem …« Er suchte nach einem passenden Wort. »… Schatten. Ich weiß nicht, was er ist. Aber da er sich vor mir verbirgt, kann es nichts Gutes sein.«

Schatten? Anders hatte keine Ahnung, wovon er sprach. »Nein, kein Schatten. Eine …« Doch die Erinnerung drohte ihm zu entgleiten. Er kniff die Augen zusammen und versuchte den Gedanken zu packen. Da war Hufgetrappel gewesen und dann der Aufprall, aber was war davor gewesen? »Eine Frau. Ein schwarzes Pferd.«

»Eine Frau?«, wiederholte Atlar. »Eine rote Frau?« Wie ein mit dem Stand der Sonne wachsender Schatten ragte der Schwarze Mann über ihm.

»Ja.« Dann war die Erinnerung weg.

»Wir müssen reden.«

»Wenn wir im Trockenen sind«, mischte sich Nalare ein und trat näher, aber sie mied es, Atlar zu berühren. Stattdessen nickte sie zu dessen Hand, die immer noch Anders' Kragen gepackt hielt und ihn zwang, auf den Zehenspitzen zu stehen. Atlar ließ ihn los.

»Sollen wir das verarzten?«, fragte sie mit einem Deut auf Atlars Arm, doch er winkte ab.

»Nicht jetzt. Wie lange, bis wir im Trockenen sind?«

»Wenn ich mich nicht irre, nur noch eine halbe Stunde wolfswärts und wir kommen an einen Steilhang, den wir umgehen müssen, um weiterzukommen. Dort ist eine Höhle.«

Atlar nickte und sammelte die verteilten Früchte wieder ein. Danach hievte er sich umständlich mit der linken Hand und dem Ellbogen auf seinen Hengst.

Anders blinzelte noch ein paarmal und drehte sich suchend um, obwohl er selbst nicht wusste, wonach er Ausschau hielt. Dann stiegen auch er und Nalare wieder auf und sie ritten weiter.

Anders fühlte sich benommen. Ob das von dem Sturz kam? Er schüttelte den Kopf und bemühte sich, den Anschluss an die anderen nicht zu verlieren.

Am Fell des Hengstes perlte der Regen ab, nur Mähne und Schweif hingen nass und schwer herab. Anders' Kleidung hatte wegen des Sturzes Wasser gezogen, da half selbst der wasserabweisende Umhang nichts. Der Regen prasselte mit zunehmender Gewalt auf die Erde und der anschwellende Lärm machte es ihnen allen schwer, ihre Umgebung wahrzunehmen. Selbst Anders kam mittlerweile an seine Grenzen. Er sah die silberfarbenen Regentropfen vom Himmel herabfallen, die sich von der grauen Nebelmasse abhoben. Da waren die Silhouetten seiner Gefährten und im Lichtstrahl der Laterne die direkte Umgebung. Der Rest blieb hinter dem Nebel verborgen, als wäre er eine Mauer.

Atlar lenkte sein Pferd neben ihn. Auch ohne hinzusehen, wusste Anders, dass er ihn genau beobachtete. Hoffentlich kamen sie bald an dieser Höhle an. Er wollte endlich wissen, was hier los war. Böen zerrten an ihren Umhängen, rissen ihnen die Kapuzen von den Köpfen und peitschten ihnen den lauwarmen Regen gegen die Haut. Anders drängte seinen Kopf eng an Atormurs Hals, wodurch zumindest sein Gesicht vor dem Sturm geschützt war, und folgte dem fahlen Schein der Laterne. Atlar hätte neben ihm vom Pferd fallen können und er hätte es nicht bemerkt. Allerdings traute er ihm selbst mit gebrochenem Arm bessere Reitkünste zu als sich selbst. Sie lenkten die Pferde einen steilen Pfad hinunter, der sie noch weiter ausbremste. Das Geräusch von fallenden Steinchen, die an den Seiten des Pfades hinunterpurzelten, schaffte es sogar durch das Heulen des Windes. Die Dürre von Ardens Mora und nun der viele Regen machten ihren Abstieg gefährlich.

Blitze erhellten den stürmischen Himmel und ein tiefes Grollen rollte über die Landschaft auf sie zu.

Nalare blieb stehen und lauschte. »Das ist nicht normal. Nicht einmal für Jalalverun.«

»Was soll das heißen?«, fragte Anders.

»Dass dieses Gewitter nicht natürlich ist.«

Sie standen am Fuß des Abhangs, der die unteren Wiesen von der höheren Ebene abtrennte, von der sie kamen. Vor ihnen lag Flachland, das in der Entfernung im Nebel verschluckt wurde.

Ein Wiehern durchbrach das Brausen von Wind und Wasser. Es kam von Anders' rechter Seite und für einen Augenblick stockte sein Herz. Nicht nur er hörte es. Das Laternenlicht erlosch. Jetzt sah Anders nur noch vage Schemen in der Dunkelheit. Atlar lenkte sein Reittier neben Nalares. Anders folgte ihm, um sie besser zu verstehen.

»Was siehst du?«, fragte Nalare.

»Eine Horde Reiter auf goldenen Pferden. Sie sind stark bewaffnet und an ihrer Spitze ist eine verhüllte Gestalt auf einer dürren Kreatur. Ihre eigene Kleidung schützt sie kaum vor dem Sturm. Rote Umhänge, wenig mehr. Sie sind fünfhundert Schritte entfernt und nähern sich uns rasend schnell.« Atlar klang unruhig, falls der Lärm um sie herum Anders' Gehör nicht täuschte.

»Auf uns zu?«, fragte Anders unsicher.

»Bei Kadrabe!«, stieß Nalare gepresst aus. »Saltastellari. Was suchen Klingentänzer in Vallen?«

»Sie kommen nicht auf uns zu.« Atlar schüttelte den Kopf. Seine nassen Haare klebten ihm im Gesicht. »Allerdings reiten sie in die Richtung, aus der wir kamen. Meerwärts. Bisher scheinen sie uns entweder nicht bemerkt zu haben oder sich nicht für uns zu interessieren.«

»Das sollte auch so bleiben.« Nalare drehte sich auf ihrem Pferd zu Atlar um. »Du musst übernehmen, denn ohne Laterne bin ich blind. Führe uns frostwärts, bis du einen Hain zu deiner Linken siehst, dann orientiere dich daran parallel bis zum Steilhang.«

Atlar übernahm die Spitze, während Nalare dicht neben Anders ritt. Wohl nicht nur, um ein Auge auf ihn zu haben, sondern auch, weil sie in der Dunkelheit kaum etwas wahrnehmen konnte. Angestrengt sah Anders in die Richtung, in der sich die Reiter befinden mussten. Doch er konnte nichts als Schatten und Schemen im Dunkel ausmachen. Manchmal spielte ihm sein Verstand einen Streich. Er hörte Frauenlachen und bildete sich ein, geisterhafte Gestalten durch den Regen huschen zu sehen. Sobald er seinen Blick dorthin wandte, erwarteten ihn leere Landschaften, auf die der Regen monoton prasselte.

Einem Schuss gleich krachte Donner vor ihnen. Atormur und Fizzelis scheuten und schnaubten nervös. Zum Glück wieherte keines der Tiere, was die Aufmerksamkeit dieser Saltastellari auf sie gerichtet hätte. Die Blitze näherten sich. Anders hatte noch nie so viele in derart kurzer Zeit so nah beieinander gesehen. Er hatte keine Angst vor Gewittern, aber unter freiem Himmel, das Unwetter direkt vor sich, eine vom Firmament herabsteigende Naturgewalt, stockte ihm der Atem. *Nicht natürlich,* hatte Nalare gesagt. Diese Welt war einfach nur verrückt. Er zwang Atormur weiter, der tänzelte und anscheinend ebenso viel Respekt vor dem Gewitter hatte wie er.

Nach einer Weile erkannte auch Anders den Steilhang. Währenddessen hatte das Unwetter seinen Weg mit dem ihren gekreuzt und blieb nun hinter ihnen zurück. Anders sah mehr als einmal über seine Schulter, um sich zu vergewissern, dass die Blitze weiter meerwärts zogen. Ebenso wie die fremden Reiter, wie Atlar ihnen bestätigte. Das Grollen des Donners war über die Wiesen und Wälder gewalzt. Nun wurde es leiser und blieb nur als dumpfes Dröhnen unter der Erde, als würde sich der Grund und Boden selbst jeden Moment als tobendes Ungeheuer erheben. Eine Gänsehaut kroch über Anders' Arme. Nalares

Hand auf ihrem Schwertheft bewies, dass an ihnen eine Gefahr vorbeigezogen war, die Anders' Verstand nicht greifen konnte, die über das Unwetter hinausging.

Hauptsächlich suchte Atlar nach dem Höhleneingang im dunklen Wall, doch Anders half ihm. Nalare beschrieb ihnen, wonach sie suchten. Sie benutzte auch jetzt nicht die Laterne, als hätte sie weiterhin Sorge, diese Saltastellari könnten sie bemerken. Bis sie den Eingang endlich fanden, waren sie nass bis auf die Knochen. Zwei Steinstufen führten hinauf. Während es draußen einfach nur dunkel war, herrschte hier absolute Finsternis. Nalare stellte Atlar einige Fragen, um anhand seiner Antworten sein Augenlicht zu ihrem zu machen. Die Höhle war leer und draußen weit und breit niemand zu sehen. Die Reiter waren meerwärts weitergezogen, ohne haltzumachen. Erst dann öffnete Nalare die Blende der Laterne wieder und Atlar huschte mit einem tierähnlichen Zischen aus dem Lichtkegel, als hätte er sich daran verbrannt.

Die Höhlendecke begann ein Stück über Atlars Kopf, sodass jeder von ihnen bequem stehen konnte. Wie ein Schlauch schlängelte sich die Höhle für einige Meter nach hinten, ehe sie sich zu einem ovalen Raum mit einer leichten Ausbuchtung auf der linken Seite öffnete. Sie führten die Pferde hinein. In der Höhle gab es Spuren von früheren Lagern: verkohlte Überreste eines Lagerfeuers, einige Lumpen und zurückgelassener Unrat. In einer Ecke lag ein Haufen altes Feuerholz, das der vorherige Besucher wohl nicht mehr gebraucht hatte.

Nalare stellte die Laterne so ab, dass ihr Strahl so wenig wie möglich nach außen drang, während sie gleichzeitig den Großteil des hinteren Bereichs der Höhle zumindest in schwaches Licht tauchte. Dann machte sie sich daran, auf der einen Seite der ovalen Höhle ein Lagerfeuer zu errichten.

Währenddessen kümmerte sich Anders um die Pferde. Atlar befand sich in seiner Nähe, wohl um dem Lichtschein zu entgehen, und begutachtete in Ruhe seinen Arm. Anders warf einige unauffällige Blicke darauf. Er war nicht zimperlich, was Verletzungen anging, und hatte in seinem Beruf einiges erlebt, aber selbst im dämmrigen Licht erkannte er den Knochen, der aus der blutigen Haut herausstand. Wenn diese Verletzung tatsächlich vom Sturz herrührte, war Atlar immer noch nicht wieder bei Kräften. Er hatte Anders geholfen. Ohne ihn wäre er dem *Schatten*, wie der Schwarze Mann ihn beschrieben hatte, weiter gefolgt.

Atlar zog umständlich seinen Umhang aus, warf ihn achtlos in die Richtung ihres Rastplatzes und sondierte einen Augenblick lang die Lage. Nalare hatte es mittlerweile geschafft, das Holz zum Brennen zu bringen, und warmer Feuerschein vermischte sich mit dem unbewegten Licht der Laterne. Nur die Ausbuchtung auf der linken Seite der Höhle blieb von beidem unberührt. Genau dorthin setzte Atlar sich und verschmolz mit der Finsternis, die mit seiner Anwesenheit zunahm. Die Tasche mit dem Kalten Gruß stellte Atlar neben sich.

Anders sah ihm nachdenklich zu, ehe er zu Nalare ging. Dort wühlte er in den Taschen, um etwas zum Abtrocknen zu suchen.

Anders fand ein Tuch und drehte sich gerade um, als Nalare sich die Hose von den Beinen zog. Ihr Oberteil lag schon neben ihr und die Stiefel standen am Feuer. Sie legte den Kopf schief und zog eine Augenbraue in die Höhe.

»Was?« Ohne Scham stemmte sie die Hände in die Hüfte. »Sehen nackte Frauen in Helrulith anders aus? Los, zieh dich aus, sonst holst du dir noch den Tod.« Damit breitete sie ihre Kleidung zum Trocknen neben das Feuer und wickelte sich in eine der Decken. Sie schloss die Blende der Laterne, da nun das Feuer genug Licht spendete.

Anders stand der Mund offen. Peinlich berührt schloss er ihn so schnell, dass seine Zähne aufeinanderschlugen. Er räusperte sich, bevor er sich abwandte. Dann schälte er sich aus dem Umhang, zog sich aus und tat es Nalare gleich. Als er sich in eine der Decken gewickelt hatte, kniete er sich zu Nalare, die einen Eintopf vorbereitete. »Hast du etwas zum Schienen?«

Sie sah ihn fragend an, weshalb er in Atlars Richtung schaute. Sie nickte stumm. Aus einer der Taschen kramte sie ein Stofftuch, das Anders zum Verbinden zerreißen konnte, und aus dem Feuerholz nahm sie zwei Stöcke, die dünn, aber stabil aussahen. Sie drückte ihm alles in die Arme, machte aber keinerlei Anstalten, ihm dabei zu helfen. Deshalb nahm Anders noch ein Tuch und ging zu Atlar in die dunkle Ecke. Er warf ihm das Tuch zu, doch Atlar ignorierte ihn und es landete auf seinem Kopf.

Anders setzte sich ungefragt neben ihn. »Wahrscheinlich kannst du nicht frieren, aber selbst für dich ist es bestimmt angenehmer, trocken zu sein.« Dann hob er die Stöcke ein wenig in die Höhe. »Ich bin kein Experte, aber das«, er nickte in Richtung des gebrochenen Knochens, »wird nicht so einfach zusammenwachsen, wenn wir es nicht zumindest schienen.«

Atlar zog sich das Tuch mit einer schnellen Bewegung vom Kopf. Er gab etwas von sich, das sich fast wie ein Knurren anhörte, wohl aber eher ein Brummen war. Sonst reagierte er nicht weiter.

»Himmel, jetzt lass dir doch helfen«, schimpfte Anders.

Da endlich richteten sich die nachtschwarzen Augen auf ihn. »Ich brauche deine Hilfe nicht.«

Anders sah ihn einen Moment lang an, während seine Brauen langsam in die Höhe wanderten. »Das hat während Ardens Mora noch ganz anders geklungen.«

Schweigen.

Anders zuckte die Schultern und stand auf. »Bitte, wie du willst.« Sollte der Miesepeter doch beleidigte Leberwurst spielen.

Zurück am wärmenden Lagerfeuer konnte Anders das erste Mal seit der Mittagszeit tief durchatmen. Nach kurzer Zeit schon roch es in der kleinen Höhle nach Gemüse und Fleisch, unter den Decken wurde es angenehm warm und die Wände hielten den Wind ab. Die Regentropfen fielen nur einen Meter weit in den schmalen Gang der Höhle, sodass sie zwar das Peitschen des Regens im Wind hörten, es aber vom Knistern des Feuers übertönt wurde. Anders überkam ein merkwürdig wohliges Gefühl, als wäre er zu Hause auf seinem Sofa, während draußen ein Sturm tobte. Er schüttelte den Kopf. Anscheinend tat ihm die Sonne nicht gut. Das hier war eine Reise in den Tod, kein netter Sonntagsausflug.

Dann war der Eintopf fertig und Nalare drückte ihm eine Schüssel in die Hand. Das Essen schmeckte fade, aber es war warm und mittlerweile war Anders schon darüber froh.

»Ist diese Frau, dieser Schatten, das, was ich denke?«, fragte Anders nach einer Weile. Nalare hielt inne und musterte ihn.

»Wahrscheinlich eine Botin der Herrin des Blutes.« Dann zuckte sie die Schultern und stellte die leeren Schüsseln beiseite. »Darüber weiß ich nur wenig. Unser tatsächliches Wissen über die Götter ist gering.«

»Dann sag mir, was du weißt.« Anders beugte sich nach vorn und rang die Hände. Er hörte selbst, wie verzweifelt er klang.

»Weil ich noch weniger weiß.«

»Die Herrin des Blutes und der Sumpfsäufer sind die gefährlichsten Nachtbringer, die seit Kadrabes Fall in die Vergessenheit zunehmend an Macht gewinnen. Sie sind düstere Kreaturen, die dich dazu bringen können, mit einem Lachen dem Tod entgegenzueilen. Sie können dir das Blut in den Adern gefrieren lassen. Ihre Diener sind vielfältig, einer grotesker als der andere. Dieser singende Kopf? Ein Limber. Es gibt Schlimmere als ihn. Die Herrin des Blutes gewinnt immer mehr Anhänger unter Ranuliths Völkern. Manche gehen Pakte mit ihr ein, in der Meinung, sie hätten damit die Kontrolle. Sie verspricht ihnen Rache. Aber eines Tages, wenn sie zum Krieg ruft, werden sie ihr alle wie Marionetten folgen, ob sie wollen oder nicht.«

Unwillkürlich schüttelte es Anders, denn auch wenn er sich kaum noch an sein Aufeinandertreffen mit der Botin dieses mächtigen Wesens erinnerte, so war doch das Gefühl von Beklemmung geblieben. Gedanken an den singenden, abgetrennten Kopf, den Leichenberg und die tanzenden Feuer kamen auf. Mit einem Mal schien es Anders unbeschreiblich kalt in der Höhle. Selbst das Feuer spendete ihm keinerlei Wärme.

»Aber es gibt auch andere Götter? Gute?«

Nalare seufzte. »Ja. In der Weißen Welt gibt es zwei große

Mächte: die Tag- und die Nachtbringer. Wir beten die Tagbringer an, weil sie für das Sonnenlicht stehen. Manche Völker beten beides an, andere, verrücktere, nur die Nachtbringer. Die Frostreiche taten das und dafür wurden sie von der Königin nach der Machtwende bekämpft und vor vierzig Jahren schlussendlich zu großen Teilen zerstört.« Sie schaute nachdenklich ins Feuer. »Auch wenn sie das getan hat, weil die Frostfürsten den Mordauftrag für ihren Dimakes gegeben haben sollen ...«

Anders hob eine Hand. »Dima... was?« Ständig warf man in seiner Gegenwart mit fremdartigen Begriffen um sich, ohne sie zu erklären. Was waren Saltastellari? Die Frostfürsten? Anders schwirrte der Kopf.

Nalare sah ihn müde an. Sie wollte offensichtlich nicht die Geschichtenerzählerin spielen. Zumindest das hatte sich auf ihrer Reise nicht geändert. Anders fragte anscheinend die bekanntesten Dinge. Aber für ihn waren sie fremd.

»Dimakes. Ein Fluch, würden manche sagen. Oder ein Segen.«

»Was jetzt? Fluch oder Segen?« Anders hatte genug von kryptischen Antworten.

»Beides. Je nach Blickwinkel. Wenn jemand seinen Dimakes findet, sind die beiden auf ewig aneinander gebunden. Es ist die *wahre Liebe.*« Nalare zog eine Grimasse. »Es passiert so selten, dass es als Legende abgetan wurde. Zumindest, bis die Königin ihren Seelenverwandten fand. Alle freuten sich für sie und ihr Glück. Dann wurde er umgebracht.«

»Das ist traurig. Deshalb hat sie diese Frostreiche zerstört?«

Nalare schüttelte den Kopf. »Das ist nicht traurig. Das war der Anfang des Untergangs.«

Sie reinigte die Schüsseln mit einem feuchten Tuch, als bräuchte sie eine Entschuldigung, ihre Hände zu bewegen. Eine Pause einzulegen. »Niemand überlebt den Tod seines Dimakes, verstehst du?«

Auf ewig aneinander gebunden hieß also, dass ihre Seelen aneinandergekettet waren? Anders spürte eine unnatürliche Leere in seinem Verstand. Ein Schleier legte sich auf seine Fragen. Er hatte den Punkt erreicht, an dem ihm alles über den Kopf wuchs.

»Nein, verstehe ich nicht.« Frustriert stand er auf und ging am Lagerfeuer auf und ab. Sie tat so, als wüsste er, wovon sie redete. Welcher Untergang?

Nalare sprach nicht weiter. Sie stellte die Schüsseln ineinander und zog die Decke enger um sich. Dann starrte sie gedankenverloren vor sich hin. Sie erinnerte sich anscheinend an etwas.

»Erklär es mir!«, fuhr Anders sie an.

Sie wandte sich ihm zu. Ihr Gesicht war ausdruckslos. »Die Königin sollte tot sein. Wenn Adalvinor Tallahar wirklich ihre zweite Hälfte gewesen ist, hätte sie in dem Augenblick sterben müssen, als der König ermordet wurde. Es hätte ein sauberer Schnitt sein sollen. Ein feiger Stoß dorthin, wo sie verletzlich war. Aber sie ist noch da. Sie ist wahrhaftig unsterblich.«

Anders sank zurück ans Feuer. »Wie wollen Thalar und Meristate so jemanden stürzen?«

Nun wurde ihr Blick hart. »Darum musst du dich nicht kümmern. Du hast eine andere Aufgabe.« Nalare nickte in die dunkle Ecke, in der Atlar saß.

Und das brachte sie zurück zur Frage, was diese Nachtbringerin von ihm wollte.

»Wie werde ich diese Herrin des Blutes los?«

»Gar nicht«, sagte eine tiefe Stimme hinter ihm.

KAPITEL 27

Träge sinkt der Tag zur Ruh,
Tür'n und Fenster gehen zu,
wie das Volk legt er sich nieder,
doch was erwacht zu dieser Zeit?

Die Wolken dunkel und verhangen,
die Sonne fort und lässt uns bangen.
Verklungen sind die Lieder.
Übrig bleibt die Dunkelheit.

In dieser Zeit der Träume,
schleicht in seine Räume
ein Nachtmahr.
Es erwächst das Leid.

Wir sehen sie nicht.
Sie tragen alle dasselbe Gesicht.
Wach auf, die Zeit ist da.
Bereit oder nicht,
sehst du, wer den Helden ersticht?

Jalalveruns Gefahr
Der kleine Mann

Ardens Mora fand sein Ende mit einem ebenso großen Festakt, wie sein Anfang gefeiert wurde. Das vor Kraft strotzende Erbengefolge aß, trank und feierte bis tief in die letzte Weiße Nacht hinein. Die Müdigkeit kehrte nur langsam in ihre Körper zurück. Erst als die trockene Hitze einer unangenehmen Schwüle wich und der Himmel von

Schäfchenwolken verhangen war, verklangen die letzten Trommeln und Gesänge. Jalalverun, der Große Regen, kam und scheuchte die Valahari in ihre Häuser, in denen sie im Kreis ihrer Familien den Göttern für ein gutes neues Jahr opferten und schließlich erschöpft in ihre Betten fielen.

Draußen stürmte und toste es. Der Wind schlug den Regen gegen die Fenster und Hauswände, als wolle er sie einreißen. Im Inneren prasselte ein Feuer in jedem Kamin und Nevaretlampen erhellten die Flure. Die Dunkelheit drängte von allen Ecken und Enden herein. Bis auf die wenigen Freiwilligen, die Wache hielten, schliefen alle.

Ein Laut weckte Thalar. Er passte nicht in die übrige Geräuschkulisse.

Ein weiteres Poltern erklang. Es kam vom Flur. Ambral, der im zweiten Stock des Turms Wache hielt, schlich auf so leisen Sohlen, dass er Thalar regelmäßig erschreckte. Er konnte es nicht sein. Irgendetwas stimmte nicht. Thalar kroch aus seinem Bett und schob die bleierne Müdigkeit in seinen Knochen weit weg.

Ein Schrei, noch ein Poltern. Thalar riss die Tür auf und stürmte auf den Flur. Im schwachen blauen Schein der Nevaretlampen sah er die offene Tür zu Nualláns Zimmer. Kampfgeräusche drangen an sein Ohr. Ein Schauder überkam seinen Körper bei dem hellen Klirren von Metall. Er stürzte zu Nualláns Zimmer. Kaum war er nahe genug herangekommen, um einen Blick auf das Geschehen zu erhaschen, erfasste ihn lähmende Angst, packte sein Herz und drückte zu. Der Schein des Kaminfeuers tauchte das Innere des Raumes in ein unwirkliches Spiel aus Licht und Schatten.

Nuallán kniete auf seinem Bett, nur in eine leichte Schlafhose gekleidet, und hielt eine düstere Gestalt auf Distanz. Ambral lag am Boden. Die Gestalt sprang zurück, nur um genug Platz für einen weiteren Angriff zu gewinnen. Dabei glänzte das gefährliche Großschwert im schwachen Licht kobaltblau. Dagegen war Nuallán mit seinem Dolch beinahe wehrlos.

Ohne nachzudenken, streckte Thalar seine Hand aus und griff nach dem Knochengewirr des Kobaltkriegers, wollte seine

Arme brechen, sie zermalmen. Doch das Gewirr unterschied sich von dem eines Valahars. Es fächerte sich nicht unter Thalars Willen auf. Wütend riss er daran, zerrte an den Fäden und wollte ihm seinen Willen aufzwingen. Dadurch geriet der Kobaltkrieger ins Straucheln. Seine Knochen knirschten, blieben jedoch intakt. Nuallán nutzte die Ablenkung und rollte sich vom Bett, kurz bevor der Gegner die Klinge in die Matratze trieb. Sein Schwert lehnte an der Wand. Er griff danach und kam gerade rechtzeitig wieder auf die Beine, um das Großschwert zu parieren. Zumindest hatte Thalar ihm eine Gelegenheit verschafft.

Thalars erster Instinkt war zu töten. Er musste Nuallán beschützen. Ein Blitz? Nein, auf diese Distanz zu schwer zu kontrollieren. Er könnte Nuallán treffen, der sich mit dem Kobaltkrieger im Nahkampf befand. Sein Verstand übernahm und er ging rasend schnell seine Möglichkeiten durch. Viele davon verwarf er sofort wieder, da sie auch Nuallán gefährden konnten. Schließlich entschied er sich gegen eine sofortige Tötung. Sie durften diese Gelegenheit nicht verstreichen lassen, den Kobaltkrieger zu befragen. Thalar öffnete die Gewirre der Luft und schleuderte einen Schemel auf den Kobaltkrieger. Er zielte auf dessen Kopf.

Der Kobaltkrieger bewegte sich, setzte Nuallán mit einem Sprung über den Tisch nach und der Schemel traf ihn im Genick. Er stolperte und sank auf ein Knie. Doch Thalar konnte die Situation nicht ausnutzen, denn er hatte Nualláns Reaktion nicht miteinberechnet. Der stieß dem Krieger sein Schwert zwischen die Rippen und drehte es herum, sobald sich ihm die Gelegenheit bot. Dann stellte er seinen Fuß auf die Brust seines Angreifers und zog es schwungvoll heraus.

Das Großschwert glitt aus der Hand des Kobaltkriegers. Er grinste im Tod. Sie beide sahen atemlos dabei zu, wie sich der Körper innerhalb eines Augenblicks zersetzte. Übrig blieb eine dunkle, satte Flüssigkeit aus Bronze, Kobalt und Dunkelblau. Sie glitzerte im Feuerschein und malte Schlieren, während sie auf dem Boden zur Ruhe kam.

»So viel zur Unsterblichkeitstheorie«, knurrte Nuallán. Seine Muskeln zitterten, sein ganzer Körper war noch in Kampfbereitschaft. Thalar konnte nur vermuten, wie viel Beherrschung es ihn kostete, nicht in Raserei zu verfallen. Dass er im Schlaf angegriffen worden war, machte den Kampfrausch nur noch heftiger. Mit einem Blick auf die seltsamen Überreste des Kobaltkriegers verabschiedete Thalar sich von dem Gedanken, ihn zu befragen.

Ambral stöhnte. Thalar verfluchte sich, weil er ihn im Chaos fast vergessen hatte. Der junge Krieger hielt sich die blutende Seite. Thalar eilte zu ihm und ging in die Knie, versuchte, das Ausmaß der Verletzungen festzustellen. Wenn Ambral nicht aufstand, während die Gefahr noch nicht gebannt war, konnte das nur ein schlechtes Zeichen sein. Blut tränkte sein beiges Hemd und quoll zwischen seinen Fingern hindurch, die er auf die Wunde presste. Thalar schob seine Hand zur Seite, um die Blutung stillen zu können.

»Hol Rafail, schnell!«, rief Thalar. Nuallán packte das Stofftuch, das ihm abends als Maske diente, und band es sich um. Er ergriff sein Schwert und stürmte aus dem Zimmer. Er hätte zweifellos gerade sowieso nicht ruhig stehen bleiben können, nicht, wenn sein Avolkerosblut durch den Nahkampf noch in seinen Adern brodelte.

»Alles ist gut, Ambral, Rafail ist gleich da«, raunte Thalar dem Jungen zu, dessen panischer Blick ihn fixierte. Spasmen schüttelten Ambrals Körper und Thalar sah den Schmerz, den er stumm erduldete. So jung, so viel Potenzial.

»Ich bin da«, beruhigte er ihn. »Wir flicken dich wieder zusammen.« Ohne von der Seite seines jungen Kronenbrechers zu weichen, horchte Thalar. Er tastete sich im verworrenen Netz des Gewirrs vor und erhielt Zugang zu der Luft um sie herum, spürte, wie sie sie einatmeten und ihre Bewegungen sie verdrängten. Er weitete das Feld aus, sodass niemand sich an sie heranschleichen konnte, ohne dass er es bemerkte.

Womöglich waren weitere Kobaltkrieger eingedrungen. Ein einzelner fiel zwar weniger auf, doch die Erfolgsgarantie war geringer. Plötzlich erschien es ihm als eine dumme Idee, dass er Nuallán allein fortgeschickt hatte. Er zwang sich zur Ruhe. Nuallán kämpfte seit seiner Kindheit, war im Kriegswesen unterrichtet und als Heerführer wie Einzelkämpfer ausgebildet. Er war bei dem Überraschungsangriff nicht verletzt worden, obwohl er geschlafen hatte. Um ihn nun im wachen und alarmierten Zustand zu gefährden, brauchte es mehr als ein paar Kobaltkrieger.

Ambral schlug die Zähne so fest aufeinander, dass es klackte.

Schwere Schritte trampelten auf den Treppen und verrieten Rafails Ankunft, bevor die Luftverdrängung der beiden Körper ihn und Nuallán ankündigte. Erleichtert gab Thalar die Kontrolle auf und verschloss die Gewirre wieder.

»Alles ist gut«, sagte er noch einmal zu Ambral, als die beiden Männer ins Zimmer stürzten. Da war etwas in Ambrals Blick, eine Panik, die nicht von der Wunde herrühren konnte. Sie übertraf Todesangst … Thalar wusste nicht, was es war.

Rafail war ein rundlicher, kleiner Mann mit einem stets freundlichen Gesicht. Gerade allerdings stand reine Sorge in seinem Blick geschrieben. Er schob Thalar beiseite und sank neben dem Kronenbrecher auf die Knie.

»Keine Sorge, das haben wir gleich«, sagte er.

Ambral stieß die Luft stoßweise aus. Rafail schob das feuchte Hemd vorsichtig nach oben, dann stockte er.

»Mehr Licht.« Sorgenfalten zeichneten sich auf seinem Gesicht ab.

Thalar brachte die beiden Nevaretlampen in Nualláns Zimmer zum Leuchten.

Im kalten Licht sog Rafail scharf den Atem ein. Ein Blick auf Ambrals Verletzung genügte Thalar, um zu wissen, warum: Das Schwert hatte den jungen Krieger tief in die linke Seite geschnitten und womöglich Organe verletzt. Rafail würde es innerhalb weniger Stunden heilen können. Doch die Wundränder glänzten kobaltblau und dunkle Kapillaren breiteten sich unter Ambrals Haut aus.

»Gift?«, fragte Thalar stirnrunzelnd.

»Nein. Viel zu schnell. Womit wurde diese Wunde verursacht?«

Nuallán brachte ihm das kobaltblaue Großschwert, an dem Ambrals Blut klebte. Rafail holte ein Tuch aus seiner Tasche und fuhr damit über einen Teil der Klinge. Bis auf das Blut fanden sich keine weiteren Flüssigkeiten oder aufgetragenen Substanzen.

Rafail hob seinen Blick. »Er muss sofort ins Behandlungszimmer. Hier kann ich nichts für ihn tun.«

»Könnt Ihr die Wunde nicht trotzdem verschließen und so den Blutfluss stoppen?«, fragte Thalar.

»Solange ich nicht weiß, was ich damit anrichte, wenn ich diese Substanz in seinem Körper lasse, könnte er daran sterben.«

Thalar richtete seinen Blick auf Ambral. Er befürchtete, sein Kronenbrecher könnte vorher verbluten, doch er verließ sich auf Rafails Expertise als Heiler.

»Sofort«, betonte Rafail.

Nuallán hob den Jungen auf und brachte ihn zusammen mit Rafail hinunter. Thalar weckte einige der anderen und verstärkte die Wachen. Er zog sich an, da die Nacht für ihn vorerst vorüber war. Dann füllte er die Überreste des Kobaltkriegers in eine große Schüssel und brachte sie mitsamt dem Schwert nach unten. Vielleicht konnten sie daraus neue Erkenntnisse über diese seltsamen Wesen gewinnen.

Von der Treppe aus hörte er Meristate, die eine Gruppe Wächter zusammenstellte, die um die Dorfgrenzen patrouillieren sollten.

»Kadrabes Schatten, wahrlich«, rief sie. »Sie nutzt die dunkelste Stunde des Jahres, um uns anzugreifen, während wir schutzlos sind. Vergesst eure Müdigkeit.« Er hörte die Anspannung in ihrem Tonfall. »Die Despotin hat sicher nicht nur einen geschickt. Los, sucht nach ihnen und seid vorsichtig!«

Falls mehr Kobaltkrieger von Iamanu wussten, mussten sie sie aufhalten, bevor sie Elrojana ihr Versteck verrieten. Oder wusste sie bereits davon? Hatte Elrojana sie gezielt hierhergesandt?

Thalar entschied sich, selbst nach weiteren Kobaltkriegern zu suchen. Als Gewirrspinner konnte er leichter mit ihnen fertig werden. Er stieg die Treppen hinunter, um die Schüssel und das Schwert sicher unter Iamanu zu verstauen, bis sie Zeit hatten, sich näher damit zu befassen. Rafails Stimme hielt ihn auf.

»Romane, kommt. Das müsst Ihr Euch ansehen.« Der Blutspinner stand im Türrahmen seines Behandlungsraumes im ersten Stock und winkte aufgeregt. Thalar änderte die Richtung und ging auf ihn zu.

Schon verschwand Rafail wieder im Zimmer. Thalar lehnte das Großschwert neben die Tür und stellte die Schüssel mit den flüssigen Überresten ab. Ambral lag auf dem Behandlungstisch, von Krämpfen geschüttelt und immer noch blutend. Wieso heilte Rafail ihn nicht? Nuallán stand mit argwöhnischem Blick und verschränkten Armen ein paar Schritte vom Eingang entfernt, so als wolle er überall sonst lieber sein als hier. Er hatte sich angezogen und trug sein Schwert griffbereit an der Hüfte. Rafail musste ihn gebeten haben, im Raum zu bleiben. Sonst würde Nuallán längst draußen nach weiteren Eindringlingen suchen. Sein Blick streifte Thalar. Thalars übermütige Annäherung stand noch zwischen ihnen, doch gerade war nicht die Zeit, um Persönliches zu besprechen. Sie funktionierten auch ohne Worte.

Rafail führte Thalar zum Behandlungstisch.

»Seht Euch das an.« Er deutete auf Ambrals Verletzung.

Thalar runzelte die Stirn. Er hatte die rasante Ausbreitung der dunklen Kapillaren schon zuvor gesehen.

»Die Gewirre«, konkretisierte Rafail.

Thalar schaute zu ihm, bevor er seine Aufmerksamkeit auf das Nichtexistente legte, die durchscheinenden Knäuel, die ihre Welt ausmachten. Die Enden vieler dünner Fäden schwirrten lose herum. Dieser Anblick raubte ihm den Atem. Teile verschiedener körperlicher Gewirre *fehlten*.

»Seht sie Euch genau an«, raunte Rafail.

»Was sieht man denn?«, fragte Nuallán, der hinter ihn trat.

Thalar beobachtete das Muskel- und Organgewirr. Die losen Enden zersetzten sich schleichend weiter.

»Sie fressen Silil.«

Seine Stimme zitterte, als er sich der wahren Ausmaße der Macht der Kobaltkrieger bewusst wurde. Silil war das Material der Gewirre, es machte die Grundlage aller Existenz aus und ermöglichte Leben und Schöpfung, Veränderung und Tod. Ohne Silil gab es nichts.

»Aber nicht doch, das soll geheim bleiben«, raunte eine Stimme.

Thalar wirbelte herum. Mit neckisch nach vorn gerecktem Kinn stand ein weiterer Kobaltkrieger hinter ihnen. Ein hämisches Grinsen verzog seine Lippen, kurz bevor die Klinge seines Großschwerts aufblitzte. Sofort war Nuallán zur Stelle und baute sich vor Thalar, Rafail und Ambral auf. Ein weiterer Nahkampf. Nuallán musste diesen bereits jetzt hassen.

Thalar wich zurück, suchte nach etwas, womit er den Kobaltkrieger bewegungsunfähig machen konnte. Nun war nicht die Zeit, in Ruhe die fremden Gewirre kennenzulernen, die dessen Körper ausmachten. Also schieden direkte Angriffe auf ihn aus. Doch es gab auch so noch genug andere Möglichkeiten, ihn aufzuhalten. Noch einen sollte Nuallán nicht töten. Sie brauchten Antworten.

Der Kobaltkrieger führte einen schnellen Hieb von unten nach oben. Nuallán blockte ihn mit seinem halb gezogenen Schwert, bevor seine Klinge so weit nach oben rutschte, dass die beiden Parierstangen sich ineinander verkeilten. Nuallán musste seine zweite Hand mit aufs Heft legen, um der Kraft des Kobaltkriegers entgegenwirken zu können. Ihm blieb im engen Raum nicht genug Bewegungsfreiheit, um der Klinge zu entgehen. Auch der Kobaltkrieger wusste das und veränderte den Winkel, sodass sich seine Schwertspitze Nualláns Körper näherte. Dadurch schnitt Nualláns Klinge ihm in die Hüfte, doch das schien ihm egal zu sein.

»Weg!«, rief Nuallán. Rafail wich zur Seite aus, keinen Augenblick bevor Nuallán zurücksprang und so der Kobaltklinge entkam.

Thalar hatte genug Zeit gehabt, seinen nächsten Zug vorzubereiten. Das geöffnete Gewirr der Erde und des Steins lag vor ihm wie eine detaillierte Karte. Nur eine Berührung des Daumens mit seinem Mittelfinger und ein Gleiten der anderen Hand über sein Handgelenk auf der Suche nach dem richtigen Knotenpunkt, der passenden Stelle auf der Karte, und der Boden brach auf. Der Stein knirschte unter den Füßen des Kobaltkriegers, bevor er darin einsank wie in Treibsand. Bevor Thalar den Boden wieder festigen konnte, befreite sich das Wesen. Es warf Thalar nur einen kurzen, amüsierten Blick zu. Thalars Versuche, ihn kampfunfähig zu machen, belustigten diesen Mistkerl. Erneut griff er Nuallán an.

Thalar atmete tief aus. Nachdem er gesehen hatte, wozu die Kobaltkrieger in der Lage waren, konnte er Nuallán dieser Gefahr nicht ohne Gewissensbisse aussetzen. Nicht auszudenken, wenn noch mehr von ihnen verletzt wurden, bevor Rafail das Fortschreiten des Sililenzugs aufhalten konnte. Erde war zu langsam, ein Blitz im Nahkampf blieb zu gefährlich. Deshalb nutzte Thalar, was der Kobaltkrieger freiwillig nahe an sich heranließ. Bei dem nächsten Versuch, Nuallán mit seinem Großschwert in einer Parade zu halten, schlug Thalar zu. Die beiden Schwerter verkeilten sich ineinander wie zuvor. Ehe der Kobaltkrieger seine Klinge erneut an Nualláns Körper annähern konnte, manipulierte Thalar Nualláns Schwertklinge, die ihm wohlvertraut war.

Spitze, lange Dornen schossen aus dem Metall und durchbohrten die Brust, den Bauch und die Schultern des Kobaltkriegers. Sie traten durch den Rücken wieder aus, überzogen von dunklem, blauem Blut. Dann zogen sie sich zurück in die Schwertklinge. Der Kobaltkrieger sank wie schon der erste in sich zusammen und ließ sein Schwert fallen.

Thalar starrte auf die zähe Flüssigkeit, die sich noch einen Moment lang bewegte und dann ruhig schimmernd eine Pfütze bildete.

»Wieder kein Gefangener«, sagte er mehr zu sich selbst.

Nuallán stand schwer atmend da und sah von seinem Schwert zu Thalar. Er zitterte wieder. Noch ein Angriff und er würde die Kontrolle über sich verlieren. Sogar nach der Ausbildung unter den Bestienkriegern der Sanan verlangte ein Nahkampf ihm alles ab.

»Alle unverletzt?«, fragte Rafail.

Nuallán nickte. Thalar stieß erleichtert den Atem aus.

»Ich glaube, Ihr könnt den Kobaltkrieger früh genug befragen.« Rafail deutete zu der Stelle, an der Thalar die Überreste und das Großschwert des ersten Angreifers abgestellt hatte. Die Schüssel war leer und das Schwert fehlte.

»Vielleicht doch unsterblich«, mutmaßte Nuallán und steckte das Schwert mit einem wachsamen Blick auf die Flüssigkeit weg.

Sie stellten die Schüssel mit den Überresten des Kobaltkriegers in einen massiven Käfig in den geheimen Gewölben unter Iamanu und das Schwert davor. Während Rafail versuchte, Ambrals Leben zu retten, und Nuallán die Männer auf der Suche nach weiteren Kobaltkriegern anführte, gesellte sich Meristate zu Thalar. Sie betrachteten beide die dunkle, schimmernde Flüssigkeit. Das Zimmer war kahl, nicht mehr als der Käfig an der Wand, ein Holztisch und zwei Stühle befand sich darin. Keiner von ihnen setzte sich.

»Du solltest draußen beim Erbengefolge sein«, sagte Meristate, ohne den Blick von der Schüssel abzuwenden. »Ein König muss sein Volk anführen.«

»Nuallán kann das genauso gut. Was er nicht so gut kann, ist, einen Kobaltkrieger zu studieren.«

»Er läuft dir nicht davon«, gab sie zu bedenken.

Nun sah Thalar sie an. Wahrscheinlich hatte sie kaum ein Auge zugetan. Ardens Mora mochte ihre Kräfte gestärkt haben, doch Thalar vergaß niemals, dass ein Fehler ihrerseits ihren Tod bedeuten könnte. Da sie zu spät begonnen hatte, ihr Leben zu verlängern, balancierte sie nun am Abgrund, tanzte zwischen

Leben und Tod. Es war gut, dass sie nicht Teil dieser wilden Jagd war. Sie musste ihre Macht bedacht einsetzen.

»Du bist doch auch hier, um zu sehen, wie er aufersteht.«

Ein wissendes Lächeln umspielte ihre Mundwinkel.

»Was genau ist passiert?«, fragte sie. »In Nualláns Zimmer.«

Thalar sah wieder in den Käfig. »Nuallán wurde im Schlaf angegriffen«, erzählte er das, was ihm Nuallán berichtet hatte. »Er konnte sich mit dem Dolch unter seinem Kissen lange genug verteidigen, bis Ambral seinen Ruf hörte und zu ihm eilte. Ambral wurde getroffen, und obwohl die Verletzung laut Nuallán nicht so schlimm gewirkt hatte, stand er nicht mehr auf. Warst du bei Rafail? Hast du es dir angesehen?«

Sie nickte.

»Woher stammen diese Wesen? Ich habe noch nie von etwas gehört, das Silil zersetzen kann. Nicht einmal in den alten Sagen und Legenden.«

Meristate schürzte die runzligen Lippen. »Silil ist unantastbar – oder sollte es zumindest sein. Die Manipulation ist möglich und darauf basieren die Blinden Künste genauso wie die Gewirrspinnerei. Trotzdem bleibt die Menge des Silils immer dieselbe. Wir können es in etwas anderes verwandeln, es bekommt eine neue Form, doch weder können wir etwas davon wegnehmen noch etwas hinzufügen. Das hier ist wider die Natur.«

»Immer mehr, das nicht nach Ranulith gehört, nicht existieren dürfte, versammelt sich um sie.« Er musste Elrojanas Namen nicht aussprechen.

Meristate musterte die schimmernde Flüssigkeit mit konzentriertem Blick. »Ob er uns hören kann, wenn er in diesem Zustand ist?«

»Wohl kaum. Oder denkst du, sein Bewusstsein bleibt bestehen, während sein Körper sich langsam neu formt?«

»Möglicherweise«, sagte sie. »Es gibt verrücktere Dinge in dieser Welt. Etwas, das in einem Aspekt widerruft, was als Gesetz galt, könnte es auch in anderen Bereichen.«

»Erinnert dich ihr temporärer Tod nicht auch an den Dunklen Diener?«, fragte er schließlich. Er war dabei gewesen, wie sie ihn beide Male geschlagen hatten; wie sein Körper in eine flüssige, schreckliche Dunkelheit zusammengesunken war, dunkler noch als das Kobaltblau, das Thalar mit dem Erscheinen der ersten Kobaltkrieger vor mehr als dreißig Jahren kennengelernt hatte. Es war die dunkelste Farbe, die er kannte. Doch der Dunkle Diener übertraf selbst sie noch. Er bestand aus einer Finsternis, so tief und undurchdringlich, dass keine Spur einer Farbe in dieser absoluten Abwesenheit von Licht übrig blieb. Der Dunkle Diener musste etwas mit dem Auftreten der Kobaltkrieger zu tun haben, da sie beinahe zur selben Zeit begonnen hatten, über Vallens lichtdurchschienene Ebenen zu wandeln. Genauso wie die Helrunen.

»Sie kehren schneller zurück und sie tun es hier, nicht in Helrulith«, gab Meristate zu bedenken. »Der Dunkle Diener ist kein Teil dieser Welt, sein Ursprung liegt in der Vergessenen Welt. Die Kobaltkrieger gehören hierher.«

»Wie kannst du dir so sicher sein? Niemand kannte sie zuvor. Sie werden nirgends erwähnt. Selbst Numenas Schriften über die Mannigfaltigkeit der Natur schweigen über solche Kreaturen.«

Meristate seufzte. »Es gibt so viele Möglichkeiten. Diese Welt ist voll von Mysterien, selbst nach Jahrtausenden fehlt uns ein Überblick über unsere eigene Welt. Über die anderen wissen wir noch weniger. Die Kobaltkrieger könnten erschaffen worden sein. Wie ein Golem, der blind die Befehle seines Herrn befolgt. Oder sie haben geruht. Oder waren eingesperrt. Für sehr lange Zeit, möglicherweise sogar seit dem Zeitalter der Weltreiche. Irgendetwas – oder irgend*wer* – hat sie freigelassen. Nachdem der Schattenwirker mithilfe der Nachtbringer Dinge ans Tageslicht gebracht hat, von denen niemand zuvor gewusst hatte, scheint es nicht unmöglich, dass auch jemand anderes dazu in der Lage ist.«

Thalar runzelte die Stirn. »Du denkst, sie hat so etwas getan? Ohne die Hilfe eines Nachtbringers könnte sie doch nie …

Immerhin ist sie trotz all ihres Wahnsinns immer noch eine Valahar. Sie ist den Göttern sogar näher als irgendjemand sonst.«

»Aber sie hat mit dem Dunklen Diener etwas, was Janabar nicht hatte: wahre Finsternis.«

»Sie hielt Janabar während der Machtwende mit aller Kraft davon ab, sein Ziel zu erreichen. Wieso sollte sie nun selbst so etwas Schreckliches versuchen?« Elrojana mochte verrückt und grausam sein, aber etwas zu wecken, das seit dem Zeitalter der Weltreiche geschlafen hatte? So wahnsinnig konnte selbst sie nicht sein.

Die Machtwende lag fast vierhundertfünfzig Jahre zurück und somit weit vor Thalars Zeit. Nicht so bei Meristate. Sie hatte als Kind miterlebt, wie mit Krabad Janabar der erste Gewirrspinner auf dem Thron saß. Mit der Unterstützung der Frostreiche und Nachtbringer. Von all den Gewirrspinnern in Halakai war nur Romane übrig geblieben, um gegen ihn zu kämpfen. Meristate hatte Thalar erzählt, dass Kadrabe in ihrer grenzenlosen Gutmütigkeit Mitgefühl mit der verzweifelten Gewirrspinnerin gehabt hatte. Aus der Macht, die sie Eldora Romane schenkte, um die Nachthure zu besiegen, und dem Körper einer Sterblichen wurde Elrojana geboren. Da Meristate Jahrhunderte an Elrojanas Seite für Vallen eingetreten war, glaubte er ihr diese unglaubliche Geschichte sogar.

Die Überreste in der Schüssel regten sich. Thalar und Meristate starrten gebannt auf die Substanz. Thalar beobachtete das Gewirr. Es hatte sich zu einem einzigen Knäuel zusammengezogen. Allein es anzusehen, war unangenehm. Ein glitschiges, bedrückendes Gefühl überkam ihn im hinteren Teil seines Kopfes. Als würde etwas Widernatürliches seinen Geist streifen. Das Knäuel hatte vier Farben, die sich immer wieder abwechselten wie ein Flickenteppich. Dunkles Kobaltblau, Bronze, der undefinierte Zustand völliger Finsternis und – das überraschte Thalar – Weiß. Wie konnten diese düsteren Kreaturen weiß sein? Sie hatten nichts Helles an sich.

Das Gewirr regte sich, doch Thalar widerstand dem Drang, es

zu öffnen. Er hatte genügend Gelegenheit, das nachzuholen, wenn er erst einmal die Gewirre eines Kobaltkriegers studiert hatte. Das Knochengewirr des Kobaltkriegers war zwar fremd gewesen, aber es hatte nicht den Eindruck erweckt, als wäre es sonderlich schwer zu öffnen, wenn man ein wenig Zeit hatte, es zu untersuchen. Dieses hier war anders. Es wirkte systematisch aus mehreren Elementen zusammengebaut. *Wie ein Konstrukt.*

Bewegung kam in die Substanz. Eine Beule bildete sich aus, eine Blase, die aus der zähen Flüssigkeit emporwuchs. Das Gewirr *teilte* sich. Thalar traute seinen Augen kaum. Rasch sah er zu Meristate hinüber, nur einen Moment lang, um zu schauen, ob sie es auch erkannte. Sie hatte sich vorgelehnt. Absolute Konzentration straffte ihre Muskeln, sie schien nicht einmal zu blinzeln. Jede Faser ihres gebrechlichen Körpers war angespannt und sie fixierte das Schauspiel, als wolle sie im nächsten Moment darauf losspringen und es entweder zerreißen oder sich zu eigen machen.

Thalar sah zurück. Mittlerweile wuchs eine Gestalt aus der Substanz. Die bronzene und blaue Flüssigkeit floss über eine Kopfform, über Schultern hinab in die Schüssel. Der Kopf unter der Substanz hob sich. Eine Nase und Augenhöhlen bildeten sich aus, ein feiner Schwung zeichnete die Lippen nach. Das Gewirr hatte nun die Farbe geändert und bestand aus mehreren Knäueln, die nur noch an einzelnen Fäden zusammenhingen.

Dann stockte die Flüssigkeit. Sie erstarrte und wurde fest wie gefrierendes Wasser. Die verbindenden Fäden rissen. Die Hülle brach auf. Bronzene Haut schimmerte hindurch und ein kobaltblaues Auge erfasste Thalar.

Mehr Risse brachten die harte Schicht zum Bröckeln. Der Kobaltkrieger stieg seelenruhig aus der jetzt leeren Schüssel. Eine feine, staubige Schicht der kobaltblauen Substanz blieb auf Stellen seiner Haut zurück, zeichnete eine dunkle Kriegsbemalung in sein Gesicht, die in zwei langen Streifen von den Augen über die Wangen reichte. Der scharfe Blick glitt über Meristate und Thalar hinweg und fand das Schwert. Er hob die Hand. Bei der Bewegung bröckelte das Kobaltblau ab und verwandelte sich in dunkelblauen Staub. Dann löste sich der Staub in nichts auf.

»Das hätte ich gern wieder.«

Die raue Stimme nahm die Anspannung im Raum und trug sie wie ein lauer Wind davon. Thalar bemerkte seine versteifte Haltung. Er lockerte sie. Den Kobaltkrieger machten nun wieder genauso viele Gewirre aus wie jedes humanoide Wesen.

»Netter Trick«, sagte Thalar und deutete dabei auf den Körper des Kobaltkriegers.

Der Krieger sah an sich hinunter, als hätte er sich noch nie gesehen. Dabei legte er eine Hand auf seine Brust. »Oh, findest du? Endlich jemand, der es zu schätzen weiß.« Die weit aufgerissenen Augen trafen sich mit Thalars. Es kostete Thalar alle Willenskraft, nicht zurückzuweichen. Der Blick strahlte blanken Wahnsinn aus. Diese Wesen waren gemacht aus Gewalt, Schmerz und Macht. Was in Keilorns Namen konnte so schrecklich sein, um solche Kreaturen hervorzubringen?

»Weißt du, ich mag die anderen ja, aber irgendwann wird es fade nur mit meinesgleichen – oder diesen winselnden Lämmchen. Hier gibt es endlich ein bisschen Feuer!« Er streckte die Hände in die Höhe und lachte. Niemand stimmte mit ein. Irritiert verstummte der Kobaltkrieger und legte den Kopf schief. Er ließ demotiviert die Arme sinken. »Hm, so ein bisschen fehlt mir ihr guter Sinn für Humor doch.«

»Wie viele von euch sind hier?«, fragte Thalar ernst. Er hatte keine Zeit für diesen Unfug. Bisher waren die Kobaltkrieger immer in Gruppen von fünf gesichtet worden. Nie allein.

Die Augen fanden ihn wieder. In ihnen tanzte ein wilder Glanz.

»Du meinst, wie viele von uns *jetzt gerade* diesen popeligen Turm, dieses jämmerliche Dörflein in dieser armseligen Ritze umstellen? Das wüsstest du jetzt gern, habe ich recht?« Dabei betonte er das T am Schluss ganz besonders.

Thalar schloss den Mund und stellte sich aufrechter hin, den Kopf stolz erhoben. Er wollte nicht zeigen, was diese Worte in ihm auszulösen drohten. Viadar war als sein Heerführer ein erfahrener Kämpfer, seine Soldaten stark und aufmerksam. Thalars Kronenbrecher waren trainiert. Nuallán passte gut auf sie auf. Sie würden sicherlich mit den Kobaltkriegern fertig werden.

»Ach, mach dir nicht ins Hemd.« Der Kobaltkrieger winkte ab. »Hier gibt es nur mich. Mich, dich und sie.« Kurz nickte er in Meristates Richtung. »Wie gern ich daraus nur dich und mich machen würde.« Er zog langsam einen Mundwinkel nach oben, entblößte perlweiße Zähne und formte ein grässliches Grinsen. Dann wandte er den Blick von Thalar ab und ließ ihn zu Meristate hinüberhuschen, die stumm zusah. »Ich könnte ihre Brust aufschneiden und das verschrumpelte Herz darin mit bloßer Hand herausreißen. Wie viel würde sie wohl mit ihrer Gewirrmanipulation reparieren können? Wie lange würde es dauern, bis sie stirbt?« Erneut legte der Kobaltkrieger den Kopf schief, als warte er auf eine Antwort. Dann lag sein Blick wieder auf dem Schwert. Er streckte testweise eine Hand durch die Gitter.

»Ich hätte es wirklich gern zurück.«

»Vielleicht durchbohrt Nuallán dich das nächste Mal damit, wenn du ihn nett fragst«, erwiderte Thalar kühl.

Das Wesen lachte dunkel. »Dafür müsste er zu mir hereinkommen.«

»Wie ist dein Name?« Thalar schob sein Kinn nach vorn, um seiner Frage mehr Gewicht zu verleihen.

Der Kobaltkrieger bedachte ihn mit einem merkwürdigen Blick, so als müsste Thalar die Antwort wissen. »Ich habe keinen Namen. Sie gab mir keinen anderen als den restlichen auch. Wir sind ihre Krieger.«

»Weckte euch ein Nachtbringer?«, fragte Meristate. »Oder die Königin?«

Der Kobaltkrieger reagierte nicht.

War das ein Hinweis, dass er darüber nicht reden wollte? Lag Meristate mit ihrer Vermutung richtig? Elrojana besaß nicht die Mittel, solche Wesen zu befreien. Nicht, wenn etwas Mächtiges sie tatsächlich vor vielen Jahrtausenden eingesperrt hatte. Die

Vorstellung, Elrojana könnte mit einem Nachtbringer zusammenarbeiten, erschien Thalar so unwirklich.

»War es das Alte Übel?« Ein Gedankenblitz durchzuckte ihn. Götter – helle wie dunkle – hatten Streiter, Diener, Boten. Vielleicht waren die Kobaltkrieger alt und kürzlich erwacht, doch das musste nicht zwangsläufig so sein. Ein Gott könnte sie neu erschaffen haben. Besaßen die Nachtbringer so viel Macht, nun, da Kadrabe nicht mehr auf ihrem Thron saß? Doch als was? Als Vorboten der kommenden Finsternis? In den Sonnenlanden galt die Dunkelheit als Erlösung. Ihr oberster Gott trug es auf seinen Fahnen geschrieben. Wieso dienten sie dann Elrojana? Außerdem hatte der Kobaltkrieger *sie* gesagt. Es konnte nicht Subret sein. »Die Herrin des Blutes?«

Selbst jetzt sprach er die wahren Namen der Nachtbringer nicht aus. Keilorn war fern und sie konnten es sich nicht leisten, Milites oder Tarjas Blick auf sich zu ziehen. Zu unberechenbar war ihre Lage, zu heikel, nun, da die Kobaltkrieger sie gefunden hatten. In der Dunkelheit von Jalalverun schwanden die Kräfte der Tagbringer und die Nachtbringer regierten. Es war eine Regentschaft der Fliegen. Länger als ein paar Tage dauerte sie nicht. Deshalb hatte der Kobaltkrieger gerade jetzt angegriffen. Alles ergab Sinn.

Der Kobaltkrieger schüttelte bedauernd den Kopf. »So ein schlauer Junge, aber auf dieses Rätsels Lösung kommst du nicht, was?«

Er wollte Thalar nicht antworten. Ob Schmerz für ihn ein Motivator wäre? In Gedanken suchte Thalar den Geeignetsten, um diese Vermutung zu testen. Die meisten im Erbengefolge waren ehemalige Mitglieder der Reichswacht, einige stammten aus Dörfern sonnwärts von Iamanu und hatten ein Leben als Schmiede, Bauern und Kürschner aufgegeben, um sich ihnen anzuschließen. Rafail war ihr einziger Blutspinner und neben Thalar und Meristate gab es nur noch ihn, der Gewirre jeder Gattung sehen konnte. Obwohl Rafail Jahrzehnte unter Elrojana gedient hatte, schied er als Foltermeister aus, da er sein Leben der Heilung verschrieben hatte. Schließlich blieb nur eine Person, von der Thalar mit gutem Gewissen sagen konnte, dass ein wenig Folter ihrem Seelenheil nichts anhaben würde. In den Frostreichen gab es eine Bezeichnung für Foltermeister dieser Art: Bestrafer. Er sah zu Meristate. Womöglich war ihr diese Vorgehensweise nicht einmal fremd.

»Wir sollten uns Antworten beschaffen, wenn uns so ein Geschenk schon vor die Füße geworfen wird«, sagte er. Sie lächelte, verstand sofort, was er meinte. Die Falten um ihren Mund wurden noch tiefer und sie trat einen Schritt vor. Sie fixierte den Kobaltkrieger, der seine Augen langsam auf sie richtete.

»Wie viel Blut sich wohl noch in ihrem vertrockneten Körper befindet? Ich könnte damit diesem schmucklosen Raum einen neuen Anstrich verpassen. Was meinst du?« Er sah Meristate mit einer Mischung aus Vorfreude, Wahnsinn und Neugier an.

Sie legte eine Hand an die dicken Gitterstäbe. »Mit Freuden wage ich dieses Tänzchen«, antwortete sie.

Ein Arm schoss vor und packte ihren Hals. »Oder ich breche ihr dürres Genick, wenn du mir nicht gleich mein Schwert gibst«, knurrte der Kobaltkrieger ungeduldig. Er sprach immer noch zu Thalar, obwohl er Meristate mit starrem Blick ansah.

Thalar zuckte, besann sich dann aber eines Besseren.

Meristate seufzte. Ihre Hand legte sich beinahe zärtlich auf den Arm, der von finsterer, undefinierbarer Kleidung umhüllt war. »So geht man nicht mit einer Dame um.«

Es knirschte und knackte. Dann brach ein Knochen. Der Griff des Kriegers wurde schlaff und seine Augen wurden noch größer, während er seinen gebrochenen Arm zurückzog. Thalar hätte sich denken können, dass Meristate diese kurze Zeit bereits ausgereicht hatte, um das fremde Gewirr zu studieren. Er erzitterte bei dem Gedanken, wie mächtig er selbst in ihrem Alter sein würde.

Gedämpft klang Nualláns Stimme aus dem Nebenraum. Er benutzte das Sprachrohr von oben, weil ihm als Blindem, als Unbegabtem, der schnelle Weg in die Kellergewölbe von Iamanu verwehrt blieb, solange kein Gewirrspinner bei ihm war.

»Es wird um die Suche gehen«, vermutete Thalar.

Meristate wandte sich von dem Wesen ab. Völlig furchtlos drehte sie ihm den Rücken zu und tauschte einen Blick mit Thalar, bevor sie ging. Anscheinend mochte der Kobaltkrieger ihn lieber als sie. Vielleicht bewegte ihn das eher zum Reden als Schmerz.

Der Krieger im Käfig richtete seine Aufmerksamkeit wieder auf Thalar. Sein Arm hing nutzlos herunter, doch Schmerz schien er keinen zu spüren – oder er war ihm abtrainiert worden.

»Ich bin wirklich der Einzige hier, Wunderkind«, schnurrte der Kobaltkrieger. »So lustig ich es finde, wenn ihr wie aufgeschreckte Häschen durch euren Bau hoppelt. So kommen wir nicht weiter, wenn ständig jemand stört. Aber es ist schön, allein mit dir zu sein. Ich musste sie noch nicht einmal umbringen.« Er lächelte selig. Mit einer Hand umschlang er den Gitterstab und kam näher. Dann horchte er.

»Was hörst du?«, fragte Thalar.

Er bekam ein Grinsen als Antwort. »Das wüsstest du jetzt gern … ob ich sie belauschen kann, nicht wahr?«

»Ich bekomme die Antworten schon aus dir heraus.«

»Dann frag doch, kleiner Romane.«

Konnte es so einfach sein? »Was ist dein Auftrag?«

Der Krieger machte große Augen. »Oh, ist das nicht offensichtlich? Ich soll den Avolkeros töten.«

Thalar verzog keine Miene, doch sein Herz schlug heftiger. Nicht nur hatten Elrojanas düstere Krieger Iamanu gefunden, sie wusste auch, dass Nuallán hier bei ihm und ein Avolkeros war. Wieso wollte sie ihn töten und nicht Thalar?

»Die anderen allerdings …«, begann der Kobaltkrieger und sog die Luft zwischen den Zähnen ein. »Die hatten andere Befehle.«

»Du sagtest, du wärst der Einzig…«

»Ich *bin* der Einzige, der jetzt gerade hier ist«, zischte der Kobaltkrieger und presste sein Gesicht gegen die Gitterstäbe. »Aber wir waren fünf, als wir kamen.«

———— ➤❋⬅ ————

nders drehte sich um. Atlar stand genau dort, wo der Feuerschein auf die Schatten traf und gegen sie verlor. Er senkte seinen Blick auf Anders und verursachte bei ihm Gänsehaut. Von seinem Mundwinkel lief tiefblauer Fruchtsaft hinunter.

»Sie hat ihren nächsten Eredur auserkoren.«

Anders hob skeptisch eine Augenbraue. »Eredur? Sag bitte nicht, das ist so was wie ein Gefährte.«

Da ließ Atlar sich auf dem Boden nieder. Er verbarg seinen Arm so gut es ging in der Dunkelheit. Wollte er seine Schwäche verstecken?

»Ein Krieger. Ein treuer Verfechter. Jemand, der für sie von höchstem Wert ist und ihren Plänen dient. Sie hatte im Laufe der Geschichte viele Ereidur, jetzt will sie anscheinend einen neuen.«

»Himmel noch mal«, fluchte Anders leise und schloss die Augen. Er wollte wütend sein und irgendetwas durch die Gegend werfen, aber es reichte nur für ein tiefes, erschöpftes Seufzen. Das konnte doch alles nicht wahr sein. »Wieso will sie mich? Ich bin kein guter Krieger. Ich kann mich gegen Schwerter und Magie nicht großartig wehren, ich habe nur meine Pistole. Und lange werde ich nicht hier sein.«

»Irgendetwas hat sie zu dir gelockt«, sagte Atlar und ein schwer zu deutender Ausdruck trat in sein Gesicht, der Anders irritierte. »Irgendetwas musst du an dir haben, das sie davon überzeugt, dass du ihr nützlich sein könntest. Vielleicht weil du ein Zwielichtwesen bist … womöglich …« Atlar verstummte und musterte Anders forschend. Er legte den Kopf schief, als horche er auf etwas. Sein suchender Blick glitt tiefer, bis er auf Anders' Brust lag. Anders erstarrte. Das Tiefwasser. *Danke,*

Meristate. Als hätte er nicht schon genug Probleme, lockte die Dunkelheit, die er mit sich trug, ein Monster nach dem anderen zu ihm. Er zog sich frustriert an den Haaren.

»Ich hasse sie.« Ob er dabei die Herrin des Blutes oder Meristate meinte, wusste er selbst nicht.

»Du weißt eine Menge über eine Welt, die du so verabscheust«, sagte Nalare zu Atlar, der seinen Umhang nicht trug. Sie hatte das Gespräch aufmerksam verfolgt, schaute aber weiterhin in die Flammen. Die Dunkelheit, die der Schwarze Mann ausstrahlte, musste ihr Unbehagen bescheren.

»So ist es«, war die ominöse Antwort.

»Aber woher?«

Atlar wandte sich an Anders, als hätte er sie gar nicht gehört. »Du kannst diese Göttin nicht loswerden. Sie hat jetzt schon Macht über dich.«

»Wie kann ein kleines Mädchen mächtig sein?« *Mädchen?* War sie eines gewesen? Anders erinnerte sich nicht.

»Macht über ihn?«, wiederholte Nalare und ihr Gesichtsausdruck versteinerte. Ihr Blick sprach von Argwohn.

»Sie wächst und schrumpft mit der Dunkelheit«, erklärte Atlar. »Während Ardens Mora gab es keine Nacht oder auch nur Schatten, doch jetzt verdichten sie sich.«

»Also kam sie in der Form eines Kindes«, riet Anders.

»Und jetzt ist es so dunkel, wie es jemals in der Weißen Welt werden kann«, sagte Atlar. »Sie ist am Höhepunkt ihrer Macht. Nun sucht sie dich stärker heim denn je.«

Anders leckte sich nervös über die Lippen. »Sicher, dass es dann eine Botin ist und nicht sie selbst?«

»Eine Botin? Sie schickt keine Boten, um einen Eredur zu rekrutieren.«

Anders hatte einer Göttin gegenübergestanden. Ihm schwirrte der Kopf. Das Konzept war nicht greifbar für ihn.

»Aber was will sie von mir? Ich bin nicht einmal ein Valahar, geschweige denn, dass ich lange genug hier sein werde, um ihren zukünftigen Krieg zu erleben.« Wollte sie nur das Tiefwasser? Der Gedanke, etwas zu besitzen, das nun schon zwei mächtige Kreaturen begehrten, schnürte ihm die Kehle zu. Er verfluchte Meristate und ihre Überzeugung, das wäre eine gute Idee. Was hatte sie sich dabei nur gedacht?

»Als wir den singenden Schädel sahen«, sagte Nalare, und nicht nur Anders schien bei dieser Erwähnung ein Schauder über den Rücken zu laufen, »hast du sein Lied verstanden?«

»Ja. Zumindest die Worte. Den Sinn ... nicht so sehr.«

Nalares Blick wurde eindringlich. Als hätte sie den Beweis für ein Verbrechen gefunden. »Ich habe nur Kauderwelsch gehört.«

Das brachte noch mehr Unruhe in Anders' Körper. Er saß verkrampft am Feuer.

»Und jetzt?«, fragte er hilflos.

In einer geschmeidigen Bewegung stand Atlar auf und ging.

»Hey«, rief Anders und streckte die Hand nach ihm aus. »Du hast mir nicht gesagt, wie ich sie loswerde! Komm schon, du weißt doch etwas darüber!«

Atlar blieb stehen und sah über seine Schulter zurück. »Weil du sie nicht loswirst. Jede Illusion, in der du ihr nachgibst, zieht die Schlinge um deinen Hals fester. Aber ich passe auf dich auf.« Er kehrte in die finstere Ecke zurück und Anders konnte nur noch das blasse Gesicht erkennen, das sich vom Schwarz abhob.

Ein merkwürdiges Gefühl überkam Anders, als er daran zurückdachte, wie Atlar ihm nachgeritten sein musste, um ihn vom Pferd zu reißen. Er hatte damit die Illusion zerstört, die Anders dazu gebracht hatte, der Herrin des Blutes zu folgen. Atlar hatte ihn davor bewahrt, unbewusst ein Diener einer bösen Göttin zu werden. Atlar, den Anders vor ein paar Monaten eigenhändig in sein dunkles Grab geschickt hatte. Dem er während Ardens Mora untätig beim Verhungern zugesehen hätte, wenn Atlars endgültiger Tod nicht schwere Folgen nach sich ziehen würde. Verdammt, war er wirklich so schlecht? Wenn er sich keinen Vorteil davon versprach, rührte er keinen Finger. Er war ein schrecklicher Mensch. Schlimmer als jemand, der gar kein Mensch war.

Nalare legte fest, dass Anders die erste Wache übernahm, und igelte sich in ihrer Decke neben dem Feuer ein, das sie dieses Mal höher brennen ließen, damit ihre Kleidung trocknen konnte. Anders spürte Nalares Blick jedoch noch eine ganze Weile auf sich ruhen.

Kurz nachdem sie eingeschlafen war, erklang Atlars Stimme: »Du kannst dich ebenfalls hinlegen.«

Anders sah zu ihm hinüber. »Was ist mit dir? Schlaf doch erst mal du.« Das sagte er, obwohl ihm die Augen fast zufielen.

»Ich schlafe nicht.«

»Gar nicht?« Anders zog die Brauen zusammen. Warum zur Hölle hatten sie dann bisher jede Nacht Schichten zwischen Nalare und ihm aufgeteilt, wenn Atlar das mit Leichtigkeit hätte übernehmen können? Da fiel ihm auf, dass er Atlar selbst während Ardens Mora kein einziges Mal schlafend vorgefunden hatte. Er war immer davon ausgegangen, dass er zur selben Zeit wie Anders schlief, und hatte es nie hinterfragt.

»Selbst wenn ich schliefe, diese mickrigen Schatten würden wohl kaum zu einer erholsamen Nachtruhe beitragen«, murrte Atlar.

Anders sah sich um. Es war um ein Vielfaches dunkler als während der bisherigen ranulischen Nächte. Zugegebenermaßen fiel es ihm mit jedem Tag, den er in Ranulith verbrachte, schwerer, sich an normale Dunkelheit zu erinnern. Wahrscheinlich hatte Atlar schon recht. Es war heller als bei ihnen zu Hause.

Eigentlich verschwand Atlar während ihrer Reise in der Nacht. Ob er den Regen verabscheute und deshalb blieb? Anders zuckte die Schultern, denn die Müdigkeit erschwerte das Denken. Wenn sie jemanden hatten, der Wache schob, nahm Anders das Angebot gern an. Er holte eine weitere Decke aus den Taschen, auf die er sich legen konnte, und war im Land der Träume, noch ehe sein Kopf das provisorische Kissen berührte.

Seine Beine gaben vor Erschöpfung nach und Anders stolperte gegen eine Wand. Es war stockdunkel, dunkler als jemals zuvor. Etwas Feuchtes rann über Anders' Hand, mit der er sich abstützte. Er spürte etwas Klebriges an seinen Fingern. Blut. Trotz der Dunkelheit konnte er es ganz genau erkennen, wie es in dünnen Rinnsalen die Wand hinunterfloss und darunter mehrere getrocknete Schichten den Stein fast schwarz glänzen ließen.

Sein Herzschlag stolperte einige Male.

Ein Schrei hallte durch den dunklen Tunnel und Anders riss den Kopf herum. Er versuchte, in der Finsternis etwas außer dem Blut zu erkennen. Der Schrei ertönte erneut und mit einem Mal wusste Anders, wem die Stimme gehörte.

»Madison!« Er sprintete los. Flüssigkeit bedeckte den Boden. Sie spritzte im Lauf gegen seine Beine, war aber zähflüssiger als Wasser. Es roch metallisch. Der Tunnel wurde schmaler und die Wände drängten sich um Anders. Plötzlich war der Kanal tiefer. Sein Bein sackte nach unten und mit einem Schrei fiel er flach vornüber. Die Flüssigkeit, in der er eben noch gelaufen war, war nun so tief, dass er komplett eintauchte. Sie verschluckte seinen erschrockenen Schrei. Die Angst vorm Ertrinken nahm überhand. Strampelnd und prustend kam er an die Oberfläche und sog gierig die Luft in seine Lunge. Schon im nächsten Moment konnte er nicht mehr schwimmen. Nun gab es einen Grund, auf dem Anders kniete. Obwohl seine Augen in der Dunkelheit völlig nutzlos waren, sah er den See aus Blut, der den Tunnel nun füllte. Anders war durchtränkt davon.

Vor ihm bildete sich eine Blase, aus der etwas auftauchte. Erst ein Kopf, dann Schultern. Eine nackte Frau erschien vor ihm, einzig ihre Hüfte war von einem merkwürdigen Leder bedeckt. Trotz des Blutes, das ihre Haut benetzte und ihre Haare feucht glänzen ließ, war das Leder hell. Es hing in Fetzen an ihr herunter. Die Flüssigkeit begann zu kochen und warf Blasen, aber Anders spürte keine Hitze.

Sie streckte eine Hand nach ihm aus. Ihr Zeigefinger legte sich unter sein Kinn und sie zwang ihn, sie anzusehen. Eine grinsende Fratze starrte ihm entgegen. Die Mundwinkel reichten ihr bis zu den Ohren. Omnipräsent, fast als käme die Stimme direkt aus seinem eigenen Kopf, drang sein Name immer wieder in unterschiedlicher Tonhöhe an seine Ohren, ohne dass das Grinsen in ihrem Gesicht sich bewegte. Ein dumpfer Schmerz bildete sich in seinem Hinterkopf. Er senkte den Blick. Am Ende des Lederfetzens hing Madisons Gesicht. Das Leder war Madisons Haut.

»Du bist mein.«

»Anders!«

Brüllend schlug Anders um sich. Er riss die Augen auf. Etwas hielt ihn wie ein Schraubstock an den Schultern und drückte ihn nieder. Er wehrte sich. Blind vor Angst und Schreck bäumte er sich dagegen auf. Er trat wild um sich. Dann kollidierte sein Fuß mit etwas. Jemandem entwich die Luft aus der Lunge. Der Griff verschwand. Ein plötzlicher Schmerz durchzog seine Wange, als eine schallende Ohrfeige ihn zur Besinnung brachte. Er blinzelte und sah Nalare über sich, die Hand zu einem weiteren Schlag erhoben.

»Nein, nicht!«, rief er und warf seine Hände schützend vor sein Gesicht. Als kein weiterer Schlag kam, senkte er langsam die Arme. Sein Herz hämmerte wie verrückt gegen seinen Brustkorb. Träge realisierte er seine Umgebung. Er war in der Höhle, mit Nalare und Atlar. Sein Blut dröhnte in seinen Ohren. Es säuselte. Es sang seinen Namen. Anders hielt sich die Ohren zu, doch es hörte nicht auf.

Hinter Nalare saß Atlar und rieb sich über seine Brust. Zwar verzog er keine Miene, aber der Blick, den er Anders zuwarf, verriet trotzdem, dass der Tritt wehgetan hatte. Anders nahm die Hände von den Ohren. Das Säuseln war leise. *Anders, Anders ... Anders.*

Er sackte kraftlos zurück auf die Decke.

»Schlecht geträumt?« Atlar stand auf.

»Ach was, ich doch nicht«, keuchte Anders und hielt sich mit einer Hand die Brust. »Ich träume immer von Ponys und Regenbögen.« Seine Lunge brannte, als hätte er Salzwasser eingeatmet. Erschöpft schloss er die Augen, doch hinter seinen geschlossenen Lidern suchte ihn das Bild von Madison heim. Er wischte sich einige Haarsträhnen aus der Stirn. Die widerliche Schwüle, die die Hitze abgelöst hatte, machte ihm zu schaffen. Sie war jedoch sicher nicht der einzige Grund für den Schweißausbruch. Langsam verklang das Blutgesäusel.

»Was hast du geträumt?«, fragte Nalare und musterte ihn eindringlich.

»Unsinn«, antwortete er wahrheitsgemäß. »Muss wohl an dem ganzen Mist liegen, den ich mittlerweile hier erlebt habe. Leg dich wieder hin.«

Sie kniff die Augen zusammen. »Falls es etwas über die Herrin des Blutes war ...«

»Nein«, log er. Er wollte ganz sicher nicht darüber reden, wie die Herrin des Blutes die Haut seiner Tochter als Trophäe am Körper getragen hatte. Ob Traum oder nicht, dieses Bild würde ihn ewig verfolgen.

Nalare schenkte ihm einen letzten nachdenklichen Blick, dann zog sie sich zurück. Sie hatte verstanden, dass Atlar in dieser Nacht Wache hielt, und schlief bald ein.

Nicht so Anders. An Schlaf war nicht zu denken. Sein Körper zitterte, obwohl es so schwül war, dass er schwitzte. Er fummelte an seiner Halskette herum und starrte in die orangeroten Flammen vor sich. Selbst darin erkannte er das Blut im Rot. Noch eine übersinnliche Kreatur, die ein Auge auf ihn geworfen hatte. Als hätte Atlar nicht schon gereicht, setzte jetzt sogar eine Göttin der Finsternis Madison ein, um ihm seine schlimmsten Ängste vorzuführen. Wofür? Damit er ihr hörig war? Mittlerweile würde er alles tun, um dorthin zurück zu können, wo er die Dunkelheit als freundlich angesehen hatte und keine panische Angst vor ihr und dem, was darin lauerte, spüren musste. Er wollte nicht von Göttern heimgesucht, von Dämmerdieben gefangen genommen und von der Sonne selbst in einen Keller getrieben werden. Diese Welt war die Hölle.

Wie lange er dort gesessen hatte, wusste er nicht. Als er Atlars Stimme vernahm, war das Feuer zu Glut geschrumpft.

»Schlaf weiter.« Atlar saß in der dunklen Ecke der Höhle, aber Anders musste sein Gesicht nicht sehen, um das Stirnrunzeln zu erahnen. Er zog seine Decke enger um sich und betrachtete Nalare, die eingerollt nahe den glühenden Überresten des Lagerfeuers tief und fest schlief. Der Gedanke, das Feuer ausgehen zu lassen, ließ eine altbekannte Panik in Anders' Brust aufwachen. Er stand auf und legte einige Scheite Holz auf die glimmende Glut. So sehr hatte er die Dunkelheit seit dem Beginn von Ardens Mora nicht mehr gefürchtet. Er hatte es satt, Angst davor zu haben. Er musste sich den lauernden Gefahren stellen. Vielleicht fing er mit der an, die ihm schon bekannter war.

»Tut es sehr weh?«, fragte er Atlar. »Mein Angebot steht noch«, Mit Erleichterung beobachtete er, wie das Feuer erneut aufflammte. Dann ging er zu den ausgebreiteten Kleidungsstücken und prüfte, ob sie schon trocken waren. Atlars Umhang hatte er ebenfalls dazugelegt. Allerdings wusste er nicht, was Atlar darunter trug und ob das überhaupt Kleidung war oder reine Dunkelheit. Zumindest sah es nach Letzterem aus.

»Das heilt schon wieder.«

»Mit einer Schiene würde es gerade zusammenwachsen. Wenn du ans Feuer kommst, schiene ich dir deinen Arm. Kostet auch nicht mehr.«

Er hörte ein tiefes Seufzen aus der Ecke, aber Atlar machte keine Anstalten, näher zu kommen.

»Ich bleibe lieber hier.« Das Knacken deutete darauf hin, dass er in eine weitere Frucht biss.

Anders verdrehte die Augen. »So schlimm ist das bisschen Licht jetzt auch nicht.«

Es dauerte einen Augenblick, doch dann verstand er. Vielleicht mied Atlar das Licht nicht nur aus persönlicher Abscheu. »Das Licht stört deinen Heilungsprozess«, vermutete er. Nachdem Ardens Mora den Schwarzen Mann fast umgebracht hatte, schien das nicht weit hergeholt. Der Kalte Gruß hatte Atlars Stärke innerhalb weniger Tage zurückgebracht, doch vielleicht war er bei körperlichen Verletzungen nicht so wirkungsvoll. Kam der gebrochene Arm denn wirklich vom Sturz? War Atlar so geschwächt? Oder hatte die Herrin des Blutes etwas mit der Verletzung zu tun, weil Atlar ihren auserkorenen Eredur aufgehalten hatte?

»Diese Schatten sind kaum zu etwas nütze«, flüsterte Atlar, so als wüsste er nicht, ob er es Anders wirklich erzählen sollte. Anders kam sich vor, als würde er in ein Geheimnis eingeweiht. »Selbst während Jalalverun dauert meine Heilung hier wohl mehrere Tage.«

Plötzlich verstand Anders auch Atlars vorherige schlechte Laune. Er hatte Schmerzen. Das war er nicht gewöhnt, weil die Dunkelheit ihn normalerweise schnell heilte. Vielleicht hatte er die ersten Schüsse damals gar nicht gespürt.

Anders stand auf, nahm das provisorische Verbandszeug mit und ging zu seinem Gefährten. Ächzend setzte er sich neben die schemenhafte Gestalt. Er spürte leise Panik aufkommen, als er selbst in der Dunkelheit saß, die vom Feuerschein nicht mehr erreicht wurde. Gleichzeitig kam ihm die Bedrohung, die von Atlar ausging, geringer vor. Womöglich lag das an der neuen Präsenz, die er mit der Finsternis gleichsetzte.

»Das hier«, Atlar hob die Hand und vollführte eine allumfassende Bewegung, »verdient die Bezeichnung *Finsternis* nicht. Lächerlich. Eine Verletzung wie diese wäre innerhalb eines Wimpernschlags Vergangenheit, hätte ich nur Zugang zur Dunkelheit. Zu mir.« Dabei musterte Atlar seinen verletzten Arm strafend, als wäre er auf seinen eigenen Körper wütend. »Es ist, als wäre ich innerlich in Stücke gerissen.«

Anders musste wieder an das Tiefwasser denken. Aber ein gebrochener Arm war es nicht wert, das Schicksal dieser Welt mit der Freisetzung der Dunkelheit in Gefahr zu bringen. Obwohl die Herrin des Blutes dann vielleicht keinen Grund mehr hätte, ihn heimzusuchen.

Meristates Warnung hallte laut und deutlich in seinem Kopf wider. Anders behielt das Wissen um die Dunkelheit, die er bei sich trug, für sich. Er war sicher, dass Atlar längst etwas von diesem Geheimnis ahnte. Solange er es nicht ansprach, hielt Anders sich bedeckt. Es war leichter, es totzuschweigen, als Atlar vom Tiefwasser fernzuhalten. Zumal er seine alte Stärke zurückzuhaben schien.

Anders streckte die Hand erwartungsvoll aus. Atlar sah erst sie, dann Anders abschätzig an. Schließlich hob er den verletzten Arm. Der Unterarm knickte merkwürdig nach unten ab und aus der Wunde, die von Neuem zu bluten anfing, stach einer der Knochen heraus. Anders zögerte, griff vorsichtig danach.

»Dein Blut ist rot. Aber du bist kein Mensch.« Anders erinnerte sich daran, wie Atlars Blut sich schwarz verfärbt hatte.

»Ich passe mich an.«

Das Säuseln setzte erneut ein. Dieses Mal kam es von Atlars Blut. *Anders ... Anders, komm.* Anders' Finger zitterten.

»Kannst du etwa kein Blut sehen?«, zog Atlar ihn auf.

Anders riss sich von dem Anblick los und tupfte das Blut mit einem Tuch ab. »Unsinn, ich bin viel Schlimmeres gewöhnt.«

Waren das weitere Illusionen, mit denen die Göttin ihn zu sich zerren wollte? Anders schwor sich, sie zu ignorieren. Er würde keiner davon folgen.

Anders war weit davon entfernt, ein Arzt zu sein. Dementsprechend ungeschickt stellte er sich an. Es tat bestimmt weh, aber Atlar verzog keine Miene und ließ seinen Arm in Anders' nicht ganz so fähigen Händen ruhen. Wahrscheinlich war ihm sehr wohl bewusst, dass Nalare ihm nicht helfen würde und Anders der Einzige war, dessen Angst ihn nicht davon abhielt, Atlar nahe zu kommen.

Während Anders die Stöcke ordentlich fixierte, sagte er: »Als du mich vorgeschickt hast, was musstest du da noch in unserer Welt erledigen?«

Atlar antwortete nicht, weshalb Anders schließlich aufsah. Das blasse Gesicht des Schwarzen Mannes zeigte keine Regung. Es bildete eine perfekte Maske, die Anders nicht durchdringen konnte.

»Was hat dich aufgehalten?« *Hast du Madison etwas angetan?*

Atlars pechschwarze Augen, die nicht einmal den fernen Schein des Lagerfeuers spiegelten, sondern ihn einfach aufsogen, musterten Anders.

»Ich habe mich auf die Reise vorbereitet.«

»Wie?«

Nun durchzog ein Anflug von Ärger seine Miene. »Du bist nicht dumm, Anders. Muss ich es wirklich aussprechen?«

Anders runzelte die Stirn. Dann machte es *Klick*.

Kinder.

»Siehst du, ich habe dich nicht überschätzt«, sagte Atlar mit grimmiger Genugtuung.

»Wie viele?«, presste Anders hervor. Sein Magen füllte sich mit Eiswasser. »Wie viele hast du gefressen?«

»Ist das wichtig?«

Nein. »Ja. War Madison dabei?«

Atlar bewegte sich neben ihm, streifte dabei die Decke, in die Anders sich gewickelt hatte. Er strahlte keine Körperwärme aus.

»Nein, war sie nicht.«

Ein Knoten löste sich in Anders. Er stand kurz vor einer Hysterie. »Wie viele andere?«

Keine Antwort.

»Atlar!«

»Es spielt keine Rolle. Du weißt, dass es notwendig war. Jetzt weißt du es. Erinnerst du dich an die Frage, die ich dir gestellt habe?«

Anders' Verstand war wie leer gefegt.

»Ich habe dich gefragt, wen du wählen würdest: Madison oder ein anderes Kind. Erzähl mir nicht, du hättest keine Erleichterung verspürt, als ich dir gesagt habe, dass Madison lebt.«

Der abweisende Ausdruck in den schwarzen Augen zerrte Anders von dem Abgrund zurück, auf den er gerade zugesteuert war. Er hörte seine eigene Stimme. Sie war nun ruhiger, weniger panisch, aber immer noch angespannt. »Wieso Kinder?«, flüsterte er.

»Ich habe mich den neuen Umständen angepasst.«

»Dem Umstand, dass deine Essenz fehlt?«

»Dem Umstand, dass ich für irgendetwas oder irgendjemanden wahrnehmbar sein musste, um mich an ihm zu nähren. Es geschah, dass Kinder mich zuerst wahrnahmen, und das hat mir genügt. Deshalb sehen Erwachsene mich auch nicht. Ich habe vorher aufgehört, mich anzupassen.«

»Wieso sehe ich dich dann?«

Atlar runzelte die Stirn. »Das frage ich mich auch.« Dasselbe hatte er Anders gefragt. Bevor und nachdem Anders ihn erschossen hatte.

»Nalare sieht dich«, wandte Anders ein.

»Nalare ist eine Valahar. Ihre Wahrnehmung liegt weit über der eines Menschen, vor allem, was übernatürliche Mächte angeht.« Nun wirkte Atlar wieder unzufrieden. Er hasste es, etwas nicht zu wissen, wurde Anders klar. Vor allem, wenn es mit seinen fehlenden Erinnerungen zu tun hatte.

Atlars Blick lag nun auf Nalare, als wolle er sich vergewissern, dass sie wirklich schlief. »Ich finde schon noch heraus, wieso du mich sehen kannst.«

In Anders' Ohren klang das wie eine Drohung.

»Ich weiß es wirklich nicht.«

»Genug davon, geh schlafen«, befahl Atlar. »Nalare wird dir keine Stunde mehr gönnen als sich selbst.« Mit diesen Worten drehte Atlar sich weg. Er schien fast mit den Schatten zu verschmelzen.

»Ja, ja.« Anders stand auf und streckte sich. »Ich glaube, die Müdigkeit kommt gerade auch wieder.« Er musste gähnen. Dann ging er zurück zum Lagerfeuer und legte sich hin. Die Dunkelheit hinter seinen Lidern wirkte nun nicht mehr so furchteinflößend. Atlar würde ihn auch beim nächsten Albtraum wecken.

Kapitel 29

Thalar schluckte hart. Es fiel ihm immer schwerer, Haltung zu bewahren. Fünf, doch nur einer war zurückgeblieben, um Nuallán zu töten. Das hieß, die übrigen vier …

Der Kobaltkrieger rieb mit einer bronzenen Hand sein Kinn. Etwas blauer Staub rieselte herunter und löste sich auf. »Wenn sie schnell sind, werden auch die beiden Letzten in ein paar Tagen bei der Königin ankommen.«

Sie hatten verloren.

Selbst wenn sogleich ein Trupp des Erbengefolges losritt, würde er die vier Krieger nicht rechtzeitig einholen können. Thalar wusste nicht, wie – oder ob – die Wiederauferstehung von Kobaltkriegern aufgehalten werden konnte. So schnell, wie der Krieger vor ihm neu entstanden war, wäre es ein wahnwitziges Unterfangen, sie nach Iamanu zurückzuschleppen, um sie ebenfalls einzusperren, bevor sie die Königin erreichen konnten. Zumal Valahari in der Finsternis von Jalalverun den Kobaltkriegern auf freiem Feld weit unterlegen waren. Diese Wesen konnten besser im Dunkeln sehen als Avolkerosi. Jeden Trupp, den Thalar ihnen Richtung Hauptstadt hinterherschicken würde, sandte er direkt in den Tod.

Sie hatten keine Möglichkeit, die Nachricht über ihr Versteck abzufangen, bevor sie die Ohren der Königin erreichte.

»Oh, nun schau doch nicht so ernst. Wo ihr seid, weiß sie schon seit Ardens Mora, als die ersten beiden den Rückweg antraten. Wir drei blieben und sahen euch zu, wie ihr die Sonne angebetet habt. Dumme, einfältige Lichtwesen. Kaum bleiben die Wolken fern, werdet ihr unachtsam. Weil ihr denkt, alle knien nieder und huldigen irgendwelchen Sililansammlungen, die ein eigenes Bewusstsein erlangt haben. Weil ihr denkt, es gäbe nur Valahari. Weil ihr den Rest komplett ignoriert. Uns zum Beispiel. Es war so leicht, euch zu beobachten, euer Gefolge zu zählen, in eure Waffenkammer zu schleichen, während ihr licht- und lusttrunken um eine Kadrabestatue getanzt seid.«

Sie haben das Wunder gesehen.

Sie wussten alles und es war nur noch eine Frage der Zeit, bis Elrojana sich dazu entschloss, sie anzugreifen.

Thalar eilte aus dem Zimmer.

»Da ist noch etwas, Wunderkind, das ich dir sagen soll«, rief der Kobaltkrieger ihm nach. »Aber das kann warten, bis du den Schreck überwunden hast.« Dann dämpfte die geschlossene Tür seine Stimme.

Meristate kehrte gerade von ihrem Gespräch mit Nuallán zurück. In dem einfach ausgestatteten Wachraum brannte das Feuer im Kamin, um die Dunkelheit zu vertreiben. Meristate blieb wachsam stehen.

»Es waren fünf«, flüsterte Thalar, unsicher, ob der Kobaltkrieger ihnen zuhören konnte. »Sie laufen zur Despotin. Sie weiß, wo wir sind …« Ein schrecklicher Schmerz überfiel seine Schläfe. Er zuckte zusammen und hielt sich den Kopf, taumelte zur Seite.

Irgendetwas passierte.

Thalar biss die Zähne zusammen und wechselte einen raschen Blick mit Meristate, die ihn alarmiert ansah. Er hatte diesen Schmerz schon einmal gefühlt, nur viel schwächer. Jetzt brannte er wie flüssiges Feuer über eine Seite seines Gesichts. Er drehte den Kopf in die Richtung und das Gefühl verlagerte sich.

»Etwas nähert sich«, presste er hervor und eilte an Meristate vorbei zur Wendeltreppe. Er achtete nicht darauf, ob Meristate ihm folgte. Der Schmerz verlangte all seine Aufmerksamkeit.

Kaum hatte er die ersten Stufen erreicht, streckte er seine Hand nach der Wand aus und öffnete die Gewirre, die das unterirdische Iamanu vom Turm trennten. Die Wand sprühte grüne und rote Funken. Sie umgaben ihn, öffneten den Weg und entließen ihn in den kleinen Alkoven. Er rannte zum Tor des Turmes. Auf das Gefühl zu.

Angekündigt von einem haarsträubenden Donnergrollen näherte sich eine Horde Reiter dem Platz vor dem Turm. Nuallán ging in einen schweren Mantel gehüllt auf sie zu. Der stürmische Wind riss an ihm. Die Mitglieder des Suchtrupps blieben einige Schritte hinter ihm, die Hände auf den Heften ihrer Schwerter.

Donner erschütterte die Erde mit einem ohrenbetäubenden Krachen. Blitze schossen an den entfernten Rändern des Tals herab und der Wind nahm zu, peitschte die dicken Regentropfen gegen Nualláns Körper und auf die nackten Arme der Reiter. Der Wind zerrte an allem, was er in seine unsichtbaren Finger bekam. Selbst für Jalalverun war das zu viel.

Es waren sechs Pferde. Fünf große, goldene und ein graues, unter dessen Haut Muskeln und Knochen deutlich hervortraten. Aus seinen leeren Augenhöhlen strömte giftgrüner Dunst. Sein Reiter war eine in grauen Stoff vermummte Gestalt, ebenso hager wie ihr Reittier. Die Gestalt drehte den Kopf unter einer Kapuze langsam in Thalars Richtung.

Der Schmerz in Thalars Schädel explodierte, als er in das dunkle Nichts sah, das dort war, wo das Gesicht hätte sein sollen. Subrets Brut. Keilorn mochte fern sein, doch sein Hass auf den Zukunftstarner blieb glasklar und bohrte sich in Thalars Schläfen mit einem Befehl, der bei einem Horizontblicker vielleicht zur zwanghaften Auslöschung der Kreatur geführt hätte. Die Findende mochte kein legendärer Sturmtreiber gewesen sein, doch nun stand Thalar einem gegenüber.

Hinter ihm saßen fünf Saltastellari, Klingentänzer aus den Sonnenlanden, auf ihren Hengsten. Niemand von ihnen war bisher abgestiegen. Sie trugen durchnässte Hosen in intensiven Farben und ärmellose Umhänge über den nackten Schultern. Thalar stützte sich am Tor ab, während er mit gemischten Gefühlen und äußerster Anspannung zusah, wie Nuallán auf sie zuging. Er tastete nach dem Gewirr des Windes und des Regens und öffnete sie, fächerte das Gewirr der Erde auf und war bereit, bei der ersten Bewegung des Sturmtreibers die Hölle über den Ankömmlingen ausbrechen zu lassen.

Einer der Saltastellari stieg endlich von seinem Pferd, sein goldenes, nasses Haar lag in einem langen, geflochtenen Zopf über seiner Schulter. Im Gegensatz zu den Haaren der anderen vier hellte es sich mit zunehmender Länge auf, sodass es an den Spitzen weiß strahlte. Ein Sarad. Der Anführer dieses Saraduns. Die Nevaretlaternen an den Hauseingängen schaukelten im Sturm wild hin und her und tauchten die Szene in unwirkliches Licht.

Der Saltastellar ließ seine große Stabwaffe auf dem Pferderücken, doch nacheinander zog er die beiden Schwerter an seiner Hüfte aus der Scheide und legte sie zwischen sich und Nuallán auf den nassen Boden. Es folgten ein Karambit und mehrere Wurfmesser sowie ein Kurzschwert mit dicker, abgeschrägter Klinge, das horizontal am unteren Rücken befestigt gewesen war. Als alles fein säuberlich auf dem Boden lag, trat der Klingentänzer über seine Waffen und blieb erst einen Schritt vor Nuallán stehen.

»Kallial Tur Sedain, fünfundsiebzigster Sarad der Saltastellari«, sagte er. Thalar hörte es nur schwer über das Heulen des Windes. »Im Namen des Herrschers der Sonne, Belial Tur Ibitur aus der wandelnden Stadt, bin ich hier, um mit den Erben zu sprechen.« Seine Worte waren durch seinen sonnenländischen Akzent, der die Vokale lang zog und über einige Laute stolperte, schwer verständlich. Er breitete seine Hände zwischen ihnen aus; die eine mit der Handfläche nach oben, die andere nach unten zeigend. Eine Geste, die Thalar sehr wohl geläufig war, doch für Nuallán konnte sie fremd sein. Falls das der Fall war, so ließ Nuallán es sich nicht anmerken. Nach einem Augenblick spiegelte er die Geste und legte seine Hände so an die von Kallial Tur Sedain, dass seine Handflächen die des anderen berührten. Es war ein Symbol für Respekt und einen neutralen Grundstein ihres folgenden Gesprächs, wodurch sie sich als ebenbürtige Männer anerkannten.

»Nuallán Brenar steht vor Euch, der Erbe des alten Thrones.« Er deutete auf den Turm und bemerkte dabei Thalars Anwesenheit. »Seid unsere Gäste. Für eure Pferde wird gesorgt.«

Kallial Tur Sedain nickte und hob seine Waffen wieder auf. Währenddessen stiegen die restlichen Klingentänzer ab und Nuallán rief zwei der Männer hinter sich herbei. Sie liefen im Sturm und Regen über den gepflasterten Platz, um sich um die Reittiere der Saltastellari zu kümmern.

Thalar behielt weiterhin den Sturmtreiber im Auge, der seine Aufmerksamkeit ebenfalls nicht von ihm abgewandt hatte. Glühende Nadeln durchstießen sein Gehirn und das Gefühl, als bohrten sich die verborgenen Augen der Gestalt in seinen Verstand, nahm erst ab, als Kallial Tur Sedain sich an die Kreatur wandte.

»Ich rufe Euch, wenn wir abreisen, Lumur.« Er verneigte sich vor dem Diener Subrets.

Der Kopf des Sturmtreibers bewegte sich mit einem Ruck zu Kallial Tur Sedain und Thalar spürte, wie mit der nachlassenden Aufmerksamkeit des Wesens auch die Schmerzen nachließen. Dunkler Rauch waberte unter der Kapuze hervor. Thalar glaubte, gutturale Worte zu erahnen. Dann bäumte sich das unheilvolle Pferd auf, gab ein schneidendes Wiehern von sich, das das Grollen des Donners noch einmal anschwellen ließ, und galoppierte den schmalen Weg aus dem Dorf hinaus. Erst als der Sturmtreiber aus Thalars Sicht verschwunden war, wagte er wieder zu atmen.

Er gab seine Kampfhaltung mit leicht erhobener Hand auf und verschloss die Gewirre der Natur wieder. Dann machte er Platz, als Nuallán ihre Gäste hereinbat. Er sah der Gestalt allerdings weiterhin nach. Fast hätte er Nualláns besorgten Blick übersehen. Er musste sich fragen, wie in aller Nachtbringer Namen die Saltastellari sie hatten aufspüren können.

Thalar konnte nur vermuten, dass die Legenden einen Funken Wahrheit beinhalteten. Die Sturmtreiber mussten eine noch ausgeprägtere Aufspürungsgabe als die Findende besitzen. Anscheinend unterlagen sie keinen strikten Regeln, wonach sie suchen durften. Iamanu wurde zusehends von ihren Feinden gefunden. *Das Versteckte* kam zum Vorschein. Thalar lächelte freudlos. Das hatten sich die Erbauer Iamanus sicher nicht gewünscht, als sie ihm diesen Namen gegeben hatten.

Noch während Thalar auf die Stelle starrte, an der der Sturmtreiber verschwunden war, zogen der Donner und die Blitze in dieselbe Richtung davon. Die Nachtbringer waren während Jalalverun am stärksten. Deshalb waren die Saltastellari gerade jetzt in Gesellschaft eines von Subrets legendärsten Dienern hierhergekommen.

Diener brachten den Saltastellari eine kleine Stärkung in den Audienzsaal. Meristate, Nuallán und Thalar hatten sich zusammengefunden, doch lange durften sie ihre unerwarteten Gäste nicht warten lassen.

Alle drei standen vor dem größten Kamin im Turm. Unzählige Lagen dicker Teppiche und Kissen machten den Raum zu dem bequemsten Ort in Iamanu. Keiner von ihnen nahm sich die Zeit, sich zu setzen.

»Die Despotin weiß oder wird zumindest sehr bald wissen, wo wir sind, wie viele Männer und welche Waffen wir haben«, sagte Thalar. »Wir müssen einen anderen Unterschlupf finden.« Es fiel ihm nicht leicht, das zuzugeben. Iamanu war sein Zuhause. Doch sie waren noch nicht bereit für eine Konfrontation. Wenn Elrojana Iamanu angriff, würden sie sich nicht von diesem Schlag erholen.

»Nein«, sagte Meristate entschlossen. »Wir können das schaffen, wenn wir es richtig anstellen. Es gibt drei Dinge, die wir tun müssen, um den Krieg zu beginnen: Du …« Sie zeigte auf Thalar und zählte es an ihren Fingern ab. » … musst lernen, wie man ein Seelengewirr aufbricht. Finde Freiwillige. Wenn es keine gibt, bestimme sie. Jetzt ist nicht die Zeit, um zimperlich zu sein. Mit Janabars Aufzeichnungen solltest du zumindest ein Gefühl für das Gewirr bekommen können, sodass du statt einem oder zwei Dutzend nur eine oder zwei Seelen brauchen wirst, um das Gewirr zu verstehen. Du bist nicht umsonst das Wunderkind der Königin.«

Dann richtete sie ihre Augen auf Nuallán, der sich unter ihrem harten Blick versteifte. »Du nimmst Kontakt zu dem Munor auf. Fordere das Versprechen ein, das er deinem Vater und dessen Vater davor gegeben hat. Wir brauchen Silberzungen und Goldfinger, wenn wir die Schlacht für uns entscheiden wollen. Danach suchst du weitere mögliche Verbündete – nutze, was dir als Erben des ehemaligen Königs beigebracht wurde. Mit den Sonnenländern fängst du an.«

»Ich werd…«

Meristate unterbrach Thalar unwirsch. »Du wirst an dem Gespräch nicht teilnehmen. Als König wirst du noch genügend aufreibenden und lang andauernden Unterhaltungen und Verhandlungen beiwohnen. Schätze dich glücklich, dass du dieser hier noch einmal entkommst. Nuallán wird dir in einem freien Augenblick erzählen, was sie wollen, und dann kannst du entscheiden, wie du mit ihnen verfahren möchtest. Du musst dich auf deine Aufgabe konzentrieren, sonst hast du nicht genug Zeit dafür. Die Despotin wird vielleicht nicht sofort zuschlagen, doch sie wird es bald tun.«

»Und was tust du?«, fragte Nuallán, der anscheinend kein Problem damit hatte, mit den Sonnenländern allein zu verhandeln. Er wischte sich die Regentropfen aus dem Gesicht.

»Ich«, sagte Meristate und lächelte, »werde unserem neuen Freund auf den Zahn fühlen. Es muss einen Weg geben, sie endgültig zu töten. Er wird es mir verraten, auf die eine oder andere Weise. Wenn wir das alles getan haben, sind wir der Königin immer noch unterlegen, aber es wird reichen, um an sie heranzukommen. Wir sollten schnell und unauffällig agieren. Bevor sie ihr Heer mobilisieren kann, müssen sich unsere Streitkräfte in Lanukher befinden. Dann durchbrechen unsere Verbündeten die Reihen der Stadtwache, wir wissen, wie wir mit den Kobaltkriegern zu verfahren haben, und können sie sterblich machen. Das sind die drei Dinge, die wir brauchen. Sollte dies nicht ausreichen, kann uns nur noch ein Wunder retten.« Dabei sah sie

Nuallán eindringlich an. Er erwiderte ihren Blick, doch der Tatendrang in seinen Augen wandelte sich in eine kaum merkliche Unsicherheit. Sie konnten nur hoffen, dass Kadrabe ihnen im bevorstehenden Krieg beistand.

Thalar hatte kein gutes Gefühl bei diesem Plan. Sie hatten weit in die Zukunft gedacht, ihre Finger erst vorsichtig nach Verbündeten ausgestreckt und begonnen, Elrojanas Sicherheitsvorkehrungen zu verstehen, um sie von innen heraus auseinandernehmen zu können. Es hätte eine langsame, systematische Rebellion werden sollen. Ein schneller Stich ins Herz des Königreichs, den niemand vorhergesehen hatte. Plötzlich war alles überstürzt. Aus den langsamen, sicheren Schritten wurden hastige Sprünge, die ihnen bei nur einer Unachtsamkeit das Genick brechen konnten. Meristate drängte zum Handeln. Lief ihr die Zeit davon?

Doch Thalar sagte nichts. Keilorn war durch die dichte Wolkenschicht von ihm abgetrennt und er musste zumindest wissen, was die Saltastellari von ihnen wollten, bevor er seine Sorgen offen aussprach. Vielleicht kamen sie ohnehin nicht um eine Flucht herum, nun, da zwei Fraktionen ihren Unterschlupf kannten. Eine Allianz mit den Sonnenlanden klang zu abstrakt. Die Okuri, Herrscher der vereinten Sonnenlande, verfolgten andere Ziele, beteten zu dunklen Göttern und erträumten sich die Finsternis. Ein Angriff auf Elrojanas Erben war so viel naheliegender. Waren sie Verbündete der Despotin?

Er sah Nuallán hinterher, der mit geradem Rücken und erhobenem Kopf die Treppen zum Audienzsaal hinunterstieg. Die tiefen Stimmen der Klingentänzer drangen durch die offenen Türen. Selbst das Wissen, dass sein Freund Viadar und andere erfahrene Krieger während des Gesprächs an seiner Seite haben würde, beruhigte Thalar nicht. Gegen fünf Saltastellari würden ihre Veteranen verlieren.

Meristate legte ihre Hand auf seine Schulter. »Kein Zögern, keine Skrupel. Ein König tut, was für sein Reich das Beste ist.« Ihre Worte waren eindringlich, genauso wie ihr Blick, bevor sie sich zu dem Kobaltkrieger begab.

Thalar atmete tief durch. Niemand würde sich freiwillig dazu bereit erklären, dass Thalar seine Seele bei lebendigem Leibe sezierte. Wen sollte er dazu zwingen? Wie konnte er das Vertrauen seiner Gefolgsleute fordern, wenn er ihnen so etwas antat? Langsam ging er auf die Treppen zu. Er musste das Erbengefolge zusammenrufen. Wenn er erst vor ihnen stand, konnte er in seine Rolle verfallen. Dann wusste er, was zu sagen war.

»Romane!«, rief Rafail den Flur entlang und winkte ihm. »Wenn Ihr kurz Zeit habt?«

Thalar sah noch einmal die Treppe hinunter. Er musste sich beeilen, wenn er Elrojana sterblich machen wollte. Doch die Erleichterung, die ihn bei dem Versprechen einer kleinen Ablenkung, eines winzigen Aufschubs des Unausweichlichen, durchflutete, konnte er nicht verleugnen. Er nickte Rafail zu. Der Blutspinner trat ganz auf den Flur hinaus. Thalar ging auf ihn zu und sah dem kleinen Mann in die freundlichen Augen. Rafail hatte tiefe Augenringe. Sie alle hatten viel zu wenig geschlafen. Wie es aussah, würden sie nicht allzu bald den Luxus einer ruhigen Nacht genießen dürfen.

»Ich habe einen Weg gefunden, die Zersetzung aufzuhalten«, verkündete Rafail zufrieden. »Es war nicht leicht zu finden, weil sie eine spezielle Art von Gewirrfäden erschaffen. Aber ich habe sie entdeckt: die Verbindung zwischen dem Kobaltkrieger und Ambral.« Er strich seinen Bart nach und hob den Finger. »Danach war es nur noch eine Frage der Zeit, sie zu lösen. Ich weiß nicht, inwiefern Ambrals Silil dem Kobaltkrieger die Möglichkeit zur Wiederauferstehung gab oder ihn anderweitig stärkte, aber zumindest lösen sich seine Gewirre nicht weiter auf.«

»Das sind wunderbare Neuigkeiten«, sagte Thalar, doch er hörte auch, was Rafail nicht sagte. »Konntest du sie wiederherstellen?«

Der Blutspinner seufzte tief. »Ich befürchte, das liegt außerhalb meiner Fähigkeiten. Wir können Silil manipulieren, aber nicht herstellen. Die einzige Möglichkeit, die ich vielleicht … ach, nein.«

»Sprecht.«

»Nun«, sagte Rafail zögerlich und überlegte. »Ich dachte … vielleicht könnte ich mit viel Mühe und Geduld das Silil eines Gegenstandes aus seinen Gewirren extrahieren und Ambrals Gewirre wiederaufbauen. So etwas habe ich noch nie gemacht. So etwas hat noch nie *irgendjemand* gemacht. Etwas aufzulösen, wie die Verbindung zwischen dem Kobaltkrieger und seinem Opfer, ist eine Sache. Aber etwas völlig Neues zu erschaffen? Es könnte mich Monate, vielleicht auch Jahre kosten und den Erfolg kann ich nicht garantieren.«

Und solange Rafail an einer ungewissen Heilung für Ambral arbeitete, konnte er nichts anderes tun. *Kannst du den einzigen Blutspinner auf deiner Seite in einer Lage wie dieser wirklich entbehren? In einer Kriegssituation?* Er sprach es nicht aus, aber Thalar hörte es trotzdem. Jetzt, da die Zeit gegen sie arbeitete, mussten sie Prioritäten setzen. Ambral war keine.

»Wie geht es ihm?«, fragte er stattdessen.

Rafail zuckte mit den Achseln. »Er ist stabil. Er lebt, auch wenn ich nicht weiß, wie. Ich konnte die betroffenen Gewirre notdürftig verschließen, aber sie sind nicht mehr ganz.«

Thalar wollte an ihm vorbei ins Behandlungszimmer, doch Rafail hielt ihn auf und sprach sehr leise. »Er … in den letzten Stunden hat er sich verändert, Romane. All seine körperlichen Gewirre, die die Klinge berührt hat, sind jetzt nicht mehr vollständig. Er wird kein Schwert mehr halten können. Er ist jetzt kein Krieger mehr. Keiner Eurer Kronenbrecher. Wenn er Glück hat, kann er in ein paar Wochen wieder gehen.«

Thalar biss die Zähne zusammen. Er hätte schneller dort sein müssen. Er war für Ambral verantwortlich.

»Lasst mich zu ihm.« Ambral würde immer einer seiner Kronenbrecher bleiben.

Rafail zuckte unter dem eisigen Tonfall zusammen und öffnete die Tür. »Nehmt Euch alle Zeit, die Ihr braucht.«

Thalar beruhigte sich, entspannte seine schmerzhaft verkrampften Hände und atmete einmal tief durch, bevor er ins Zimmer schritt. Ambral lag nicht mehr auf dem Behandlungstisch. Stattdessen saß er, die Beine unter einer Decke hochgelegt, in der Ecke auf einer gepolsterten Liege. Zumindest das, was von ihm übrig war.

Unförmige, graue Dellen entstellten seine nun dunkle Haut. Graubraune Kapillaren durchzogen sie. Er saß zur linken Seite gebeugt und selbst durch das dünne Hemd, das er trug, sah Thalar, dass ein Teil seines Torsos einfach ... fehlte. Der Stoff hing lose von seiner Schulter herab. Das Hemd wirkte viel zu groß für ihn. Früher hatte normale Kleidung ihm meist nicht gepasst, weil er breit gebaut war. Oder gewesen war. Seine Wangen waren eingefallen und seine Schultern wirkten schmal, seine Arme hatten die kräftigen Muskeln verloren und sahen wie Zweige aus, die bei der ersten Berührung brachen. Seine ehemals kristallklaren grauen Augen sahen dumpf und dunkel zu Thalar auf. Die lange Narbe auf seiner Wange trat prominent hervor.

Thalar wagte es, einen Blick auf seine Gewirre zu werfen, und konnte ein entsetztes Keuchen nicht zurückhalten. Obwohl der Angriff auf Nuallán keinen halben Tag her war, waren die fleischlichen Gewirre kleiner, als sie sein sollten. Thalar entdeckte die Stellen, an denen der Blutspinner die Fäden notdürftig zusammengenäht hatte. Unebene Narbengeflechte wie feine Knoten in einem Faden standen hervor. Thalar spürte die Unebenheiten, wenn er seinen Geist danach ausstreckte. Er öffnete eines von ihnen vorsichtig. Als versuche er, eine Tür aufzumachen, die klemmte, stockte das Gewirr auf halbem Wege und Ambral krümmte sich. Sofort gab Thalar nach. Mit einem Blinzeln verblassten die Gewirre und er sah wieder in das erschütternd leere Gesicht seines Kronenbrechers. Er machte einen weiteren Schritt in den Raum. Doch er wusste nicht, was er sagen sollte. Ambral versank förmlich in der Kleidung und der Decke. Er wirkte winzig.

»Ist er tot?«, fragte Ambral schließlich.

»Er ist unsterblich.«

»Gut, dann kann ich ihn für das leiden lassen, was er mir angetan hat.« So etwas wie ein Lächeln huschte über Ambrals Gesicht, aber es hatte nichts Freundliches an sich. Obwohl es für einen Moment die Leere ersetzte, wusste Thalar nicht, ob das besser war.

»Er wird büßen«, versicherte Thalar ihm. »Und sie wird büßen, dass sie ihn geschickt hat.«

Ambral drehte den Kopf mühsam zum kleinen Fenster, hinter dem es in Strömen regnete. Nach der Verletzung eines Gewirrs blieb ein Körper geschwächt zurück. Wie erschöpft musste Ambral sein, nun, da Teile seiner fleischlichen Gewirre fehlten? Selbst mit der vorläufigen Verknüpfung, die Rafail vorgenommen hatte, glichen die Gewirre offenen Wunden.

»Du musst sie aufhalten«, sagte er leise. »Die Kobaltkrieger dürfen niemandem mit diesen Schwertern zu nahe kommen.« Einen Moment blieb es still. Ambral suchte nach Worten und offenbar auch dem Mut, sie auszusprechen. »Das Gefühl, während die Verbindung noch besteht, ist, als würden Tausende kleine Wesen an dir nagen, während du noch bei Bewusstsein bist. Als hätte man dich bei lebendigem Leib eingegraben und Würmer hätten dich gefunden. Sie essen dich auf, Stück für Stück. Lass nicht zu, dass er jemals wieder sein Schwert in die Hände bekommt. Selbst meinem schlimmsten Feind wünsche ich diese Qualen nicht.«

Plötzlich ergab die Panik in Ambrals Augen, die Thalar gesehen hatte, als er auf Rafails Eintreffen wartete, Sinn. Der Tod mochte furchtbar sein und Thalar hätte verstanden, wenn Ambral ihn fürchtete. Doch wenn er Stück für Stück näher rückte und die Qualen unerträglich wurden, sehnte man ihn herbei. Ambral schämte sich dafür, dass er hatte sterben wollen. Deshalb sah er ihm nicht in die Augen.

»Ich wollte mit dir reden«, sprach Ambral weiter. Er zog die Augenbrauen zusammen und überlegte für einen Moment. Dann nickte er wie zu sich selbst. »Sieh dir meine Gewirre an. Der Kobaltkrieger hat viele davon beschädigt, nicht wahr?«

Thalar nickte.

»Aber mein Seelengewirr ist intakt.«

Thalar befürchtete zu wissen, worauf Ambral hinauswollte. Er nickte erneut, diesmal zögerlicher.

»Ich will, dass die Despotin hierfür büßt. Ich will sie bluten und sterben sehen.« Entschlossenheit füllte seine bisher leeren Augen mit neuem Feuer. »Also nimm mich, um das Seelengewirr zu studieren. Ich habe keinen Nutzen mehr. Ich bin kein Krieger mehr, all mein Potenzial ist wertlos. Lass mich trotzdem meinen Teil dazu beitragen, die Despotin zu stürzen. Wenn ich schon nicht mehr mit meinem Schwert gegen sie vorgehen kann, will ich zumindest das tun. Sonst kann ich kein Kronenbrecher mehr sein. Also brich meine Seele. Benutze mich. Lerne. Dann stoße sie von ihrem Thron und nimm ihr ihre Göttlichkeit und alles, was sie noch hat.«

Thalar wollte ablehnen. Sein Mund war schon geöffnet, doch er stockte. Ambral hob langsam, als koste es ihn alle Kraft, die er besaß, das Hemd. Sein Hüftknochen stand spitz hervor, die entstellte Haut spannte sich darüber, als wäre sie nicht groß genug dafür und würde jeden Moment reißen. Dann folgte eine tiefe Mulde, wo der Bauch hätte sein sollen. Durch die Mullbinden sah Thalar nicht das volle Ausmaß der Verletzung, doch die tiefrote Farbe der Bandagen sagte ihm genug. Die Rippen zeichneten sich unter der Haut ab und mindestens die unteren vier fehlten.

»Rafail meinte, es wäre knapp gewesen. Noch ein bisschen länger und es hätte die Wirbelsäule angegriffen.« Er stieß die Luft abschätzig aus. »Als hätte das einen Unterschied gemacht. Wenn ich kein Schwert mehr halten kann, ist es gleich, ob meine Beine funktionieren. Wohin sollen sie mich schon tragen?«

Es war bereits jetzt ein Wunder, dass Ambral überhaupt noch lebte. Bis heute war Thalar nicht klar gewesen, wie wichtig Ambral der Krieg gegen Elrojana war. Wie blind Thalar doch gewesen war.

»Ich will nicht zu einem sinnlosen Dasein verdammt sein.« Ambrals Hände zitterten vor Anstrengung und er ließ den leichten Stoff zurückfallen. Schweißperlen glänzten auf seiner Stirn.

Thalar starrte ihn ausdruckslos an. Ambrals einzige Möglichkeit, noch seinen Teil zu diesem Krieg beizutragen, beinhaltete, dass Thalar an ihm lernte, ein Seelengewirr zu öffnen. Er konnte

Ambral diesen Wunsch nicht abschlagen, wenn es sein freier Wille war. Er konnte ihm nicht auch noch seine Ehre als Krieger nehmen, wenn er ihn schon nicht beschützen konnte. Zumindest redete er sich das ein.

»Bist du dir sicher?«, fragte er noch einmal nach. Ambral musste völlig überzeugt sein. Wenn er nun *Ja* sagte, gab es kein Zurück mehr.

Graues Feuer loderte in Ambrals Augen. »Zerbrich ihre Krone.«

ᴋAPITEL 30

Sonnwärts des Tals zeugten das Grollen und die Blitze vom Aufenthaltsort des unheilvollen Führers der Saltastellari. Zur Erleichterung des Erbengefolges empfand Subrets Diener die Anwesenheit Ungläubiger anscheinend als abstoßend und mied ihr Dorf, während seine Begleiter ihr Anliegen vortrugen.

Es war spät und Thalar hatte das Studium der Schriften von Krabad Janabar unterbrochen. Obwohl er wegen der andauernden Nacht und dem ständigen Regen von Jalalverun nicht sagen konnte, welche Tageszeit sie gerade hatten, schienen die Saltastellari genau zu wissen, dass es Zeit fürs Abendessen war. Es mochte daran liegen, dass das Abendessen die wichtigste Mahlzeit der Sonnenländer darstellte und ihre Mägen selbst während des Hochfests und seiner Nachwehen nicht zögerten, zur selben Zeit wie immer zu knurren. Ihre Essgewohnheiten glichen denen von Barbaren. Sie lachten lauthals und stopften sich mit bloßen Händen gebratenes und gekochtes Fleisch in die Münder, wann immer sie nicht damit beschäftigt waren, sich zu betrinken.

Die Stimmung zwischen Meristate und Nuallán war weiterhin angespannt, weil Nuallán dem Erbengefolge nichts von seiner Vision erzählen wollte. Meristate hatte die veränderte Lage als neuen Grund gesehen, ihm ins Gewissen zu reden. Er blieb unwillig. Trotzdem saßen sie nebeneinander und zeigten Einigkeit.

An der Kopfseite der großen Tafel saßen Meristate, Nuallán und Thalar, während die Klingentänzer an den Längsseiten Platz genommen hatten. Sie schienen mehr mit sich selbst, dem Essen und dem Sidrius beschäftigt zu sein als mit ihren Gastgebern. Die Duan, die die Gruppe um den Sarad bildeten, saßen so um die Tafel, dass ihr Anführer das unausgesprochene Zentrum darstellte. Ihre Körper waren jederzeit minimal zu ihm ausgerichtet und es erforderte nur eine Geste und sie würden für ihn sterben.

Trotz der Ausgelassenheit des Saraduns hing die Anspannung wie dicke Luft im Raum. Die Saltastellari schienen nur sehr gut darin, sie zu ignorieren. Mit den Sonnenländern hatte es immer Differenzen gegeben, weil sie sich so von den Vallenen unterschieden und es einen ständigen Kampf um die Grenzgebiete gab. Bisher hatten sie zumindest keine Anstalten gemacht, Thalar oder Nuallán anzugreifen. Selbst die Audienz hatte gesittet stattgefunden, was wohl die gesamte Höflichkeit der Saltastellari für diesen Tag aufgezehrt hatte.

Thalar zweifelte an den friedlichen Absichten ihrer Gäste. Männliche Sonnenländer als Repräsentanten des Reiches? Normalerweise erledigten Frauen die Diplomatie der Sonnenlande. Männer waren nur für den Krieg zuständig. Gerade deshalb saß er angespannt auf seinem Platz und erwartete jeden Moment einen Überraschungsangriff.

Das Saradun aß Mengen wie eine Gruppe der doppelten Größe. Thalar rief einen Jungen zu sich, der in der Küche Nachschub verlangen sollte. Es war wichtig, den Gesten der Gastfreundschaft, die die Saltastellari pflegten, nachzukommen, so gut sie konnten. Einige Frauen spielten Musik und einer der Saltastellari, ein drahtiger Kerl mit markantem Gesicht und einer Narbe über dem Schlüsselbein, holte ein fremdländisch aussehendes Instrument unter seiner Bank hervor und gesellte sich zu ihnen. Sobald er anfing zu spielen, mischten sich schnelle Rhythmus- und Tonfolgen in den warmen Klang der Streichinstrumente und verliehen der Musik eine exotische Note. Zwei Männer trugen ein volles Fass Sidrius an den Tisch und die Klingentänzer stürzten sich mit schallendem Lachen und leeren Krügen darauf. Bis auf das Fleisch blieben alle anderen Speisen am Tisch unberührt.

Ihre Haare waren immer noch nass vom Sturm, ebenso ihre Kleidung, aber es schien sie nicht zu stören. Es musste also ein wahrer Kern in den Mythen über ihre außergewöhnliche Konstitution und die grausamen Abhärtungsmaßnahmen an ihren Kindern liegen.

Die Gastfreundschaft verlangte, dass die beiden Erben beim Abendessen anwesend waren, und so nutzten sie diese Zeit, um das Anliegen der Saltastellari zu besprechen. Bisher waren sie nicht dazu gekommen. Die Männer hatten einiges zu erzählen gehabt und Meristate und Thalar waren in ihre Forschungen vertieft gewesen. In dem wilden Treiben ihrer Gäste konnten sie sich unbemerkt darüber austauschen.

»Sie wollen die Kontrolle über das Wolkentor und die Goldenen Hügel, wenn sie uns helfen«, raunte Nuallán Meristate zu seiner Linken zu, während er Kallial Tur Sedain nicht aus den Augen ließ. Thalar konnte die Worte nur schwer über das Gelächter und die Musik verstehen. Zumindest hieß das auch, dass die Sonnenländer sie nicht belauschen konnten. Meristate verzog bei dieser Information keine Miene, aber da ihr Gesicht seit der Ankunft der Saltastellari ohnehin wie eine Maske war, erwartete Thalar nichts anderes.

»Ich weiß nicht, woher sie von unserem Vorhaben wissen. Sie haben etwas von den Okuri gesagt und danach kam eine kleine Litanei über ihre Herrlichkeit. Es ist wahnwitzig, wie abgöttisch sie ihre maskierten Herrscher anhimmeln. Jedenfalls wissen sie, dass wir einen Angriff auf die Königin planen, und bieten ihre Dienste an.«

Thalar konnte seine Überraschung für einen Moment nicht verbergen. Da die Sonnenlande als Bündnispartner nicht infrage gekommen waren, hatten sie den Okuri im Gegensatz zu anderen Herrschern nie Informationen über die Existenz des Erbengefolges zukommen lassen. Wie viel flüsterte Subret seinem Sprachrohr, den Okuri, ein? Nicht nur hatten sie Wesen, die jeden Ort oder jede Person finden konnten. Ihr erster Gott weihte sie auch noch in geheime Ereignisse ein, während er sie selbst hinter seinen Sturmwolken versteckte. Thalar wünschte sich, Keilorn würde ihn deutlicher führen, sodass er seinen Weg klar vor sich sehen konnte. Hier kämpften zwei höhere Mächte auf den Schultern von einfachen Männern gegeneinander.

Einer der Klingentänzer erwiderte seinen Blick für eine Sekunde und lächelte ihm wissend zu. Thalar fragte sich, ob sie bessere Ohren hatten, als er ihnen zutraute.

»Dass gerade sie sich gegen die vallenische Königin stellen, will mir nicht gefallen«, sprach Nuallán sehr leise weiter. Thalar musste sich ein Stück zu ihm lehnen, um ihn zu verstehen. »Sie haben Hintergedanken, die über das Land, das sie fordern, hinausgehen. Vielleicht hoffen sie, Einblicke in unsere Kampfstrategien zu gewinnen, um uns in den Rücken zu fallen, wenn wir von unserer Schlacht geschwächt sind. Sie könnten einen Angriff auf die Sonnseite planen, während Vallen in Aufruhr ist.« Nuallán saß vor seinem unberührten Teller. Die Höflichkeit verbot es ihm, fernzubleiben. Obwohl Thalar mindestens einmal im Laufe des Abends vermutete, seinen Magen knurren zu hören, behielt Nuallán seine Maske eisern auf.

»Aber dann wäre es lukrativer, sich nicht in den Krieg einzumischen, der bevorsteht«, erwiderte Thalar. »So hätten sie ihre Kräfte für einen schnellen Schlag im Sonn versammelt. Oder nicht?« Nuallán war deutlich besser in Kriegsstrategien bewandert als er.

Sein Blick streifte Thalar. »Vielleicht wollen sie nahe an den zukünftigen König herankommen.«

Meristate hegte sicher ihre eigenen fundierten Vermutungen, doch sie behielt sie für sich und auch Thalar begann keine Diskussion vor den Ohren der Sonnenländer. Immerhin war es gut zu wissen, was sie forderten. Es gab ihnen einen Anhaltspunkt.

Irgendwann schien Kallial Tur Sedain genug Sidrius getrunken zu haben, um auch den letzten Rest Zurückhaltung über Bord zu werfen, den er noch besessen hatte. Er rief mit vollem Mund und einem breiten Grinsen: »Greift zu, Erbe! Unseretwegen müsst Ihr Euch nicht hinter dieser Maske verbergen, denn wir fürchten nichts außer dem Zorn der Götter.« Er griff nach dem nächsten Stück Fleisch auf dem Tisch und führte mit der anderen Hand seinen Krug an die Lippen.

Nuallán runzelte die Stirn und raunte Thalar zu: »Haben ihnen das ihre verfluchten Götter eingeflüstert?«

Doch Thalar verstand nicht, woher Kallial Tur Sedain wissen konnte, was Nuallán verbarg. Seit er ihn kannte, hatte Nuallán immer auf höchster Geheimhaltung bestanden. Außer einigen wenigen hatte niemand Kenntnis davon. Selbst das Erbengefolge ahnte es nur. Meristates Vertraute Teltira einmal ausgenommen.

»Die Erben«, grölte ein breit gebauter Klingentänzer mit quadratischem Kiefer und einer platt gedrückten Nase, der sich als Halliat Tur Golin vorgestellt hatte. »Der eine stammt von Kadrabes Schatten ab, der andere vom verfluchten Blut.«

Nuallán ballte seine Hände unter dem Tisch so fest zu Fäusten, dass seine Knöchel weiß hervortraten.

»Ich bin auf den Tag gespannt, an dem noch ein Romane den vallenischen Thron besetzt«, höhnte Halliat Tur Golin weiter, wobei er Nuallán und Thalar nur mit seinem Blick streifte. Die Geschichte war für sein Saradun gedacht und nicht an ihre Gastgeber gerichtet. Sie waren lediglich die Hauptrollen in seiner kleinen Geschichte. Wieso hatten die Okuri keine in Diplomatie erfahrenen Frauen geschickt? Wieso dieses unflätige Saradun?

Thalar legte seine linke Hand auf Nualláns zitternde Faust. Nuallán schien es gar nicht zu bemerken.

»Gebt Ihr ihn je wieder her oder muss er Euch in einigen Hundert Jahren ebenso entrissen werden, wie Ihr es nun bei der Königin versucht? Dabei finde ich die Veränderungen, die Eure Vorfahrin dem Land bringt, gar nicht so übel.« Er machte ein selbstgefälliges Gesicht und prostete einem seiner Gefährten zu. »Oder«, fuhr er fort und stand auf, um seinem Auftritt die nötige Wirkung zu verleihen, »setzt Ihr gar den Erben auf einen Thron, dessen Ahne ihn schon nicht halten konnte?« Sein Blick streifte Nuallán und dann brüllte das ganze Saradun. Einer der Männer beugte sich lachend so weit zurück, dass er rücklings von der Bank fiel und sich dabei den Inhalt des Kruges ins Gesicht schüttete. Zwei der Saltastellari schlugen mit der flachen

Hand wiederholt auf den Tisch, wodurch das unbenutzte Besteck schepperte und leere Schüsseln und Krüge zu Boden fielen.

Nuallán sprang auf, aber keiner ihrer Gäste schien tatsächlich auf seine Reaktion zu achten. Sie waren bereits in eine neue schadenfrohe Geschichte vertieft, die Halliat Tur Golin zum Besten gab.

Thalar umschloss Nualláns Handgelenk und raunte ihm zu: »Das sind nur die Worte Betrunkener. Sie leeren schon das zweite Fass Sidrius. Lass die Worte nicht an dich heran, Nuall.«

Doch der entriss sich seinem Griff mit vor Wut verdunkelten Augen. »Du hast leicht reden. Alles, was sie dir vorwerfen können, ist das Blut einer wahnsinnig gewordenen Volksheldin.« Er zischte, sein Avolkerosblut musste kochen. Thalar ließ sein Handgelenk los. Nualláns zornerfüllter Blick glitt über das Saradun, das seine eigenen Unverschämtheiten nicht einmal zu bemerken schien. Dann wirbelte er herum und verließ den Speisesaal.

Thalar sah ihm nach und atmete tief durch, während er über die betrunkene Meute sah. Er tauschte einen Blick mit Meristate aus, ehe er auf Nualláns Platz wechselte, um leise mit ihr sprechen zu können.

»Meinst du, das ist wirklich alles, was sie wollen? Es ist zwar viel Land, aber bis auf den Handelspass in den Kronbergen nicht mehr als Weidegrund. Sie fordern nicht einmal die Grüne Stadt, auch wenn sie ihr gefährlich nahe kämen. Oder wissen sie mehr als wir?«

Meristate musterte Kallial Tur Sedain eingehend. »Die versunkenen Frostinseln sind ein Mahnmal an alle Länder, dass ein Romane nicht verzeiht. Die Aussicht, ein weiterer Romane, der Gewirre sehen kann – noch dazu einer, dessen Kräfte den Okuri durch das Flüstern des Zukunftstarners bekannt sind –, könne in Kürze den Thron besteigen, zwingt alle zum Handeln.« Thalar wusste, dass sie Subret gern bei seinem anderen Titel genannt hätte, das aber in Gegenwart von betrunkenen Saltastellari nicht wagte. »Sie müssen sich für eine Seite entscheiden. Die Sonnenländer wollen am Ende dieses Krieges auf der richtigen Seite stehen. Doch das ist nicht alles.« Sie senkte ihre Stimme weiter, bis sie kaum noch verständlich im Lärm des Gelächters und der Musik war. Dabei ruhte ihr Blick stets auf dem Sarad. »Sie wollen uns verschlingen. Wir sind der erste Schritt auf ihrem Weg zum Weltreich. Die Okuri sandten sie zu uns, damit der Wunsch ihres ersten Gottes irgendwann in Erfüllung gehen kann. Sie wittern die Gelegenheit der Stunde und sehen, dass die Despotin bald etwas Wichtiges verlieren könnte.«

»Die Sonnenlande sind nicht mächtig genug, um je über diesen Kontinent zu herrschen«, erwiderte Thalar kopfschüttelnd. »Sie haben viel zu wenig Männer, um auch nur Eresgal unter ihrer Herrschaft zu behalten, selbst wenn sie es schaffen sollten, es zu erobern. Mit dem Sarahadim wären sie wertvolle Verbündete im Krieg gegen die Despotin, aber uns zu verschlingen, würde ihnen nicht ohne Weiteres gelingen. Das ist Wahnsinn.«

»Nein«, sagte sie und ihre Augen wichen auch nicht von Kallial Tur Sedain, als der ihren Blick erwiderte. »Das ist unerschütterlicher Glaube.«

Das Gelage dauerte nach Nualláns Verlassen nicht mehr allzu lange an, dann lagen zwei der Duan unter den Bänken und der Rest schlief fast mit dem Gesicht im Essen ein. Anscheinend forderte die anstrengende und – wenn Thalar an den Sturmtreiber dachte – rasante Reise endlich ihren Tribut. Kallial Tur Sedain, der noch ansprechbar war, wurden Zimmer für sein Saradun angeboten. Er forderte, dass man Kissen und Decken herunterbrachte. Keiner von seinen Duan würde sich heute noch bewegen. Die wenigen des Erbengefolges, die noch wach waren, folgten der Aufforderung. Thalar holte aus der Küche einen vollen Teller und stieg die Treppe hinauf. Er machte sich nicht die Mühe zu klopfen und betrat ohne Zögern Nualláns Zimmer. Ein kurzer Rundumblick bestätigte seine Vermutung, dass Nuallán seinen Zorn an den Möbeln ausgelassen hatte. Ein zerbrochener Stuhl lag neben der Wand, die einen Riss aufwies. Nicht einmal etwas zu essen hatte Nuallán sich besorgt. Thalar stellte den Teller auf dem kleinen Tisch ab und sah dann zu dem auf dem Bett liegenden Mann.

»Es ist gut, dass du König wirst, wenn wir den Krieg gewinnen«, raunte Nuallán mit hinter dem Kopf verschränkten Armen. Er starrte weiterhin an die Decke, sein aufgewühltes Temperament hatte sich anscheinend mittlerweile beruhigt. Thalar lehnte sich an das Bücherregal an der gegenüberliegenden Wand und verschränkte die Arme.

»Niemand will einen Avolkeros, ein Dämmerblut«, Nuallán spie das Wort aus, als wäre es giftig, »auf dem vallenischen Thron sehen. Ganz gleich, ob er der Nachkomme des alten Königs ist.«

Kurz schloss Thalar die Augen. Das war nicht die Richtung, in die Nualláns Gedanken sich bewegen sollten. »Denkst du wahrlich, jemand will einen weiteren Romane auf dem Thron?«

Nuallán mied es weiterhin, ihn anzusehen. »Du wähltest diesen Namen selbst.«

Thalar nickte ernst. »Die Königin mag den Aufstieg der Nachtbringer in der Machtwende vereitelt haben. Gewirrspinner sind seitdem gefürchteter denn je. Ganz gleich, ob ich ihren Namen trage, ich bin und bleibe einer der wenigen, die sehen können, was unsere Welt ausmacht. Schließlich hätte es die Machtwende niemals gegeben, wenn der Schattenwirker Krabad Janabar nicht die Regentschaft der Gewirrspinner angestrebt hätte. Obwohl er sich nach dem Mord an dem alten König nicht lange auf dem Thron halten konnte, sitzt seitdem eine Gewirrspinnerin darauf.«

»Natürlich fürchtet das Volk Gewirrspinner.« Nuallán schnaubte. »Das tat es immer, doch im selben Atemzug sind sie das Herz und die Wirbelsäule Vallens, so wie jedes Land nur ihrer eigenen Art der Gewirrmanipulation verdankt, nicht von den umliegenden Reichen vereinnahmt zu werden. Avolkerosi hingegen … Sie haben keinen anderen Nutzen, als Furcht zu

bringen. Dafür hat das Skah-Blut bei mir ganz besonders gesorgt.«

Die Abscheu, der alte, immer noch brennende Hass, den Nuallán für seine Abstammung verspürte, breitete sich wie eine
dichte Rauchwolke im Raum aus und erschwerte das Atmen.
Thalar wollte Trost spenden, seinen Freund daran erinnern, dass
er von Personen umgeben war, die sich nicht an dem verfluchten
Blut in seinen Adern störten. Doch Nualláns verschlossene Haltung blockte jede Form der Aufmunterung ab, noch bevor Thalar
sie aussprechen konnte. So zwang er sich, an Ort und Stelle zu
bleiben und zuzuhören. Zumindest das konnte er tun.

»Mein Vater hätte meine Mutter wohl umbringen lassen, als
ich auf die Welt kam und er sah, was ich war. Sie ist sein Dimakes. Das hat ihr das Leben gerettet.«

Der Drang, Nuallán in die Arme zu nehmen, wurde stärker,
bis Thalar seine Hände verdeckt zu Fäusten ballte. Er wollte ein-
werfen, was für einen Unsinn sein Gefährte da von sich gab,
doch er hatte Nualláns Vater kennengelernt. Wäre seine Frau
nicht sein Dimakes, hätte er sie womöglich tatsächlich aus Zorn
umgebracht. Diese übernatürliche Verbindung hatte Mikoba
das Leben gerettet, denn sonst hätte sie Nualláns Vater mit sich
in den Tod gerissen.

»Er hat mir nie verraten, warum er mich nicht erdrosselt hat,
als ich klein war, und heimlich mit einer anderen Frau einen
Erben gezeugt hat, der seiner würdiger gewesen wäre.«

Thalar spürte die Wut wie eiskaltes Wasser in seinen Adern.
Wahrscheinlich war es das, was er fühlen sollte, wenn er daran
dachte, was Elrojana seiner Mutter angetan hatte. Ihrer Nach-
kommin. Doch diese Gedanken weckten nichts als Meristates
Weisungen in ihm, wie er sich fühlen sollte. An Derina hatte er
kaum Erinnerungen. Er wusste genau, wie er sich verhalten
musste. Aber er fühlte nichts dabei.

Hier war das anders. Endlich drehte Nuallán den Kopf in
seine Richtung.

»Das Volk wird sich daran gewöhnen müssen, dich im Palast
zu wissen«, sagte Thalar. Nuallán zuckte bei der Härte seiner

Stimme zusammen. »Denn ganz gleich, was geschieht, dort wirst du sein, an meiner Seite.« Nuallán war einer der wenigen, bei denen sich Thalars Emotionen natürlich anfühlten. Richtig. Echt, nicht einstudiert.

Nualláns Blick huschte zu seinen verkrampften Händen und zurück. Da entspannte sich Thalar, trat näher und schob den Teller über den Tisch. Nuallán beachtete den Teller nicht. Einen Moment später strafte ihn sein knurrender Magen Lügen. Das brachte Thalar zum Seufzen und der kalte Zorn fiel von ihm ab.

»Ihr Sarahadim ist eine mächtige Waffe«, gab er zu bedenken und beschloss, das vorangegangene Gespräch auf einen anderen Zeitpunkt zu verlegen. Einen, an dem ihn nicht der sanfte Kopfschmerz an die Anwesenheit von Subrets Diener erinnerte. Sie hatten Verbündete zu gewinnen und Risiken abzuschätzen. Nuallán konnte immer noch auf seine spätere Rolle vorbereitet werden, wenn sie die Schlacht gewonnen hatten. »Das Flüstern wird an ihre Handhabung der Blinden Künste niemals heranreichen, geschweige denn, dass wir ausreichend Flüstermünder zur Verfügung hätten. Wir können nicht wählerisch sein, denn die Despotin wird es uns nicht einfach machen. Auf die Klingentänzer zurückgreifen zu können, wäre ein strategischer Glücksgriff. Niemand hat den Kampf mit den Blinden Künsten so gemeistert wie sie. Nicht einmal die Aljannen von Tjerreku.«

»Du vergisst die Silberzungen und Goldfinger«, mahnte Nuallán und setzte sich auf. »Mein Vater sicherte mir zu, dass der Munor uns unterstützt.«

Doch Thalar schüttelte den Kopf. »Dein Vater mag gute Beziehungen zum Munor pflegen, doch ich bezweifle, dass der Herrscher von Kirill es wagt, zu viele seiner Elite so weit fortzuschicken. Diese Elite ist es, was den Munor an der Macht hält. Ein Entsenden seiner wertvollsten Manipulatoren bliebe den angrenzenden Reichen nicht verborgen und sie wären töricht, wenn sie diese Gelegenheit nicht nutzten, um ihr eigenes Gebiet zu vergrößern. Das weiß der Munor von Kirill. Er wird sehr genau abwägen, wie viele seiner Silberzungen und Goldfinger er uns senden muss, um dem deinem Vater gegebenen Versprechen gerecht zu werden, aber es werden wenige sein.«

Endlich kam Nuallán zum Tisch und nahm die Maske ab, um zu essen. Thalar machte ihm Platz und setzte sich ihm gegenüber.

»Selbst wenige davon können viel bewirken«, erwiderte Nuallán. »Das solltest du doch besser wissen. Oder denkst du wahrlich, ich weiß nicht, wenn du mir den Kopf verhext? So gut bist du darin nicht.«

Thalar sah ihn stumm an, aber er wusste, dass sich kein Funke Reue auf seinem Gesicht zeigte, was Nuallán anscheinend mehr ärgerte als die Tatsache, dass Thalar seine Fähigkeiten manchmal missbrauchte. Für die hohe Kunst der Verstandeskontrolle hatte es Thalar an Talent gefehlt. Es war etwas völlig anderes, sich durch eine Landkarte der Gewirre zu arbeiten, als blind unsichtbaren Fäden zu folgen und sie mit seiner bloßen Stimme zu alterieren. Die Meister von Kirill hatten ihm bald zu verstehen gegeben, dass er niemals eine Silberzunge werden konnte. Selbst mit fehlendem Talent besaß er Fähigkeiten, die über die eines vallenischen Gewirrspinners hinausgingen. Er erinnerte sich mit einem wohligen Schauder der Ehrfurcht an die Macht, die wahre Silberzungen in den Fernen Reichen besaßen. Selbst eine einzige könnte das Blatt im bevorstehenden Krieg wenden.

»Wir dürfen nicht allein auf einen Verbündeten vertrauen«, sagte er schließlich.

Nuallán schlang gierig die Überreste des Festmahls hinunter. »Sie verlangen zu viel.«

»Dann sagen wir ihnen, was wir bereit sind, ihnen zu geben. Was ist dein Rat?«

»Da es ihnen nicht um Macht, sondern um Grund geht«, sagte Nuallán zwischen den Happen, »sollen ihnen die Goldenen Hügel von den Kronbergen bis dorthin, wo Herun und Lulium sich vereinen, gehören. Das schließt einen Großteil der Smaragdküste mit ein. Wir brauchen das Wolkentor, um unseren Handelsabsatz zu sichern. Sollten sie ohne das Wolkentor auf die Vereinbarung eingehen, wissen wir zudem, dass sie noch andere Motive verfolgen.«

Thalar runzelte die Stirn. »Meristate wird nicht erfreut von diesem Vorschlag sein.«

»Ihre Heimat ist weder die Grüne Stadt noch Halakai.«, sagte Nuallán in einem Tonfall, der keinen Widerspruch zuließ. »Es ist Iamanu.«

Thalar hatte um Rat gebeten und ihn bekommen. Nun war es an ihm, zu entscheiden, ob er ein Volk, das Meristate verachtete, so nahe an ihren Geburtsort heranlassen wollte.

»Und nun lass mich allein.« Nuallán machte eine Handbewegung in Thalars Richtung.

Thalar stand auf und ging zur Tür. Dort blieb er noch einmal stehen, mit der Hand auf der Klinke.

»Iamanu ist auch deine Heimat«, sagte er, bevor er hinaustrat und Nuallán mit seinen Gedanken allein ließ.

KAPITEL 31

»Der Verlorene hat das Spielfeld betreten.«
»Aber ist er neu?«
»Neu? Noch ist er nichts. Eine leere Karte. Eine
Unmenge von Möglichkeiten. Ein Albtraum. Ein
Lichtblick. Ein Geist der Vergangenheit. Etwas
sehr Altes, das geduldig gewartet hat. Es kommt
allein auf die Perspektive an.«

Gespräche des Kartenspielers in Nimrods fliegenden Gärten

Elrojana verabscheute es, wenn Nereida sich durch die Schatten in ihre Gemächer schlich. Doch was wollte ihre Herrin tun? Es war in Nereidas Muskelgedächtnis eingebrannt. Lautlose Bewegungen, versteckt lauern, unerkannt präsent sein. Sie war Nebel, und das Misstrauen ging mit der Erziehung der Izalmaraji wie ein steter Schatten einher. Natürlich hätte sie vor der Tür stehen bleiben und klopfen können wie eine gewöhnliche Dienerin, aber worin bestünde der Nutzen? Dann hörte sie nicht, was hinter ihrem Rücken vorging.

Das hatte Elrojana gewusst, als sie Nereida bei sich behalten hatte. Ihrer Dankbarkeit zum Trotz wusste Nereida eben gern, was um sie herum passierte, ob man es ihr nun erzählen wollte oder nicht. Davor war selbst die Königin nicht gefeit, doch dafür gereichten Nereidas Fähigkeiten ihr oft genug auch zum Vorteil.

Lautlos bewegte sie sich durch die luxuriösen Gemächer. Ob Elrojana wieder Ororas dämliche Kinderreime als Wahrsagungen fehlinterpretierte? Sie hörte die leise Stimme ihrer Königin und beugte sich um die Ecke, um in den nächsten Raum sehen zu können. Als eine fremde Stimme erklang, hielt sie in ihren Bewegungen inne und drängte sich tiefer in den wallenden

Wandstoff. Die Stimme war gedämpft und samtig. Wie das Gefühl von Wärme nach einem Tag in Schnee und Eis kroch sie unter die Haut.

»Rufe mich nicht, wenn du keinen Grund dazu hast.«

Nereida lugte so weit vor, bis sie einen Blick ins Zimmer werfen konnte. Wer wagte es, Ihre Majestät so respektlos zu behandeln? Die mit Edelsteinen besetzte Krone aus Weißgold und Glas lag auf dem Schminktisch neben den anderen Schmuckstücken, als wäre sie nicht das Wichtigste, was Elrojana besaß. Die Königin ging im Zimmer auf und ab, gestikulierte mit ihren zarten Händen und sah immer wieder in eine Ecke, die Nereidas Blick verborgen blieb. Der Schein des Nevarets, das literweise an der Fassade des Palasts hinunterfloss, glänzte in ihrem schneeweißen Haar. Trotzdem wirkten die Lichtverhältnisse im Zimmer zu dunkel für das Ende des Großen Regens.

»Zumal Jalalverun beinahe vergangen ist«, ergänzte die samtige Stimme. »Du weißt, wie schwer es ist, hierher zu gelangen.«

Obwohl sie nicht an Nereida gerichtet war, überkam selbst sie ein innerer Drang, mehr von diesem viel zu leisen, seltsam verlockenden Timbre zu hören.

»Du verstehst nicht!«, rief Elrojana. »Nein, du verstehst das nicht. Wie auch? Ich tue doch schon alles, es dauert nicht mehr lange. Die ersten Samen habe ich vor Monaten gesät und meine Lieblinge haben sie geerntet und neu gesät. Es dauert nur wenige Wochen, bis die Früchte unserer Pläne reifen. Bald werden sie wieder ernten und säen. Es werden immer mehr. Sie werden ihrem inneren Impuls folgen und euch wählen.« Dabei blieb sie stehen und sprach mit einem solchen Nachdruck zu dem Unbekannten, wie Nereida sie lange nicht mehr reden gehört hatte. »Aber du sagtest, das Ritual bräuchte Zeit. Also bereite dich darauf vor. Fang damit am besten schon an. Ich will nicht länger warten, nein, nicht länger als nötig. Sobald es so weit ist, will ich ihn. Dann will ich ihn hier haben, bei mir. In dem Augenblick, in dem es so weit ist und die Kinder euch wählen. Dann will ich nicht mehr warten müssen, ich warte schon so lange. Ich brauche ihn, verstehst du? Verstehst du das?«

»Ich beginne, sobald du deinen Teil erfüllt hast«, sagte die samtige Stimme, die eine derart ruhige Kälte ausstrahlte, dass sich sogar Nereidas Nackenhärchen aufstellten. Trotzdem lockte sie Nereida näher zu sich. Sie versuchte, einen Blick auf den Unbekannten zu werfen. Elrojana drehte sich wieder um und Nereida huschte zurück in ihr Versteck.

»Wenn du nichts weiter mit mir besprechen möchtest, werde ich mich empfehlen.«

Nereida drängte sich tiefer in die Stoffe, sodass sie nicht gesehen wurde, sobald der Besucher die Gemächer verließ.

»Nein, nein, bleib«, bat Elrojana unerwartet flehend.

»Erfülle die Abmachung und du wirst ihn wiedersehen.«

»Nein, bleib hier. Bleib hier, habe ich gesagt! Du wagst es, dich meinem Willen zu widersetzen? Ich … Ich verfluche dich, Unvergänglicher!« Was anfänglich noch die Willensstärke und Selbstverständlichkeit einer Königin gewesen war, wandelte sich schnell in rohe Verzweiflung. Das Schluchzen ihrer Herrin erfüllte die plötzliche Stille. Nereida wartete vergeblich, dass jemand den Raum verließ.

Vorsichtig spähte sie aus ihrem Versteck. Elrojana kniete aller Würde beraubt auf dem weißen Boden. Ihre sonst so imposante Gestalt war in sich zusammengesunken und bebte bei jedem Schluchzen. Tränen bildeten dunkle Flecken auf dem Marmor. Niemand war bei ihr, obwohl Nereida sicher war, dass keiner den Raum verlassen hatte. Nereida hatte die Stimme eindeutig gehört, also waren es keine weiteren Geister, die Elrojanas geschundenen Verstand quälten.

Sie wollte ihrer Herrin Trost spenden, doch wenn sie nun zu ihr ginge, würde Elrojana wissen, dass Nereida gelauscht hatte. Deshalb verließ sie die königlichen Gemächer ebenso leise, wie sie gekommen war.

Mit wem hatte sich Elrojana unterhalten? Einem anderen Gewirrspinner? Nereida schüttelte den Kopf. Es müsste ein größenwahnsinniger Gewirrspinner sein, wenn er so mit Elrojana sprach. Zumal ihre Königin nicht flehte. Sie nahm sich, was sie begehrte. Als mächtigste Gewirrspinnerin in ganz Vallen – und

Galinar, wenn man das verrufene Schwesterland hinzuzählen wollte – gab es niemanden, der ihr das Wasser reichen konnte. Selbst die Herrscher anderer Länder fürchteten sie zu Recht. Elrojana vereinte göttliche und weltliche Macht wie niemand zuvor. Deshalb entzog es sich jedem Zweifel, dass es außer den Göttern jemanden geben konnte, der über ihr stand. Nereida stockte in ihren Bewegungen.

Unvergänglicher, hatte sie gesagt. Es war ein Titel. Einer, den Nereida noch nie gehört hatte. Götter trugen Titel, mit denen man über sie sprach, wenn man ihre Aufmerksamkeit nicht auf sich lenken wollte. Es hätte also tatsächlich ein Gott in Elrojanas Gemächern gewesen sein können. *Oder ein Nachtbringer,* dachte Nereida grimmig. Ein leichter Schauder durchlief ihren Körper. Würde Elrojana nach dem, was ihr geschehen war, tatsächlich noch einmal einen Pakt mit einem Gott eingehen? Womöglich hatte Nereida die Verzweiflung ihrer Königin unterschätzt, so wie die meisten. Es war eben noch nie vorgekommen, dass jemand den Tod seines Dimakes überlebte. Vielleicht brachte es mehr als den Wahnsinn mit sich.

Auf kürzestem Weg ging sie Richtung Bibliothek. Sie musste Informationen einholen, ohne jemandem Grund zum Nachfragen zu geben. Bücher hatten die angenehme Angewohnheit, nicht zu sprechen – zumindest die meisten, und Nereida hielt sich von den wenigen, die es doch taten, strikt fern.

Die Bibliothek befand sich in einem angrenzenden Turm, zu dem man über einen offenen Wehrgang gelangte. Nereida drehte sich auf halber Strecke um und betrachtete die Nevaretflüsse, die sich in breiten Streifen vom Palast ergossen. Es war ein kostspieliges Versprechen an das Volk zur dunkelsten Zeit des Jahres. Die Lampenmacher in der Umgebung mussten das ganze Jahr daran gearbeitet haben, die Königin mit ausreichend Nevaret zu versorgen, um einen so kontinuierlichen Strom der blau leuchtenden Flüssigkeit zu ermöglichen. Der Anblick sollte Nereida beruhigen. Solange Elrojana an diesen Traditionen festhielt, war nicht alles verloren. So hatte sie gedacht. Jetzt schaffte es selbst das Leuchten in der Dunkelheit nicht, ihre Sorgen verstummen zu lassen.

Trotz der Abkürzungen gelangte Nereida nicht schnell genug in die Bibliothek, um ungesehen zu bleiben. Jemand rief ihren Namen. Sie atmete tief durch, um ihre Sorge nicht nach außen zu tragen. Dann drehte sie sich um.

Baribeh, eine der jüngsten Prinzessinnen, lief strahlend auf sie zu. Sie war ein schmächtiges Mädchen mit königlich blondem Haar.

»Gut, dass ich dich treffe, Nereida«, sagte sie mit einem ehrlichen Lächeln. Sie sah sich um und vergewisserte sich, dass ihnen niemand zuhörte, ehe sie sich zu ihr vorbeugte. »Khalikara ist wieder da.«

»Und?«

»Und«, betonte Baribeh, »er meinte eben, dass er im Frostflügel ein Neujahrsfest veranstalten will.« Ihre Augen blitzten und sie sah Nereida erwartungsvoll an.

Da Kadvan die Boten der Wende jedes Jahr gebührend feierte, verwunderte es sie nicht im Geringsten, dass er ein Fest ausrief.

»Keine Zeit«, erwiderte Nereida knapp. Nichtsdestotrotz kribbelten ihr die Finger bei dem Gedanken, dem Großonkel des Mädchens Zanderblüte in den Sidrius zu gießen und das Spektakel zu genießen. Erst musste sie die Identität des unbekannten Besuchers herausfinden und erfahren, worin Elrojana verstrickt war.

Der Glanz in Baribehs Blick verlor sich und ihre Schultern sackten nach unten. »Sicher? Weißt du noch, letztes Mal, als diese eine Tänzerin dachte, Meallán wäre ein zahmer Frosttiger, den man mit Ginoren füttern muss, damit er niemanden frisst?« Bei dem Gedanken kicherte die junge Prinzessin. Nereidas Mundwinkel zuckten. »Sie ist ihm den ganzen Abend nachgelaufen und hat ihm bei jeder Gelegenheit Ginoren in den Mund gestopft und seine Gesprächspartner vor ihm gewarnt. Meallán hat keinen Satz vollenden können.« Jetzt lachte sie und warf ihren Kopf fröhlich in den Nacken. »Du kannst es dir noch anders überlegen. Venja trifft die Vorkehrungen. Vor der offiziellen Eröffnung unternehmen wir nichts.« Sie zwinkerte verschwörerisch.

»Wir werden sehen, ob ich dort bin«, erwiderte Nereida. Daraufhin zuckte Baribeh die Schultern, als wäre es ihr egal, ob Nereida kam. Doch Nereida erkannte die freudige Anspannung in ihrem schmalen Körper.

»Dein Verlust, wenn du nicht kommst.« Damit ging Baribeh an ihr vorbei und verließ den Wehrgang.

Nereida sah ihr nach, ehe sie sich umdrehte und der Bibliothek entgegenlief. Mit den beiden Schwestern fühlte sie sich jung. Es war, als könne sie mit ihnen all die Kindheitserinnerungen sammeln, die ihr entgangen waren.

Die Bibliothek begrüßte sie mit geisterhafter Stille. Der Wächter an der Tür ließ sie ohne Weiteres passieren. Sie schlenderte lautlos hinein, um die Ruhe nicht zu stören.

Oligane stand in einem der Gänge und blies nachdenklich den Staub von einem Buch. Ihr brustlanges Haar floss wie flüssiges Kupfer über ihren Rücken. Sie trug die weiß-silberne Robe der Gewirrspinner, die an ihr besonders schön aussah. Dabei verfolgte ihr unnatürlich stechender Blick Nereida. Egal wie lautlos Nereida sich bewegte, Oligane entdeckte sie immer sofort. Noch so eine Ähnlichkeit mit Aras …

In ihrem Gesicht und auf der Haut ihrer Hände zeichneten sich rote Striemen und Schnitte ab. Hielten sie die Findende immer noch gefangen? Elrojanas wahnhafte Suche nach den Himmelskammern fand kein Ende. Dabei hatte Nereida gedacht, dass ihre Herrin ihren Todeswunsch überwunden hatte. Womöglich suchte sie nach anderen Niederschriften des Schattenwirkers. Dabei hatte sie doch mittlerweile vier Himmelskammern gefunden. Welche Geheimnisse konnten die Aufzeichnungen eines Toten noch beinhalten?

Der Geruch von alter Tinte und Leder umhüllte Nereida. Sie hatte Bibliotheken immer gemocht: das dämmrige Licht, das durch die Fenster hereinstrahlte und im Schein des Nevarets Staubpartikel tanzen ließ. Das leise Kratzen von Federkielen auf

Pergament, das helle Geräusch, wenn eine Seite umgeblättert wurde, oder der dumpfe Klang eines dicken, zugeschlagenen Buches. Früher hatte sie sich oft in den großen Bibliotheken des Dvahal versteckt, wenn das Heimweh sie überkommen hatte.

Sie kam am richtigen Regal an und fuhr mit ihren Fingern über die Buchrücken. Einige hatten keine Titel auf dem Leder stehen, sodass Nereida sie herausnehmen und aufschlagen musste, um ihren Inhalt zu erkennen. Nereida befand sich nur wenige Schritte von der *gesonderten Abteilung* entfernt, deren gusseisernes Gitter den Zutritt der meisten Besucher verhinderte. Nereida bildete sich ein, ein Kratzen und Winseln daraus zu hören. Sie zwang ihre Konzentration zurück auf die Bücher vor sich. Es dauerte nicht lange, dann fand sie das gesuchte Buch. *Über Tagbringer und ihre dunklen Gegenspieler.* In weiches, abgenutztes Leder gehüllt und mit über die Jahrhunderte vergilbten Seiten lag es gut in ihren Händen. Es war groß und schwer. Nereida setzte sich an einen der Schreibtische und schlug es auf.

Darin waren die Legenden über die Entstehung der Götter und ihre Kriege verewigt. Für jeden großen Gott gab es einen eigenen Eintrag. Die Tagbringer standen ganz vorn, ihre Einträge waren illustriert und mit Kalligrafie versehen. Da gab es Kadrabe, das Ewige Licht; Keilorn, den blinden Seher, und andere. Auch Diluzes, der Strahlende, hatte einen Eintrag, wenngleich man ihm ansah, dass er nachträglich hinzugefügt worden war. Diluzes war erst vor einigen Jahrhunderten als Gott bekannt geworden. Wie Götter wohl entstanden? Nereida strich sanft über die farbenfrohe Illustration von Diabesa, der weinenden Mutter. Sie erhörte Nereidas Gebete. Auch die mächtigsten Nachtbringer wurden aufgeführt. Das Buch war vallenischen Ursprungs, was man, wenn nicht schon an der Schrift, an den Titeln der Nachtbringer erkennen konnte: Subret, der Sumpfsäufer; Pleonim, der dunkle Frost; Milite, das Alte Übel, und Tarja, die Herrin des Blutes. Einen *Unvergänglichen* fand Nereida allerdings nicht. Womöglich war er ein alter Gott, dessen Namen man inzwischen vergessen hatte. *Oder gar keiner.*

Frustriert schlug sie das Buch zu. Da blieb ihr ein Weg zu den Windboten wohl nicht erspart. Sie nahm sich Feder und Pergament und begann zu schreiben.

Die Windboten waren Gewirrwerker. Sie konnten das Gewirr des Windes sehen und manipulieren. Elrojana bildete sie darin aus, Nachrichten und Päckchen zu transportieren. So manches Mal, wenn man über die Straßen Lanukhers ging, zischte über den Köpfen der Bewohner ein rasend schneller Blitz. Die Leute hatten sich daran gewöhnt – manche Diebe hatten es sich sogar zur Aufgabe gemacht, die Luftpost abzufangen.

Die Treppe zu ihrem hohen Turm hinauf schlängelte sich eng um eine Säule in der Mitte. Als Nereida endlich oben angekommen war, streckte sie sich und ihr Rücken knackte. Im kleinen Raum an der Spitze des Turms waren eine Handvoll Windboten, die entweder Briefe schrieben oder sich aus den großen Fenstern hinausbeugten und mit ein paar Handbewegungen Blitze durch die Luft davonschossen. Selbst während Jalalverun arbeiteten einige, damit Elrojana das Weltgeschehen verfolgen konnte. Einer von ihnen, ein glatzköpfiger, älterer Mann mit krummer Nase, bemerkte ihre Ankunft und nickte ihr zu. Sie ging an seinen Tisch und legte den Brief vor ihn hin.

»Werter Bote, dies muss unverzüglich in den Tintenwald der Grünen Stadt.« Sie nickte auf das Siegel des Briefes. »Im Auftrag Ihrer Majestät.«

Der Mann verengte die Augen und starrte auf das Siegel, ehe er den Blick wieder zu Nereida hob. »Wusste gar nicht, dass die Schattentänzerin jetzt Botengänge macht.«

Nereida zuckte die Schultern. »Ich tue, was meine Königin mir befiehlt, und wenn ihr langweilig ist, ärgert sie mich eben gern.«

Der alte Windbote schnaubte humorlos, ehe er sich aufrichtete. »Zu Händen?«

»Prudenbitor Hellandar Ebenkvests.«

Er ging an eines der Fenster, beugte sich hinaus und wischte vor sich in der Luft herum, als schriebe er mit den Fingern.

Dann legte er den Brief mitten in der Luft ab, und in der nächsten Sekunde zischte dieser in einem solchen Tempo davon, dass nur ein gelber Blitz zu erkennen war.

»Habt Dank«, sagte Nereida, als der Mann sich wieder umdrehte und sich zurück an seinen Schreibtisch setzte.

»Ein königlicher Auftrag wird stets augenblicklich ausgeführt«, sagte er und bedachte Nereida mit seinen glasigen Augen einen Moment zu lang. Sie drehte sich um und verließ den Botenturm. Ihr schlechtes Gewissen, Elrojanas Wachssiegel missbraucht zu haben, hielt sich in Grenzen. Sie musste einfach ausschließen können, dass ihre Herrin erneut mit Göttern verhandelte. Das letzte Mal hatte sie es aus gutem Grund getan, und obwohl anfangs alles wie gewünscht verlaufen war, litt die Königin jetzt unter dem Fluch von Kadrabes damaliger Aufmerksamkeit.

Bis die Antwort aus dem Tintenwald eintraf, in dem sich angeblich die bewährtesten Prudenbitoren ganz Eresgals befanden, musste Nereida sich gedulden. Deswegen plagten sie die Zweifel und Sorgen. Sie wurde nur noch misstrauischer, als sie Elrojana wenige Stunden später mit manischer Miene durch die Flure schreiten sah. Ihr hinterdrein marschierten zwei Kobaltkrieger mit zufriedenen Gesichtern.

»Er wird bald da sein«, berichtete ihre Herrin glücklich, als sie an ihr vorbeieilte.

Nereida zog die Augenbrauen verwirrt zusammen und dachte kurz zurück an das Gespräch, das sie belauscht hatte. Sie beeilte sich, die Königin einzuholen.

»Wer, Herrin?«

Freudiger Glanz erfüllte ihre Augen. »Thalar natürlich.«

Das Wunderkind. Nereida tauschte einen kurzen Blick mit einem der Zwielichtwesen aus. Es grinste sie nur schelmisch an. Sie waren also vom Versteck der Rebellen zurückgekehrt. Hieß das, der Nachkomme des alten Königs, der aus Kirill gekommen war, war tot?

Elrojana blieb plötzlich stehen, drehte sich um und sagte: »Rufe eure Anführer zusammen, wir müssen uns besprechen. Sobald mein Junge wieder zu Hause ist, werden wir die Ratten ausräuchern, die er um sich geschart hat. Ein Volk, das mir nicht treu ist, verdient es nicht, auf meinem Land zu leben.« Einer der Krieger nickte und machte kehrt.

Dann nahm Elrojana dieselbe Geschwindigkeit wie vorher auf, der andere Kobaltkrieger auf ihren Fersen. Als Nereida ihr weiterhin folgte, hob sie die Hand. »Du nicht, mein Kind. Lass das meine Sorge sein.«

Nereida stutzte. Sie sah zu dem übrig gebliebenen Kobaltkrieger, der sie triumphierend von oben herab ansah.

»Majestät«, betonte Nereida. »Sollte Euer Kriegsherr, Kadvan, nicht zumindest Teil dieser Unterredung sein?«

Elrojana machte eine wegwerfende Geste. »Ach was. Khalikara hat genug damit zu tun, das Heer auf die Kriege vorzubereiten. Interne Aufstände müssen ihn gerade nicht interessieren. Dafür habe ich Aberas und meine Kobaltgarde.«

Kriege? Mehrere? Galinar war ein bekannter Brennpunkt. Wieso wusste Nereida nicht, mit wem Elrojana sonst noch Krieg anfangen wollte?

»Und wofür habt Ihr mich?«

Erneut blieb die Königin stehen. Das krankhaft fröhliche Gesicht nahm sanftere, anmutige Züge an, bis die Frau vor Nereida stand, die sie damals kennengelernt hatte. Elrojana streckte die Hand nach Nereida aus, hielt dann jedoch inne, als hätte sie es sich anders überlegt. »Dich hebe ich mir für besondere Anlässe auf, mein Kind. So wie man es mit einer Geheimwaffe tut.« Dann drehte sie sich schwungvoll um – ihr Zopf hätte Nereida beinahe ins Gesicht getroffen – und marschierte weiter. »Sag mir, sobald sich der Kobaltkrieger in Iamanu bewegt, Krieger. Wir müssen alles vorbereiten. Wenn Thalar erst zurück ist, soll er sehen, was seine Königin vollbringen kann.«

Was ist, wenn er nicht zurückwill? Nereida hatte gehört, dass das

Wunderkind unter Serena Meristate lernte. Sie musste ihn mit ihren Intrigen entweder zu einer willigen Puppe gemacht oder ihn genauso verdreht haben, wie sie es war. Nereida verstand nicht, wie Meristate ihrer Retterin hatte den Rücken kehren können. Manchen Valahari stieg ihre Macht zu Kopf. Hatte sie nicht sogar den Tjerrekan ein Artefakt gestohlen?

Nereida schüttelte den Kopf. Nicht jeder besaß Ehrgefühl. Nicht jeder wusste, wie man Dankbarkeit zeigte. Nicht jeder war es wert, gerettet zu werden.

Sie sah ihrer Königin noch einen Moment nach. Vielleicht sollte sie anfangen, sich mehr für Politik zu interessieren. Sie wusste auch schon, wo sie beginnen musste.

KAPITEL 32

Von Baribeh war keine Spur mehr zu sehen, als Nereida sich entgegen ihrer vorherigen Entscheidung im Frostflügel des Palastes einfand. Baribehs kaum ältere Schwester Venja näherte sich dem Sidriusbrunnen, der am anderen Ende des festlich geschmückten Saals viele Augen auf sich zog. In seiner Mitte stand die steinerne Figur eines halb nackten Jünglings, der aus einem Füllhorn den goldenen Trunk in scheinbar endlosen Mengen in einen Bach mit fein gemeißelten Steinfischen goss. Baribeh schwor, sie hätte den Jüngling sogar einmal den Kopf neigen gesehen. Unwahrscheinlich, aber nicht unmöglich, denn wo Gewirrmanipulation im Spiel war, gab es keine definierten Grenzen. Lanukher war die Hochburg der Gewirrspinner, seit Halakai in der Machtwende untergegangen war.

Venja würde dieses Jahr den großen Streich anzetteln. Das war Nereida mit einem Blick auf die schelmisch geduckte Haltung des Mädchens klar. Sie würde den Sidrius manipulieren.

Unauffällig bewegte Nereida sich durch das Getümmel. Es war ihre leichteste Übung, in der Menge zu verschwinden. Die Gäste sahen gebannt dem atemberaubenden Auftritt der Akrobaten auf der Bühne zu, wie sie sich in schwindelerregender Höhe durch die Luft bewegten. Einer von ihnen musste ein Sehender sein. Jemand, der das Gewirr der Luft sah. In einem anderen Leben wäre er wohl zu einem Gewirrwerker geworden, doch unter Elrojana wurde den weniger Begabten, jenen, die nur ein Gewirr sehen konnten, wenig Aufmerksamkeit zuteil. Die Ausbildung im Gewirrhandwerk, die Fähigkeit, mithilfe der Gabe des Sehens etwas zu erschaffen, war kostspielig und ohne Gönner für viele unmöglich zu finanzieren. Die Gabe des Sehens stattdessen so zu nutzen, dass sie die Akrobatenfamilie zu besonderem Ruhm führte, erschien sinnvoller.

Nereida glitt vorbei an Tänzerinnen, deren rhythmische Bewegungen die Blicke jener einfingen, die sich bevorzugt den niederen Freuden zuwandten. Ein ausschweifendes Bankett, verziert mit üppigen Blumenbouquets, lud dazu ein, sich der Völlerei hinzugeben. Kadvan veranstaltete die größten Feiern. Nur offizielle Feste übertrumpften seine. Der ganze Palast hatte sehnsuchtsvoll darauf gehofft, dass er den Anfang des natürlichen Jahres mit einem Fest zu Ehren der Boten der Wende feiern würde. Viele vom königlichen Hof waren eingeladen. Manche, die keine Einladung erhalten hatten, tauchten trotzdem auf. Es war immer ein großes Spektakel, das niemand verpassen wollte. Elrojana nahm nie teil. Wahrscheinlich schmiedete sie gerade umringt von ihren Zwielichtwesen neue Intrigen.

Mittlerweile stand Venja am Brunnen und füllte drei Krüge mit der goldenen Flüssigkeit. Sie planten Nereida also fest ein. Danach stellte Venja einen davon ab und zog eine Phiole aus ihrer Tasche. Ein orangerotes Gemisch. Nun war es also so weit. Nereida konnte das Zucken ihrer Mundwinkel nicht verhindern. Was die beiden sich wohl dieses Mal ausgedacht hatten?

Nun befand sich das Ziel von Nereidas Streifzug durch die Menge direkt vor ihr. Kadvan sah nicht mehr so müde aus wie das letzte Mal, als sie ihn gesehen hatte, aber im Licht des Saals wirkten seine Falten noch tiefer. Im Gegensatz zu Kaelesti hatte er Elrojana nicht um ewige Jugend gebeten.

Er unterhielt sich mit Meallán Vahan, seinem direkten Untergebenen und einem angeblichen Nachkommen des alten Königs. Diese unbestätigten Blutsbande machten es ihm unmöglich, jemals Kadvans Nachfolger zu werden. Obwohl nicht Elrojana den vorherigen König ermordet hatte, sondern die Nachthure, mied die Königin das alte Blut. Womöglich fürchtete sie zu Recht, wie Nuallán Brenar zeigte, dass die Nachkommen des alten Königs einen Anspruch auf den Thron erheben könnten. Der Großteil der vorherigen königlichen Familie lebte sogar heute noch in den Fernen Reichen, obwohl Elrojana das Exil vor dreihundert Jahren aufgehoben hatte. Also musste es selbst nach über vier Jahrhunderten noch Spannungen zwischen den ehemaligen und den gegenwärtigen Herrschern Vallens geben.

In einer geschmeidigen Bewegung überbrückte Nereida den letzten Abstand und blieb hinter Vahan stehen. Vielleicht sollte sie sichergehen, dass der Kriegsherr vorerst nichts von dem Streich der Mädchen erfuhr? Sie hatte sowieso mit ihm sprechen wollen.

Kadvan fing ihren Blick auf. Er hob die Hand und Meallán Vahan verstummte. Er sah über die Schulter, erkannte Nereida und nickte höflich, bevor er sich entfernte. Er hatte nicht einmal mit der Wimper gezuckt, als sie direkt hinter ihm gestanden hatte. Dieser Mann besaß Nerven aus Stahl. Kurz sah Nereida ihm hinterher. Er hatte einen breiten Rücken, war gut gebaut und trug sein Haar sehr kurz. Er machte seinem gewählten Namen alle Ehre. Umso bedauerlicher war, dass er nie das Schild Vallens sein konnte.

»Nereida, ich dachte, zumindest du hättest ein Auge auf meine Nichten.«

Sie zuckte die Schultern. »Was soll ich sagen, sie sind mir entwischt.«

Kadvan schmunzelte. »Was bringt dich zu mir? Sicher nicht nur der Versuch, Venja zu decken.«

Nereida musterte ihn anerkennend. Er kannte sie so gut. »Nein, nicht nur das … Es macht Euch nichts aus?«

»Wenn es das täte, würde ich die beiden nicht jedes Mal teilnehmen lassen.«

»Nun, das freut mich. Es gibt Eurer Feier das gewisse Etwas.«

»Ich glaube, dass einige genau deswegen so gern an meinen Festen teilnehmen.«

»Den Hochadel dürstet es nach Unterhaltung«, sagte Nereida, doch dann wurde sie ernst. Während Ardens Mora hatte sie sich keine Sorgen gemacht, doch nun, da die Nacht mit aller

Wucht zurückkehrte, sollte sie den Diebstahl bei dieser Gelegenheit ansprechen. »Ihr solltet Euch einmal die Sicherheitsvorkehrungen im Archiv ansehen.« Falls Nilas Auftraggeber gut bezahlten, könnte sie einen erneuten Versuch wagen, und dann wollte Nereida es ihr nicht mehr so leicht machen. Zumindest war die Schriftrolle noch an ihrem Platz und da Jalalverun nun vorbei war, gab die Dunkelheit der Diebin keine zusätzliche Deckung mehr.

Argwohn und Sorge traten in Kadvans Blick. »Wurde etwas gestohlen?«

»Die Gitter halten das Ungeziefer nicht mehr ab.«

Sein strafender Blick ließ sie nicht los.

»Na schön«, seufzte sie. »Es ist wieder da, aber wer weiß, ob derjenige, der es haben wollte, so schnell aufgibt. Besser, man hackt ihm das nächste Mal seine Langfinger ab.«

»Ich werde jemanden damit beauftragen.«

Es war gut, dass Kadvan wieder hier war. Dieses Mal vielleicht sogar länger als nur zwei, drei Wochen. Seine Paranoia stellte sicher, dass er die Angelegenheit diskret handhabe, sodass nicht mehr Leute eingeweiht wurden als absolut nötig. Nereida wollte verhindern, dass Elrojana davon erfuhr. Sonst würden ihre widernatürlichen Zwielichtwesen auch noch den zweiten Stock des Wolfsflügels verpesten.

»Die Grenze«, sagte Nereida und Kadvan hob eine Augenbraue. Er lehnte sich ein Stück zu ihr herunter und suchte etwas in ihren Augen. Nereida wusste nicht, ob er es fand.

»Seit wann interessierst du dich so sehr für Galinar?«

Sie schüttelte den Kopf. »Galinar ist mir gleich. Die Gefahr, die davon für Vallen ausgeht, nicht.«

»Du willst mir weismachen, du sorgst dich um dieses Land?« Kadvan lachte. Es klang hart. »Ich vertraue dir, dass du dich um Ihre Majestät sorgst. Aber Loyalität gegenüber Vallen? Mach dich nicht lächerlich.«

Nereida geriet kurz ins Straucheln, bevor sie ihre Fassung zurückerlangte und seinen Blick ebenso fest erwidern konnte.

Er hatte recht. »Reicht es nicht, wenn ich der Königin loyal ergeben bin?«

»Sag du es mir, reicht das?« Er legte seinen Kopf schief und studierte sie einen langen, intensiven Moment. Dann verloren seine Augen den scharfen Ausdruck, den alle Nachkommen Elrojanas von ihr geerbt zu haben schienen. »Ich weiß sie bei dir in guten Händen. Und solange es mich gibt, wird sie das Land nicht zugrunde richten.«

Nereida wollte widersprechen, wollte hinterfragen, worauf er damit anspielte. Elrojana mochte nicht mehr die sein, die sie vor vierzig Jahren gewesen war, aber sie blieb eine gute Königin. Manchmal etwas grausam, hielt sie Vallen trotzdem stark. Nereida erinnerte sich daran zurück, was sie mit ihrem Gespräch eigentlich bezweckte, und ließ das Thema fallen.

»Gibt es weitere Gefahren? Länder außer Galinar, die uns im Moment gefährlich werden können?« *Mit denen wir uns bald im Krieg befinden?*

»Natürlich«, sagte Kadvan schnaubend. »Der Friede mit dem Stamm der Jashao ist eine Farce und nur die Zwistigkeiten mit den anderen Stämmen im Stromland sorgen dafür, dass sie uns als Schild dienen. Die Sonnenlande haben erst vor wenigen Monaten einen Übergriff wolfswärts der Kronberge gewagt. Wir sind umzingelt von gefährlichen Ländern. Die Königin hält in den letzten Dekaden nicht viel von Bündnispolitik.«

Nereida schnalzte mit der Zunge. Er wollte sie falsch verstehen. »Akute Gefahr?«

Er schüttelte den Kopf. »Nicht mehr als sonst auch. Es ist nichts, womit wir nicht klarkämen.«

Also keine weiteren Kriege in Sicht. Wusste die Königin mehr als Kadvan? Nereida würde es herausfinden.

»Was ist aus deinem Streuner geworden?«, fragte sie.

Die Art, wie Kadvans Gesicht gleichzeitig weicher und besorgter wurde, verriet ihr wieder, warum sie ihn so mochte. Er gabelte ein Waisenkind an Galinars Grenzen auf und machte dieses wildfremde Mädchen zu seinem Problem, obwohl er sie einfach in ihrem Elend hätte zurücklassen können. Manchmal wünschte Nereida, es hätte einen Kadvan in ihrer eigenen Jugend gegeben.

»Sie ist verschwunden«, gab er zerknirscht zu. »Ich hatte sie unter die Fittiche einer guten Familie gegeben, nachdem ihre Familie nicht auffindbar gewesen war. Als Meallán letztens nach ihr sah, war sie fort.«

Nereida runzelte die Stirn. Vahan war zuverlässig und vertrauenswürdig. Er gehorchte Kadvan wie ein liebender Sohn seinem Vater. Wenn er sagte, das Mädchen sei weg, glaubte sie ihm. Bei jedem anderen hätte sie zumindest in Betracht gezogen, derjenige könnte selbst dafür gesorgt haben, dass ein wertloses Waisenkind nicht die Gedanken des Kriegsherrn füllte und auf Nimmerwiedersehen verschwand.

»Sie war kaum älter als acht«, gab Nereida zu bedenken.

»Eher jünger«, stimmte Kadvan zu.

Wohin sollte sie verschwunden sein? Und wieso? Sie stand in der Gunst eines vallenischen Prinzen. Selbst sie musste verstanden haben, dass Kadvan auf sie aufpassen würde.

Baribeh und Venja rannten kichernd an ihnen vorbei. Sie verfolgten einen Mann, der hinter etwas herjagte, das nur er sehen konnte.

»Warte doch!«, rief er und streckte die Arme nach vorn aus. »Du wunderschönes Ding, ich will dir doch nichts tun!«

Der Streich der Mädchen zeigte bei den Ersten Wirkung. Nereida lächelte. Das hier gehörte seit Jahren fest zum Programm. Niemand wunderte sich mehr über die Gäste, die ihre Kleider auszogen und sich halb nackt an den Feuertänzerinnen rieben, versuchten, die langen Vorhänge hinaufzuklettern oder die Vorstellungen auf der Bühne zu stören.

Kadvan berührte sie am Ellbogen. Sie wandte sich ihm wieder zu. »Findest du sie für mich? Sieh nach, ob es ihr gut geht.« Die väterliche Sorge in seinem Gesicht machte jeden Widerstand in Nereida zunichte.

»Ich kann mich ja mal umhören«, stimmte sie vage zu. Mehr konnte sie ihm nicht geben. Ein armes Kind in Lanukher mochte sicherer sein als in Tenedrest, doch allein konnte ihm trotzdem so viel zustoßen.

Dann verließ sie Kadvan, bevor er ihr noch mehr Aufgaben aufhalsen konnte, die sie zu sehr an ihre eigene Kindheit erinnerten. Nereida blieb an den deckenhohen Fenstern stehen. Draußen war es dunkel, doch sie erahnte schon die ersten bronzenen Streifen im Himmel. Nur noch ein paar Stunden und die Boten der Wende würden das neue Jahr und das Ende Jalalveruns einläuten. Sie konnte es nicht erwarten, die Sonne wiederzusehen.

»Hast du es mitbekommen?«, fragte eine Stimme. Nereida drehte sich um. Baribeh und Venja standen vor ihr. Die ältere von beiden reichte Nereida einen Krug. Ihre Augen funkelten.

Nereida lächelte und nickte. »Was ist es diesmal?«

»Götterglocke.« Baribeh grinste über beide Ohren. Ihre Schwester verdrehte nur die Augen.

»Es ist ein Mittel aus Prudenbitor Vedafrans geheimer Sammlung«, erklärte Venja. »Mal sehen, ob sich dieses Mal wieder jemand im Sidrius ertränken will.« Sie prostete ihnen zu.

Gerade als sie den Krug an die Lippen setzte, griff eine schwielige, vernarbte Hand nach ihrem Ohr und zog daran.

»Au, au, au«, quiekte Venja und ging mit der Ziehbewegung mit. Am anderen Ende der Hand befand sich Kadvan. Nereida musste ein Schmunzeln zurückhalten.

»Was habt ihr dieses Mal mit meinen armen Gästen vor?«, knurrte er und hielt das Ohr seiner Großnichte fest im Griff.

»Gar nichts, versprochen!«, jammerte Venja. »Wir haben nichts damit zu tun.«

»Ihr solltet besser keinen Sidrius mehr aus dem Brunnen trinken«, riet Nereida und bot ihm ihren unberührten Krug an. Er winkte ab und zeigte auf eine Karaffe neben seinem Ehrenplatz auf dem einen Ende eines pompösen Sofas.

»Ich sollte euch wohl besser rauswerfen lassen, wenn mir meine Gäste am Herzen liegen.«

Daraufhin folgten herzzerreißende Proteste und flehentliche Bitten aus den Mündern der Schwestern. Kadvan ließ Venjas Ohr los.

»Gut für euch, dass mir die meisten davon nüchtern gestohlen bleiben können.« Er zwinkerte und die Mädchen grinsten. Dann nahm er Baribeh den Krug ab. »Ihr seid viel zu jung, um zu trinken.« Trotz heftiger Proteste der Mädchen behielt er den Sidrius und rief einen Diener mit Säften zu sich.

Es gab nur eine Handvoll Personen, die genau wussten, worauf sie achten mussten, wenn sie nicht zu jenen gehören wollten, über die die nächsten Wochen geredet wurde. Denn Baribeh und Venja waren schlau und wechselten jedes Mal die Quelle ihres Unfugs. Manchmal mischten sie wie heute etwas in den Sidrius, andere Male war es eine Substanz im Essen gewesen, und einmal hatten sie es sogar geschafft, ein Gas freizusetzen, dem sich niemand – nicht einmal sie selbst – hatte entziehen können, aber das war eine einmalige Sache gewesen, aus der sie gelernt hatten.

Zu dieser erlesenen Gruppe der Kenner von Baribehs und Venjas Streichen gehörten die thalarischen Zwillinge. Obschon Nereida die beiden seit deren Jugend kannte, fiel ihr die Unterscheidung manchmal schwer. Die Prinzen Areleas Dunar und Aberas Amrada glichen sich wahrlich bis aufs silberweiße Haar. Das war nicht immer so gewesen. Nereida war erst später nach Vallen gekommen, doch sie hatte die Geschichte gehört. Die Geschichte der thalarischen Zwillinge, die vor fünfzig Jahren durch das Unverständnis des Wunderkinds zu *echten* Zwillingen gemacht worden waren.

Es gab nur winzige Verhaltensdetails, die sie, abgesehen von ihrer Kleidung, voneinander unterschieden. Amrada musste seinen Körper in ständiger Bewegung halten, egal ob es ein tippelnder Fuß oder ein geneigter Kopf war. Er fuhr sich gern über das Gesicht oder durch die Haare. Obwohl es den Anschein hatte, als mache sein Gegenüber ihn nervös, hatte die Erfahrung Nereida gelehrt, dass *niemand* ihn nervös machen konnte.

Wenn Areleas den Kopf drehte, dann stets mit dem Kinn voran. Er hatte diese Angewohnheit, nur einen Mundwinkel zu heben, wenn er etwas lustig fand. Obwohl er mit beiden Händen gleich gut kämpfen konnte, war er Linkshänder. Das fiel allerdings nur auf, wenn man sein Kampfbild genau beobachtete. Er schrieb mit rechts, aber seine Schrift würde niemals so geschwungen und fehlerfrei sein wie die seines Bruders.

Sie beide waren in ihrer Jugend im Schwertkampf unterrichtet worden und hatten eine kräftige Statur vorzuweisen. Ihre Augen hatten keine dunklen Nuancen. Stattdessen strahlten sie in stechendem Graublau, das in Verbindung mit den hellen Haaren deutlich ihre Abstammung zur Schau stellte. Niemand interessierte sich für den ehemals bürgerlichen Hintergrund von Eldora Romane und ihrem verstorbenen Gatten und Dimakes Adalvinor Tallahar. Seit Eldora in der Machtwende Kadrabes Gunst gewonnen hatte und zu Elrojana aufgestiegen war, strömte göttliches Blut in ihren Adern, das jeden Königsanspruch überbot. Somit stammten all ihre Nachkommen im Gegensatz zum alten Königsgeschlecht der Vallenen auch von Kadrabe ab.

Nereida hob den Krug an ihre Lippen und nahm einen Schluck Sidrius. Der säuerliche, prickelnde Trunk belebte sie und gleichzeitig spürte sie seine berauschende Wirkung.

Nereidas Blick glitt über die Menge und blieb an Areleas hängen. Sie wusste gleich, dass er es war, denn Aberas Amrada hätte keinen Augenblick so ruhig stehen können wie er. Er hatte sich zum Garten gewandt und sah hinaus zu den berauschten Gästen, die wie wild auf dem Rasen tollten. Aufrecht stand er da, der breite Rücken fiel ihr ein weiteres Mal ins Auge. In seiner Hand hielt er statt eines Krugs einen Glaskelch, in dem eine blassviolette Flüssigkeit schimmerte. Königswasser. Nereida schmunzelte und schüttelte den Kopf. Natürlich trank Areleas keinen Sidrius. Wenn sie ehrlich war, konnte sie sich einen betrunkenen Areleas auch gar nicht vorstellen. Amrada hingegen glänzte bei jeder Feier mit einem gewaltigen Rausch.

»Man könnte meinen, du hegst Gefühle für meinen lieben Bruder«, säuselte eine Stimme direkt neben ihrem Ohr.

Ein leichtes Zurückweichen konnte sie nicht verbergen, als sie sich zu Amrada drehte. Natürlich hatte er es bemerkt. Er grinste. Die Finger seiner linken Hand trommelten einen sanften Rhythmus gegen seinen Oberschenkel.

»Ihr seht Gespenster«, sagte sie und sah betont in eine andere Richtung. Trotzdem wusste sie, dass Amrada neben ihr ein breites, hässliches Grinsen auf dem schönen Gesicht trug, das dem seines Bruders leider wie ein Spiegelbild glich.

»Dabei bin ich ihm ganz ohne Frage meilenweit überlegen.« Um sein Argument zu betonen, fuhr er sich durch das schimmernde Silberhaar. Obwohl Nereida den Kopf abgewandt hatte, roch sie an seinem Atem, wie viele Krüge er schon über den Durst getrunken hatte. Woher auch immer er sie bekam, da es dank Baribeh und Venja doch nicht der Sidrius aus dem Brunnen sein konnte.

Angespornt vom Beispiel der Mädchen entschied sie sich für einen Streich. Schließlich war das hier ein Fest und sie sollte sich amüsieren. Nereida wandte sich Amrada wieder zu und hob ihre Hand an seine Brust. Federleicht ließ sie ihren Finger dann hinaufgleiten, bis er über seinen Lippen zum Halt kam. Dabei flüsterte sie ihm entgegen: »Wenn ich mich recht erinnere, hatte Euer Bruder bei Eurem letzten Ritt die Nase eindeutig vorn.«

Sie machte einen selbstbewussten Schritt auf ihn zu, der ihn zum Grinsen brachte, doch er zwang ihn zurück. Als er etwas erwidern wollte, legte sie ihren Finger mit leichtem Druck auf seine Lippen und befahl ihm so, zu schweigen.

»Sagt, Prinz Amrada«, schnurrte sie und zwang ihn einen weiteren Schritt zurück, »wie wollt Ihr das Herz einer Frau gewinnen, wenn Ihr …« In diesem Moment machte er noch einen Schritt nach hinten. Dabei stieß er an etwas. Nereida gab ihm mit ihrer zweiten Hand einen kleinen Schubs. Er verlor das Gleichgewicht und fiel rücklings in den Sidriusbrunnen. Reflexartig griff er nach Nereida, aber sie trat rechtzeitig aus seiner Reichweite.

»… nicht einmal bemerkt, dass Euch jemand einen Streich spielt?«

Lautes Gelächter erhob sich im Raum und selbst Areleas sah

zu ihnen herüber, als sein Bruder prustend auftauchte und zu fluchen anfing.

Areleas hob amüsiert einen Mundwinkel. Als sich sein und Nereidas Blick kreuzten, musste auch sie lächeln, ehe sie weg-sah.

KAPITEL 33

O Strahlender, errette mich.
Ich bin in die Fänge
des Versunkenen geraten.
Eben noch ein freier Mann
zapple ich nun in seinem Netz.
Seine Angler ziehen mich
weiter in die Tiefe.
Ich sehe den Himmel nicht länger.
Ich sehe nur den Abgrund.

Aus den Tiefen rufe ich
Aus Njerans Tagebuch

Nach einem letzten Wolkenbruch lichtete sich der Himmel und Anders erhaschte den ersten Blick seit über fünf Tagen auf das mintfarbene Firmament. Bronzene Streifen zogen sich durch den blendend hellen Himmel.

Nalare trat hinter ihm aus dem Hain, in dem sie die Nacht verbracht hatten. Die letzten Tage war ihre Reise beschwerlich und langsam vorangegangen, der Regen hatte den Boden ebenso aufgeweicht wie an ihren Gemütern gezerrt.

»Was ist das?«, fragte Anders und deutete in den Himmel. Er musste nun wieder die Maske tragen, um nicht geblendet zu werden.

»Boten der Wende«, sagte Nalare leise. »Sie signalisieren den Anfang des natürlichen Jahres.«

»Des natürlichen? Gibt es noch ein anderes?«

Sie nickte. »Das valaharische. Es beginnt mit Ardens Mora, dem Ende der Natur. Während die Natur schwächer wird und verdorrt, erstarken die Valahari, deshalb gibt es zwei Jahreszählungen, obwohl das natürliche Jahr zumeist als Datierungswert von den Prudenbitoren genutzt wird. Schließlich sieht man die Boten der Wende immer nur an einem Tag im Jahr. Ardens Mora hingegen beginnt langsam und klingt langsam wieder ab.«

Atlar huschte aus den Schatten der Bäume, die Kapuze tief ins Gesicht gezogen.

Sie befestigten das Gepäck an den Pferden. Anders freute sich auf einen Ritt ohne Dauerregen. Neues, blassgrünes Gras schob sich unter den verfärbten Blättern um die Baumstämme herum aus der feuchten Erde. Die zusammengerollten Blätter hatten sich wieder ausgebreitet und junges Grün spross an den Ästen. Anders vermisste den starken Kupferton des Grases, das jetzt nur noch einen warmen Schimmer im neuen Grün darstellte.

Sie ritten in einer Reihe auf den bewaldeten Horizont zu. Anders fand sich in der Mitte wieder, flankiert von seinen Gefährten. Die Erinnerung an seine Träume in den letzten Tagen kehrte zurück. Er träumte immer von Blut. Von roten Flüssen und Ländereien aus Fleisch und Gedärm. Hoffentlich wurden die Träume nun weniger, da Jalalverun vorbei war.

Am Nachmittag nahm die Nässe des Bodens erneut zu. Atormurs Hufe sanken schmatzend ins Gras ein.

»Wir betreten Kalima«, erklärte Nalare. »Ihr solltet wissen, diese Gegend ist ... eigenwillig. Ich werde versuchen, uns dort so schnell wie möglich durchzubringen. Allerdings kann es passieren, dass wir angehalten werden. In diesem Fall dürft ihr euch nicht wehren. Es würde alles nur noch verschlimmern.«

»Können wir nicht daran vorbeireiten?«, fragte Anders, dem ihr Tonfall gar nicht gefiel.

Nalare betrachtete ihn mit einem genervten Blick. Wahrscheinlich würde sie sie gar nicht erst hindurchführen, wenn es einen anderen Weg gäbe.

»Sonnwärts grenzt Kalima an die Sonnenlande. Der Umweg würde uns zehn Tage kosten. Die Despotin hat frostwärts Patrouillen postiert. So sieht sie genau, wer vom Meersonn in

Richtung Hauptstadt unterwegs ist. Die wenigsten nehmen den Weg durch die Wassergärten und den Ertrunkenen Wald. Wir haben genug Zeit verloren und der Große Marsch ist keine Option mit euch beiden im Schlepptau.«

»Können wir die Patrouillen nicht umgehen?«, fragte Anders.

»Wir könnten es versuchen und normalerweise würde ich diesen Weg auch bevorzugen, doch falls uns irgendjemand sieht, so wüsste die Königin innerhalb kürzester Zeit von seiner«, sie deutete auf Atlar, »Anwesenheit in Ranulith. Meines Wissens haben einige Kobaltkrieger die Linien verstärkt. Thalar vermutet, dass sie den Dunklen Diener irgendwie aufspüren können. Falls das stimmt, könnte es bereits ausreichen, wenn er in ihre Nähe kommt, und sie wüssten Bescheid. Dann ist unsere ganze Geheimhaltung hinfällig.« Sie sah auf den Wald vor ihnen. »Außerdem *muss* der schlimmste Fall nicht eintreten, wenn wir durch Kalima reisen. Wir müssen nur vorsichtig sein.«

Sie wirkte entschlossen, aber ihre Zweifel konnte sie nicht vor Anders verbergen.

Der schlimmste Fall trat ein. Natürlich tat er das. Kaum ritten sie langsam durch das knöcheltiefe Wasser, aus dem die starken Wurzeln jahrtausendealter Bäume ragten, schon kamen sie.

Sie sahen ungesund aus. Während die blasse Haut der Valahari seit Ardens Mora erstrahlte, glich das bleiche Weiß der Bewohner Kalimas der Hautfarbe, die Anders bei Vampiren erwartet hätte, gäbe es denn welche. Im Schatten des dichten Blätterdachs wirkte sie fahl, fast grau. Sie trugen dreieckige Stofffetzen über den Schultern, die gerade so ihre Brust bedeckten. Feder- und Knochenschmuck hing um ihre Hälse. Die hellen Lederhosen reichten ihnen nur bis zu den Knien und sie stapften barfuß durch das Wasser, das ihnen erst bis zu den Oberschenkeln gereicht hatte und nun nur noch knöcheltief war. Ob es in den Tiefen des Ertrunkenen Waldes noch höher stieg?

In ihren Händen hielten sie Speere mit blauen und tiefroten Federn, die Farben unnatürlich intensiv für die Weiße Welt. Ihre Gesichter waren schmal, ihre Nasen dafür breit und flach. Mit den farblosen Haaren, die wie Wasser um ihre Köpfe flossen, von denen einzelne Tropfen herunterrieselten, kamen sie Anders noch weniger menschlich vor. Dabei hätte er sie nicht als hässlich bezeichnen können, denn wahrscheinlich waren sie das nicht. Aber für ihn war ihr Aussehen so fremdartig, dass er sich davon abgestoßen fühlte.

Erst als sie näher kamen, fiel Anders auf, dass die gesamte Gruppe aus Frauen bestand. Er konnte keinen einzigen Mann unter ihnen ausmachen.

Sie machten Anders unruhig. »Sollten wir nicht versuchen, weiterzureiten?«, raunte er und betrachtete Nalare mit einem Seitenblick. »So schnell werden sie in dem Wasser doch wohl kaum sein.«

»Oh doch«, hauchte sie. Ihre Hände krallten sich in Fizzelis' Mähne. »Und wir nicht.« Sie hatte Angst, stellte Anders verblüfft fest. Sie saß stocksteif auf dem Pferderücken. Er hatte das Gefühl, ein Windstoß würde reichen, um sie vom Pferd zu fegen. Atlar wirkte wesentlich gelassener.

Die Kriegerinnen kamen näher. Sie stellten sich in einem Halbkreis vor ihnen auf. Anders zuckte zusammen, als er sich umstellt sah. Von den restlichen Bäumen her waren weitere Frauen gekommen, die er bisher nicht einmal bemerkt hatte. Auch Atlar wirkte nun wachsam. Anscheinend hatte selbst er sie nicht kommen hören. Merkwürdig, wo das Wasser doch eigentlich bei jeder Bewegung ein sanftes Geräusch von sich gab.

Erst jetzt sah er, dass sich um die Beine der Kriegerinnen keine Wellenkreise bildeten. Es war, als wären sie eins mit dem Wasser.

Eine von ihnen, deren Haar so lang war, dass sie es mehrmals um ihren Hals geschlungen hatte wie einen transparenten Schal, sprach zu ihnen. Ihre Stimme war rau und kehlig. Anders bekam eine Gänsehaut. Nalare antwortete. Weder sie noch die Kriegerin sprachen Vallenisch. Die kehligen Laute schienen eine Sprache zu sein. Unter dem Laubwerk der uralten Bäume blieb die Sonne fern. Anders nahm seine Maske ab. Das Plätschern des Wassers dröhnte in seinen Ohren und erinnerte ihn an die Träume von Blut.

»Wir müssen absteigen«, sagte Nalare und rutschte von Fizzelis' Rücken. Das Wasser platschte durch ihren Sprung und Schlamm wirbelte auf. Anders verfolgte die Wellenkreise. Sie bewegten sich bis zu der Reihe der fremdartigen Wesen und endeten dort im glasklaren Wasser, so als würden die Frauen sie aufsaugen. Ob sie mit dem Wasser verbunden waren? Konnten sie spüren, wenn sich Eindringlinge in ihrem Gebiet befanden?

Die Frau sagte wieder etwas und richtete ihren Speer auf Anders.

»Steig ab!«, zischte Nalare.

Schnell kam Anders dem Befehl nach. Er hatte ganz vergessen, dass er noch auf Atormur saß. Doch mit einem Mal wandelte sich die Welt vor seinen Augen. Die Stimme der fremden Frau verklang, das Gefühl, wie das trübe Wasser in seine Stiefel floss, wirkte weit entfernt. Alles verschwamm. Selbst Atlar, der direkt neben ihm stand, war plötzlich nichts als ein düsterer Strich im Farbengewirr. Die blassen, grünblauen Farben verschmolzen zu einem unscharfen und unwichtigen Hintergrund. Anders hörte nur ein einzelnes Platschen. So als würde sich jemand schnell durch das Wasser bewegen. Er drehte sich um.

Ein ihm wohlbekanntes Mädchen kletterte auf eine der Baumwurzeln.

»Da hast du dir ja einen tollen Weg ausgesucht«, sagte sie. »Der Wald ist gefährlich, weißt du? Hier wabert noch der Dunst vergessener Götter in der Luft.« Sie saß auf der dicken Wurzel und ließ ihre Beine in der Luft baumeln. »Gut, dass du mich hast. Nur ich kümmere mich um dich. Sonst hast du ja niemanden, richtig?«

»Aber …«, setzte Anders an, doch kaum war das ausgesprochen, hatte er seinen Einwand vergessen.

»Nein, nein. Du musst mir schon vertrauen. Sonst lass ich dich hier.« Das Mädchen hob streng einen Finger.

»Bitte nicht. Ich … will nicht hierbleiben.« Anders starrte das Mädchen hilfesuchend an. Was suchte er hier auch ganz allein?

Sie lachte. »Gut, dann komm.« Dann stand sie wieder auf und winkte Anders zu sich. Seine Füße setzten sich wie von selbst in Bewegung und niemand hielt ihn diesmal davon ab, mit der Herrin des Blutes zu gehen.

⊘KAPITEL◯ 34

—◆—⤳❊⤶—◆—

halar stand in einem runden Raum im unterirdischen Teil von Iamanu. Vor ihm lagen die Aufzeichnungen des Schattenwirkers auf einem sichelförmigen Holztisch ausgebreitet. Nualláns Schritte pochten auf dem alten Holzboden und klangen laut in der Stille. Ihm gegenüber auf einer Liege saß Ambral. Nualláns Kräfte hatten ausgereicht, um den einst muskelbepackten, hochgewachsenen Krieger herunterzutragen. Er war ein Schatten seines früheren Selbst. Tiefe Augenringe verliehen ihm ein noch ungesünderes Aussehen als bei ihrem letzten Treffen.

»Nuallán«, sagte Thalar, bevor sein Freund sich entfernen konnte. Er hielt inne. »Ich folge deinem Rat. Trage Kallial Tur Sedain unsere Entscheidung vor, denn sie werden nicht mehr lange warten. Dafür brauche ich nicht zugegen zu sein.«

Nuallán nickte und ging.

Ambrals Blick lag auf Thalars Fingern, während er die Seiten in den Aufzeichnungen aufschlug. Trotz seiner verdunkelten Haut sah der Kronenbrecher blass aus.

»Wie geht es dir?«, fragte Thalar nebenher, ohne den Blick zu erwidern.

»Du musst dir keine Sorgen machen. Ich bin schon gestorben. In der Nacht, als ich Brenar verteidigt habe, gab ich mein Leben. Nichts, was du mir antust, kann schlimmer sein als das, was mich bereits ereilt hat.« Thalar sah auf und wollte etwas erwidern, doch Ambral schüttelte schwach den Kopf. »Hätte ich die Wahl, würde ich wieder so handeln. Dadurch, dass ich zum Krüppel geworden bin, habe ich Brenar davor bewahrt. Er ist dir wichtig. Es ist gut so.«

Thalar schluckte die Worte hinunter, die ihm auf der Zunge lagen, doch die Skepsis blieb. Er bewunderte Ambral für seine reife Entscheidung und es ehrte ihn, Nualláns Leben vor sein eigenes zu stellen. Thalar schob das Bild eines auf ewig zerbrochenen Nuallán an Ambrals Stelle sofort zur Seite. Doch Ambral war zu jung, um zu wissen, dass es Schlimmeres als den Tod gab. Womöglich wollte er es nicht wahrhaben. Vielleicht hatte er verdrängt, wie es sich anfühlte, wenn man sich den Tod wünschte, ihn aber nicht bekam.

Es gab so viel Verderben, das Thalar über ihn bringen könnte. Selbst er wusste nichts von den Gefahren, die sein Eingreifen barg. Janabar hatte sich diesbezüglich ausgeschwiegen. Wenn er Ambrals Seelengewirr bei dem Versuch, es zu öffnen, beschädigte, war alles möglich. Die Seele gehörte zu den mentalen Gewirren. Gewirrspinner mieden sie, weil sie zu fragil, zu komplex und die Auswirkungen bei einem Fehltritt zu unvorhersehbar waren. Selbst Blutspinner, die sich auf lebende Gewirre spezialisiert hatten, blieben bei den körperlichen Gewirren. Wie viele sich wohl an das Seelengewirr gewagt hatten? Außer Janabar? Nicht genug, sonst hätte Meristate deren Aufzeichnungen aufgetrieben.

Die Silberzungen, die mit dem Verstand der Leute spielten, kamen dem wohl am nächsten. Doch sie wandten die Blinden Künste an. Sie folgten ihrem Gefühl, ließen sich von den für sie unsichtbaren Strömungen leiten. Sie brauchten eine Begabung und einen Meister, dann konnten sie anderen einflüstern, was ihnen in den Sinn kam. Thalar hatte keine Begabung dafür. Zumal es einem Sehenden beinahe unmöglich war, die gleichen Methoden wie Blinde anzuwenden. Wer einmal gesehen hatte, konnte sich mit dem Erfühlen derselben Sache niemals zufriedengeben. Er konnte die Gewirre sehen, die sie mit Fingerspitzengefühl und Instinkt manipulierten. Er musste wissen, was er tat, wohin er greifen konnte, um sie nicht zu zerreißen.

Thalar atmete tief durch und beruhigte sich. Sein See der Macht musste absolut still in seinem Inneren liegen. Rationalität, ein klarer Verstand und kühle Berechnung waren seine Werkzeuge. Wenn Emotionen ihn überkamen, sandten sie Wellen über die Oberfläche und er verlor die Kontrolle.

Man erwartete von ihm, Fäden zu spinnen. Also musste er sich mit dem Garn vertraut machen. Eine leise Stimme flüsterte ihm zu, dass er Ambral noch ein letztes Mal nach seiner Zustimmung fragen sollte, ihm die unvorhersehbaren Ausmaße dieses Unterfangens verdeutlichen musste. Doch wenn sie Elrojana aufhalten wollten, hatte Thalar keine andere Wahl, als das hier zu tun. Er hasste sich ein kleines bisschen mehr, als er den Mund geschlossen hielt und die bunten, leuchtenden und filigranen Gewirre seine Sicht erfüllten. Vorerst würde er das Gewirr nur studieren, bevor er sich daran wagte, es zu öffnen.

Drei Männer brachten die wilden Hengste der Saltastellari auf den großen Platz vor dem Turm. Die Tiere wieherten und bäumten sich auf. Sie waren unausgelastet vom Herumstehen in den Ställen. Thalar war von ihrer Schönheit und der Kraft, die jede ihrer Bewegungen ausstrahlte, fasziniert. Sonnenländische Pferde stammten einer Legende nach von Iliomo ab und waren die einzigen Nachkommen dieses prachtvollen Wesens, die Meredus nicht nach Kalima gerufen hatte. Verglichen mit dem Pferd der Findenden erschienen sie ihm fast friedlich. Als sie ihre Herren sahen, fielen sie in einen rasanten Trab und umtanzten die Saltastellari. Die Klingentänzer lachten ausgelassen und klopften den Pferden die Hälse.

Wie ihnen nachgesagt wurde, hielten sich die Sonnenländer nicht länger als nötig außerhalb ihrer Lande auf. Dass Jalalverun sein Ende gefunden hatte und ein Sturmtreiber zu jeder anderen Zeit sehr auffällig war, war sicher ein zusätzlicher Grund für ihre rasche Abreise, nun, da das Bündnis geschmiedet war.

Kallial Tur Sedain wandte sich an Thalar und Nuallán. »Wir kehren nach Elohimre zurück und überbringen dem Herrscher der Sonne, Belial Tur Ibitur, die frohe Kunde unseres Bündnisses. Nillius Tur Hadin«, er legte seine Hand auf die Schulter des einzigen Mannes im Saradun mit kurzem Haar, »wird als

Botschafter bleiben. Sobald Ihr in den Krieg ziehen wollt, wird er uns benachrichtigen und wir eilen frostwärts.«

»Wie soll er Euch so schnell erreichen?«, fragte Nuallán.

Kallial Tur Sedain lachte und die anderen Männer stimmten mit ein. »Ein Saradun ist immer miteinander verbunden, Erbe des alten Thrones. Ganz gleich, wie viele Meilen zwischen den Duan und ihrem Sarad liegen. Dafür haben die Götter gesorgt, als sie dieses Band schmiedeten. Über das Angesicht der Welt und den Tod hinaus.«

Nuallán runzelte die Stirn, nahm die Antwort jedoch hin.

»Ich bewege Niet etwas, dann kehre ich zurück«, sagte Nillius Tur Hadin zu Thalar und schwang sich auf sein Reittier. Er nickte seinem Sarad und den anderen Duan zu und stürmte davon. Sonnenländische Pferde waren geballte Energie und mussten gefordert werden.

Währenddessen zogen sich die regenschweren Wolken noch einmal dunkler zusammen. Durch die Nähe des Sturmtreibers kam die Sonne nicht zum Vorschein, obwohl Jalalverun bereits vorbei war. Donnergrollen ertönte. Der feine Nieselregen wurde stärker. Kallial Tur Sedain schenkte dem aufkommenden Sturm einen kurzen Blick über die Schulter. Seine langen Haare klebten auf seiner nackten Haut, als er den kurzen Umhang an der Brust verschloss.

»Wir müssen Euch nun verlassen, um die Grenze zu überqueren, bevor die Vallenen sich wundern, wieso der Regen nicht schwindet.«

Wind zog auf und der Regen nahm zu, bis dicke Tropfen die bereits vollgesogene Erde ein weiteres Mal tränkten.

Thalar reichte dem Sarad seine Hand. »Mögen die Götter sich versöhnen.«

»Zu diesem einen Krieg«, vollendete Kallial Tur Sedain mit einem grimmigen Lächeln. Als sie einander wieder losließen, fügte er noch hinzu: »Wir erwarten Großes von Euch.« Er sah erst Thalar, dann Nuallán an. »Denn die Okuri lügen nie.«

Die Blitze setzten unvermittelt ein. Das dunkle Grau der Wolken überschattete das Tal, Donner grollte durch die Luft und walzte über die Klippen. Ein Blitz schlug nahe der Schlucht am Ende des Dorfes ein und die vermummte Gestalt des Sturmtreibers auf seinem fahlen Reittier erschien.

Die Klingentänzer schwangen sich auf ihre Hengste und preschten ohne ein weiteres Wort davon. Sobald sie die hagere Gestalt erreichten, die dort am Eingang der Schlucht auf sie wartete, drehte der Sturmtreiber sich um und ritt an ihrer Spitze, bis die Berge das Saradun verschlangen. Dann, langsam, zogen der Sturm, der tosende Wind und die Wolken mit ihnen.

Das erste Sonnenlicht seit Ardens Mora schien auf Thalars Gesicht.

Er streckte seinen Geist suchend nach Keilorn aus. Sein Gott blieb fern, seine Augen waren wohl noch immer blind im Angesicht des Sturmes. Jalalverun war sonst die einzige Zeit, zu der sich Thalar allein fühlte. Seit er vor nunmehr über zwei Jahrzehnten den Pakt mit dem blinden Gott der Sehung geschlossen hatte, konnte er jederzeit auf Thalar herabblicken. Nur nicht während Jalalverun. Thalar fühlte sich lächerlicherweise verletzlich. Gerade jetzt hätte er die wachsamen Augen gern auf sich gewusst. Auch Nuallán hatte seit dem Wunder keine weitere Eingebung der Stummen Göttin erhalten. Sie waren auf sich allein gestellt. Er konnte nur hoffen, dass sie das Richtige taten.

Nuallán wandte sich an Thalar. Seine Haare waren nass und zerzaust.

»Ich traue ihnen nicht.«

Thalar sah dem fliehenden Sturm nach. »Niemand sollte das. Sie spielen mit gefährlichen Mächten.«

»Früher übernahm ich solche Verhandlungen.«

Überrascht drehten sie sich um. Im Türrahmen des Turmes stand Meristate. Sie gingen auf sie zu. Meristate reichte ihnen je ein Tuch, um sich die Gesichter zu trocknen. Auf ihrem Antlitz lag ein sanftes Lächeln. Sie trug einen leuchtenden, grünen Edelstein an einer Kette. Thalar kannte ihn. Das Auge des Indus. Er bedachte es mit einem misstrauischen Blick.

»Es ist schön zu sehen, dass aus dem verzogenen Wunderkind und dem wütenden Prinzen zwei so stattliche Männer geworden sind«, sagte sie.

Nuallán sah Meristate nicht an, als er sagte: »Noch haben wir den Krieg nicht gewonnen. Wir haben ihn nicht einmal begonnen. Das hier ist nur Vorbereitung.«

Meristate legte ihre Hände auf die Schultern der jungen Männer. »Nichtsdestotrotz wären eure Mütter bereits jetzt stolz auf euch.«

Thalar dachte an die wenigen Erinnerungen, die er an seine Mutter hatte. Die meisten davon spielten im Palast und waren unbeschwert, aber auch aufgrund seines damaligen geringen Alters undurchsichtig und vernebelt. Er erinnerte sich kaum an ihr Gesicht. Die Wut blieb aus, doch in dieser Lage war das etwas Gutes. Hitzige Emotionen verwirrten den Kopf, und das konnte er sich nicht leisten. Sie befanden sich in einem Krieg.

Elrojana bekam ihre gerechte Strafe für all das Leid, das sie verursacht hatte. Dafür brauchte Thalar keine Wut. Dafür reichte seine Überzeugung.

»Ich zumindest bin stolz auf euch.« Dann drehte Meristate sich um. »Und jetzt kommt, wir haben Pläne zu schmieden und einen Krieg zu beginnen.«

Thalar legte seine Hand auf Nualláns Rücken und sie folgten Meristate zurück in den Turm.

»Wie kommst du mit dem Kobaltkrieger voran?«, fragte Nuallán. Sie traten in den Alkoven und Meristate und er brachten sie mit einer Handbewegung in die unterirdischen Gewölbe.

Meristate zuckte die Schultern. »Ich glaube, der Verlust seines Schwertes macht ihm mehr zu schaffen als sein wiederkehrender Tod.«

»Denkt ihr, ihre sililfressende Fähigkeit hängt mit ihren Schwertern zusammen? Dass sie es nicht mit einem normalen Schwert könnten?«

Thalar und Meristate wechselten einen Blick. »Gut möglich«, sagte sie dann. »Es hat eine spezielle Kobaltlegierung, die ich so noch nie an einer Waffe gesehen habe.«

Nuallán schnaubte amüsiert, vielleicht sogar etwas abschätzig. »Waffen sind nicht unbedingt dein Metier.«

Meristates Blick wurde eisig.

»Hast du schon einen Brief für den Munor geschrieben?«, wechselte Thalar das Thema, bevor die beiden sich noch mit Blicken erdolchten.

Nuallán stieß die Luft aus und ging auf den Themenwechsel ein. »Noch nicht. Ich war ein wenig beschäftigt, herauszufinden, ob unsere Gäste uns umbringen oder unterstützen wollen.«

»Da das ja nun geklärt ist, solltest du dich dem zuwenden«, sagte Meristate scharf. »Wir können ihm die Nachricht zwar innerhalb weniger Stunden zukommen lassen, doch bis seine Leute aufbruchbereit sind, könnte einige Zeit vergehen. Der Munor ist nicht für sein schnelles Handeln bekannt, und eine Reise von Kirill bis nach Vallen dauert mindestens eine Woche.«

Nuallán murmelte etwas Unverständliches in seine Maske. Von ihnen allen wusste er wohl am meisten über Kirill und den Munor, hatte er doch sein halbes Leben dort verbracht.

Sie kamen an der Tür zum Käfig des Kobaltkriegers an. Meristate legte eine Hand auf die Klinke. »Es ist gut, dass wir unerwartete Unterstützung bekommen, doch zwei Verbündete reichen nicht.«

Dann öffnete sie die Tür. Thalar erhaschte einen Blick auf den Boden vor dem Käfig. Bronzene und kobaltblaue Flüssigkeit war darauf verteilt. Er trat einen Schritt näher. »Anscheinend will er wirklich dringend sein Schwert zurück.«

Die Flüssigkeit tropfte von den Gitterstäben herunter, der Großteil schimmerte direkt vor dem Schwert. Einzelne Spritzer verteilten sich auf dem Rest des Bodens.

Meristate legte den Kopf schief. »Wie hat er das denn angestellt? Er muss sich selbst umgebracht und dabei Anlauf genommen haben, um so die Flüssigkeit herausspritzen zu lassen. Ich befürchte, der Tod ist für ihn nicht einmal eine Unannehmlichkeit.«

»Lasst mich durch«, sagte Nuallán mit einem Seufzen. In seiner Hand hielt er ein Stück Stoff.

Thalar schmunzelte amüsiert, als er dabei zusah, wie Nuallán den Kobaltkrieger aufwischte und den Lappen im Käfiginneren auswrang.

»Sollen wir das Schwert in einen anderen Raum bringen?«, fragte Thalar.

Meristate lächelte. »Wir könnten sagen, wir haben es eingeschmolzen. Das würde ihn wahnsinnig machen.«

Anscheinend waren sie gerade rechtzeitig gekommen, denn es dauerte nicht lange und die Flüssigkeit bewegte sich. Sie floss an einem Punkt zusammen, waberte und bildete den Kobaltkrieger wieder aus. Die kobaltblauen Augen huschten kurz orientierungslos umher, dann nahmen sie die Besucher wahr. Sein Blick landete auf dem Schwert. Ein lang gezogenes Stöhnen rollte über seine Lippen.

»Oh, wirklich? Hättet ihr nicht noch ein kleines bisschen länger mit euren neuen Freunden herumalbern können?«

Der Kobaltkrieger wusste von den Saltastellari. Er durfte niemals lebend diesen Käfig verlassen.

Nuallán und Thalar wechselten einen Blick. Dann hob Nuallán das schwere Großschwert auf.

»He …«, fing der Kobaltkrieger irritiert an und seine Augen wurden größer. »He! Das gehört mir. Leg das wieder hin! Das kannst du nicht haben. Wo willst du damit hin? Komm zurück!«

Er packte die Gitterstäbe und drückte das Gesicht dagegen, um Nuallán hinterherzusehen. Der ging mit dem Schwert zur Tür. Es schien, als würde es dem Kobaltkrieger körperliche Schmerzen bereiten, seinen Blick vom Schwert zu nehmen. Doch er tat es und sah hilfesuchend zu Thalar. »Halt ihn auf. Das ist meins. Oder ich reiße ihm die Kehle heraus.« Am Schluss zischte er nur noch, spie die Worte kaum verständlich aus, das Gesicht hassverzerrt. Seine bronzenen Hände umklammerten die Gitterstäbe und zitterten. *Interessant.*

»Halt«, sagte Thalar und hob eine Hand. Nuallán blieb im Türrahmen stehen, das Schwert lässig über die Schulter gelegt.

Der Kobaltkrieger atmete schwer. Seine aufgerissenen Augen erfassten jeden von ihnen nacheinander.

»Wartet nur, bis ich hier rauskomme. Ihr werde ich die Augen ausstechen und dann die Zunge herausreißen.« Sein Blick streifte Meristate. »Und ihn werde ich ausweiden.«

»Und was willst du mit mir machen?«, fragte Thalar kühl. Die Drohungen gehörten zu dem Kobaltkrieger wie Dung zum Pferd.

Der dunkle Blick bohrte sich in seinen. Dann, innerhalb eines Wimpernschlags, war der blanke Wahnsinn aus dem Gesicht verschwunden und das selbstgefällige Grinsen kehrte auf die bronzenen Lippen zurück. »Oh … ich will so viel mit dir tun.« Er schnalzte bedauernd mit der Zunge. »Aber ich darf nicht. Sie hat es mir verboten. Weißt du, sie vermisst dich. Will ihren kleinen Urenkel sehen. Eigentlich wollte ich ihre Einladung in seinen toten Körper ritzen«, er nickte in Nualláns Richtung, »aber leider bin ich dazu nicht gekommen.«

»Wieso?«, fragte Thalar tonlos.

»Oh, irgend so ein dummer Bengel ist hereingestürmt, bevor ich ihm den Kopf von den Schultern schlagen konnte.«

Thalar schloss die Augen und zwang sich zur Ruhe. Er atmete tief aus, glättete die beginnenden Wellen in seinem See der Macht. Es war eine wunderbare Übung, um überstürzte Handlungen zu vermeiden. Vielleicht sollte er sie Nuallán einmal beibringen. Denn der trat schäumend vor Wut an den Käfig heran. Das Schwert landete mit einem dumpfen, schweren Klirren hinter ihm auf dem Boden.

»Ich könnte dich in Fetzen zerreißen«, knurrte Nuallán und seine Stimme sank eine Tonlage tiefer. »Dafür bräuchte ich noch nicht einmal meine Hände.«

Furcht war den Kobaltkriegern fremd. Selbst im Angesicht von Nualláns beeindruckender Gestalt und seinem lodernden Zorn blieb er völlig ruhig. »Ach ja? Das würde ich gern sehen. Die Königin wäre sicher daran interessiert.«

»Nuallán«, sagte Thalar bestimmt. Er musste seinen Gefährten an der Schulter berühren, damit er zu ihm sah, statt in den Käfig zu greifen. Seine Hand zuckte trotzdem.

Schließlich zog Nuallán sich zurück.

Thalar wandte sich wieder an den Gefangenen. »Wieso will sie mich sehen?«, präzisierte er seine Frage.

Der Kobaltkrieger legte den Kopf schief und tippte sich mit einem Finger nachdenklich an die Lippen. »Wer weiß? Vielleicht wird sie im Alter sentimental? Vielleicht will sie dich dabeihaben, wenn sie den Rest von euch zerquetscht und wir die Welt überschwemmen. Es ist mir auch völlig egal. Sie befiehlt, ich gehorche. So einfach ist das. Sie hat mir befohlen, den Skavolkeros zu töten und ihren einzig wahren Sohn zu ihr zurückzubringen.«

KAPITEL 35

Unverständliches Murmeln weckte Anders. Es zog ihn langsam an die Oberfläche seines Verstandes. In den Tiefen seines Unterbewusstseins blieben Erinnerungsfetzen von düsteren Fieberträumen, vom Blut und der Hitze, dieser schrecklichen Hitze zurück. Aber das Gefühl, etwas brenne durch seine Adern, kam mit ihm hinauf. Seine Brust kniff unangenehm. Er öffnete die Augen.

Er lag auf einem Holzboden, einer Plattform, die einen Meter über dem unbewegten Wasser thronte. Bäume, so hoch, dass Anders die Baumkronen nur als fernes Blätterdach erkannte, standen im Wasser. Ihre Rinde war blass, ihre Wurzeln teilweise über der Wasseroberfläche. Sie bildeten ein verworrenes Netz aus kleinen Wegen und Stehflächen. Eine Bewegung weckte Anders' Aufmerksamkeit. Etwas lugte aus dem Wasser. Ein Gesicht. Gelbe Augen starrten ihn an. Schon im nächsten Moment tauchten sie unter und verschwanden im trüben Wasser. Ein paar Wellenkreise waren der einzige Beweis ihrer Anwesenheit. Für einen winzigen Moment dachte Anders tatsächlich, es wäre Atlar gewesen. Die gelben Augen waren ähnlich, aber sie hatten schlitzförmige Pupillen und das Gelb hatte das gesamte Auge umfasst, wie bei einem Tier.

Das Murmeln kam von rechts. Schwerfällig drehte Anders sich auf die Seite und erkannte einen Mann. Er streute etwas Feinkörniges, Pulverartiges aus einem Säckchen auf den Boden. Es war hell, fast wie Sand ... oder Asche.

Er hatte silberweißes Haar, die blasse Haut eines Valahars und stechend graublaue Augen. Statt primitiver Stofffetzen trug er edle blaue Kleidung und ein schön verziertes Schwert am Gürtel.

Die Erleichterung, dass es sich bei ihm nicht um eine dieser merkwürdigen Frauen aus Kalima handelte, hielt nicht lange an.

Denn Anders war allein. Weder Nalare noch Atlar waren irgendwo zu sehen.

Ihm stockte der Atem.

Das Murmeln verklang, die Lippenbewegungen des Mannes endeten und wurden durch ein flüsterndes Zischen vom Boden abgelöst.

Der Valahar schenkte ihm einen kurzen Seitenblick. »Oh, du bist wach«, sagte er völlig akzentfrei und ohne seine Tätigkeit zu unterbrechen. »Gut, ich hatte noch eine Frage an dich, bevor ich gehe. Verstehst du mich?«

Anders rieb sich die stechende Brust und setzte sich auf. Bisher hatte er nur wenige Valahari getroffen, die seine Sprache sprachen, und jeder davon hatte einen starken Akzent gehabt. Der Mann vor ihm nicht. Wieso?

Anders stand auf und betastete sein Holster. Die Waffe war noch da. *Gut.* Jetzt sah Anders auch, was der Valahar bis eben getan hatte: Ein Aschekreis umgab ihn, fein säuberlich auf die Holzbretter gezeichnet. Die Asche erglühte noch einmal und fraß sich langsam in das Holz.

»Wo bin ich hier?«, fragte er. »Und wo sind die anderen?«

»Ah, du verstehst mich. Hervorragend. Dann ist es also tatsächlich ein Opetum gewesen, was du da bei dir hattest. Ich dachte, der Herstellungsprozess wäre mit dem Fall von Halakai verloren gegangen.« Der Valahar richtete sich auf und das Säckchen wanderte zurück in eine Gürteltasche. Anders' Blick folgte ihm. Daneben hing noch etwas am Gürtel. Ein Samtsäckchen. *Sein* Samtsäckchen. Anders' Hand schnellte zu seiner Brust. Die Phiolen!

»Das ist meins«, rief Anders atemlos und machte einen Schritt auf den Mann zu. »Gib es mir!«

Seine Gedanken rasten. Wenn der Valahar hineingesehen hatte – und das musste er, wenn er das Opetum benutzt hatte –, dann hatte er auch das Tiefwasser gesehen. Die Faszination, dass ein Trank tatsächlich die Macht hatte, ihn einen Valahar mühelos verstehen zu lassen, wurde unter blanker Sorge begraben.

Zeige es niemandem, hallte Meristates Warnung in seinem Kopf wider.

Der Valahar lachte und jeder einzelne Klang, jedes hämische Kichern machte Anders noch verzweifelter und wütender. Jemand hatte das Tiefwasser entdeckt. Anders hatte es verloren. Schon wieder. Erst die Dämmerdiebe und nun das. Er brauchte es zurück!

Dann verklang das Lachen und der stechende Blick fixierte Anders. »Sag mir, Helrune, wo ist die Dunkelheit?«

»Welche Dunkelheit?«

Der Mann musste es gesehen haben. Wieso fragte er Anders dann nach dem Tiefwasser?

Der Valahar folgte seinem Blick und tätschelte das Samtsäckchen. »Oh, doch nicht das hier. Ich meine die personifizierte Dunkelheit. Die Dunkelheit aus deiner Welt. Ich dachte, sie begleitet dich. Lag der Unvergängliche falsch? Kann etwas wie er falschliegen?«

»Atlar?«

»Sie hat einen Namen? Nun, wenn es ihr gefällt. Also ist sie bei dir, ja? Sag mir, wo ist ... *Atlar?*«

»Wieso willst du das wissen?«

Der Valahar schnalzte tadelnd mit der Zunge. »Weil der Unvergängliche es wissen will. Atlars Seele darf diese Welt nicht verlassen, er kann sie nicht wiederhaben. Noch nicht.« Er sah hinunter auf das Samtsäckchen. »Wenngleich wir dem letzten Akt jetzt einen Schritt näher sind. Hm ... ich könnte dich mitnehmen. Elrojana würde sich über ein Spielzeug, einen weiteren kleinen Soldaten für ihre Garde, sicher freuen. Aber ich bin ja kein Monster. Sag mir auf der Stelle, wo Atlar ist, und ich lasse dich hier.«

Ein blubberndes Schnauben kam von der Seite. Der Mann sah dorthin. Seine Bewegung war ruckartig, angespannt. Dieser Moment der Ablenkung reichte aus: Anders machte einen Satz nach vorn, streckte die Hand nach dem Samtsäckchen aus und griff zu. Bevor er es vom Gürtel reißen konnte, umklammerte der Valahar sein Handgelenk.

»So haben wir nicht gewettet«, knurrte er und zerrte an Anders. Ehe er sichs versah, lagen sie am Boden und rangen miteinander. Die unmittelbare Nähe machte es unmöglich, Schwert oder Pistole zu benutzen.

Sie wälzten sich, traten und schlugen aufeinander ein. Der andere griff nach Anders' Kehle. Anders biss die Zähne zusammen. Der Mann war kräftig, aber Anders war Polizist.

Er packte den Arm des Valahars und verdrehte ihn zur Seite. Den anderen klemmte er zwischen seiner Schulter und dem Holzboden ein. Während der Valahar versuchte, seine Arme loszureißen, hielt Anders ihn mithilfe eines Knies auf genügend Distanz, um das Samtsäckchen zu packen. Er zerrte es mit einem Ruck vom Gürtel. Dann verpasste er dem Mann einen kräftigen Stoß und brachte endlich Abstand zwischen sie. Triumphierend hängte er sich das Säckchen um den Hals.

Brennender Hass stand in den Augen seines Gegenübers. »Weißt du, was? Soll doch Therona etwas Spaß mit dir haben, bis du schöner singst als ein Singvögelchen.«

Anders erwartete einen Angriff. Doch er hatte nicht damit gerechnet, dass er von hinten kommen würde.

Etwas durchbrach mit einem Sausen die Luft und schlang sich eng um Anders' Körpermitte. Glitschig nasse Lianen. Er wurde nach hinten gerissen und von der Plattform gefegt. Das überraschte Gesicht des Mannes geriet aus Anders' Blick, als er ins Wasser eintauchte. Kälte umfing ihn. Die Schlingpflanze lockerte sich und er kämpfte sich zur Oberfläche. Hier war der See viel tiefer als dort, wo er zuletzt mit Nalare und Atlar gewesen war. Hustend spuckte er Wasser aus.

»Schnell, da rauf!«, rief der Valahar auf der Plattform ihm zu und deutete auf die Wurzeln des nächstgelegenen Baumes. Von dort aus konnte er aus dem See kommen. Anders dachte ja gar nicht daran. Er war doch nicht verrückt und kam diesem Dieb noch einmal zu nahe. Stattdessen schwamm er in die entgegengesetzte Richtung. *Bloß weg hier.* Der Valahar fluchte.

Neben Anders entstanden Wellen. Ein Schatten huschte unter ihm durch die Tiefe. Er wurde verfolgt. *Schneller.*

In einiger Entfernung stand ein Pferd im Wasser. Zumindest auf den ersten Blick sah es wie eines aus. Auf den zweiten Blick war Anders sich nicht mehr so sicher. Statt Fell bedeckten grüne Schuppen seine Haut. Die Mähne erinnerte an Algen. Es fixierte Anders mit seinen gelben Augen. Dann sank es tiefer ins Wasser und schwamm auf ihn zu. Rasend schnell kam es näher. Panik ergriff Anders und er versuchte zu entkommen. Der Valahar rannte über die krummen Wurzelwege auf ihn zu.

»Komm schon, bevor sie dich erwischen!«

Wer?

Anders holte alles aus sich heraus. Plötzlich wirkte der Dieb wie das kleinere Übel. Er erreichte die Wurzeln und streckte die Hand nach der des Mannes aus. Noch hatte er einige Meter Abstand zum Pferd.

Etwas packte seinen Knöchel. Er hatte sich zu sehr auf das Pferd konzentriert. Das Wesen zog ihn unter Wasser, bevor Anders erkennen konnte, was es war. Vor Schreck vergaß er, den Atem anzuhalten. Wasser füllte seine Lunge, die sich zusammenkrampfte.

Alles, was er noch sah, war der Mann, der ihm von der Oberfläche hinterherschaute, während er von irgendetwas mit unvorstellbarer Geschwindigkeit in die Tiefe gezerrt wurde.

Er hustete Wasser und sog atemlos die dringend benötigte Luft ein. Halb bewusstlos starrte Anders geradeaus und blinzelte die dunklen Punkte vor seinen Augen weg. Seine Hände ertasteten Gestein. Das Wasser schwappte in sanften Wellen um seinen Körper, aber es war seicht. Über ihm erstreckte sich ein steinernes Gewölbe mit Stalaktiten, die bedrohlich ihre Spitzen auf ihn richteten. Seine Lunge brannte.

Etwas anderes erhob sich aus dem Wasser. Gelbe Augen, die er schon einmal gesehen hatte, starrten auf ihn herab. Vor ihm baute sich eine groteske Mischung aus Mensch und Fisch auf: Sie war groß und grün. Der Wassermann hatte lange Arme, an deren Enden sich mit Schwimmhäuten verbundene Finger und lange Krallen befanden. Am Hals waren Kiemen, und Muscheln hingen in den transparenten, leicht bläulichen Haaren. Er starrte Anders mit finsterem Gesicht und schräg gelegtem Kopf an, dann drehte er sich um und gab ein schrilles Kreischen von sich. Die Arme erhoben und den Rücken zu Anders gewandt, umkreiste er ihn. Das Wasser platschte bei jedem Schritt unter seinen breiten Füßen.

Anders und der Wassermann befanden sich auf einem glatten Felsen inmitten einer Grotte. Aus dem Augenwinkel nahm Anders weitere Bewegungen wahr. Vom tieferen Wasser und daraus hervorstehenden Felsen aus schauten Wassermänner zu ihnen. Sie sahen nicht alle so aus wie der vor ihm: Manche erinnerten ihn an Meerjungfrauen. Sie hatten schöne Gesichter und wallende, mit Muscheln und Perlen geschmückte Haare. Ihre Haut war blass wie die der Valahari und die untere Körperhälfte bestand aus einer Schwanzflosse mit mehreren feinen Flossen, die wie bunte Bänder davon abgingen. Die Farben reichten einmal durch den Regenbogen, wenn Anders über die Meerjungmänner schaute. Es mussten mindestens zwanzig Wassermänner und Meerjungmänner in der Grotte verteilt sein. Sie alle starrten ihn an. Hier waren also die männlichen Bewohner von Kalima, nachdem Anders die weiblichen schon hatte kennenlernen dürfen.

In einigen Ecken, in denen das Wasser nur eine Handbreit tief war, schwappte es über kleine Knochenberge.

Der Wassermann, der ihn bis eben umkreist hatte, als wolle er seine Beute den anderen präsentieren, drehte sich nun wieder zu Anders. Anders sprang auf die Beine. Kalter Angstschweiß mischte sich mit dem Schweiß auf seiner Haut.

Um ihn herum schwollen Rufe und Laute an, die sich zu einem primitiven Gesang vereinigten. Die Kreatur vor ihm warf den Kopf in den Nacken und kreischte. Dann machte sie einen Satz nach vorn und hieb mit der großen Hand nach Anders. Er entging ihr nur knapp. Der Schlag traf den Felsen und brach Stücke heraus. Mit Entsetzen sah Anders, welche Kraft in diesen Wesen steckte. Der Boden war rutschig und von Algen überwuchert. Trotzdem schaffte Anders es für eine Weile, den Schlägen auszuweichen und nicht auszurutschen. Er duckte sich unter den Hieben des Wassermannes hinweg. Keines der anderen Wesen mischte sich ein. Das hier war ein Kampf zwischen Anders und dem Fischmenschen. Fast wie ein Duell. Wie lange würde sich das Publikum aufs Zuschauen beschränken? Er musste hier raus. Sofort.

Der Wassermann biss nach ihm und entblößte dabei spitze, dünne Fischzähne. Anders zuckte zurück und rutschte aus. Beim nächsten Hieb trafen ihn die Krallen noch im Fall. Das knöcheltiefe Wasser um ihn herum färbte sich augenblicklich rot. Seine Brust brannte wie Feuer. Seine Pistole fiel in seinen Schoß. Das Holster musste gerissen sein.

Er rappelte sich erneut auf die Füße und sprang unter einem Schlag hindurch, der ihn gleich wieder auf die Knie zwang. Mit bloßer Kraft konnte er diese Kreatur niemals besiegen. Selbst wenn er ausgeruht und trainiert gewesen wäre, hätte er Zweifel an einem für ihn siegreichen Ausgang gehabt. Er musste einen Schuss wagen. Sonst würde er hier sein Grab finden.

Er umfasste den Pistolengriff und schüttelte das Wasser aus dem Lauf. Die Schlachtrufe aus unzähligen Mündern hallten in der Höhle wider. Es gelang ihm, dem Wassermann ein weiteres Mal knapp auszuweichen, indem er über das rutschige Gestein schlitterte. Dann schoss er auf das zum Sprung geduckte Wesen. Der Schuss durchdrang den einheitlichen Singsang der Meereskreaturen. Die Kugel traf den Bauch seines Gegners. In einer roten Fontäne trat sie im Rücken wieder aus. Blut floss über den fahlgrünen Leib. Doch das Wesen ging nicht zu Boden. Es unterbrach seinen Sprung, kreischte schrill und stürmte auf Anders zu. Anders festigte seinen Griff um die Waffe, machte einige Schritte zurück und schoss noch einmal. Dieses Mal zielte er genauer.

Noch im Lauf brach der Wassermann in sich zusammen und prallte kurz vor Anders' Füßen auf.

Der Schlachtruf verstummte augenblicklich. Außer Atem

starrte Anders auf die leblose Kreatur. Das Blut dehnte sich wie eine rote Wolke im Wasser aus. Er hatte es geschafft.

Dann hob er den Blick. Die anderen starrten ihn aus ihren großen, gelben Augen an. Niemand rührte sich. Das stete Tropfgeräusch von den Stalaktiten erfüllte die ganze Höhle. Anders atmete tief durch. Er wollte sein Glück nicht überstrapazieren.

Der Lichteinfall zeigte Anders den Weg nach draußen. Er eilte über den abschüssigen Fels davon, über dem das Wasser zunahm, je näher Anders dem Ausgang kam. Besser, er verschwand von hier, solange die Monster noch erstarrt waren. Dabei hielt er sich die klaffenden Wunden an seiner Brust, die ihm sein Gegner zugefügt hatte. Mehr als ein kleiner Vorsprung entlang der Wand trennte ihn nicht vom tiefen Wasser. Beim Gehen musste er sich an der Felswand abstützen, um nicht das Gleichgewicht zu verlieren.

Der Grottenausgang war mit Schling- und Hängepflanzen überwuchert. Anders taumelte und duckte sich unter den Gewächsen hindurch. Er hielt sich nah am Felsen. Das Sonnenlicht blendete ihn.

Vor der Grotte breitete sich zur rechten Seite eine Wiese aus, die von einem See eingefasst war, bevor die großen Bäume des Ertrunkenen Waldes ihre breiten Blätterdächer über das Wasser ausbreiteten. Büsche, Bäumchen und Kletterpflanzen übersäten die Wiese. Der Boden war aufgeweicht. Anders fiel kraftlos auf das Gras. Die Pistole behielt er in der Hand. Vielleicht kamen die männlichen Bewohner Kalimas ihm hinterher. Ein Lederriemen seines Holsters war wie befürchtet den Krallen des Wassermannes zum Opfer gefallen und es hing ihm lose von der Schulter.

Wie lange er dort lag, eine Hand auf die blutende Brust gepresst, konnte er nicht sagen. Diese Wassermonster folgten ihm nicht und das war gerade alles, was ihn interessierte. Er konnte keinen weiteren Schritt mehr machen. In seiner Brust stellte sich ein rhythmisches Pochen ein, das ihn vielleicht sogar in das Land der Träume entführt hätte, wäre da nicht der brennende Schmerz gewesen, der mit ihm einherging. Wo waren Atlar und Nalare? Er musste die Blutung stoppen, sonst würde er wohl nie wieder aufstehen. Gleich, er musste nur ein wenig zu Atem kommen ...

Etwas knackte. Es kostete Anders alle Kraft, den Kopf zu heben und die Quelle des Geräuschs auszumachen. Hinter einem Gebüsch trat der Dieb hervor. Anders schloss erschöpft die Augen. *Nein, so einfach mache ich es dir nicht.* Er versteckte die Hand mit der Pistole hinter dem Rücken.

»Sieh mal einer an«, sagte der Valahar und ging vor ihm in die Hocke. »Du lebst ja noch ... gerade so.« Mit einem Ruck riss er Anders das Samtsäckchen vom Hals.

»Das nehme ich an mich, wenn du nichts dagegen hast. Ich glaube, du hast dafür bald keine Verwendung mehr. Aber du kannst stolz auf dich sein. Nur wenige schaffen es, einem Eareth zu entkommen. Du hast den Nix getötet, hm? Beeindruckend. Ich dachte schon, ich müsste in deinen Gebeinen nach dem Tiefwasser wühlen, wenn sie fertig mit dir sind.«

Anders' Sichtfeld verschwamm. Er umfasste den Waffengriff fester.

Der Mann lehnte sich näher. »Ich hätte fast Spaß daran, dir dein Leben zu retten. Nur um dich mitzunehmen. Du würdest einen hübschen kleinen Soldaten abgeben.«

Anders nahm seine letzte Kraft zusammen und drückte dem Valahar den Lauf seiner Pistole an die Brust. Der packte ihn und riss die Waffe zur Seite. Der Schuss ging ins Leere. Anders' Ohren klingelten.

»So ein Kampfgeist«, schnurrte der Dieb und entwaffnete Anders mit Leichtigkeit. Anders hatte keine Kraft mehr, sich dem Mann zu widersetzen. Lachend erhob sich der Fremde. »Das hier kenne ich gar nicht. Wo hast du das her?« Er drehte die Pistole hin und her.

Dann sah er zum Eingang der Grotte. Plötzlich schien er es eilig zu haben. Er steckte Anders' Pistole in seinen Gürtel, holte das Säckchen mit Asche aus der Gürteltasche und begann erneut, damit einen Kreis zu ziehen. Unverständliches Gemurmel setzte ein.

Anders verlor das Bewusstsein. Rote Wärme empfing ihn.

Grobes Zerren weckte ihn aus den blutigen Tiefen seines Verstandes.

»Wo ist es?«, brüllte jemand.

Schmerz explodierte in seiner Brust. Anders öffnete die Augen. Der Valahar drückte ihm etwas ins Gesicht. Stoff. Samt.

»Wo hast du es versteckt?«

»Was?« Seine Zunge war wie Blei.

»Das Tiefwasser, du Narr!«

Der Mann hielt den Trank der vielen Zungen in der Hand. Dann nahm er das Samtsäckchen aus Anders' Gesicht. Es hing in Fetzen. Der Angriff des Fischmenschen musste es zerrissen haben. Anders wurde kalt. Das Tiefwasser war irgendwo in der Grotte.

Auch der Valahar schien eins und eins zusammenzuzählen. Er sah vom Grotteneingang zu Anders. Dann steckte er das Opetum ein und warf die Stoffreste weg.

»Steh auf«, befahl er.

Anders regte sich nicht.

Der Fremde zog sein Schwert und hielt es Anders unters Kinn. »Steh auf. Oder ich sorge dafür, dass nicht die Wunden des Nixes dich töten werden.«

Langsam kämpfte Anders sich auf die Beine. Die Ränder seines Sichtfeldes wurden schwarz und er keuchte.

Der Mann schubste ihn vorwärts, zur Grotte.

»Bist du verrückt? Wenn wir da reingehen, zerfleischen sie uns beide!«

»Ohne das Tiefwasser gehe ich hier nicht weg. Also beweg dich.« Der Valahar zwang ihn weiter.

Der überwucherte Eingang wirkte friedlich. Doch Anders hatte die Knochenberge lebhaft in Erinnerung.

Er stolperte mehr, als dass er ging. Das Gras direkt vor der Grotte war von Blut benetzt, seinem eigenen Blut. Das leise

Tropfen der Stalaktiten hallte in der Höhle wider. Abgesehen davon war es totenstill.

Anders strauchelte und fiel auf ein Knie. Der Schwindel wurde stärker.

»Los, weiter«, grollte der Mann und zog ihn zurück auf die Füße. »Sterben kannst du später. Finde das Tiefwasser.«

Sie erreichten die Höhle. Die ganze Szenerie sah genauso aus, wie Anders sie zurückgelassen hatte. Die Meereskreaturen waren noch da, alle Augen waren auf sie gerichtet. Keiner hatte sich bewegt. Als wäre die Zeit hier drinnen stehen geblieben.

»Beim Namen des Chaos«, murmelte der Valahar. Er blieb wie angewurzelt stehen und starrte auf die Nixe.

Anders suchte mit den Augen nach der Phiole. Er entdeckte sie, ehe der andere seine Fassung zurückgewonnen hatte. Sie hing zwischen den Furchen des Felsens, auf dem Anders gegen den Nix gekämpft hatte. Vielleicht konnte er sie vor dem Valahar verbergen. Er taumelte einige Schritte nach vorn und fiel ins knöcheltiefe Wasser. Die Phiole knirschte gefährlich unter ihm. Er schob sie unauffällig in seine Hosentasche.

»Hoch mit dir!« Der Mann riss an seinen Haaren. »Such das Tiefwasser!«

Anders sank kraftlos in sich zusammen. Der Valahar fluchte. Er trat zornig die Algen beiseite und suchte nach dem Fläschchen. Es erfüllte Anders mit dunkler Genugtuung, dem Mistkerl bei der verzweifelten Suche zuzusehen.

Die Nixe lösten sich aus ihrer Starre. Einige fauchten und bleckten die Zähne. Mühsam kroch Anders zur Wand. Er würde kein Teil der Knochensammlung werden. Sollte der Dieb doch suchen, bis er schwarz wurde.

Die ersten Nixe sanken von ihren steinernen Aussichtsposten ins Wasser.

Der Valahar stieß einen Laut der Verzweiflung aus. Er packte den toten Nix und hob ihn wie einen Schild vor sich. Einige Wassermänner erreichten die Erhöhung. Sie trieben ihn rückwärts, griffen ihn aber nicht an. Sie fauchten und drohten. Anders stand auf. Der Schwindel nahm zu.

Da der Mann von den Nixen eingekesselt war, schaffte Anders es vor ihm aus der Grotte.

Die Nixe folgten ihnen durchs Wasser, blieben im Eingang jedoch zurück, als wollten sie sicherstellen, dass nicht noch einmal jemand eindrang. Die Blicke aus gelben Augen bohrten sich in Anders' Nacken und brannten sich in sein Gedächtnis.

Auf der kleinen Wiese brach er schließlich zusammen. Selbst wenn er gewollt hätte, konnte er keinen Muskel mehr regen. Wenigstens schaffte er es, bei Bewusstsein zu bleiben. Seine Brust pochte und mit einem besorgten Blick sah Anders die Blutspur, die er hinter sich hergezogen hatte. Sein zerfetztes Hemd und seine Hose waren blutgetränkt.

Der Dieb, der direkt hinter ihm war, schäumte vor Wut. Er warf den Leichnam zur Seite. Dann ging er auf und ab, fuhr sich durch die Haare und über das Gesicht. »Bei den Zähnen des Skah, sie belagern die Grotte. Diese vermaledeiten Fischgesichter und ihr versunkener Gott! Der Unvergängliche wird mich nicht vor ihm beschützen können. Wenn ich einen seiner Lieblinge auch nur anrühre, wird er mich in die Tiefen zerren.«

Er drehte sich zu Anders um. »Du wirst vorerst genügen müssen. Die Dunkelheit reist mit dir, also benutze ich dich als Köder.« Das Grinsen auf seinen Lippen war voll bösartiger Freude.

Er kam auf Anders zu, packte ihn und schleifte ihn hinter sich her. Die Schmerzen fanden einen neuen Höhepunkt. Anders schrie.

Meristates Worte hallten in seinem Kopf nach: *Sie werden dich auf Nimmerwiedersehen mit in die Hauptstadt nehmen wie all die Helrunen vor dir.* Das Gesicht des Kobaltkriegers erschien vor seinem geistigen Auge, als er ihn von Nualláns Schulter gezogen hatte. *Schön hiergeblieben, kleines Vögelchen.*

Anders strampelte. Sein Überlebenswille gab ihm ungeahnte Kraft. Der Valahar zerrte ihn in den Aschekreis. Er murmelte etwas, das Anders nicht verstand. Die Asche glomm orange und brannte sich in die Wiese. Anders packte die Hand des Mannes und drückte zu, wollte ihn zum Loslassen bewegen, ohne

Erfolg. Der Fremde setzte sein Murmeln fort. Anders griff den Valahar an. Er ging in die Knie, packte die Beine des Fremden und warf ihn um. Sie rangen verbissen miteinander. Anders versuchte, aus dem Kreis zu fliehen, doch der andere hielt ihn fest.

Der Valahar nahm etwas von der brennenden Asche auf seinen Finger und presste ihn sich an die Stirn. Dann drückte er seinen rußbeschmierten Finger auch auf Anders' Stirn. Anders versuchte, an seine Pistole zu kommen, die im Gürtel des Fremden steckte. Er riss daran.

»Freu dich auf Suruskbur«, flüsterte der Mann ihm ins Ohr. Dann sagte er wieder etwas in der fremden Sprache, in der er zuvor schon gemurmelt hatte. Es waren dieselben schweren Klänge, die Anders Nalare auf ihrer Reise hatte benutzen hören.

Anders spürte ein unangenehmes Ziehen in seiner Magengegend und dann einen Sog an seinen Armen und Beinen. Es fühlte sich an, als würden ihn unsichtbare Hände zerreißen. Er konnte einen Angstschrei nicht unterdrücken. Der Valahar sagte ein letztes Wort. Die Asche auf seiner Stirn begann weiß zu glühen. Anders spürte die Hitze auf seiner eigenen Stirn.

Etwas Schwarzes huschte so schnell auf sie zu, dass Anders nur eine Bewegung ausmachte, bevor er dem Klammergriff entrissen wurde. Er hielt immer noch den Gürtel fest, als er einige Meter weiter mit einem dumpfen Knirschen aufprallte. Er krümmte sich und hielt sich die schmerzende Schulter. Panisch rieb er sich über die Stirn und das Brennen wurde schwächer.

Zwischen ihm und dem Mann stand Atlar. Er hatte Anders den Rücken zugewandt und starrte auf den Valahar hinunter. Der erwiderte den Blick.

»Da bist du«, sagte er grinsend. Dann verschwand er. Innerhalb eines Wimpernschlags zogen dort feine Rauchschwaden in die Luft, wo der Fremde eben noch gelegen hatte.

KAPITEL 36

Ich warte in der Tiefe
dieser Wasser,
ergötze mich an meiner Schöpfung.
Ich warte in der Zeitlosigkeit
auf den Moment,
in dem die Welt nach mir ruft.
Doch die Welt bleibt stumm.
Unbedeutende Wesen werfen Wellen,
und ich antworte ihnen.

Herr der Tiefen
unbekannt

Anders starrte auf den leeren Aschekreis. Der Ruß hob sich als feinste Partikel in die Luft und verstreute sich in alle Richtungen, bis nichts mehr davon zeugte, was eben geschehen war.

Anders wusste selbst nicht, was passiert war.

Die imposante Gestalt Atlars ragte über der Stelle auf, an der der Valahar verschwunden war, reglos und angespannt. Anders rieb sich über die Stirn und betrachtete die grauen Überreste der Asche auf seiner Hand.

Atlar drehte sich zu ihm um, musterte ihn einen Moment lang mit etwas, das Anders bei anderen als Sorge empfunden hätte, aber nicht beim Schwarzen Mann. Dann brummte Atlar. Anders wusste nicht, ob es ein erleichterter oder anklagender Ton war, der in seiner Stimme mitschwang.

»Ich kann dich keinen Tag aus den Augen lassen, hm?«

»Ich bin am Leben, oder? So leicht wirst du mich nicht los.«

Dunkle Punkte tanzten vor Anders' Augen.

»Gerade so.«

Atlar kniete sich zu ihm und entfernte die Überreste des Hemdes von Anders' Brust. Obwohl er vorsichtig war, überkamen Anders neue Schmerzwellen. Er konnte sich kaum bei Bewusstsein halten.

»Was hast du da?«, fragte Atlar.

Anders mühte sich ab, die Augen zu öffnen. Er hatte immer noch den Gürtel des Diebes umklammert, mitsamt dem Schwert und allen Taschen. Seine Pistole hing in einer Schlaufe. Zittrig griff Anders danach. Zumindest hatte dieser Mistkerl weder das Tiefwasser noch das Opetum bekommen. »Das ist jetzt meins«, murmelte er.

Atlar verschwand aus seinem Blickfeld. Anders legte den Kopf aufs nasse Gras. Er wusste nicht, was von der Feuchtigkeit Wasser und was sein eigenes Blut war. Er hatte zu viel Blut verloren. Zumindest hatte der Valahar ihn nicht mitgenommen. Das Tiefwasser war sicher.

Anders hörte das Rauschen seines Blutes. Es säuselte. Es drohte ihn in einen traumlosen Schlaf zu wiegen.

Ein schmatzendes Geräusch erklang. Dann wurde etwas über den Boden geschleift. Er zwang seine Augen auf. Atlars Hände tropften rot. Der tote Nix lag jetzt neben ihm. Anders sah auf die aufgeschlitzte Kehle und erkannte Knorpel und Knochen.

»Halt still«, befahl Atlar. Anders' Zunge war zu schwer, um zu fragen, was er damit meinte. Einen Moment später war er hellwach. Atlar tunkte seine Finger in das Blut des Leichnams und drückte sie in Anders' Wunden. Die Berührung seiner frischen Verletzungen sandte den Schmerz in Anders' ganzen Körper aus. Er brüllte. Mit letzter Kraft wollte er Atlars Händen entkommen. Atlar packte seine Schulter und hielt ihn an Ort und Stelle. Er wiederholte die Prozedur noch zweimal, dann verlor Anders das Bewusstsein.

Der Geschmack von Eisen explodierte auf seiner Zunge. Wärme breitete sich aus, Energie pumpte durch seine Adern.

Anders würgte, doch jemand hielt ihm den Mund zu. Der Griff in seinem Nacken zwang ihn nach unten. Anders wehrte sich, doch vergeblich. Von Minute zu Minute fühlte er sich kräftiger. Dann konnte er endlich gegen den Druck ankämpfen und die Hände ließen ihn los.

Anders hustete und würgte, doch der Geschmack blieb. Atlar kniete neben ihm.

»Himmel«, keuchte Anders. Sie waren immer noch auf der Wiese. Der tote Nix lag da, Atlars Hände waren blutig und neben ihm befand sich die Gürteltasche. Es konnte nicht viel Zeit verstrichen sein. Doch der Schmerz in seiner Brust hatte abgenommen.

»Was hast du getan?«

Atlar betrachtete ihn stumm.

»Atlar, was war das?«

»Etwas, das dich am Leben hält«, sagte der Schwarze Mann und warf die Tasche zurück zu Anders. Dann richtete er seinen Blick auf den Nix. »Nixblut ist ein potentes Heilmittel, es wird deine Wunden verschließen. Aber jetzt haben wir ein Problem.«

»Anders!«, rief jemand. Er wandte den Kopf zum See. Nalare kam auf einem Floß mit ihren drei Pferden auf sie zu.

»Der Mann«, sagte Atlar. Erst jetzt nahm Anders bewusst wahr, dass Atlar keinen Umhang trug. Für einen Moment versank er in der Schwärze, die jeden Teil von Atlars merkwürdiger Kleidung ausmachte. Wie ein schwarzes Loch zog sie alles zu sich und drohte Anders einfach zu verschlucken.

»Was wollte er von dir?« Atlars Stimme riss ihn aus der Betrachtung. Anders schüttelte den Kopf, um wieder einen klaren Gedanken fassen zu können. Er rappelte sich auf.

»Wieso, kennst du ihn?«, fragte Anders vorsichtig. Er durfte nichts vom Tiefwasser sagen.

»Ja.« Atlars Gesicht verdunkelte sich. »Er ist Elrojanas rechte Hand. Er war bei ihr.«

Ein Muskel unter Anders' Magen zog sich unangenehm zusammen. Kälte sammelte sich in seiner Bauchhöhle. »So mächtig?«

Atlar nickte. »Aberas Amrada, Ururenkel der Despotin und ihr engster Vertrauter. Was wollte er von dir?« Sein Tonfall hatte nun mehr Nachdruck.

»Er ... wollte mich mitnehmen. Und wissen, wo du bist.« Erneut glitt Anders' Blick an die Stelle, wo Aberas bis eben gekniet hatte.

Atlar klang ganz ruhig. »Was hast du ihm gesagt?«

Entsetzen durchzog Anders. Er hob so schnell den Kopf, dass etwas in seinem Nacken knackte. Erst jetzt wurden ihm Aberas' letzte Worte klar.

»Er hat dich gesehen«, keuchte er. »Er weiß jetzt, dass du hier bist.« Und Elrojanas rechte Hand hatte vom Tiefwasser gewusst. Aber woher?

Mittlerweile hatte Nalare mit dem Floß angelegt und sprang zu ihnen auf die Wiese.

»Du siehst schrecklich aus. Was ist passiert? Du bist mit der Herrin des Blutes gegangen, nicht wahr? Du hast ihr nachgegeben.« Nalare drückte Atlar seinen Umhang in die Arme. Sie blieb erst stehen, als sie den Nix sah.

»Ich lebe noch, bloß keine Sorge um mein Wohlbefinden«, murrte Anders. Auch wenn er nicht wusste, wie. Doch es gab Dringenderes: Aberas war vielleicht gerade bei der Königin. Anders' Magen verkrampfte sich und ihm wurde schlecht.

Nalare stand wie angewurzelt da. »Wer war das?«, fragte sie tonlos.

Atlar wischte sich die Hände ab. »Schusswunden. Anders hat den Nix getötet.«

Anders nickte wie betäubt. Das war gerade egal. »Du hast uns verraten«, sagte er zu Atlar.

Schlagartig wurden Atlars Augen noch dunkler, falls das überhaupt möglich war. Er beugte sich über Anders, ragte bedrohlich über ihm auf. Das gedämpfte Licht, das durch das Blätterdach drang, nahm für einen kleinen Moment ab.

»Ich habe dich gerettet.«

Frustriert warf Nalare den Kopf in den Nacken und rieb sich mit beiden Händen über das Gesicht. »Das ist nicht gut«, keuchte sie. »Das ist gar nicht gut … Nein, das ist eine Katastrophe.«

Anders runzelte die Stirn. »Wieso? Er wollte mich töten!«

»Noch schlimmer!«, rief sie und gab ein hysterisches Lachen von sich. »Das ist gar kein Ausdruck. Weißt du, was du da angerichtet hast? Du hast einen Nix bei einem Eareth im Ertrunkenen Wald getötet.«

»Na und? Aberas weiß von Atlar!« Anders deutete auf den Ort, an dem der Aschekreis gewesen war. Nun fehlte davon jede Spur. Er wandte sich an Atlar. »Jetzt war die ganze Geheimniskrämerei völlig umsonst, weil er wahrscheinlich in diesem Moment der Königin erzählt, dass du auf dem Weg zu ihr bist!«

»Aber er hat dich nicht mitgenommen.« Mittlerweile grollte Atlar.

Eine Bewegung lenkte Anders' Aufmerksamkeit auf den Höhleneingang: Die Nixe kamen aus der Grotte.

»Lasst uns das später klären. Wir müssen weg von hier.«

Die beiden folgten seinem Blick.

»Oh nein«, hauchte Nalare. »Zurück aufs Floß.«

Es dauerte einen angespannten Moment, bis Atlar sich wieder unter Kontrolle hatte und aufs Floß sprang. Auch Anders schluckte die Wut herunter. Er machte Anstalten, Atlar zu folgen, doch Nalare hielt ihn mit ausgestreckter Hand auf. Sie schüttelte den Kopf.

»Du nicht.«

Mit offenem Mund sah er sie an. »Ich nicht? Willst du mich verarschen? Du kannst mich doch nicht einfach hierlassen.«

Nalare sprang ihrerseits aufs Floß und nahm das Ruder auf.

»Das kann nicht dein Ernst sein!« Anders rang die Hände »Wieso? Was hab ich getan?«

Nun sah sie ihn an. Ihre grauen Augen waren kalt, ihr Blick unerreichbar. »Er wird dich holen.«

»Dann beeilen wir uns eben!«

»Man kann keinem Gott davonlaufen, Anders. Niemand kann das … Der Versunkene wird dich für deinen Frevel richten. Selbst wenn nicht, so steckst du doch im eng gewobenen

Netz der Herrin des Blutes. Wir müssen unsere Aufgabe zu Ende bringen. Verstehst du nicht? Ich kann es mir nicht leisten, hier zu scheitern. Nicht deinetwegen.«

»Aber, Nalare …« Was hätte er tun sollen? Sich fressen lassen?

»Steig aufs Floß«, sagte Atlar gelangweilt. »Nun mach schon. Wir haben nicht den ganzen Tag Zeit. Du hast es selbst gesagt, bald weiß die Königin Bescheid. Also müssen wir schneller in der Hauptstadt ankommen, als sie einen Glaskasten darum ziehen kann, um uns draußen zu halten.«

»Nein«, beharrte Nalare und drehte sich mit schreckgeweiteten Augen zu Atlar um. »Wenn wir in seiner Nähe bleiben, trifft die Faust des Versunkenen auch uns!«

»Ich wiederhole mich nicht gern«, knurrte Atlar. »Schwing deinen Hintern aufs Floß oder muss ich dich holen kommen?« Er sprach mit Anders, obwohl sein Blick aus pechschwarzen Augen sich langsam auf Nalare richtete. Sie zuckte zusammen. Trotzdem gab sie nicht nach. Anders nutzte die Gelegenheit und sprang aufs Floß. Im selben Moment tauchten die Nixe unter. Dunkle Schatten schwammen in seine Richtung.

Nalare wirbelte herum und sah zwischen Anders und Atlar hin und her. Sie erinnerte Anders an ein in die Ecke getriebenes Tier. »Ich sagte *Nein*. Wenn du hier mit ihm gemeinsam sterben willst, bitte schön, aber ich habe nur ein Leben und das will ich sicher nicht verschwenden.«

»Er kommt mit«, betonte Atlar.

Irgendetwas in Nalares Kopf hatte *klick* gemacht. Anders sah es an der Art, wie ihr gehetzter Ausdruck verzweifelter Entschlossenheit wich.

»Das wird er nicht.« Damit stieß sie Anders in den See.

Anders schluckte Wasser. Der Angriff war so unerwartet gekommen, dass er keine Luft mehr hatte holen können. Er starrte in dunkles, trübes Blau, sah die Luftbläschen an seinem Gesicht vorbei nach oben steigen. Die Nixe umkreisten das Floß. Ihre Schatten tanzten im dunklen Schillern, dann kamen sie auf ihn zu. Seine Gedanken rasten eine Spirale der Panik hinauf, in der er nicht mehr klar denken konnte.

Klauenbewehrte Hände streckten sich nach ihm aus. Die Nixe zeigten ihre spitzen, dünnen Zähne. Anders kam endlich in Bewegung. Sein geschwächter Körper machte die Tortur kaum mit. Bei jedem Schwimmzug sandten seine Wunden Schmerzimpulse aus.

Er erreichte den Rand des Floßes und durchbrach die Wasseroberfläche. Die Kraft, sich hochzuziehen, hatte er nicht.

Atlar hielt Nalare am Hals gepackt in die Höhe. Sie wand sich in seinem Griff und röchelte.

»Atlar, Hilfe«, krächzte Anders. Klauen ergriffen seine Beine.

Atlar sah nur langsam zu ihm, jedoch ohne Nalare runterzulassen. Eher griff er noch fester zu. Anders strampelte und trat. Arme umschlangen ihn. Sie verletzten ihn nicht, sie versuchten, ihn nach unten zu zerren. »Atlar!«

Nalare landete mit einem dumpfen Poltern auf den Holzplanken. Sie schnappte nach Luft und rieb sich den Hals.

Atlar fasste Anders' Oberarm und hob ihn aus dem Wasser, als wäre er ein Kind. Unter ihm erklang das Fauchen der Nixe, die vom Schwung an die Oberfläche gezerrt worden waren. Anders landete hart auf dem Floß und kroch in die Mitte, so weit vom Rand weg wie möglich. Er zitterte am ganzen Körper.

»Er bleibt bei uns«, knurrte Atlar und trat nach den Nixen, die zischend zurück in den See glitten.

»Wir werden alle sterben.« Nalares Stimme war kratzig. Sie sah Anders hasserfüllt an. »Diluzes beschütze uns«, murmelte sie, stand auf und setzte das Floß in Bewegung, bevor die Nixe es kentern lassen konnten. Fahle Hände griffen aus dem Wasser, dunkle Silhouetten begleiteten ihren Weg. Nalare und Atlar paddelten und stießen die Nixe immer wieder mit den Rudern zurück. Die Pferde schnaubten unruhig.

Aus einer der Taschen suchte Anders ein trockenes Hemd heraus, um endlich zu zittern aufzuhören. Zu mehr fühlte er sich kaum in der Lage. Er wagte einen kurzen Blick auf seine Brust. Sie war blutrot. Doch es war nicht sein Blut. Er fuhr darüber. Eine feste Schicht überzog seine Wunden. Das Nix-blut. Darunter breitete sich etwas Dunkles auf seiner Brust aus. An einigen Stellen waren die Kapillaren unter seiner Haut fast schwarz. Schnell zog er das Hemd darüber.

»Warum wollen sie mich?«, fragte er.

Nalare sah stur geradeaus und antwortete nicht.

»Der Versunkene, Meredus, ist der einzige Gott, der nicht mehr am ewigen Krieg zwischen den anderen Göttern teil-nimmt«, übernahm Atlar die Erklärung. »Er hat Kalima er-schaffen, wo zuvor nur Einöde war. Angeblich liebt er seine Kreaturen so sehr, dass er persönlich Rache für jeden Angriff auf sie nimmt. Du hast eine davon umgebracht.«

»Aus Notwehr!«

»Das scheint für Götter unerheblich zu sein. Sie sehen die Details nicht mehr. Nur das Ergebnis.«

Anders sank kraftlos in sich zusammen. Er rieb sich über das Gesicht, nicht nur körperlich erschöpft. Er hustete, schmeckte das schale Wasser des Sees auf der Zunge und strich sich trop-fende Haarsträhnen aus dem Gesicht. Das Kneifen in seiner Brust kam wieder.

Dann verschwanden die Hände und Schatten, die sie unter der Oberfläche verfolgt hatten. Es wurde ganz ruhig. Nalare spannte sich an.

Etwas rauschte.

»Das ist der Ertrunkene!« Nalare riss das Ruder aus dem Wasser. Sie warf es Anders zu. Im nächsten Augenblick hatte sie ein Seil mit Wurfhaken in der Hand und wirbelte es über ihrem Kopf, bevor sie auf einen nahe stehenden Baum zielte. Vor ihnen hatte sich ein riesiger Strudel gebildet, der ihr Floß rasch näher zog.

Der Haken wickelte sich um den Stamm und verhakte sich in der Rinde. Nalare band das lose Ende des Seils um einen Pflock in der Mitte des Floßes. Keine Sekunde zu früh: Das Seil spannte sich bereits. Das Holz knirschte unter den Kräften des Wassers, aber es hielt.

»Verflucht«, murmelte Anders. Er war vor Schreck aufgesprungen und starrte auf den Strudel, der ihm wie ein hungriges Maul vorkam.

Nalare packte ihn am Arm und zerrte ihn zurück in die Mitte. »Er will dich, also bleib vom Wasser fern, verdammt!« Fizzelis bäumte sich auf.

Der Strudel schloss sich so schnell, wie er gekommen war, doch dafür begann sich das Wasser unruhig zu bewegen. Innerhalb weniger Atemzüge – gerade lange genug für Atlar, um Anders ein Seil zuzuwerfen – rasten hohe Wellen auf sie zu. Als trieben sie auf einem wütenden Meer statt auf einem See. Nalare schnitt das Seil durch, das sie eben noch gerettet hatte, damit die Wellen das Floß nicht zum Kentern brachten. Dann beeilten die beiden sich, mithilfe der Ruder Geschwindigkeit aufzunehmen, um den Wellen zu entfliehen. Die Pferde schafften es gerade so, die erste Welle zu überstehen, ohne vom Floß zu purzeln. Sie wieherten und Atormur fiel durch die Wucht des Aufpralls zu Boden.

Anders krallte sich am Mittelpfosten fest, als ginge es um sein Leben – was es tatsächlich tat, wenn er Nalare Glauben schenkte.

»Binde dich fest!«, rief Atlar, als eine weitere Welle sie traf. Sie überschwemmte das Floß und ließ es fast kentern. Gischt prasselte wie Regen auf sie nieder. Nalare kam schnell wieder auf die Beine. Anders band sich das Seil hastig um die Hüfte und um den Pfosten. Dann holte er ein weiteres aus den Taschen und sicherte Nalare damit. Über ihr Verhalten zuvor konnten sie später reden. Wenn sie ins Wasser fiel, war niemandem geholfen.

Die nächste Welle wirbelte das Floß um die eigene Achse. Anders fühlte den Sturz in seinem Magen, als sie zurück auf die Wasseroberfläche fielen. Atlar verlor den Halt am Rand. Anders sprang mit der Wucht der nächsten Welle auf – sie schienen immer schneller zu kommen – und packte Atlars Arm, mit dem der Schwarze Mann sich gerade noch an den Planken festhielt. Mit einem Schrei aus Schmerz und Anstrengung zugleich zerrte Anders ihn zurück aufs Floß. Das Ruder allerdings war dem

Wasser zum Opfer gefallen. Mithilfe eines Seils band er Atlar fest. Vergeblich suchten sie nach weiteren Seilen, um die Pferde zu sichern, während Nalare sich alle Mühe gab, sie durch diesen göttlichen Wutausbruch zu navigieren. Es riss sie alle ein paarmal von den Füßen. Schrammen und Blutergüsse würden wohl ihre geringste Sorge sein. Nalare krachte erneut hart auf den Boden, als eine Welle ihr Floß erfasste und in rasender Geschwindigkeit auf ihrem Kamm davontrug – genau auf einen Baum zu. Ihr Griff um das Ruder lockerte sich und es schlitterte über die Planken.

»Nein!«, rief sie. Atlar sprintete los, um es zu ergreifen, bevor es ins Wasser fiel. Er packte das Ruder, nutzte es, um weiter springen zu können, und landete mit den Füßen voran senkrecht am Baumstamm. Das Floß schoss auf ihn zu. Anders konnte nicht einmal raten, woher Atlar die Kraft nahm, die Wucht abzulenken, sodass nur der hintere Teil des Floßes an den Baum prallte, statt daran zu zerschellen. Das Seil um Atlars Körpermitte riss ihn mit. Anders half ihm aus dem Wasser.

Das Floß landete mit einem lauten Platschen, das das Rauschen der wilden See für einen Moment übertönte, auf der Oberfläche des Sees. Arme aus Wasser schossen über die Planken: Der Seegott hatte seine Taktik geändert. Sie kamen schnurstracks auf Anders zu. Er schlug nach ihnen. Ein Arm zerfiel zu Regen, aber ihm folgte augenblicklich ein neuer. Sie zerrten ihn zum Rand des Floßes. Er schrie, bis ein Arm seinen Kopf umschlang und er nicht mehr atmen konnte. Er spürte einen Zug am Seil um seine Hüfte – entweder versuchte jemand, ihn festzuhalten, oder das Seil war zu Ende. Es schnitt in sein Fleisch. Anders versuchte vergeblich, zu schreien. Mit Händen und Füßen wehrte er sich gegen die Wasserarme, schlug danach, doch sie zerrten unnachgiebig an ihm. Plötzlich zogen ihn die Arme mit dem Kopf voran unter Wasser. Jemand unglaublich Starkes packte seine Beine und hielt gegen. Die Luft wurde knapp.

Unter dem Floß schwamm ein ganzer Schwarm Nixe. Einer davon näherte sich, fauchte ihn unter Wasser an und zeigte dabei seine spitzen Zähne. Mehr Nixe kamen aus der Entfernung auf ihn zu, während er verzweifelt seine Hände in die Unterseite der Planken krallte. Die Meereskreaturen griffen nicht ein. Anscheinend wollte sich niemand dieses Spektakel entgehen lassen.

Doch nicht Anders war es, der kämpfte. Er fühlte sich wie ein Spielzeug, an dem zwei Kinder zogen: die unfassbare Macht, die im Wasser lebte, hatte seinen Oberkörper fest im Griff, während irgendjemand auf dem Floß seine Beine nicht losließ. Jeden Moment würde er einfach zerreißen oder ertrinken.

Sein Blickfeld bekam erneut schwarze Ränder. Er würde nicht Luft holen und nicht schreien, das schwor er sich. Er würde seinen Mund geschlossen halten. In den Tiefen des Sees wurde das blaugraue Wasser dunkler und dunkler, bis der undurchdringliche Abgrund ihn zu verschlingen drohte.

Der Griff um seinen Knöchel festigte sich und plötzlich zerrte ihn jemand mit großer Kraft zurück nach oben. Er landete auf den Holzplanken, hustete und schnappte gierig nach Luft.

»So war das nicht abgemacht«, hörte Anders zwischen seinen erschöpften Versuchen, wieder zu Atem zu kommen. »Du gehörst schon mir!«

Er hob den Kopf und sah in alles einnehmende Augen, in denen ein dunkler Sturm wütete.

Es war das erste Mal, dass seine Umgebung nicht nichtig wurde, während die Herrin des Blutes zu ihm kam. Lange konnte er seine Gedanken nicht verfolgen: Die nächsten Wasserarme schossen auf ihn zu. Er versteifte sich, doch unbegründet. Ein Schlag mit ihrer Hand und die Herrin des Blutes durchtrennte sie, als wären sie Luft. Tropfen prasselten über sie und benetzten ihr welliges, dunkles Haar. Wie Tränen liefen sie über ihre blutroten Lippen.

Anders konnte sie nur ungläubig anstarren. Ihr Körper war wieder mit sehr hellem, aus kleinen Stücken zusammengenähtem Leder verhüllt. Sie war kaum mehr als ein Kind.

»Anders«, murmelte Atlar, der direkt neben ihm lag.

Die nächste Welle kam und brachte das Floß zum Fliegen. Ein lautes Wiehern schreckte Anders auf. Er drehte sich um und sah, wie sein Reittier in den Fluten versank.

»Atormur!«, schrie er und rannte zum hinteren Ende des Floßes. Er starrte fassungslos auf den wild gewordenen See, doch sein Pferd tauchte nicht wieder auf. Neue Wasserarme reckten sich ihm entgegen.

Atlar zerrte ihn vom Rand fort. »Du Dummkopf, weg vom Wasser!«

Sie fielen beide rücklings auf die Planken, als ein weiterer Ruck durch das Floß ging. Langsam löste es sich auf. Die ersten Seile wurden um die Planken locker. Ihr Floß stellte sich fast senkrecht auf und nur die Wucht der schnell folgenden nächsten Welle verhinderte, dass auch die anderen beiden Pferde über Bord gingen. Atlars Griff lag wie ein Schraubstock um Anders. Die Wellen schleuderten das Floß herum, als wäre es ein Spielzeugschiffchen in der Badewanne.

Anders lag am Boden, die Hände verzweifelt in die Zwischenräume der Planken gekrallt, und Atlar auf ihm. Die Herrin des Blutes rannte leichtfüßig an ihnen vorbei. Anders fragte sich, wie sie so unberührt von dieser Hölle sein konnte.

»Jetzt stehst du wahrlich in meiner Schuld«, hörte er ihre einlullende Stimme. Als er den Kopf noch ein Stück weiter hob, sprang sie rückwärts im Schwalbensprung ins Wasser. Eine Druckwelle an der Stelle warf das Floß zurück und erzeugte noch mehr wütende Wellen. Sobald sie verebbt waren, beruhigte sich der See wie von Geisterhand.

Nalares Griff um das letzte Ruder war so krampfhaft, dass ihre Knöchel weiß hervortraten. Ihr ganzer Körper stand unter Spannung. Die Haare klebten ihr wild im Gesicht. Atlar drückte Anders immer noch zu Boden. Erschöpft und nass bis auf die Knochen hielten sie den Atem an und warteten starr auf den nächsten Angriff, doch nichts passierte. Das Wasser lag ebenso geisterhaft still da wie während des vergangenen Tages. Fast so, als hätte es den Sturm nie gegeben.

Anders hätte das beinahe glauben können, wenn nicht jemand

aus ihrer Gruppe gefehlt hätte. Er begehrte gegen Atlar auf, der keine Anstalten machte, ihn freizulassen.

»Was ist passiert?«, fragte Nalare atemlos.

»Wir müssen umkehren!«, tobte Anders. »Wir müssen Atormur suchen. Er ist da draußen!« Er wand sich unter Atlar, doch der blieb auf ihm liegen, einen Arm zu jeder Seite, sodass Anders fast wie in einem Käfig eingesperrt war. Anders dachte in seiner Verzweiflung darüber nach, ihn zu treten.

»Geh runter von mir!«, brüllte er und drückte sich nach oben, in der Hoffnung, Atlar geschickt zur Seite rollen zu können.

Eine schallende Ohrfeige traf ihn. »Hör auf«, befahl Nalare. Ihr Blick war so unwirsch wie ihre Stimme. Sie hatte ihre Fassung so schnell zurückgewonnen wie jedes Mal davor. Es blieb nur Härte übrig. »Meredus wird ihn nicht wieder hergeben. Wir können ihn nicht retten. Reiß dich zusammen und benimm dich wie ein Krieger.«

»Ich bin kein Krieger!«

Nun verdunkelte sich ihr Gesicht. »Nein, das bist du nicht.« Sie wandte sich ab und nutzte ihr verbliebenes Ruder, um sie weiter fort von hier zu bringen.

Anders' Blick verlor sich auf dem schmalen Strich grünblauen Wassers, den er von seiner Position aus sehen konnte. »Wir müssen ihn suchen«, murmelte er. »Irgendwo ist er.« Anders hoffte inständig, aus dem Augenwinkel doch ein Zeichen von Atormur im Wasser zu bemerken – aber nichts. Die Verzweiflung ließ die Spannung aus seinem Körper weichen und er atmete ergeben aus. Erschöpfung übermannte ihn.

»Wieso hat es aufgehört?«, fragte Nalare, ohne jemand Bestimmten anzusehen. Sie sondierte die Umgebung.

Anders schnaubte und endlich, *endlich,* ließ Atlar ihn los. »Du hast sie doch gesehen – sie hat uns gerettet. Irgendwie.« Anders setzte sich auf und rieb sich die brennende Wange.

»Wen?«

»Na, die Herrin des Blutes!« Anders verstand es nicht: Wieso hatte sie ihm geholfen?

»Sie war hier?« Nalares Blick schweifte angespannt über die Baumreihen. Die Farben waren trist und grau, fast als wäre mit dem fehlenden Sonnenlicht alle Leuchtkraft geschwunden. Über dem trüben Wasser hing eine Nebelschicht, die sich hartnäckig zwischen den Bäumen hielt und Anders eine Gänsehaut verursachte. Er wollte nur noch hier raus, weit weg von Kalima.

»Anscheinend ist sie sehr wählerisch, wenn es darum geht, wer sie zu Gesicht bekommt«, bemerkte Atlar und stand auf. Er riss sich die provisorische Schiene vom Unterarm – es sah so aus, als wäre sein Arm bereits geheilt.

»Sie …«, fing Anders an, schüttelte dann aber den Kopf.

Nalare musterte ihn mit unverhohlenem Argwohn. Anders war gerade nicht imstande, sich mit ihr zu befassen. Er ging ans hintere Ende des Floßes, vorbei an Fizzelis und Eakil, die ebenfalls ziemlich durch den Wind schienen. Dort starrte er aufs Wasser, in der unsinnigen Hoffnung, Atormur würde aus den Tiefen wiederauftauchen. Seine Gedanken kreisten um die Herrin des Blutes, die ihm das Leben gerettet hatte und seinen Gefährten. Sie wollte den Gefallen erwidert. Anders hatte Angst davor, was sie verlangen würde. Das Kneifen in seiner Brust wurde stärker und Anders zog den Hemdkragen so weit herunter, dass er darauf sehen konnte. Die schwarzen Adern reichten schon fast bis zu seinem Schlüsselbein. Er hatte das Gefühl, dass sie ein ganz bestimmtes Muster bildeten, das er nur noch nicht erkannte.

Eine schwere Hand landete auf seiner Schulter. Anders konnte ein Zusammenzucken nicht verhindern. Atlar stand neben ihm und sah geradewegs auf den still daliegenden See. Er sagte nichts, kein Wort des Trostes oder der Aufmunterung. Der Beistand, den seine kühle Hand vermittelte, half mehr, als jedes Wort es gekonnt hätte.

Auch wenn Anders sich gerade seltsam leer fühlte: Er war nicht allein.

Sie schwiegen die meiste Zeit. Anders hatte eine Weile geschlafen und als er aufwachte, begann seine Brust von Neuem zu schmerzen. Er befürchtete, sein eigenes Blut an den Händen zu haben, wenn er über die dunkelrote Schicht strich, aber die Wunde ging nicht wieder auf. Das Nixblut hielt sie fest verschlossen, so wie Atlar gesagt hatte. Seine Schulter stach bei jeder falschen Bewegung, seine Brust kniff, die Wunden brannten selbst unter dem Nixblut.

Schließlich erreichten sie das Ufer. Der nach ihrer Ankunft in Kalima langsam feuchter und sumpfiger werdende Boden, der dann zu einem träge höher steigenden Gewässer geworden war, endete hier abrupt. Nalare band das Floß an einen Pflock, als gehöre es dorthin.

Nun schien die Sonne wieder direkt vom Himmel und keine Baumkrone verdeckte ihr gleißendes Licht. Anders spürte ihre wohltuende Wärme auf seiner Haut, als er die Maske aufsetzte, um besser sehen zu können. Das zuvor matte, graugrüne Gras leuchtete hier lebendig und satt.

Die beiden Reittiere stiegen vom Floß und waren sichtlich begeistert, festen Boden unter sich zu haben. Sie hatten einige Schrammen abbekommen. Nalare und Atlar klopften ihnen die Hälse und Anders starrte auf den See. Das hatte Atormur wahrlich nicht verdient.

»Tut mir leid, dass du meinetwegen … jetzt da unten bist«, murmelte er kaum hörbar, bevor er zu den anderen ging.

Sie zogen sich trockene Kleider an, dann sprang Nalare auf Fizzelis und drehte sich zu ihnen um.

»Eakil ist kräftig, er sollte keine Schwierigkeiten haben, euch beide zu tragen.«

Sie wollte weiterreiten. Anders fühlte sich ausgelaugt. Was auch immer Atlar vor der Grotte mit ihm gemacht hatte, der Energieschub war längst vorbei und er fürchtete, jeden Moment zusammenzubrechen. Mit einem Blick auf den See und den bedrohlichen Wald entschied er, dass er dieses Risiko eingehen wollte. *Bloß weg hier.*

Atlar sah Anders aus dem Augenwinkel an, sein Gesicht

verriet keine Emotionen. Es schien, als warte er auf etwas, also nickte Anders. Da sprang Atlar mühelos auf den Rücken des Reittiers und hielt Anders eine Hand hin. Er griff danach und kämpfte sich auf den Pferderücken.

Anders wollte fragen, wie sie ihren Plan an die neuen Umstände anpassen wollten, da sie nicht mehr weit von der Hauptstadt entfernt waren. Nalare wirkte so, als würde sie erst mal weit weg vom Ertrunkenen Wald kommen wollen, bevor sie überhaupt wieder einen Gedanken an ihren Plan verschwendete. Wer wusste schon, wie weit Meredus' Macht reichte?

Sie ritten noch ein Stück, dann errichteten sie ihr Nachtlager nahe einer Bergschulter und Atlar schickte sie beide zur Ruhe. Auch Nalare nahm sein Angebot an. Sie wickelte sich in die Decken und lag in Sekundenschnelle still da. Anders hatte nicht das Gefühl, als würde sie tatsächlich schlafen. Er überließ sie ihren eigenen Dämonen und vertraute auf Atlars Schutz. Die wohlverdiente Ruhe blieb ihm trotz seiner Erschöpfung lange verwehrt.

Atlar umkreiste fast lautlos ihr Lager und irgendwann wurden seine kaum hörbaren Schritte zu einem angenehmen Hintergrundgeräusch, wie ein Schlaflied, das Anders ins Land der Träume schickte.

Als er das nächste Mal die Augen aufmachte, war vor ihm ein Podest. Es war in Schatten versteckt. Eine ominöse Dunkelheit schwebte wie eine dicke Wolke darüber, die verhüllte, was sich darauf befand. Der Rest des Raumes wurde vom flackernden Licht großer Feuerschalen erhellt. Er musste im Inneren eines uralten Bauwerks sein. Geisterhafte Schatten tanzten an den bröckeligen Wänden, die ihn an Atlars Erscheinen in Madisons Zimmer erinnerten. Ein kühler Windzug blies über den Boden und brachte jahrzehntealten Staub im roten Feuerschein zum Tanzen.

Obwohl Anders nicht wusste, wo er war, ergriff ihn das erdrückende Gefühl, unter der Erde zu sein.

Er stieg auf das Podest. Dabei entzündeten sich nach und nach weitere Feuerschalen und legten den Blick auf eine Zikkurat frei. Der gestufte Tempelturm erschien ihm wie aus einer längst vergangenen Zeit. Wo war er hier?

Das Licht erhellte viele Stufen. Anders befand sich auf der ersten. Auf den anderen standen links und rechts Gestalten. Sie hatten keine Gesichter, ihre Silhouetten waberten an den undefinierten Rändern. Lebende Schatten. Trotzdem spürte Anders ihre Blicke auf sich. Keine von ihnen regte sich. Anders sah abwartend von einer zur nächsten.

Immer noch entzündeten sich mit jedem Herzschlag weitere Feuerschalen und gaben den Blick auf mehr Stufen und mehr Schatten frei. Schatten, die verloren wirkten. Als wären sie nicht schnell genug davongelaufen, als das Licht die Dunkelheit verdrängt hatte. Das Zischen des aufflammenden Feuers hallte als einziges Geräusch im Bauwerk wider. Anders machte noch einen Schritt hinauf, sodass er auf der letzten Stufe stand, die nicht von Schattenwesen flankiert war. Da erhellte das Feuer die höchste Stufe.

Sein Blick erfasste sofort die Gestalt der Nachtbringerin. Ihr lockiges Haar umschmeichelte ihr Gesicht, und obwohl sie so weit oben stand, konnte Anders doch jede einzelne Kontur genau ausmachen. Die markante Linie ihrer geraden Nase, der sanfte Schwung ihrer Lippen, die rabenschwarzen Augen, deren Finsternis nur von denen Atlars übertroffen wurde. Ihr Blick lag auf ihm. Sie war wieder erwachsen und trug ein dunkelrotes Kleid, das über die Stufe hinunterwallte. Hoheitsvoll hob sie das Kinn.

»Seht ihn euch genau an, Ereidur. Er ist auf dem Weg zu uns, bald schon kommt er an. Mit meiner Führung wird er sich nicht noch einmal verlaufen.« Ihre Stimme dröhnte in Anders' Kopf, als entspränge sie seinen eigenen Gedanken, und er merkte eine Bewegung in den Schatten, obwohl sie noch genauso dastanden wie zuvor. »Er wird vollenden, was ihr begonnen habt. Er wird meinen Wunsch erfüllen … und dann … seid ihr frei. Eredur, gib acht auf den Schatten der Lichtmetze. Er wird dich suchen. Doch ich werde dich vor ihm finden.«

Sie hob die Hand und deutete auf Anders. Das dumpfe Kneifen in seiner Brust wandelte sich zu einem Pochen wie zweiter Herzschlag. Leises, stetiges Tropfen erklang, das rasch lauter wurde. Das rote Kleid verflüssigte sich. Eine blutige Kaskade lief die Stufen hinab, durch die schattenartigen Gestalten hindurch, bis Wellen den Raum fluteten und Anders darin ertrank.

Er schrie wie am Spieß, als er aufwachte.

Verderben

---※---

rora war es verboten, den Korridor meerwärts des Verlieses zu betreten. Auch Nereida war nur einmal dort unten gewesen, doch die Königin besuchte die Verliese täglich. Umso erstaunter war Nereida, als Elrojana ihr bedeutete, ihr zu folgen. Zusammen stiegen sie die grauen Steinstufen hinab. Nereida hatte eine Nevaretlaterne in der Hand. Noch waren die Wände von eben solchen Laternen alle zehn Meter gesäumt, doch Nereida vermutete, dass sie tiefer hinuntersteigen würden. Kühle, modrige Luft strömte ihnen entgegen und sie spürte ein unwillkürliches Erzittern, das wohl nicht ausschließlich von den niedrigen Temperaturen des Verlieses herrührte. Wann immer sie sich unter der Erde befand, überkam sie ein merkwürdig beklemmendes Gefühl.

Hinterdrein folgte ihnen eines der Zwielichtwesen. Nereidas Nacken kribbelte und sie widerstand dem Drang, einen Dolch in ihre Hand fallen zu lassen. Sie hasste es, einer Gefahr den Rücken zuwenden zu müssen. Ganz gleich, wie oft Elrojana ihr versicherte, völlige Kontrolle über die Kobaltkrieger zu besitzen, Nereida spürte die unnatürliche Präsenz, die die Zwielichtwesen umgab. Obwohl sie nicht genau benennen konnte, was es war, sagte ihr doch jede Faser ihres Körpers, dass Achtsamkeit angebracht war.

Kaum befanden sie sich in den unteren Ebenen der modrigen Kerker, viel tiefer als normale Verbrecher untergebracht wurden und lange hinter der letzten angebrachten Lichtquelle, erklang Jammern und Weinen aus den Tiefen der Verliese. Geisterhaft wehte es durch die leeren, düsteren Korridore. Es wurde lauter, sobald sie sich im verzweigten Labyrinth der Korridore der Quelle näherten. Das Echo der Schritte der Königin und des Kobaltkriegers hallte an den Steinwänden wider und kündigte, wem auf immer, ihr Herannahen an.

Das Gewirr von Lauten, das sich langsam in differenzierbare Stimmen wandelte, blieb für Nereida unverständlich. Sie erkannte noch nicht einmal den Klang der fremden Sprache, obwohl sie in ihrem Leben die Sprachen vieler Länder gehört hatte. Augenblicklich musste sie an die Käfige denken, die von Zeit zu Zeit den Großen Marsch heraufkamen und aus denen dieselben fremden Klagelieder schallten. In ihnen wurden die Helrunen nach Lanukher gebracht. Wieso, wusste sie nicht genau, denn Elrojana hatte offensichtlich nie gewollt, dass sie informiert war, und die schlechten Erinnerungen an Kerker hatten Nereida stets abgehalten, eigenhändig nachzuforschen. Angespannt folgte sie Elrojana durch die Korridore, bis sie sich vor einer großen Zelle wiederfanden.

Darin eingepfercht saß knapp ein Dutzend Personen in unterschiedlichen Graden der Verwahrlosung. Was sie allerdings untrüglich als Helrunen auszeichnete, war die Dunkelheit, die sie umgab. Nereida nahm ein Wirrwarr aus dunklen Haaren, dunklen Augenfarben und dunkler Haut in abweichenden Abstufungen wahr, als sie in die Zelle starrte. Kaum jemand darin wäre als ein Valahar durchgegangen. Sie wirkten düster, schmächtig und die Haarfarbe einer Frau übertraf selbst die Dunkelheit der Nacht. Plötzlich war Nereida ganz froh über die Laterne in ihrer Hand, die sie für ihre Herrin mitgenommen hatte.

Einige der Männer und Frauen standen auf. Sie warfen sich gegen die Gitter und sagten Worte, die Nereida nicht verstand. Das musste sie nicht; sie wusste auch so, was sie sagten: Sie flehten, sie bettelten um ihr Leben, um ihre Freiheit, vielleicht auch nur um etwas Wasser. Einige umklammerten die Gitterstäbe, während sie auf die Königin einredeten. Ob sie nun Valahari oder etwas anderes waren, machte keinen Unterschied. Sie alle flehten auf dieselbe Weise. Auf dieselbe Weise, wie auch Nereida gefleht hatte.

Die Königin betrachtete die Gefangenen mit einem Interesse,

das Nereida durchaus bekannt war. Nur fand man es normalerweise in den Augen eines Viehhändlers, der sich auf dem Markt umsah. Auch ihre ehemaligen Herren hatten diesen Blick so manches Mal auf die neuen Kinderscharen gerichtet, alle fünf Jahre, wenn es wieder so weit war, neue Izalmaraji auszubilden. Diesen Ausdruck nun in den Augen ihrer Königin zu sehen, beunruhigte Nereida zutiefst. Sie verlagerte ihr Gewicht auf ein Bein. Reflexartig war sie bereit für eine Flucht.

»Die dort«, flüsterte Elrojana fasziniert und zeigte auf eine der Frauen. Sie saß gegen die Wand gelehnt da und schaute angstvoll zu ihnen.

Neben Nereida bewegte sich der Kobaltkrieger und öffnete die Zellentür. Sofort wichen die Gefangenen zurück. Er ging auf die Frau zu und packte sie am Arm. Dann riss er sie in die Höhe. Sie schrie.

Währenddessen huschte ein Mann aus der offenen Zellentür und suchte sein Heil in der Flucht. Er rannte den Korridor entlang, als wären die Nachtbringer selbst hinter ihm her.

»Nereida, hol ihn zurück!«

Nereida riss sich von dem Anblick der Zelle los, von ihren Erinnerungen, und sah in die wütenden Augen ihrer Herrin. Sie wandte sich um und rannte dem Flüchtigen hinterher. Der Mann war in einer zu schlechten Verfassung, um erfolgreich fliehen zu können. Einige schnelle Schritte später holte sie zu ihm auf. Er keuchte. Als er beim Laufen über die Schulter sah, erkannte sie die schiere Panik in seinen Augen. Sie zögerte. Schließlich packte sie seinen Ellbogen und riss ihn herum, sodass sie sich für einen Moment gegenüberstanden. Sein angstverzerrtes Gesicht war verdreckt. Atemlos hauchte er etwas. Auch ohne die Worte zu verstehen, wusste Nereida, dass er sie anflehte.

Ein Schauder überkam sie. *Was tust du da?* Sie schüttelte die Zweifel ab und zerrte ihn mit sich zurück zur Zelle. Dabei zwang sie sich, ihn nicht anzusehen, nicht hinzuhören und ganz bestimmt an nichts zu denken. Er zappelte und begann zu schluchzen. Nereida verbot sich, den Griff um seinen Arm auch nur für einen Augenblick zu lockern. Sie fixierte ihren Blick nur auf Elrojana.

Ihre Herrin sah zufrieden aus. Ein sanftes Lächeln umspielte ihre Lippen und sie strahlte in diesem finsteren Loch, von allen Seiten umringt von dunklen Kreaturen, wie ein starkes Leuchtfeuer, das den Selbsthass aus Nereidas Herz herausbrannte.

Als Nereida den Mann zurück in die Zelle stoßen wollte, hielt ihre Königin sie allerdings auf.

»Er kann sein Schicksal anscheinend kaum noch erwarten«, sagte sie. »Gewähren wir ihm den Gefallen.« Ihr Lächeln verlor die Wärme und wirkte verzerrt.

Der Kobaltkrieger schloss die Zellentür.

»Er darf zusehen, bevor er selbst an der Reihe ist«, säuselte Elrojana und trat an allen vorbei, um ihnen den Weg zu weisen.

Zusehen wobei?

Nereida runzelte die Stirn, setzte sich dann wieder in Bewegung und folgte ihrer Herrin. Sie drangen tiefer in die düsteren Korridore des Kerkers ein, die sich schier unendlich wie ein Labyrinth unter dem Palast schlängelten. Hier roch die Luft noch schlechter und nach jahrtausendealtem Leid. Als sie eine weitere Treppe hinabstiegen, sah Nereida, dass zwischen den groben Steinblöcken etwas Grünes wuchs, das das Gestein fein wie ein Spinnennetz überzog. Tiefer und tiefer hinein in den Bauch des Palastes.

Durch das monotone Klangbild aus widerhallenden Schritten und leisem, flehendem Geschluchze zog ein irres Kichern. Elrojanas Schultern erzitterten darunter. Als sie sich halb zu ihren Gefolgsleuten umdrehte, stand ein wahnsinniger Glanz in ihren weit aufgerissenen Augen.

»Ich zeige dir etwas, Nereida. Etwas Schönes. Du wirst es lieben, es ist so mächtig, dass man es nur lieben kann.«

Nereida schluckte. Was erwartete sie dort in den Tiefen des Palastes? Tiefer als Trumukbur, die unterirdische Stadt; älter als ihr Volk; voller ungelöster Rätsel und uralter Gefahren. Was hatte Elrojana dort gefunden? Das Gebaren ihrer Herrin war schlimmer als sonst. Ob es an diesem Ort lag?

Elrojana war lange nicht mehr die Königin von einst, und Nereida fragte sich, ob ihre Herrin an diesem schicksalhaften Tag vor vier Jahrzehnten nicht doch gestorben war. Womöglich hatte nur der Teil in ihr überlebt, der nicht sie war. Was, wenn nur Kadrabes Seelenteil überlebt hatte?

Nereida erinnerte sich noch zu gut an den Aufruhr anlässlich des Todes von Adalvinor Tallahar und an die Spekulationen, weshalb Elrojana den Tod ihres Dimakes überlebt hatte – und an den Rachefeldzug gegen die Frostreiche, die Elrojana mit all ihrer Macht dem Erdboden gleichgemacht und ihre Inseln im Meer versenkt hatte. Das alles war wegen Tallahar geschehen, doch ein kleiner, irrationaler Teil in Nereidas Innerem flüsterte, dass es Elrojanas Geschenk an sie gewesen war.

Sie festigte den Griff um den Oberarm des Mannes und wagte einen Seitenblick auf den Kobaltkrieger. Er sah süffisant auf die Frau, die nicht mit ihm Schritt halten konnte und stolperte. Sie weinte mittlerweile, stumme Tränen liefen ihre Wangen hinunter. Nereida spürte ein Ziehen in ihrer Brust. Sie fühlte sich um viele Jahrzehnte zurückversetzt, an einen anderen Ort, in ein anderes Leben und auf die andere Seite ihrer Hand.

Elrojanas Kichern versiegte und sie war verstummt, als sie vor einer schweren Tür stehen blieb, die älter als das Tor der Gunst aussah, älter als alles, was Nereida je zu Gesicht bekommen hatte. Älter als die Zeit selbst. Die Bogentür bestand aus dunkelrotem Stein, der Nereida an Blut erinnerte. Zwei Kobaltkrieger flankierten sie und betrachteten Nereida mit mildem Interesse.

Die Königin drehte sich schwungvoll zu ihren Untergebenen um. Ihre Stimme hatte einen geheimnisvollen Unterton.

»Wir sind da«, flüsterte sie. Dabei bedachte sie jeden einzelnen von ihnen mit einem langen, eindringlichen Blick. Elrojana kam Nereida vor wie ein Kind an seinem Namenstag. Wieso weckte ausgerechnet dieser Ort, der Nereida eiskalte Schauder über den Rücken jagte, solche Vorfreude in ihrer Herrin?

»Erweist ihr mir die Ehre, Krieger?« Elrojana deutete auf die Tür.

Die beiden Zwielichtwesen stellten sich davor und umfassten den Eisenring, der als Griff diente, mit beiden Händen. Sie stemmten sich mit ihrer ganzen Körperkraft dagegen, um sie aufzudrücken.

Mit tiefem, schwerem Schaben öffnete sich die Tür. Erst einen Spalt, dann langsam weiter. Es klang, als wolle der Palast selbst, dass dieser Durchgang verschlossen blieb. Auf der Stirn der Kobaltkrieger traten Äderchen hervor und ihre angespannte Kiefermuskulatur verriet, dass der Wille des Palastes nur schwer bezwingbar war.

Dahinter verbarg sich ein langer Raum mit unerwartet hoher Gewölbedecke. Elrojana trat über die Schwelle. Augenblicklich entzündeten sich der Reihe nach Nevaretlampen entlang beider Seiten der Wände. In der Mitte verlief ein breiter Steg, gesäumt von zwei tiefen Wasserbecken, die den Seiten des Gewölbes folgten.

Als Nereida mit dem Gefangenen eintrat, war das Gewölbe bereits in kühles, unbewegtes Licht getaucht. Links und rechts von ihr hingen zwei steinerne Tierschädel an den Wänden, die zum anderen Ende des langen Gewölbes sahen. Aus ihren Mündern floss das finstere Wasser, das die Bewegung in die Wasseroberfläche der Becken brachte. Feine Tropfen glitzerten im steinernen Fell. Die Köpfe drehten sich in einer geschmeidigen Bewegung zu jenen, die die Schwelle übertraten. Nereida sah dreiäugigen, zottigen Tierfratzen entgegen. Sie kam für einen Moment aus dem Tritt und wankte. Neben ihr kreischte und wimmerte der Gefangene und versuchte stärker, sich zu befreien. Sie nahm kaum wahr, dass sie ihren Griff nur umso mehr festigte.

»Meine Lieben, wie ich euch vermisst habe«, trällerte Elrojana und streckte einem der Gesichter ihre Hand entgegen. Das steinerne Fell bewegte sich unter ihren Fingern. Dann ging sie den Steg in der Mitte entlang und seufzte freudig. »Dieser Ort ist voller Wunder.«

Wachsam folgte Nereida ihrer Herrin.

Hinter ihr erklang ein dumpfes, schweres Schaben und im

Gewölbe hallte das Geräusch einer sich schließenden Tür nach. Nereidas Herz machte einen unangenehmen Sprung. Ihre Nackenhärchen stellten sich auf und in ihren Fingerspitzen kribbelte die Panik.

Sie war eingeschlossen.

Aber sie drehte sich nicht um. Stattdessen zwang sie ihre Füße weiter und zog den Gefangenen mit, in dem beim Anblick der Steinfratzen neuer Lebenswille erwacht war. Er zappelte und Nereida hatte Mühe, ihn im Zaum zu halten. Selbst wenn sie ihn losließe, niemand konnte so schnell aus diesem Raum fliehen, nun, da die Tür geschlossen war.

Der Kobaltkrieger holte zu ihr auf, entriss ihr den Mann und schob ihr die Frau zu. »Hier, Püppchen.«

Das alles passierte so schnell, dass Nereida ihm nur entgeistert nachsah. Anscheinend dachte er, sie könnte Schwierigkeiten damit haben, ihn zu halten. Nereida schnaubte und verdrehte die Augen. Männer.

Am Ende des Weges führten vier Stufen auf ein Podium, in dessen Mitte auf einem hüfthohen Podest eine finstere, wabernde Masse unter einer Glasglocke aufbewahrt wurde.

Als Nereida die Materie erblickte, erstarrte sie. In keiner Sprache ihrer Welt gab es ein Wort für diese Farbe, für den Umstand völliger Abwesenheit von Licht. Die Masse strahlte eine unbekannte, seltsame Macht aus. Sie konnte ihren Blick nicht davon lösen, so wie man sich dem Anblick einer todbringenden Kreatur nicht entziehen konnte, die einem in die Augen sah. Sanft leckte die dunkle Masse an den Wänden der Glasglocke. Die Wülste kamen Nereida vor wie Hände. Sie musste an den Dunklen Diener denken, an den Tag, an dem er in ihrer Welt aufgetaucht war. Es war dieselbe grausame Finsternis, wie sie ihn damals umgeben hatte. Eisige Schauder durchliefen ihren Körper. Der Dunkle Diener war immer ein Geheimnis geblieben; etwas, in das nie jemand anderes als die Königin eingeweiht wurde. Elrojana hatte ihn wieder aus ihrer Welt getrieben und die Erleichterung der wenigen, die ihn gesehen hatten, war groß gewesen. Die Geschichte hatte sich natürlich durch das ganze Volk verbreitet. Die Untergebenen schätzten ihre Königin dafür, dass sie die Dunkelheit erneut abgewendet hatte – das hatte sie daran zurückerinnert, was Elrojana für ihre Welt getan hatte. Eine Weile ertrugen sie die Launen ihrer Königin ein bisschen williger. Was damals niemand wissen konnte, war, dass er wiederkommen würde. Nicht freiwillig. Warum Elrojana ihn alle paar Jahre zurückzerrte, nur um ihn dann wieder fortzuschicken, wusste wohl nur sie allein.

Mehr als einmal hatte Nereida versucht, hinter die dreckigen Laken des Käfigs zu spähen, in dem der Dunkle Diener in die Hauptstadt gebracht worden war; zu lauschen, wenn Elrojana mit ihm sprach. Doch stets hatten Kobaltkrieger ihr im Weg gestanden. Sie waren schwerer zu überlisten als Valahari und ihre Befehle waren eindeutig. Elrojana wollte dieses Geheimnis nicht einmal mit ihr teilen.

Nereida hatte aufgegeben, denn nach dem Auftauchen des Dunklen Dieners hatte Elrojana nicht mehr so rastlos gewirkt. Auf unverständliche Weise hatte er der Königin ein kleines Stück ihrer selbst zurückgegeben. Wenn Nereida jetzt die wabernde Finsternis vor sich sah, fragte sie sich, was sie sich dabei gedacht hatte, nicht ernsthafter nachzuforschen.

»Hab keine Angst«, flüsterte Elrojana sanft. Nur mit Mühe schaffte Nereida es, sich ihr zuzuwenden. Dabei behielt sie das Podest im Augenwinkel – nie hätte sie ihm den Rücken zudrehen können.

Elrojana stand ein paar Schritte davon entfernt und breitete ihre Arme in absoluter Gelassenheit aus, als wäre sie unter Freunden in ihrem eigenen Heim, wo nirgends Gefahr drohte. Nereida würde niemals zulassen, dass irgendjemand oder etwas ihrer Herrin Schaden zufügte, doch dieses Ding? Das Atmen fiel ihr schwer, als läge ein Stein auf ihrer Brust, und ihre Sinne waren bis zum Bersten geschärft.

Der Kobaltkrieger stand mit dem Mann schon neben der Königin, genauso unbeeindruckt wie Elrojana.

Nereida hatte immer gedacht, sie selbst wäre das Finsterste, was über Ranuliths Boden wandelte, doch hier stand sie: Vor ihr befand sich ein düsteres Zwielichtwesen, von dem es mittlerweile so viele gab. Und daneben etwas, das so dunkel war, dass Nereida das Gefühl hatte, wenn sie es auch nur noch einmal ansähe, würde es ihre Seele verschlingen und nie wieder ausspucken. Inmitten all dieser Dunkelheit leuchtete die Königin wie die Sonne selbst, weiß und sanft, wie das einzig Richtige an diesem verdorbenen Ort.

»Vertraue mir, Nereida. Gleich wirst du Zeugin einer unvorstellbaren Wandlung.«

Nereida hatte ihre Fassung zurückgewonnen. Sie näherte sich dem Podium, stieg festen Schrittes die Stufen hinauf und blieb vor ihrer Königin stehen.

»Was ist das?«, verlangte sie mit einem Nicken in Richtung der wabernden Masse zu erfahren.

»Das, mein liebes Kind«, sagte Elrojana im Tonfall einer gutmütigen Lehrerin, »ist der Schlüssel.«

Und die Art, wie sie es aussprach, glich einer Ungläubigen, die Erleuchtung gefunden hatte.

Nereida wagte nicht, die Materie direkt anzusehen. Aus dem Augenwinkel sah sie, dass sie sich zu einer losen Kugel geballt hatte und um sich selbst bewegte, sanfte Drehungen vollführte.

»Der Schlüssel wozu?«

»Zur Erlösung.«

Elrojana schloss ihre Augen mit flatternden Lidern und breitete die Hände mit den Handflächen nach oben in einer einladenden Geste aus.

»Bring sie her«, sagte sie. Nereida zwang die Frau, zwei Schritte auf die Königin zuzumachen. Elrojana berührte mit einer Hand die Brust der Gefangenen, auf Höhe des Herzens. Nereida spürte Widerstand in der Frau. Sie zuckte zurück und wollte vor der Berührung fliehen, doch Nereida ließ es nicht zu.

Dann drangen melodische, schwere Klänge über die Lippen ihrer Herrin. Die Sprache der Gilvendalen. Wozu brauchte die mächtigste Gewirrspinnerin ganz Vallens die Ursprache der Realitätsalteratoren? Nereida verstand die Worte nicht. Sie kannte nur eine Handvoll gilvendalischer Begriffe aus der Zeit, in der sie ein Flüstermund hatte werden wollen. Wie so viele vor ihr hatte sie bald aufgegeben.

Die Frau wand sich in Nereidas Griff, schrie und begann unkontrolliert zu zucken. Ihr kurzes, so dunkles Haar schlug Nereida ins Gesicht. Elrojana bohrte ihr die bloßen Finger in den Brustkorb. Ein widerliches Knacken ließ darauf schließen, dass einige Rippen gebrochen waren. Nereida traute ihren Augen nicht. Sie sah ungläubig dabei zu, wie Elrojanas goldweiße Robe von dunklem Blut verunreinigt wurde und die Königin einen Augenblick später das schlagende Herz der Gefangenen in ihrer Hand hielt. Blut lief ihren Unterarm hinunter bis zum Ellbogen. Der Saum ihres Ärmels saugte es durstig auf, während die Frau kraftlos in sich zusammensackte.

Nereida löste ihren Griff und der Körper fiel reglos zu Boden. Irgendwo zu ihrer Linken schrie jemand, aber es klang ganz weit weg, während das stete Pochen des freiliegenden Herzens in Nereidas Ohren dröhnte und das Blut, das von der blassen Hand tropfte, alles war, was sie sah.

Am Rande ihres Bewusstseins hörte sie die wohltuende Stimme ihrer Herrin, wie sie Verse in Gilvendalisch rezitierte. Als sie ihre Augen endlich vom Blut abwenden konnte, das an den Händen ihrer Königin so fehl am Platz wirkte, und hoch in ihr Gesicht sah, waren Elrojanas Augen geschlossen. In ihrer anderen Hand bildete sich silbriger Rauch, der langsam, fast liebevoll, ihre Finger umtanzte.

»Wirf ihren Körper hinein«, befahl die Königin und deutete mit ihrem Kinn auf ein Steinbecken an der Wand, das Nereida bisher gar nicht aufgefallen war. Es war direkt aus dem Stein geschlagen, viereckig und gefüllt mit einer silberblau schimmernden Flüssigkeit ohne erkennbaren Ursprung, die sanfte Wellen schlug. Nereida riss sich zusammen und hob den leblosen Körper vor sich auf. Sie schleifte die Tote zum Becken und hob sie auf den Rand, um sie in der zähflüssigen Masse zu versenken. Dabei lief unentwegt Blut aus dem Loch in ihrer Brust. Es war noch warm und floss über Nereidas Arm. Der Körper tauchte unter, aber kurz darauf kam er wieder hoch. Nun bildete die

Flüssigkeit eine dünne Schicht über der Haut der Toten, die sich bei einem genaueren Blick zu bewegen schien. Das Loch in der Brust der Frau hatte sich vollständig damit gefüllt. Nereida trat einen Schritt zurück, zwang sich, den Blick abzuwenden, und beobachtete Elrojana.

Mit vor ihrem Körper erhobenen Händen schritt die Königin auf das Podest zu. Die Glasglocke hob sich wie von selbst, und erst jetzt erkannte Nereida die blass leuchtenden Runen, die das Glas umrankten.

Die dunkle Materie quoll über das steinerne Podest wie schwerer Rauch und kroch langsam zu Boden.

Die Königin sprach mit kräftiger Stimme in der Ursprache. Fast klang es so, als würde sie der Finsternis gut zureden. Wenn die Materie anfangs noch ihre düsteren Nebelschwaden wie Arme nach dem Sockel des Podests ausgestreckt hatte und schon an der Säule leckte, so zog sie sich nun langsam, fast widerwillig auf das Podest zurück. Allerdings blieb sie in ständiger sanfter Bewegung. Nereida schwankte zwischen dem Zwang, sie genau zu betrachten, die Gefahr im Auge zu behalten, und dem inneren Drang, ihre Augen davon abzuwenden. Als Elrojana schließlich davorstand, erhob sich die Materie so weit, dass sie das blutige Herz auf das Podest legen konnte, ohne sie zu berühren. Die Glasglocke, die bis eben regungslos in der Luft gehangen hatte, schoss mit einem Mal abwärts. Auf ihrem Weg nach unten schloss sie die dunkle Masse in sich ein. Sie prallte auf das Podest und sperrte so die Finsternis mit dem Herz auf engstem Raum ein. Ohrenbetäubendes Kreischen erklang. Die Glasglocke zersplitterte in tausend kleine Scherben. Die Finsternis breitete sich explosionsartig aus.

Nereidas Brust wurde eng, ihr Herz stand still. Dunkle Rauchwolken kamen auf sie zu und verschluckten alles auf ihrem Weg. Übrig blieb ein finsteres Nichts, in dem selbst Nereida blind war. Sie warf sich zu Boden, als die Dunkelheit sie erreichte und über sie hinwegfegte. Erfüllt von lähmender Angst blinzelte sie. Vor ihren Augen verdeckte die Finsternis den Raum. Oder hatte sie ihn verschlungen? Noch immer spürte Nereida den kalten Steinboden unter sich. Ein Seufzen und ein dumpfer Aufprall brachten Bewegung in Nereida.

»Majestät!«, rief sie und kroch panisch am Boden entlang in Richtung des Podests, wo Elrojana zuletzt gestanden hatte. Sie hörte ihren eigenen Herzschlag in den Ohren. Ihre Hände waren schweißnass, als sie sich gebückt und blind so flink wie möglich bewegte. Noch bevor sie ankam, zog sich die Finsternis wieder zusammen und bildete auf dem Podest einen kleinen Ball. Sie krümmte sich zusammen wie ein verletztes Kind.

Die Erleichterung, dass der Raum noch da war, hielt nur kurz an.

Auf dem Boden neben dem Podest lag Elrojana.

»Herrin!«, rief Nereida und richtete sich auf, wobei sie etwas Dunkles auf dem Boden erkannte. Vor ihr lag das Herz der Gefangenen. Es war umgeben von einem Netz aus Finsternis, das sich wabernd darum bewegte – und es schlug immer noch.

»Nicht anfassen!«, zischte Elrojana. Nereida machte einen Bogen darum und eilte an ihre Seite. Sie half ihr auf. Die Runen der Glasglocke, die in tausend Scherben auf dem Boden verteilt war, leuchteten auf. Das Gefäß setzte sich wieder zusammen, senkte sich langsam, behutsam, auf das Podest hinab und schloss die Finsternis fort.

Elrojana breitete die Hand über dem finsteren Herzen aus. Wieder murmelte sie Worte in der Ursprache. Nereida konnte die Macht, die hier am Werk war und sich hinter den Worten verbarg, nur erahnen. Das Herz hob sich vom Boden und folgte der Bewegung der Hand. So trug Elrojana es, ohne es zu berühren, zum Steinbecken. Dort sank das Herz in die Brust der Frau zurück. Es vertrieb die silberblaue Flüssigkeit, die das Loch zuvor gefüllt hatte. Das dünne Netz aus Dunkelheit streckte einzelne feine Fäden über die Tote aus, bevor der Körper erneut hinabsank, als wäre das Herz so schwer, dass der Leichnam nicht an der Oberfläche bleiben konnte.

Der Kobaltkrieger, der bisher stumm dagestanden und den Mann festgehalten hatte, kam jetzt näher und starrte wie gebannt auf das Becken. Er zog den Gefangenen mit und hielt ihn wie nebenher mit einer Hand im Nacken in Schach, doch der Mann kniete völlig verängstigt neben ihm, unfähig, sich zu bewegen.

Elrojana trat zurück und sagte: »Teash.«

Dieses Wort kannte Nereida.

Erwache.

Ein Puls ging durch die absolut ruhige Oberfläche im Becken. Dann tauchten feine Blasen auf. Die Flüssigkeit schien zu kochen, obwohl Nereida keine Wärme spürte. Nach und nach bildeten sich feine, dunkle Fäden überall im Becken. Das Silberblau verfärbte sich, verlor den silbernen Anteil und glich zeitweise der Farbe des Meeres, bevor es sich zu einer Farbe verdunkelte, deren Namen Nereida erst vor einigen Jahren kennengelernt hatte:

Kobaltblau.

Eine Hand schnellte aus der Flüssigkeit und krallte sich in den Beckenrand.

Nereida nahm eine defensive Kampfhaltung ein, umgriff einen ihrer Dolche und stellte sich neben ihre Herrin. Sie warf ihr einen kurzen Seitenblick zu, aber Elrojana zeigte keinerlei Furcht. Nur groteske Faszination.

Eine zweite Hand folgte auf der anderen Seite des Beckens. Kurz darauf erhob sich eine Gestalt aus der Masse. Tiefes Blau floss den imposanten Körper hinab und trocknete innerhalb weniger Sekunden. Dann brach sie wie ein Kokon auf und bröckelte in kleinen Stückchen ab. Darunter offenbarte sich das Ebenbild des Kobaltkriegers neben ihnen. Bronzene Haut, silberblaues Haar, dasselbe Gesicht. Immer dasselbe Gesicht. Wie ein Überbleibsel der bröckeligen Farbschicht blieb in seinem Gesicht feiner kobaltblauer Staub zurück. Er war gehüllt in Kleidung aus Finsternis.

»Ist er nicht wunderschön?«, flüsterte Elrojana ehrfürchtig.

In diesem Moment riss das Zwielichtwesen seine Augen auf.

Kobaltblau starrte Nereida an.

Elrojana ging auf das Wesen zu und strich ihm fast liebevoll über die Wange – dabei bröckelte etwas von dem kobaltblauen Staub ab und verwehte.

»Willkommen, Krieger.«

Dann drehte sie sich halb zu Nereida um und schenkte ihr das schönste Lächeln. »Ich habe beschlossen, dich in ein Geheimnis einzuweihen. Lass es mich nicht bereuen.«

FIGURENLISTE

HELRULITH

Anders Clayton: ehemaliger Polizist, der durch ein Portal nach Ranulith gelangt
Atlar: die personifizierte Dunkelheit
Gloria Laurey: reiche Bekannte von Anders' Vater, die mehr über Ranulith zu wissen scheint
Madison: Anders' Tochter
Prudence McFoul: Detective im Seattle Police Department, Anders' Partnerin
Ronan: Tabakwarenverkäufer, Anders' Freund
Victoria: Anders' Frau und Madisons Mutter

RANULITH

KÖNIGSHOF

Aberas Amrada: thalarischer Zwilling, Flüstermund, Prinz von Vallen und Elrojanas Berater
Adalvinor Tallahar: König Vallens, verstorbener Ehemann und Dimakes von Elrojana
Areleas Dunar: thalarischer Zwilling, Prinz von Vallen
Baribeh: Prinzessin von Vallen
Elrojana (ehem. Eldora Romane), (abw.) **Die Despotin/Kadrabes Schatten:** göttlich berührte Gewirrspinnerin, unsterbliche Königin Vallens
Fealán Devaraja: ehemaliger König Vallens vor der Machtwende, letzter blinder König
Kaelesti: Tochter von Elrojana, die durch die Macht ihrer Mutter noch immer am Leben ist

Khalikara Kadvan (= Schicksalsmacher): Kriegsherr des königlichen Heeres, Elrojanas Enkel, Prinz Vallens
Maraiker: Wächter des Archivs des kleinen Mannes im königlichen Palast von Lanukher
Meallán Vahan: Kadvans Untergebener, angeblich aus der Blutlinie des alten Königs
Nereida Letonai, Schattentänzerin, (abw.) **Elrojanas Schatten:** ehem. Izal, nun Elrojanas Leibwache
Orora: Elrojanas Orakel
Therona Oligane: Oberste Thronspinnerin
Vedafran: Prudenbitor, zuständig für das Archiv des kleinen Mannes in Lanukher
Venja: Prinzessin von Vallen

ERBENGEFOLGE

Ambral: Mitglied der Kronenbrecher
Helane Epir: Tochter von Uleas Viadar
Nuade Nalare: Meristates Lehrling, Sonnenritterin
Nuallán Brenar: Avolkeros, Anwärter auf den vallenischen Thron, Nachkomme des alten Königs
Rafail: Blutspinner
Serena Meristate: Gewirrspinnerin, ehem. Schülerin von Elrojana und Bewohnerin von Halakai, ehem. Thronspinnerin, Thalars und Nalares Lehrmeisterin
Thalar Romane: Gewirrspinner, Elrojanas Ururenkel, Anwärter auf den vallenischen Thron
Uleas Viadar: Heerführer des Erbengefolges, Helanes Vater

LETZTE FESTE

Galren: General der Letzten Feste
Javahir: Rekrut
Pimali: Soldatin
Vadrall: Soldat
Zacharis: Offizier

ANDERE

Die Findende: eine von Subrets Töchtern, die Aufträge zum Auffinden einzelner Gegenstände annimmt

Evandil: Ambrals Schwester, von Oligane verkrüppelt

Halliat Tur Golin: Duan des Saraduns von Kallial Tur Sedain

Hellandar Ebenkvest: auf Götterbelange spezialisierter Prudenbitor im Tintenwald

Isra: Waisenkind, von Kadvan nach Lanukher gebracht

Kallial Tur Sedain: Sarad des fünfundsiebzigsten Saraduns

Katasar Ptalinor: Prudenbitor in Utanfor, Nalares Bruder

Krabad Janabar, (abw.) **Schattenwirker/Nachthure:** verstorbener Gewirrspinner, Rebell, Königsmörder und Elrojanas Gegner in der Machtwende

Mikoba: Nualláns Mutter, Avolkeros

Narunad: Anführer der vereinten Sieben Banden Galinars

Nila: Diebin in Lanukher

Nillius Tur Hadin: Duan des Saraduns von Kallial Tur Sedain

Numena: Chronistin

GLOSSAR

ARTEN DER REALITÄTSALTERATION

Gewirrspinnerei: die seltene Fähigkeit, Gewirre zu sehen und zu manipulieren. Die mächtigste Praktik der Realitätsalteration (= Fähigkeit, die Wirklichkeit zu verändern), in Vallen und Galinar vertreten

Gewirrspinner: jene, die imstande sind, alle Gewirre zu sehen, und lernen können, sie zu manipulieren; mächtigste Realitätsalteratoren der Welt Ranulith

Blutspinner: Spezialisierung von Gewirrspinnern, die sich auf den Körper und alles Lebende konzentrieren; meist zum Zwecke der Heilung

Bluthandwerker: jene, die die Fähigkeit besitzen, die Gewirre des Blutes und eines weiteren Materials zu sehen, sodass sie beides miteinander verweben können und somit in der Lage sind, mächtige Artefakte für einen einzigen Träger oder eine einzige Blutslinie zu kreieren

Gewirrwerker: jene, die die Fähigkeit besitzen, das Gewirr eines Materials zu sehen, sodass sie Artefakte herstellen können

Windboten: jene Gewirrwerker, die das Gewirr der Luft verändern können; meist zum Zwecke schneller Kommunikationsmöglichkeiten

Blinde Künste: die angelernte Fähigkeit, Gewirre zu manipulieren, ohne sie sehen zu können; eine Praktik, derer sich die meisten anderen Länder, abgesehen von Vallen und Galinar, bedienen

Flüstermund: jene, die mit dem aufwendigen Studium der gilvendalischen Sprache Gewirre blind manipulieren können; vertreten in Vallen

Goldfinger: jene, die mithilfe graziler Fingergesten zu Puppenspielern mit lebendigen Puppen werden; Körperkontrolle; vertreten in Kirill

Horizontblicker: jene, die durch einen Pakt mit Keilorn die Zukunft sehen können; Hohepriester des Gottes Keilorn; vertreten im Stromland bei den Sanan

Naturformer: jene, die durch die Verbindung mit Naturgewirren die Elemente beherrschen; vertreten in den Frostreichen

Sarahadim: die Fähigkeit, absolute Kontrolle über den eigenen Körper und vertraute Gegenstände zu erlangen; vertreten in den Sonnenlanden unter den Saltastellari

Silberzunge: jene, die mithilfe von Schallschwingungen manipulativen Einfluss auf andere nehmen können; vertreten in Kirill

Artefakte

Nevaret: immerleuchtende Flüssigkeit aus kaltblauem, starrem Licht

Opetum: Trank der vielen Zungen, der es dem Benutzer erlaubt, jeden zu verstehen und verstanden zu werden

Sonnenglimmer: eine milchig-goldene Flüssigkeit, die Wärme ausstrahlt; meist als Wurfgeschoss genutzt, die beim Aufprall zu einer Lichtexplosion führt

Tiefwasser: Wasser aus dem Fluss Moragul aus der Welt Moralith; absolute Dunkelheit

Titel und Gruppenbezeichnungen

Aljanne: Elitekriegerin des Inselstaates Tjerreku

Dasherani: als über das Wasser gehende Jungfrau dargestellte Herrscherin über den Inselstaat Tjerreku

Der kleine Mann: Prophet, der das Archiv des kleinen Mannes in Lanukher zurückgelassen hat; sein Name hat die Jahrtausende nicht überdauert

Die Sieben Banden Galinars: ein Zusammenschluss von sieben Banditenbanden, die nach der Machtwende und dem

Herrschaftsvakuum die Herrschaft über Galinar an sich gerissen haben; ihr Anführer ist Narunad

Dimakes: die zweite Hälfte einer Person, der Seelenverwandte; nur selten finden zwei zueinander, doch sobald sich Seelenverwandte gefunden haben, sind ihre Leben untrennbar miteinander verbunden; stirbt einer von ihnen, so stirbt der andere ebenso

Duan (= Gottesbrüder): Bezeichnung für die fünf Jungen, die einem Sarad im Kindesalter von den Okuri zugeteilt werden und von da an bis zum Ende aller Tage an seiner Seite stehen

Dunkler Diener der Despotin: Atlar

Duriten: von Meredus alterierte weibliche Valahari, die in den Wassergärten von Kalima leben und sich mit der Natur um sich herum verbunden haben; sie sind gemeinsam mit den Nixen Meredus' Lieblinge

Dämmerdiebe: Banditengruppen in Vallen, die zu einem großen Teil aus Avolkerosi bestehen und somit die Dämmerung und Nacht abwarten, da Dunkelheit für sie kein Hindernis darstellt

Erbe des Alten Thrones: Nuallán Brenar, der Nachkomme von Feallán Devaraja, dem alten König von Vallen

Erbe des Neuen Thrones: Thalar Romane, der Nachkomme von Elrojana, der aktuellen Königin von Vallen

Eredur, Pl. Ereidur: Herold und Streiter der Herrin des Blutes, der ihre Interessen vertritt und ihren Befehlen gehorcht

Ewige Königin: Elrojana, die seit der Machtwende unsterblich ist

Izal (= Schatten): elutjenische Assassinen

Izalmaraji (= die geheime Legion der unsterblichen Schatten): Assassinengilde unter direktem Befehl der Frostfürsten, deren Rekruten oft entführte Kinder aus anderen Ländern sind

Kadrabes Schatten (abw.): Elrojana, die der dunkle Schatten einer strahlenden Göttin ist

Kobaltgarde: eine Einheit Kobaltkrieger, die Elrojana als Leibgarde dient

Kobaltkrieger: Zwielichtwesen, die Elrojana treu ergeben sind und gefährliche sililverschlingende Fähigkeiten besitzen

Kronenbrecher: junge Elitekrieger unter Thalars Befehl, die ihren Hass auf die Königin teilen

Letztwache: Die Soldaten der Letzten Feste

Munor: Herrscher über Kirill und Herr über alle Goldfinger und Silberzungen

Nachtbringer: böse Götter, denen üble Machenschaften und die Verbreitung von Leid und Dunkelheit nachgesagt werden

Nachthure (abw.): Krabad Janabar, der sich mit den Nachtbringern eingelassen hat, um Macht zu erlangen

Nebel: Unterkategorie der Izal, deren Rolle das geheime Ausführen und Verschleiern eines Attentats ist

Nixe: Von Meredus alterierte männliche Valahari, die im Ertrunkenen Wald von Kalima leben und sich mit dem Wasser um sich herum verbunden haben; sie sind gemeinsam mit den Duriten Meredus' Lieblinge und führen sog. Eareth aus, Duelle mit ihrer Beute

Okuri: eine von Subret (dem ersten Staatsgott der vereinten Teile der Sonnenlande) auserkorene fünfköpfige, maskierte Gesellschaft, die über die Saltastellari und alle Bewohner der Sonnenlande in Subrets Namen herrscht; Sprachrohr und Ohr des Gottes

Prudenbitor: Gelehrter, der sich dem Sammeln und Bewahren von Wissen aus verschiedenen Bereichen verschrieben hat

Saltastellari (= Klingentänzer): Praktizierende des Sarahadim, Elitekrieger der Sonnenlande, in einzelne sechsköpfige Gruppen, sog. Saraidun, gegliedert

Sarad: Anführer eines Saraduns, dem fünf von den Okuri ausgewählte Jungen zur Seite gestellt werden, die dann gemeinsam mit ihm in der Blinden Kunst des Sarahadim geschult und zu Saltastellari ausgebildet werden

Saradun, Pl. Saraidun: die einzelnen sechsköpfigen Gruppen aus Sarad und Duan, die die Elitekrieger der Sonnenlande ausmachen

Schattenwirker (abw.): Krabad Janabar, der sich mit den Nachtbringern einließ

Sturmtreiber: göttliche Gesandte von Subret, die alles und jeden auffinden können und deren Herannahen von einem Sturm angekündigt wird; legendenhafte Wesen, die kaum jemand außerhalb der Sonnenlande jemals gesehen hat

Subrets Töchter: angeblich teilweise göttliche, von Subret abstammende weibliche Wesen, die ebenfalls die Fähigkeit des sicheren Auffindens besitzen; sprechen sie, so begleitet ein Sturm ihre Worte

Tagbringer: gute Götter, denen Gnade, Gutmütigkeit und die Verteidigung des Lichts nachgesagt werden

Thronspinner: Gruppe von Gewirrspinnern, die im Palast unter Elrojanas Schutz und als ihre Schüler, Kollegen und Elitekrieger fungieren

Wolkenprinz: Sieger der tjerrekanischen Männerturniere, dem die besten aktuellen Erbanlagen nachgesagt werden, und Edelhure der tjerrekanischen weiblichen Oberschicht

Zwielichtwesen: Wesen, die, im Gegensatz zu den Valahari, nicht nur aus Licht, sondern auch zum Teil aus Dunkelheit bestehen, bspw. Helrunen

RASSEN

Avolkerosi: die dunkle Saat, die aus der Vereinigung des Skahs mit seinem valaharischen Dimakes entstanden ist und sich in der Welt wie ein Fluch ausgebreitet hat; dunklere Erbanlagen und Dunkelsicht unterscheiden sie von normalen Valahari; sie werden in vielen Ländern stark diskriminiert und teilweise gefürchtet; äußerst selten schlägt auch das Gebiss des Skahs bei seinen Nachkommen durch

Helrunen: Bewohner von Helrulith

Valahari: der Großteil aller in Ranulith lebenden Personen gehört den Valahari an; eine grundsätzlich hellhäutige, helläugige, hellhaarige Rasse, die bis zu 200 Jahre alt werden kann und im Licht wahre Stärke entwickelt

GÖTTER

Diabesa, die weinende Mutter

Jaradegal, die fließende Erde: vor allem bei den Tjerrekan angebetet

Keilorn, der blinde Gott der Sehung

Meredus, der Versunkene, (abw.) der Ertrunkene: erschuf Kalima, als ihn der Rest der Welt anödete; erschuf den Ertrunkenen Wald und die Wassergärten; wandelte die dort lebenden Valahari in Duriten und Nixe und rief alle Nachkommen von Illomos zu sich, um aus den prächtigen Pferden Kelpies zu machen

Mikulin: Windgott

Milite, das alte Übel

Subret, der Zukunftstarner, der Sturmbringer, (abw.) der Sumpfsäufer: höchster Gott und Staatsgott in den vereinten Teilen der Sonnenlande

Kadrabe, das ewige Licht, die Stumme Göttin: verlor an Einfluss, nachdem Elrojana ihren Platz für sich beanspruchte und die Aufmerksamkeit ihrer Anhänger auf sich lenkte

Pleonim, der kalte Wahrer, (abw.) der dunkle Frost: Hauptgottheit in den Frostreichen

Diluzes, der Strahlende

Tarja, die Herrin des Blutes

WUNDER

Die fliegenden Gärten des Nimrod: eine Gruppierung fliegender Inseln, auf denen ein einzelner Mann mit seinem Diener leben soll

Gigantija von Maeva Moana: Wächterstatue am Tor der Fernen Reiche

Halakai: ehem. Hochburg der Gewirrspinner, nun verfluchte Ruine

Tintenwald: ein Ort des Studiums und der Wissensbewahrung in der Grünen Stadt in Vallen

⊙HIMMELSRICHTUNGEN

wolfswärts: entspricht Norden
frostwärts: entspricht Osten
meerwärts: entspricht Süden
sonnwärts: entspricht Westen

⊙RTE

Anujazi: eine Gebirgskette in Vallen, tückische Gegend und Heimat einiger Dämmerdiebdörfer
Eresgal: Kontinent, der Vallen, die Sonnenlande, Galinar und das Stromland umfasst
Ertrunkener Wald: das Herrschaftsgebiet der Nixe in Kalima
Die weinende Dame: ein Schankhaus in Lanukher
Dresteven: Dorf in der Nähe Latorahers
Dvahal: Zentrum von Tenedrest; einst ein einzelner Turm aus Eis, umspannt dieser Palast den Großteil der Hauptstadt
Grenzgebirge: Gebirgskette in Vallen, in dem sich der Weltenschlund und Iamanu befinden
Grüne Stadt: Stadt in Vallen, in der sich der Tintenwald befindet, bekannt für seine Gelehrten
Haus des Segens: größter und ältester Tempel der Kadrabe in Lanukher, von Elrojana als Anbetungsstätte für sich selbst genutzt
Helrulith: eine der angrenzenden sieben Welten; wird die *Vergessene Welt* genannt, weil sie einst in einer engeren Verbindung zu Ranulith stand, die nicht mehr nachvollzogen werden kann
Himmelskammern: Krabad Janabars geheime Forschungseinrichtungen und versteckte Aufbewahrungsorte seiner Studien und Erkenntnisse; die meisten sind selbst fast 500 Jahre nach seinem Tod unentdeckt geblieben
Iamanu (= das Versteckte): Versteck des Erbengefolges in den Bergen; realitätsalteriertes Kellerversteck

Kalima: Ein Landstück Vallens, das Meredus für sich beansprucht und mit Wasser gefüllt hat; niemand, der nicht zu seinen Lieblingen gehört, wagt sich grundlos dorthin

Kronberge: Lange Gebirgskette, die Vallen und die Sonnenlande trennt

Labyrinth: unterirdisches Gängesystem unter dem Palast in Lanukher

Lanukher, die blaue Stadt: Hauptstadt Vallens; älteste Stadt Vallens und angeblicher Lieblingsort der Götter

Latoraher/der Weltenschlund: ein großer Berg im Grenzgebirge, in dem sich die Portale zu den sieben angrenzenden Welten befinden

Letzte Feste: Festung auf dem Latoraher, die Vallen vor Angriffen aus anderen Welten beschützt, ebenso wie den Weltenschlund vor feindlicher Übernahme durch andere Länder schützen soll

Moragul: ein Fluss in Moralith

Moralith: eine der angrenzenden sieben Welten

Ranulith, die Weiße Welt: die Welt, an die alle anderen sieben Welten mit einem Portal angrenzen

Tor der Gunst: ein großer, goldener Torbogen auf dem Tempeldach des Hauses des Segens, in dem die Sonne gefangen sein soll

Utanfor: kleine Stadt in Vallen

Wassergärten: das Herrschaftsgebiet der Duriten in Kalima

Wolkentor: Gebirgspass und wichtigster Handelspass zwischen Vallen und den Sonnenlanden in den Kronbergen

Sonstiges

Ardens Mora (= die heißen Tage): zweiwöchige Trockenzeit, in der es keine Nacht gibt und nichts als gefeiert und den Göttern geopfert wird; Valahari verspüren währenddessen weder Hunger, Schlafbedürfnis noch Durst und werden von einer euphorischen Grundstimmung und Übermut beseelt; heiliges höchstes Fest in Vallen und vielen anderen Ländern

Asmarald: besonders hochwertiger Sidrius, der in Galinar bis vor der Machtwende hergestellt wurde

Das Archiv des kleinen Mannes: eine sagenumwobene Sammlung von Schriftrollen, die ein Prophet, der nur noch als ›der kleine Mann‹ bekannt ist, hinterlassen hat; den Schriftrollen wird nachgesagt, absolute und unumstößliche Wahrheiten zu beherbergen, doch auch, dass diese Wahrheiten Einfluss auf die Welt nehmen, sobald das Siegel gebrochen ist; deshalb scheut man sich davor, sie zu öffnen, und sucht nach einem Weg, sie zu lesen, ohne das Siegel zu brechen

Elnurit: Erz, das für die Herstellung von Nevaret und Sonnenglimmer die Grundlage darstellt

Gewirr: zusammengeballte, verwirrte Fäden aus Silil, die die Welt ausmachen; nur wenige können sie sehen (Gewirrspinnerei)

Gilvendalisch: eine uralte Sprache der ersten Realitätsalteratoren; die schwerste Sprache der Welt; deren Beherrschung ist Voraussetzung, ein Flüstermund werden zu können

Jalalverun (= der große Regen): mehrtägige Regenzeit, die auf Ardens Mora folgt, und die Zeit, in der die meisten Valahari den Schlaf nachholen, den sie während Ardens Mora nicht gebraucht haben; höchstes Fest in den Sonnenlanden

Kalter Gruß/Pleonims Schatten: tiefblaue Früchte einer eiskalten Pflanze, die trotz intensiver Bemühungen der Vallenen nicht ausgerottet werden kann und die überall dort wächst, bis wohin Pleonims Einflussgebiet einst gereicht hat; eine unangenehme Erinnerung an seine Macht

Königswasser: hochwertiges, nichtalkoholisches Getränk

Machtwende: der wohl größte Krieg der letzten 600 Jahre, in dem der Gewirrspinner Krabad Janabar den vallenischen König ermordet und sich selbst als König ausgerufen hat; Eldora Romane erbat Hilfe von Kadrabe, um ihn aufzuhalten, und stieg zu Elrojana auf, als welche sie Janabar besiegen konnte; anschließend wurde sie selbst Königin Vallens

See der Macht: Konzept für Gewirrspinner, die nötige geistige

Kühle zu bewahren, die sie zur Ausübung ihrer Fähigkeit benötigen

Sidrius: saures Getränk, das in Ranulith wie Wein getrunken wird und zu einem berauschten Zustand führt; laut Helrunen schmeckt es wie Zitronensaft

Silberzahn: Zwillingsschwert, das noch unbekanntes Potenzial besitzt; aktuelle Trägerin: Nuade Nalare

Silil: Materie, aus der die ganze Welt besteht

Skah: sagenumwobene, albtraumhafte Kreatur, die vor Jahrtausenden auf der Welt auftauchte und von Helden getötet wurde – nicht aber, bevor sie mit einer Valahar Kinder zeugte und die Saat der Dunkelheit nach Ranulith brachte: die Avolkerosi

Tabal: die gelbe Sonne

Trauerfresser: Pflanzen, die am Grab Verstorbener wachsen, die diese Welt noch nicht loslassen können

DANKSAGUNG

Ich kann es immer noch nicht fassen. Band eins ist geschrieben, überarbeitet und veröffentlicht. Es hat mir so manche schlaflose Nacht bereitet, mir durch den Alltag geholfen, war Fluch und Segen zugleich. Aber kein Buch entsteht durch die Autorin allein. Manche helfen mehr oder weniger, bewusst oder ganz unbewusst. Und hier ist der Platz, euch zu danken.

Mein größter Dank geht an Sebastian. Du warst ein toller Spielpartner: Wann immer ich nicht weiterwusste, hast du mir den Ball zurückgespielt, sodass ich weitermachen konnte. Und an den Ball geheftet waren allerhand anregende Fragen und irrwitzige Ideen, die es dann teilweise sogar ins Buch geschafft haben! Du bist die Hebamme dieses Buchs, denn ohne dich wäre es vielleicht nie auf die Welt gekommen. Ich hoffe, du liebst das fertige Buchbaby genauso wie ich.

Danke an Mama und Papa. Ohne euch hätte ich das niemals gestemmt. Die ganzen Kosten, die als Selfpublisherin auf einen zukommen, sind erschlagend, aber ihr seid hinter mir gestanden und habt mich immer unterstützt, egal ob finanziell oder mit aufmunternden Worten, wenn ich ganz tief unten war. Ihr erlaubt mir, meinen Traum zum Beruf zu machen und ohne euch hätte ich vielleicht niemals den Mut gehabt, es überhaupt zu versuchen.

Tom, danke, dass du dir hunderte von Brainstorming-Sessions mit mir angetan hast, wahrscheinlich Stunden mit dem Beantworten meiner Telegramnachrichten und Feedback-Gesprächen zugebracht und mich zum Lachen gebracht hast, wenn ich es gebraucht habe. Du bist der beste Bruder der Welt.

Auch meine Testleser haben dieses Buch mitgeformt. Ganz besonders du, Saskia. Du hast über ein Jahr lang kapitelweise gelesen, was ich da fabriziert habe, und warst immer geduldig mit mir. Dich gebe ich nie wieder her. Aber auch so mancher, der erst im letzten halben Jahr mit auf die Reise gegangen ist, hat mir geholfen. Ilka, danke dafür, dass du mich aufgemuntert hast.

Jan, ohne dich hätte ich keine Ahnung, wie Polizeirecht funktioniert. Jessie, dank dir weiß ich, dass ich Redebegleiter wirklich zu spät gesetzt habe! Fr. Höhl-Kayser, danke, dass Sie mir meine Unsicherheiten ausgetrieben haben.

Alle Freunde, die es mir nachgesehen haben, wenn ich mal wieder nur über mein Buch, die Qualen und Freuden des Selfpublishing und wenig anderes geredet habe, verdienen meinen herzlichsten Dank. Künstler gehen nur in ihrer Kunst wahrlich auf und es ist so wichtig, Menschen um sich zu haben, die fasziniert davon sind, statt irritiert darüber den Kopf zu schütteln. Danke Alex, für das tolle Cover, Fr. Wullich für das Logo meines Universums, Eve für meine Karte und Miriam für die Illustrationen der Vesrakarten. Ohne euch alle wäre dieses Buch nicht zu der Schönheit geworden, die ich und du nun in Händen halten.

Und zuguterletzt danke ich auch dir, lieber Leser, dass du dich mit Anders in diese verrückte Welt geworfen hast und bis zum Schluss dabei geblieben bist. Doch was sage ich da? »Schluss« ist noch lange nicht! Verzeih mir den Cliffhanger, ich konnte nicht anders. Ich habe Band eins und zwei als ein Buch geschrieben, das plötzlich immer länger geworden ist. Ich fand, dass dies die beste Stelle für eine Teilung ist. Das Gute daran ist, dass du nicht ewig auf Band zwei warten musst oder gar bangen musst, ob es jemals einen zweiten Band gibt. Er ist schon geschrieben. Ich muss ihn nur noch überarbeiten.

Danke, dass du dieses Buch gekauft, gelesen, vielleicht sogar rezensiert oder weiterempfohlen hast. Denn davon lebe ich.

Autoren leben von Empfehlungen

Nimm dir doch einen Moment Zeit und belohne all die Arbeit, die in diesem Buch steckt.

Wenn dir diese Geschichte gefallen hat, du Gedanken, Lob oder auch Kritik für mich hast, freue ich mich über eine Rezension auf Plattformen wie Amazon und Thalia oder auch Lovelybooks und Goodreads. Gerne darfst du mir auch eine E-Mail schreiben oder mich über meine Social Media Kanäle kontaktieren. Ich liebe den Austausch!

Am meisten freue ich mich jedoch, wenn du mit deinen Freunden oder anderen lesebegeisterten Menschen über meine Welten und Texte redest.

Das gilt für mich und alle Autoren.
Danke!

P.S.: Wenn du dich für den Newsletter auf weinseis.de anmeldest, entgeht dir keine Neuheit!

Cold-Blooded: Der Geschmack von Blut und Schatten

Martin Gancarczyk

Mit Anlauf in den größten Haufen Mist – nichts könnte Grayson Huffs Leben besser beschreiben.

In einer Welt, in der Menschen wie Nutztiere gehalten werden, versucht der 28-jährige, als eben dieser zu überleben. Was allerdings nur bedingt klappt bei seinem Pech, denn er stirbt und erwacht gleich darauf wieder aus dem Reich der Toten. Etwas, das als Mensch jedoch unmöglich ist – richtig?

Doch Grayson ist kein Mensch, zumindest wenn er dem Gestaltwandler Wayland glauben darf, der für den Geheimdienst MIA arbeitet und ihn in Mysterien einweiht, von denen Grayson nicht mal zu träumen gewagt hat. Bald schon verstrickt er sich immer tiefer in Machenschaften, die bis zum Anbeginn der Zeit zurückreichen. Und dann wären da noch die aufkommenden Gefühle zu Wayland, die das Chaos perfekt machen.

Der Geschmack von Blut und Schatten« ist der erste Teil der Cold-Blooded Trilogie.

Dunkle Machenschaften, unverhoffte Liebe, sowie uralte Geheimnisse vereinen sich mit Witz, Sarkasmus, Diversity und queeren Charakteren zu einem spannenden Urban Fantasy Auftakt. Ein trotteliger 90er Jahre Nerd ist auch dabei.

Epic - Das Erwachen

Evelyne Aschwanden

„Hüte dich vor dem blutigen Himmel", hatte sie zu mir gesagt. „Wenn er gekommen ist, dann wirst du nie wieder zu uns zurückkehren!"

Als drei Jugendliche an einem Elite-Internat in Schottland spurlos verschwinden, weiß Jennifer Wild nicht mehr, was sie noch glauben soll. Sie vermutet schon seit einiger Zeit, dass hinter dem mysteriösen Verschwinden ihrer Mitschüler mehr steckt, als die Polizei von Inverness annimmt. Dass allerdings übernatürliche Mächte ihre Finger im Spiel hatten? Damit hätte Jennifer zuletzt gerechnet. Gemeinsam mit dem arroganten Superstar Rowan McGuire und der verschlossenen Außenseiterin Ava Leander findet sie sich plötzlich im Mittelpunkt einer uralten Legende wieder. Längst vergessene Kräfte erwachen zu neuer Stärke und stellen das Leben der Jugendlichen auf den Kopf. Bald müssen die drei erkennen, dass das renommierte Amberwood College ein dunkles Geheimnis birgt – und dass die Dinge selten so sind, wie sie auf den ersten Blick erscheinen ...

Printed in Poland
by Amazon Fulfillment
Poland Sp. z o.o., Wrocław

61320405R00327